FATALE UITZONDERING

Michael Ridpath

FATALE UITZONDERING

Van Holkema & Warendorf

Eerste druk, mei 2003
Tweede druk, juli 2003

Oorspronkelijke titel: Fatal Error
Oorspronkelijke uitgave: Michael Joseph, Penguin Books Ltd.
© 2003 Michael Ridpath

© 2003 Nederlandstalige uitgave:
Uitgeverij Unieboek bv,
Postbus 97, 3990 DB Houten

www.unieboek.nl

Vertaling: Frans en Joyce Bruning
Omslagontwerp en digital artwork: Hans van den Oord
Opmaak: ZetSpiegel, Best

ISBN 90 269 8315 8/ NUR 332

Voor Hugh Paton

DEEL I

1

September 1999, Clerkenwell, Londen

'Ben je klaar?'

Guy lachte tegen me. Een glimlach die zowel vertrouwen als ongerustheid uitstraalde. Het vertrouwen was voor iedereen duidelijk. De ongerustheid was alleen zichtbaar voor mij, zeventien jaar zijn vriend.

Ik keek het grote vertrek door met zijn witgeschilderde, bakstenen muren en blauwe buisleidingen, zijn goedkope bureaus met dure computers erop, zijn stoelen in helder geel en paars, het tafelvoetbalspel en de flipperkast, beide buiten gebruik, beide genegeerd, en de witte schoolborden volgekrabbeld met gedetailleerde flowcharts, tijdschema's en gemiste leverdata. Het vertrek gonsde van de jonge mannen en vrouwen in T-shirts en camouflagebroeken, die op toetsenborden tikten, naar schermen staarden, telefoneerden, van bureau naar bureau renden en net deden of dit een gewone dag was.

Dat was het niet.

Vandaag zouden we te weten komen of Goal.com, het bedrijf dat Guy en ik nog pas vijf maanden geleden hadden opgericht, een toekomst had.

'Ik ben klaar.' Ik pakte de papieren bijeen die ik nodig had voor de directievergadering. 'Denk je dat hij zal instemmen?'

'Natuurlijk stemt hij in,' zei Guy. Hij haalde diep adem en glimlachte weer, onderdrukte de ongerustheid, sprak zich moed in en poetste zijn charme op. Guy had charisma en dat zou hij vandaag nodig hebben, zelfs voor zijn vader. Juist voor zijn vader.

Hij was eenendertig, slechts een paar maanden ouder dan ik. Hij zag er jonger uit, zelfs jongensachtig. Hij had kort, blond haar, uitstekende jukbeenderen, helderblauwe ogen, een beweeglijke, gevoelige mond. Hij kleedde zich volgens de laatste mode: wit T-shirt onder een zwart merkpak. Maar hij had iets scherps, iets vinnigs dat vlak onder zijn fijngesneden gelaatstrekken lag. Het was een vleugje gevaar, een vleugje onvoorspelbaarheid, misschien iets van wreedheid, of wellicht melancholie. Het was moeilijk te zeggen wat het precies was, of zelfs wat het naar buiten bracht, ofwel een fonkeling in zijn oog of een verstrakken van zijn mond. Maar iedereen zag het. Vrouwen, mannen en kinderen, voorzover ik wist.

Dat maakte hem aantrekkelijk voor mensen. Daardoor liepen mensen achter hem aan.

Daardoor kreeg hij meestal zijn zin.

De directiekamer was een goudvissenkom, aan het eind van de kantoortuin. Aan de tafel konden twaalf mensen zitten en dat waren er acht te veel voor onze directie. Er waren maar vier directeuren van Goal.com: Guy was de topman, ik de financiële directeur, Guys vader, Tony Jordan, de bestuursvoorzitter en de vierde directeur was Patrick Hoyle, Tonys juridische raadsman. Ofschoon Guy en ik het bedrijf leidden, had Tony het meeste geld erin gestopt en hij bezat tachtig procent van de aandelen. Hij had ook tachtig procent van de stemmen. Patrick was erbij om 'Ja, Tony' te zeggen wanneer dat nodig was. Er waren nog andere aandeelhouders, allemaal personeelsleden van Goal, onder wie ook Guys broer, maar geen van hen maakte deel uit van de directie. Het kwam op Guy en mij neer om voor hen de arena in te gaan.

Dit was onze tweede directievergadering. Ze werden op de tweede maandag van de maand gehouden en Tony en zijn advocaat waren vanuit hun woonplaatsen aan de Franse Rivièra naar Londen gevlogen om dit overleg bij te wonen. Het had al een vast patroon aangenomen: Guy begon met de vooruitgang van het bedrijf te schilderen. En die was goed. Verbazend goed. Afgelopen april hadden we Goal.com opgericht met de intentie de beste website voor voetbal op het internet te zetten. Op de een of andere manier waren we erin geslaagd begin augustus met een site te komen en die te runnen. Hij bevatte commentaren, geruchten, analyses, wedstrijdverslagen en statistieken over elke club in de Engelse Premier League. Hij was goed ontvangen en de pers had er veel aandacht aan besteed. Wat belangrijker was: de site kreeg steeds meer bezoekers. In onze eerste volle maand online hadden we er honderdnegentigduizend gehad en het werden er elke week meer. We hadden nu drieëntwintig man personeel en we schrokken er niet voor terug meer mensen aan te nemen.

Guy nam onze plannen voor de rest van het jaar door: meer journalisten, meer wedstrijdverslagen, meer commentaren. Afspraken met een bookmaker om onze bezoekers te laten gokken op wedstrijdresultaten. En het opstarten van e-commerce. We waren van plan via de site artikelen van clubs en van het nationale elftal te verkopen en ook de eigen merkkleding van Goal.com. Dat was het fantastische idee van Guy: een merknaam opbouwen op internet en dan geld verdienen door op basis daarvan modieuze sportkleding te verkopen.

Tony Jordan luisterde aandachtig naar Guys woorden. In de jaren zeventig was hij een spectaculair succesvolle projectontwikkelaar geweest, maar hij had zich nog vrij jong teruggetrokken naar het zuiden van Frankrijk. Te vroeg eigenlijk. Het was duidelijk dat hij de spanning van het zakendoen miste, en hij nam zijn plichten als bestuursvoorzitter van Goal serieus. Hij leek erg op zijn zoon, was alleen wat kleiner. Zijn eigen blonde haren begonnen een rossiggrijze kleur te krijgen. Hij had dezelfde blauwe ogen die flonkerden in een diep gebruind gelaat, en dezelfde ongedwongen charme die naar believen kon worden aangezet. Maar hij was harder. Veel harder.

Nu was het mijn beurt. Guy had het gemakkelijke deel afgewerkt. Nu Tony was opgewarmd werd het tijd voor het beslissende moment.

Ik verzocht iedereen de directiepapieren in te kijken. 'Zoals jullie kunnen zien zal ons verlies deze maand iets lager zijn dan gebudgetteerd was. Ik heb goede hoop dat we dat tot het eind van het jaar kunnen volhouden, vooral als er wat goede reclameopbrengsten binnen beginnen te komen.'

'Maar toch nog een verlies?' begreep Tony.

'O, ja. Dat was altijd voorzien.'

'En wanneer verwacht je winst te kunnen maken?'

'Pas in het derde jaar.'

'Het derde jaar? Dat is 2001, nietwaar?'

Er klonk iets van spot door in Tony's stem.

'Waarschijnlijk 2002,' antwoordde ik.

'Zo lang reikt ons geld niet.'

'Nee,' antwoordde ik geduldig. 'We zullen wat meer los moeten zien te krijgen.'

'We zullen geld nodig hebben om de e-commerce-fase van de grond te krijgen,' voegde Guy eraan toe.

'Dat zat allemaal in het plan,' zei ik.

'En waar komt dat geld vandaan?' vroeg Tony.

'Daar hebben we een idee voor,' zei Guy.

'O ja?'

'Ja,' zei ik. 'De laatste paar maanden hebben we gesproken met Orchestra, een zaak die met risicokapitaal werkt. Ze hebben gezien wat we gedaan hebben en het bevalt hun wel. Ze willen tien miljoen pond investeren. Het zal voldoende zijn om onze groeiplannen te financieren en ons naar het volgende jaar te brengen.'

Tony trok zijn wenkbrauwen op. 'Tien miljoen, hè? En wat willen ze voor hun tien miljoen?'

'Het staat hier allemaal in,' zei ik en ik gaf Tony en Hoyle een voorwaardenlijst. Daarin stonden de voorwaarden waaronder Orchestra de investering wilde maken. De opsomming was het product van verscheidene dagen stevig onderhandelen.

Tony keek de lijst snel door. Daarna gooide hij hem op tafel. 'Dit is gelul,' zei hij. Zijn blauwe ogen stonden kil. Niets te merken van de beroemde Jordan-charme. 'Wat ik hierin lees is dat mijn beleggingsaandeel zakt van tachtig procent naar twintig procent.'

'Dat klopt,' zei ik. 'Zij stoppen er tenslotte tien miljoen pond in. Jij hebt er twee geïnvesteerd.'

'Maar het directieaandeel zakt maar van vijfentwintig procent naar twintig procent. Verwacht Orchestra dat ik iets van mijn beleggingsdeel aan jullie afsta?'

'Nou ja, op die manier zal het niet precies gebeuren.'

'Maar daar komt het wel op neer, nietwaar?'

'Ja, ik neem aan van wel,' gaf ik toe.

'Waarom denken jullie in 's hemelsnaam dat ik dat zou doen?'

'Ze vinden dat we een behoorlijk beleggingsaandeel moeten hebben als stimulans.'

'O ja, vinden ze dat?' Tony liet duidelijk zien hoe weinig hij op had met dat idee. 'Maar ik was degene die het geld opbracht toen jullie mij erom kwamen smeken. Toen jullie bij iedereen waren geweest en niemand bereid was iets voor jullie te doen. Ik verdien het een fatsoenlijke winst te maken.'

'Die winst zul je maken,' zei ik.

'En Goal zal het geld hebben om ons naar de volgende fase te brengen en nog verder,' vulde Guy aan.

Tony leunde achterover in zijn stoel en vouwde zijn armen. 'Jullie jongens hebben hier geen flauw benul van, is 't wel?'

Als Tony probeerde mij uit mijn tent te lokken dan slaagde hij daar bijna in. Maar ik zag nog net kans me in te houden. 'En waarom dan wel?' vroeg ik met opeengeklemde kaken.

'Omdat jullie alles weggeven aan de eerste de beste boef die jullie wil steunen. Dat is prima als ik de boef ben. Maar niet als jullie mijn beleggingsdeel gaan weggeven.'

'Wat stel jij dan voor?' vroeg Guy.

'Doe het op eigen kracht,' zei Tony. 'Zie dat je wat eigen geld in de onderneming krijgt. Gebruik dat dan om uit te breiden. Nog beter, leen wat geld op basis daarvan.'

'Maar dat zal te langzaam gaan!' protesteerde Guy. 'Als we op dit gebied willen domineren hebben we nú geld nodig. En over zes maanden nog meer.'

'Dat gebeurt niet onder deze voorwaarden.'

'Waar denk je dan dat we dat eigen geld vandaan moeten halen?' vroeg ik.

'Bloot.'

'Bloot?'

'Ja, bloot. Weet je wel. Plaatjes van vrouwen zonder kleren. En mannen, wat mij betreft.'

Ik kromp ineen.

Tony negeerde me. 'Vorige week kwam ik een oude kennis uit mijn projectentijd tegen. Joe Petrelli. Slimme vent. Hij heeft een neus voor eigen geld, altijd gehad. Hij zegt me dat er op internet tegenwoordig alleen geld wordt verdiend met bloot.'

Dat had ik ook gehoord. Maar het beviel me niet.

'Mensen besteden een fortuin op hun creditcards met het downloaden van vieze plaatjes,' vervolgde Tony. 'Je kunt er je eigen geld mee drukken.'

'Ik zie niet in wat dat met ons te maken heeft,' zei Guy. Maar ik wist zeker dat hij dat wel deed.

'Het past naadloos,' zei Tony. 'Haal de klanten binnen met voetbal en vang ze dan door ze door te schakelen naar een pornosite. Joe kan ons in contact brengen met de kerels in L.A. met wie hij zaken doet.'

Guy en ik waren met stomheid geslagen.

'Wat vind jij ervan, Patrick?' vroeg Tony.

'Geweldig idee, Tony,' zei Hoyle. 'Ik maak me zorgen over die verliezen. We moeten iets doen om die weg te werken. Voetbal en seks, een geweldige combinatie.' Hij grinnikte vet om zijn eigen vaardige taalgebruik, een diep gerommel dat zijn brede schouders deed schudden. Hij was een enorm dikke man met een aantal kinnen en een bezweet voorhoofd. Zijn hilariteit leek de goorheid van het hele voorstel te benadrukken.

'Als we van ons concept een pornosite maken zullen we nooit fatsoenlijke beleggers aantrekken,' protesteerde ik.

'Die hebben we ook niet nodig,' zei Tony. 'We zullen ons eigen geld kunnen uitgeven. Guy?'

Allemaal keken we naar Guy. Ik hoopte vurig dat hij met een effectieve reactie kon komen. Ik voelde er geen barst voor de creditcardbetalingen te tellen van trieste mannetjes die computerporno gingen downloaden, hoeveel geld daar ook in zat.

Guy keek Tony doordringend aan. Het was een kille blik, zonder enige affectie of zelfs respect van een zoon voor zijn vader. Als Guy al kwaad was beheerste hij zich. Het was de starende blik van iemand die een vijand beoordeelde, zijn zwakheden overdacht, zijn keuzemogelijkheden overwoog.

Ten slotte sprak hij. 'Laten we eens even kalm aan doen,' zei hij. 'Toen ik met dit bedrijf begon, droomde ik ervan de beste voetbalsite op internet in Europa te maken. Als we dat kunnen doen zal de site honderden miljoenen waard zijn, gezien de belangstelling die er op dit moment voor is. Dat is veel belangrijker dan een paar honderdduizend in porno. Ik zie wel in dat een verbinding met een pornosite geld zou opbrengen' – hij knikte naar zijn vader – 'maar het zou het veel moeilijker maken ons doel te bereiken. Ik vind dus dat we het niet moeten doen. We kunnen beter een investering van derden zoeken.'

'Van Orchestra?'

'Ja.'

'Dat stelletje schurken dat mijn investeringsaandeel wil jatten?'

'Tony,' zei ik, 'je krijgt uiteindelijk een kleiner stuk van een veel grotere taart...'

'Kom nou niet met dat gelul over appeltaart,' snauwde Tony. 'Ik heb dat tientallen keren gehoord in mijn projectentijd en ik heb het elke keer genegeerd. Weet je wat, Guy?' Hij sprak nu tegen zijn zoon en zijn stem klonk scherp. Ik hoorde er niet meer bij. 'Ik heb altijd de hele taart gehouden. De hele taart. En als gevolg daarvan ben ik rijk geworden. Dat ziet eruit als een lesje dat jij nog moet leren.'

'Je zegt dus nee tegen Orchestra?' zei Guy, en hij sprak met moeite op redelijke toon.

'Ik zeg niet zomaar nee. Ik zeg dat ik wil dat je contact opneemt met Joe Petrelli en uitvlooit wat hij doet en hoe hij het doet. We gaan het bespreken op de directievergadering van volgende maand. Eerder, als het nodig is.'

Dit was erger dan we hadden verwacht. We wisten dat Tony niet gelukkig zou zijn met het verwateren van zijn beleggingsdeel, maar we hadden niet verwacht dat hij het beleid van de firma zou gaan dicteren. En dan nog in zo'n walgelijke richting.

'Dit is míjn bedrijf,' zei Guy met zachte stem. 'En ik beslis wat we ermee doen.'

'Fout,' zei Tony. 'Ik heb driekwart van de aandelen in mijn bezit. Ik beslis wat er gedaan moet worden. Jij voert het uit.'

Guy keek me even aan. Zijn ogen fonkelden van woede. 'Dat is niet acceptabel,' zei hij.

Tony bleef zijn zoon strak aankijken. 'Dat is de manier waarop het gaat gebeuren.'

De daaropvolgende stilte leek wel een eeuwigheid te duren. Hoyle en ik keken naar de twee mannen. Wij hoorden hier niet meer bij. Dit ging om veel meer dan om wie de baas was bij Goal.

Toen sloot Guy zijn ogen, langzaam en bedachtzaam. Hij haalde diep adem en deed ze weer open.

'In dat geval neem ik ontslag.'

'Wat!' riep ik uit voordat ik kans zag me te beheersen.

'Sorry, Davo. Ik kan niet anders. Ik ben vastbesloten dat Goal de beste site in Europa gaat worden. Als we niet meer kapitaal krijgen hebben we geen schijn van kans zover te komen. We worden gewoon een site van dertien in een dozijn, met een bijzonder goor imago.'

'Maar waar je wel geld mee verdient,' zei Tony.

'Eerlijk gezegd kan me dat niets schelen,' foeterde Guy.

Tony overwoog dat. 'Dat is jouw probleem, Guy,' antwoordde hij. 'Maar volgens mij moet je het nog eens overdenken.'

'En ik vind dat jij dat moet doen,' kaatste Guy terug.

'Ik ben tot donderdag in Londen,' zei Tony. 'Ik verwacht dat je die morgen een beslissing hebt genomen. Dat, mijne heren, is het einde van deze vergadering.'

Goal.coms kantoor was op de vierde verdieping van een verbouwd metaalbewerkingsbedrijf aan een rustige straat in Clerkenwell. Net ertegenover was de Jerusalem Tavern. Meestal was het er 's avonds benauwd en vol, maar op die tijd in de middag was de tent koel en leeg. Guy haalde bier, voor mij een pint bitter en voor zichzelf een fles Tsjechisch bier.

'Rotzak,' zei hij hoofdschuddend.

'Hij krabbelt wel terug,' suste ik.

'Nee, dat doet hij niet.'

'Hij zal wel moeten. Hij kan Goal niet runnen zonder jou.'

'Hij vindt wel een weg.'

'Er moet een manier zijn om dit anders te doen,' zei ik. 'We vinden wel een of ander compromis.'

'Misschien,' zei Guy. 'Heel misschien lukt ons dat deze maand. Maar volgende maand gebeurt hetzelfde. Hij zal met ideeën komen hoe Goal gerund moet worden op een manier waarvan hij weet dat het me niet bevalt. Om te laten zien dat hij slimmer is. Wie de betere zakenman is. Wie de macht in handen heeft.'

Hij nam een slok van zijn bier. 'Heb jij ooit ganzenbord gespeeld met je vader?'

'Ik weet het niet. Ik denk van wel.'

'Wie won er?'

'Dat weet ik niet meer. Ik denk ik. Misschien hij. Ik weet het niet.'

'Ik heb heel vaak ganzenbord gespeeld met mijn vader en hij won altijd. Daar werd ik echt pissig om toen ik vier jaar was. En zelfs kwader toen ik ouder werd en besefte dat ganzenbord een kansspel is. De enige manier om altijd te winnen is als je vals speelt. Vrij triest als een vader vals moet spelen om zijn zoon van vier te verslaan.' Guy staarde naar het etiket op de fles die voor hem stond, alsof het antwoord daarop geschreven was. 'Ik wist dat het verkeerd was zijn geld aan te nemen.'

'We konden niet anders.'

Guy zuchtte. 'Ik neem aan van niet.'

Hij hing voorover over zijn bier, met sombere, bijna wanhopige ogen. Van de vitaliteit die hem de voorgaande paar maanden had bezield was niets meer te merken. Hij straalde een waas van pessimisme uit zodat ik er zelf neerslachtig van werd. De verandering maakte me bang.

We hadden de afgelopen paar maanden veel doorgemaakt, Guy en ik. We hadden lange uren gemaakt, avonden, nachten, weekends. We hadden zoveel bereikt. Dat we de site in zo'n korte tijd online kregen was een wonder geweest. Het benodigde geld bijeenscharrelen; een team van totaal toegewijde mensen bijeenbrengen. Ik had er veel plezier aan gehad. En ik had in die tijd veel over mezelf en over Guy geleerd. Ik wilde niet dat er een eind aan kwam.

'We moeten tegen hem in gaan, Guy. We hebben te hard en te lang gewerkt om het allemaal zo te laten eindigen. Hoe zit het met onze plannen Europa in te trekken? Hoe zit met met e-commerce? Hoe zit het met de tien miljoen pond die Orchestra op tafel heeft gelegd? Gisteren was je enthousiaster hierover dan wie ook.'

'Ik weet het. Gisteren handelde ik alsof Goal mijn bedrijf was. Ik dacht niet aan mijn vader, dacht niet aan de vergadering van vandaag, deed net alsof die niet bestonden. Maar ik hield mezelf voor de gek. Ze bestaan wel degelijk. Ik kan me niet verstoppen voor de realiteit.'

'We hebben eerder voor hete vuren gestaan en je hebt het nooit opgegeven. Je hebt altijd een manier gevonden om over de obstakels heen of eronderdoor of erdoorheen te komen. Als ik het was geweest had ik het al lang geleden opgegeven, dat weet je.'

Guy glimlachte.

'Ik heb een boel van jou geleerd,' vervolgde ik. 'Ik heb geleerd in jou te geloven. Zeg me nu niet dat ik ongelijk had.'

Guy trok de schouders op. 'Het spijt me.'

'Komt het door je vader? Je zou het niet zomaar opgeven als het iemand anders was?'

'Ik gééf niet zomaar op,' snauwde Guy. Toen vermande hij zich. 'Nee, je hebt gelijk. Het komt door mijn vader. Ik ken hem. Hij is vastbesloten van Goal mijn mislukking te maken en zijn succes. En hij heeft alle kaarten. Zoals gewoonlijk.'

'Geef het niet op.'

'Het spijt me, Davo. Dat heb ik al gedaan.'

Ik keek hem aan. Hij meende het.

Zwijgend bleven we zitten. Ik kon het gebouw dat we de laatste paar maanden met zoveel moeite hadden opgetrokken om me heen in gruzelementen voelen vallen, alsof Tony Jordan een essentiële hoeksteen had weggetrokken die de hele zaak overeind hield. Het was zo verrekte oneerlijk!

'We zullen het hun daarginds moeten vertellen.'

'Doe jij dat maar. Ik kan hen niet onder ogen komen. Doe het maar. Ik blijf hier.'

Dus liet ik hem alleen, gehuld in zijn eigen duisternis.

2

De volgende dag, dinsdag, vertoonde Guy zich niet op kantoor. Ik belde zijn flat in Wapping, maar er werd niet opgenomen. Mijn contact bij Orchestra belde me drie keer, maar elke keer gaf ik niet thuis.

Ik zat met mijn vingers op mijn bureau te trommelen en me af te vragen wat ik verder moest doen, toen Ingrid bij me kwam zitten. Ingrid da Cunha kende Guy bijna even lang als ik, maar ze was pas twee maanden bij Goal. Ze was komen werken als hoofdredacteur van de website en zij was het laatste element dat de groep tot een hecht team maakte. Ik mocht haar graag, en ik respecteerde haar mening.

'We gaan dus glamour verkopen?' stelde ze vast.

'Jij wel. Ik niet.'

'Je moet erbij blijven. Beëdigd Accountant van de Maand. Meneer Oktober. We zouden je echt kunnen gebruiken.'

'Bedankt.'

'Met mijn komaf zou dit natuurlijk de volmaakte baan voor mij zijn. Copacabana Babe. Zweedse Au Pair. Ik zou het allemaal kunnen doen.'

Ik moest onwillekeurig glimlachen. Ingrid had grote, matblauwe ogen, een brede, vriendelijke lach en vol, kastanjebruin haar. Maar ik had haar in badpak gezien en ofschoon ze er niet slecht uitzag was ze niet geschikt als topless fotomodel.

Ze betrapte me. 'Waar lach je om? Natuurlijk is mijn gat te dik. En mijn dijen. Maar ik zou op kosten van de zaak cosmetische chirurgie kunnen krijgen. Het is enkel een kwestie van dingen hier en daar verschuiven. Tony betaalt er wel voor. Ik weet zeker dat mijn vader een chirurg voor me zou kunnen vinden in Rio. Je zou me niet meer terugkennen.'

'Hoe zit het met de groeihormonen?'

'Wat bedoel je? Ik ben een meter vijfenvijftig. Een tweeënzestighalf in de juiste schoenen.' Ze gaf me een stomp op mijn arm.

'Au!' Als Ingrid sloeg, sloeg ze hard. 'Maak je niet druk hierover. Volgens mij zal Goal niet meer doen dan contact leggen met de een of andere gore studio in Los Angeles. Je zult je talenten geconcentreerd moeten houden op voetbal.'

'Abroath nul, Hamilton Academicals nul,' zei Ingrid in een afschuwelijke imitatie van de omroeper op Grandstand. Ingrid had een accent dat ik nooit eerder had gehoord, ofschoon ze waarschijnlijk praatte zoals iedere vrouw op aarde met een Zweedse moeder, een Braziliaanse vader en een Engelse opvoeding.

Haar stem werd serieus. 'Ik wilde alleen maar zeggen dat jullie dit niet verdienen.'

'Dat doen we geen van allen.'

'Tony gaat zeker niet toegeven?'

'Ik weet het niet. Daar heb ik zo mijn twijfels over. Maar we moeten gewoon proberen hem om te praten. We kunnen ons er niet zomaar bij neerleggen.'

'Nee, dat kunnen we niet. Maar als het allemaal de mist in gaat, moet je trots zijn op wat je hebt bereikt. Zonder jou zou Guy nooit zover zijn gekomen. Hij moet zijn eigen problemen met zijn vader oplossen. Jij kwam klem te zitten. Jouw schuld was het niet.'

Ze had gelijk. Ik wist dat ze gelijk had. En het was precies wat ik moest horen op dat moment.

'Ik heb met de anderen gepraat,' zei ze, 'en niemand wil hier blijven als jij en Guy weggaan.'

'Dat is niet nodig. Jullie hebben er allemaal geld in gestoken. Als je blijft zul je toch nog iets kunnen maken van de site.'

'Maar als we vertrekken is Tony de pineut, nietwaar?'

'Dat weet ik niet.'

'Denk er maar eens over na. Geen technische hulp, geen journalisten, alleen een stelletje computers, wat gammele oude bureaus en een website die binnen een week verouderd is.'

Ik dacht erover na. Ze had gelijk.

Ik keek om me heen naar de ploeterende mensen. 'Zullen ze dat echt doen?'

Ingrid knikte. 'Ja. Volgens mij moeten we dat Tony zeggen, vind je niet?'

Ik glimlachte. Tony was een koppige hufter, maar het was het proberen waard. Heel erg waard. Ik pakte de telefoon en belde hem op zijn flat in Knightsbridge om een afspraak te maken. Hij was heel zakelijk. Hij stemde in Ingrid en mij de volgende avond om negen uur te ontvangen.

Owen Jordan kwam rond twaalf uur binnensjokken, met een grote mok koffie in zijn hand. Ik was verbaasd hem te zien: als zijn broer was verdwenen had ik van hem hetzelfde verwacht. Owen en Guy hadden een vreemde relatie die ik in de loop der jaren had leren begrijpen. Normaal spraken ze nauwelijks met elkaar, maar als een van hen in de problemen kwam was de ander er voor hem. Altijd.

Owen beende naar zijn computer en zette die aan, zoals gewoonlijk iedereen om zich heen negerend. Ik liep naar zijn bureau, trok een stoel bij en ging zitten. Hij zei niets maar staarde naar zijn computer die aan het opladen was, en dronk van zijn koffie.

Ofschoon Owen jonger was dan Guy leek hij in niets op zijn broer. Het was alsof een bepaalde, grillige, chemische onevenwichtigheid de groei van sommige van zijn lichaamsdelen had gestimuleerd en andere had genegeerd. Hij was zeker langer dan een tachtig en woog beslist meer dan honderd kilo. Hij was gezet, zonder dik te zijn, met een te groot hoofd dat hem bijna achterlijk deed lijken. Zijn kleine ogen lagen diep verscholen onder dichte wenkbrauwen. Zijn bos witgeverfd haar was ongekamd en hij zag eruit alsof hij net uit bed was gekropen. Hij droeg wat hij altijd aanhad, een bermuda en een baseballpet met Goal.com erop. Het was september en het weer begon koeler te worden. Owen zou snel een nieuwe broek moeten aanschaffen.

'Hoe gaat het met Guy?' vroeg ik.

'Bezopen.'

'Voelt hij zich bezopen of is hij het?'

'Waarschijnlijk beide.' Zijn stem klonk schel, bijna piepend. De moeder van Guy en Owen was een Amerikaanse en ze hadden beiden vrij lange tijd daar gewoond, maar Owens accent was veel uitgesprokener dan dat van zijn broer.

'En hoe voel jij je?'

'Ik?' Voor het eerst draaide Owen zich naar mij om en zijn oogjes toonden ineens belangstelling voor mijn gezicht. 'Wat kan jou dat nou schelen?'

'Hij is je broer. Jij hebt even hard gewerkt als wij allemaal om dit bedrijf van de grond te krijgen. Jouw vader gaat het nu sluiten.'

Owen keerde zich van me af en begon wachtwoorden in zijn computer te typen. Hij negeerde me een volle minuut voordat hij eindelijk wat zei. 'Ik geloof dat ik me ook vrij bezopen voel.'

'Guy lijkt het opgegeven te hebben,' zei ik. 'Maar de anderen niet. Ingrid zegt dat ze allemaal bereid zijn met hem ontslag te nemen. Je vader zal terug moeten krabbelen, denk je niet?'

Owen gaf geen antwoord maar bleef typen.

'Denk je niet?' herhaalde ik in wanhoop.

'Vader geeft het niet op,' zei Owen.

'Maar waarom niet? Jullie zijn zijn zonen. Dit is zijn kans om jullie beiden te steunen.'

'Omdat hij een echte klootzak is,' zei Owen. Zijn piepstem contrasteerde vreemd met zijn omvang en de woorden die hij sprak. 'Hij geeft geen barst om een van ons beiden. Dat heeft-ie nooit gedaan. Zal-ie ook nooit doen.'

Hij moet mijn verbazing hebben gezien om zijn plotselinge, felle reactie. 'Vroeger aanbad ik hem. Guy ook. Toen liet hij ons in de steek. Liet ons achter bij dat kreng van een moeder. Kwam ons nooit opzoeken, vroeg nooit naar ons. Als we bij hem gingen logeren in Frankrijk negeerde hij ons nog. Vooral mij. En toen ik die slet zag voor wie hij ons in de steek had gelaten, kon ik het niet geloven. Jíj weet dat het een slet was,' zei hij.

Ik voelde mezelf rood aanlopen.

Owen zag het en glimlachte bij zichzelf. 'Na al dat geneuk in Frankrijk wist ik dat hij geen moer voorstelde. Guy heeft er wat langer over gedaan om daarachter te komen. Weet je, volgens mij is vader bang voor hem.'

'Bang voor Guy? Daar klopt niks van.'

'Voor vader wel. Guy vertegenwoordigt alles waarin hij dacht dat hij goed was. Rokken jagen, geld verdienen. Vader moet zichzelf bewijzen dat hij dat allemaal nog kan. Daarom naait hij vrouwen die half zo oud zijn als hij. Daarom naait hij Goal nu.'

'Maar hij heeft veel meer geld verdiend dan Guy.'

'Toen hij jong was, ja. Maar dat is lang geleden. Ik weet zeker dat hij de laatste paar jaar enkele slechte beleggingen heeft gedaan. Dat verbaast me niets – hij concentreert zich er niet op. Maar het zit hem wel dwars. Ik kan merken dat het hem dwarszit. Nu wil hij bewijzen dat hij het allemaal nog kan.' Owens ogen flonkerden met een donker vuur, diep onder zijn wenkbrauwen. 'Mijn vader is een egoïstisch varken. Hij heeft de pest aan ons. Aan ons beiden. Ik ben dus niet zo verbaasd dat hij Goal de nek wil omdraaien.'

Ik schrok van die felle verbittering. 'Waar is Guy?' vroeg ik.

'Weet ik niet,' zei Owen. Hij had met Guy in een flat in Wapping gewoond, maar toen Goal eenmaal op poten stond was hij verhuisd en had zijn eigen woning gevonden, ergens in Camden.

'Komt hij vandaag nog op kantoor?'

'Geen idee.'

'Denk je dat hij van gedachte zal veranderen?'

'Heeft geen zin. Dat zei ik je. Nu moet ik hier een codelijn installeren.'

Ik liet Owen zijn gang gaan en bedacht dat ik zojuist mijn langste gesprek met hem had gevoerd. En het had mijn mening over hem geen jota veranderd.

Hij was vreemd. Heel vreemd.

21

Woensdag verscheen Guy ook niet op kantoor en ik probeerde niet eens Owen ernaar te vragen. Ingrid en ik werkten 's avonds tot half negen en namen de ondergrondse naar Knightsbridge. Zij had er meer vertrouwen in dan ik, ze barstte van de argumenten en redenen om Tony over te halen vóór het beslissende moment van de volgende morgen. Ik zou het gaan proberen, maar ik was veel sceptischer over onze succeskansen. Vreemd genoeg was het niet Guys defaitisme dat me de meeste zorg baarde, maar de pure zekerheid van Owens haat jegens zijn vader. Dit was geen gezin dat zou vergeten en vergeven.

Met een stratenboekje in de hand voerde ik Ingrid door een wirwar van straatjes aan de noordkant van Harrods naar waar Tony's flat moest zijn. Ik bleef onder een straatlantaarn staan om de kaart te bekijken. Ik was er vrij zeker van dat ik op de juiste plek was, een smal straatje met eenrichtingsverkeer en een rijtje woonhuizen. Ik keek om me heen naar een naambordje. Een eeuw geleden werden al die huizen bewoond door paarden. Nu woonden er mensen in die waarschijnlijk een miljoen pond betaalden voor het privilege.

Aan de overkant, achter een auto, zag ik het naambordje. Ik liep een paar meter de straat in om beter zicht te hebben. Ik was op de juiste plaats. In de auto zat een man die me even aankeek en daarna zijn blik afwendde. Even vroeg ik me af wat hij daar deed in het donker in een auto. Waarschijnlijk wachtte hij op iemand. Toen zocht ik naar Tony's flat, die op de bovenste etage van een van de huizen bleek te zijn.

We belden aan. Tony deed open.

'Aha, de deputatie,' zei hij. 'Kom binnen. Ik vrees dat ik niet lang kan blijven; over een halfuur heb ik een dinerafspraak met een paar vrienden.'

We gingen in leunstoelen van licht gekleurd leer zitten in zijn duur ingerichte woonkamer. Niets wees erop dat er nog iemand anders in de flat was. Ik geloof dat ik heimelijk had gehoopt Guy daar te treffen om met zijn vader over een compromis te onderhandelen.

Ingrid viel met de deur in huis. 'We zijn hier om je te vragen Guy aan te houden.'

Tony trok zijn wenkbrauwen op. 'Nou ja, ik kan proberen Guy over te halen, maar het is zijn beslissing. Daar kan ik echt niets aan doen.'

'Och, toe nou, Tony,' zei ik. 'We weten allemaal waarom Guy ontslag neemt. Jij laat niet toe dat we meer geld loskrijgen voor Guys uitbreiding. Ik was erbij. Ik heb het gezien.'

Tony stak zijn handen op. 'Het heeft geen zin daar nu over te praten. Laten we maar eens zien wat er morgen gebeurt. Dan kunnen we het bespreken.'

'Nee,' zei Ingrid. 'We gaan er nu over praten. Weet je, als Guy ontslag neemt zal de rest van het team dat ook doen.'

'Dat moeten jullie zelf weten,' zei Tony rustig.

'Maar als we allemaal vertrekken, hoe ga je dan de site runnen?'

'Ik huur wel mensen in.'

'Dat werkt niet,' betoogde Ingrid. 'Je hebt mensen nodig die op de hoogte zijn van de inhoud, het ontwerp, de software van de site. Je kunt niet gewoon mensen van de straat plukken om het te doen.'

'Probeer je me te chanteren?'

'Nee,' zei Ingrid. 'Ik probeer alleen uit te leggen wat er gaat gebeuren met je investering van twee miljoen pond als Guy morgen ontslag neemt.'

'Je probeert echt me te chanteren,' zei Tony neerbuigend glimlachend. Toen veranderde zijn gelaatsuitdrukking: elk spoortje humor verdween toen hij zich doodserieus vooroverboog. Hij sprak met een zachte, afgemeten aandrang die al onze aandacht opeiste. 'Ik zal jullie eens wat vertellen. Ik reageer niet op dreigementen. In mijn hele carrière heeft niemand me nog ooit ongestraft kunnen bedreigen. Wat er ook gebeurt, Ingrid, jij hebt morgen geen baan meer. En jij ook niet, David. Nu wordt het tijd dat jullie ophoepelen.'

Ik kon zien dat Ingrid woedend was, maar ik keek haar even aan en stond op.

'Engerd,' mompelde Ingrid toen we het straatje doorliepen richting Knightsbridge om een taxi te nemen.

'Geeft niks,' zei ik. 'Het was de moeite van het proberen waard.'

'Guy had gelijk,' zei ze. 'We hadden nooit zijn geld moeten aannemen.'

'Nee, dat hadden we niet. Grote fout.'

Mijn fout.

We liepen langs de man in de auto aan het eind van de straat. Zo te zien was hij in slaap gesukkeld. Met een ruk leek hij ineens wakker te schieten en hij startte zijn auto. Toen we de hoek omsloegen keek ik over mijn schouder en zag Tony uit zijn huis komen.

'Ik heb die man nooit gemogen,' zei Ingrid. 'Vanaf het moment dat we bij hem in Frankrijk logeerden wist ik dat hij een smeerlap was. Ik krijg koude rillingen elke keer als ik naar hem kijk. Hij denkt dat hij een blitse playboy is, maar hij is enkel een vieze oude man. Dat was hij altijd. Weet je wat ik met hem zou willen doen?'

Ik kwam er nooit achter wat Ingrid met Tony zou willen doen. In plaats daarvan hoorde ik vanuit het straatje het gebrul van een automotor, en een kreet die abrupt werd afgebroken.

Ik keek Ingrid aan en begon te rennen.

Ik liep de hoek om en zag een lichaam in een onnatuurlijke hoek languit op het wegdek vóór Tony's huis liggen. Toen ik dichterbij kwam was het duidelijk wie het was. Ik herkende de kleren, de vorm en de omvang. Maar toen ik bij hem kwam kon ik zijn gezicht niet herkennen; zijn hoofd was één bloederige massa.

Even later kwam Ingrid naast me staan. Ze keek neer op het lichaam op het wegdek en gilde.

Goal.com had geen bestuursvoorzitter meer.

DEEL II

3

Juli 1987, twaalf jaar eerder, Dorset

Ik begon te rennen vanaf de rand van het zestienmetergebied, net toen Guy de voorzet gaf, richting verste paal. Ik sprong tegelijk met Phil, de keeper. De bal zweefde een paar centimeter boven Phils uitgestrekte vingers, kwam op mijn hoofd en kaatste tussen de palen de braamstruiken in langs de sloot erachter.

'Ja! Mooie bal, David,' riep Torsten. 'Vijf-vier. We hebben gewonnen!'

Ik keek even naar Guy, die beheerst voldaan glimlachte. Guy leek met volmaakte timing de bal precies te plaatsen waar hij maar wilde.

Ik draafde weg om de bal uit de braamstruiken te halen en voegde me bij de anderen, die verspreid liggende kledingstukken opraapten en terug-slenterden naar het huis. Het was een heerlijke avond. Tijdens het partijtje voetbal was de hemel, onopgemerkt door de spelers, diep blauwgrijs en de donswolkjes inktzwart geworden. Roeken krasten luidruchtig in het bosje langs de kant van het speelveld terwijl we op weg gingen naar Mill House, de omgebouwde watermolen waar veertig van ons in de kost waren. De ruime, moderne campus van Broadhill School zelf was ruim twee kilome-ter verder naar het oosten nog zichtbaar boven vredige koeienweiden.

De avonden, die tot die week boordevol hadden gezeten met studie voor examens, waren ineens vrij om een potje te voetballen. Bijna alle toetsen waren voorbij. Ik moest alleen nog een wiskunde-examen doen en vond dat mijn hersenen wat rust verdienden. Over drie weken zou mijn leven op Broadhill voorbij zijn. De race van dertienjarige jongen naar achttienjarige volwassene zou ten einde zijn. Op dat moment vond ik het bijna jammer.

Ik haalde Torsten en Guy in. 'Goeie voorzet,' zei ik.

Guy trok de schouders op. 'Die kop van jou is haast niet te missen, Davo.'

We liepen met zijn drieën naast elkaar over het korte stuk landweg naar het huis.

'Ik heb een tijdje geleden met mijn vader gesproken,' zei Torsten. Tor-sten Schollenberger was een lange, verzorgd uitziende Duitser wiens vader een netwerk van belangen in tijdschriftuitgeverijen door heel Europa bezat. 'Hij wil dat ik in de zomer op zijn kantoor ga werken. In Hamburg.'

'Wat? Dat is onmenselijk,' zei Guy. 'Na al die examens en zo?'

'Ik weet het. En ik ga in september naar een universiteit in Florida. Eigenlijk ben ik aan rust toe.'

'Je zult dus niet kunnen komen logeren bij mijn vader in Frankrijk?'

'Het ziet er niet naar uit.'

'Man, dat is klote. Kun je hem niet zeggen dat hij op kan donderen? Je bent achttien. Je bent volwassen. Hij kan je niet dwingen te doen wat je niet wilt doen.'

'Guy, jij hebt mijn vader ontmoet, nietwaar?'

'Ja.'

'Nou dan?'

'Ik geloof dat ik het snap. Nou ja. Een andere keer.'

'Ja. Dat zou fijn zijn.'

Ik liep zwijgend naast hen. Mijn ouders gingen die zomer weer met de caravan naar Devon. Ze hoopten dat ik met hen mee zou komen. Dat zou ik waarschijnlijk. De caravan was heel krap maar ik hield van mijn ouders en van Devon. Ik vond het fijn met mijn vader over de hei te wandelen. Hij had me ook een baan aangeboden om in de zomer op zijn kantoor te werken, een klein filiaal van een hypotheekbank in Northamptonshire. Hij zou me zestig pond per week betalen. Ik was van plan dat aan te nemen, want ik kon het geld goed gebruiken.

Maar ik voelde er niets voor om dit allemaal aan Guy en Torsten te vertellen.

Broadhill was een unieke school. Het was een van de duurste kostscholen in Engeland en had fantastische faciliteiten. Maar het bood ook beurzen aan veel minder gesitueerde leerlingen, en niet alleen omdat ze goed konden leren. Ik had een beurs op basis van mijn cijfers, maar Phil, de keeper, was een talentvolle cellist uit Swansea. Ik wist dat Guys vader de volle mep betaalde, al zouden Guys vaardigheden in voetbal, cricket en tennis hem een sportbeurs bezorgd kunnen hebben. Torsten betaalde waarschijnlijk dubbel.

Het resultaat was een bonte mengelmoes van jongens en meisjes, van superrijk tot heel bescheiden, van genieën tot bijna analfabeten, van internationale zwemsterren tot concertpianisten. Je had er ook een behoorlijk aantal sukkels, reltrappers, luiwammesen, en kont-tegen-de-krib-gooiers. Alcohol en tabak kwam je overal tegen. Nu en dan circuleerden er zelfs meer verboden stimulerende middelen. Maar om de een of andere reden, ondanks de aanwezigheid van opgroeiende jongens en meisjes op één kostschool, was er heel weinig seks.

Ik kon nooit achterhalen waarom. Een paar keer probeerde ik zelf die situatie te veranderen, met heel weinig succes. Er was natuurlijk een schoolreglement dat zoiets verbood, maar het leek alsof de leerlingen zichzelf het celibaat oplegden. Ten slotte ontwikkelde ik een theorie die het kon verklaren, een soort uitbreiding van Groucho Marx' uitspraak dat hij geen lid wilde zijn van een club die hem als lid wilde accepteren. Er bestond op de school een strenge en duidelijk gedefinieerde hiërarchie van jongens en meisjes. Het was beneden de waardigheid van een individuele leerling, gezien te worden met een lid van de andere sekse onder zijn of haar niveau in die hiërarchie. We moesten allen streven naar iets hogers. Dit betekende heel veel frustratie voor negenennegentig procent van de school en een *embarras du choix* voor de gelukkige één procent.

En wie stond aan de top van deze hiërarchie? Nou, Torsten kwam in de buurt, maar helemaal bovenaan stond Guy natuurlijk.

Hij en ik deelden dat jaar een kamer. Valentijnsdag is een probleem op elke school, maar die februari was het voor mij bijzonder vernederend geweest. Ik had één kaart gekregen, van een triest meisje met een bril in mijn wiskundeklas, dat later als topvermogensanalyste terechtkwam op een investeringsbank. Guy kreeg er drieënzeventig. De meeste waren waarschijnlijk van dertien- en veertienjarigen die hij niet eens kende, maar toch. Hij had de vorige zomer de hoofdrol gespeeld in een onofficiele productie van *Grease* en had op de vrouwelijke helft van de school een indruk gemaakt die was blijven hangen tot in februari daarna. Ik was lang, donker en onopvallend en ik wist dat ik geen concurrent was voor Guy, maar mijn ego lag in duigen, en niet voor het eerst. Wat me echt dwarszat was dat hij het niet eens leuk vond. Hij zag het als iets vanzelfsprekends.

Ofschoon ik met Guy een kamer deelde was hij heel discreet over zijn liefdesleven. Ik nam aan dat hij 'het had gedaan', maar hij schepte er niet over op. Zijn relaties met meisjes leken echter volgens een vast patroon te verlopen. Je zag hem gedurende enkele weken, of zelfs maanden, een knappe meid van zestien of zeventien jaar charmeren, met haar kletsen, haar aan het lachen maken en dan liet hij haar ineens vallen. Binnen enkele dagen zat hij weer achter iemand anders aan.

Zijn laatste vlam was een meisje dat Mel Dean heette, die ook in haar laatste schooljaar was. Ze was niet de klassieke schoonheid, zoals sommige van zijn veroveringen, maar ik kon merken wat hem animeerde. Ze droeg nauwsluitende kleren en had een permanent, zacht pruilmondje dat de suggestie wekte beschikbaar te zijn, en toch had ze de reputatie nog maagd te zijn. 'Willig maar killig', zo heette dat in schooljongenstaal. Voor Guy een onweerstaanbare combinatie.

Ik bleef die avond laat op en trachtte me door nog enkele pagina's van *Oorlog en Vrede* te worstelen. Nu sta ik ervan te kijken hoe dwaas ik was te proberen dat boek te lezen in hetzelfde trimester dat ik mijn examens deed, maar ik moest een zelfbeeld als intellectueel hooghouden.

Guy kwam de kamer in stommelen en begon zich uit te kleden. 'Toe nou, Davo, ik ben kapot. Het is na elven. Kan ik het licht uitdoen?'

'Och, vooruit maar,' zei ik met voorgewende irritatie. Maar in werkelijkheid lag ik al tien minuten dezelfde pagina te lezen en het werd tijd er een eind aan te maken. Het boek viel met een bons op de grond naast mijn bed en ik legde mijn hoofd op mijn kussen. Guy deed het licht uit en liet zich op het zijne vallen.

'Davo?'

'Ja?'

'Wil je deze zomer meekomen naar het huis van mijn vader?'

Eerst dacht ik dat ik het niet goed had gehoord. Het idee van Guy me uit te nodigen bij zijn vader te logeren in het zuiden van Frankrijk kwam als een totale verrassing, een schok eigenlijk. We mochten elkaar, respecteerden elkaar zelfs, maar ik had me nooit als een vriend van Guy beschouwd. Of niet zo'n soort vriend. Guy hield zich op met mensen als Torsten, of Faisal, een prins uit Koeweit, of Troy Barton, zoon van Jeff Barton, de filmster. Het soort mensen wier families miljoenen ponden bezaten en verscheidene huizen, over de hele wereld verspreid. Mensen die elkaar ontmoetten in Parijs of Marbella. Niet het soort dat voor hun zomervakantie naar Devon ging.

'Davo?'

'O, sorry.'

'Nou? Het zal je best bevallen. Hij heeft een geweldig huis op de klippen die uitkijken op kaap Ferrat. Ik ben er zelf nog niet geweest, maar ik heb gehoord dat het fantastisch is. Hij vroeg me een paar vrienden mee te brengen. Mel gaat mee en Ingrid da Cunha. Waarom kom jij niet?'

Waarom niet? Hij meende het. Ik wist niet waar ik het geld vandaan moest halen om er te komen, maar ik wist dat ik mee moest gaan.

'Weet je het zeker?'

'Natuurlijk weet ik het zeker.'

'Oké dan,' zei ik. 'Dankjewel. Ik ga mee.'

4

Ik bracht het glas champagne aan mijn lippen en keek omlaag naar de oude vulkanen van het Centraal Massief, zevenduizend meter onder me. Ik bleek helemaal geen geld nodig te hebben voor een vliegticket. We waren allen bijeengekomen op Biggin Hill, een vliegveld ten zuiden van Londen, en aan boord gegaan van de jet van Guys vader. Binnen enkele minuten zaten we in de lucht, op weg naar Nice.

Mel Dean en Ingrid da Cunha zaten in stoelen achter me, met Guy tegenover hen. Mel droeg een nauwsluitende spijkerbroek, een wit T-shirt, een jack van spijkerstof en vrij veel make-up. Een baan geel liep door haar donkere haren, die zich om haar nek krulden en over haar schouder op haar borst vielen. En wat een borst. Haar vriendin Ingrid droeg een slobber-broek en een trui. Ik kende hen beiden nauwelijks; Mel was vijf jaar op de school geweest, maar we hadden nooit in dezelfde klas gezeten en al die tijd had ik nauwelijks met haar gesproken. Ingrid was pas vorige herfst op Broad-hill gekomen, halverwege de zesde klas.

Ik groette hen. Mels lippen vertrokken zich heel even als reactie, maar Ingrid had een brede, vriendelijke glimlach voor me. Ik liet het kletsen aan Guy over; te oordelen naar het schorre schaterlachen van Ingrid deed hij dat goed. Ik leunde achterover in mijn diepblauwe, leren stoel. Ik vloog voor het eerst. Dit was pas leven.

Guy kwam naast me zitten. 'Jij hebt mijn vader nooit eerder ontmoet, is 't wel?'

'Nee,' zei ik. 'Ik geloof niet dat ik hem ooit heb gezien. Alleen wel in de kranten natuurlijk.' Tony Jordan was het wonderkind van de Londense projectenmarkt geweest. Mijn vader wist alles over hem, al stond hij minder vaak in de kranten toen ik die begon te lezen. Ik had een paar artikelen gezien in *Private Eye*, waarin hij werd beschuldigd een lokale gemeenteraad te hebben omgekocht voor de inschrijving van een winkelcentrum, en zijn vroegere compagnon zou hij zonder pardon de deur hebben gewezen. Maar meestal werd hij in de roddelkolommen genoemd, niet in de zakenkranten.

'Hij is maar een paar keer op Broadhill geweest. De laatste paar jaar heb ik zelf zelden iets van hem gezien. Maar je zult hem best mogen. Hij is een aardige kerel. Hij zet graag de bloemetjes buiten.'

'Uitstekend. Is hij weer getrouwd?'

'Ja, een paar jaar geleden. Een Franse troela die Dominique heet. Ik heb haar nooit ontmoet. Maar vergeet haar maar. Bereid je voor op lol trappen.'

'Dat zal ik.' Ik aarzelde. Ik verheugde me erop de bars en restaurants te bezoeken. Ik was nu achttien en wilde gebruikmaken van mijn wettelijk recht om volop te kunnen drinken. Maar er was één probleem. 'Guy?'

'Ja?'

'Ik heb eigenlijk niet zoveel geld bij me. Ik bedoel maar, misschien moet ik me bij een paar dingen gedeisd houden. Dat begrijp je toch wel?'

Guy lachte breeduit. 'Nee, dat doe ik niet. Vader betaalt wel. Geloof me maar, dat wil hij. Hij is altijd royaal geweest, vooral als het op fuiven aankomt. En mocht je soms krap komen zitten, vraag mij dan maar. Echt.'

'Bedankt.' Ik was opgelucht. Vijf jaar lang had ik kunnen overleven op een fractie van het zakgeld van sommige van mijn leeftijdgenoten op Broadhill, maar ik maakte me zorgen dat het in de buitenwereld veel moeilijker zou zijn. En rood staan als student kon ik pas over enkele maanden.

De jet gleed over de keurige, groene plooien van het achterland van de Rivièra en vloog boven een stad, gedomineerd door twee vreemd gevormde flatgebouwen die eruitzagen alsof ze van lego waren opgetrokken. Eenmaal boven het diepe blauw van de Middellandse Zee beschreef hij een bocht naar het vliegveld van Nice, een detonerende rechthoek van onnatuurlijk vlak, drooggelegd land die uitstak in zee.

Tony Jordan haalde ons af in het stationsgebouw. Hij moest minstens vijfenveertig zijn, maar zag er jonger uit. Het viel me op dat hij op Guy leek, niet alleen qua uiterlijk, maar ook in de manier waarop hij zich bewoog. Hij verwelkomde ons met Guys innemende glimlach en propte ons alle vier in de open achterzijde van zijn gele jeep.

Hij reed ons door Nice, over de Promenade des Anglais, aan de ene kant afgezet met hotels, flatgebouwen en vlaggen, en aan de andere kant met palmbomen, strand, zonaanbidders en de zee. We reden landinwaarts en worstelden ons door het drukke verkeer naar de Corniche, de beroemde kustweg die kronkelend naar Monte Carlo liep. We klommen nog hoger met de Middellandse Zee onder ons en het kustgebergte boven ons, reden door een tunnel en sloegen daarna een smalle kronkelweg in. We bleven klimmen, totdat Tony stopte voor een drie meter hoge, ijzeren poort. Op een van de pilaren stonden de woorden *Les Sarrasins*. Met een afstandsbediening deed hij de poort openzwaaien en de jeep stopte voor een roze gekalkt huis op een lage heuvel.

Hij sprong uit het voertuig. 'Kom maar eens kennismaken met Dominique.'

We beklommen een stenen trap die om de zijkant van het huis voerde en werden verrast door een spectaculair uitzicht. Aan drie kanten lag het intense blauw van de Middellandse Zee, zich uitstrekkend naar een vage horizon waar het zich vermengde met het lichtere blauw van de lucht. We leken hoog in de lucht te zweven, zeker driehonderd meter boven de zee, die we nog net op het strand beneden hoorden breken. Ik voelde me gedesoriënteerd, duizelig, alsof ik mijn evenwicht ging verliezen. Ik zette een stap achteruit naar het huis.

Guys vader zag het en lachte. 'Mensen worden vaak duizelig, vooral als ze het niet verwachten. Kom maar eens kijken.' We schuifelden voorzichtig naar een lage, witmarmeren reling. 'Beneden ons ligt Beaulieu, en daarginds is Kaap Ferrat,' zei hij en hij wees naar een dicht opeengebouwd stadje en een welig groen schiereiland daarachter. 'Verderop ligt Nice. En daarginds' – hij wees naar het oosten – 'ligt Monte Carlo. Op een heldere dag, als de mistral alle rotzooi uit de lucht heeft geblazen, kun je Corsica zien. Maar in juli niet, vrees ik.'

'Wat is dat?' vroeg Guy en hij wees op een afgebrokkelde muur van dunne, grijze bakstenen, die op een rots stond aan het uiteinde van de tuin, naast een eenzame olijfboom.

'Dat was een wachttoren. Ze zeggen dat hij uit de tijd van de Romeinen stamt. Eeuwenlang heeft de lokale bevolking deze plek gebruikt om uit te zien naar Saraceense piraten. Daarom heet het huis Les Sarrasins.' Tony glimlachte tegen zijn zoon. 'En, wat vind je ervan?'

'Mooi, vader. Heel mooi,' zei Guy. 'Maar niet zo handig voor het strand, is 't wel?'

'O jawel. Je hoeft maar over die reling te springen en je bent in tien seconden beneden.'

We leunden eroverheen en keken omlaag. Ver onder ons zagen we nog net een streep zand, naast de kustweg, de Basse Corniche.

'Allo!'

We draaiden ons om. Een paar meter van de reling af was een zwembad en daarnaast lag een vrouw op een zonnestoel. Topless. Ik staarde. Ik was achttien: ik kon het niet helpen. Ze zwaaide en kwam langzaam overeind, pakte haar bikinitopje en trok het aan. Ze ging staan en liep met wiegende heupen naar ons toe. Lang, blond haar, zonnebril, swingend figuur. Ik bleef staren.

'Dominique, dit is mijn zoon Guy. Eindelijk ontmoeten jullie elkaar!'

'Hallo, Guy,' zei Dominique en ze stak haar hand uit. 'Guy' sprak ze uit als 'Gie', met een harde 'g'.

'Hallo, moeder,' zei Guy met zijn beste glimlach en ze lachte. Guys vader stelde haar voor aan Mel, Ingrid en mij. Ik kon niets anders uitbrengen dan een zielig 'Leuk u te ontmoeten, mevrouw Jordan,' en daar moest ze blijkbaar ook om lachen.

'Zolang jullie hier logeren ben ik Tony en dit is Dominique,' zei Guys vader lachend. 'Als jullie mij "meneer" noemen gooi ik jullie van de rots af.'

'Oké, Tony.'

'Zo, jij en Guy slapen in de gastenbungalow daarginds.' Hij wees naar een gebouwtje dat aan de overkant van het zwembad achter een bed hoge lavendel lag. 'De meisjes logeren in het huis. Waarom ruimen jullie je spullen niet op en kom je daarna hierheen om wat te drinken?'

Een uur later troffen we elkaar rond het zwembad. Een mannetje met grijze haren, gekleed in een helderwit jasje, voorzag ons allemaal van Pimm's uit een karaf vol citroen, komkommer en munt. De meisjes hadden zich omgekleed in lichte zomerjurkjes. Dominique had iets om zich heen geslagen, Guy en Tony droegen witte lange broeken en ik droeg mijn sjofele spijkerbroek, die ik liever aanhad dan het enige alternatief, een oude, zwarte corduroybroek.

De zon hing laag boven Kaap Ferrat en het was bladstil. Ik kon het zoemen van de bijen in de lavendel horen, en natuurlijk de zee beneden.

'Fantastisch,' fluisterde Ingrid naast me.

'Ja, dat is het,' beaamde ik.

'Niet het. Hem.'

Ik besefte dat ze het over een tuinman had die een paar gereedschappen terugdroeg naar het huis. Hij was jong, zag er Arabisch uit, waarschijnlijk Noord-Afrikaans, en de spieren van zijn blote borst kwamen prachtig uit in het zonlicht van de late namiddag. Hij keek naar Guy en lachte naar hem.

'Je hebt sjans, Guy,' zei Ingrid terwijl de tuinman om de hoek van het huis verdween.

'Waar heb je het over?' zei Guy. 'Hij lachte naar ons allemaal.'

'Ik wou dat dat waar was, Guy, maar nee hoor. Hij had alleen oog voor jou.'

Guy keek zuur. Hij had het soort charme dat bewonderende blikken van zowel mannen als vrouwen trok, en ik wist dat hij er de pest aan had. Maar hij kon er niets aan veranderen. 'Wat zit je nou te grijnzen?' gromde hij tegen mij.

'Niets,' zei ik en ik keek Ingrid even aan. 'Laten we wat drinken.'

De Pimm's gleed heel gemakkelijk naar binnen. Ondanks onze voorgewende wereldwijsheid was niemand van ons gewend aan sterke drank, en die begon algauw uitwerking te krijgen. Ik zei niet veel, maar bekeek de anderen met een plezierig, gonzend gevoel in mijn hoofd. Het was duidelijk dat Guy zijn vader niet goed kende, maar even duidelijk dat ze beiden hun best deden aardig tegen elkaar te zijn. Tony had de meisjes algauw aan het giechelen, vooral Mel, die nogal op hem leek te vallen.

Op dat moment kwam Guys broer Owen aansjokken. Zelfs voor zijn vijftien jaar was hij groot. Zijn spieren waren onnatuurlijk goed ontwikkeld en zijn grote hoofd leek te behoren aan iemand die veel ouder was. Maar hij leek oncomfortabel met zijn grote lijf. Hij liep aarzelend en wat gebukt, alsof hij probeerde zijn lengte te verbergen. Natuurlijk haalde dat niets uit. Zijn haar was vaalbruin en lag in vette krullen op zijn hoofdhuid. Hij zat onder de puistjes. Hij droeg een T-shirt met Apple Computer erop en een zwart rugbybroekje. Iedereen negeerde hem.

'Hallo, Owen,' zei ik uit beleefdheid.

'Hallo.'

'Ben je al lang hier?'

'Een paar dagen.'

'Dit is een fantastisch huis, vind je niet?'

'Het gaat wel,' zei hij en hij slenterde weg. Einde van de conversatie met Owen.

Tony verscheen met een karaf Pimm's in zijn hand. 'Wil je er nog een?'

'Ja, graag, meneer.'

'David, ik heb je toch gewaarschuwd. Nog één keer en je gaat de rots af.'

'Sorry. Tony.'

Hij vulde mijn glas opnieuw. 'Lekker spul, nietwaar?'

'Het gaat er heel gemakkelijk in.'

'Ja. Het is de enige Engelse drank die het goed doet in Frankrijk, vind ik. Zelfs Dominique drinkt het graag.' Hij keek naar Owen, die zich een cola inschonk. 'Jij zit op school in dezelfde groep als Guy en Owen, nietwaar?'

'Ja. Guy en ik hebben dezelfde kamer.'

'Hoe doet Owen het daar?'

'Dat is eigenlijk moeilijk te zeggen. Volgens mij is hij oké. Hij heeft niet veel vrienden, afgezien van een paar computerfreaks. Hij leest veel. Hij blijft op zichzelf. Maar niemand valt hem lastig. Daar zorgt Guy wel voor.'

'Ja. Guy heeft altijd al op hem gepast.' zei Tony. 'Owen was nogal van de kaart over de scheiding. Ik geloof niet dat zijn moeder veel belangstelling voor hem had, ze zorgde alleen dat hij bij mij wegbleef. Hoe ging dat met dat rugby-incident? Heb je daarover gehoord?'

'Ja, inderdaad.'

'Heeft hij het gedaan?'

Ik verstrakte. Dit was lastig terrein. 'Ik weet het niet, meneer. Ik bedoel, Tony.'

'Sorry. Dat is geen eerlijke vraag. Maar hoe wordt erover gepraat? Is de algemene opinie dat hij het heeft gedaan?'

Owen was een goede rugbyspeler, een aanvaller voor de Junior Colts. Maar eerder dat jaar waren er problemen op het veld. Een jongen van een andere school was een stukje van zijn oor kwijtgeraakt in een *ruck*. Er stonden tandafdrukken in. Owen werd ervan verdacht en een paar dagen hing zijn toekomst op school aan een zijden draadje, maar ze hadden niet genoeg bewijzen om hem weg te sturen. Hij was echter wel uit het team gezet.

'Niemand weet het.'

'Dat past precies bij Owen, nietwaar?' zei Tony. 'Je weet het nooit.'

'Dat is waar.' Owen was een mysterie, maar in tegenstelling tot zijn vader kon mij dat weinig schelen. De meeste mensen waren een mysterie.

'Nog vriendinnetjes?'

'Owen?' vroeg ik en ik moest onwillekeurig glimlachen.

'Ik begrijp het. Hoe zit het met Guy?'

'Nou, dat is een ander verhaal. En een dat voortdurend verandert.'

Tony lachte. Rond zijn helderblauwe ogen verschenen talloze rimpeltjes. Hij keek waarderend naar Mel, die aan Guys lippen hing terwijl hij een sterk verhaal vertelde over een ongelukje op de Cresta-piste in Sankt Moritz. 'Is zij zijn meisje nu?'

'Nee.' Ik zweeg even. 'In elk geval nog niet.' Maar als ik naar haar keek wist ik vrij zeker dat Mel aan de haak was geslagen. En Tony ook, dacht ik.

'Nou ja, ik ben blij te zien dat mijn zoon een goede smaak heeft.' Hij lachte. 'Dit huis was gebouwd om indruk te maken op vrouwen. Ik hoop dat het ook voor Guy werkt.'

'Op de een of andere manier vermoed ik van wel.'

'Hoe zit het met jou? Wat vind jij van Broadhill?'

Tot mijn verrassing merkte ik dat ik Tony vrij uitvoerig antwoord gaf. Hij trok zich niets aan van mijn betrekkelijk eenvoudige komaf en had echte belangstelling voor de school en hoe het daar ging. Het was zeker niet alsof ik met mijn ouders sprak, maar ook niet helemaal zoals je praat met een leeftijdsgenoot. De vragen waren minder oppervlakkig, en er werd totaal niet gevist naar imago of status, zoals dat gebeurt als twee vreemden van achttien jaar met elkaar praten.

Terwijl de zon rood onderging boven de heuvels in de richting van Nice, en de gladde zee in een gouden gloed deed oplichten, klommen we een paar treden op naar een terras boven het zwembad om te gaan eten. Een salade met geitenkaas en een vis die in een heerlijke saus was gekookt, weggespoeld met de beste witte wijn die ik ooit had geproefd: zo lekker had ik nog nooit gegeten. Ik was er me intens van bewust dat Dominique naast me zat, zo bewust dat ik nauwelijks mijn hoofd haar kant uit kon draaien, uit angst dat ik zou staren.

Ten slotte zei ze aan mijn schouder: 'Je bent vanavond heel stil.'

'Is dat zo? Het spijt me.'

'Is alles goed?'

'O, ja,' zei ik, en ik draaide mijn hoofd met tegenzin haar kant op. 'Dit is allemaal zo... ik weet het niet, geweldig.'

Voor het eerst kon ik haar goed opnemen. Ze had een hoekig gezicht en ik zag rimpeltjes opzij van haar mond. Ze was waarschijnlijk achter in de dertig. Maar nog steeds een schoonheid. Heel zeker een schoonheid. Ofschoon de zon bijna verdwenen was droeg ze nog steeds een zonnebril; daardoor had ik geen idee hoe haar ogen eruitzagen. Maar haar volle lippen glimlachten. Het lichaam waarnaar ik eerst had gestaard zat nu veilig verborgen onder een gele omslagdoek.

'Is dat jouw boek?' Ze knikte naar mijn beduimelde exemplaar van *Oorlog en Vrede*, dat ik misplaatst had meegenomen naar het zwembad.

'Ja.'

'Saai.'

'Zo erg is het niet, als je eenmaal aan het lezen bent.'

'Onzin. Ik vond het saai. Ik geef de voorkeur aan *Anna Karenina*, jij niet? Dat is pas een vrouw waar ik duizend bladzijden mee kan doorbrengen.'

'Ik heb het niet gelezen,' zei ik verrast.

'O, maar je moet het lezen.' Ze lachte, een schorre, hese lach. 'Je kijkt geshockeerd. Waarom zou ik *Anna Karenina* niet lezen?'

'Eh, dat weet ik niet.'

'Dacht je soms dat ik enkel een stom fotomodel ben?'

Ja, dacht ik. 'Nee,' zei ik.

Ze lachte weer. 'Dat deed je wel. Tja, ik heb filosofie gestudeerd aan de universiteit van Aix-en-Provence. Het model lopen was alleen maar, hoe noem je dat... een bijbaantje. Maar daarna werd mijn studie een bijbaantje.'

'Wat jammer,' zei ik zonder na te denken.

'Waarom?'

'Eh... dat weet ik niet,' stamelde ik, bang dat ik onbeleefd was geweest.

Ze lachte. 'Op dit moment zou ik op een verzekeringskantoor of zoiets kunnen zitten en stukjes papier opbergen in dossiers. Bedoel je dat soms?'

'Nee,' zei ik. 'Maar heb je er niet een beetje spijt van?'

'Soms. Niet vaak. Ik heb van het leven genoten. Erg genoten. Geniet jij ook van het leven, David?'

'Nou ja, uh, ik neem aan van wel.'

'O ja?'

Ik nam een grote slok wijn en beheerste me weer. 'Je zit me op de kast te jagen, nietwaar?'

Ze lachte. 'Ja. Ik ben er dol op Engelsen te corrumperen. Tony was helaas al bedorven toen ik hem vond. Zijn zoon lijkt in de voetstappen van zijn vader te treden.' Aan het andere eind van de tafel begon Mels afstandelijkheid zichtbaar te smelten, blootgesteld als ze was aan de gecombineerde charme van het vader-en-zoonteam, en Ingrid zat breeduit te lachen met pretoogjes.

'Hij heeft een behoorlijke reputatie op school. Volgens mij is hij een geboren winnaar.'

'Dat kan ik aan hem zien. Abdulatif lijkt hem zeker te appreciëren.'

'Is Abdulatif de tuinman?'

'Ja. Verrukkelijk, vind je niet? Ik ben er dol op zoals hij daar rondloopt zonder hemd.'

'Maar hij valt op mannen?'

'Volgens mij valt Abdulatif op alles wat knap is.'

Ik wist niet precies hoe ik daarop moest reageren.

'En jij?' zei ze. 'Ben jij een geboren winnaar bij de vrouwen?'

'Ik dacht dat je was opgehouden met me op de kast te jagen.'

'Dat klopt. Maar jij en Guy, jullie lijken verschillend.'

'Dat zijn we ook. We hebben op school dezelfde kamer, dus ik neem aan dat we elkaar vrij goed kennen. Ik was echter slechts tweede keus om hierheen te komen.'

'Ja. Tony zei dat Guy de zoon van Helmut Schollenberger mee zou brengen.'

'Dat klopt. Torsten.'

Ze huiverde. 'Ik haat die man. En voordat je het vraagt, ik heb in zijn tijdschriften gestaan. Met minder aan dan misschien hoort. Na mijn eerste huwelijk ontdekten ze wat oude foto's.' Ze lachte. 'Ik vond het eigenlijk niet erg. Maar Henry? Ooh!'

'Wie is Henry?'

'Een politicus. En hij is zo saai. Ik werd verliefd op zijn ogen. Hij had van die slaapkamerogen, die had hij tenminste totdat we getrouwd waren. Toen veranderden ze.'

'Dus je hebt hem afgevoerd?'

Ze schokschouderde. 'We hebben elkaar afgevoerd.'

'En je ontmoette Tony?'

'Ik leerde Tony kennen.' Ze glimlachte traag. Geen glimlach van plezier, meer een van triestheid, pijn zelfs, dacht ik.

'Hoe lang ken je hem al?'

'Aha. Dat kan ik je niet vertellen.'

'Waarom niet?'

'De scheiding. De moeder van Guy zou dat dolgraag weten.'

'O, het spijt me. Ik wilde niet nieuwsgierig zijn.'

Ze lachte. 'Maar dat was je natuurlijk wel.'

Op dat moment stond Owen, die de hele avond tegen niemand iets had gezegd, van tafel op en liep het huis in.

'Owen! Weet je zeker dat je niet wilt blijven?' riep zijn vader hem na.

Owen bleef even staan en draaide zich om. 'Nee,' zei hij, met een onbewogen gezicht.

'Oké. Welterusten dan.'

Owen gromde en draaide zich om.

'Welterusten, *chéri*,' riep Dominique tegen de achterkant van Owens brede schouders. Owen liep stug door zonder te antwoorden.

'Een vreemde jongen is dat,' zei Dominique. 'Hij is hier al twee dagen en hij heeft nauwelijks wat gezegd. Hij praat tegen me alsof ik niet besta. Tony probeert met hem te praten, maar hij zegt nooit meer dan twee woorden terug. Volgens mij heeft Tony het opgegeven.'

'Ze hebben hun vader niet zo vaak gezien, is 't wel, Guy en Owen?'

'Nee,' zei Dominique. 'De jongens passen niet in Tony's leven. En Robyn, hun moeder, haat het als ze hem bezoeken. Ze wilde hen niet eens naar onze bruiloft laten komen. Ik heb Guy nu pas voor het eerst ontmoet. Maar ik denk dat Tony zich schuldig voelde, daarom haalde hij Robyn over hen een paar weken hier te laten komen. Bovendien is Guy ouder. Ik vermoed dat Tony en hij tegenwoordig meer gemeen hebben.'

De bediende haalde onze borden weg en Dominique schonk zich nog een glas wijn in. '*Mon Dieu*, mijn man vermaakt zich, nietwaar?' Mel en Ingrid stikten van het lachen om iets wat hij zojuist had gezegd. Guy trouwens ook. Tony legde zijn hand op Mels arm om haar tot bedaren te brengen en liet die daar. Zij trok niet terug. Guy scheen het niet te merken.

Ik gaf geen antwoord.

'Twee knappe meisjes die aan je lippen hangen. Wat kan een man van zesenveertig meer verlangen, hè, David?'

'Ik weet het niet,' zei ik neutraal.

'Huh.' Ze schudde haar haren naar achteren. 'Miguel! Nog een fles wijn!'

Ten slotte kwam er een eind aan de avond. Ik was vrij dronken. Dat was iedereen, met uitzondering misschien van Ingrid. Guy en ik zwalkten naar de gastenbungalow, op zo'n twintig meter van het huis.

Toen ik op bed ging zitten tolde de kamer in het rond. Ik concentreerde me, in een poging het raam te dwingen op zijn plaats te blijven. Wonderlijk genoeg lukte me dat.

'Ik denk dat ik deze week geluk zal hebben,' zei Guy en hij liet zich op het bed vallen.

'Met de tuinman? Tussen haakjes, ik hoorde dat hij Abdulatif heet.'

'Hahaha. Nee, met Mel, idioot. Al mag ik Ingrid ook graag. Ik wed dat ze heet is in bed. Misschien met hen beiden.'

'Guy!'

'Oké. Met Mel. Weet je, ik ben vrij zeker dat ze nog maagd is.'

'Dat zeggen ze tenminste op school.'

'Ja, maar hoe konden ze dat weten? Je weet het nooit totdat je, nou ja, erachter komt.'

'Ik neem aan van niet.'

'Maar ze is er klaar voor. Ze is er beslist klaar voor.'

'Dat is mooi,' zei ik zonder veel overtuiging.

Waarom kregen mensen als Guy altijd de meisjes? Waarom lachten meisjes als Mel en Ingrid niet om mijn moppen? Omdat ik het vertrouwen niet had ze te vertellen, was één antwoord. Omdat ik niet knap was, was een ander. Er waren ongetwijfeld veel anderen. Mel, Guy, Tony, Dominique, Ingrid, zelfs de tuinman Abdulatif. Allemaal knappe mensen. Allemaal gebruikten ze hun natuurlijke talenten in een ingewikkelde dans van charme en verleiding, waarin de passen bestonden uit een grappige opmerking, een blik op het juiste moment, een aanraking. In nachten als die nacht, toen seks in de lucht hing, voelde ik me afgunstig, gefrustreerd en onbekwaam.

Ik moet in slaap gevallen zijn, maar niet langer dan een uur of zo. Ik ontwaakte met een gespannen gevoel, tegelijk dronken en met een kater. Vanuit Guys bed hoorde ik regelmatig ademen. Mijn maag was van streek en ik moest piesen, maar mijn ledematen voelden zo zwaar aan dat ik niet wist of ik de kracht had om uit bed te komen.

De drang in mijn blaas verergerde en won het van mijn zwakheid. Ik kroop uit bed en waggelde naar de badkamer. Toen ik klaar was spetterde ik wat water op mijn gezicht en dronk een vol glas. Ik voelde me nog misselijk. Ik dacht dat ik beter even naar buiten kon gaan, in de hoop dat ik van de buitenlucht zou opknappen.

Het lukte. Een koel, zacht briesje verfriste mijn gezicht. Overal om me heen klonk de dringende conversatie tussen duizend insecten. Ik liep naar de marmeren reling en keek naar het zwarte silhouet van Kaap Ferrat tegen het wisselende grijs van de zee. In het halfduister kon ik de ruïne van de wachttoren zien naast de eenzame olijfboom, een zwijgende wachter van het huis zoals hij dat eeuwenlang was geweest. De gemengde geur van zout en pijnbomen hing in de lucht. Ik leunde over de reling, keek omlaag naar de miniatuurbranding en voelde me beter.

Ik weet niet zeker hoe lang ik daar tegen de reling geleund bleef. Misschien was ik zelfs wel in slaap gevallen. Maar langzaam werd ik me bewust van stemmen in het huis achter me. Boze stemmen. Ik ging rechtop staan en luisterde gespannen. Het waren Tony en Dominique. Ze spraken Frans en ik kon niet precies verstaan wat ze zeiden. Totdat Dominiques stem door de tuin in mijn richting schalde. '*Salaud! Une gosse! Tu as baisé une gosse!*' Een deur klapte dicht en in de tuin klonken weer de geluiden van de krekels en de wind in de bomen en de golven.

'*Salaud! Une gosse! Tu as baisé une gosse!*' Mijn warrige hersenen wroetten door mijn Franse vocabulaire. Het was allemaal een beetje spreektaal voor me. Wat was in godsnaam een *gosse*? Een gans, misschien? Toen herinnerde ik me *baiser* uit een stuk van Molière dat we op school hadden bestudeerd. Kussen. Tony had iemand gekust die hij niet mocht kussen. En op een bepaalde manier betwijfelde ik of het een gans was.

Ik liep terug naar mijn kamer en kroop in bed, me afvragend of het werkelijk was gebeurd wat ik dacht dat er gebeurd was. Misschien had ik het helemaal bij het verkeerde eind, zoals die keer dat ik het Franse woord 'maag' had verward met dat voor 'maagd' in een Frans dictee. De woorden tuimelden eindeloos over elkaar heen in mijn verwarde hersenen, totdat ik eindelijk in slaap viel.

5

April 1999, The City, Londen

In de zeventien jaar dat ik Guy had gekend was ik nooit zeker of ik hem kon vertrouwen, en ik wist ook niet zeker of ik dat nu kon doen. Hij vroeg me mijn carrière, mijn spaargeld, mijn hele toekomst in zijn handen te leggen en hij bracht me in de verleiding, zoals zo vaak in het verleden.

Zo was Guy nu eenmaal.

Toen hij me die middag onverwacht belde, herkende ik direct het Amerikaans getinte kostschoolaccent. Hij stelde voor samen een biertje te gaan drinken. Zeven jaar geleden had ik besloten dat het beter voor me was als ik hem uit de weg ging. Maar zeven jaar is lang. Bovendien verveelde ik me en was ik nieuwsgierig. Dus sprak ik met hem af in de Dickens Inn in St. Katherine's Dock.

Ik was er vroeg; ik wilde maar al te graag ontsnappen uit kantoor en de wandeling van Gracechurch Street duurde korter dan ik had verwacht. Ik bestelde een glas bitter en baande me tussen de bankmensen, productenhandelaars en een enkele toerist door een weg naar de deur. De avondzon weerkaatste van het gladde wateroppervlak van het dok en klotste tegen de chique motorjachten en bezadigde zeilboten die daar gemeerd lagen. De lucht was koel, maar na een week regen was het een goed gevoel buiten te zijn.

'Davo!'

Er was maar één persoon die me Davo noemde. Ik draaide me om en zag hoe hij zich met zijn schouders een weg baande door de menigte, een lenige gestalte in een zwart jack, T-shirt en spijkerbroek. 'Davo, hoe gaat het met je?'

'Prima,' zei ik. 'En met jou?'

'Geweldig, Davo, geweldig.' De blauwe ogen glinsterden. Hij keek de drukke kroeg in. 'Verrek, werkt er tegenwoordig niemand meer?'

'Ik dacht dat zeven uur wat laat voor jou was?'

'Tegenwoordig niet.'

'Wacht, ik haal een biertje voor je.'

Ik worstelde me weer door de massa en kwam terug met het merk Tsjechisch bier waar Guy naar mijn weten van hield. Ik merkte dat hij zich een paar meter had verwijderd van de groep drinkers buiten de pub.

'Je wilt niet worden afgeluisterd, hè?'

'Omdat je het me vraagt, nee,' zij hij en hij nam een slok van zijn bier. 'Je bent nu dus een echte City-jongen? Leipziger Gurney Kroheim. Ingewikkelder kun je het niet bedenken, nietwaar?'

'Niet sinds de fusie,' zei ik. 'Een boel topmensen zijn bij Gurney Kroheim weggegaan en Leipziger is een van de meer bezadigde Duitse banken.'

'Maar nog steeds een handelsbank, is 't niet?'

'Tegenwoordig heten we allemaal beleggingsbankiers.'

'Vind je het leuk?'

Ik zweeg even voordat ik antwoord gaf. Vier jaar geleden was ik trots geweest te gaan werken voor het oude en nog machtige gevestigde huis van Gurney Kroheim. Maar nadat het was opgeslokt door de Leipziger Bank, de derde grootste bank in Duitsland, kwamen er elke maand reorganisaties. En op de een of andere manier was Projectfinanciering, waar ik terecht was gekomen, een soort impasse gebleken. Tegenover mensen buiten de bank hield ik me meestal optimistisch. Maar niet tegenover Guy.

'Niet echt. Ik lijk veel werk te verzetten en krijg er weinig erkenning voor. Mijn levensverhaal.'

'Maar ze betalen je goed?'

'Ik geloof van wel. Tegenwoordig verdienen we het meeste aan bonussen en daarvan krijg ik er niet zoveel. Nog niet in elk geval.'

Guy glimlachte meelevend. 'Wacht maar een paar jaar.'

'Misschien. Ik ben er niet zo zeker van. Het gaat vrij slecht op dit moment met Leipziger. Hoe zit het met jou? Hoe gaat het met acteren? Ik heb naar je uitgekeken op de buis, maar ik heb nog niets gezien.'

'Dan kijk je kennelijk niet naar elke aflevering van *The Bill.*'

'Ik kan me jou niet voorstellen als smeris,' zei ik verbaasd.

'Ik was niet eens een schurk. Meer een voorbijganger. Maar toen kreeg ik een telefoontje uit L.A.'

Ik besefte nu dat het spoortje Amerikaans in zijn accent duidelijker was dan ik me herinnerde.

'Hollywood, hè? Ik wed dat Brad Pitt in zijn schoenen stond te trillen.'

'Hij wist zich te redden. In die stad is ruimte voor Brad en mij. Volop ruimte. Ze wilden me voor een film: *Fool's Paradise.* Heb je die gezien?'

'Nee.'

'Hij kreeg vrij slechte kritieken. Hoe dan ook, ze wilden een Engelse acteur om drie zinnen te zeggen en Sandra Bullock te neuken. Ik was hun man.'

'Heb jij Sandra Bullock geneukt?'

'Jazeker. Het bleek het toppunt van mijn carrière te zijn.'

Ik moest het vragen; ik kon het niet helpen. 'Hoe was dat?'

Guy lachte. 'Wat zal ik zeggen? Het was een hartstochtelijke scène. Ze is een geweldige actrice. Het slechte nieuws was dat ik twee minuten later werd vermoord.'

Sandra Bullock. Ik was onder de indruk.

'Daarna ben ik een paar jaar in L.A. gebleven, in afwachting van een grote doorbraak, maar er gebeurde niets. Dus ben ik maar teruggekeerd naar Londen om mijn geluk te beproeven.'

'Heb je dat gehad?'

'Niet veel.'

Het verbaasde me niet echt. Guy zag eruit als een bepaald type acteur en ik vermoedde dat zijn charisma goed zou uitkomen op het scherm. Maar ik herinnerde me de laatste keer dat ik hem had gezien, zeven jaar geleden, toen hij net van de toneelschool kwam. Zijn houding was toen nauwelijks professioneel te noemen.

'Vlieg je nog?' vroeg ik.

'Jammer genoeg niet. Dat kan ik me de laatste tijd niet meer veroorloven. Vader heeft niet zoveel begrip meer als vroeger. Jij dan?'

'Ja, nu en dan als het goed weer is. Nog steeds vanaf Elstree.' Guy had me geïnspireerd vlieglessen te nemen. Een dure hobby, maar een die me beviel. 'Hoe is het met je vader? Zie je hem tegenwoordig vaak?'

'Niet vaak. Je zou kunnen zeggen dat we uit elkaar zijn gegroeid. Na wat er in Frankrijk is gebeurd zou het me niets kunnen schelen als ik Tony Jordan nooit meer zag.'

Ik dronk van mijn bier en wachtte af.

'Jij en ik hebben elkaar niet meer gezien, nou ja, sinds Mull, nietwaar?' begon Guy aarzelend. 'Wat, zes jaar geleden?'

'Nee,' zei ik. 'En het waren er zeven.'

Guy tastte onwillekeurig naar zijn neus. Ik zag een bultje, de enige onvolkomenheid in de symmetrie van zijn gezicht. Een herinnering aan die tijd, telkens als hij in de spiegel keek.

'Ik wil alleen maar zeggen...' Hij zweeg even en keek me recht aan. 'Nou ja, ik heb er spijt van. Van wat er gebeurd is.'

'Ik ook,' zei ik. 'Het is nu een hele tijd geleden.'

Guy lachte opgelucht. 'Een hele tijd. Ja, een hele tijd.'

Guy was niet veranderd. Ik wist dat ik werd opgewarmd. 'Je wilt iets van me, nietwaar?'

'Doe niet zo cynisch,' zei Guy. Toen lachte hij schaapachtig. 'Maar dat is zo, je hebt gelijk. Ik neem aan dat je je afvraagt waarom ik je zo onverwacht belde?'

'Inderdaad.'

'Ik wil iets me je bespreken.'

Ik leunde achterover. 'Zo. Begin maar.'

'Ik wil een internetbedrijf beginnen.'

'Jij en duizend anderen.'

'Daar zit geld in.'

'Raar geld. Het is geen echt geld. Niemand heeft tot nu toe nog echt geld verdiend met internet.'

'Ik ga het doen,' zei Guy met een rustige glimlach.

'O ja?' Ik moest bij mezelf lachen bij de gedachte aan Guy als een doortastende ondernemer.

'Ja. Jij kunt dat ook, als je wilt.'

'Ik?' Ik kreeg het door. 'Guy, ik mag dan voor een handelsbank werken, maar ik heb niet veel geld. En wat ik heb ga ik niet in cyberspace gooien.'

'Nee, dat bedoel ik niet. Ik bedoel dat ik graag wil dat je bij mij komt werken.'

'Bij jou werken?' Ik lachte. Maar ik zag dat hij het meende. 'Guy, een zaak opzetten, zelfs een internetzaak, is een hele onderneming. Je hebt financiering nodig, je moet mensen in dienst nemen, je moet werken. Je moet vóór twaalf uur opstaan.'

'Ik kan vóór twaalf uur opstaan,' zei Guy. 'Ik heb zelfs de laatste maand elk vrij moment hieraan gewerkt. Ik ga het doen. En ik zorg dat het gaat slagen.'

Ik voelde me een beetje schuldig. Misschien was ik een tikje te neerbuigend geweest. Ik zou absoluut niet met Guy gaan werken, maar ik dacht dat het beleefd was hem zijn verhaal te laten doen.

'Oké. Vertel maar eens.'

'Ik zal je de roltrapbabbel geven.'

'De roltrapbabbel?'

'Ja. Je moet je verhaal kunnen vertellen in de tijd die nodig is om met een risicokapitaalgever op een roltrap te staan. Je hebt niet meer dan dertig seconden om de aandacht van die kerels te trekken.'

'Prima. Geef me de roltrapbabbel maar,' zei ik, en ik kon het sarcasme niet uit mijn stem houden.

Guy negeerde het, als hij het al merkte. 'Het bedrijf heet Goal.com. Het zal hét merk voor voetbal zijn op het web. We gaan beginnen met de beste voelbalwebsite. Naargelang we bekend raken gaan we sportkleding verkopen via de site, ook ons eigen merk. Voetbal is serieuze handel en sport-kleding is over de hele wereld een markt van dertig miljard dollar. Wij gaan voor voetbal worden wat Amazon.com is voor boeken.'

Hij keek me aan met een brede glimlach van vertrouwen.

'Hét merk. Je bedoelt het belangrijkste merk?'

'Het enige merk.'

Ik vermande me en deed alsof ik hem serieus nam. 'Dat zal er een grote zaak van maken.'

'Een heel grote zaak. Een zaak om tegenop te zien.'

Zo,' zei ik en ik bleef ernstig. 'Daar zal ook wat geld voor nodig zijn.'

'Vijftig miljoen pond om te beginnen. Later meer.'

'Hmm.'

'Daarvoor heb ik jou nodig,' zei Guy.

Dat was de limit. Ik barstte in lachen uit. 'Je mag blij zijn als je vijfhon-derd pond van me krijgt.'

'Nee, sufferd. Ik heb je nodig om het geld los te krijgen.'

'Jij bent degene met rijke vrienden.'

Guys enthousiasme zakte wat in. 'Ik ga hen natuurlijk proberen,' zei hij. 'Maar ik weet niet zeker op hoeveel van hen ik kan rekenen. De meesten van hen hebben me op de een of andere manier al gefinancierd.'

'O, ik snap het. En hebben ze veel winst gemaakt?'

'Niet veel.'

We wisten beiden wat Guy bedoelde. Hij had een tijdlang duur geleefd met steeds minder steun van zijn vader en weinig eigen verdiensten. Hij had geleend van iedereen die hij kende. De geldschieters hadden nooit echt hun geld terugverwacht. Aan Guy besteedde je geld, je investeerde niet in hem.

'Waarom ik dan?'

'Ik wil iemand die verstand heeft van geld. Iemand die solide is. Iemand die ik vertrouw. Iemand die ik lang heb gekend en die mij kent. Jij.'

Ik keek hem aan. Hij meende het. En ik was gevleid. Ik kon het niet hel-pen, ik voelde me gevleid. Vanaf onze schooltijd had ik gewild dat Guy me als een van zijn vrienden beschouwde en ik was er nooit zeker van geweest dat hij dat deed. Nu zei hij dat hij me nodig had. Alleen mij.

Toen kwam ik weer bij zinnen. 'Je wilt dat ik een zekere baan bij een van de belangrijkste banken van de City hiervoor opgeef? Je bent niet goed snik.'

Guy glimlachte. 'Je hebt de pest aan je baan, dat heb je me zelf verteld. En zeker is hij niet. Tegenwoordig wordt iedereen ontslagen. Hoe weet je dat jij niet de pineut zult zijn, de volgende keer als alles weer wordt gere-organiseerd?'

Ik antwoordde niet maar verschoof op mijn stoel. Hij had een gevoelige plek geraakt. Ik keek hem aan. Hij wist het.

'Wie is er dus nog meer bij betrokken? Jij weet geen barst van computers, nietwaar?'

'Een beetje. Maar Owen is hier bij me. Hij gaat me helpen.'

'Owen?' Ik herinnerde me Guys broer. Wat zijn gebreken ook waren, ik kon niet ontkennen dat hij een kei was met computers.

'Ja. Hij heeft de laatste zes jaar in Silicon Valley doorgebracht. Hij ging voor een beginnende zaak werken die failliet ging en werd daarna freelance programmeur. Hij heeft voor een half dozijn verschillende internetondernemingen gewerkt. Hij kent het metier.'

'Goed. En hoe zit het met de voetbalkant? Ik weet dat jij een Chelsea-supporter bent, maar je bent nauwelijks een expert. En marketing? En je had het over je eigen kledingmerk. Wie gaat dat ontwerpen? Waar wordt het gemaakt?'

'Ik krijg de mensen wel. Dat is mijn zaak. Ik krijg de mensen. Goede mensen.'

'Wie?'

'Ik vind ze wel. Vergeet niet dat ik met jou begin.'

Weer dat gevlei. Ik moest toegeven dat Guys vertrouwen indrukwekkend was. Maar ik was getraind om gaten te vinden in de meest gedegen plannen en dat idee van hem zat er vol mee. 'Hoe zit het met de concurrentie? Er moeten al een paar voetbalwebsites zijn. En de televisiemaatschappijen? De kabelbedrijven?'

'We zullen sneller zijn dan zij. Terwijl zij nog bezig zijn hun marketing-budgets op te stellen, of wat dan ook, zullen wij al volop aan de gang zijn en hen de ogen uitsteken.'

Ik lachte. 'De ogen uitsteken? Dat klinkt pijnlijk. Wat is dit? Guts.com?'

'Sorry. Ik heb te veel e-businessboeken gelezen.'

'Inderdaad. En die vijftig miljoen pond, waar haal je die vandaan? Heb je zelfs wel vijftig miljoen pond nodig?'

'Naar vijftig miljoen heb ik alleen een slag geslagen. Daarom heb ik jou nodig. Om me te vertellen hoeveel we nodig hebben en waar we het kunnen krijgen.'

'Ik weet niet of ik dat kan doen.'

'Natuurlijk kun je dat.'

Hij keek me strak aan. Hij meende het. Guy dacht echt dat ik voor hem het geld kon vinden om die zaak op poten te zetten.

'Weet je wat echt goed is aan dit idee?' zei hij.

'Wat dan?'

'De Amerikanen kunnen het niet doen. Het is voetbal. De Amerikanen begrijpen geen fluit van voetbal. Ze kunnen op internet alles domineren, maar dit niet. Als er ooit een wereldwijd voetbalmerk op internet komt, moet het uit Europa komen.'

'Dat klopt, neem ik aan.'

'Geef toe, het is een goed plan, waar of niet?'

'Ik neem aan van wel,' stemde ik in. En dat was het ook. Ik kon niet ontkennen dat internet exponentieel groeide. En voetbal was een enorme ontspanningsbron voor mensen over de hele wereld. Maar ik kon Guy nu niet direct zien als de man die daarvan profiteerde.

'Luister. Je hebt groot gelijk,' vervolgde Guy. 'Wil dit wat worden dan moet iemand een heleboel getalenteerde mensen overhalen om grote risico's te nemen zonder gegarandeerde winst. En ik heb het niet alleen over employés. We zullen allerlei partners nodig hebben: technologie, marketing, inhoud, merchandising, financiën. Dát is mijn zaak. Ik kan mensen overhalen dingen te doen die ze eigenlijk niet willen doen.'

'Kun je dat?' vroeg ik.

'Kan ik dat niet?'

Ik dronk mijn glas leeg. Ik voelde me aangetrokken en ik wilde ontsnappen voordat het te laat was. 'Ik moet gaan.'

'Bekijk het eens zo: als het werkt gaan we miljoenen verdienen. Als het mislukt zullen we een boel plezier hebben.'

'Tot ziens, Guy.'

Hij trok een bruine A4-envelop uit een schoudertas en duwde me die in handen. 'Morgen bel ik je.'

Ik liet hem achter aan de tafel en baande me een weg door de menigte pubklanten naar station Tower Hill. Ik zocht naar een afvalbak om de envelop in te gooien, maar zag er nergens een. Daarom stopte ik hem in mijn aktetas.

Ik voor Guy gaan werken? Vergeet het maar.

6

Ik liet me op de lege zitplaats in de wagon vallen. Een wonder. Normaal vond ik staan niet erg, maar die morgen had ik het gevoel dat de wereld me wat schuldig was. Niet veel. Misschien één trip per maand op een zitplaats voor de prijs van mijn abonnement voor de ondergrondse. Naar kantoor reizen was altijd een nachtmerrie. Terugreizen was niet zo erg: ik ging pas naar huis als de grootste drukte voorbij was.

Ik opende mijn aktetas om de *Financial Times* eruit te halen en zag de bruine envelop die Guy me de avond tevoren in handen had gestopt. Ik aarzelde. Ik was van plan geweest hem weg te gooien, maar ik was nieuwsgierig. Benieuwd om te zien wat Guy zo enthousiast had gemaakt, en benieuwd om te zien wat hij van plan was eraan te doen. Guy was zeker geen zakenman, daarom verwachtte ik er niet veel van. Ik haalde de envelop eruit en opende hem. Er zat een keurig gebonden businessplan in van zo'n twintig pagina's. Ik begon te lezen.

Het begon met twee pagina's Samenvatting Realisatie, zowat hetzelfde als wat Guy had uiteengezet in zijn 'roltrapbabbel'. Vervolgens werd de potentiële markt besproken, winstplannen, concurrentie, technologie, implementatie en enkele heel vage segmenten over management en financiële analyse. Met uitzondering van die twee laatste segmenten was het goed. Heel goed. Telkens wanneer me een vraag te binnen schoot, verscheen het antwoord op de volgende pagina. Ik werd erdoor geboeid als door een goed boek. Er was zorgvuldig onderzoek voor gepleegd en, afgezien van een paar grandioze beweringen op de eerste pagina, was de tendens gematigd, wat het sterker maakte. Ik was verrast door de kwaliteit van het werk en schaamde me een beetje omdat ik de auteur eerder had onderschat.

Ik was er voor driekwart doorheen toen mijn trein Banks binnenreed. Ik worstelde me naar boven door Londens meest gecompliceerde ondergrondsestation en ging recht op mijn gebruikelijke espressozaak af. In plaats van de cappuccino mee te nemen besloot ik hem op een kruk bij het raam op te drinken en het rapport uit te lezen.

De meeste beginnende zaken mislukten. Dat wist ik. Het belang van internet was totaal overtrokken. Dat wist ik ook. Ik werkte bij een bank, was goed in mijn baan, stond bekend om mijn hoge werknormen. Ik kon de risico's opsommen en zag de keerzijde. Dit was niet het soort zakendoen waarbij een bank als Gurney Kroheim – pardon, *Leipziger* Gurney Kroheim – betrokken mocht raken. Naar mijn weloverwogen mening moest het voorstel beleefd worden geweigerd.

Ik legde het rapport opzij, dronk van mijn koffie en keek naar de aangroeiende mensenmassa die zich buiten over de trottoirs haastte. Het probleem was dat ik op dat moment weinig voelde voor werken bij een bank. Guy sprak over een droom. Over de vonk van een idee dat een visioen kon worden, vervolgens een groepje toegewijde mensen en daarna een echt bedrijf, en dan... wie weet?

De markt had beslist potentieel. In de jaren negentig was het Engelse voetbal een goudmijntje geworden, nu de First Division veranderd was in de Premier League, nu een paar clubs naar de beurs waren gegaan en boven alles nu er enorme investeringen in tv-rechten waren gedaan door satellietbedrijven. Iedereen wist dat internet alles zou gaan veranderen, ook al was nog niet precies duidelijk hoe. Guys plan om profijt te trekken van deze gelegenheid was lang niet gek. Zou ik, als een toegewijde employé van Gurney Kroheim Bill Gates financieel hebben gesteund? Of Richard Branson? Of een van de miljardairs die overal in Silicon Valley als paddenstoelen uit de grond rezen? Nee... Omdat David Lane, vice-president Projectfinanciering, niet dat soort visie of fantasie had.

Op Broadhill had ik een glimp opgevangen van allerlei opwindende levens, de kinderen van acteurs, sportsterren, ondernemers die miljonair waren: allen wekten de suggestie dat er meer bestond in het leven dan een baan krijgen, trouwen en een hypotheek afsluiten. Op de universiteit had de wereld zich weer versmald. Ik studeerde af tijdens een recessie, toen de besten en de slimsten fel met elkaar concurreerden om *chartered accountants* te worden. Ik had ook geconcurreerd, had succes gehad, was in aanmerking gekomen als *Fellow of the Institute of Chartered Accountants*, en was vervolgens voor een handelsbank gaan werken. De City had glamour, dat wist ik, maar die was niet te vinden op de afdeling Projectfinanciering van Gurney Kroheim. Natuurlijk moest ik reizen, en dat was interessant, en veel van mijn werk vond ik intellectueel uitdagend, maar waar kwam dat op uit? Op een echtgenote, voorlopig nog onbekend, en een hypotheek in Wandsworth? Was dat zo slecht? Had ik daarvoor niet gewerkt sinds ik van school was?

Guy had gelijk. Het zou leuk zijn met hem samen te werken. Op school had ik hem bewonderd. We hadden samen een moeilijke tijd doorgemaakt in Frankrijk, en daarna opnieuw in Londen toen hij een moeizaam aankomend acteur was en ik een accountant die spoedig zijn bevoegdheid zou krijgen. Een meer dan moeilijke tijd. Maar ondanks dat werd ik in verleiding gebracht door het idee de komende paar jaar met hem door te brengen. Natuurlijk had hij me in het verleden in de steek gelaten. En hij kwam uit een heel andere wereld dan ik. Maar daar ging het juist om. Ik kon hem de stabiliteit bezorgen die hij nodig had en hij kon mij, nou ja, stimuleren. Ofschoon mijn loopbaan in theorie gestaag omhoogging, merkte ik daar weinig van. Ik had het gevoel dat hij nergens toe leidde. Met Guy zou er iets gebeuren, iets dat mijn leven spannend zou maken. Of het goed of slecht zou zijn wist ik niet. Maar ik wilde het te weten komen.

Er bestaat een premisse die de basis vormt van bijna alle financiële theoricën en die is: een verstandige belegger zal onzekerheid vermijden. Op dat moment voelde ik me niet als een verstandige belegger.

Ik liet mijn koffie achter en slenterde naar kantoor. Employés die meer haast hadden dan ik om op hun werk te komen, liepen rakelings langs me.

Toen Gurney Kroheim in de jaren zestig zijn kantoor had gebouwd aan Gracechurch Street, was de zaak een van de grootste in de City. Sindsdien was hij veel kleiner geworden. Toen ik door de hal liep keek ik onwillekeurig uit naar Frank, de commissionair die deze toegang had bewaakt sinds mijn eerste dag op de bank en vele decennia daarvoor. Zijn geheugen voor namen en gezichten was legendarisch, in elk geval groter dan welke databank ook op de personeelsafdeling of bij Marketing. Maar hij was de week tevoren gepensioneerd en vervangen door een getatoeëerde werknemer van een beveiligingsbureau met een oorring, die eruitzag alsof hij voorheen in een gevangenis had gewerkt in plaats van in Threadneedle Street.

De derde verdieping, mijn etage, was het vorige jaar ook veranderd. De afdeling Projectfinanciering bestond nu uit vier bureaus die ergens aan het eind stonden van een grotere kantoorruimte, bekend als Gespecialiseerde Financiering. Groepen specialisten in het financieren van schepen, vliegtuigen, films, plaatselijke overheden en olie en gas zaten bijeen in een onbehaaglijke coalitie. Er was een tijd geweest dat Gurney Kroheim op al die terreinen een uitblinker was geweest. Maar sinds de fusie waren de meeste topmensen vertrokken, om vervangen te worden, niet door Duitsers, maar met door derden ingehuurde krachten, of mensen van de tweederangs Amerikaanse investeringsbank die Leipziger een maand na Gurney Kroheim had opgeslokt. Mijn eigen groep, Projectfinanciering, had bestaan uit tien mensen. De beste zes waren vertrokken en hadden mijn aardige maar incompetente baas, Giles, achtergelaten als hoofd van een romp van drie man. We hadden in drie maanden geen transactie afgesloten.

Ik zette mijn computer aan en ging aan het werk, omdat ik mijn kop koffie al had gedronken. Het werk bestond uit een enorme spreadsheet, een computermodel van alle stromen van gas, stoom, elektriciteit en geld in en uit een voorgestelde elektrische centrale in Columbia. Het was een gigantisch monster, letterlijk duizenden cijfers die allemaal verband hadden en die probeerden alle variabelen te recreëren, betrokken bij het bouwen, financieren en opereren van de centrale. Ik was het model zes maanden geleden begonnen op mijn laptop, toen Giles en ik het Zwitserse kantoor hadden bezocht van het bedrijf dat had ingeschreven om de centrale te bouwen. Het ding was sindsdien gegroeid, maar ik had het nog steeds onder controle. Als je de wisselkoers van de dollar ten opzichte van de peso in 2002 wilde veranderen, kon ik dat doen. Zakken de olieprijzen in 2005? Geen probleem. Zwitserse franken lenen tegen vaste koers in plaats van dollars tegen zwevende koers? Geef me een minuut en ik print zes pagina's uit waarop de gevolgen geanalyseerd worden.

Door aan een computermodel te werken zo lang als ik had gedaan, had ik een goede feeling gekregen voor de determinerende variabelen van het project: welke risico's belangrijk waren en welke niet. Giles en ik hadden wat we vonden een ingenieuze financiële structuur ontwikkeld, zodat onze cliënt de laagste inschrijving kon doen voor het project.

Giles kwam binnen, roze overhemd, opvallende das en vlot streepjespak onder een stel saaie hersenen.

'Goedemorgen,' zei ik.

'O. Mogge, David,' zei hij nerveus.

Ik keek verrast op. Bazen horen niet nerveus te zijn, zeker niet om half negen in de ochtend.

Zijn ogen ontweken de mijne en hij liep naar zijn eigen computer.

'Giles.'

'Ja?'

'Wat is er aan de hand?'

Giles keek me aan, keek weer naar zijn computer, besefte dat hij daarin geen asiel vond en liet zijn schouders zakken.

'Giles?'

'Ze hebben hun inschrijving ingetrokken.'

'Wat bedoel je?'

'In bedoel dat de Zwitsers hun inschrijving hebben ingetrokken. Ze zijn overtuigd dat ze toch niet kunnen winnen. De Amerikanen hebben kennelijk lokaal de beste partners en onze jongens hebben het vertrouwen in hun eigen mensen verloren. Je weet hoe dat gaat in Columbia.'

'Nee! Ik geloof het niet.' Ik keek naar mijn spreadsheet, naar de archief-dozen die een meter hoog en een halve meter breed naast mijn bureau ston-den opgestapeld. 'We laten het dus gewoon vallen?'

'Ik vrees van wel, David. Je weet hoe dat gaat. We krijgen alleen betaald als we op een winnaar wedden.'

'Ik had dus gelijk. Weet je nog toen we hen voor het eerst bezochten in Basel? Toen zei ik je al dat ze onbetrouwbaar waren. Ze waren nooit serieus bezig met een inschrijving.'

'Dat weten we niet. Luister, ik weet dat je hier een boel werk aan hebt gedaan, maar je moet eraan wennen dat die dingen niet altijd lukken.'

'O, ik raak er best aan gewend. Dit is, wat, de vijfde op rij?'

Giles vertrok zijn gezicht. 'Het geeft ons een kans naar dat rioolproject in Maleisië te kijken. We kunnen vrijdag naar Düsseldorf gaan en de trans-actie rondmaken.'

'De transactie rondmaken! Wees eens reëel, Giles, jij hebt nog nooit een transactie rondgemaakt.'

Ik was te ver gegaan. Ik had natuurlijk gelijk, maar omdat ik gelijk had, had ik het niet moeten zeggen. Giles leek meer gekwetst dan kwaad.

'Sorry,' zei ik.

Giles sloot even zijn ogen, ineenkrimpend onder de spanning. Toen opende hij ze. 'Wil je, alsjeblieft, Michelle die vliegtickets laten bestellen?'

We zaten elkaar aan te staren. Die deal in Maleisië zouden we nooit krij-gen. Dat wist ik en dat wist Giles. Ineens werd alles heel duidelijk.

'Giles.'

'Ja?'

'Ik neem ontslag.'

7

Juli 1987, Côte d'Azur, Frankrijk

Ik werd om ongeveer negen uur wakker met de ergste kater die ik in mijn korte drankcarrière ooit had gehad. Guy sliep nog en ik probeerde in bed te blijven, maar toen ik eenmaal wakker was lukte inslapen niet meer. Bovendien moest ik iets doen aan mijn hoofd. Ik wist niet zeker wat: water, koffie, eten, pillen, maar ik moest wat doen.

Ik trok een T-shirt aan en wankelde de gastenbungalow uit. De ochtendzon was absurd helder, en ik bleef een volle minuut licht zwaaiend stilstaan met mijn ogen dicht. Voorzichtig deed ik ze open en zag dat de tafel waaraan we de vorige avond hadden gegeten nu voor ontbijt was gedekt. Ingrid zat eraan met wat koffie en croissants. Ik strompelde naar haar toe.

'Goeiemorgen,' zei ze.

'...' Ik opende mijn mond en er kwam geen geluid uit. Ik probeerde het opnieuw. 'Mògge.' Het was een afschuwelijk gekras.

Ingrid probeerde een glimlach in te houden. 'Ben jij 's morgens altijd zo dartel?'

'Mijn god,' zei ik, 'ik drink nooit meer Pimm's. Hoe kun jij er zo fris uitzien?'

Dat zag ze ook. Ze droeg een jurk van lichte spijkerstof. Haar huid was goudkleurig in het ochtendzonlicht en haar lichtblauwe ogen lachten tegen me. 'Oefening.'

'Echt?'

'Eigenlijk niet echt. Ik denk dat ik er goed tegen kan. Met drinken ben ik verleden jaar aardig in de problemen geraakt, daarom probeer ik ervan af te blijven.'

'Problemen? Wat voor problemen?'

'Grote problemen. Ik werd van school gestuurd op Cheltenham Ladies College.'

'O ja?' Dat was de verklaring waarom ze midden in de examenklas op Broadhill was beland. In het schelle zonlicht keek ik naar haar door mijn oogwimpers. 'Voor mij zie je er niet erg uit als een Lady van Cheltenham.'

'Pardon? Je hebt me niet in uniform gezien.'

'Dat is waar.' Broadhill had geen uniform. Of eigenlijk wel, maar het was voorgeschreven door de leerlingen en veel te ingewikkeld om op schrift te worden gezet. Ik wist niet eens zeker of ik het begreep. Guy natuurlijk wel. En Mel ook. 'Ik wed dat je ouders trots op je waren.'

'Ik geloof dat mijn moeder het wel erg grappig vond. Maar mijn vader was woedend, en omdat mijn moeder niet met mijn vader praat had ik niet veel aan haar steun. Het was een beetje oneerlijk. Het was een eerste overtreding, en nog wel op mijn verjaardag.'

'En Broadhill kon het niets schelen?'

'Je weet dat ze fondsen aan het werven zijn voor een nieuwe bibliotheek?'

'Ja.'

'Ze kregen een grote anonieme schenking.'

'Aha.'

Aan de overkant van het zwembad verscheen de jonge Noord-Afrikaanse tuinman en begon daar onkruid te wieden. Zonder hemd. Ingrid bekeek hem glimlachend maar ik sloot mijn ogen. De zon scheen roze door mijn oogleden. Ergens in de buurt begon een sprinkhaan te sjirpen. Ik kromp ineen. 'Is er al iemand anders op?'

'Mel is wakker, maar ze is zich nog aan het aankleden. Zij is er ook niet best aan toe. Tony of Dominique heb ik niet gezien. Owen ook niet. Hoe zit het met Guy?'

'Slaapt nog. Waar komen die vandaan?' Ik keek naar de croissants.

'Miguel. Hier is hij.'

En dat was zo. 'Sinaasappelsap, monsieur?' vroeg hij, met een grote karaf van dat spul in de hand.

'Ja, graag.'

Hij schonk me een glas in en ik dronk het leeg. ik realiseerde me dat ik sinaasappelsap heel erg nodig had. Door het koude, zoete vocht voelde ik me een beetje beter. Miguel begreep dat en vulde het glas opnieuw.

Hij zag dat Ingrids glas bijna leeg was. *'A senhorita aceite um pouco mais?'*

'Sim, por favor.' Hij vulde het glas. *'É o suficiente. Obrigada.'*

'Por nada.'

'Verrek, wat stelde dat voor?' vroeg ik toen hij wegliep.

'Miguel is Portugees,' zei ze.

'Natuurlijk. Stom van me.' Ik dronk nog wat sap. 'Ik kan niet genoeg krijgen van dit huis, jij dan? Ik bedoel maar, iemand die je 's morgens je ontbijt komt brengen.' Toen zweeg ik. Ik had echt geen idee wat Ingrids achtergrond was. 'Sorry. Misschien ben jij eraan gewend. Jullie hebben waarschijnlijk een dozijn van zulke huizen.'

Ze zag mijn aarzeling en lachte. 'Je hebt gelijk. Dit is een mooi huis.'

'Waar woon jij?'

'Dat is erg moeilijk te zeggen. En jij?'

'Gemakkelijk. Northamptonshire. Engeland. Waarom is het moeilijk te zeggen?'

'Het veronderstelt dat je een familie hebt. Ik heb verscheidene families. En elke familie heeft verscheidene huizen.'

'Klinkt heel deftig.'

'In feite krijg ik er de rambam van.'

'O. Wat voor naam is Ingrid da Cunha eigenlijk? Het klinkt als een eiland voor de Zweedse kust.'

Ingrid lachte. Iets te hard voor mijn hoofd. 'Ik vóél me als een eiland voor de Zweedse kust. Misschien is dat een goede beschrijving van mij. Het is in feite Ingrid Carlson da Cunha. Mijn moeder is Zweedse, mijn vader is Braziliaan. Ik ben in Londen geboren, dus heb ik eigenlijk een Brits paspoort. Ik heb in Tokio gewoond, Hongkong, Frankfurt, Parijs, Sao Paulo en New York. Broadhill is mijn negende en naar ik hoop laatste school. Geloof mij maar, ik zou dolgraag kunnen zeggen dat ik de laatste achttien jaar op één plek had gewoond.'

Ik geloofde haar niet. Haar achtergrond klonk me onmogelijk aantrekkelijk in de oren. Ik wreef over mijn slapen. 'Hoe lang blijf je een kater houden?'

'Een week, geloof ik,' zei Ingrid.

'Dat is niet grappig. Een week zoals ik nu ben, dat wordt mijn dood.'

Ingrid glimlachte van plezier, vermengd met een heel klein beetje medeleven.

Toen herinnerde ik me wat ik de afgelopen nacht had afgeluisterd. 'Ik neem aan dat je een boel talen spreekt?'

'Een paar.'

'Is een daarvan Frans?'

'Dat hoort het te zijn. Ik heb net mijn examen Frans gedaan.'

'Weet jij wat *gosse* betekent?'

'Ja. Dat is jargon. Voor een kind. Of een kleuter.'

'O. En om zeker te zijn dat ik het goed heb verstaan, *baiser* betekent *kussen*, nietwaar?

Ingrid lachte. 'Vroeger wel. Maar nu niet meer.'

'Niet meer?' Ineens herinnerde ik me het gegiechel dat gevolgd was op de uitleg van madame Renard, tijdens die Franse les een paar jaar geleden. 'O, mijn god. Het betekent *neuken*, nietwaar?'

Ingrid knikte.

'Aha.' Dit was ernstiger dan ik had gevreesd.

Ingrid glimlachte niet mee. 'Waarom vraag je dat?'

'Ik heb het afgelopen nacht gehoord.' Ingrid keek me vreemd aan. 'Heb jij iets gehoord?'

'Nee,' zei ze. 'Maar volgens mij waren een paar mensen meer aan het doen dan het alleen maar zeggen.'

'Ja.'

Even zaten we zwijgend.

'Waar heb je het dan gehoord?' vroeg Ingrid.

'Het was midden in de nacht. Zoals je kunt zien had ik een beetje te veel gedronken, daarom liep ik de tuin in om een luchtje te scheppen. Ik hoorde schreeuwen. Het was Dominique. Ze schreeuwde tegen Tony: "*Salaud! une gosse! Tu a baisé une gosse!*" Ik aarzelde. Er was maar één conclusie mogelijk.

Ik keek Ingrid even aan, bang om mijn gedachte uit te spreken. Wist zij het? Het viel moeilijk te zeggen. Haar gezicht stond onbewogen. Maar zij keek mij ook aan.

'Tony heeft vannacht met Mel geslapen, nietwaar?'

Ingrid knikte langzaam.

'Ik kan het niet geloven. Wat een smeerlap!' Tienerjongens denken graag dat ze helemaal niet geshockeerd kunnen worden door seks. Maar Tony was iemands vader, een ouder. Het leek onnatuurlijk. Het leek verkeerd. 'Maar zijn vrouw was hier in huis!'

'Weet ik,' zei Ingrid. 'En zo te horen heeft ze geraden wat hij uitvoerde. Stil,' fluisterde ze. 'Daar komt Mel.'

Mel stommelde vanuit het huis het terras op. Ze zag er verschrikkelijk uit. Haar gezicht was grauw en haar ogen rood en gezwollen. Ze had lipstick opgedaan en wat zwarte oogschaduw, maar daardoor leek alles nog erger.

'Hallo,' zei ik.

'Hallo.' Ze ging zitten en deed een greep naar de koffie. Ik wist niet wat ik moest zeggen. Zij zei ook niets. Dus hielden we alledrie onze mond.

Omdat ik me wat beter voelde door mijn ontbijt nam ik een duik in het zwembad. Het koude water voelde heerlijk aan. Er was dus toch nog leven na alcohol. Een energieke Tony kwam erbij en legde dertig baantjes af in een walgelijk tempo. Na een paar minuten verscheen Guy. Hij dook in het water en hield zijn vader slag voor slag bij. Het kwam me obsceen voor hen beiden hun best te zien doen elkaar de loef af te steken in het water, na wat Tony de vorige nacht met zijn vriendin had gedaan.

Het leek bijna alsof de nachtelijke bezigheden Tony een dosis onnatuurlijke energie hadden gegeven. Heel anders dan de versufte en wazig kijkende Mel, die nog steeds langzaam haar koffie dronk op het terras.

Ik liet hen hun gang gaan, liet mezelf in een stoel vallen bij het bad en sloot mijn ogen om te genieten van de zon.

Rond het middaguur porde Guy me wakker. 'Kom op! Trek je kleren aan. We gaan naar een restaurant in Monte Carlo. Daarna gaan we vanmiddag naar het strand.'

Ik gromde en deed wat me gezegd werd, niet helemaal zeker of ik een uitgebreide lunch en de alcohol die daar waarschijnlijk bij hoorde wel aankon. Iedereen liep door elkaar in de grote hal. Dominique was verschenen met haar zonnebril op en ze deed alsof er de nacht tevoren niets was gebeurd. De enige die er niet bij was, was Owen. Guy zei dat hij verdiept was in zijn draagbare computer en niet met ons mee wilde gaan. Niemand trok zich daar iets van aan.

'Oké, we gaan,' zei Tony. 'We kunnen allemaal wel in de jeep.'

'Ik neem mijn auto,' besliste Dominique.

'Zo je wilt.'

'Ik kan iemand meenemen.' Ze keerde zich naar mij. 'David?'

Ik was een beetje verbaasd dat ze mij had uitgekozen. Ik was liever met de anderen meegegaan, zwijgend achterin hangend; ik wist niet zeker of ik het aankon die morgen met Dominique te converseren. Maar ik wilde niet onbeleefd zijn. 'Oké,' zei ik.

We liepen met z'n allen naar buiten, Tony stapte in zijn jeep en behalve ik verder iedereen. Tony wachtte een paar tellen, in zichzelf mompelend, en startte toen de motor.

'Sorry, David, ze is altijd bij alles te laat. Wij moeten vast gaan. Kom je met ons mee?'

In aarzelde even. 'Nee, ik kan beter op haar wachten,' zei ik ten slotte, concluderend dat dat het minst onbeleefde was wat ik kon doen.

'Oké. Zeg haar maar dat we naar het bekende restaurant gaan. Ik zie jullie daar wel!' en de jeep stoof de oprijlaan af.

Ik wachtte een paar minuten en liep toen zelf naar binnen.

'David!'

Ik hoorde Dominiques stem roepen vanuit de woonkamer. Ik ging naar binnen. Ze dronk uit een groot kristallen glas met helder vocht.

'Wil je ook wat?'

'Wat is het?'

'Wodka. Het is koud.'

Ik schudde mijn hoofd. 'Niet na gisteravond.'

Ze lachte. 'Heb je hoofdpijn?'

Ik knikte.

'Dan moet je juist wat nemen. Het zal je goed doen. Neem maar van mij aan dat je je veel beter zult voelen.'

'Ik geloof je niet.'

Ze schonk een hele plons wodka in een glas en gaf het mij. 'Hier. Probeer maar eens.'

Ik keek haar weifelend aan. Verrek, dacht ik, en ik nam een stevige slok. Het ijskoude vocht veranderde in vuur achter in mijn keel en ik fronste mijn wenkbrauwen.

'Wacht maar even,' zei ze lachend. 'Het zal niet lang duren.' Ze bleef naar me kijken terwijl ik het glas onhandig vasthield. 'Nou?'

Het was waar. Ik voelde me een beetje beter toen de wodka in mijn bloed terechtkwam.

'Neem nog wat. *Salut!* Ze dronk haar glas leeg en vulde het weer. Terwijl ze me oplettend aankeek dronk ik wat meer van het mijne.

'Moeten we niet gaan?'

'Er is geen haast bij. Dit is Frankrijk. Trouwens, Tony klaagt toch altijd dat ik overal te laat kom.'

'Oké,' zei ik, niet precies wetend wat ik moest doen. We stonden een halve meter van elkaar. Ze droeg een loshangende, witte jurk en haar blonde haren waren achter haar nek bijeengebonden. Ze had haar zonnebril afgezet. Ze bleef me aankijken terwijl ze dronk. Ik wist niet precies wat ik moest doen of hoe ik moest kijken. Ik kon mijn gezicht warm voelen worden; ik wist niet of het van de wodka kwam of de verlegenheid of beide. Nerveus nam ik nog een slok. Ten slotte vonden mijn ogen geen andere plek meer om naar te kijken en ik keek in de hare. Ze waren blauw. Er was iets vreemds aan, maar ik had geen tijd me daarin te verdiepen.

Ze bewoog zich naar me toe.

Ik liet haar komen. Ze streelde mijn lippen met de hare. Daarna legde ze haar armen om mijn nek en trok me naar zich toe. Haar tong was ruw en ze rook naar parfum en tabak; voor mij op dat moment een bedwelmende, volwassen geur. Ten slotte liet ze me los.

'Kom mee,' zei ze.

Ze leidde me aan de hand als een kind de trap op. We liepen door haar enorme slaapkamer, gedomineerd door een groot, onopgemaakt bed, naar buiten het balkon op. We waren omgeven door het blauw van de lucht en de zee. Mijn hart klopte snel. Mijn keel was droog.

Ze bleef me aankijken, met die vreemde ogen. Ze bracht haar arm achter op haar rug en friemelde wat. Haar jurk viel op de grond, zodat haar lichaam zichtbaar werd, naakt op een klein slipje na. Ik had nog nooit een echt, levend, driedimensionaal vrouwenlichaam gezien, en zeker geen als dit. Ik kon nauwelijks ademhalen. Ik stak mijn hand naar haar uit. Die legde ze op haar borst. Ik voelde de tepel hard worden onder mijn vingers.

'Kom eens hier, David.'

8

April 1999, The City, Londen

Boven aan de trap bleef ik staan en keek naar de traditioneel rood-witgestreepte paal buiten de kapperszaak. Ik stond in een steegje achter de Bank of England. Voor me, in een kelder gepropt, was de kapper die ik de afgelopen drie jaar elke zes weken of zo had bezocht. Alleen was het pas twee weken geleden dat ik er het laatst was geweest.

Ik haalde diep adem, liep de trap af en duwde de deur open.

Binnen vijf minuten zat ik in de stoel mijn haren te bekijken in de spiegel. Kort. Iets gekruld. Niet chic, maar ook niet onmodicus.

'Hetzelfde maar weer, meneer?'

'Nee, George. Ik wil een nummer twee over mijn hele hoofd.'

De hele morgen had ik die zin in mezelf gemompeld. Een nummer één had ik afgewezen als net iets te extreem.

De Grieks-Cypriotische kapper trok zijn zware wenkbrauwen op, maar zei niets en pakte het elektrische scheerapparaat. Hij klungelde wat met hulpstukken en zette het apparaat aan. Mijn hart ging sneller kloppen toen ik het gezoem hoorde. In de spiegel zag ik hoe hij het trillende scheerapparaat net boven mijn hoofd hield. Hij keek me glimlachend aan. Het zweet droop uit mijn oksels. Beheers je, dacht ik. Het zijn maar haren. Het groeit wel weer aan. Ik glimlachte terug.

Hij viel aan. Ik sloot mijn ogen. Het lawaai nam toe. Ik zette me schrap voor de pijn van haar dat uit mijn hoofdhuid werd gerukt, maar het voelde meer aan als een korte, intensieve massage. Ik opende mijn ogen weer. Een strook huid met stoppeltjes doorkliefde mijn haren waar vroeger mijn scheiding was. Het leek op een omgekeerde Mohikaan. De glimlach van George verbreedde zich.

Terug was nu niet meer mogelijk.

Wapping High Street leek niet erg op een hoofdstraat. Het was meer een steeg tussen omgebouwde pakhuizen, of moderne appartementen die eruitzagen als omgebouwde pakhuizen. Er was weinig verkeer, geen voetgangers, maar volop geknars en gepuf van bouwmachines, verborgen achter schuttingen.

Ik vond Malacca Wharf en nam de lift naar de tweede verdieping.

'Mooi kapsel,' zei Guy toen hij opendeed.

'Ik wist wel dat het je zou bevallen.' Ik liep langs hem heen de flat in. De helft van de kleine woonkamer werd ingenomen door een tafel van pijnhout die kraakte onder het gewicht van computers en stapels papier. Owens logge lijf zat gebogen over een toetsenbord waarop hij zat te typen. Hij zag er weinig anders uit dan toen ik hem het laatst had gezien, een paar jaar geleden, alleen was het haar dat onder zijn baseballpet uit piepte in een ongewone, witblonde tint geverfd.

'Hallo, Owen.'

Even keek hij naar me op. 'Hallo,' antwoordde hij met zijn piepstem.

'Wat vind je ervan?' zei Guy. 'Goal.com's wereldwijde hoofdkantoor.'

'Imposant. En waar is mijn kantoor?'

'Hier.' Guy wees op een stoel aan de tafel, tegenover een stapel papieren.

'Heel mooi.'

'Wel een goed uitzicht, vind je niet?'

Ik liep naar de openslaande deuren die toegang gaven tot een klein balkon. De Theems stroomde snel, bruin en woelig voorbij en aan de overkant van de rivier staarden ons nog meer omgebouwde pakhuizen aan.

'Waarom woon je hier? Het is net een woestijn.'

'Het is vaders flat. Een investering die hij een tijdje geleden heeft gekocht. Hij probeert me eruit te werken, maar ik weiger te gaan.'

'Je zei dat jullie tweeën niet met elkaar konden opschieten.'

'Dat doen we ook niet. We willen zo weinig mogelijk met elkaar te maken hebben.'

'Aha.'

Ik besefte dat dat meer betekende dan alleen dat Guy zijn hand beter op zijn portemonnee moest houden. Het betekende dat de meest voor de hand liggende inkomstenbron voor Goal al was opgedroogd. Daar zou ik later meer over te weten komen.

Guy liep naar het kleine keukentje en begon koffie te zetten. 'Hoe namen ze het op bij Gurney Kroheim?'

'Mijn baas vond het helemaal niet leuk,' zei ik. 'Ik vond het eigenlijk nogal roerend. Eerst probeerde hij me om te praten, maar na een paar minuten gaf hij het op. Hij zei dat ik er beter uit kon stappen. Arme kerel. Ik geef hem niet lang meer.' Giles was verleden tijd en dat wist hij. Bij de volgende reorganisatie zou zijn plaats in het organisatieschema van Gespecialiseerde Financiering blanco zijn. Ik hoopte dat hij een andere baan zou vinden.

'Hier ben je veel zekerder van je baan,' zei Guy.

'Natuurlijk,' antwoordde ik met een zure glimlach. Ik trok mijn jasje uit en hing het op de rugleuning van mijn stoel. 'Zo. Wat gaan we nu doen?'

Guy begon te praten. En te praten. Het was alsof er een dijk doorbrak. Hij had kennelijk wekenlang nergens anders aan gedacht en zocht vertwijfeld naar iemand met wie hij die ideeën kon delen. Owen was niet echt geschikt voor dat doel, maar ik wel. Guy was duidelijk blij dat hij mij bij zich had. Het gaf me het gevoel nodig te zijn en helemaal vanaf het begin betrokken te zijn.

Het eerste wat we moesten doen was de Goal.com website installeren en runnen. Guy had een vrij goed idee wat hij erop wilde zetten. Je had de fundamentele onderwerpen: wedstrijdverslagen, nieuws, foto's, spelersprofielen, statistieken, verschillende segmenten voor elke club, het soort zaken dat voor elke voetbalwebsite noodzakelijk was. Verder waren er de zaken waarvan Guy hoopte dat ze Goal zouden doen opvallen: roddels, gebabbel, humor, cartoons om mee te beginnen. En later wedden, een fantasiematch, videoclips en de grote prijs: e-commerce. Als we eenmaal bezoekers naar onze site hadden getrokken zouden we beginnen handelswaar te verkopen: kleding, mokken, posters, alles wat de voetbalfan zou willen hebben. De derde fase zou zijn onze eigen collectie kleding te ontwerpen en andere producten die we via de site konden aanbevelen.

Je stond ervan te kijken hoeveel van dat alles door lui van buiten gedaan kon worden. Owen werkte aan de technische specificaties van de site en zorgde ervoor dat de site 'beklimbaar' zou zijn, met andere woorden, dat hij kon groeien naarmate de contacten en de ingewikkeldheid toenamen. Maar een bedrijf van derden zou ons de software en de hardware verschaffen die we nodig hadden, en een ontwerpbureau zou ons helpen met het allerbelangrijkste uiterlijk en de feeling van de site. Nieuws, foto's en statistieken waren in digitale vorm te koop bij persagentschappen en konden vervolgens precies naar onze wens worden gemanipuleerd.

Zo bleef de allerbelangrijkste vraag open.

'Wie gaat dit allemaal schrijven?' vroeg ik. 'De opinies, de humor, de babbels? Gaan we dat allemaal overlaten aan Owen?'

'Ha, ha,' zei Owen, zijn enige bijdrage aan het gesprek tot dusver.

Guy glimlachte. 'Kom eens kijken.'

Hij drukte een paar toetsen op zijn computer in en een vlak van helder paars flitste op het scherm. De woorden *Sick as a Parrot* blikkerden er in groen op in een beverige letter.

'Leuke titel,' zei ik. 'En een geweldig grafisch ontwerp.'

'Weet ik, weet ik. Maar kijk eens.'

Ik keek en klikte op verhalen over de nieuwste manager van het Engelse elftal, een behendige aanvaller van Arsenal, geruchten over een transfer van een Franse international naar Liverpool. Er waren artikelen over speelvelden, commentatoren, beruchte supporters, de zakenlui achter de clubs, wat er was gebeurd met de sterspelers in de wereldbeker van vorig jaar in Frankrijk. Er was een hele sectie die de tactieken van de teams in de Premier League vergeleek in woorden die ik kon begrijpen. Hier en daar geestig, ergens anders weer eigenwijs, maar elk artikel was bondig, duidelijk en interessant.

'Die vent weet waarover hij praat,' zei ik. 'Ik neem tenminste aan dat het één vent is.'

'O, ja, dat is het.'

'Hoe heet hij? Gaz?' zei ik en ik tuurde naar het scherm.

'Hij zegt dat hij zo heet. Zijn echte naam is Gary Morris en hij woont in Hemel Hempstead.'

'Maar wie zit erachter?'

'Niemand. Hij is alleen. Het is een onofficiële site. Hij heeft waarschijnlijk overdag een baan, maar brengt de rest van zijn leven overdag en 's avonds door met naar voetbal kijken en erover lezen en schrijven.'

'Wat doen we dus?'

'Het is onze eerste grote overname, meneer Dikke Deur. We gaan *Sick as a Parrot* kopen.'

'Voor hoeveel?'

'Dat weet ik niet. Een glas bier en een zakje pinda's? Dat weten we als we Gaz hebben gesproken.'

'En wanneer gaan we dat doen?'

Guy keek op zijn horloge. 'Over ongeveer twee uur.'

Paget Sound 26 was precies zoals het klonk. Een rijtjeshuis van wit grindpleister in een rij huizen van wit grindpleister. We openden het lage houten hekje en liepen voorzichtig door een piepklein, onberispelijk onderhouden voortuintje. Een rossige kat van plastic bewaakte de deur. Guy drukte op de bel. Hij klingelde lieflijk.

Er verscheen een kleine, gezette vrouw met grijze krullen.

Guy aarzelde even maar herstelde zich snel. 'Mevrouw Morris?' vroeg hij met zijn meest innemende glimlach, die over het algemeen werd gezien als een vrij goede glimlach.

De vrouw straalde. 'Ja.'

'Is uw zoon thuis?'

'U bent de mensen van het internetbedrijf, nietwaar?'

'Dat klopt,' zei Guy. 'Ik ben Guy Jordan, de hoofddirecteur en dit is mijn financiële directeur, David Lane.'

'Kom binnen, kom binnen. Doe alsof u thuis bent. Gary is nog op zijn werk, maar hij kan elk moment thuiskomen.' Ze bracht ons naar een kleine woonkamer. 'Kan ik u iets te drinken aanbieden?' En daarna haastig, om zeker te zijn dat we haar niet verkeerd hadden begrepen: 'Een kop thee misschien?'

Guy en ik lieten ons in een diepe sofa van bedrukte katoen zakken, terwijl mevrouw Morris aan het werk ging in de keuken. Toen hoorden we de voordeur open- en dichtgaan en een mannenstem riep: 'Hallo, ma!'

'Die mensen van internet zijn hier om je te spreken, jongen.'

Gaz verscheen. Hij was een magere man van voor in de twintig, gekleed in een lichtblauw overhemd en een blauwe broek met rode biezen. Een postbode. Guy droeg een zwarte spijkerbroek en een lichtgewicht zwarte trui met polohals. Ik had een oud spijkerhemd aan en een gekreukte groene broek. We gingen op de driezitsbank zitten en de overnamestrijd begon.

Gaz was niet gek. Guy begon een verkooppraatje over hoe Goal.com een vooraanstaande, Europese internetholding was, toen Gaz hem in de rede viel.

'Jullie zijn gewoon twee kerels met een vlotte babbel, nietwaar? Ik ken alle voetbalwebsites en Goal.com hoort daar niet bij.' Hij had een uitspringende adamsappel die op en neer wipte als hij sprak, en hij praatte met een cockneyachtig accent. Maar hij had gelijk. 'Hoeveel gaan jullie me dus betalen voor *Sick as a Parrot*? Boter bij de vis!'

Guy lachte. 'Ik heb dit vanmorgen met mijn financiële man besproken en we hebben een openingsbod.' Hij keek naar mij. Onderweg hadden we het over een prijs gehad, maar volgens mij was het veel te vroeg om die op tafel te leggen. Ik besloot Guy het voordeel van de twijfel te geven en knikte ernstig.

'Een biertje en een pakje pinda's,' zei Guy glimlachend. 'Dat is natuurlijk pas een aanbetaling. Er komt meer.'

Gaz fronste zijn wenkbrauwen en lachte terug. 'Daarmee kom je aan de tafel. Laten we dit serieus gaan bespreken.' Hij stond op en riep door de gang: 'Ma, we gaan even weg!'

Mevrouw Morris haastte zich naar de deur om die voor ons open te houden en knipperde met haar oogwimpers naar Guy.

'Leuke kat, mevrouw Morris,' zei Guy toen hij de plastic kat voorbijliep.

'O, dank u. Ik houd echt van katten. We zouden wel een echte hebben, maar Gary is allergisch.'

'Daag, ma,' zei Gaz en hij ontsnapte door het houten poortje.

We zetten ons gesprek voort in een kroeg om de hoek. Guy trakteerde Gaz op zijn beloofde glas pils en hij haalde er ook een voor zichzelf en zijn financiële directeur.

'Sorry voor die babbel, Gaz,' zei hij. 'Dat doe ik nu eenmaal. Ik zal je het echte verhaal zo meteen vertellen. Maar vertel jij me eerst maar eens over de site, voordat ik daaraan begin.'

Gaz ging er graag op in. Hij was trots op zijn werk en dat mocht hij ook zijn. 'Het begon twee jaar geleden. Eerst was het niet veel meer dan een homepage. Daarna ontwikkelde het vanzelf een aanhang. Ik maakte er een echte website van, mensen vertelden het door en al vrij gauw nam het me helemaal in beslag.'

'Hoeveel bezoekers krijg je?'

'De laatste keer dat ik het naging zowat honderdduizend per maand.'

'Wauw. Het moet je een boel tijd kosten om het vol te houden.'

'Dat is ook zo. Ik besteed er bijna al mijn vrije tijd aan. Veel slaap krijg ik niet. Maar ik vind het leuk.'

'Hij is heel goed,' zei Guy.

'Dat weet ik,' zei Gaz.

'Ik kan merken dat jij een Arsenal-fan bent. Waarom doe je niet alleen een Arsenal-site?'

'Er zijn twee soorten mensen die van voetbal houden,' antwoordde Gaz. 'De lui die een kliek vormen, op zoek naar een groepering waardoor ze een soort identiteit krijgen, en de lui die gewoon van het spel houden. Ik schrijf niet voor de kliek. Natuurlijk wordt het veel interessanter als je het ene team of het andere aanhangt, maar ik kijk en schrijf net zo lief over andere teams als over Arsenal. Liever: het is gemakkelijker om objectief te blijven.'

'En ontwerp je de website zelf?'

'Ja. Dat is geen probleem. Ik heb op de universiteit natuurkunde en filosofie gestudeerd, dus ik kan overweg met een computer. Eerst deed ik alles vanaf het begin in HTML, maar tegenwoordig kun je van die programmapakketten krijgen als Dreamweaver die het allemaal veel eenvoudiger maken. Begrijp me goed,' zei Gaz. 'Ik ben geen sukkel. Ik houd van voetbal. Ik heb gewoon verstand van computers en zo vertel ik mensen over voetbal.'

'Als je dus bent afgestudeerd in natuurkunde en filosofie, waarom ben je dan postbode?' vroeg ik.

'Ik ben graag postbode,' antwoordde Gaz defensief. 'Het geeft me tijd te doen wat ik graag doe. En raar genoeg leek kennis over Wittgenstein en de theorie van de materie geen diepe indruk te maken op personeelsmanagers.'

'Dat hoort het wel te doen,' zei ik.

'Oké, oké. Maar waar heb je geleerd zo te schrijven?' vroeg Guy.

'Ik heb altijd al geschreven, vanaf dat ik een kleine jongen was. Het komt vanzelf, vooral als ik over voetbal schrijf. Het is een soort obsessie voor me. Ik moet het gewoon op papier zetten.' Hij dronk van zijn bier. 'Hoe zit het met jullie? Vertel me het ware verhaal eens.'

Guy praatte over zijn plannen voor Goal.com en voor zijn groei. Hij gaf toe dat Goal.com een boel geld nodig zou hebben om van de grond te komen, en hij had er nog niets van binnen.

Gaz luisterde aandachtig.

'Wat denk je ervan?' vroeg Guy hem.

'Heb je mijn site gelezen?'

'Ja.'

'Dan ken je mijn mening over het commercialiseren van voetbal?'

'Ja.'

'Nou?'

'Woon je graag thuis?' vroeg Guy.

'Het is niet gek, veronderstel ik.'

'Zou je niet graag je eigen flat hebben binnen loopafstand van Highbury? Zou je niet graag al dat schrijven tijdens je werkdag doen, in plaats van 's avonds of in het weekend?'

'Ja. Maar ik wil me niet verkopen. Al die commerciële sites zijn rotzooi. Ze propageren allemaal dit tv-station of dat voetbalshirt. Je kunt niet zeggen dat de voorzitter een sukkel is als hij je salaris betaalt. Of dat zijn beste vriend dat is.'

'Daar gaat het juist om,' zei Guy. 'De commerciële sites zijn inderdaad rotzooi. Maar dat zijn de onofficiële ook. Zelfs de jouwe.'

Gaz trok zijn wenkbrauwen op. Dit verwachtte hij niet.

'Het ontwerp is miserabel. Sorry, maar dat is zo.'

De magere wangen van Gaz werden rood. Hij klapte zijn bierglas op tafel. 'Wat mankeert er aan het ontwerp?'

'Gaz, we zijn hier niet vanwege jouw oog voor kleur of je gevoel voor perspectief. We zijn hier omdat jij het beste materiaal schrijft voor internet en daarbuiten. Maar je hebt meer nodig. Je moet een goed ontwerp hebben voor je site, je hebt pr nodig en marketingcampagnes, zodat miljoenen mensen erover horen, je hebt hardware nodig die het verkeer aankan, je hebt mensen nodig die voor jou werken, die de teksten kunnen schrijven zoals jij ze wilt. Je hebt iemand nodig om die mensen te betalen, je hebt iemand nodig die jou betaalt, je hebt een kantoor nodig, een computer, tijd om na te denken, tijd om naar voetbal te kijken.

Deze site gaat worden wat jij ervan maakt, Gaz. En hij gaat groot worden. En het spijt me, maar je gaat er ook sloten geld mee verdienen.'

Gaz zat te luisteren. Ik lette op zijn gezicht. Ik kon zien dat Guys magie werkte. 'Oké. Wat voor deal hadden jullie in gedachten?'

'Twintigduizend pond vooraf en vijf procent van de aandelen van de zaak.'

Gaz keek van Guy naar mij. We lieten hem nadenken.

'Dertig.'

'Vijfentwintig.'

'Oké.' Gaz stak zijn hand uit en Guy schudde die. 'En nog een biertje.'

'Wat vind je ervan, Davo? Zes uur aan het werk en we hebben onze eerste transactie al afgesloten.' We raceten over de buitenste rijbaan van de M1 in Guys staalblauwe Porsche, het dak omlaag, de stereo en de wind luid in onze oren.

'Ik kan je zeggen dat het meer is dan ik het laatste jaar voor Gurney Kroheim heb gedaan,' zei ik. 'Maar ik geloofde mijn oren niet toen ik die onzin hoorde die je hem in het begin vertelde! Daar slaan de mensen niet van achterover, Guy.'

Guy glimlachte. 'Precies. Hij verwachtte onzin, dus die kreeg hij van mij. Toen kreeg hij de kans het te doorzien en kon ik het echte verhaal geloofwaardiger maken.'

'Was dat niet wat riskant?' zei ik. 'Willen we hem niet de indruk geven dat hij ons kan vertrouwen?'

'O, hij zal ons nu wel vertrouwen. Maar vergeet niet wat hij bij ons zoekt. Hij wil ons de juiste taal horen spreken. Dat kan hij niet. Ik wilde hem laten zien dat wij die onzin voor hem kunnen doen. En het werkte, nietwaar?'

'Dat deed het. Niet slecht.'

'Er zitten een paar voordelen aan een acteursopleiding.'

'Dat merk ik.' Het was duidelijk dat Guys scherp geslepen vaardigheden in het manipuleren van mensen ons de komende maanden goed van pas zouden komen.

Guy verminderde vaart toen hij een politieauto op de binnenbaan zag.

'Weet je,' zei ik, 'er komt een punt dat we over geld moeten praten.'

'Geld?'

Ik boog me voorover en zette de gebroeders Gallagher wat zachter. 'Ja. Hoeveel hebben we, bijvoorbeeld?'

'Ik heb niks op mijn rekening. Ik geloof dat Owen nog zowat dertigduizend op de zijne heeft.'

Ik kromp ineen. 'En dat wil hij wel aan Gaz geven?'

'Absoluut. Owen is bereid alles wat hij heeft hierin te stoppen. Dat zijn we beiden. Dat hebben we zelfs beiden gedaan. Owen heeft er al meer dan twintigduizend in gestopt.'

'En jij?'

'Nou ja, zoals je wel kunt raden had ik minder. Maar dat is nu allemaal op. Hoe zit het met jou?'

'Ik denk dat ik veertigduizend kan ophoesten.'

Guy reed wat langzamer en draaide zich naar me toe. 'Veertig? Is dat alles? Toe nou, Davo, als je meedoet doe je ook echt mee. Je kunt geen appeltje voor de dorst bewaren.'

'Veertigduizend is al mijn spaargeld. Of bijna alles. Dan blijft er een paar duizend over om me door de komende paar maanden heen te helpen. Ik zei je toch dat ik buiten die dikke bonussen van Gurney Kroheim viel. En mijn huis in Notting Hill zit zwaar onder de hypotheek.'

'Oké, Davo, ik geloof je,' zei Guy. 'En veertig is goed. Heel goed.'

'Maar we hebben meer geld nodig.'

'Klopt.' Guy remde af toen hij de uitrit van de snelweg opreed. Het verkeer werd dichter.

'Hoe zit het met je vader?'

Guy schudde zijn hoofd. 'Nee.'

'Bedoel je nee je wilt het hem niet vragen, of nee, hij zou weigeren?'

'Ik bedoel beide.'

'Je moet het proberen.'

'Dat kan ik niet, Davo. Ik heb hem in het verleden zo vaak om geld gevraagd. Eerst gaf hij het me. Volgens mij beviel hem het idee wel dat ik er de bloemetjes van buiten zette. Bovendien voelde hij zich schuldig over wat er in Frankrijk is gebeurd. We zijn daar geen van beiden echt overheen gekomen, zoals je wel weet.'

Guy reed zwijgend verder, verdiept in zijn eigen gedachten. Ik onderbrak hem niet; Frankrijk was een onderwerp dat ik zelf ook uit de weg wilde gaan.

Toen kwam hij terug in het heden. Vader heeft voor mijn flat in Londen betaald, hij betaalde voor de toneelschool, hij betaalde om me naar Hollywood te laten gaan. Weet je nog die Cessna waarin ik altijd vloog? Golf Juliet? Daar betaalde hij ook voor. En er zijn allerlei andere zaken.'

'Maar dit is anders.'

'Daar gaat het juist om. Dit is inderdaad anders. Dit keer zal ik het geld goed gebruiken. Maar ik heb hem in de loop der jaren zoveel verhalen verteld, ik wil niet dat dit er ook zo eentje wordt. Als ik hem zeg dat ik een internetbedrijf wil beginnen lacht hij me in mijn gezicht uit. Erger nog, hij zal niet eens lachen. Hij zal gewoon teleurgesteld kijken.

En dat zou ik hem niet kwalijk nemen. Ik weet dat ik de laatste paar jaren heb verknoeid. Oké, ik heb een fijne tijd gehad, maar ik heb praktisch niets bereikt. Ik dacht altijd dat vader een bink was omdat hij goed lol kon trappen. Maar hij had in elk geval het geld dat hij uitgaf verdiend. Hij had iets gedaan. Dat heb ik niet. Tot nu toe. Maar je zult zien dat dat allemaal gaat veranderen. Geen drank meer. Geen vrouwen. Ik weet dat ik van Goal.com iets kan maken. Maar ik zal het zonder mijn vader moeten doen.'

'Oké,' zei ik. 'Weet je het zeker?'

'Ik weet het zeker.'

'Heb je iemand anders geprobeerd? Vrienden? Contacten? Familieleden? Je moeder?'

'Dat heb ik. Een heleboel. Het is vernederend. Het komt hierop neer: ze denken allemaal dat ik een verliezer ben. Net als jij toen ik je er het eerst over vertelde in de Dickens Inn. Jij luisterde in elk geval tot het einde. De meeste mensen doen dat niet. Hoe dan ook, alle mensen die bereid zouden zijn me geld te geven zonder veel kans er ooit iets van terug te zien, hebben dat al gedaan.'

'Hoe zit het met Torsten Schollenberger?'

'Torsten is de moeite van het proberen waard. Ik heb hem een tijdje niet gezien, maar hij is altijd in voor een avondje stappen. En zijn vader bulkt van het geld. Ik zal naar Hamburg gaan en het eens proberen.'

'Kan geen kwaad.'

'Maar hoe zit het met mensen met risicokapitaal?' wilde Guy weten. 'Zullen die zich niet verdringen om mee te doen aan deze deal?'

'Ik betwijfel het. In elk geval nog niet. Volgens mij zullen ze er hetzelfde over denken als Gaz in het begin. Twee zeikerds zonder iets.'

'Maar jij zei dat het een goed plan was.'

'Het plan is goed. En zodra we terug zijn op jouw flat zal ik het nog beter maken. Maar het is te vroeg om nu al naar hen toe te stappen. Ze willen een website zien met echte bezoekers. Een hele sloot echte mensen.'

'We zullen ergens wat geld moeten zien te krijgen,' zei Guy. 'Zodra we in het volgende stadium zijn met de webconsulenten, zullen we echt geld moeten gaan betalen. En als we mensen aannemen zullen we een kantoor nodig hebben. En we hebben geld nodig voor de marketingcampagne. Dingen als tv-reclame.'

'Volgens mij moeten we er waarschijnlijk wat langzamer mee beginnen dan dat, Guy,' zei ik.

Guy sloeg met zijn hand op het stuurwiel. 'Nee! We moeten snel zijn. Als we langzaam starten komen we nergens. We moeten als eerste van de startlijn zijn en snel genoeg vooruitgaan om eerste te blijven.'

Ik fronste mijn voorhoofd. 'Laten we eens zien wat we kunnen doen.'

9

Nog nooit van mijn leven had ik zo hard gewerkt. Ik had geen sociaal leven meer. Ik had geen tijd om te gaan vliegen. Ik keek nauwelijks nog naar tv. Elke morgen kwam ik vóór achten in Guys flat. Ik liep van het ondergrondsestation tegenover de Tower of London, voorbij Tower Bridge en St. Katherine's Dock naar Wapping High Street en kwam de ernstige gezichten tegen van bankmensen, in net pak op weg naar de zoutmijnen van de City. Guy was al aan het werk als ik kwam, maar Owen kwam pas om elf uur uit zijn slaapkamer.

De eerste paar dagen vond ik zijn logge, zwijgende aanwezigheid intimiderend, maar ik raakte snel aan hem gewend. Hij gaf er de voorkeur aan via e-mail te communiceren in plaats van mondeling. Soms bespraken Guy en ik een halfuur iets, en als we weer aan het werk gingen vonden we een e-mail op ons wachten waarin Owen zijn mening gaf over de zaak. Heel vreemd. Maar het was goed mogelijk de hele dag op ongeveer een meter afstand van Owen te werken en hem volledig te negeren, en daar gaf hij de voorkeur aan.

Hij schoot goed op met het opzetten van de website. Maar Owen had, zoals Guy zwijgend erkende, een probleem met mensen, daarom begeleidden Guy of ik hem meestal naar besprekingen. Ik begon al snel een beetje inzicht te krijgen in de verschillende componenten waaruit onze website zou bestaan: de host servers verbleven in brandvrije, bomvrije zwaar beschermde plaatsen, de internetverbindingen, de *routers*, de *proxy servers*, de *firewalls*, de databases. In dit stadium was alles betrekkelijk rechtlijnig, maar als we eenmaal begonnen materiaal via het web te verkopen zou het snel veel gecompliceerder worden. Owen was zo verstandig vooruit te kijken.

Ik besteedde veel tijd aan de financiën. Het ene moment maakte ik er me zorgen over of de opbrengsten in het vijfde jaar honderdtwintig miljoen of honderdtachtig miljoen zouden zijn, het volgende begon ik uit te vlooien hoe we een paar pond konden bezuinigen op printertoner. Guy had in korte tijd veel opgepikt over internetzaken, maar de geldkant was aan hem voorbijgegaan. Ik kocht een softwareprogramma voor boekhouden en tikte er gespannen hele rijen cijfers in. Ik installeerde bestanden en simpele procedures. Ik opende een bankrekening. En ik dacht diep na over de bedrijfsstructuur: wie bezat naar verhouding hoeveel aandelen, hoeveel moesten we er achterhouden voor toekomstige werknemers en hoe moesten we het bedrijf nu en in de toekomst waarderen?

Ik maakte me zorgen over de aandeelhoudersovereenkomst. Ik was geen jurist, maar het kwam me voor dat er gaten in zaten. Naarmate het aantal aandeelhouders toenam zou die overeenkomst belangrijker worden. Guy had een firma gebruikt die gespecialiseerd was in film- en tv-contracten. Ze konden moeilijk op iets worden vastgepind en als ik hen te pakken kreeg, kletsten ze een eind weg over mijn bezwaren. We overwogen een paar van de City-firma's te gebruiken die ik kende, maar in dit stadium zouden die veel te duur zijn; daarom besloten we dat we het moesten doen met de juristen van Guy totdat we meer geld hadden.

Goal was nu niet precies bedoeld om een 'virtueel' bedrijf te worden, maar het had er wel wat van weg, vooral in de vroege stadia. We hadden er de tijd en het geld niet voor om onze eigen deskundigen te gebruiken voor alles: we moesten het doen met consulenten. De belangrijkste hiervan was de webontwerper. Guy had een zaak die Mandrill heette uitgekozen en de medewerkers belden ons dat ze klaar waren met het ontwerp.

Mandrills kantoor was een grote zolder boven een kledinggroothandel in een van die straatjes ten noorden van Oxford Street. Baksteen, leidingen, dakramen, heel weinig meubilair, geen binnenmuren. Een opgevouwen microscooter stond bij de deur tegen een cappuccinoapparaat geleund. Er waren drie afgezonderde groepen mensen die aan hun computers werkten rond grote, gebogen, zwarte tafels. We werden ontvangen door twee mannen en een vrouw. We vonden hen heel intimiderend. De mannen hadden keurig gesoigneerde sikjes, zorgvuldig getailleerde gevechtsbroeken en T-shirts, gemillimeterd haar. Ik was ineens een liefhebber aan het worden van gladgeschoren hoofden, maar geen van de mannen had echt een biljartbal. De vrouw, wier haar ruim twee centimeter langer was dan dat van de mannen, had een knoopje in haar wenkbrauw en minstens zes ringen in elk oor. Daarnaast leek de geheel zwarte uitrusting van Guy en twee centimeter lange haren uit achtennegentig te stammen. Owen en ik telden niet eens mee.

We gingen dicht op elkaar rond een tafeltje staan met daarop een projector. De leider, een van de sikjes die Tommy heette, vroeg of de lichten gedimd konden worden en zette het apparaat aan. Het flitste een pagina van een zoekprogramma op het scherm. We keken toe terwijl Tommy de letters *www.goal.com* intikte. Een klik en daar was het, ons nieuwe logo tegen een lichtblauwe achtergrond. Weer een klik en we waren in de site. Het zag er helemaal niet uit zoals de andere voetbalsites op het web. De meeste daarvan leken op de inhoudpagina's van tijdschriften die op internet waren overgebracht. Mandrills site – of liever ónze site – bestond uit een serie donkerblauwe belletjes die tegen een lichtblauwe achtergrond zweefden. Je werd onwillekeurig uitgenodigd te klikken om te zien wat er in de belletjes zat. We klikten. En klikten. En klikten.

'Mooi,' zei Guy. 'Wat vind jij ervan, Gaz?'

'Gaaf. Ja, gaaf.'

'Laten we het logo eens wat beter bekijken.'

Tommy klikte op het openingsscherm. De vrouw met de vele oorringen liet een T-shirt rondgaan met het nieuwe logo erop gedrukt.

'De echte kleding zal natuurlijk van betere kwaliteit zijn dat dit,' zei ze. 'Maar het is om jullie een idee te geven.'

Het T-shirt vertoonde de woorden 'goal' en 'com' in naar voren leunende onderkastletters, en de 'dot' was een kleine voetbal geworden. Het zag er goed uit.

'Het is een soort mengelmoes van Ralph Lauren en Adidas,' zei Guy.

Tommy veranderde het scherm. Er verscheen een beeld van een wit schoolbord met krabbels erop. Ik herkende Guys handschrift. Tommy zoomde in op de woorden 'Adidas' en 'Ralph Lauren'.

Guy lachte. 'Je geeft me gewoon mijn woorden terug!'

'Klopt precies,' zei Tommy. De lichten gingen weer aan. 'En? Wat denken jullie ervan?'

Guy keek mij aan.

Mandrill berekende dertigduizend pond, plus één procent van ons aandelenkapitaal. In dit stadium in het leven van Goal was dertigduizend een boel geld. Maar een goed ontworpen website was van levensbelang. Ik knikte tegen Guy. 'Oké wat mij betreft.'

'Wat vind jij, Owen?'

'Een suikerspin. Het is net een roze suikerspin.'

'Maar denk jij dat ze de techniek begrijpen?'

'Het is zoals ik altijd zeg. Niemand in dit land begrijpt de techniek.'

'Wel, bedankt dat je hen geen debielen hebt genoemd, Owen,' zei Guy en hij glimlachte geruststellend naar Tommy en zijn team.

'Geen probleem.'

'Gaz?'

'Ik mag het wel. Het is gaaf.'

Guy glimlachte. 'Ik ook. Tommy, we hebben een deal.'

Het werd zaterdag. 's Morgens werkten we allemaal, maar Guy zei me dat ik 's middags een mysterieuze afspraak had. We namen de ondergrondse naar Sloan Square en pakten daar een taxi.

'Stamford Bridge,' zei Guy toen we instapten.

Ik lachte. 'Ik realiseerde me niet dat je nog steeds ging.'

'Elke thuiswedstrijd als ik in Londen ben,' zei Guy. 'En ik ben van plan te blijven gaan. Hier gaat het immers om.'

'Dat is waar.'

Als kleine jongen was ik een supporter van Derby County en ik was dat gebleven tot aan de universiteit. Een paar keer per jaar reisde ik vanuit Northamptonshire om een wedstrijd te zien. Maar toen ik eenmaal begon te werken leek er nooit tijd te zijn. Mijn belangstelling voor voetbal, zowel in de hoedanigheid van speler als in die van toeschouwer, was geleidelijk en ongemerkt uit mijn leven verdwenen. De laatste keer dat ik naar een wedstrijd was geweest, was zeven jaar geleden, met Guy.

Stamford Bridge werd toen verbouwd. Er was nog steeds wat werk aan de gang, maar ik was verbaasd over de transformatie. Je bereikte het veld via het blitse Chelsea Village, vol winkels en bars. Je zag wat gezinnen tussen de horde mensen, maar ook een paar vrij angstaanjagende figuren. Schurken misschien, maar schurken met geld. Overal wisselde geld van eigenaar. Ik keek naar mijn ticket. Vijfentwintig pond. Bloedgeld. Toen we het stadion met uitsluitend zitplaatsen in liepen en gingen zitten onder de warme lentezon, samen met vierendertigduizend andere mensen, die allemaal minstens evenveel hadden neergeteld voor hun ontspanning op zaterdagmiddag, begon ik in te zien dat er echt veel geld zat in voetbal.

De Blauwhemden speelden tegen Leicester City. Binnen tien minuten na de aftrap was ik alles vergeten over websites en geld, en vuurde ik hen aan met de rest van de menigte. Ik juichte toen Gianfranco Zola na een halfuur kalm de bal over de keeper van Leicester City lobde. Ik juichte nog meer toen een eigen goal van een verdediger van Leicester City er 2-0 van maakte voor Chelsea. En daarna voelde ik de agitatie en frustratie in me opborrelen toen Leicester eerst een en daarna een tweede goal scoorde in de laatste tien minuten.

Het gelijkspel had een eind gemaakt aan Chelseas hoop dat seizoen kampioen van de Premier League te worden, en Guy was zwaar teleurgesteld. Maar het was een geweldige wedstrijd geweest om naar te kijken, en toen ik me naar huis terugworstelde in Londens krakende transportsysteem, moest ik onwillekeurig in mezelf lachen. Dit ging leuk worden.

10

Juli 1987, Côte d'Azur, Frankrijk

Ik werd tegen het autoportier gedrukt toen de Alfa Romeo Spider de haarspeldbocht snel nam. Te snel. Dominique reed agressief. 'Maak je geen zorgen,' had ze gezegd, ze kende de weg goed. Het troostte me wel wat te weten dat ze al vaak over deze route was gescheurd zonder zichzelf te pletter te rijden.

Het was haast niet te geloven. Hier zat ik, voor in een sportwagen, met naast me een knappe blondine, onder me de Middellandse Zee, boven me de zon, de wind langs ons heen zoevend terwijl we de Corniche afraasden. Het was een van die momenten die ik in mijn herinnering wilde vasthouden, zodat het in mijn grauwe leven in Londen altijd binnen bereik zou zijn om het tevoorschijn te halen en ervan te genieten.

En ik had voor het eerst echt met iemand gevreeën.

Ik had zin mijn vuist in de lucht te stompen en een overwinningskreet te slaken. Maar met Dominique naast me moest ik me inhouden. Toch kon ik niet voorkomen dat er een grijns op mijn gezicht verscheen.

Dominique zag het. '*Ça va?*'

'*Ça va bien.*'

Vrijen was eigenlijk niet helemaal de juiste beschrijving van wat er was gebeurd. Het was meer een explosie geweest van puberachtige lust. Het kan niet langer dan twee minuten hebben geduurd. Dominique scheen het niets te kunnen schelen. Ze had de hele zaak in feite amusant gevonden, wat mij totaal onverschillig liet. Daarna was ze een sigaret geen halen. Ze zat tegenover me, naakt, met gekruiste benen en stak op. Ze bood hem mij aan. Ik had nooit eerder gerookt en om eerlijk te zijn wist ik niet eens hoe het moest, maar ik accepteerde de sigaret en nam een diepe trek. Zij vond de blaffende hoestbui die erop volgde heel grappig. Ze kuste me. Ik voelde hem weer stijf worden.

Ze zag het en trok haar wenkbrauwen op. 'Zo gauw al?' zei ze.

Ik haalde mijn schouders op en glimlachte. 'Zo te zien krijg je er twee voor de prijs van een.'

Ze giechelde. 'Buitenkansje.'

De tweede keer duurde langer en er kwam veel meer zweet aan te pas. Ik bleef als een ineengeschrompeld hoopje op het balkon liggen terwijl zij snel een douche nam.

'Schiet op,' zei ze. 'Ik weet dat we erg laat zijn, maar we moeten in elk geval proberen daar te komen voordat ze weggaan. Anders is het onbeleefd.'

De helling werd minder en we reden een weg met meer verkeer op. Aan weerskanten stonden huizen en flatgebouwen. We naderden Monte Carlo, naderden de lunch met Guy en zijn vader, kwamen dichter bij de informerende blikken, de vragen, de excuses. Vanaf het moment dat Dominique me aan de hand de trap had opgeleid, had ik elke gedachte aan de gevolgen van wat er ging gebeuren verdrongen. Maar die gevolgen waren maar vijf minuten verwijderd.

Ik had geslapen met de vrouw van een andere man. Ik had geslapen met de stiefmoeder van mijn vriend. Het was verkeerd, ik wist dat het verkeerd was. Ik kon het op allerlei manieren rechtvaardigen, en zou dat waarschijnlijk ook doen. Haar man was haar de vorige nacht ontrouw geweest. Ze wist precies wat ze aan het doen was. Ik had haar in niets aangemoedigd, ik was eerder een medeplichtige dan een aanstichter geweest. Dit was Frankrijk; getrouwde mensen in Frankrijk hadden minnaars en minnaressen, dat wist iedereen.

Maar nadat ik dat allemaal bij mezelf had beredeneerd, wist ik dat het antwoord toch fout zou zijn.

Maar ik zou geen ander besluit hebben genomen. Ik had niets anders kunnen doen. Heel even had ik het leven uit een andere wereld kunnen proeven, een wereld van geld, zon, seks, mooie vrouwen. Ik had hier en daar een glimp opgevangen van dat leven via sommige andere leerlingen op Broadhill, maar ik had het nooit zelf geproefd. Misschien zou ik het nooit meer ervaren. Carpe diem.

Hoe kon ik in hemelsnaam Guy en zijn vader onder ogen komen? Liegen was niet nodig, ik hoefde alleen wat te mompelen. Ze zouden er nooit achterkomen. Dominique zou het hun niet vertellen. Hou je maar rustig, dan blijft het ongestraft.

Dominique worstelde de Alfa door de nauwe straten van Monte Carlo; aan alle kanten rezen oranje en gele flatgebouwen boven ons op. Ze parkeerde illegaal bij de haven en blokkeerde een gele Rolls. Het restaurant was aan de overkant van de weg; Guy, Tony, Ingrid en Mel zaten aan een tafel buiten, in het gezelschap van een dikke man.

'Schat, het spijt me dat we zo laat zijn,' zei Dominique terwijl ze met een brede glimlach op Tony afliep. Hij stond op en accepteerde haar vurige kussen. De resten van een gegeten maaltijd lagen overal op tafel verspreid. 'En Patrick! *Comment vas tu?*

De onbekende kwam met moeite overeind, stootte met zijn buik de tafel bijna om en kuste Dominique op beide wangen.

'David, dit is Patrick Hoyle,' zei Dominique. 'Hij is de advocaat van Tony. Een heel slimme man. Hij woont hier in Monte Carlo en spaart miljoenen franken aan belasting uit. Patrick, dit is David Lane, een schoolvriend van Guy. Een *charmante* vriend.'

Ik schudde de hand van Hoyle, die vochtig was. 'Blij kennis met je te maken, David,' schalde hij. Hij had een groot, rond hoofd met opzij zwarte plukjes haar. Hij droeg een roze getinte bril en zijn huid zag er flets uit voor iemand die in het zonnige zuiden woonde. Hij was ook dik, Echt, echt dik.

Ik mompelde een antwoord. Ik vond het 'charmant' een beetje onnodig en probeerde niet te blozen.

'We zullen alleen een salade bestellen,' zei Dominique.

De anderen leken niet op hun gemak, onbehaaglijk over iets. Mel zag er miserabel uit, Ingrid beheerst, Guy licht geïrriteerd en Tony nadenkend. Alleen Hoyle leek zich op zijn gemak te voelen terwijl hij zich nog een glas rode wijn inschonk.

Dominique keek uit over de motorjachten van vele miljoenen dollars, die dicht opeengepakt in de haven lagen. 'Och, Tony, wat een heerlijke dag, vind je niet?' zei ze en ze glimlachte stralend tegen hem.

Tony was verrast. Ik wist dat ze de vorige nacht tegen elkaar hadden geschreeuwd, en ik had gezien dat ze vóór de lunch elkaar negeerden. Hij keek Dominique vragend aan en richtte daarna zijn ogen op mij. Een fractie van een seconde keken we elkaar aan, voordat ik de tijd had om in paniek mijn menukaart te bestuderen. Maar die fractie van een seconde was voldoende.

Hij wist het.

Ik wilde dat er onder mijn stoel een gat in de grond kwam en me opslokte.

Hij wist het.

En nog erger, ik besefte dat de hele zaak door Dominique in scène was gezet, alleen voor dat heerlijke moment om wraak te nemen op haar man. Als hij een kind kon neuken, dan kon zij dat ook.

Ik keek even naar haar. Ze zat honderduit te kletsen, een sigaret te roken en triomfantelijk te glimlachen. Wat ze zei kon ik niet horen. Het stelde trouwens allemaal niets voor, en alleen Guy leek er lauw op te reageren. Ik hoorde helemaal niets. Ik had me diep ingegraven in mijn menukaart en wenste dat ik ergens anders was.

Ik voelde me misbruikt. Misbruikt en smerig. Maar ik wist dat ik geen medeleven verdiende. Want het meest van alles voelde ik me een rund. Ik had moeten beseffen waar Dominique op uit was, dat ze alleen maar haar man wilde kwetsen, dat ik er niets mee te maken had. Mijn eigendunk kon het idee aanvaarden dat het voor haar alleen maar een lachertje was, maar niet dat ik een hulpeloos instrument was bij een kleingeestige kwaadaardigheid.

Wat een idioot.

De lunch was een nachtmerrie. Daarna gingen we naar het strand, en Hoyle ging gelukkig terug naar zijn kantoor. Dit keer zorgde ik ervoor dat ik in de jeep zat. Ingrid reed met Dominique mee.

Het strand was slechts een smalle strook zand in een rotsachtig baaitje, onder de klippen waarop *Les Sarrasins* troonde. Het was lastig om er te komen: we moesten langs een rotspad omlaagklauteren, en de golven stortten zich met meer kracht op de kust dan op de rustige stranden van Beaulieu. Aan de ene kant lag een nudistenstrand en aan de andere een voor homo's. Er waren heel weinig mensen en in een betere stemming zou ik het prachtig hebben gevonden. Het gaf me in elk geval de kans te gaan liggen, mijn ogen te sluiten en iedereen te negeren.

Ik spreidde mijn handdoek uit op een gladde rots naast Ingrid, liet me er met mijn gezicht omlaag op zakken en sloot mijn ogen. Ik kon horen wat er om me heen gebeurde. Guy en Tony hadden een koelbox met bier meegebracht en dronken daaruit. Het klonk alsof ze hun band met elkaar aan het verstevigen waren, maar niemand anders was erin geïnteresseerd.

Ik werd er misselijk van. Tony had pas de vriendin van zijn zoon genaaid en toch was hij heel vrolijk met hem aan het drinken en grappen maken. Guy had geen enkel idee. De betrokken vriendin hield zich heel stil, ondanks de pogingen van Guy om haar bij het gesprek te betrekken.

Ik voelde een zacht gekietel op mijn dij. Ik draaide me om en deed één oog open. Dominique lag naast me, op één elleboog geleund; haar blote borsten hingen omlaag naar de gladde rots. Een vlek op de binnenkant van haar onderarm trok mijn aandacht, alsof het een stukje make-up was waar zand aan kleefde. Vreemd.

'*Ça va?*' zei ze met een glimlach die verleidelijk kon zijn, of spottend, of beide.

Ik draaide me de andere kant op. Het was misschien onbeleefd, maar het was de enige manier die ik kon bedenken om haar van repliek te dienen.

Aan de andere kant lag Ingrid. Zij was ook topless, zoals iedere vrouw op het strand, behalve Mel. Ofschoon haar huid een prachtig gouden kleur had, waren haar borsten lang niet zo vol als die van Dominique en ze had niet de welvingen van Dominique. Ze zag er eigenlijk heel gewoon uit. Maar ineens leek een meisje van mijn eigen leeftijd veel aantrekkelijker dan de zogenaamde wereldwijsheid van Dominique.

Ik besefte dat Ingrid naar me keek door haar zonnebril. Ze grijnsde.

'Sorry,' zei ik en ik sloot mijn ogen, te ellendig om me te generen. De zon scheen fel op mijn rug en ik geloof dat ik in slaap viel.

Een tijdje later hoorde ik het sissen van een blikje bier dat naast me werd opengetrokken, vervolgens de schok van koud aluminium op mijn oververhitte rug. Mijn hoofd schoot omhoog. Tony zat op de plaats waar Dominique had gelegen. Ik keek om me heen. De anderen waren verdwenen. Ik zocht de golven af en zag hen in zee spetteren.

'Wil je er een?' vroeg Tony.

'Nee, dank je,' zei ik.

Hij nam een slok van zijn bier. Hij zat een halve meter van me vandaan naar de zee te staren.

'Als je nog eens aan mijn vrouw komt, vermoord ik je,' zei hij zakelijk.

Mijn keel werd droog. Ik slikte. 'Ik begrijp het.'

'Goed. Morgenvroeg ga je je ouders in Engeland bellen. Ze gaan je vertellen dat er een noodgeval is in de familie en dat je direct naar huis moet komen. Wat het noodgeval in je familie is moet je zelf maar verzinnen. Ik zal je naar het vliegveld brengen en je neemt de vlucht van vier uur naar Heathrow. Maak je geen zorgen, ik betaal je ticket.'

'Oké,' zei ik. Ik vond het prima.

'Goed. En laat me dit heel duidelijk maken. Ik wil je nooit meer zien.' Zijn ogen fonkelden. 'Als Guy je hier uitnodigt of naar een van mijn andere huizen, dan zeg je nee. Begrepen?'

'Volkomen.'

'Uitstekend. Nu geloof ik dat ik maar eens naar de anderen toe ga.'

Zonder te kijken goot hij de rest van het bier over mijn buik. Ik kromp ineen toen het koude vocht mijn huid raakte, maar ik liet het hem doen. Ik keek hem na toen hij omlaagklom naar de golven: een rijke, machtige man die zichzelf wilde bewijzen dat hij nog even jong en knap was als zijn zoon. Wat hem natuurlijk nooit zou lukken. Hoeveel macht hij ook had, hoeveel geld hij ook uitgaf, hoeveel jonge meisjes hij ook verleidde, hij zou altijd achtentwintig jaar ouder zijn dan Guy. Het was triest te zien hoe iemand die zoveel succes had gehad in zijn leven, die onvermijdelijke waarheid niet doorhad. Maar ik zou niet tegenspartelen zo vroeg te moeten vertrekken. Het vooruitzicht van nog zes dagen zat me lelijk dwars en nu had

Tony Jordan me de volmaakte weg gewezen om daarvan af te komen. Ik zou hem niet missen.

Zodra we weer in het huis waren verontschuldigde ik me en zei dat ik wat wilde gaan liggen. Guy liep met me terug naar de gastenbungalow.

'Wat mankeert iedereen? Davo?'

'Ik heb geen idee,' zei ik.

'Iedereen gedraagt zich vreemd. Mel ziet me niet meer zitten. Er is iets gebeurd.'

Ik gaf geen antwoord.

'Vader lijkt in elk geval goed in vorm te zijn. Je moet eens wat meer met hem praten. Hij is een geweldige kerel. Het is gaaf als je met je ouders als gewone mensen kunt praten, vind je niet? Het is moeilijk te geloven dat hij zesenveertig is. Ik zou alleen willen dat ik hem de laatste paar jaar wat vaker had gezien.'

'Uhuh.'

'Wat hij toch ziet in die Franse del weet ik niet. Oké, ze ziet er geil uit, maar ik vind dat vader beter af is met iemand anders. Wat vind jij? Jij hebt vaker met haar gesproken dan ik.'

'Ik weet het niet,' mompelde ik.

'Jezus, Davo, jij ook al! Doe alsjeblieft eens wat vrolijker. Wat mankeert jou? En waarom waren jij en Dominique zo laat voor de lunch?'

Ik moest liegen. Ik antwoordde Guy met neergeslagen ogen.

'Ze besefte dat ik een beetje een kater had, daarom besloot ze me wat pure wodka te geven. Ik nam het aan. Het werkte een tijdje, maar nu voel ik me nog beroerder.'

'Stomme hengst. Ik dacht dat je zei dat je nooit meer zou drinken?'

'Dat zal ik ook niet,' zei ik en voor het eerst keek ik hem aan. 'Geloof mij maar, een hele tijd niet. Nu wil ik wat op bed gaan liggen.'

Guy liet me achter, als één balletje ellende.

Ik kon me niet in bed blijven verstoppen, daarom kwam ik tegen het avondeten weer tevoorschijn. Op het terras werden bier en wijn aangeboden, maar ik nam niets. Ingrid evenmin en Owen ook niet, die was opgedoken na de hele dag achter zijn draagbare computer te hebben gezeten. Guy en Tony dronken nog meer bier, Guy heel vastberaden.

'Hoe voel je je?' vroeg ik Mel, die een bijna leeg glas wijn in de hand had.

Ze keek naar me op, alsof ze verrast was door de sympathie in mijn stem. 'Wat beverig,' zei ze.

'Ik ook.'

'Kop op, Mel,' zei Guy; hij legde zijn arm om haar heen en vulde haar glas. 'Geen gek huis hier, nietwaar?'

'O, nee,' zei ze, wat gedwongen glimlachend. 'Nee, het is prachtig.'

'Morgen gaan we weer naar Monte Carlo. Even in een casino kijken.'

'Klinkt geweldig,' zei Mel niet enthousiast.

Ik slenterde bij hen weg en liet het harde werk verder aan Guy over. Ik liep naar de marmeren reling en staarde naar de zee, ver onder me. Ik lette er aandachtig op en besefte dat de klip zo hoog was, dat het geluid van de golven die op de rotsen braken niet synchroniseerde met het ritme van de golven zelf, heel ver beneden.

Naast me klonk een stem. 'Dit is indrukwekkend, vind je niet?'

Het was Ingrid.

'Mel ziet er slecht uit,' zei ik. 'Heeft ze het er met jou over gehad?'

'Een beetje.'

'Hoe is het gebeurd?' Ik had Mel de hele avond zien lachen om Tony's grappen, maar ik had nooit gedacht dat er zoiets van zou komen.

'Iedereen verdween langzaam naar bed. Dominique was al weg. Kennelijk begon Tony met Mel te praten over de Romeinen en de wachttoren. Hij nam haar mee om er in het maanlicht naar te kijken. Toen kuste hij haar. Daarna...'

Ik huiverde.

'Waarom heeft ze het gedaan? In godsnaam, hij is over de veertig!'

'Hij is een charmante man. Hij mag dan over de veertig zijn, maar hij is sexy en dat weet hij. Zulke mannen zijn voor sommige vrouwen aantrekkelijk. Mel is romantisch aangelegd en Tony had een heel romantische situatie geschapen. Hij is een pro, zij een amateur. Ze had geen schijn van kans.'

'Maar het was geen verkrachting of zoiets?'

'Nee. Mel wilde wel. In elk geval op dat moment.'

'Denk je dat ze er spijt van heeft?' De hele dag door had ik Mel geen enkele belangstelling zien tonen voor haar minnaar van de nacht tevoren.

'O, ja. Ze heeft er beslist spijt van.'

'Wat gaat ze doen?'

'Ze zal er zich wel doorheen slaan, denk ik. Wat kan ze anders doen?'

'Naar huis gaan?'

'Misschien.'

'Ze ziet er nu niet bepaald gelukkig uit.'

'Jij ook niet,' zei Ingrid.

Ik gaf geen antwoord.

'Hé, wat doen jullie tweeën hier? Komen jullie niet bij ons zitten?' Het was Dominique, nu gekleed in een nauwsluitende witte spijkerbroek onder een wit jasje. Ze lachte breeduit. 'Kom op, David. Kom met me praten.'

'Dank je, ik geloof dat ik een tijdje hier blijf. Het is een prachtige plek.'

'Zoals je wilt,' antwoordde Dominique en ze likte met haar tong over haar lip.

'Wat stelde dat voor?' zei Ingrid terwijl ze naar Dominique keek die met wiegende heupen terugliep naar het terras.

'Vraag het me niet,' zei ik. 'Alsjeblieft.'

Ingrid keek me aan. 'Nou breekt mijn klomp.'

De avond was saai. Ik vermeed het druk met iemand te praten, vooral met Dominique. Niemand leek zich te vermaken en Tony keek nog steeds kwaad. Om ongeveer tien uur brak het gezelschap op, en ik liep terug naar de gastenbungalow met Guy, die zich nog steeds verbaasde over het gemis aan opgewektheid bij iedereen.

Een hele tijd lag ik half doezelend in bed. Beelden van een naakte Dominique spookten me door het hoofd in een warreling van opwinding en schaamte, totdat mijn ogen brandden en mijn testikels pijn deden. Ik voelde een vreemde misselijkheid in mijn maag en een beklemming in mijn keel. Mijn hart klopte snel. Ik opende mijn ogen en probeerde mezelf tot rust te brengen. Daarna begon alles weer opnieuw. Ik had geen idee wat ik verwachtte van mijn eerste keer seks, maar dit was het zeker niet. Eindelijk, ergens rond middernacht vervaagden de beelden en viel ik een diepe slaap.

Ik werd gewekt door luid bonzen op onze slaapkamerdeur. Even later werd de plafondlamp aangedraaid. Ik kwam overeind en zag Tony in de deuropening staan met een afgetobd gezicht onder het kunstlicht.

'Hoe laat is het?' vroeg Guy schor.

'Vier uur.'

Guy en ik knipperden met onze ogen. Wat bezielde Tony in hemelsnaam dat hij ons om vier uur 's morgens wakker maakte?

'Ik heb slecht nieuws,' zei Tony. 'Heel slecht nieuws. Het is Dominique. Ze is dood.'

11

April 1999, The City, Londen

Je moet vroeg zijn bij Sweetings om een tafel te krijgen. Het is een druk-
bezocht visrestaurant bij Mansion House, in handen van een Italiaan met
een volle snor die zijn klanten meedogenloos lastigvalt. Snel erin, snel
eruit, en een enorme rekening die aan de kassa moet worden voldaan voordat je vertrekt. Het restaurant voelt een beetje aan als een tehuis, een soort
schoolkantine met alcohol. En uitstekende vis. Maar volgens mij zijn het
het jamgebak en de rozijnenpudding met custard die steeds de klanten
trekken. Mijn vader was er gek op.

Elke paar maanden sinds ik bij Gurney Kroheim was gaan werken spraken we daar af voor de lunch, op een van zijn zakenreizen naar Londen. Hij
sprak zich er nooit over uit en ik begreep nooit precies wat voor zaken de
filiaalmanager van een kleine hypotheekbank in Londen had, maar ik vroeg
hem er nooit naar. Ik vermoedde dat hij gewoon even weg wilde uit ons
stadje, een paar oude vrienden opzoeken, een paar uur door de metropool
zwerven en met mij lunchen. Ik genoot van die lunches en hij ook.

Ik was vijf minuten te laat, maar hij had een paar krukken te pakken gekregen bij een van de bars waaraan gedekt was voor de lunch en waarach-
ter een tienerkelner met puistjes afwachtend klaarstond. Hij koesterde een
halve pint Guinness in een tinnen kroes en had er een voor mij klaarstaan.
Zijn gezicht straalde toen hij me zag en hij schudde me enthousiast de
hand.

Hij was een gezette, vriendelijke man met een kalend hoofd en een bril
die halverwege zijn neus hing. Het was een klein wonder dat hij het als filiaalmanager had klaargespeeld te overleven tot boven de zestig jaar. De
oorzaken waren zijn pienterheid en zijn weigering promotie te accepteren
naar het politieke mijnenveld van de hogere, regionale kantoren. Hij was
heel goed in zijn baan. Hij stond goed bekend overal in het marktstadje
waar we woonden, en men vertrouwde hem. Concurrenten mochten nieuwe marketingcampagnes proberen, hogere depositorente en opdringerige
managers voor de klantenservice, maar zijn volgelingen trokken zich daar
niets van aan. De hypotheekbank waarvoor hij werkte was nog niet getroffen door de opsplitsingsrage en zijn bazen beseften dat er niets gewonnen

en veel verloren kon worden door hem weg te organiseren. Even was er een wankel moment geweest tijdens de recessie van begin jaren negentig, toen hij bekritiseerd werd door het hoofdkantoor omdat hij niet harder was opgetreden tegen sommige cliënten die een achterstand hadden bij hun hypotheekbetalingen, maar hij had het doorstaan. Nog twee jaar en hij was aan zijn pensioen toe.

'Ga zitten, David. Ik heb een Guinness voor je besteld. Bedankt dat je hier bent gekomen. Ik neem aan dat ik naar Wapping had kunnen gaan...'

'O, nee, vader. Maak je geen zorgen. Dit is prima.'

'Ik heb de hele week al verlangd naar mijn pudding Je moeder kookt zoiets niet meer.' Hij wreef over zijn royale buik. 'Een extra pondje zou ze toch niet merken.'

We bestelden een garnalenpotje, tong en een fles Sancerre.

'Je kapsel bevalt me wel,' zei mijn vader. 'Het doet me denken aan mijn diensttijd. Je ziet er zeker anders door uit.'

Ik glimlachte. 'Ik voel me anders, denk ik.'

'Wat? Kouder?'

'Nee. Die zaak die ik doe met Guy Jordan. Het lijkt niet op wat ik eerder heb gedaan.'

Ik was een beetje nerveus toen ik dat zei. Ik wist dat mijn vader blij was geweest toen ik beëdigd accountant was geworden en heel trots dat ik voor een gerenommeerde bank was gaan werken. Ik had mijn besluit om voor Guy te gaan werken genomen zonder hem te raadplegen, maar toch voelde ik dat ik zijn goedkeuring wilde hebben.

'Het was een hele stap om bij Gurney Kroheim weg te gaan,' zei hij.

'Dat was het. Maar er is daar zoveel veranderd sinds Leipziger het heeft overgenomen.'

'Je werkt niet graag voor de moffen, hè? Kan ik me voorstellen.'

'Nee, dat is het niet. Er werken trouwens niet veel Duitsers en die met wie ik te maken had zijn prima. Het gaat om de hele branche. De cultuur van ontslaan en aannemen, fusies, reorganisaties, politiek, het is gewoon niet leuk meer.'

'En die zaak met Guy Jordan is wel leuk?'

'O, ja. Tot dusver in elk geval. Ik heb eigenlijk in mijn loopbaan nog niet eerder zoveel plezier gehad. Ik bedoel maar, we werken maar met z'n drieën in Guys flat. We hebben niets anders dan een blanco vel papier. We bouwen vanaf de grond iets op dat helemaal van ons is. Het voelt totaal anders aan dan werken voor een enorme onderneming.'

'Hoe heet het ook alweer? Goal Net?'

'Goal.com.'

'Sorry. Goal.com. Hoe werkt het?'

Ik vertelde het hem. Tijdens het voorgerecht, de vis en het grootste deel van de fles wijn. Hij luisterde. Hij kon goed luisteren.

De kelner trok onze borden bij ons weg en duwde ons de menukaarten in handen. Mijn vader worstelde met zijn besluit voordat hij het jamgebak met custard koos. Ik nam de broodpudding.

'Hoe zit het met Guy?' vroeg hij.

'Hij maakt het prima. Hij is in feite heel goed.'

'Vertrouw je hem?'

Ik aarzelde. 'Ja,' zei ik.

Mijn vader trok zijn wenkbrauwen op.

'Ja,' herhaalde ik, dit keer met meer overtuiging.

'Ik dacht dat jullie een paar jaar geleden ruzie hadden. Iets te maken met een meisje?'

'Dat en een paar andere dingen.' Daarover had ik mijn vader niet veel verteld.

'En dan had je die kwestie in Frankrijk.'

'Ja.' Daar had ik hem ook niet veel over verteld.

'Tony Jordan was een beetje een sluwe zakenman, meen ik me te herinneren. Succesvol maar gewiekst op het kantje af.'

'Dat is waar.'

'Nou en?'

'Ik geloof dat Guy veranderd is,' zei ik.

'Dat geloof je?'

'Ik ben er vrij zeker van.'

Mijn vader keek me nauwlettend aan. 'Goed,' zei hij ten slotte. Hij straalde toen zijn jamgebak arriveerde. 'Aha. Aanvallen maar.' Hij nam een mondvol. 'Verrukkelijk. Nou, ik denk dat het een uitstekende verandering is.'

'Echt waar, vader?'

'Ja, dat meen ik. Er komt in ieder leven een moment dat je risico's moet nemen. Ergens onderweg heb ik het mijne gemist. Maar zo te horen is dit het jouwe. Ik ben blij dat je het lef hebt om het te gaan doen.'

'Dank je,' zei ik en ik probeerde een glimlach te onderdrukken. Ik wilde me voordoen alsof ik volwassen genoeg was om te negeren wat mijn vader dacht. Maar in feite was ik blij dat mijn opstandige daad het ouderlijke merk van goedkeuring had gekregen.

We praatten over mijn moeder en zuster. Mijn zus was pas naar een flat in Petersborough verhuisd met haar vriend. Mijn moeder had het daar moeilijk mee. Mijn vader keurde het ook af, maar dat betrof meer de vriend, die hij saai vond, dan het samenwonen. Een paar tellen nadat het laatste spoortje custard van het bord van mijn vader was geschraapt, werd het weggegrist en stonden we op straat.

'Ik zal je eens wat zeggen, David. Stuur me het businessplan eens, wil je dat? Ik wil er dolgraag eens naar kijken.'

'Dat doe ik, vader. En nogmaals bedankt voor de lunch. Doe moeder de groeten.'

Ik liet hem voor het restaurant achter en verdween in de ondergrondse om drie haltes verder naar Tower Hill te gaan, met de wijn en de zegen van mijn vader als een warme gloed in mijn binnenste.

Zodra ik terug was in Wapping deed ik het businessplan naar hem op de post. Vier dagen later lag er een brief te wachten in mijn appartement, aan mij geadresseerd in het handschrift van mijn vader. Ik opende de envelop en er viel een cheque uit. Ik pakte hem op en las hem. *Betaal Goal.com vijftigduizend pond.* Jezus! ik had geen idee dat mijn vader zoveel geld had. Ongerust las ik de brief.

Beste David,

Ik vond het heel prettig gisteren in ons vertrouwde restaurant met je te lunchen. Het fascineerde me wat je over Goal.com te vertellen had en dat wat ik las in het plan dat je me hebt gestuurd. Het klinkt als een geweldige kans. Zo geweldig in feite dat ik zelf iets in het bedrijf zou willen investeren. Is dat mogelijk? Ik sluit een cheque in voor vijftigduizend pond.

Ik heb het volste vertrouwen in jou, David, en ik ben heel trots op wat je aan het doen bent.

Veel liefs,

Vader

P.S. Wil je niets hierover aan je moeder vertellen?

Ik staarde naar de brief. Ik kon een glimlach niet inhouden. Hier was het bewijs dat hij in me geloofde. Onweerlegbaar. Vijftigduizend pond.

Ik besefte direct dat ik het niet kon accepteren. Ik wist niet hoeveel geld mijn vader opzij had gelegd, maar er was nooit veel geld in huis geweest en ik was er vrij zeker van dat de cheque die ik in mijn hand had een groot deel ervan vertegenwoordigde. Hij zou dat geld nodig hebben voor zijn pensioen. Natuurlijk geloofde ik in Goal.com, maar ik wist dat er risico's aan zaten. Het was nu niet direct de plaats om je appeltje voor de dorst te deponeren.

De waarschuwing om het niet aan mijn moeder te vertellen was een ander probleem. Als ik mijn gang ging en de cheque verzilverde, zou dat een toekomstige ramp kunnen zijn. Ik pakte de telefoon en toetste het nummer van mijn ouders in. Na wat met mijn moeder te hebben gekletst gaf ze de hoorn aan hem.

'Vader, ik geloof gewoon niet wat er vandaag bij de post zat! Ben je gek geworden?'

'Helemaal niet,' zei hij. Ik kon de glimlach in zijn stem horen, die zacht klonk, waarschijnlijk opdat mijn moeder het niet zou horen. 'Ik weet zeker dat het een uitstekende belegging zal zijn.'

'Maar, vader. Het is een beginnende zaak. We zouden binnen een jaar failliet kunnen gaan. Het is een enorm risico.'

'Daar gaat het juist om, David. We hebben er tijdens de lunch over gesproken. Ik vind het tijd worden dat ik eens wat risico neem, en wat is een betere manier? Het internet gaat onze manier van leven veranderen, dat heb zelfs ik door. En ik heb vertrouwen in jou. Ik kan niemand anders bedenken die ik zou vertrouwen met wat ik nu doe. Op mijn leeftijd kan ik niet alles opgeven en zelf een bedrijf beginnen. Maar ik kan in een bedrijf investeren.'

'Het spijt me, vader. Ik kan het niet accepteren.'

'Wat bedoel je, je kunt het niet accepteren. Is vijftigduizend te weinig? Wat is het probleem?' Hij begon kwaad te klinken. Mijn vader klonk zelden kwaad.

'Dat is het niet. Maar als ik jouw geld verlies zou ik me afschuwelijk voelen.'

'En als Goal.com nu een enorm succes wordt? Als ik tien keer mijn geld had kunnen verdienen en jij had me niet laten beleggen? Hoe zou je je dan voelen?'

'Oah, vader, kom nou...'

'Nee, kom jij maar. Je moet toegeven dat er een goede kans bestaat dat dit gaat lukken, waar of niet?'

'Ja, inderdaad.'

'Nou dan?'

'Ik kan je dit niet laten doen, vader.'

'David, dit geloof ik niet.' Mijn vader sprak nog steeds zachtjes om te voorkomen dat mijn moeder het hoorde, maar hij klonk nu echt kwaad. 'Ik kan zelf beslissen over mijn beleggingen, weet je. Ik weet dat dit een groot risico is. Ik wil een risico nemen, net als jij. En net zoals ik jou niet zal tegenhouden je carrière op het spel te zetten, mag jij mij niet verhinderen te riskeren wat uiteindelijk alleen maar geld is.'

Ik haalde diep adem. 'Oké, vader, ik zal erover nadenken.'

'David...'

'Ik zei dat ik erover zal nadenken. Daag.' Ik legde op. Ik maakte zelden ruzie met mijn vader, eigenlijk nooit, en ik voelde me beroerd. Maar ik wist dat het de juiste beslissing was zijn geld niet aan te nemen.

Maar ergens vandaan hadden we geld nodig. Guy had moeite een afspraak te maken met Torsten in Hamburg en hij weigerde nog steeds het aan zijn vader te vragen, zodat we op de risicokapitaalgevers waren aangewezen.

Risicokapitaalbedrijven investeren in nieuwe of groeiende ondernemingen. Tot aan het eind van de jaren negentig waren ze op hun hoede en voorzichtig. Het kwam voor dat ze maanden besteedden aan onderzoek naar een beginnende firma, voordat ze besloten er niet in te investeren. Ik wist waarnaar ze zochten: ervaren leiding, eigen technologie en een bewezen methode om geld te verdienen. En dat misten Guy en ik allemaal. Daarom was ik huiverig geweest hen te benaderen totdat we minstens een website hadden om te tonen dat het ons ernst was.

Maar Guy kon niet zo lang wachten. En in de toenemende druk van het laatste jaar van de eeuw, konden zij dat ook niet. Er circuleerden verhalen over risicokapitaalgevers die zich uitsloofden jonge ondernemers te steunen die nog maar net hun economiegraad hadden gehaald. Boo.com, een modeverkoper op internet, niets anders dan een idee en twee hippe Zweedse oprichters die een boekwinkel op internet hadden gestart en verkocht, had pas nog veertig miljoen pond bijeengehaald. Wij hadden maar drie miljoen nodig om ons op gang te helpen. Guy zag niet in waarom we die niet zouden krijgen.

Ondanks mijn twijfels poetste ik ons plan dus op. Nu had ik alleen maar mensen nodig aan wie ik het kon sturen.

12

De tent was tjokvol. Het was dinsdag, de eerste dinsdag van mei, en ik was op de Eerste Dinsdag, dé gebeurtenis voor iedereen in de internetwereld. Zes maanden eerder was het allemaal begonnen, toen een groep ondernemers had afgesproken eens per maand in een pub bijeen te komen om indianenverhalen uit te wisselen, en het was steeds verder gegroeid. Nu was het de plaats om te netwerken, om employés te vinden, kantoorruimte, cliënten, leveranciers, en dat kostbaarste product van alles: geld. Ik was er om contact te leggen met risicokapitaalgevers, om hun de dertig seconden 'roltrapbabbel' te geven, hun kaartjes te verzamelen en hun ons plan te sturen. Heel simpel eigenlijk. Ik droeg een groene badge waaruit bleek dat ik een ondernemer was. De risicokapitaalgevers droegen rode badges.

De plaats van samenkomst was een omgebouwd pakhuis van een consulentenfirma voor internet in de buurt van Oxford Street, vrij dicht bij het kantoor van Mandrill. Er waren misschien wel tweehonderd mensen die allemaal koortsachtig praatten. De meesten waren van mijn leeftijd of jonger, de meesten gingen gekleed in T-shirts of leren jacks en bijna allemaal droegen ze groene badges.

Ik haalde diep adem en dook erin. Ik was op zoek naar de rode badges. Er waren er niet veel, maar ik zag algauw hoe ik ze kon vinden: zij waren de lui die midden in dichte groepen mannen en vrouwen stonden, die allemaal door elkaar praatten. Je moet assertief zijn, dacht ik, en ik wrong me door zo'n groep heen. In het midden stond een jong uitziende man in een pak, die fel op de huid werd gezeten door een vlot pratende Amerikaan met een idee om huwelijkscadeaus te gaan verkopen via internet. Het was duidelijk dat hij pas zou opkrassen als de kapitaalgever hem zijn kaartje had gegeven en gezegd had hem een plan te sturen. Vóór me stond een opgewonden groep groene badges elkaar af te troeven om hun verhaal te vertellen. De meesten van hen verkochten iets alledaags via internet, van babylove.com die cadeaus voor baby's verkochten, tot lastrest.com die vooruitbetaalde begrafenisdiensten aan de man brachten. Ik vroeg me af wie de klanten van lastrest.com waren – misschien mensen die midden in de nacht wakker werden met pijn in de borst en die naar hun computer renden om te zorgen dat hun begrafenis geregeld was voordat het te laat zou zijn. Sommige ideeën waren heel technisch en onbegrijpelijk. Een of twee waren niet zo gek. Maar de risicokapitaalgever kreeg geen kans het ene van het andere te onderscheiden.

Ik probeerde de aandacht te trekken van de rode badges. Dat deed ik echt. Ik zag kans kaartjes uit te wisselen met één gekwelde vrouw, voordat ik opzij werd geduwd door de Amerikaan met de huwelijkscadeaus. Maar verder niets. Je moest heel agressief zijn om de aandacht te trekken. De meeste groene badges waren ervaren aandachttrekkers. Ze waren me mijlenver vooruit.

Ik trok me terug in het herentoilet. Naast me stond een man in een net pak. Ik keek niet naar zijn gezicht, maar ik zag de revers. Een rode badge. Als ik nu een echte ondernemer was, zou ik zonder enig gewetensbezwaar mezelf en mijn roltrapbabbel opdringen aan een man die stond te plassen. Toen ontdekte ik iets over mezelf. Ik was geen echte ondernemer. Ik hield mijn ogen neergeslagen.

Het nette pak naast me bewoog zich. 'David? David Lane?'

Ik keek omhoog naar zijn gezicht. 'Henry, hoe gaat het met jou?'

Het bleek dat ik de eigenaar van de badge kende. Henry Broughton-Jones had met mij in de accountantsopleiding gezeten. Hij was een lange man met dunnend blond haar dat achterover was gekamd boven een hoog voorhoofd. Zijn vader was een herenboer in Herefordshire, en je had misschien gedacht dat Henry gelukkiger zou zijn geweest op een landbouwschool dan op een groot accountantskantoor, maar uiteindelijk had hij het niet slecht gedaan. Toen ik wegging bij mijn bedrijf was hij een van de rijzende sterren geweest, bestemd om eens partner te worden.

'Ik word op mijn huid gezeten,' zei hij. 'Zwaar op mijn huid gezeten. Ik ben nog nooit eerder naar zo'n bijeenkomst geweest. Ik dacht dat het een goede plek zou zijn om uit te kijken naar deals, maar ik kan hen nauwelijks van het lijf houden. Kom, laten we wat gaan drinken.'

We verlieten het herentoilet en pakten een paar glazen wijn. Binnen dertig seconden was de rode badge opgemerkt en begonnen groene badges hem te omsingelen. Henry keek de eigenaars woedend aan. 'Mag ik even?' gromde hij. 'Ik ben bezig met een vertrouwelijk gesprek.'

'Je zit dus in de risicokapitaalbusiness?' zei ik.

'Ja. Orchestra. Ik doe het nu drie jaar. Ik ben vrij snel na jou weggegaan. En jij? Ik zie dat je bent overgestapt naar de rangen van geschifte ondernemers.'

'Goal.com,' zei ik. 'Voetbalwebsite.' Henry's ogen begonnen schichtig te kijken. Ik nam snel een besluit. Ik wilde mijn enige risicokapitaalvriend niet op stang jagen. 'Maak je geen zorgen, momenteel hebben we geen geld nodig. Ik ben hier alleen om te "netwerken" – wat dat dan ook mag betekenen.'

'Godzijdank.' Henry ontspande zich.

We spraken nog een paar minuten met elkaar. Hij vertelde me dat hij getrouwd was en twee kinderen had. Ze stonden net op het punt een bungalow te kopen in Gloucestershire. Ik vertelde hem dat het een en al ellende was bij Gurney Kroheim en dat ik blij was daar weg te zijn. We wisselden wat nieuwtjes uit over wederzijdse kennissen; daarna kon hij de groene badges niet langer van zijn lijf houden. Net toen hij werd weggesleurd duwde hij zijn kaartje in mijn hand. 'Luister, als je geld nodig hebt, bel me dan eens.'

'Doe ik, Henry. Leuk om je te ontmoeten.'

Ik betastte zijn kaartje, glimlachte bij mezelf en pakte nog een glas wijn.

Na ongeveer een halfuur beklom een Chinese Amerikaan in een geblokt overhemd en een keurige, kakikleurige, katoenen broek een tafel en betoogde in een enthousiaste speech hoe we midden in iets groots zaten. De allerbelangrijkste technologische verandering die in een millennium op de wereld verscheen. Hier, op dit moment. De zwaargewichten van de toekomst waren hier aanwezig, in dit vertrek. Daarna ging de worsteling om de bal verder en de aanwezigen lieten zien hoe zwaar ze wel wogen.

Ik keek om me heen, op zoek naar dat zeldzaamste type van allemaal, een loslopende rode badge. Ik vond er geen, maar ik zag wel een ander gezicht dat ik dacht te herkennen. Ik kwam wat dichterbij.

Ze leek ongeveer vijfendertig en droeg een blauw mantelpak. Haar haren waren strak en streng naar achteren gekamd. Haar mond vertoonde aan weerszijden omlaaglopende lijnen, maar haar lippen tuitten zich op een vertrouwde manier.

'Mel?'

Ze draaide zich naar me om en moest even met de ogen knipperen voordat ze me herkende. 'David!' Ze bood glimlachend haar wang aan voor een kus. 'Wat doe jij in hemelsnaam hier?'

'Ik werk voor een beginnend bedrijf. Een internetzaak. Voetbalwebsite.'

''t Is niet waar! Jij toch niet? De beëdigde accountant?'

'Ik wel,' zei ik grijnzend. 'Met Guy.'

'Nee! Dat geloof ik niet.'

'Het is waar. En het loopt goed. Alleen hebben we hard een paar beleggers nodig.'

'Heeft iedereen dat niet?' zei Mel en ze bekeek de menigte. 'Ik sta verbaasd dat jij met Guy werkt. Weet je wel, na wat er in Mull is gebeurd en zo.'

'Dat is zeven jaar geleden.'

'Ja, maar toch.'

'Hij is veranderd.'

'O ja?' Mel keek twijfelachtig.

'Echt waar. Heb je hem de laatste tijd nog gezien?'

'Sindsdien niet meer. Ik ben hem zelfs min of meer vergeten.'

'Misschien niet zo slecht,' zei ik. 'Hoe dan ook, wat doe jij tegenwoordig? Nog steeds jurist?'

'Ja. De enige mensen in een net pak zijn juristen. Nog steeds bij Howles Marriott. Het gaat eigenlijk heel goed. Ik ben nog geen partner, maar misschien gauw wel.'

'Ik zou jou nooit hebben geclassificeerd als een bedrijfsjurist.'

'Nou, ik zou me jou nooit hebben voorgesteld als een computerfanaat. Het is een wonder dat ik je heb herkend met dat kapsel.'

'Jij bent niet erg veranderd,' zei ik. Dat was gelogen. Mel was meer dan zeven jaar ouder geworden, maar zoiets zeg je niet tegen een bekende. Het was wel iets wat ik Guy zou vertellen.

'Onzin,' zei ze. 'Ik heb nu zelfs hier en daar een grijze haar.'

Het was waar, dat had ze. Ik herinnerde me haar haar zoals het vroeger was, op haar achttiende jaar, donker, met een streepje blond. Nu waren de streepjes grijs.

'Heb jij Ingrid nog gezien?' informeerde ik.

'Nee. Sindsdien niet meer,' antwoordde ze en haar stem klonk minder enthousiast.

'O.'

We zwegen. Beiden dachten we aan vroeger.

Mel haalde adem en zuchtte. Ze had nog steeds een prachtige borst. Daar kon ik niet aan voorbij. Iets om tegen Guy te zeggen.

'Heb jij hier cliënten?' vroeg ik.

'Twee of drie.'

'Kunnen ze hun rekeningen betalen?'

Mel grijnsde. 'Tot dusver wel. Ik wed dat internet de volgende interessante markt voor juristen zal zijn. Op dit moment heb ik een half dozijn internetcliënten. Ik denk dat minstens één van hen het zal maken. En dat zou in de toekomst een boel juridisch werk kunnen betekenen.'

'Klinkt als een goede strategie,' zei ik. We dronken van onze wijn. 'Uh, ik vraag me af...'

'Ja?'

'Dit klinkt misschien een beetje brutaal. Maar zou je het erg vinden om onze aandeelhoudersovereenkomst eens even door te kijken? De zaak die hem heeft opgesteld bestaat uit juristen uit de amusementswereld die Guy kent van zijn acteurstijd. Ik weet niet zeker of de overeenkomst wel deugt.'

'Geen probleem,' zei Mel. 'Fax hem morgen maar door. Ik zal je zeggen wat ik ervan denk. En geen rekening. Hier is mijn kaartje.' Ze gaf er me een.

Ik gaf haar het mijne. 'Een van de mooiste van Qwickprint,' zei ik. ' Gek dat ik jou hier zo ontmoette. Jij bent hier vanavond de tweede persoon die ik ken.'

'Zo vreemd is dat niet,' zei Mel. 'Iedereen van onze leeftijd doet dit tegenwoordig. Er zijn hier waarschijnlijk nog twee of drie mensen die je kent, je hebt ze alleen nog niet gezien. Zoals die kerel daarnet zei, hier moet je zijn.'

'Dat zei hij echt, hè?'

Mel ging op haar tenen staan in een poging over de hoofden te kijken. 'Hé. Ik heb net een van mijn cliënten gezien. Ik praat morgen wel met je.' Daarmee verdween ze in het gewoel.

Ik probeerde de menigte weer te bewerken, maar erg ver kwam ik niet. Een halfuur en slechts één kaartje van een kapitaalgever later, besloot ik er een eind aan te maken.

Met een terneergeslagen gevoel kwam ik in de koele avondlucht. Er waren een heleboel mensen die hetzelfde deden als Goal en ze leken allemaal agressiever dan ik. Ik had in de pers over de internetrevolutie gelezen, maar ik had die nog nooit gezien, nooit gevoeld. En het was geen goed gevoel. De voorzichtige bankemployé van Gurney Kroheim in me beviel het niet. Er waren een paar mensen met goede ideeën, zoals een welbespraakte, blonde vrouw met wie ik had gesproken, die een bedrijf was begonnen dat goedkope lastminute tickets verkocht. Maar het meeste was waardeloos. En de waardeloze rommel kreeg geld.

De laatste paar weken had ik me als een echte ondernemer gevoeld, aan de wieg van een nieuwe technologiegolf. Nu voelde ik me slechts als een beëdigd accountant met hersenschimmen. In tegenstelling tot die Chinese kerel die de speech had gehouden, was ik bang dat ik op de verkeerde tijd op de verkeerde plaats was.

13

Juli 1987, Côte d'Azur

Guy staarde niet-begrijpend zijn vader aan in de deuropening van onze slaapkamer. 'Dood? Is Dominique dood?'

'Dat zei ik.'

'Hoe?'

Tony zuchtte en wreef in zijn ogen. 'Een overdosis drugs.'

'Drugs... Jezus!'

'De politie is er. Ze willen met iedereen praten. Jullie kunnen maar beter opstaan.'

We kwamen moeizaam uit bed en ik moest me inspannen om mijn tollende gedachten de baas te worden. Dood? Zelfmoord? Politie? Drugs? Dominique? Ik? Seks? Onderzoek? Guy? Tony?

Toen ik achter Guy aan de tuin in liep, waarin de eerste stralen van het kille ochtendlicht waren doorgedrongen, had ik een afschuwelijk gevoel dat alles bekend zou worden. Alles.

We liepen de tuin door en ik keek omhoog naar Dominiques slaapkamer en het balkon waar we de vorige middag hadden gevreeën. Er brandden lampen, schaduwen bewogen zich, nu en dan het flitslicht van een fotograaf. Er klonk geschuifel van voetstappen, stemmen, instructies, en het geluid van een voertuig dat het voorplein op reed.

We liepen achter Tony aan de woonkamer in. Ingrid, Mel, Owen, Miguel en een paar dienstboden zaten daar, zwijgend en verdwaasd kijkend. Mel had gehuild. Twee gendarmes in uniform stonden op een paar meter afstand passief naar ons te kijken. Het was een grote kamer met een tegelvloer, bedekt met chique tapijten, overal stonden abstracte beelden en aan de muren hingen grote schilderijen met heldere kleurvlakken. Het was een vertrek waarin elegante en mondaine mensen zich konden ontspannen, niet bedoeld voor een stel tieners die net van school waren en op een verhoor wachtten. Niet voor het eerst merkte ik dat ik dacht: wat doe ik hier eigenlijk?

'De politie zal jullie apart willen ondervragen,' zei Tony monotoon. 'Het is niet meer dan een formaliteit. Niets om je zorgen over te maken.' Hij zag er uitgeput, versuft uit. Ik kon de alcohol van de vorige avond nog aan hem ruiken.

'Wat is er gebeurd, vader?'

Tony keerde zich naar zijn zoon. 'Ik vond haar zowat een uur geleden. Ze lag in bed. Op haar nachtkastje lag een naald. Heroïne.'

'Weet je dat zeker?'

Tony knikte, totaal wezenloos.

Hij wist dat ze heroïne gebruikte, dacht ik. In feite verklaarde dat waarschijnlijk het vreemde in haar ogen. En de make-up aan de binnenkant van haar onderarm verborg de injectieprikken.

Ik staarde naar het plafond, naar de roerloze ventilator. Een drugsverslaafde. Ik had seks gehad met een drugsverslaafde. Die nu dood was. De dringende vraag was: wat moest ik de politie vertellen?

Mijn eerste, instinctieve gedachte was natuurlijk te liegen. Of in elk geval niet te praten over wat er die middag was gebeurd. Maar na even nadenken vond ik dat een slecht idee. Ik had niets verkeerds gedaan, of liever gezegd niets illegaals. Als ik eenmaal tegen de politie begon te liegen zou ik in overtreding zijn. En er waren allerlei manieren om de waarheid te achterhalen: de lijkschouwing, Tony, misschien zelfs Ingrid. Bovendien was ik van huis uit een beroerde leugenaar en dit waren heel abnormale omstandigheden. Een bekwame politieman zou me in een mum van tijd doorhebben.

De deur ging open en er kwamen twee rechercheurs naar binnen. Een van hen gaf Tony een teken. Ze spraken opgewonden fluisterend. Wat de politieman ook zei, Tony schrok er hevig van. Hij keek bezorgd naar ons. De rechercheur liep bij hem weg en kwam naar ons toe.

Hij was een lange, stevig gebouwde man in een flodderpak met twee rijen knopen, die kans zag er tegelijk vermoeid en alert uit te zien.

'Mijn naam is Sauville. Inspecteur Sauville,' zei hij in goed Engels maar met een zwaar accent. We luisterden. 'Ik moet u mededelen dat we volgens ons een moord onderzoeken. Over enkele minuten ga ik ieder van u om de beurt ondervragen. Het is noodzakelijk dat u vandaag hier in huis blijft. En ver blijft van de plek van de misdaad. Begrijpt u dat?'

We knikten. Een moord. Geen wonder dat Tony zo geschrokken keek. Ik keek even naar Guy. Hij leek verdoofd.

Sauville sprak tegen zijn rechercheurs en verdween in de eetkamer. Even later riep hij Tony. Een van de andere rechercheurs begon Ingrid te ondervragen. Ze verdeelden het werk.

De ondervragingen duurden lang, vooral die van Tony. Toen hij weer tevoorschijn kwam keek hij versuft. Hij sprak snel met Guy en verdween daarna.

'Wat zei hij?' vroeg ik Guy.

'Ze denken dat Dominique gestikt is onder een kussen. Ze had heroïne genomen, maar de politie ziet geen reden om te denken dat het een overdosis was. Ze zullen het pas zeker weten na de lijkschouwing. Volgens vader denken ze dat hij het gedaan kan hebben. Hij is Patrick Hoyle gaan halen.'

Guy zag er aangeslagen uit. Door het idee dat zijn stiefmoeder was vermoord en dat zijn vader verdacht kon worden van de moord.

Er kwam nog meer politie. Ik kon hen buiten zien terwijl ze systematisch de tuin afzochten. We hoorden beweging op de trap en liepen de gang in om te kijken hoe Dominiques lichaam naar beneden en het huis uit werd gedragen. Ze was natuurlijk toegedekt, maar we konden haar vorm onder het laken duidelijk onderscheiden. Ik rilde ervan. Ik keek naar Guy, die lijkbleek zag. Ingrid hield even haar adem in en Mel begon te huilen. Ik legde mijn arm om haar heen; van ons allen had zij een paar bijzonder beroerde dagen gehad.

Toen riep Sauville haar naar de eetkamer. Ze veegde langs haar ogen en probeerde zich te vermannen. Maar ze zag er angstig uit. Ik besefte dat ze zich pijnigde of ze moest vertellen dat Tony haar had verleid. Ze had geen keus, evenmin als ik; ik hoopte dat ze dat begreep. Intussen werkte de andere rechercheur de getuigen af. Ik wilde gauw aan de beurt komen. Ik wilde dat het voorbij was. We spraken weinig, maar dronken veel koppen koffie. Ingrid bleef dicht bij Mel, en nam haar mee naar haar kamer toen ze terugkwam van haar verhoor. Guy keek geagiteerd en bezorgd. Owen zat er onbewogen bij, alsof hij in een doktersspreekkamer wachtte op een routineonderzoek. Ten slotte was ik aan de beurt, na Guy.

Ik kwam bij inspecteur Sauville. Hij zat aan het hoofd van de tafel, met een ondergeschikte die notities maakte. Hij gebaarde dat ik moest gaan zitten.

'Uw naam is David Lane?'

'Ja,' fluisterde ik.

'Pardon?'

'Ja,' zei ik harder. Hij had alleen maar mijn naam gevraagd, maar ik kon mijn handpalmen al voelen zweten. Dit zou niet gemakkelijk worden.

'Hoe oud bent u?'

'Achttien.'

'En u bent een vriend van Guy Jordan?' Hij sprak 'Guy' uit als 'Gie', net zoals Dominique had gedaan.

'Dat klopt. We zitten in Engeland op dezelfde school.'

'Wanneer kwam u hier in Frankrijk?'

'Twee dagen geleden.'

'Zo.' Hij zweeg even en leunde achterover in de eetkamerstoel. Die kraakte. Even was ik bang dat hij zou breken. 'David?'

'Ja?'

Hij boog zich voorover. 'Wat was je gistermiddag om één uur aan het doen?'

Hij wist het. De rotzak wist het. Nu moest ik het hem wel vertellen. Mijn mond was droog en ik aarzelde.

'*Hein?*' Hij was een grote man en als hij zich vooroverboog leek hij nog groter.

'Ik was, eh... bij mevrouw Jordan.'

De politieman en de ondergeschikte keken elkaar even aan en hun lippen vertrokken. 'En wat deed je met haar, David?'

'Ik was, dat wil zeggen, we waren, nou ja...' Ik had wel door de grond willen gaan.

'Ja?'

'We hadden seks.'

'Aha.' Een zelfvoldane glimlach van triomf gleed over het gezicht van de politieman. Hij vond dit wel leuk. 'Vertel me eens wat meer.'

Dus vertelde ik hem heel het smerige verhaal, en het leek smerig zo vroeg in de morgen, als je het in langzaam Engels vertelde aan een politieman. Ik vertelde hem dat ik de nacht tevoren Dominique tegen Tony had horen schreeuwen, en mijn vermoedens over Tony en Mel en Dominiques motivatie om mij te verleiden.

'Heb je vannacht iets gezien of gehoord?'

'Nee. Ik ben vrij vroeg naar bed gegaan. Ongeveer tien uur. Het duurde een tijdje voordat ik sliep, misschien een uur of twee. Toen heb ik geslapen totdat meneer Jordan me vanmorgen wekte.'

'En Guy?'

'Hij ging op dezelfde tijd als ik naar bed.'

'Heb je hem 's nachts op horen staan?'

'Nee.'

'Geen andere geluiden buiten?'

'Ik werd vanmorgen pas wakker.'

'Zo.' Sauville zweeg en bekeek me. Hij dacht waarschijnlijk alleen aan zijn volgende vraag, maar ik werd zenuwachtig van het zwijgen. Eindelijk zei hij iets. 'Toen je gisteren bij madame Jordan was, leek ze toen te denken aan zelfmoord?'

Ik dacht na voordat ik antwoordde. 'Nee. Integendeel. Ze leek geanimeerd, opgewonden. Volgens mij genoot ze van haar wraak op haar man.'

'En jij? Hoe voelde jij je om zo gemanipuleerd te worden?'

'In feite maakte het me heel kwaad,' zei ik. Toen aarzelde ik, bang dat ik iets verkeerds had gezegd. 'Natuurlijk niet kwaad genoeg om haar te vermoorden of zoiets.'

De inspecteur negeerde mijn opmerking met een geringschattende zwaai van zijn hand. 'Hoe zit het met Guy Jordan? Hoe dacht hij over zijn stiefmoeder?'

Ik zweeg. Ik was nog maar een schooljongen. Ik wilde mijn vriend geen last bezorgen met de autoriteiten. Ik probeerde het van alle kanten te bekijken.

'Geef maar eerlijk antwoord op de vraag,' beval Sauville.

Ik deed wat me werd gezegd. 'Ik geloof niet dat hij vóór deze week Dominique ooit had ontmoet. Ik geloof niet dat hij erg dol was op het idee van haar. Hij noemde haar een del en een sloerie.'

'Zo. Geen aardige dingen om over je stiefmoeder te zeggen, nietwaar?'

'Nee,' zei ik. 'Maar, zoals ik al zei, het ging niet zozeer om haar persoonlijk. Het was meer het idee van haar.'

'Heel filosofisch. En de jongere broer? Owen?'

'Ik heb geen idee hoe Owen over iets denkt. Ik betwijfel of iemand dat wel weet.'

De grote politieman trok zijn wenkbrauwen op. Toen leunde hij weer achterover in zijn stoel. '*Bon.* Dank je voor je medewerking, David. Maar ik moet je vragen hier te blijven totdat we ons onderzoek hebben afgesloten.'

De moed zonk me in de schoenen. Ik wilde wegwezen. Snel. Ik verlangde naar het noodgeval in de familie dat Tony me had bevolen te verzinnen, nu meer dan ooit. 'Hebt u enig idee hoe lang dat zal duren?'

'Een paar dagen,' antwoordde de inspecteur. 'Misschien meer.'

'U gaat het niet aan meneer Jordan zeggen wat ik vertelde over zijn vrouw?' vroeg ik.

'O, dat zullen we wel moeten. Maar volgens mij zul je merken dat hij het al weet.' Sauville knipoogde en glimlachte zonder aanleiding. '*Au revoir.*'

Ik verliet de kamer en ontmoette Patrick Hoyle, die in vloeiend Frans eiste de inspecteur te spreken. Hij wrong zich langs me heen, plette me bijna tegen de deurstijl met zijn dikke buik en begon heftig tegen Sauville te praten. Ik liet hen hun gang gaan en ging Guy zoeken.

Ik vond hem in de tuin, zittend tegen de stam van de olijfboom naast de oude wachttoren. Hij staarde naar de grond tussen zijn knieën en negeerde de ochtendzon die gouden fonkelingen wierp op de zee vóór hem. In de lavendel achter hem zoemden bijen. Ik kromp ineen bij de gedachte dat zijn vader hier Mel had verleid.

'Guy!' Hij negeerde me. Ik liep naar de wachttoren. 'Guy!'

Hij keerde zich om en keek me aan. Ik had Guy nog nooit zo zien kijken. Zijn gelaatsspieren waren verstrakt, zijn blauwe ogen stonden kil en hard en zijn huid was bleek.

'Ja, Lane?'

'Luister, ik eh, sorry...'

'Sorry? Sorry! Om wat?'

'Nou ja, om Dominique.'

'Wat is er met Dominique? Dat je haar hebt genaaid? Wil je je verontschuldigen omdat je met de vrouw van mijn vader hebt geneukt? Is het dat? Want als het dat is wordt je verontschuldiging niet geaccepteerd.'

'Ja. Dat spijt me. Ik wilde dat ik het nooit had gedaan.'

'Gelul. Je hebt er elke seconde van genoten. Je dacht waarschijnlijk dat je een echte dekhengst was, nietwaar? Ik wed dat het beter was dan op de schooldisco met de tieten van de een of andere slet te rotzooien. Als je er tenminste een kon vinden die wanhopig genoeg was om je dat te laten doen, wat ik serieus betwijfel.'

Ik probeerde het venijn in zijn stem niet te horen. 'Wie heeft het je verteld? De politie?'

'Ze vroegen er mij naar. Maar ik heb net met mijn vader gesproken. Hij vertelde me een heleboel dingen. Over jou en haar. En over hem en Mel.' Hij bekeek mijn gezicht om een reactie te zien. 'Daar wist jij van, nietwaar?'

'Ik vermoedde het.'

'Je vermoedde het! Wat is hier in godsnaam aan de hand? Mijn vader neukt mijn vriendin, mijn vriend neukt mijn stiefmoeder, en ik weet er geen donder van. En weet je waar mijn trouwe vader was toen zijn vrouw werd verstikt met een kussen?'

'Nee.'

'In de een of andere club in Nice. En voor club moet je lezen bordeel. Daarom vond hij haar pas vanmorgen om drie uur.'

'Guy, het spijt me. Als ik iets kan doen...'

'Dat is er. Ik had je nooit hier moeten uitnodigen. Dit is jouw wereld niet, Lane. Dit gaat jouw niveau helemaal te boven. Ga maar terug naar die trieste rijtjessteen waaronder je vandaan bent gekropen en laat mij met rust. Oké?'

Hij keek me woedend aan met iets dat bijna haat leek in zijn ogen.

'Oké,' zei ik. Ik liet hem alleen.

Ik hield me verborgen op mijn kamer en probeerde de voorgaande paar dagen op een rijtje te zetten. Ik kon het niet. Ik had nog nooit eerder iemand gekend die vermoord was. En ik wist niet zeker of ik Dominique ooit echt had gekend. Het lichaam dat ik in vervoering had aangeraakt was nu levenloos, de huid koud, de spieren stijf en strak. Maar de persoon? Wie was zij? De nabijheid van de dood deed me huiveren, de harteloze aard van mijn relatie met het slachtoffer deed me ineenkrimpen van schuldgevoel. Verder lag mijn vriendschap met Guy in gruizels, waarschijnlijk voorgoed. Hij had me het soort woede getoond dat pas na jaren zou vervagen, als het dat al zou doen. Hij haatte me nu, en ik had zo vurig gewild dat hij mij mocht en respecteerde. Ik voelde me zelfs schuldig over Guys vader, al wist ik dat zijn zonden groter waren dan de mijne. Ik had iets heel erg verkeerds gedaan en iemand was gestorven en daar zou ik mee moeten leven.

Ik pakte mijn boek. Voor het eerst sinds ik eraan was begonnen werd *Oorlog en Vrede* werkelijkheid. Ik wilde me verliezen in het Napoleontische Rusland, dat op dit moment veel minder dreigend leek dan het Frankrijk uit de twintigste eeuw.

Maar na twee of drie uur begon ik honger te krijgen. Ik had niets anders gegeten dan een croissant, heel vroeg die ochtend, en de ongerustheid had me hongerig gemaakt. Ik was achttien. Jongens van achttien jaar krijgen regelmatig honger. Ik besloot de mogelijkheid Guy of Tony te ontmoeten onder ogen te zien voor de kans om aan eten te komen.

Ik liep door de tuin. Buiten was het weer een heldere, wolkeloze dag. Het was warm, maar de zeebries zorgde voor verkoeling. Er was niemand op het terras, maar binnen kon ik beweging en schotels met eten zien.

Ik liep het grote huis in en zag door de deur van de eetkamer een tafel die beladen was met brood, koud vlees, kaas en salade. Mel stond buiten de kamer te luisteren. Vlak achter haar bleef ik staan. Ik kon Guy indringend fluisterend met Patrick Hoyle horen praten. Ik kon niet verstaan wat ze zeiden, maar ik hoorde Hoyles antwoord.

'Abdulatif? Die man heet Abdulatif?'

Guy mompelde bevestigend. Toen merkte Mel ineens dat ik bij haar stond. Ze bloosde en ging de kamer in. Ik volgde haar. Guy draaide zich om en keek woedend. Hoyle kuchte en knikte naar me. Ik liep recht op de lunch af en na een poosje kwam Mel bij me staan.

In een onbehaaglijk stilzwijgen schepten wij tweeën onze borden op, een flinke stapel eten voor mij, een paar lepels voor Mel. Toen Guy en Hoyle de kamer uitliepen draaide ik me om naar haar. 'Waar ging dat over?'

Ze keek me snel even aan en schudde enkel haar hoofd. Ze had duidelijk geen zin in praten. Ik wist dat ze zich kwetsbaar moest voelen en wilde me niet opdringen. Dus ging ik zitten eten.

Ingrid verscheen bij de deur. 'O, daar ben je,' zei ze. 'Ik sterf van de honger.'

'Ik weet wat je bedoelt,' zei ik. 'Help jezelf.'

Dat deed Ingrid.

'Is de politie nog hier?' vroeg ik haar, blij iemand te hebben met wie ik kon praten. 'In de tuin heb ik er geen meer gezien.'

'Die hebben ze de hele morgen doorgekamd,' zei ze. 'Misschien zijn ze klaar, of misschien hebben ze lunchpauze.'

'Heb je Tony gezien?'

'Hij heeft een Franse kerel in een net pak bij zich. Ik denk dat Patrick Hoyle hem een advocaat heeft bezorgd.'

'Ik dacht dat Hoyle zelf advocaat was.'

'Kan zijn. Maar deze vent is waarschijnlijk een strafpleiter. Volgens mij maakt dat verschil.'

'Denk je dat Tony haar heeft vermoord?'

'We raden er alle twee maar naar. Maar de Franse politie schijnt te denken dat hij het heeft gedaan. Stil, daar komt er eentje aan.'

Ik keek op. Sauville kwam mijn kant oplopen. De moed zonk me in de schoenen toen ik besefte dat zijn ogen op mij waren gericht. 'Monsieur Lane. Als u klaar bent met eten zou ik graag zien dat u ons hielp.'

'Wat wilt u dat ik doe?'

'We moeten uw kamer doorzoeken. En we zouden graag wat kleren van u hebben die u gisteren droeg. Uw vingerafdrukken hebben we ook nodig. En daarna wil ik u uitnodigen naar het politiebureau te komen.'

'Het politiebureau?' Dat beviel me helemaal niet. 'Waarom wilt u dat ik naar het politiebureau kom?'

Sauville keek naar Ingrid en Mel. Hij kuchte. 'Eh... we hebben wat monsters nodig.'

'Wat voor monsters?' vroeg ik en ik begon een vermoeden te krijgen toen hij aarzelde.

Sauville keek weer naar de meisjes. 'Daar komt u wel achter op het bureau.'

Hij liet ons achter, met zijn drieën aan de tafel. Mel bleef nukkig en teruggetrokken, maar Ingrid keek alsof ze probeerde niet te giechelen.

'Wat is er?' vroeg ik.

'Ik geloof dat ik weet wat ze willen,' zei Ingrid.

'Wat dan?'

'Ze willen jouw sperma,' antwoordde ze.

Ik trok een vies gezicht. 'O, nee hè?'

Sauville kwam terug en spoorde me aan op te schieten met eten.

'Veel plezier,' zei Ingrid toen ik met hem de kamer verliet.

Een politieagent reed me door de haarspeldbochten omlaag naar het welvarende stadje Beaulieu-sur-Mer. We reden door straten met aan weerszijden felgekleurde luifels, waaronder parfumeries, boetieks, galeries en *salons de beauté* rijke toeristen van het trottoir lokten. Overal stonden bomen in bloei. Boven en achter het stadje strekte zich een gordijn van grijze klippen uit. Les Sarrasins en zijn wachttoren waren daarop duidelijk te zien, als silhouetten tegen de helderblauwe hemel.

De *Gendarmerie Nationale* was een aftands gebouw bij het spoorwegstation. Vanbinnen zag het er al even aftands uit: linoleumvloeren, posters met ezelsoren, meubilair van functioneel metaal en hardboard. Gelukkig had Ingrid ongelijk over de juiste aard van de monsters die ze wilden hebben, maar ik wist zeker dat ze gelijk had over het doel ervan. Een dokter nam een uitstrijkje speeksel van mijn wang, een spuitje bloed uit mijn arm en wat haren van mijn hoofd en, vernederend, van mijn schaamstreek. Later moest ik rondhangen in een wachtkamer totdat de politieagent die me de heuvel af had gebracht kwam en me terugreed.

We verlieten net het gebouw toen er buiten een politieauto stopte. Sauville stapte uit, gevolgd door een andere rechercheur en twee andere gedaanten, Tony en Patrick Hoyle. Tony zag er vermoeid en somber uit. Hij keek me even aan toen hij het bureau binnenliep. Die vijandige, kwade blik deed me ineenkrimpen.

Het zag ernaar uit dat hij een paar moeilijke vragen moest gaan beantwoorden.

14

Zodra ik terug was op Les Sarrasins liep ik naar mijn kamer en sloeg *Oorlog en Vrede* weer open. Dit keer boeiden Tolstojs pagina's me niet. Ik bleef maar aan Tony denken.

Had hij zijn vrouw vermoord? Dat moest wel. Hij had het motief; dat had ik hem verschaft. Hij had midden in de nacht het lijk ontdekt. En ik had hem gezien toen hij het politiebureau werd binnengebracht voor verhoor. Vond ik dat hij eruitzag als een moordenaar? Ik had geen idee hoe een moordenaar eruitzag. Hij was zeker charmant. Even zeker zou ik hem nooit vertrouwen. Maar ik kon me niet voorstellen dat hij Dominique zou vermoorden.

Ondanks mijn laatste grievende gesprek met Guy voelde ik toch medelijden met hem. Ik wist hoezeer hij zijn vader bewonderde en nu moest hij de mogelijkheid onder ogen zien dat hij een moordenaar was. Hij zou het er moeilijk mee hebben.

Moeilijk voor Owen ook, maar dat kon me niets schelen.

Er werd zacht op de deur van de slaapkamer geklopt. Ingrid stak haar hoofd om de hoek. 'Hoe was je trip naar het politiebureau?'

'Afschuwelijk.'

'Luister. Het spijt me dat ik je er eerder mee heb geplaagd. Dat was helemaal niet eerlijk. Mel en ik zitten wat te drinken. Wil je er niet bijkomen?'

Ik liet mijn boek met een bons op de vloer naast het bed vallen. 'Ja,' zei ik. 'Graag.'

Ik liep achter Ingrid aan naar het terras, waar Mel alleen aan een tafeltje zat onder de schaduw van een pijnboom. Twee glazen met een helder vocht met bubbeltjes en ijs stonden voor haar. Ik ging er zelf een halen.

'Ik heb Tony gezien op het politiebureau,' zei ik en nam mijn eerste slok wodka-tonic.

'Ja. Ze zeiden dat ze nog wat vragen voor hem hadden,' zei Ingrid. 'Hij leek er niet erg op gebrand om te gaan.'

'Wat zei Guy?'

'Niets. Maar hij keek ongerust.'

'Dat zal zeker.'

Ondanks alles wat er was gebeurd scheen de zon helder. Te helder. Mel verborg zich achter een zonnebril. Ik kon het haar niet kwalijk nemen. Ze dronk vastberaden.

'Is alles goed me je?' vroeg ik haar zacht. Ik wist dat het een stomme vraag was, maar ik wilde haar laten weten dat het me wat kon schelen hoe ze zich voelde.

Ze snoof en wreef over haar neus. Ze had gehuild. 'Niet echt. En met jou?'

'Niet echt.'

Mel keek me verlegen aan. 'Was het voor jou voor het eerst?'

Ik knikte. 'En voor jou?'

'Ja.'

'Vrij slechte manier om te beginnen, nietwaar?' zei ik.

Mel lachte. 'Ja. Na al die jaren nee zeggen, al dat mezelf sparen voor de juiste man, en dan doe ik het met een vijftig jaar oude viezerik.'

'Wel een knappe vijftig jaar oude viezerik, vind je niet?'

'Daar gaat het niet om. Hij is oud genoeg om mijn vader te zijn. En dat maakt me echt bang. Misschien word ik een van die trieste meisjes die achter een man van dubbel hun leeftijd aanjagen, in een poging hun vader terug te krijgen.'

'Zijn jouw ouders gescheiden?'

Mel knikte. 'Mijn vader is twee jaar geleden met zijn secretaresse weggelopen.'

'Sorry.'

'En de jouwe?'

'Nee. Ze lijken heel gelukkig. Maar Dominique lijkt dan ook helemaal niet op mijn moeder.'

'Of de moeder van wie dan ook.'

'Het is vreemd,' zei ik. 'Ze leek op dat moment helemaal geen echte persoon, en dat lijkt ze zelfs nog minder nu ze dood is.'

'Ja,' zei Mel. 'Je kunt gemakkelijk vergeten dat iemand gestorven is.' Ze schudde haar hoofd. 'En als Tony haar nu echt heeft vermoord. Ik was nog maar vierentwintig uur tevoren met hem samen.' Haar gezicht vertrok van walging, zowel voor zichzelf als voor Tony, dacht ik.

'Maak je daar niet zo druk over,' zei Ingrid. 'Jullie zijn beiden misbruikt door twee mensen die heel goed de kunst van het manipuleren verstaan. Tony probeerde zichzelf te bewijzen dat hij aantrekkelijker is voor meisjes dan zijn zoon. Dominique nam kwaadaardig wraak. Jullie hadden geen van tweeën schuld.'

'Natuurlijk was het mijn schuld,' zei Mel. 'Ik liet het hem doen. Ik was in feite een gewillige medeplichtige. Het leek zo vol glamour, zo volwassen. Ik dacht dat ik de zaak in de hand had.' Er biggelde een traan over haar wang. 'Weet je wat het ergste is, David?'

'Wat?'

'Ik mag Guy echt graag. Ik had juist zowat besloten dat hij degene was die, je weet wel... Wat er gebeurd is heeft me doen beseffen hoe aardig ik hem vind. En nu wil hij natuurlijk niet meer met me praten. Hij zal nooit meer met me praten.' Ze onderdrukte een snik.

Opnieuw verwonderde ik me over de uitwerking die Guy kon hebben op meisjes. En op dit meisje was die duidelijk sterker dan een oppervlakkige fysieke attractie. Wist hij dat? Kon het hem wat schelen?

'Ik ben er vrij zeker van dat ik hem als vriend heb verloren,' zei ik. 'Als hij al ooit mijn vriend was. Hij was woedend op ons allemaal toen ik hem vanmorgen sprak: jou, mij, zijn vader.'

'Ik zal je zeggen wat ik denk,' zei Ingrid. 'Jullie hebben het beiden beroerd gehad. Maar we zijn allemaal jong. We kunnen ervan leren. Je kunt je niet eeuwig schuldig blijven voelen. Die twee, Tony en Dominique, waren verpest. Je kunt hen niet ook nog eens jullie laten verpesten.'

Ze had natuurlijk gelijk, maar Mel en ik hadden heel wat schuld waarin we ons konden wentelen.

De politie kwam ons die dag nog een keer opzoeken. Ze wilden de schoenen controleren die we de vorige avond hadden gedragen. Ik neem aan dat ze een voetafdruk hadden gevonden. Veel zouden ze er niet mee opschieten, voorzover ik me herinnerde hadden we overal rondgeklost. Maar ik gaf hun de mijne, opnieuw.

Tony was nergens te bekennen. Waarschijnlijk zat hij nog op het politiebureau vragen te beantwoorden. Guy zag kans ons die middag en avond uit de weg te gaan en Owen zat in zijn kamer met zijn draagbare computer te spelen. Maar Hoyle zagen we wel. Hij bracht zijn meeste tijd door ergens boven opgesloten met Guy, maar hij kwam even bij Ingrid, Mel en mij in de woonkamer voordat hij wegging.

Hij droeg een flodderig, bruin pak en een das, en op zijn brede voorhoofd flonkerden zweetdruppels door de inspanning van de trap op en neer te lopen. 'Ik hoop dat Miguel goed voor jullie zorgt?'

'Dat doet hij zeker,' antwoordde Ingrid. Ze had haar Portugees gebruikt om de bediende te charmeren en hij had gereageerd door heel goed voor ons te zorgen.

'Goed, prima. Laat me weten als je problemen hebt. Maar ik weet zeker dat Tony vanavond terug zal zijn.'

'Meneer Hoyle?' zei Ingrid toen hij probeerde weg te glippen.

'Ja?' Hij fronste zijn wenkbrauwen. Hij had het druk.

'Kunt u ons vertellen hoe het onderzoek verloopt? We horen hier niets.'

'Natuurlijk,' zei Hoyle met tegenzin, en hij liet zich op de rand van een leunstoel zakken. 'Zoals je weet verhoren ze Tony op dit moment. Maar ze hebben hem nog niet gearresteerd en ik denk niet dat ze dat zullen doen. Hij is onschuldig en ik weet heel zeker dat we dat kunnen bewijzen.'

'Hoe?' vroeg ik. 'Heeft hij een alibi?'

'Ja. Maar niet erg respectabel.' Een bekende uit het bordeel in Nice waar Guy het over had, dacht ik. 'Nee, we zijn uh...' Hoyle aarzelde, 'aan iets anders aan het werken.'

'Wie heeft Dominique dan vermoord?' vroeg Ingrid.

'Het moet een dief zijn geweest. Iemand heeft midden in de nacht ingebroken, wat sieraden gestolen en haar wakker gemaakt. Toen ze hem zag heeft hij haar verstikt met een kussen. Ze had heroïne gebruikt, dus waarschijnlijk was ze in de war.'

'Er worden dus sieraden vermist?' vroeg ik.

'Ja. Gewoon haar dagelijkse juwelen. Maar toch altijd een paar honderdduizend francs waard.'

'En de politie is er zeker van dat ze is gestikt?'

'Ze hebben de lijkschouwing gedaan. Ze had wel heroïne in haar bloed, maar het was geen overdosis. Ze is gestorven aan zuurstofgebrek. En de kussensloop wordt vermist.'

'Wat betekent dat?'

'Het betekent dat de moordenaar hem heeft weggegooid om te voorkomen dat de politie sporen zou vinden. Nadat hij het kussen had gebruikt om haar te laten stikken.'

'Hebt u enig idee waarom ze onze schoenen willen controleren?'

'Niet speciaal. Maar het is goed dat ze andere aanwijzingen nagaan. Ze realiseren zich waarschijnlijk dat ze de verkeerde man hebben.' Hij schudde zijn hoofd. 'Ik kan nog steeds niet geloven dat Dominique is vermoord. Het lijkt gewoon niet reëel. Tony en ik hebben al heel wat meegemaakt maar nooit iets zoals dit.'

Ik knikte instemmend. Het leek allemaal volkomen onwerkelijk voor me.

Hoyle keek op zijn horloge. 'Ik moet teruggaan naar Beaulieu. Ik heb Tony een goede strafpleiter bezorgd, de beste in heel Nice. Maar ik wil er zeker van zijn dat ze hem niet een hele nacht op het politiebureau houden.'

Daarmee hees hij zich uit de leunstoel en liet ons alleen.

En ja hoor, een uur later kwam hij terug met een uitgeput uitziende Tony. Ze negeerden ons en sloten zich op in de studeerkamer. Tony was duidelijk nog niet uit de problemen.

Ik ging naar bed, maar bleef wakker door in mijn boek te lezen. Guy kwam om ongeveer elf uur binnen. Hij negeerde mijn groet, trok snel zijn kleren uit en sprong in bed.

Ik ging door met lezen.

Na een minuut of zo leunde Guy op zijn elleboog en keek kwaad naar me. 'Doe dat verrekte licht uit, Lane.'

Ik draaide het licht uit. Die nacht duurde het heel lang voordat ik in slaap viel.

Ik werd wakker door hevig gebons. Ik opende mijn ogen en zag de deur openzwaaien. Het was Sauville en twee gendarmes in uniform. Achter hen stroomde ochtendlicht naar binnen.

'Verrek...' begon Guy.

Sauvilles ogen dwaalden over de vloer en vonden een paar gymschoenen. Hij pakte er eentje op en bekeek de zool.

'Is deze van jou?' vroeg hij Guy.

'Eh... ja.'

'Trek je kleren aan en kom met me mee naar het politiebureau. Je bent onder arrest.'

Guy ging rechtop in bed zitten. 'Ik ben wat?'

'Je hebt me wel gehoord.'

'Dat is waanzin!' protesteerde Guy. 'U hebt geen aanleiding om mij te arresteren. Ik heb niemand vermoord.'

Sauville pakte kleren van Guys voeteneind en wierp die hem toe. 'Kleed je aan!'

Guy zwaaide zijn benen uit bed en trok zijn kleren aan, de hele tijd woedend naar Sauville kijkend.

Sauville mompelde iets in het Frans tegen een van de politieagenten achter hem. De man haalde een paar handboeien tevoorschijn en gebaarde naar Guy dat hij zijn handen op moest houden. Guy staarde naar de boeien alsof hij zich nu pas realiseerde wat er met hem gebeurde, en hij deed langzaam wat hem werd gezegd. Ze sloten met een klik om zijn polsen.

'Sterkte,' zei ik.

Guy keerde zich naar mij. Even dacht ik dat hij me weer zou gaan negeren. Maar toen zei hij: 'Dit is allemaal onzin. Ze kunnen me niets maken.'

'We zullen zien,' zei Sauville toen de politieagent Guy bij de elleboog pakte en hem ruw de kamer uitduwde.

15

Mei 1999, Wapping, Londen

'En, hoe ging het gisteravond?' vroeg Guy. Wij tweeën en Owen waren net aan het werk in de krappe flat in Wapping. Het was de woensdag na de bewuste dinsdagavond.

'Niet zo best. Het leek wel een jaarmarkt. Ik kon er geen speld tussen krijgen.'

'Hoeveel kaartjes heb je gekregen?'

'Maar drie.'

'Drie! Waardeloos. Je moet je opdringen, Davo. Je kunt je niet door de kudde onder de voet laten lopen.'

'Ik heb wel een kapitaalgever ontmoet die ik kende uit mijn accountantstijd. Met hem heb ik een poosje gepraat.'

'Beviel het idee hem?'

'Ik heb het hem niet gevraagd. Het leek niet het gunstige moment.'

'Niet het gunstige moment! Waarom dacht je dan dat je daar was? Waarom denk je dat hij daar was?' Guy schudde zijn hoofd. 'Ik wist dat ik er zelf heen had moeten gaan,' mompelde hij.

Even voelde ik me kwaad worden, maar ik hield me in en boog mijn hoofd. Ik was kwaad omdat ik wist dat Guy gelijk had. Ik voelde me schuldig en onbekwaam. Ik was hier niet goed in. Guy had me aangenomen om te helpen geld bijeen te brengen. Hij rekende op mij. Ik wilde hem niet in de steek laten, zeker niet in dit vroege stadium.

Guy en ik werkten door in een nijdig stilzwijgen. Owen werkte natuurlijk ook zonder iets te zeggen, maar daar was niets nieuws aan. De spanning tussen ons werd voelbaar in de kleine flat en zweefde boven de eettafel die we als bureau gebruikten.

Vastbesloten om mijn falen van de vorige avond goed te maken, stuurde ik ons plan naar de drie risicokapitaalgevers met wie ik had gesproken, ook naar Henry. Zijn begeleidende brief kostte me wat tijd. Ik speelde met uitgebreide excuses waarom ik ineens had ontdekt dat we geld nodig hadden, op de dag nadat ik hem had gezegd dat dat niet het geval was. Uiteindelijk besloot ik de waarheid te vertellen, die in elk geval veel beter klonk. Zo te zien zat hij echt niet te wachten op mijn roltrapverhaal.

Ik zocht de website van de British Venture Capital Association op, vond nog drie geschikte namen en stuurde het plan naar ieder van hen.

Nu kon ik alleen maar afwachten.

'Koffie?' vroeg Guy nadat we zowat een uur hadden gezwegen.

'Graag,' zei ik.

Een paar minuten later kwam hij terug met een mok. 'Het spijt me dat ik zo tegen je uitviel,' zei hij. 'Ik weet dat je je best hebt gedaan.' Zijn glimlach zei zoiets als 'weer vrienden?' en was onmogelijk te weerstaan.

'Nee, je hebt gelijk. Jij had waarschijnlijk moeten gaan. Jij zou het beter hebben gedaan dan ik.'

'De volgende keer.' Hij dronk van zijn koffie. Ik was blij dat de spanning een beetje was weggeëbd. We hadden er gewoon de ruimte niet voor.

'Ik wed dat je niet kunt raden wie ik gisteravond heb gezien,' zei ik.

'Wie?'

'Mel.'

'Mel Dean?'

'Dat is de enige Mel die ik ken.'

'Zo, zo,' zei Guy. 'Dat is lang geleden. Hoe ziet ze eruit? Is ze erg veranderd?'

'Ze is wat ouder geworden.'

'Worden ze dat allemaal niet? Hoe zit het met die prachtige borsten?'

'Die zijn in geweldige vorm.'

'Het is goed dat te weten. Het waren altijd mooie exemplaren.'

'Ze is nog steeds jurist,' zei ik. 'Ze doet kennelijk veel werk voor beginnende internetbedrijven. Ik heb haar zojuist onze aandeelhoudersovereenkomst gefaxt. Weet je nog dat ik er niet gelukkig mee was?'

'Heb je die naar Mel gefaxt?'

'Ze zei dat ze er snel even naar zou kijken en het mij zou laten weten.'

'Tijdverspilling.'

'We zullen zien,' zei ik; ik voelde de irritatie weer opkomen en onderdrukte die met succes.

Het was geen tijdverspilling. Mel belde laat die middag terug. 'Je had gelijk,' zei ze. 'Volgens mij zijn er een paar echte problemen met dat document. Het zou prima zijn voor een kleine zaak met slechts een paar aandeelhouders. Maar voor iets dat gaat uitgroeien tot een onderneming met risicokapitaal is het een ramp.'

'O. Je bedoelt dat het niet beklimbaar is,' zei ik, denkend aan het taalgebruik van Owen.

Ze lachte. 'Precies,' zei ze. 'Ik merk dat je het jargon hebt geleerd.'

'Iets ervan. Is het iets wat we later kunnen veranderen, wanneer we wat meer geld hebben?'

'Dat zou kunnen, maar het zou rommelig zijn. Het is veel beter met een juiste structuur te starten.'

'Zou jij een betere kunnen opstellen?'

'Jazeker. Ik zou de andere bedrijfsdocumenten moeten zien. En ik zal het je waarschijnlijk in rekening moeten brengen.'

'Hoe denk je erover met Guy samen te werken?' vroeg ik zo zacht ik kon.

Een hele tijd was het stil. Uiteindelijk zei ze: 'Jij doet het.'

'Dat is waar.'

'Ben je er gelukkig mee?'

'Ja,' zei ik.

'Oké. Als het goed genoeg is voor jou, is het goed genoeg voor mij.'

'Prima. Ik zal eens met hem praten. Over een paar minuten bel ik je terug.'

'Dat is nog eens een korte beslissingstijd,' zei Mel.

Ik legde op en draaide me naar Guy.

'Het meeste daarvan heb ik gehoord,' zei hij.

'Onze aandeelhoudersovereenkomst stinkt.'

'Dat zegt Mel?'

'Dat zegt Mel.'

'Geloof je haar?'

'Ja.'

'Wat vind je dat we moeten doen?'

'Ik vind dat we die andere lui overboord moeten zetten en met Mel moeten werken.'

Guy snoof verachtelijk. 'Maar in 's hemelsnaam, het is Mel! Ze is een leeghoofd. Dat weet iedereen.'

'Op school was ze erg goed bij, meen ik me te herinneren. Ze gedróég zich alleen als een leeghoofd.'

'Nou ja, dan heeft ze mij voor de gek gehouden.'

'Kennelijk.'

Guy zuchtte. 'Weet je dit zeker?'

Ik knikte.

We waren een team. Aandeelhoudersovereenkomsten waren meer mijn zaak dan de zijne. Ineens was het heel belangrijk voor me dat hij dat begreep.

Hij zweeg even. Dacht na. Glimlachte toen.

'Bel haar maar.'

Guy kreeg eindelijk Torsten te pakken. Hij vloog naar Hamburg voor een gesprek in de late namiddag dat zou uitlopen in een avond stappen. Allemaal deel van het plan.

De volgende morgen haalde ik hem af van City Airport. Ik zag hem door de aankomsthal komen. Hij zag er vermoeid uit na de uitspattingen van de avond tevoren, maar hij grijnsde.

'Heeft hij ja gezegd?'

'Niet helemaal, maar zo goed als.'

'Wat bedoel je, "zo goed als"? Heeft hij ja gezegd of niet?'

'Rustig maar, Davo. Alles is gaaf. De deal bevalt hem wel. Hij bevalt hem erg. Maar het geld dat hij zou investeren komt uit de familietrust. En dat betekent dat zijn vader toestemming moet geven.'

'Hoe waarschijnlijk is dat?'

'Torsten zegt dat het geen probleem zal zijn.'

'Ik hoop dat Torsten gelijk heeft. Over hoeveel praten we?'

'Vijf miljoen Duitse marken.'

'Dat zal voldoende zijn.' Vijf miljoen mark was net iets minder dan twee miljoen pond. Niet echt zoveel als we gehoopt hadden, maar voldoende om ons op gang te helpen. 'Dat zal meer dan genoeg zijn.'

Guy grijnsde breed. 'Zullen we eens zien of we ergens op dit vliegveld een fles champagne kunnen krijgen?'

Nu het ernaar uitzag dat er geld onderweg was wilde Guy het dolgraag sneller gaan doen. Ik was er niet zo zeker van. Ik herinnerde me Torsten van school. Toen was hij wispelturig en dat was hij waarschijnlijk nu ook nog. Maar volgens Guy was dat een risico dat we zouden moeten nemen. En als we met Torsten niets bereikten zouden we nog wat geluk kunnen hebben met het halve dozijn kapitaalgevers die nu ons businessplan hadden.

Guy haalde me over. Ik wist dat ik mijn hele houding ten opzichte van risico moest veranderen. In dit stadium in het leven van Goal moesten we risico's nemen, en ze niet uit de weg gaan.

We begonnen mensen aan te nemen. We wilden een hoofd Merchandising hebben om de verkoop online op poten te zetten. Owen en Gaz hadden beiden hulp nodig. We zochten ook naar een kantoor met plaats voor iedereen. Voor Gaz was er geen ruimte in de flat in Wapping, daarom werkte hij vanuit Hemel Hempstead en communiceerde met ons via e-mail. Dit was vragen om moeilijkheden, vooral als ons team groter zou worden. Dus gingen we op zoek naar een kantoor.

Mel kwam over de brug met een nieuwe aandeelhoudersovereenkomst en een paar verbeteringen in onze statuten. Ze besloot die persoonlijk in de flat in Wapping af te leveren. Ik was verrast toen ik de deur voor haar opende en zag dat ze haar haar blond had geverfd. Ze was ook niet zo degelijk gekleed als toen ik haar op de Eerste Dinsdag tegen het lijf was gelopen.

'Heel mooi,' zei ik en ik vroeg me af of die *new look* voor Guy was bestemd.

'Dank je. Ik wist dat ik iets moest doen, maar ik kon niet helemaal zo ver gaan als jij.'

'Ik zal er gauw weer iets af moeten laten halen,' zei ik en ik streek met mijn vingers door mijn haren, die nu bijna iets meer dan een centimeter lang waren.

'Hallo, Guy,' zei ze zacht toen ze het woonkamerkantoor binnenkwam.

'Mel! Wat fijn jou te zien! Davo zegt dat jij juist de jurist bent die we nodig hebben. En je komt het nog persoonlijk brengen ook.' Hij liep snel naar haar toe en kuste haar op beide wangen. Ze straalde.

'Ik zorg er altijd voor mijn cliënten persoonlijk te ontmoeten.'

'Goed zo. Ik zou je het kantoor wel laten zien, maar dit is het. Dat is Owen, daarginds. Zwaai eens tegen de aardige dame, Owen.'

Owen stak zijn hand op zonder zijn ogen van het scherm te wenden.

'Dit is het, David,' zei Mel en ze haalde een envelop uit haar aktetas. 'Volgens mij zul je dit een verbetering vinden van de oude documenten.' Ik nam ze aan.

'Wil je een kop thee of zoiets?' vroeg ik.

Mel aarzelde, keek naar Guy en toen op haar horloge. 'Nee, ik heb een vergadering in West End. Ik kan nu maar beter gaan.'

'Ik dacht dat jij zei dat ze grijs was geworden,' zei Guy toen Mel de deur achter zich sloot.

'Dat was vorige week.'

'Je had gelijk wat haar borst betreft.'

'Ik dacht dat *jíj* zei dat je niets meer om vrouwen gaf?'

'Ja, maar het is Mel maar. Dat was een beetje vreemd. Het is een heel eind om hierheen te komen en twee minuten te blijven. Ze had de papieren per koerier kunnen sturen.'

'Mm,' zei ik.

'Geeft niks. Zolang ze maar een goede jurist is.'

Dat was ze. De nieuwe documenten kwamen me heel zinnig voor. Omdat Torsten de originele papieren nog niet had getekend liet ik de nieuwe per koeriersdienst naar Hamburg brengen. Guy maakte zich geen zorgen dat Torsten niets van zich liet horen, maar ik zeurde dat hij erachteraan moest gaan. We moesten zeker weten dat het geld er was voordat we in een nieuw kantoor trokken en meer mensen op de loonlijst zetten. Maar Guy had geen succes; Torsten was tot volgende week de stad uit.

Met het rekruteren hadden we wel succes. De media begonnen de internetgolf te ontdekken en men wilde erop surfen. Gaz bracht een jonge sportjournalist van een regionaal dagblad in de Midlands aan boord, die Neil heette. Op de een of andere manier vond Owen iemand met wie hij zich kon verwaardigen te werken, Sanjay, een voetbalgekke programmeur. Amy Kessler namen we aan als hoofd Merchandising. Ze was een vriendin van een vriendin van Guy, een Amerikaanse MBA die een paar jaar voor Adidas in Duitsland had gewerkt. Ze leek angstaanjagend competent.

Guy en ik beseften dat we te veel bazen en te weinig knechten hadden, daarom belde ik mijn vroegere secretaresse bij Gurney Kroheim. Eigenlijk was ze niet precies mijn secretaresse, ze was meer een manusje-van-alles voor zowat acht mensen. Het was een Australische vrouw die Michelle heette. Ik was onder de indruk geweest van haar aandacht voor details en haar opgewektheid. Ofschoon ik niet direct bevriend met haar was, had ik er altijd voor gezorgd haar met respect te behandelen, iets wat de meeste van mijn collega's in het nieuwe Leipziger Gurney Kroheim niet hadden gedaan. Toen ik haar vertelde wat we zochten voor Goal.com greep ze de kans met beide handen aan, al betekende het een flinke teruggang in salaris.

We vonden een kantoor. Het was in Britton Street in Clerkenwell. In die buurt waren een boel andere internetbedrijven in de beginfase; in ons gebouw alleen al zaten vier andere beginnende zaken. Wat voor ons belangrijk was: de toegang tot internet was uitstekend. Maar het beste was dat we er direct in konden trekken. En dat was goed, want we hadden plaats nodig voor onze nieuwe personeelsleden.

Mijn vader belde me.

'Je hebt mijn cheque nog niet verzilverd.'

'Nee, vader.'

'Waarom niet?'

Ik haalde diep adem. 'Ik vind niet dat Goal.com een goede belegging voor jou is.'

Hij was niet onder de indruk. 'Laat mij dat maar beoordelen.'

'Ik weet het, maar... Luister, hoeveel heb je nog aan spaargeld, behalve die vijftigduizend?'

'Dat gaat je niets aan. Verzilver nu alsjeblieft mijn cheque. Ik heb altijd op jou vertrouwd, David. Nu is de tijd dat jij op mij moet vertrouwen.'

Ik aarzelde en overdacht het. Ik had het bij het rechte eind; dit was geen goede plaats om zijn appeltje voor de dorst te bewaren. Maar hij had ook gelijk; ik moest op hem vertrouwen. En de zaken begonnen echt te lopen. Natuurlijk kon ik niet garanderen dat Goal.com een succes zou worden. Ik wist niet eens zeker of we beginkapitaal zouden krijgen, maar ik had er een goed gevoel over. En mijn vader zocht niet naar garanties.

Ik zuchtte. 'Oké, vader, als je dit zeker weet. Ik zal de cheque vanmiddag verzilveren. Dank je.'

'Jij bedankt,' zei hij. 'En veel succes. Ik reken op jou.'

'Dat weet ik.'

Ik legde de hoorn op met een knagend gevoel dat ik zojuist een grote vergissing had begaan.

16

Juli 1987, Côte d'Azur

Ik stond aan de voordeur toen de politieauto die Guy meenam de binnenplaats afreed, gevolgd door Tony in zijn jeep. Ik hoorde snelle voetstappen op de trap. Even later kwamen Mel en Ingrid bij me staan, in de T-shirts waarin ze hadden geslapen.

'Wat is er gebeurd?' vroeg Mel.

'Ze hebben hem gearresteerd.'

'Guy?'

Ik knikte.

'O, mijn god!' Ze hield haar hand voor de mond, met opengesperde ogen. Weer een schok. Ik wist niet zeker hoeveel ze er nog kon verdragen.

Ik vertelde over de arrestatie van Guy.

'Ik kan het niet geloven dat ze hem hebben meegenomen,' zei ze. 'David, je moet hun zeggen dat ze een vergissing hebben gemaakt.'

'Ik kan het proberen. Ik weet zeker dat hij onschuldig is. Maar ik betwijfel of inspecteur Sauville mij zal geloven.'

'Maar waarom zouden ze hem verdenken?'

'Ze hebben zeker ergens een voetafdruk gevonden,' zei Ingrid. 'Guys voetafdruk.'

'Als dat zo is weet ik zeker dat er een verklaring voor is,' zei ik. 'Waarom zou hij trouwens Dominique vermoorden?'

'Daar is geen enkele reden voor,' zei Mel fel. 'Het is die rotzak van een Tony.' Ze liet zich in een stoel vallen en begon te huilen, eerst zachtjes en daarna in alle ernst, zielsbedroefde snikken die haar schouders deden schokken.

Ingrid keek me bezorgd aan en legde haar arm om haar heen. Mel begon door te draaien. Ik kon het haar niet kwalijk nemen, maar ik kon weinig doen om te helpen. Ingrid leidde haar naar buiten naar het terras. Miguel had de opschudding gehoord en kwam even later met ontbijt.

Toen verscheen Owen met wazige ogen. 'Wat is dit voor drukte?' vroeg hij, en hij pakte een croissant die hij in zijn mond propte.

Ik zei het hem.

Met zijn mond nog halfvol hield hij op met kauwen en staarde me aan alsof hij niet kon begrijpen wat ik zojuist had gezegd. 'Shit,' fluisterde hij ten slotte.

'Ik weet zeker dat ze hem zullen laten gaan,' zei ik. Uiteindelijk was Owen de jongere broer van Guy en ik vond dat hij een paar troostende woorden verdiende.

Owen negeerde die. 'Waarom hebben ze hem gearresteerd?'

'Ik geloof dat het iets met een voetafdruk heeft te maken.' Ik beschreef opnieuw het bezoek van Sauville.

'Shit,' herhaalde Owen. Hij keek ongerust, bijna paniekerig. Zijn reactie leek in niets op de stuurse onverschilligheid die hij aan de dag had gelegd toen zijn vader werd verhoord op het politiebureau. Maar ik wist hoeveel hij om zijn broer gaf.

'Ze zullen hem laten gaan,' zei Mel met een gezicht dat vochtig was van de tranen. 'Ze moeten hem vrijlaten.'

Owen keek haar woedend aan. 'Wat kan jou dat schelen, slet?'

Ze keek hem alleen maar aan. Verslagen door schaamte en walging voor zichzelf kon ze geen antwoord geven.

'Owen!' snauwde ik. 'Daar zitten we echt niet op te wachten!'

Owen keek nors en verdween weer naar binnen.

Het was een lange morgen. Ik ging op het terras zitten en zocht mijn toevlucht in *Oorlog en Vrede*: voorbij pagina negenhonderd en nog steeds bezig. Ingrid zat naast me in haar eigen boek te lezen en Mel trok zich terug op haar kamer om even te gaan liggen. En huilen, ongetwijfeld.

Het was spookachtig stil in de tuin en de rust werd alleen verstoord door het zoemen van de bijen in de lavendel en het contrasterende geluid van het verkeer in de verte, een heel eind beneden ons. Geen teken van Guy. Of Tony. Of de politie. Het gebeurde allemaal daarbeneden, in dat gammele politiebureau in Beaulieu.

Vlak voor de lunch hoorden we een auto stoppen voor het huis. Ingrid en ik renden erheen om te zien wie het was. Jammer genoeg was het Guy niet. Het was Tony.

Hij ging ons voor het huis in naar het drankenkabinet in de woonkamer, waar hij zich een grote gin-tonic inschonk. 'Zo, dat smaakt goed,' zei hij en nam een fikse slok. 'De roomservice op dat politiebureau was waardeloos.'

Er klonken luide voetstappen die de trap afkwamen en Mel verscheen.

'Nog nieuws?' vroeg Ingrid.

'Nee,' zei Tony. 'Ze houden hem nog vast.'

'Hebben ze hem in staat van beschuldiging gesteld?' vroeg ik.

'Nog niet. Volgens Patrick kunnen ze hem maximaal vier dagen vasthouden voordat een onderzoeksrechter hem in staat van beschuldiging stelt. Maak je geen zorgen. We krijgen hem vóór die tijd wel vrij.'

'Maar ze hebben hem toch gearresteerd?' wierp Mel tegen. 'Dan moeten ze bewijzen tegen hem hebben.'

'Er is verwarring over een voetafdruk. Patrick krijgt hem wel vrij.'

Mel leek niet overtuigd. 'Hoe zit het met jou?' vroeg ze.

'Met mij? Zo te zien ben ik uit de problemen.' Tony glimlachte. En dat was maar goed ook, nam ik aan. Maar ik moest er onwillekeurig aan denken dat zijn vrijstelling verkregen was ten koste van Guy. Niet dat ik ook maar voor een moment geloofde dat Guy schuldig was. Ik rekende er gewoon op dat de Franse politie niet de waarheid zou gaan zoeken, als ze een voor de hand liggende verdachte te pakken konden krijgen.

Tony keek ons alledrie aan. Niemand van ons leek ook maar een beetje blij hem te zien. Hij zuchtte en schonk zich nog een borrel in. 'Ik ben in de studeerkamer als iemand me nodig heeft,' zei hij en hij liet ons alleen.

'Ik wou dat ze Guy hadden laten gaan in plaats van hem,' zei Mel.

'Ik weet zeker dat Hoyle wel iets zal regelen,' antwoordde ik met al het vertrouwen dat ik bijeen kon rapen. Maar ik was er helemaal niet zo zeker van.

Rond twee uur kwam een rechercheur mij halen. Sauville wilde weer met me praten. Dat verbaasde me niet.

Ik dacht diep na tijdens de rit naar beneden, dacht na over wat ik had gedaan, waar mijn loyaliteit lag.

Ik werd naar een kleine verhoorkamer gebracht. Sauville was daar met zijn ondergeschikte. Hij stak een sigaret op en bood er mij een aan.

Ik schudde mijn hoofd.

'Dank u dat u hier bent gekomen, *monsieur* Lane.'

'Geen dank.' Ik was me er niet van bewust dat ik vrij kon kiezen.

'Het doet me genoegen te kunnen zeggen dat uw versie van uw relatie met *madame* Jordan klopt met het bewijsmateriaal uit het lab. U bent eerlijk tegenover mij geweest. Dat is goed. Goed voor u, goed voor mij. Nu.' Hij nam een diepe trek van zijn sigaret. 'Ik wil dat u doorgaat met eerlijk tegen me te zijn.'

'Natuurlijk.'

'*Bon*. Herinnert u zich dinsdagavond? De avond dat *madame* Jordan werd vermoord?'

'Jazeker.' Nu was ik op mijn hoede.

'Dit is heel belangrijk. Toen u naar bed ging, ging u toen alleen?'

'Nee. Ik ging met Guy.'

'Oké. Vertel me eens wat er gebeurde.'

'Ik was die avond niet in een beste stemming. Dat was eigenlijk niemand, behalve Dominique. Tegen ongeveer tien uur nam ik afscheid en ging naar bed.'

'En Guy ging met u mee?'

'Ja.'

'Ging u recht naar uw slaapkamer?'

'Ja.'

'Weet u dat zeker? U bent onderweg niet gestopt?'

'Uh...'

'*Monsieur* Lane?'

'Laat me even nadenken. Het was een paar dagen geleden.'

En ik dacht na. Snel. Ik wist het antwoord natuurlijk. Guy en ik waren samen recht naar onze kleine gastenbungalow gegaan. Dat kon ik me duidelijk herinneren. Maar wat moest ik de politieman vertellen?

Instinctief wilde ik alleen dat zeggen. Dat Guy de hele tijd bij me was geweest. Dat hij me onmogelijk ontglipt kon zijn om Dominique te vermoorden.

Maar...

Maar ze hadden een voetafdruk gevonden, dat was duidelijk. De voetafdruk van Guy. Ineens besefte ik dat Sauville daarvoor een verklaring wilde hebben. Ik moest er hem een geven, of in elk geval een mogelijke.

'Ik geloof van niet. Ik in elk geval niet. Maar eigenlijk geloof ik dat ik het eerst ging en dat Guy me een paar minuten later volgde.'

'Een paar minuten?'

'Honderd procent zeker ben ik niet. Maar ik kan me herinneren dat hij zijn tanden aan het poetsen was toen ik in bed kroop. Hij kan dus hooguit een paar minuten later dan ik zijn gekomen.' Ik wilde Guy voldoende tijd geven om een voetafdruk achter te laten, maar niet genoeg om Dominique te vermoorden.

'Hebt u gezien waar hij heen ging?'

'Nee.'

'Was hij misschien de bosjes ingegaan om eh...' Sauville zocht naar het juiste woord. 'Te plassen?'

'Kan zijn.'

'Lijkt u dat niet vreemd? In de bosjes plassen als er in de gastenbungalow een toilet is?'

'Niet zo vreemd,' zei ik. 'Een beetje aangeschoten. Een heerlijke avond. De sterren schijnen. Zoiets zou Guy kunnen doen.'

'We hebben een voetafdruk gevonden voor het raam va madame Jordan. De grond was daar die middag besproeid, daarom weten we dat de afdruk die avond was geplaatst. Of misschien later die avond.'

'O, ik snap het. Dat verklaart het dan.' Ik had dus gelijk. Gelukkig had ik kans gezien het verhaal dat Guy had verteld te bevestigen.

'Misschien,' zei Sauville en hij dacht erover na. 'Nog één laatste vraag. Kent u de jonge tuinman die daar werkt? Een Noord-Afrikaan?'

'Ja. Abdulatif.'

Sauville fronste zijn wenkbrauwen alsof hij verbaasd was dat ik zijn naam kende. 'Dat klopt. Wanneer hebt u hem het laatst gezien?'

'Hmm.' Ik dacht na. 'De morgen na de dood van *madame* Jordan.'

'En sindsdien niet meer?'

'Nee. Sindsdien niet meer.'

'Hebt u gezien of hij iets verdachts deed?'

Ik dacht terug aan zijn glimlach, die voor Guy was bestemd, maar daar zei ik niets van. Het stelde bijna zeker niets voor, en zelfs al deed het dat wel dan was het nauwelijks verdacht te noemen. 'Nee,' zei ik. 'Hij werkte gewoon in de tuin.'

'We proberen hem te vinden. Hij schijnt verdwenen te zijn. Hij is niet meer gezien sinds de morgen van *madame* Jordans dood.' Sauville stond op.

Het interview was voorbij. 'Dank u nogmaals voor uw samenwerking, meneer Lane. Nu zal mijn collega u naar huis brengen.'

Toen de politieauto tegen de heuvel op klom keek ik naar de zon die naar de westelijke horizon zakte en voor het eerst sinds Dominique was gestorven had ik een goed gevoel over mezelf. Ik had Guy verraden door met Dominique te slapen. Zijn minachting voor mij was pijnlijk geweest omdat hij gerechtvaardigd was. En nu had ik hem geholpen.

Ik had geen idee hoe Guys voetafdruk terecht was gekomen waar de politie hem had gevonden, maar ik wist dat het niet was omdat hij op weg naar bed in de bosjes was gaan plassen. Maar dat wisten zij niet. Ik had er eerlijk en bevreesd uitgezien en ik wist zeker dat Sauville me had geloofd.

Op dat moment was ik er alleen op uit mijn vriend te dekken, mijn verraad goed te maken. De mogelijkheid dat Guy op de een of andere manier betrokken was bij Dominiques dood kwam niet bij me op. Ik maakte me helemaal geen zorgen over hoe Guys voetafdruk voor het raam van Dominique terecht was gekomen, als de politie hem daar inderdaad had gevonden.

Misschien had ik dat wel moeten doen.

Het was vreemd op Les Sarrasins te wonen zonder Guy. Niemand van ons had het gevoel dat we daar thuishoorden, we waren als gasten die niet langer meer welkom waren, maar er bestond geen kans dat Sauville ons zou laten gaan. Guys verzoek om terug te kruipen onder mijn 'rijtjessteen' klonk me in de oren. Hij had natuurlijk gelijk. Ik had daar niets te maken; ik had met mijn ouders in de caravan in Devon moeten zitten. Ik had nooit mee moeten gaan.

We kwamen bij elkaar voor een pijnlijk souper. Er werd weinig gesproken; we waren allemaal in onze eigen gedachten verdiept. Tony deed een halve poging een gesprek op gang te brengen, maar er kwam van niemand van ons enige reactie. Maar hij had wel wat nieuws. Het zoeken naar Abdulatif was verscherpt en een echte drijfjacht geworden. Miguel had van de Arabische tuinman van een huis in de buurt gehoord dat de politie het huis van Abdulatif had doorzocht, en zonder succes op alle ontmoetingsplaatsen van Arabieren navraag had gedaan.

Voor het eerst in drie dagen blonk er in Mels ogen een glimpje hoop.

De volgende morgen was ik baantjes aan het trekken in het zwembad toen ik op het terras hoorde lachen. Bekend gelach. Ik hield op met zwemmen en keek op. Daar stonden Tony, Guy en Hoyle, breeduit grijnzend. Miguel trok een fles champagne open.

Ik hees mezelf uit het water en greep een handdoek. Ingrid en Mel kwamen uit het huis.

De kurk plofte. Tony schonk in.

'Ik zei je wel dat Patrick hem vrij zou krijgen,' zei Tony en hij klapte Hoyle op de rug. 'Hé, waar is Owen? Guy, ga hem even halen, wil je. Ik wil niet dat hij dit mist.'

Guy ging zijn broer zoeken.

'Het helpt natuurlijk dat ze weten wie haar wél heeft vermoord,' zei Hoyle.

'Wie is dat?'

'De tuinman,' antwoordde hij. 'De politie heeft overal naar hem gezocht. Maar het is lastig een bepaalde Arabische jongen te vinden aan de Rivièra; er zijn zoveel plekken waar hij kan onderduiken.'

'Hoe weten ze dat hij het was?' vroeg ik.

'Hij is immers weggelopen, of niet soms?' zei Tony. 'En ze hebben de lege sieradendoos van Dominique gevonden in zijn kamer. Ik hoop dat ze de klootzak te pakken krijgen.'

'Maar hebben ze enig afdoend bewijs?' hield ik aan.

Tony fronste het voorhoofd, niet blij met mijn haarkloverij. 'Voor mij is dat afdoend genoeg. Aha, daar is hij!' zei hij toen hij Owen achter zijn broer zag naderen. Hij huppelde bijna. Hij was even blij als de rest van ons dat Guy terug was. 'Champagne, Owen?'

'Ik neem wel een cola.'

'Je zult champagne drinken,' zei zijn vader en hij duwde hem het glas in zijn handen. 'Op de vrijheid!'

Allen dronken we. Allemaal, behalve Dominique. Zij zou niet meedoen aan het vieren van de herwonnen vrijheid van haar man.

Mel, Ingrid en ik vertrokken zodra we maar konden. Guy noch zijn vader had er spijt van ons te zien gaan, al was Tony beleefd en charmant tegen ons, zelfs tegen mij. Maar dit keer belde hij een taxi om ons naar de luchthaven te brengen.

Ik pakte mijn spullen in en ging Guy zoeken. Ik vond hem aan de voet van de wachttoren, waar hij zat uit te staren over zee. Ik ging naast hem zitten.

'Ik weet dat dit een afschuwelijke week was, maar dankjewel dat je me hebt uitgenodigd,' zei ik.

Hij gaf geen antwoord. Ik wachtte. Hij ging geen antwoord geven.

'Oké,' zei ik en ik kwam overeind. 'Tot ziens, Guy.'

Ik draaide om om te gaan. 'Davo?' zei hij.

'Ja?'

'Dank je. Voor wat je tegen Sauville hebt gezegd.'

'Geen probleem.' Ik overwoog of ik nog meer zou zeggen, maar Guy keek nog steeds in de verte, zijn gebogen rug naar mij gekeerd. Ik kon inrukken. Ik moest vertrekken.

Ingrid, Mel en ik stapten in de taxi voor het vliegveld.

'Dat is godzijdank voorbij,' zei Ingrid toen de taxi de binnenplaats afreed en via de elektrisch bediende ijzeren poort de weg insloeg, omlaag naar de Corniche.

'Ja. En godzijdank is Guy uit de gevangenis.'

'Dat kwam allemaal erg goed uit, nietwaar?' zei Ingrid.

'Wat bedoel je?'

'Je weet wat ik bedoel.' Ze keek me scherp aan.

Ik dacht na over Ingrids suggestie. Het kwam inderdaad goed uit dat de tuinman was verdwenen. Ik herinnerde me dat ik Hoyle zijn naam tegen Guy had horen noemen. Ik herinnerde me de mysterieuze voetafdruk van Guys schoen. En Owens reactie toen hij hoorde dat zijn broer was gearresteerd, haast alsof hij iets wist.

Toen hield ik op met denken.

'Weet je wat?' zei ik. 'Het kan me niet schelen. Ik ben gewoon blij dat ik hier weg ben.'

'Hoera,' zei Mel en haar stem klonk krachtiger dan hij de laatste vier dagen was geweest.

Tony had zijn eerdere belofte de thuisreis te betalen niet gestand gedaan en mijn magere portemonnee was onvoldoende voor een ticket enkele reis, maar Ingrid leende me tweehonderd francs, zodat ik voldoende had voor een buskaartje. De taxi zette me af aan het busstation en het speet me afscheid te moeten nemen van haar en Mel, maar ik was heel blij in de bus te kunnen stappen voor de lange terugreis naar Engeland.

Terwijl de bus over de *autoroute* racete, richting de laaghangende bewolking van Noord-Frankrijk, overdacht ik de ene les die ik de voorgaande week had geleerd. Ik had eindelijk een glimp opgevangen van het leven vol glamour dat mensen als Guy in werkelijkheid leefden, en ik had iets ontdekt:

Het was helemaal niet zo aanlokkelijk als het wel leek.

17

Mei 1999, Clerkenwell, Londen

Het was maandagmorgen en we hadden de sleutels van het nieuwe kantoor. Het hele team was compleet: Guy, ikzelf, Owen, Gaz, Neil, Sanjay, Amy en Michelle. Voor de meesten van hen was het hun eerste dag in de nieuwe baan. Iedereen droeg spijkerbroeken en was klaar voor fysiek zwaar werk.

Britton Street had eigenlijk wel charme, een smalle straat met bescheiden Georgian huizen en omgebouwde metaalwerkplaatsen zoals de onze, met de spitse witte toren en de vergulde weerhaan van St. James' Church, Clerkenwell, die boven de daken uitstak. Aan alles kon je merken dat er een internetinvasie aan de gang was: magere jongemannen met schriele baardjes en in leren jasjes, opzichtiger, in het zwart geklede mannen en vrouwen met mobiele telefoons, cafetaria's vol kant-en-klaarproducten, borden 'Kantoor te huur' waar oude juweliers- en horlogezaken werden opgeknapt. Maar ons eigen kantoor was niets speciaals: één kant van de vierde verdieping van een bakstenen gebouw met witte muren, blauwgeschilderde leidingen, een lichtgrijs vloerkleed en geen meubilair. Werklui brachten tweedehands bureaus naar boven, stoelen, scheidingswanden en computerapparatuur, die iedereen enthousiast begon rond te schuiven. Aan de meeste zaken hadden we vooruit gedacht, zoals het kopieerapparaat en het computernetwerk, maar we hadden een koffiezetapparaat nodig, een waterkoeler en een koelkast. Michelle werd eropuit gestuurd om die te vinden. Gaz was gearriveerd met de bestelwagen van zijn oom, met achterin een tafelvoetbalonderstel en een flipperkast. Hij zei dat het geen zin had die thuis te laten als hij de hele tijd op kantoor zou zijn. Hij en Neil speelden een paar partijtjes tafelvoetbal; beiden waren ze er ontstellend goed in.

Owen had plannen gemaakt voor het telefoonsysteem en het computernetwerk, maar het was Sanjay die in zijn plaats aanwijzingen gaf aan de technici die de zaak kwamen installeren. Het werd algauw duidelijk wat voor vlees we in de kuip hadden met het nieuwe personeel. Amy was handig in het organiseren en speelde graag een beetje de baas; de hele dag sjouwde ze rond met een doek en een emmer warm water, om alles af te sponzen. Neil was bereidwillig maar waardeloos, maar Gaz bleek verrassend praktisch te zijn, en vooral handig met bedradingen. Owen kon alles tillen. Als door een wonder was het kantoor tegen vieren klaar voor gebruik.

Guy verdween voor tien minuten en kwam terug met drie flessen champagne en enkele glazen.

'Op Goal.com,' zei hij.

Allemaal hieven we onze glazen en dronken. Ik keek om me heen naar die vreemde verzameling mensen van rond de twintig, vuil, bezweet maar lachend, en bedacht hoeveel gelukkiger ik me hier voelde, in plaats van de doodernstige bankemployés van Gurney Kroheim om me heen te hebben.

We mikten erop in augustus te beginnen, op tijd voor het nieuwe voetbalseizoen, al over drie maanden. Dat betekende dat we de site midden juli klaar moesten hebben om tijd te krijgen hem te testen en kinderziekten eruit te halen. Het was een krappe deadline, maar we vertrouwden erop dat we hem konden halen. Owen had de hele opbouw van het systeem klaar en we hadden contracten getekend met het bedrijf dat onderdak en onderhoud zou verschaffen aan onze server. Mandrills ontwerp schoot goed op en Gaz was bezig een uitstekende inhoud te verzorgen.

Maar ik maakte me steeds meer zorgen over Torsten en de kapitaalgevers. Ineens stroomde het geld de deur uit. Het was niet verwonderlijk dat geen van onze leveranciers bereid was krediet te geven aan een beginnende internetzaak. Gelukkig hadden we het geld van mijn vader, anders zouden we tekortkomen. Gealarmeerd door het afnemende saldo op de bedrijfsrekening, keek ik mijn te verwachten kasgeld na. In tien dagen zouden we blut zijn, tenzij we de twee miljoen pond van Torsten kregen.

Drie van de risicokapitaalgevers hadden ons zonder meer afgewezen. Henry Broughton-Jones bij Orchestra wilde wel met ons praten, maar pas over een week. En we wachtten nog steeds op antwoord van de twee andere. Zelfs als Orchestra of een van de andere belangstelling toonden, was het heel onwaarschijnlijk dat ze zouden willen investeren binnen onze deadline van tien dagen.

We hadden Torsten nodig.

Ik pestte Guy. Hij belde Torsten herhaaldelijk op kantoor, zonder reactie, of liever gezegd met een reeks ongeloofwaardige excuses van zijn assistent. Ik kon Guys vertrouwen in zijn vriend zienderogen zien afnemen. Ik stelde voor te wachten tot acht uur, negen uur zijn tijd, en hem dan te bellen op zijn mobiel. Torsten kon zich op zijn werk verstoppen, maar in zijn vrije tijd zou hij beschikbaar willen zijn voor zijn vrienden. Hij zou niet riskeren dat er feestjes aan zijn neus voorbijgingen.

126

Guy belde het mobiele nummer van Torsten en ik boog me voorover om te proberen iets op te vangen van wat er werd gezegd. We hadden onze bureaus zo geplaatst dat we tegenover elkaar zaten en ik kon de spanning op Guys gezicht zien terwijl hij wachtte tot er werd opgenomen. Het was vijf voor acht, maar iedereen werkte nog op kantoor, zelfs Michelle, voor wie de kantoortijd officieel om halfzes eindigde.

'Ja?' Ik kon het nog net horen via de hoorn in Guys hand.

'Torsten? Met Guy.'

Ik kon maar één kant van het gesprek volgen. Maar aan het gezicht van Guy was te zien dat het slecht nieuws was. Heel slecht nieuws. Het ging snel ook. Torsten wilde zo gauw mogelijk van zijn vriend af.

Guy klapte de hoorn neer. 'Shit!'

Ik sloot even mijn ogen en opende ze weer. 'Zei hij nog waarom?'

'Niet precies, maar dat kan ik wel raden.'

'Wat dan?'

'Pappie. Herr Schollenberger wil niet dat zijn lievelingszoontje geld in mij investeert.'

'Weet je dat zeker?'

'Ja. Ik ken Torsten. Hij probeerde net te doen of het zijn eigen beslissing was, maar dat was het niet. Torsten weet aan welke kant zijn brood beboterd is. Als zijn vader zegt "spring", dan springt hij. Zijn vader zegt "nee", en...' Guy stak zijn handen omhoog in een hopeloos gebaar.

'Nog kans dat hij van gedachten verandert?'

'Nee. Geen enkele kans.'

Ik zuchtte. Ineens werd ik me bewust van al die mensen die zich om ons heen uit de naad werkten. Mensen die goedbetaalde, veelbelovende banen hadden opgegeven om bij ons te komen werken. En binnen een paar weken gingen we hun vertellen: Sorry, het is allemaal een grote vergissing geweest. Weet je nog, die twee miljoen pond die we gauw zouden krijgen? Nou, dat was maar een grapje. Het spel is uit.

En hoe zat het met mijn vader? Ik had al die tijd geweten dat hij zijn geld zou verliezen, maar ik had me nooit kunnen voorstellen dat het in minder dan een maand zou gebeuren. Voor wat voor idioot zou hij me houden? En mijn moeder? Hij had de belegging voor haar verborgen gehouden. Op een gegeven moment zou hij haar moeten vertellen dat hij het geld aan dat lieve jongetje van een David had gegeven, die het binnen drie weken erdoorheen had gejaagd. Tjonge, zou zij even kwaad zijn. En lang niet ten onrechte.

Ik keek over het bureau naar Guy. 'Wat gaan we doen?'

'Ik heb géén idee.' Hij keek me recht aan. 'Ik heb absoluut geen idee.'

We besloten het hun direct te vertellen. Ze hadden allemaal hun vertrouwen in ons gesteld en we mochten hen niet laten denken dat we iets voor hen verborgen hielden.

Guy ging midden in het kantoor staan. 'Luister eens even, allemaal.'

Iedereen luisterde. Ik lette op hun gezichten toen Guy hun het nieuws vertelde. Schrik. Verbijstering.

'Hoeveel geld hebben we nog?' vroeg Amy.

Guy keek naar mij.

'Twaalfduizend zeshonderdvierendertig pond,' antwoordde ik. 'Dat geeft ons maar tien dagen speelruimte. Aan het eind van de maand kunnen we onmogelijk de salarissen betalen.'

'En als we er nu eens wat van ons eigen geld in stopten?' zei Michelle. 'Ik heb tweeduizend gespaard. Ik wilde het voor een reis gaan gebruiken, maar dat kan wachten. Ik zou dit graag willen zien slagen.'

Guy grijnsde breeduit tegen Michelle. 'Bedankt, Michelle. Maar we hebben meer dan tweeduizend nodig.'

'Ik denk wel dat ik mijn broer kan overhalen er een paar duizend in te stoppen,' zei Neil. 'Hij vindt zichzelf een handige zakenman.'

'Ik kan er nog tien bij doen,' zei ik, verbaasd over mezelf. Ik was zo voorzichtig geweest een deel van mijn spaargeld opzij te houden, voor het geval Goal een flop zou worden. En nu zou Goal een flop worden en ik stopte het geld erin. Och, verrek. Het was alleen maar geld.

'En misschien kunnen we deze maand genoegen nemen met een minimaal salaris?' zei Amy. 'Net genoeg om van te leven?'

Guy bekeek de groep. Het enthousiasme was teruggekeerd. 'Uitstekend. Daarmee krijgen we voldoende tijd om ergens een serieus bedrag vandaan te halen. David zal met jullie allemaal praten hoeveel je kunt opbrengen, en hij en ik zullen een plan uitwerken om aan meer geld te komen. En ik beloof dat ik jullie van alles op de hoogte zal houden.'

We gingen uit elkaar.

In de daaropvolgende paar dagen en het weekend ging iedereen fondsen werven. Het werd een groot succes. Op maandagmorgen had ik een totaal aan cheques van zevenenzestigduizend pond. Tot mijn verbazing had Neil er ons twintig bezorgd, het meeste van zijn broer in Birmingham die een goedlopende zaak in ongediertebestrijding had. Verder had je mijn tien, nog zeven van Owen, wat hem zowat helemaal blut maakte, twee van Michelle, drie van Gaz, tien van Amy, vijf van Sanjay en zelfs tien van Mel. Ik maakte een reeks ingewikkelde berekeningen om te zorgen dat ze allemaal een evenredig deel van hun beleggingskapitaal kregen. Het was niet gemakkelijk, maar ze leken allemaal gelukkig met het resultaat.

We moesten in de onkosten snijden. We volgden het voorstel van Amy; iedereen stemde ermee in die maand maar een salaris van vijfhonderd pond op te nemen. De site moest in werking zijn aan het begin van het nieuwe voetbalseizoen in augustus. Dat zou nog steeds mogelijk zijn op ons afgeslankte budget, maar de reclame en pr die we hadden gepland moesten zwaar worden ingekrompen. Te zwaar. Als we van Goal.com iets wilden maken wat meer was dan een opgepoetste versie van Sick As A Parrot van Gaz, zouden we meer geld nodig hebben. Heel gauw.

Er kwamen nog twee afwijzingen binnen van de risicokapitaalgevers. Vijf mislukt, nog één over.

De dag brak aan dat we met Henry Broughton-Jones gingen praten. Orchestra was een betrekkelijk nieuw fonds, opgericht door drie partners die drie jaar eerder uit een meer gevestigd risicokapitaalbedrijf waren gestapt. Henry was een van hun eerste rekruteringen geweest en hij was pasgeleden opgeklommen tot partner. Hij had zijn eigen goudvissenkom, compleet met leunstoelen en een vergadertafel. Hij heette ons hartelijk welkom en moedigde Guy aan van wal te steken.

Guy vertelde zijn verhaal van twintig minuten en dat deed hij goed. Hij overtuigde mij weer opnieuw en ik hoopte dat hij Henry ook zou overtuigen. Daarna stelde Henry de juiste vragen, die Guy vol vertrouwen beantwoordde. Henry had het over management en Guy gaf toe dat hijzelf weinig ervaring had, maar wees er wel op dat Amy, Owen en ik allemaal de juiste achtergrond hadden.

Toen ons uur voorbij was liet Henry ons uit en beloofde ons te bellen over zijn eerste reactie.

Dat deed hij. De volgende dag.

Het was nee.

Ik vloekte bij mezelf, telde tot drie en vroeg hem waarom.

'De zaak is veelbelovend. Het idee komt me heel redelijk voor. Vooral als jullie echt kleding via het web kunnen verkopen. Zoals internet zich momenteel ontwikkelt, zullen online detailhandelaren behoorlijk wat volume nodig hebben om hun product te verkopen en voor goed volume moet je een manier hebben om geld te verdienen aan bezoekers, daarom is dit een goede combinatie. Het echte probleem is de leiding.'

'De leiding?'

'Je weet hoe risicokapitaal een zaak is van leiding, leiding, leiding? Nou, dat is helemaal waar. Vooral in ons bedrijf. Guy Jordan vertelt een goed verhaal, maar hij heeft nog nooit de leiding gehad over iets wat ook maar lijkt op dit. De rest van jullie heeft dat ook niet, al hebben jullie wel allemaal een goede technische ervaring. Ik zou graag helpen, maar ik weet dat mijn partners niets heel van me zullen laten als ik hiermee doorga.'

'Dat weet je zeker?'

'Heel zeker. Sorry, jongen.'

Ik zuchtte. 'Oké, Henry. Bedankt dat je ernaar hebt gekeken.'

'Geen probleem. En veel succes.'

Ik draaide me om naar Guy, die zojuist zijn eigen telefoongesprek had beëindigd. Hij zag hoe ik keek. 'O, nee.'

'Ik vrees van wel,' zei ik.

'Waarom? Ik dacht dat hij ja zou zeggen. Waarom zei hij nee?'

'Leiding.'

'Leiding? Daarmee bedoelt hij mij, neem ik aan.'

Ik knikte.

'Verrek nog an toe! Wat verwachten die lui? Het is net als *Catch-22*. Ze willen je geen geld geven tenzij je eerder een groot succes bent geweest, maar je kunt alleen een echt groot succes worden als zij je geld geven. Dat heeft geen zin! Ik zal het hem zeggen.' Guy greep naar zijn telefoon.

'Hé. Wacht eens even. Hij zal niet van gedachten veranderen alleen omdat jij tegen hem gaat schreeuwen. Hij heeft heel serieus naar ons geluisterd, meer dan dat kunnen we niet van hem vragen.'

Guy trok zijn hand terug. 'Oké. Wat blijft er dus voor ons over?'

'Niets.'

'Och, toe nou. Er zijn nog een boel meer kapitaalgevers. Laten we nog eens naar de website van de BVCA kijken.' Hij begon op zijn toetsenbord te tikken.

'Nee, Guy.'

'Davo! We hebben het geld nodig!'

Ik knikte. 'Maar dat gaan we niet krijgen van risicokapitaalgevers. In elk geval nog niet.'

Guy kon zien hoe ik naar hem keek. Hij wist wat ik dacht. 'Nee, Davo. Vergeet het maar.'

'Je moet het proberen. Hij is ons laatste kans.'

'Ik heb het je gezegd, ik wil slagen zonder hem of helemaal niet.'

'Dat was oké toen we een maand geleden hierover spraken,' zei ik. 'Maar nu is de zaak veranderd. Alle mensen hier hebben er het meeste van wat ze bezitten in gestopt. Ik ook. Goal gaat niet alleen meer om jou. Het gaat om ons allemaal.'

'Hij zal nee zeggen.'

'Dat weten we pas als we het geprobeerd hebben.'

Guy sloot zijn ogen en keek omhoog naar het plafond. Ik liet hem met zichzelf worstelen. Ten slotte sprak hij. 'Oké. We zullen hem gaan opzoeken. Maar jij moet met me meekomen.'

'Maar hij heeft nog meer de pest aan mij dan aan jou.'

'Dat weet ik. Maar dit ga ik niet alleen doen.'

Dit keer haalde Tony ons niet op van Nice Airport. We namen een taxi. We raceten over een snelweg door het midden van de stad en beklommen de steile Corniche. Toen ik de zee zag, de bomen en de rotsachtige klippen, kwam die week van twaalf jaar geleden weer bij me terug. Ik huiverde. En ik herinnerde me Tony's dreigement. Dacht ik werkelijk dat hij met me zou praten, al was het twaalf jaar later?

De deur werd voor ons geopend door Miguel, die nog kleiner leek dan ik me hem herinnerde. Hij groette Guy beleefd en leidde ons door het huis naar het terras. Opnieuw benam het uitzicht me de adem. Kaap Ferrat stak uit in de Middellandse Zee, groen en welig, met zijn fantastische landhuizen en een flottielje aan superdure witte jachten die langs de kust zwierven. Zo vroeg in de zomer was de hemel zelfs nog helderder blauw. Ik moest onwillekeurig kijken of ik Corsica zag en meende aan de horizon een grijze vlek te zien.

Tony stond op uit zijn stoel om ons te begroeten. De rimpels rond zijn ogen waren wat geprononceerder en zijn blonde haar begon aan de randen grijs te worden, maar hij zag er nog slank en actief uit. Hij was in elk geval niet openlijk vijandig. Hij glimlachte beleefd en stelde me voor aan de donkerharige vrouw die bij hem zat. Ze ging staan en bleek bijna een decimeter langer te zijn dan hij. Een knappe vrouw, dat verbaasde me niets, maar op een meer subtiele manier dan Dominique.

'Sabina, dit is David Lane, een oude schoolvriend van Guy.'

'Hallo,' zei ze met een vriendelijke glimlach. Ik schudde haar uitgestoken hand en daarna kuste ze Guy op beide wangen. Binnen begon een baby te huilen. Het geluid verraste me, het leek zo ongewoon in deze omgeving.

'Ik moet even naar Andreas gaan kijken,' zei Sabina met een Duits accent. 'Zorg dat je even naar je broertje kijkt voordat je gaat, Guy.'

'Dat doe ik.'

We gingen zitten. Ik keek om me heen. Omhoog naar het huis en Dominiques slaapkamer, die nu waarschijnlijk de slaapkamer van Tony en Sabina was, de plaats waar ik mijn maagdelijkheid had verloren en zij haar leven. Naar de gastenbungalow waar ik had zitten mokken tijdens het onderzoek van de Franse politie, naar de oude Romeinse wachttoren waar Tony Mel had verleid en waar zijn zoon zijn haat voor mij duidelijk had gemaakt.

Tony zag dat. 'Ik dacht dat ik je had gezegd dat ik je nooit meer wilde zien,' zei hij. Maar hij zei het niet vijandig, als wilde hij onze vijandschap uit het verleden voor de goede orde alleen even aanroeren, voordat hij haar opzijzette.

'Dat weet ik,' zei ik. 'En het spijt me. Maar dit is geen sociaal bezoek.'

'Natuurlijk niet. Je wilt zeker geld hebben, Guy?'

'Ja,' zei Guy.

'En waarom zou ik jou dat moeten geven?'

'Ik weet niet waarom je dat zou moeten doen,' antwoordde hij. 'Daarom heb ik het je nooit eerder gevraagd. Ik wilde het je zelfs nu niet vragen, maar David stond erop.'

'O ja?' zei Tony en hij keek mij onderzoekend aan.

'Guy wilde geen geld vragen omdat hij niet op jou wilde rekenen om hem weer uit de problemen te halen,' zei ik. 'Maar ik ga je niet vragen Guy uit de penarie te helpen. Ik ga je vragen in iets te beleggen omdat je er een goede winst uit kunt halen.'

'Hm.' Tony tilde de krant op die op tafel lag en het businessplan dat we hem de vorige dag per bode hadden laten bezorgen, werd zichtbaar. Hij pakte het en begon het door te bladeren. 'Heb jij dit geschreven?' vroeg hij me.

'Iets ervan. Maar het meeste is van Guy.'

Tony keek zijn zoon aan. Het was een goed document, en dat wist hij.

Toen begon hij vragen te stellen. Ze volgden elkaar snel op. Henry Broughton-Jones had een paar vrij goede algemene dingen gevraagd, maar die haalden het niet bij deze inquisitie. Ofschoon Tony het plan pas een dag had, kende hij het al praktisch vanbuiten. Hij vroeg me waarop de financiële projecties gebaseerd waren, iets waarop ik slechts met moeite antwoord kon geven. Hij had al naar verscheidene andere voetbalsites op internet gekeken en wilde weten wat wij van ze vonden. Hij vroeg ons over Starsat, het grote bedrijf voor satelliet-tv, en wat zijn beleid voor internet zou zijn.

Na anderhalf uur serveerde Miguel de lunch. De vragen gingen door, maar we deden het goed. Vooral Guy stond zijn mannetje. Hij wist waarover hij het had, dat kon Tony niet ontkennen.

'En, vader,' zei Guy ten slotte. 'Wat vind je ervan?'

Tony keek van Guy naar mij en weer naar zijn zoon. Hij grijnsde. 'Het is een goed idee. Ik doe het.'

Guy kon het nauwelijks geloven. Zijn mond viel open.

'Ik moet weer eens wat echt geld verdienen,' zei Tony. 'Dit moet allemaal onderhouden worden.' Hij gebaarde naar het huis en de tuinen om hem heen en leek er zijn vrouw en zoon die binnen waren bij te betrekken. 'De vastgoedmarkt is jaren geleden ingezakt. Internet is de plaats waar je moet zijn. De uitdaging zal me goed doen. Maar,' zei hij, en hij keek naar mij, 'David heeft gelijk. Ik ga dit op een puur commerciële basis doen. Wat betekent dat ik voor mijn twee miljoen pond een aandeel wil hebben. Een groot aandeel.'

Guy en ik keken elkaar aan. 'Niet onredelijk.'

Tony stak zijn hand uit en Guy schudde die.

'Bedankt, vader,' zei hij.

'Goed. Volgende week kom ik naar Engeland en dan kunnen we de zaken rond maken met jouw juristen.' Guy keek wat zuinig. Tony zag het. 'Je hebt toch zeker wel juristen?'

'Ja,' zei Guy. 'We hebben een heel goede advocaat.'

'Nou dan, ik verheug me erop met hem te onderhandelen.'

Ik was er niet zo zeker van hoe Mel zich zou verheugen op een onderhandeling met Tony. Aan Guys gelaatsuitdrukking te zien wist hij dat ook niet.

We bestelden een taxi om ons weer naar het vliegveld te brengen en na snel even naar Guys zes maanden oude halfbroertje te hebben gekeken vertrokken we. Geen van ons wilde langer in dat huis blijven dan noodzakelijk was.

Guy schudde zijn hoofd. 'Ik kan het nog niet geloven.'

'Ik zei je toch dat het de moeite van het proberen waard was,' zei ik. 'Kop op. We hebben zojuist Goal weer gered en jij maakte je zorgen.'

'Ik heb er geen goed gevoel over,' zei Guy.

'Och, toe nou. Wat wil je doen? Zijn geld weigeren?'

'Nee.'

'Nou dan. Dit kan alleen maar goed nieuws zijn.'

'We zullen zien,' zei Guy. 'Ik vertrouw hem niet.'

18

Juni 1992, The City, Londen

Het was pas het begin van een lange, warme middag en die moest ik helemaal doorbrengen in Nostro Reconciliations met het afstemmen van nostro's. Mijn ledematen voelden loom aan en mijn hersenen werden moe, heel moe, van het idee alleen al. Computeruitdraaien doorlopen, hokjes afvinken, stompzinnig vervelend. Ik was een jeugdig lid van het accountantsteam voor United Arab International Bank. Mijn huidige taak was te zorgen dat de saldo's op de hoofdrekeningen van de bank in elke muntsoort, bekend als nostrorekeningen, overeenstemden met het eigen rekeningsysteem van de bank. In theorie kon ik elk moment een witfraude van vele miljoenen dollars ontdekken. In de praktijk klopten ze met geestdodende regelmaat. Ik keek even naar de afdelingsmanager, een kleine, wat sjofele man die permanent jeuk onder zijn boord leek te hebben. Hij was te nerveus om met me te praten. Ik fantaseerde dat dat kwam omdat hij een meesterschurk was, bang dat ik hem elk moment kon ontmaskeren. Natuurlijk wist ik dat hij zich in feite ongerust maakte dat mijn baas zijn afdeling zou bekritiseren. Maar zelfs daar bestond weinig kans voor, dacht ik, terwijl ik weer een hokje afvinkte.

Ik had geprobeerd mezelf in de accountantsteams voor zoveel mogelijk banken te krijgen, met de theorie dat het gemakkelijker voor me zou zijn aan accountancy voor bankzaken te ontsnappen als ik eenmaal beëdigd was. Een mooie theorie, maar saai, saai, saai.

Ik had één gedachte die me overeind hield, als de glimp van een oase boven het woestijnzand. Die avond zou ik naar een reünie voor oud-leerlingen van Broadhill School gaan. Die zou worden gehouden in een hotel bij Marble Arch, de rector zou een speech houden en om geld vragen en er zou volop te drinken zijn. Volop. Ik verlangde ernaar.

Ik verlangde er ook naar de mensen daar te ontmoeten. Ik had met niemand van de school nog contact gehad; mijn leven op de universiteit en als accountant had dat verhinderd. Over een paar had ik iets in de kranten gelezen: een bezadigd meisje uit mijn economieklas die een zwemmedaille had gewonnen op de Olympische Spelen in Seoel en een jongen die zijn mede-ontdekkingsreizigers had gered, nadat ze twee weken vermist waren in het oerwoud van Borneo. Ik had over hun vaders gelezen: die van Torsten Schollenberger was beschuldigd van het omkopen van een belangrijke Duitse minister en die van Troy Barton had een Oscar gewonnen. Guys vader werd niet genoemd, Guy ook niet. De gedachte aan hen beiden deed me huiveren. Zelfs vijf jaar nadat het was gebeurd kon ik niet aan Guy denken zonder me weer schuldig te voelen. Ik hoopte dat hij er die avond niet zou zijn.

Dat was hij wel. Hij was de eerste die ik zag toen ik de al volle feestzaal van het hotel in liep.

Hij stond met een glas wijn in de hand met twee mensen te praten die ik vaag herkende. Veel was hij niet veranderd: zijn blonde haren waren naar achteren geborsteld, van zijn voorhoofd af, en hij was wat aangekomen. Ik aarzelde wat zenuwachtig, besluiteloos hoe ik de zaal in moest lopen zonder dat hij me zag.

Hij keek op en onze blikken kruisten elkaar. Op zijn gezicht verscheen een brede lach en hij kwam op me af stappen. 'Davo! Verrek, hoe gaat het met jou!' Hij stak zijn hand uit en zwengelde de mijne. 'Gauw wat te drinken voor je halen.' Hij keek naar zijn volle glas, dronk het in één teug leeg en sleurde me naar een serveerster met een blad. Hij ruilde zijn lege glas voor een vol en gaf mij mijn eerste. 'Proost,' zei hij.

Een enorme golf van opluchting overspoelde me, alsof er een bal van spanning, die de laatste vijf jaar ergens in mijn binnenste strak had vastgezeten, ineens was losgesprongen. Ik had gedacht dat Guy nooit meer met me zou willen praten en ik had mezelf wijsgemaakt dat dat onbelangrijk was. Nu besefte ik dat dat niet waar was. Ik besefte ook dat Guy dronken was. Mij kon dat niets schelen, maar het betekende wel dat ik wat moest inhalen.

'Goddank ben je gekomen,' zei Guy. 'Ken je die twee nog? Ik niet. Maar zij schijnen te denken dat we op school dikke vrienden waren. Zo saai als de pest.'

Ik dacht direct dat ze onmogelijk een saaier leven konden hebben dan ik.

'Zo, wat doe je tegenwoordig, Davo?'

'Ik werk als geheim agent.'

'Je werkt als geheim agent! Voor wie?'

'Dat kan ik je niet vertellen. Nou ja, ik zou het je kunnen zeggen, maar dan zou ik je moeten vermoorden. En dat zou rotzooi geven. Ik ben speciaal opgeleid, moet je weten. Je zou geen kans maken. Hoe zit het met jou?'

'Ik ben een beroemd acteur.'

'Beroemd acteur? Waarom heb ik dan nooit van je gehoord?'

'Ik gebruik mijn eigen naam niet. Ik heb de laatste tijd in een boel grote films gespeeld. *The Division, Morty's Fall.*'

'*Morty's Fall* heb ik gezien,' zei ik. 'Daar heb ik jou niet in herkend.'

'Dat komt doordat ik zo'n goeie acteur ben.'

Op dat moment klapte een grote man met vierkante schouders en de nek van een rugbyspeler in zijn handen om aandacht te vragen. Hij was de nieuwe rector en hij sprak over de school, die dringend geld nodig had voor een nieuwe aula. Hij inspireerde op een nuchtere manier. Maar mijn aandacht werd afgeleid door Guy. Hij leek een stilzwijgende afspraak te hebben gemaakt met een knappe zwarte serveerster die ons voortdurend nieuwe glazen wijn bracht.

We dronken ervan.

'Hé, is dat Mel Dean niet daarginds?' fluisterde Guy.

Ik volgde zijn blik. Het was Mel. Gekleed in een deftig, marineblauw mantelpak. En Ingrid da Cunha stond bij haar.

'Je hebt gelijk.'

'Zullen we met hen gaan praten?'

'Ja. Als je dat leuk vindt.' Het verbaasde me dat Guy zelfs wilde praten met Mel, maar ik was blij met de kans Ingrid weer te ontmoeten.

Op dat moment hield de rector op met praten. Er werd geklapt en de menigte, die steeds rustelozer was geworden, ging weer uit elkaar. Guy en ik baanden ons een weg erdoorheen naar de twee vrouwen. Guy legde voorzichtig zijn hand op Mels achterste. Ze draaide zich met een ruk om, klaar om iets scherps te zeggen. Toen ze zag wie het was zweeg ze, stomverbaasd en verward.

'Hallo, Mel,' zei Guy. 'Je lijkt verbaasd mij te zien. Ik ging echt naar Broadhill moet je weten. Ze moeten me binnenlaten, al weet ik zeker dat ze dat niet willen. Je kent Davo nog?'

Hij kuste Mel en Ingrid op beide wangen. Geen van tweeën waren ze erg veranderd sinds de schooltijd. Mel droeg heel wat minder make-up en de blonde strook in haar donkere haren was verdwenen. Maar ze had nog steeds die zachte tuitlippen die Guy het eerst hadden aangetrokken, dat wist ik zeker. Ingrid zag er ontspannen en gebruind uit, alsof ze net was teruggekomen van een vakantie. Ze keek ons beiden vriendelijk glimlachend aan.

Mel herstelde zich. 'Heb jij iedere vrouw in de zaal zo bevingerd, of ben ik speciaal uitverkoren?'

'Jij alleen, Mel. Al zou ik het bij Ingrid ook kunnen doen, als ze het me lief vraagt.'

'Daar is weinig kans op,' zei Ingrid.

Binnen een minuut stonden we alle vier te praten als oude vrienden; oude vrienden die elkaar misschien in een paar maanden niet hadden gezien, maar die zonder moeite weer contact vonden. Geholpen door zijn privé-serveerster voorzag Guy ons voortdurend van volle glazen en dronk zelf enorme hoeveelheden. Hij leek het goed te kunnen verdragen – oefening, nam ik aan. Intussen voelde in mezelf ook plezierig dronken worden.

De tijd ging snel voorbij en ineens waren we bijna de laatste personen in de zaal. Guy keek op zijn horloge. 'Wil iemand wat eten?' vroeg hij. 'Ik weet een goede tent hier in de buurt.'

Mel keek Ingrid aan, die instemmend knikte, en spoedig stonden we op straat, op weg naar Bayswater. Guy bracht ons naar een Grieks restaurant, bestelde retsina en daar gingen we weer. De groep leek zich in tweeën te splitsen; Guy concentreerde zich op Mel, die onderhand aardig dronken was en extatisch giechelde om alles wat hij zei.

'Je werkt toch niet echt als geheim agent voor de CIA, is 't wel?' vroeg Ingrid.

Ik schudde mijn hoofd. 'Nee, het is veel erger.'

'Echt waar?'

'Luister. Ik zal het je vertellen, maar je moet beloven dat je niet direct van tafel weg zult lopen.'

'Oké.'

'Ik volg een accountantsopleiding.'

'Allemachtig,' zei Ingrid. 'Weet je zeker dat ik niet weg kan lopen?'

'Je hebt het beloofd.'

'Ik heb gehoord over mensen als jij, maar ik wist niet dat ze echt bestonden.'

'Toch wel. Maar ze laten ons zelden uit, daarom zijn we geen bedreiging voor de bevolking.'

'Zo erg kan het niet zijn.'

'O, jawel,' zei ik en ik dacht terug aan mijn middag vol plezier in Nostro Reconciliations.

'Mel loopt stage als rechtskundig adviseur. Dat moet bijna even saai zijn.'

We keken naar Mel, die juist was uitgebarsten in een schaterlach, met glinsterende ogen en haar dat alle kanten uitpiekte.

'Ik weet zeker dat ze een perfecte jurist zal worden. Nuchter, serieus, betrouwbaar.'

'We zijn nu allemaal volwassen,' zei Ingrid.

'Wat doe jij dus als je niet bezig bent met de redactie van *Vogue*?'

'Eigenlijk ben ik adjunct-hoofdredacteur van *Patio World*. Het is een nieuw blad. Misschien heb je er nog niet van gehoord.'

'Nog niet. Maar ik neem zeker een abonnement.'

'Dan mag je wel opschieten, want ik denk dat ze er spoedig mee ophouden. Het loopt pas zes maanden, maar het is een beetje een ramp geweest.'

'O jee.'

'Maak je geen zorgen. Ze zullen mij de schuld niet geven. Ze vinden wel wat anders voor me te doen.'

'Het verbaast me dat je nog steeds in Engeland zit. Ik had me jou op een veel exotischer plek voorgesteld.'

'Maar Londen is exotisch. De lucht met al die fascinerende grijstinten. De mensen met hun ingehouden hartelijkheid en vriendelijkheid. Heel ingehouden. En ik vind die donkere winters zo romantisch.'

'Een echte fan.'

'Nee, het is fijn eindelijk eens op één plek te zijn. Mijn moeder is naar New York verhuisd met een nieuw man en ik ben zo blij dat ik haar niet meer over de hele wereld achterna hoef te reizen. Er is iets prettig stabiels aan Londen. En het is een goede plaats voor mijn carrière.'

'Geen betere plaats voor terrasjes.'

'Als ik baas ben over mijn eigen uitgeversimperium, zal ik weten waar ik iemand kan vinden om taxigeld op te tellen.'

'Ik zal je dolgraag helpen,' zei ik. 'Vergeet alleen niet de briefjes te bewaren.'

'Ik begin vandaag een speciale collectie voor jou.'

Ik schonk nog een glas wijn voor ons beiden in. 'Het is fijn om jou weer te ontmoeten,' zei ik. 'Je bent lief voor me geweest in Frankrijk. En ik weet niet wat ik had moeten doen zonder die tweehonderd francs die je me leende.'

'Ik was zo blij daar weg te kunnen,' zei Ingrid huiverend. 'Dat was een van de naarste ervaringen van mijn leven.'

Beiden keken we zwijgend naar Guy en Mel.

Guy zag het en leek nuchter te worden. 'Waar denken jullie twee aan?'

Ingrid gaf geen antwoord. 'Niets,' zei ik.

Guy boog zich voorover. 'Frankrijk, nietwaar?'

Ik knikte. Mel was ineens stil.

Guy schonk het laatste beetje uit de tweede fles retsina. 'Nou, ik zal jullie eens wat vertellen. Dat was vijf jaar geleden en we waren nog allemaal kinderen. Ik ben Frankrijk vergeten. Totaal en compleet. En ik hoop dat jullie dat ook zullen doen. Is dat afgesproken?'

'Afgesproken,' zei ik en ik hief mijn glas. Ingrid en Mel hieven het hunne ook en we dronken alle vier op uitgewiste herinneringen.

Tegen de tijd dat we het restaurant uitwankelden was ik ook behoorlijk dronken. Ingrid nam de eerste taxi en ik de volgende, terwijl Guy met zijn arm om Mel wachtte op de volgende twee.

Wie hield ik voor de gek? Ik wist niet naar wiens flat ze gingen, maar het was te merken dat ze er samen heengingen.

Na die avond zag ik Guy vrij vaak. Hij leek gelukkig mij onder zijn vrienden te tellen en hij maakte mijn leven in elk geval interessanter. Hij bleek echt acteur te zijn, maar het was een moeizaam bestaan. Na drie jaar op de universiteit, waar hij op een haar na af werd geschopt, had hij op de een of andere manier kans gezien op een fatsoenlijke toneelschool te komen, waar hij het naar zijn zeggen heel goed had gedaan. Sindsdien was het moeilijk geweest. Hij had een paar bijrollen gehad in repertoiretheaters en wat kleine rolletje op tv. Hij was figurant geweest in *Morty's Fall*. Hij had een agent die hem negeerde. Hij weet zijn gebrek aan succes aan de overvloed aan jonge acteurs en een onzichtbaar netwerk van contacten en vrienden van contacten die hem buitensloten. Deels was dat misschien waar. Een belangrijker reden was, vermoedde ik, dat hij het gewoon niet hard genoeg probeerde. Hij ging naar het fitnesscentrum en keek op de buis naar *Countdown*, terwijl hij brieven had moeten schrijven en op deuren had moeten kloppen. Jonge acteurs worden verondersteld honger te lijden. Guy had dorst, en leste die dorst elke avond en tijdens veel lunches.

Daarin deed ik graag met hem mee. Het maakte de middagen veel gemakkelijker door te komen, als ik wist dat ik na kantoortijd Guy zou ontmoeten voor een pint of vijf. Natuurlijk maakte dat de ochtenden vrij pijnlijk. Er kwam dan ook weinig terecht van studeren voor mijn beroepsexamens, maar het maakte de zaken draaglijker. Guy had een kleine flat in een zijstraat van Gloucester Road en we bezochten verscheidene bars en clubs daar in de buurt. Soms kwamen daar andere vrienden van hem bij, ook Torsten Schollenberger als hij Londen bezocht.

Waar praatten we over? Ik heb geen idee. Waarschijnlijk was het nietszeggend gezwam. Om verschillende redenen hadden we behoefte aan vriendschap en ontsnapping aan de saaiheid van de daglichttijd. Guy begon vaak achter meisjes aan te jagen naarmate de avond verstreek. Meestal had hij succes. Hij was natuurlijk knap, maar hij leek ook in staat te zijn een sfeer van gevaar en spanning uit te stralen die hen aantrok. Ik probeerde zonder succes te ontdekken wat voor soort vrouwen op hem viel. Toen besefte ik dat bijna iedere vrouw dat zou doen, als ze maar in de juiste stemming was. De nieuwsgierigen, degenen die op zoek waren naar opwinding of een korte vlucht uit de werkelijkheid, voelden zich tot hem aangetrokken. Guy bood seks, plezier, gevaar en geen enkele kans op verplichting. Hij verschafte aardige meisjes een kans om een nachtje stout te zijn.

Velen van hen pakten die kans.

Mel was anders. Hij behandelde haar als iemand om op terug te vallen, iemand om naartoe te gaan als hij zin had in seks en er die avond geen kans toe had gekregen. Hij leek zelden afspraken te maken haar te ontmoeten, maar vaak glipte hij om tien of elf uur naar haar flat in Earls Court. Voorzover ik kon merken zat ze daar altijd op hem te wachten.

Een enkele keer ging ze met ons uit. Ze was altijd levendig en amusant en werd vaak genegeerd door Guy. Hij was nooit lomp tegen haar, maar wel vaak onverschillig, wat erger was. Ik kon zien wat er aan de hand was: Mel was verliefd op Guy en Guy gebruikte haar. Mel was te bang hem te verliezen om erover te klagen en daarom verdroeg ze hem. Als ik erover had nagedacht zou ik me gerealiseerd hebben dat dit een teken was van een diepgewortelde zelfzuchtigheid in Guys karakter. Dus dacht ik er niet over na.

Guy nam me mee als hij ging vliegen. Zijn vader had een eigen vliegtuig voor hem gekocht, een dure Cessna 182, met als registratie GOGJ, die hij op Elstree Aerodrome had staan, iets ten noorden van Londen. We gingen lunchen op Le Touquet en Deauville in Frankrijk en naar een aantrekkelijk vliegveldje van gras, op een heuvel tegenover Shaftesbury in Dorset. Guy was een goede piloot en hij hield ervan zo'n dikke vijftien meter boven de golven te scheren, of dertig meter boven het Engelse landschap.

Guy inspireerde me en ik besloot zelf vlieglessen te gaan nemen. Ik trainde in een AA-5, een ouwe brik, vergeleken met Guys BMW. Men leerde me dat het veiliger was niet te ver onder de zevenhonderd meter te vliegen, dat het belangrijk was het vliegtuig voor elke vlucht gedegen te controleren en dat alcohol en vliegen nooit samengingen. Het verbaasde me niets dat er op de een of andere manier voor mij andere regels golden dan voor Guy, maar naarmate ik meer leerde werd ik steeds zenuwachtiger als ik naast hem in een vliegtuig zat.

Oppervlakkig gezien leek Guy een geweldig leven te leiden. En ik was erg blij dat ik alleen oppervlakkig met hem te maken had. Maar het is lastig een acteur te zijn die maar moeilijk aan de bak komt, al heeft hij dan een rijke vader.

Op een avond ging ik precies om vijf uur uit kantoor voor een afspraak met hem in een pub bij Leicester Square. Hij had in de buurt een auditie gehad en had voorgesteld daarna iets te gaan drinken. Hij was er al toen ik er kwam en zat naar een flesje Becks te staren.

'Ik neem aan dat je de rol niet hebt gekregen?'

'Ik weet het niet,' zei hij. 'Ze beloofden te zullen bellen. Ze bellen je alleen als je de rol krijgt, weet je. Dus waarschijnlijk hoor ik niets.'

'Kop op, misschien valt het mee.'

'Het is een snertrolletje in een stomme reclamespot. Daar gaat het niet om, Davo. Het is gewoon zo vernederend.'

'Ergens moet je beginnen.'

'Dat weet ik. Maar het is niet wat ik verwachtte. Ik had het geweldig op de toneelschool. Ik was er echt gek op. Midden op het toneel staan, het publiek meeslepen met de fictie die ík schiep, hun emoties manipuleren. Het was geweldig. Daar krijg je echt een kick van. En ik was nog goed ook. Tsjechov, Ibsen, Steinbeck, zelfs die verrekte Shakespeare, die kon ik echt goed spelen. Aan het eind van het jaar hadden we een soort afstudeervoorstelling en ik was één van slechts vier mensen die door een agent werden gebeld of zij ons mocht noteren.'

'Klinkt veelbelovend.'

'En wat gebeurt er nu? Ik ga naar Diane van het castingbureau, die een polaroid van me neemt, me een paar regels echt afgrijselijke dialoog geeft om voor een camera uit te spreken, en daarna is het: "Tot ziens, we bellen je wel."'

'Op een dag doen ze dat vast.'

'Ja, maar de meeste dagen niet. En als je wordt afgewezen door Diane van het castingbureau voel je je als een piepklein stukje stront. Ik bedoel maar, ze wijzen míj af, nietwaar? Wat bevalt hen niet aan mij? Mijn stem? Mijn gezicht? Misschien kan ik wel helemaal niet acteren? Misschien is deze hele zaak één enorme vergissing.'

'Toe nou, Guy. Je zult vast slagen. Dat doe je altijd.'

'Ja, precies. Ik heb altijd succes gehad. Ik deed het goed op school, waar of niet? Tennis, voetbal, klassenvertegenwoordiger. En ik dacht dat ik succes zou hebben met acteren. Ik dacht dat ik iets zou doen waar zelfs mijn vader van zou opkijken. Maar op deze manier zal ik nooit een kans krijgen. Diane van het castingbureau zal daar wel voor zorgen.'

'Je hebt nog een borrel nodig, en snel,' zei ik. Ik liep naar de bar en haalde er een voor hem. Zoals gewoonlijk deed de alcohol zijn werk. Een half-uur later zaten we met twee Italiaanse meisjes te kletsen. Guy kreeg de knappe en ik de lelijke. Maar het werd, al met al, toch nog een gezellige avond.

Ik was in een tijdschriftenwinkel op zoek naar een exemplaar van *Private Eye*, toen ik de omslag van *Patio World* zag. Ik kocht het, bladerde er zonder enige belangstelling doorheen en zag een telefoonnummer aan de binnenzijde van de omslag. Zodra ik terug was op mijn kantoor belde ik het nummer, werd verbonden met Ingrid en stelde voor naar een film te gaan. We gingen naar *Dances With Wolves* en daarna naar een Thais restaurant in Soho.

De avond leek geen echt 'afspraakje', meer een ontmoeting tussen twee vrienden die elkaar lang niet meer hadden gezien. En dat was fijn omdat we elkaar in werkelijkheid nauwelijks kenden. Ik mocht Ingrid wel. Ze was verfrissend recht voor z'n raap, maar ook scherpzinnig. Ze leek te begrijpen wat mij op gang houdt, zonder dat ik het haar hoefde uit te leggen. Ze kon goed luisteren en verleidde me zo haar meer te vertellen dan ik van plan was. Niet dat ik iets schokkends te vertellen had, eerder het tegendeel. Maar ook dat leek ze te begrijpen.

Ons gesprek kwam op Guy. 'Heb je hem nog gezien na die reünie van Broadhill?' vroeg ze.

'Ja. Ik zie hem eigenlijk vrij regelmatig. Het is leuk.'

'Hij gaat ook naar Mel, nietwaar?'

'Nu en dan.'

'O. Dat klinkt niet best.'

'Voor Mel waarschijnlijk niet. Guy bevalt het uitstekend.'

'Egoïstisch varken.' Haar opmerking verbaasde me. Ingrid merkte het. 'Dat is hij toch zeker, of niet soms?'

'Ik neem aan van wel,' gaf ik toe.

'Ik bedoel maar, Mel is helemaal voor hem gevallen. Altijd al.'

'Zelfs na wat Tony haar heeft geflikt in Frankrijk?'

'Ja. Speciaal daarna. Je weet hoe erg ze dat vond. Volgens mij is ze sindsdien vertwijfeld bezig Guy te laten zien dat ze een vergissing had begaan.'

Ik schudde mijn hoofd. 'Ik snap niet wat ze allemaal in hem zien.'

'O, ik geloof dat ik dat wel zie,' zei Ingrid met een flonkering in haar lichtblauwe ogen.

'Jij toch zeker ook niet?'

'Begrijp me niet verkeerd. Zijn vriendin zijn is het laatste in de wereld dat ik zou willen. Ik verzeker je dat ik niet jaloers ben op Mel. Maar je vraagt je onwillekeurig af...'

'Ik zal het hem zeggen.'

'Als je dat durft!'

Ik zweeg en probeerde vergeefs met mijn eetstokjes een stukje viskerrie op de rand van mijn bord te vangen. Heel onhandig, maar ik had honger. Ik merkte dat Ingrid het eten als een prof haar mond inwerkte.

'Hoe doe je dat?' vroeg ik. 'Het is gewoon onnatuurlijk.'

'Ik heb het als kind geleerd. Toen ik klein was en in Sao Paulo woonde, gingen we vaak naar een Japans restaurant. En daarna hebben we een tijdje in Hongkong gewoond, dus ik heb heel veel praktijkervaring.'

'Nou, ik vrees dat ik die niet heb,' zei ik en ik kreeg eindelijk de vis te pakken.

'Mel heeft een moeilijke tijd gehad,' zei Ingrid. 'Ze heeft Guy echt niet nodig om haar leven nog ellendiger te maken.'

'Ik weet zeker van niet.'

'Toen we op school waren sprak ze vaak met me over haar familie. Zo te horen haatten haar ouders elkaar en gebruikten ze haar als wapen. Vooral haar vader.'

'Is hij niet weggelopen met een secretaresse?'

'Klopt. Ik geloof dat Mel sindsdien altijd wat gestrest is geweest over seks.'

'Tony Jordan heeft daar zeker toe bijgedragen.'

'Ja. Jesses.' Ingrid huiverde. 'Ik ben een paar keer bij haar op bezoek geweest toen ze aan de universiteit in Manchester studeerde. Voor iemand die op school altijd zo van uitgaan hield, leidde ze volgens mij een vrij celibatair leven op de universiteit. En later waarschijnlijk ook.'

'Tot Guy kwam.'

'Tot Guy kwam.' Ze schepte zich nog wat rijst op. 'Hoe zit het met jou?' vroeg ze.

'Met mij? Vraag je me naar mijn seksleven?'

'Is dat geheim? Net als de accountancy? Zo gênant is het toch zeker niet?'

'Niet helemaal,' zuchtte ik. 'Het is niet zo succesvol geweest als ik wel zou willen, maar het is ook geen complete ramp. Maar niemand echt serieus. En jij?'

'Hé, ik ben Braziliaanse. Maar in feite lijk ik altijd alleen met de verkeerde kerels te slapen. Dat is iets wat ik besloten heb te veranderen.'

'O,' zei ik. Ingrid bloosde heel licht. Ik zag het, maar deed alsof ik het

143

niet merkte. 'Dit groene spul ziet er afschuwelijk uit, maar het is echt lekker. Je moet eens wat proberen.'

Een week later gingen we weer uit. Weer was het een fijne avond, maar voor mij bedorven door teleurstellend nieuws. Ingrids vrees voor de toekomst van *Patio World* leek heel gegrond te zijn. Het blad hield op te bestaan, het gleed weg van de schappen met gespecialiseerde tijdschriften en er bleef maar een klein groepje lezers met onafgemaakte patio's over om het heengaan te betreuren. Maar haar bedrijf wilde dat ze een paar weken naar Parijs ging en daar werkte aan een paar titels die er succesvol bleken en misschien over te planten waren naar Engeland. Ingrid was opgetogen. Haar loopbaan ging erop vooruit, ze sprak Frans en ze was dol op Parijs. Ik maakte aanmoedigende geluiden, maar meende er niets van.

Ik merkte dat ik alweer naar haar terugkomst verlangde.

19

Owen zag ik die zomer maar één keer. Ik wist niet dat hij zou komen; op een avond had ik met Guy afgesproken in een van onze stamkroegen en daar was hij.

Guy kocht het bier en kletste maar raak, alsof Owen er niet bij was. Maar het was moeilijk aan zijn aanwezigheid voorbij te zien. Hij was dikker geworden. Hij was nu zowat twintig en van een uit zijn krachten gegroeide jongen veranderd in een gespierde volwassene. Hij dronk nauwelijks van zijn bier, ondanks de pogingen van Guy om hem meer op te dringen. Ik probeerde met hem te praten.

'Wat doe je tegenwoordig, Owen?'

'UCLA. Ik studeer computerkunde.'

'Bevalt het je?'

'De universiteit is shit. De cursus is oké.'

'Ik weet hoe het gaat op de universiteiten in Californië,' zei ik. 'Ik heb de films gezien. Stranden, mokkels, feestjes.'

Owen keek me wantrouwig aan. Natuurlijk hield ik hem voor de gek, maar op wat bedoeld was als een luchthartig Engelse manier. Hij snapte het niet.

'Aan zoiets doe ik niet mee.'

'Eh, nee. Ik neem aan van niet.' Ik dronk van mijn bier. 'Hoe lang ben je hier?' vroeg ik, hopend dat het antwoord zou luiden: niet lang.

'Vier dagen. Ik ben net even bij mijn vader in Frankrijk geweest.'

'Hoe is het met hem?' vroeg ik beleefd.

Maar Owen was mijn geklets zat. Hij negeerde mijn vraag en sprak rechtstreeks tegen zijn broer. 'Abdulatif is dood.'

Daar keek ik van op. Guy ook. Hij keek mij snel even aan en zei toen: 'Abdulatif?'

'Ja. Abdulatif. De tuinman. Hij is dood.'

'O. Hebben ze hem gevonden?'

'Zeker hebben ze hem gevonden. In, eh, een vuilnisbak in Marseille. Het duurde een week voordat ze erachter kwamen wie hij was. Via zijn vingerafdrukken.'

'Weten ze wie hem heeft vermoord?'

'Nee. Hij was een soort schandknaap. De lokale politie zegt dat die nogal eens worden vermoord.'

Guy dronk bedachtzaam van zijn bier. 'Nou ja, ik kan niet zeggen dat het me spijt dat te horen.'

'Nee.' Owen keek mij aan met een spottende glimlach. 'Heeft Guy je dat verteld? Dat ik gezien heb dat hij Dominique naaide?'

'Nee,' zei ik en ik voelde mijn bloed ineens verkillen.

'Ja. De dag voordat jij en Guy aankwamen. Vader was ergens anders. Volgens mij dacht ze dat ik aan de computer zat. Maar dat was niet zo. Ik liep rond te wandelen. Uit te kijken.' Hij keek me grinnikend aan.

'O,' zei ik. Ik vroeg me af wat hij nog meer had gezien.

'Dat moet natuurlijk een paar dagen zijn geweest voordat jij met haar stoeide. Ik wed dat je niet besefte dat je de afgelikte boterham van de tuinman kreeg?'

Ik voelde me woedend worden. Natuurlijk had ik dat niet beseft! Die verdomde Owen.

'Ik heb het de politie natuurlijk verteld. Daarom waren ze er zeker van dat hij haar had vermoord.' Owen zag dat ik onbehaaglijk keek en lachte. 'Ik heb je dat al jaren willen vertellen.'

Guy zag dat ik me geneerde en probeerde een ander onderwerp aan te snijden. 'Wat zei vader toen hij hoorde dat het lijk was gevonden?'

'Hij was er heel gelukkig mee.'

'Dat zal zeker.'

'Hij komt volgende week hierheen,' zei hij. 'Hij wil jou graag zien.'

'Goed zo,' zei Guy. 'Maar jij bent dan zeker terug in Amerika?'

'Ja. Dat zal hem niets kunnen schelen. Hij was niet echt blij mij in Frankrijk zien.'

'Ik ben blij dat je gegaan bent.'

Owen snoof minachtend in zijn bier.

De rest van de avond praatte Guy niet langer over zijn vader en Frankrijk. Uiteindelijk verlieten we de pub en liepen terug naar zijn flat om naar wat muziek te luisteren en nog wat te drinken. We waren net de weg overgestoken toen een magere man met rode haren, een geteisterd gelaat en sjofele kleren wankelend voor ons bleef staan.

'Heb je een kleinigheid voor een kop thee?' vroeg hij mij. Hij was duidelijk dronken. Maar dat was ik ook. Ik negeerde hem.

'En jij dan?' zei hij tegen Guy die hem in de weg stond.

'Sorry,' zei Guy beleefd.

'Toe nou, je hebt toch wel *ten pence* voor me?' Hij hield zijn gezicht met een onzekere grijnslach vlak voor dat van Guy.

Guy probeerde om hem heen te lopen.

De man pikte dat niet. 'Verdomde yuppie!' schreeuwde hij.

Owen bewoog zich snel. Hij greep de man bij zijn kraag, schopte zijn voeten onder hem uit en drukte hem tegen een muur. 'Laat hem met rust,' siste hij.

De dronken ogen van de man stonden wazig. Toen leek hij zich te concentreren. Hij spuugde en sproeide Owen vlak in het gezicht.

Owen liet een hand zakken en stompte de man in zijn maag. Hard. Heel hard. De man zakte kokhalzend op de grond.

Guy greep Owen vast en trok hem terug. Owen staarde naar de man op de stoep en zijn zwarte ogen fonkelden.

'Trek hem weg!' riep ik tegen Guy.

Ik boog me over de man, die naar adem zat te snakken. Ik hielp hem overeind tegen de muur. Toen hij weer lucht kreeg begon hij te vloeken.

'Hoe is het met je ribben?' Ik probeerde de borst van de man te betasten, maar hij duwde mijn hand weg. 'Zal ik een ambulance laten komen?'

Een stortvloed van scheldwoorden. Ik bleef een paar minuten bij hem zitten terwijl hij me uitschold. Hij leek zich te herstellen. Ik haalde een biljet van tien pond tevoorschijn, stopte het in zijn zak en liet hem alleen. Hij bedankte me niet. Dat verwachtte ik ook niet.

Ik wachtte totdat ik heel zeker wist dat Owen in Californië zat voordat ik Guy weer opzocht. We gingen naar een vriendschappelijke interland op Wembley. Engeland speelde tegen Brazilië en zag wonder boven wonder kans het op een-een te houden. Na de wedstrijd gaf hij me een lift in zijn staalblauwe Porsche. Terwijl we op de parkeerplaats zaten, met U2 luid op de radio, wachtend tot er beweging kwam in een paar duizend wagens vóór ons, begon ik over Owens bezoek.

'Het was interessant wat je broer zei over de tuinman die vermoord werd gevonden.'

'Ja,' zei Guy. Hij klonk ongeïnteresseerd.

'Waren ze er zeker van dat híj Dominique heeft vermoord?'

'Absoluut zeker.'

'Zo.'

Ik luisterde even naar Bono en raapte moed bijeen voor mijn volgende vraag.

'Guy?'

'Ja.'

'Weet je nog dat de politie een van jouw voetafdrukken vond voor het raam van Dominique?'

'Ja.'

'Hoe kwam die daar?'

Guy zweeg en liet de koppeling opkomen toen de auto voor ons twee meter opschoof.

'Op weg naar bed moest ik plassen.'

'Nee, dat is niet waar.'

'Natuurlijk wel,' zei Guy. Hij ontweek mijn blik en richtte die op de auto vóór zich.

'Ik was erbij, weet je nog wel? Je bent recht naar de gastenbungalow gegaan met mij.'

'Nee. Dat zie je verkeerd. Je denkt aan een andere avond. Die avond ging ik in de bosjes staan plassen. De politie heeft alles nagetrokken. Het is vijf jaar geleden. Je moet je vergissen.'

Ik opende mijn mond om te protesteren en sloot hem weer. Wat Guy betrof was het verleden herschreven, en die herschrijving had het officiële stempel van de politie gekregen. Het was zijn versie van wat er was gebeurd en hij zou zijn hele persoonlijkheid gebruiken om te zorgen dat dat de enige versie bleef. Het probleem was dat ik wist dat het niet waar was.

'Ik spreek vader morgenavond. Wil je ook komen?' vroeg Guy.

'Nee, bedankt.'

'Waarom niet? Het wordt best leuk. We gaan uit eten en daarna misschien naar een club. Maak je geen zorgen, hij betaalt wel.'

'Nee, echt niet. Ik spreek hem liever niet. Ik vermoed dat hij mij liever ook niet ziet.'

'Na Frankrijk?'

'Na Frankrijk.'

Er begon beweging te komen in de rij auto's voor ons. Guy hield de Porsche tot op minder dan een halve meter van de Vauxhall vóór ons om te voorkomen dat iemand zich ertussen wrong.

'Ik probeer het, maar het is moeilijk om Frankrijk te vergeten,' zei hij. 'Ik verwijt mijn vader nog steeds wat hij Mel heeft aangedaan.'

'Dat verbaast me niet. Maar je ontmoet hem nog wel?'

'O, ja. Hij houdt van het leven, je weet wat ik bedoel.'

'Niet precies.'

'Hij weet hoe hij moet leven. Hij geniet ervan. Hij neemt zichzelf niet al te serieus en anderen ook niet. Zeker, soms worden er mensen de dupe, net als ik en Mel. Maar dat vergeten ze.'

'Je kunt in je leven niet alleen maar aan jezelf denken.'

'Waarom niet?' zei Guy. 'Het is echt niet zo dat een ander voor je gaat zorgen. Ik bedoel niet dat je andere mensen willens en wetens moet kwetsen. Maar je moet er wel op uit zijn om te grijpen wat je hebben wilt.'

'En dat heb jij van je vader geleerd?' zei ik en ik kon niet helemaal verhinderen dat mijn stem afkeurend klonk.

'Och, toe nou, zo erg is het nu ook weer niet. Leven en laten leven, meer niet.'

'En wat vindt Owen hiervan?'

'Owen en vader, dat is een hoofdstuk apart. Hij praat alleen met vader om mij een plezier te doen.'

'Ik vind het vreemd dat jullie zo aan elkaar gehecht zijn. Ik bedoel maar, jullie zijn zo verschillend.'

'Dat zijn we ook. Maar we hebben elkaar altijd geholpen. Vanaf het moment dat Owen werd geboren.'

Ik had zin Guy te wijzen op de duidelijke tegenspraak met zijn eerdere gemijmer, maar ik besloot het niet te doen. Emoties hebben zo hun eigen logica, net als gezinnen.

'Moeder en vader hebben nu en dan belangstelling getoond voor mij,' vervolgde Guy, 'maar totaal niet voor Owen. In feite was ik de enige die op hem paste. En hij past op mij.'

Hij lachte. 'Ik weet nog toen ik acht jaar was. Moeder en vader waren nog samen en we woonden in L.A. We stonden bij het zwembad. Ik had iets gedaan wat niet mocht, een kleinigheid, een glas meegenomen naar de waterkant of zoiets, en mijn vader stond me de huid vol te schelden. In die tijd kon hij behoorlijk tekeergaan, waarschijnlijk omdat hij kwaad was op moeder. Hoe dan ook, hij botvierde het op mij. Dat ging zo een minuut of tien door.

Owen stond erbij toe te kijken. Hij was pas vijf, maar hij was groot voor zijn leeftijd, dat kun je je wel voorstellen. Ineens gaf hij een afschuwelijke schreeuw en rende op mijn vader af. Alle twee vielen ze in het zwembad. Vader had een net pak aan. Hij vond het niet leuk. Owen moest een week lang vroeg naar bed. Maar dat kon hem niets schelen. Hij was gewoon blij dat hij me had geholpen. Het is goed als je zo'n broer hebt.'

'Zeker wel,' zei ik, maar ik vond dat ik bofte met een normale zuster die ik heel graag mocht maar zelden zag, in plaats van een broer als Owen.

'Weet je zeker dat je morgenavond niet mee wilt gaan?' vroeg Guy.

'Heel zeker. Maar ik hoop dat jullie het gezellig hebben met elkaar.'

En paar dagen later zag ik hem na kantoortijd in de pub. Of na mijn kantoortijd. Ik vermoedde dat hij de hele middag naar de televisie had gekeken.

'En, hoe is het gegaan met je vader?'

Guy keek somber. 'Nachtmerrie.'

'Zeker laat geworden?'

'Nee. Niet zo'n nachtmerrie. Een echte. Hij wil dat ik een baan neem.'

'Schande.'

'Doe niet zo verdomde sarcastisch. Ik zei hem dat acteren een baan was. Het kan verrekt hard werken zijn. Maar volgens hem telt dat niet. Hij zegt dat ik mijn leven aan het verprutsen ben. Hij zei dat hij mijn toelage zou inhouden.'

'Wreed,' zei ik. Ik was altijd nieuwsgierig geweest waar Guy zijn geld vandaan haalde.

'Ja. Patrick Hoyle heeft een paar trusts voor me opgezet en daar krijg ik het inkomen van. Ik zei dat hij daar niet aan kon komen, dat ze van mij waren. Hij verzekerde me dat hij dat wel kon. En ik weet zeker dat dat waar is. Hoyle zou alles voor hem doen, ook zorgen dat ik niet meer aan mijn eigen geld kon komen.'

'De rest van ons moet ook werken,' zei ik.

'Doe niet zo proletarisch tegen me, Davo. Ik weet dat een heleboel mensen moeten werken. Maar mijn vader niet. Ik vind het zo verdomde schijnheilig. Als het oké is dat hij zijn leven doorbrengt rond de zwembaden in de Rivièra of met skiën in Villars, waarom kan ik dan niet zo nu en dan naar de kroeg gaan?'

'Maar hij heeft voor zijn fortuin gewerkt,' zei ik.

'Dat waren zijn woorden ook,' mompelde Guy kwaad. 'Maar ik ga niet toegeven. Ik weet dat ik kan acteren. Over een paar jaar zal ik hem eens wat laten zien.'

Hij kwam terug met een flesje bier voor hem en een glas bitter voor mij. 'Hoe dan ook, hoe is het met jou?'

'Goed,' zei ik. 'Ingrid komt volgende week terug naar Londen.'

'Echt waar? En ga je er werk van maken?'

Het was een vraag die ik mezelf had gesteld vanaf dat ik haar het laatst had gezien. Eerlijk gezegd wist ik het niet zeker. Zonder twijfel mocht ik haar graag, en ik dacht dat zij mij ook wel mocht. Maar ik wilde onze vriendschap niet verpesten.

'Ik weet het niet.'

'Ga eropaf,' zei Guy, de meesterstrateeg. 'Ik kan vragen of Mel een goed woordje voor je doet.'

'Ik geloof niet dat dat nodig is.'

'Hé! Ik heb een idee. Waarom gaan we niet voor een lang weekend een trip maken in Golf Juliet? Jij, ik, Mel en Ingrid. We zouden naar Frankrijk kunnen gaan. Of wat dacht je van Schotland? Ik heb altijd de Hebriden eens willen bekijken. Als mijn vader serieus mijn vliegtuig wil verkopen, wil ik het deze zomer nog zoveel mogelijk gebruiken. Wat vind je ervan?'

'Klinkt goed.'

'Je kunt in elk geval Ingrid beter leren kennen. Op z'n best...'

'Probeer je haar voor mij te versieren?'

'Natuurlijk probeer ik dat. Wat mankeert jou? Wil je het niet?'

Ik geneerde me een beetje dat Guy probeerde mijn liefdesleven te dirigeren, en ik wist niet eens zeker wat mijn plannen waren voor Ingrid, als ik die al had. Ook had ik volgende week een belangrijk accountancyexamen, waar ik nog heel weinig voor had gewerkt. Bij het laatste examen had ik het heel slecht gedaan, na een zware nacht stappen met Guy, en mijn baas had me gewaarschuwd dit keer "extra mijn best te doen". Maar een reisje naar Schotland zou natuurlijk leuk zijn. Me inspannen voor dat examen kon ik later altijd nog.

'Ja, ik wil wel,' zei ik. 'Het is een prima idee.'

20

We kwamen bijeen op een natte, bewolkte vrijdagmorgen op Elstree Aerodrome. Guy en ik trokken de dekzeilen van het toestel en liepen eromheen om zeker te zijn dat alles in orde was.

'Weet je zeker dat het een goed idee is?' vroeg Ingrid twijfelend, terwijl ze naar de lucht keek, een dek van dikke, grijze wolken, slechts zo'n honderd meter boven ons.

'Het zal prima gaan,' zei Guy. 'Ik ben bevoegd om hierdoorheen te vliegen. Ik heb naar het weer gevraagd en in Schotland schijnt de zon. We hoeven er alleen maar te komen.'

Ik zat voorin naast Guy, met Ingrid en Mel op de achterbanken. De Cessna 182 was een van de weinige eenmotorige vliegtuigen die krachtig genoeg waren om vier mensen te vervoeren, met voldoende brandstof om een heel stuk af te leggen. We stegen op en zaten binnen enkele tellen in de wolken. Een minuut later vlogen we erboven.

Op de automatische piloot scheerden we op zo'n honderd meter boven de wolken over de ruggengraat van Engeland en werden van de ene RAF-verkeersleider aan de andere doorgegeven. Dat hadden we niet nodig: Zo vroeg in de ochtend was ons toestel het enige in de lucht. Ik had nog maar een paar uur vlieglessen gehad, ik had nog niet eens mijn solovlucht gemaakt, maar het fascineerde me naar Guy te kijken. Hij had me al veel verteld over hoe de Cessna werkte en nu vertelde hij me nog meer.

Toen we de Clyde bereikten begonnen de wolken te breken en Guy ging eronder vliegen. Door het halfdonker kropen we langs de Firth of Clyde, passeerden laag boven een atoomonderzeeër en de helikopter die erbij hoorde, glipten door een opening in de heuvels bij het Crinian Canal en kwamen in schitterend zonnig weer terecht. Ineens veranderde de zee van somber grijs in helderblauw, met stukken turquoise en groenblauw. Overal waar we keken zagen we zee, kustlijn, rotsen, baaitjes en bergen. Het was heel moeilijk te zien wat vasteland was en wat eilanden. Achterin waren de meisjes opgehouden met praten en begonnen te kijken. Het was ongelooflijk mooi.

We bereikten de zuidkust van Mull en volgden die totdat we over het klooster in Iona vlogen, een groepje witte, stenen gebouwen die zich vast-klampten aan het eind van de wereld. Guy daalde tot dertig meter en we raceten over het water naar het eiland Staffa en Fingal's Cave. Op die hoog-te konden we recht in de grot kijken, met zijn zwarte basaltkolommen. Toen we erover vlogen dobberden er een paar toeristenboten; een vlucht vogels rees protesterend de lucht in. We volgden de noordkust van Mull, kwamen laag aanvliegen over een onmogelijk romantisch kasteel en won-nen hoogte voor de nadering naar Oban, waar we van plan waren te lan-den voor brandstof en eten. Guy vermeed de berg die de naderingsroute blokkeerde en landde de Cessna vakkundig, met nauwelijks hoorbaar ge-fluister van de wielen toen we neerkwamen.

We lunchten in een hotel bij het vliegveld. De meisjes, die er behoorlijk verveeld hadden uitgezien terwijl we boven het Engelse wolkendek dreun-den, kwamen helemaal tot leven. We gingen in de tuin van het hotel zit-ten, waar de zonnewarmte geluwd werd door een prettig zeebriesje, en wensten onszelf geluk dat we niet in Londen zaten. Guy was van plan ons 's middags tussen de Inner Hebrides en het vastland door naar Broadford te brengen, een klein vliegveld op het Isle of Skye. We zouden de volgende dag doorbrengen met wandelen, voordat we 's avonds overwipten naar Barra in de Outer Hebrides en daarna terug naar huis.

Ik zag dat Guy een paar glazen bier dronk en dat gaf me een onbehaag-lijk gevoel. Ik voelde me ook dwaas. Ik wist dat Guy een ervaren piloot was en ik wist dat hij goed tegen drank kon, maar ik wist ook dat hij de regels overtrad. Dat was natuurlijk het verschil tussen hem en mij. Hij overtrad de regels en ik niet. Ofschoon ik als leerling-piloot niet bevoegd was het toestel te besturen zonder een gediplomeerde instructeur, beperkte ik me tot een cola, alsof de verminderde gemiddelde alcoholconsumptie in de cockpit zou helpen.

We keerden terug naar het vliegveld en namen brandstof in. Ik keek naar de weerfax. Ik had net het meteorologie-examen in mijn vliegopleiding af-gelegd en vond het een fascinerend onderwerp. Wat ik las maakte me on-gerust. Ik liep naar het platform en zocht Guy op.

'Zeg, kom hier eens naar kijken,' zei ik zacht.

Hij liep achter me aan de caravan in die ook dienstdeed als verkeerstoren en bekeek de fax. Onder Inverness stonden de woorden 'PROB 30 TEMPO TSRA BKN0010CB'.

'Nou en?' zei Guy.

'Betekent dat geen onweer?'

'Nee, Davo, het betekent dat er in Inverness 30 procent kans bestaat dat er tijdelijk wat onweer kan zijn. Inverness ligt aan de oostkust en wij zijn in het westen.'

'Maar is Inverness niet de dichtstbijzijnde plaats op de fax bij Skye?'

Guy aarzelde. 'Misschien. Maar kijk eens buiten. Waar zijn de wolken? Het is een fantastische dag.' Hij zag de twijfel in mijn blik. 'Ze zeggen altijd dat er in de zomer kans bestaat op onweer. Het meteorologisch instituut dekt zich gewoon in. Als we ergens onweer zien, vliegen we eromheen, oké?'

'Oké,' knikte ik, en bedacht dat ik veel gelukkiger was als ik met Guy vloog zonder zelf iets over het onderwerp te weten.

We stegen op bij heldere hemel en zetten koers naar het noorden langs de rotsige kustlijn, voorbij vuurtorens, lochs, vogels, boerderijtjes en kastelen. We vlogen behoedzaam de Sound of Slate in, voorbij Mallaig, richting Kyle of Lochalsh. Links van ons lagen de donkere bergen van Skye en rechts van ons de Highlands. Ik keek over mijn rechterschouder naar Ben Nevis, die ongeveer vijfenveertig kilometer achter ons moest liggen. Ik kon de berg niet zien. Een enorme zwarte wolk was plotseling opgedoken en hing dreigend boven de bergen. Hij rees wel duizend meter de lucht in en liep spits toe in een toren met een platte witte bovenkant: een 'aambeeld'. Het was een massale cumulonimbus, een onweerswolk.

In mijn studieboeken meteorologie had ik over onweerswolken gelezen. Ze zijn de ergste vijand van een piloot. Wind kan het landen bemoeilijken, regen kan het zicht wegnemen, maar een onweerswolk kan een vliegtuig in stukken schudden. In een grote, volwassen donderwolk wordt warme lucht naar het centrum van het onweer gezogen en duizend meter omhooggestuwd, waar hij afkoelt en zich weer in een gevaarlijke benedenwaartse trek naar beneden stort. De daaruit voortkomende turbulentie veroorzaakt plotselinge schokken waarop een vliegtuigcasco niet is berekend.

Ik tikte Guy op de schouder en wees.

'Dat maakt niets uit,' zei hij. 'Je krijgt vaak wolken boven bergen. Hier beneden zijn we veilig.'

We naderden een berghelling die steil omlaag liep naar de baai. We vlogen ervoorbij en draaiden naar het noorden. Vlak voor ons lag een muur van zwart. Het toestel schudde een beetje, alsof het in nerveuze afwachting was.

Nog een keer.

Bergen rezen aan weerszijden boven ons op. Het was onmogelijk daaromheen te vliegen zoals Guy had beloofd.

'Wat nu?'

'We duiken eronder,' zei Guy. 'We krijgen misschien wat turbulentie, maar we zijn er bijna.'

'Moeten we niet terugkeren?'

'Nee, het zal prima gaan. Die wolk is zich net pas aan het vormen. Het regent nog niet eens.'

'Dat weet je zeker?'

'Natuurlijk weet ik dat zeker,' zei Guy en zijn stem klonk geïrriteerd. 'Hou je vast daarachter, we kunnen wat gaan hobbelen.'

Guy daalde tot iets meer dan honderd meter, waar het mogelijk was onder de wolk de kustlijn achter ons te zien.

We naderden de grijze muur met een snelheid van honderddertig knopen. Ik was nerveus. Voor ons lag wat er voor mijn onervaren oog steeds meer uitzag als een reusachtig beest van een cumulonimbus, onder ons lag water, aan weerzijden lagen bergen. Alleen achter ons was het veilig. Maar toen ik even naar Guys vastberaden gezicht keek, zag ik dat er geen kans bestond dat we die kant opgingen.

Hij was een ervaren piloot. Ik moest op hem vertrouwen.

De lucht werd onrustig, met schokken en slingerbewegingen, zodat Mel luid 'Ho!' schreeuwde. Niet erg comfortabel, maar gemakkelijk te doorstaan als we niet meer te lijden zouden krijgen.

Misschien kwam het toch nog goed.

Dat kwam het niet.

Ineens werd het toestel omlaag geslingerd, alsof een reusachtige hand op het dak was geklapt. Het water schoot ons tegemoet. Guy vloekte, gaf vol gas en probeerde te klimmen. Slechts een paar meter onder ons lag het donkere, woelige water. Ondanks de moeite die Guy deed stegen we niet. Nog zo'n klap omlaag en we zouden heel erg nat worden. Erger nog, de kracht zou het vliegtuig tegen het wateroppervlak te pletter slaan. Maar dat gebeurde niet. Het ene moment zwoegde het toestel om een meter of zo aan hoogte te winnen, en het volgende reikte die enorme hand omlaag en trok ons naar boven. Het water verdween ver onder ons en na enkele tellen zaten we midden in de wolk. Het werd ineens heel donker.

'Jezus Christus!' vloekte Guy terwijl hij met de besturing worstelde. Ik wist niet wat hij probeerde te doen. Hij kon niets doen, de krachten om ons heen waren veel en veel sterker dan alle instructies die Guy het vliegtuig gaf. Ik keek op de hoogtemeter. We werden omhooggetrokken tot voorbij driehonderd en zeshonderd meter. Er vloog van alles door de cabine: de kaart, een kniekussen, een vlieggids. Ik voelde een klap op mijn achterhoofd en Ingrids handtas vloog omhoog tegen het plafond aan. Ik was volledig de kluts kwijt terwijl mijn binnenste alle kanten werd op geduwd en getrokken. Buiten stortte zich een watergordijn over ons uit en stroomde over de voorruit. Het deed er niet toe. Er was buiten toch niets anders te zien dan een zwarte wolk.

Mel begon te gillen. Ik draaide me om. Ze was doodsbang.

'Zeg dat ze haar mond houdt,' mompelde Guy naast me. Hij zag bleek en zweette en had veel moeite met de besturing.

'Mel!' riep ik. 'Mel!'

Het had geen zin. Ik kon het arme kind niet tot zwijgen brengen, maar ik kon de intercom naar de achterbank uitzetten. Dat hielp.

Ineens blikkerde er een felle flits wit licht en daarna een explosie. Het leek wel of we midden in een donderslag zaten. Ik keek naar buiten naar de vleugels. Het was ongelooflijk, maar ze zaten nog aan het toestel.

'Hoe zit het met de bergen?' riep ik. Aan weerszijden van ons lagen bergen. We zagen geen hand voor ogen. We konden gemakkelijk elk moment tegen een zijwand vliegen.

'Ik weet het,' zei Guy. 'Maar kijk eens naar de hoogtemeter. We zitten bijna op duizend meter. Over de meeste kunnen we heen.'

Ik keek en terwijl ik dat deed begon de hoogtemeter de andere kant op te draaien. We gingen omlaag. Zeshonderd. Driehonderd. Binnen een paar kilometer van onze vliegroute lagen genoeg heuvels van die hoogte. Ze konden wel vlak voor ons liggen, dat was onmogelijk te zien.

Toen werd het donker uiteengereten en we waren eruit. Onder ons lag water. Recht voor ons uit rees de bruine flank van een berg op. Het water splitste zich, één arm naar links en één naar rechts, Guy moest in enkele seconden beslissen. Hij nam de rechtse arm.

'Godzijdank,' zei ik.

'Waar is de kaart?' schreeuwde Guy.

Die was vast komen zitten op de opstaande rand van het instrumentenpaneel. Ik gaf hem aan. Hij keek om zich heen en omlaag naar de kaart. We vlogen een nauwe vallei in van een paar kilometer breed. Voor ons uit en iets boven ons lag wat op een zadel leek, een smalle pas tussen twee bergen. Achter ons was de storm.

'We zijn nu boven Skye,' zei Guy. 'Het vliegveld ligt net achter die pas.'

Hij gaf vol gas en begon te klimmen. De Cessna 182 heeft een krachtige motor en kan in één minuut meestal driehonderd meter klimmen, maar dat haalden we lang niet. Als we geluk hadden zouden we in die stijgingshoek net het zadel halen. We klommen tegen een wind in die vanaf de berg blies.

Mel gilde niet meer.

Ik keek omlaag. We passeerden een smalle, halvemaanvormige zeearm. Ik pakte de kaart en zocht ernaar. Ik zag waar Guy dacht dat we waren, net ten zuiden van Broadford op het Isle of Skye. Daar lag geen halvemaanvormige zeearm. Mijn ogen zochten de kaart af totdat ik er een vond. Daar was het! Op het vasteland. Halverwege een lange vallei, waar aan het uiteinde een berg van duizend meter oprees.

'Guy, volgens mij zitten we niet boven Skye.'

'Natuurlijk zitten we dat,' zei Guy.

'Maar die zeearm daar beneden. Die ligt op het vasteland. We moeten omkeren anders vliegen we tegen die berg.' Ik probeerde hem de kaart te laten zien, maar hij duwde hem opzij.

'Ik vertik het om terug te gaan die storm in,' zei Guy. 'En het vliegveld is maar een paar kilometer verderop.'

'Dat is niet zo. Kijk maar naar het kompas. We vliegen noordoost, niet noord.'

'Het kompas is onklaar gemaakt door de storm. Luister. Ik heb hier als piloot het commando. Ik ben degene met het vliegbrevet. Wil je nou als de sodemieter je bek houden!'

Ik was stil. Achter het zadel hingen wolken. Daarachter kon een berg liggen, of niet. De vallei werd smaller. Spoedig zou het onmogelijk worden terug te keren zonder de bergwanden aan een van beide kanten te raken. We boekten wat winst met stijgen en het zag ernaar uit dat we, als we zo bleven klimmen, net over het zadel zouden komen. Maar daarna? Als ik gelijk had en er lag daar een berg en geen vliegveld, konden we daar alleen maar tegenaan vliegen.

Ik keek weer omlaag. Weer een kleine zeearm met een bosje bomen eromheen. Ik keek op de kaart. En ja hoor, een paar kilometer verder in de vallei van de halvemaanarm was een blauwe stip naast een groene vlek.

'Guy, draai om! Ik weet absoluut zeker dat er voor ons een berg ligt.'

'Nee! Wil je je nu alsjeblieft rustig houden!'

Guy wilde gewoon geloven dat er een wijkplaats lag achter dat zadel. Hij wilde het zo sterk geloven dat hij elke aanwijzing van het tegendeel zou negeren. Het zadel was nu dichtbij. Dat waren de zijkanten van de vallei ook. We zouden nu nog net kunnen keren, maar als we nog tien seconden wachtten...

Ik deed wat ik doen moest. Ik greep de stuurknuppel vóór me en rukte die naar rechts. Guy probeerde de besturing weer over te nemen door aan zijn knuppel te trekken, maar ik was sterker dan hij. Het toestel maakte een scherpe bocht en we draaiden. We draaiden recht op een rotswand af.

'Laat los, Guy, anders slaan we te pletter!' schreeuwde ik. Als Guy erin was geslaagd ons uit de bocht te trekken zouden we recht tegen de berg aan zijn gevlogen. Hij liet los.

Ik zag rotsen, bomen, varens, een waterval. Steeds dichterbij. We waren maar enkele meters van de rotswand af. Ondanks de steile bocht leken we heel langzaam te draaien. Kom op. Toen wendde de neus zich van de rots af en we vlogen weer in de richting vanwaar we gekomen waren. De gashendel was nog helemaal ingedrukt en ik richtte het vliegtuig omhoog.

'Wat doe je nou!' gilde Guy. 'Ben je helemaal gek geworden? Je had ons bijna laten verongelukken.'

Ik keek achterom over zijn schouder. Boven het zadel was een gat in de wolken. Dwars daardoorheen was een berg zichtbaar.

Als ik het toestel niet had gekeerd zouden we er recht tegenaan zijn gevlogen.

Guy hield zijn adem in. 'Wel allemachtig.' Hij werd bleek en zijn lippen begonnen te beven. 'God nog aan toe.'

We stegen nog steeds. De lucht was onrustig, maar ik kon een heldere hemel zien tussen de storm en de bergen. Daarheen zette ik koers. Ik wist niet zeker of ik de motor precies goed had ingesteld, maar het toestel bewoog zich steeds verder en krachtig omhoog en dat was het enige wat van belang was.

Het Isle of Skye was omgeven door wolken, maar ik kon onder heldere hemel de kustlijn volgen tot Mallaig.

'Mijn god,' zei Guy. 'Het spijt me, Davo. Verrek, ik kan het niet geloven.'

Ik keek even naar hem. Hij zag bleek, hij had een shock. Ik besefte dat ik het vliegtuig zou moeten besturen. Ik had pas twaalf uur in mijn logboek en ik had nog nooit in zo'n krachtig toestel als een Cessna gevlogen, maar ik kon het besturen en de gashendel leek min of meer op dezelfde manier te werken als in de AA-5. Ik had de Schotse Informatiedienst kunnen oproepen op de radio, maar ik wist niet zeker of ik het radiotelefoonverkeer voldoende de baas was. Naar Oban vliegen en Guy laten landen was alles wat ik van plan was te doen.

Ik zette de intercom weer aan en hoorde Mel snikken. Ingrid probeerde haar te troosten.

'Is het voorbij?' vroeg ze.

'Ik geloof van wel,' zei ik.

Maar dat was het niet helemaal. Ik hield de kust aan mijn linkerkant totdat ik de witte vuurtoren van Ardnamurchan bereikte en volgde daarna de Sound of Mull naar waar ik hoopte dat Oban zou liggen. Maar wat ik zag was weer zo'n joekel van een donderwolk. We konden er onmogelijk nog zo een trotseren. ik herinnerde me dat we op de noordkust van Mull een landingsstrook van gras voorbij waren gevlogen, op weg naar boven. Spoedig vond ik die een paar kilometer voor ons uit. Ik keerde me naar Guy. Hij zat ineengedoken uit het raampje te staren.

'Kun jij nu landen, Guy?' vroeg ik.

'Doe jij het maar,' zei hij.

'Maar ik heb nog nooit eerder dit toestel aan de grond gezet. En ik weet niet hoe ik op gras moet landen. Jij moet het doen.'

'Oké,' zei Guy zwakjes. Hij nam de besturing over en begon te prutsen met de gashendel en de stand van de propellers. Toen hield hij daarmee op. 'Nee,' zei hij. 'Ik kan het niet. Doe jij het maar.'

'Guy!'

Hij gaf geen antwoord en wendde zijn blik af.

Dus richtte ik het vliegtuig maar naar de kleine grasstrook. Hij lag vlak bij de zee met een verrekte hoge heuvel in de richting van waaruit ik verondersteld werd te landen. Ik had een paar landingen gedaan, sommige zelfs zonder te stuiteren, maar steeds op een vertrouwd vliegveld van asfalt, met een instructeur naast me als ik het zou verprutsen, wat in dat stadium nogal eens gebeurde.

Als ik het dit keer verprutste zou ik geen andere kans meer krijgen.

Ik trok de gashendel uit en liet de vleugelkleppen in twee fasen neer. Het toestel begon vaart en hoogte te verliezen. Ik vloog naar de heuvel en draaide op het laatste moment richting landingsbaan. In de Cessna was het uitzicht totaal anders dan wat ik gewend was en alles gebeurde heel snel. Ik was te hoog en had te veel snelheid. Vertwijfeld trok ik de gashendel helemaal uit, duwde de neus omlaag en liet de laatste fase van de vleugelkleppen zakken. Nog steeds te hoog en nog steeds te snel. De landingsbaan leek op ons af te stormen en voordat ik tijd had om de neus op te trekken waren we hard op de grond terechtgekomen. Het toestel schoot weer met een enorme stuiter de lucht in. Ik zette door en na twee keer stuiteren stonden we op vaste bodem en gingen met een vaart op een heg af aan het eind van de landingsbaan. Ik remde zo hard ik kon en wachtte af. We schoten over de drempel van de baan het lange gras in. Daardoor werd onze snelheid beter vertraagd dan door mijn remmen en we stopten op een paar meter van de heg.

Ik zette de motor uit en alle vier bleven we zwijgend zitten, niet in staat te geloven dat we echt op de grond stonden.

21

Augustus 1999, Clerkenwell, Londen

'En, Guy, hoe gaat het met ons?'

'We leven nog, we zitten op internet en we krijgen veertigduizend bezoekers per week.' Guy grijnsde tegen zijn vader, nog vol van de opwinding van de voorgaande paar dagen.

Het was de eerste formele directievergadering van Goal, al droeg Patrick Hoyle als enige van de vier directeuren een pak, een enorm, flodderig kledingstuk dat om zijn reusachtige lijf slobberde. Onze nieuwe bestuursvoorzitter ging helemaal in het zwart gekleed, net als zijn zoon. Hij had goede zin: de levensstijl van internet beviel hem kennelijk.

Tony had twee miljoen pond geïnvesteerd voor tachtig procent van Goal, en de rest van ons kon twintig procent onder elkaar opsplitsen, waarvan Guy terecht het leeuwendeel kreeg. Voor ons was het een slechte deal, maar we konden niet anders. Mel had ons geholpen bij de onderhandelingen en ze had zich de hele tijd professioneel gedragen tegenover Tony. Maar het maakte weinig verschil. Tony had ons in de tang en hij kneep. Het ergste was dat hij er plezier in leek te hebben. Al met al een totaal andere ervaring dan de investering van mijn eigen vader.

'Helemaal geen problemen?' vroeg hij.

'O, er zijn wel problemen geweest. Maar die hebben we opgelost. De site staat nog overeind sinds we er tien dagen geleden mee begonnen zijn. En dat is meer dan ik van sommige personeelsleden kan zeggen. We hebben hen behoorlijk onder druk gezet.'

'Als ik dus www.goal.com in mijn computer typ, wat gebeurt er dan?'

'Ik wist niet dat jij kon typen, vader.'

'Natuurlijk kan ik typen!' Maar Tony glimlachte direct weer, hij ging op in Guys enthousiasme.

'Sorry. Probeer het maar eens,' zei Guy en hij duwde zijn eigen laptop naar zijn vader. Tony tikte moeizaam de letters in en het ons nu vertrouwde logo van Goal verscheen op het scherm. Guy leidde Tony rond in de site, terwijl Hoyle over hun schouders meekeek.

'Weet je, dit is echt goed,' prees Tony.

'Dat weet ik,' zei Guy. 'En het gaat nog beter worden.'

'Heeft iemand in de buitenwereld ons al opgemerkt?' vroeg hij en hij tikte nog steeds op de laptop.

'We hebben een uitstekende pers gehad.' Guy deelde een stapeltje artikelen uit, zodat iedereen ze kon bekijken. 'En we hebben online een paar buitengewoon goede kritieken gehad van onze site. In de komende paar weken verwachten we er nog meer.'

Tony las de kritieken door. '"Veruit de beste voetbalsite". Dat is niet slecht voor je eerste week.'

'Er valt nog veel te doen,' zei Guy. 'We praten met een van de bookmakers in het buitenland voor online wedden. Daar moet veel geld in zitten. En we nemen mensen aan. Nieuwe tekstschrijvers, een paar programmeurs om Owen en Sanjay te helpen, en wat administratieve mensen. We hebben ook al belangstelling gehad van ons reclamebureau over de verkoop van ruimte op de site. Denk eraan, dat is iets wat we wilden uitstellen totdat we de mensen kunnen laten zien wat we hebben.'

'Het zou fijn zijn wat opbrengsten te zien,' zei Tony.

'Absoluut. En we boeken vooruitgang aan de verkoopkant.'

Tony duwde de kritieken en Guys laptop van zich af en pakte de financiële bijlagen van de directiepapieren. Hij fronste zijn wenkbrauwen.

'Amy heeft een team ontwerpers aan de gang gezet voor een collectie sport- en vrijetijdskleding,' vervolgde Guy. 'Ze heeft leveranciers gevonden in Engeland en Portugal.'

'Zou het Verre Oosten niet goedkoper zijn?'

'We moeten flexibel zijn om snel te kunnen voldoen aan bestellingen en nieuwe ontwerpen. Wat er ook gaat gebeuren als we ons eigen merk kleding gaan verkopen, het zal snel gebeuren en we moeten vlug kunnen reageren. Ze onderhandelt ook met de leveranciers van club- en nationale kleuren en souvenirs.'

'Is het daar niet wat vroeg voor?'

'Het zijn lange aanlooptijden. We moeten er klaar voor zijn.'

'Het klinkt allemaal opwindend,' zei Tony. 'Vertel ons eens hoe we ervoor gaan betalen, David.'

Ik liep de cijfers door die in de directiepapieren vermeld waren. Ik had er hard aan gewerkt en ik was tevreden met het resultaat.

Toen ik klaar was, was het stil. Tony zat naar me te staren en verstrooid met een pen tegen zijn kin te tikken. Ik probeerde hem aan te kijken en te glimlachen. Zijn uitdrukking bleef onbewogen. Hoyle lette aandachtig op zijn cliënt. Hij kende hem beter dan ik en hij wist dat er iets niet goed zat.

Ik probeerde kalm te blijven, maar in mijn hoofd rinkelden alarmbellen.

161

Wat had ik verkeerd gezegd? Wat had ik gemist? Waarom was Tony zo hartelijk tegen zijn zoon en zo koud tegenover mij? Had dit nog steeds iets met Dominique te maken?

Ten slotte kwam Guy ertussen. 'Dank je, David. Zoals je kunt zien zijn we voorzichtig met ons geld en we blijven binnen ons budget.'

'We zitten misschien binnen het budget, maar we verdienen geen geld. Nietwaar, David?' Tony's stem klonk wat scherp.

'Nog niet, nee,' gaf ik toe. 'Maar in dit stadium in het leven van Goal moeten we in de zaak investeren.'

'We lijden verliezen en er is geen vooruitzicht dat dat verandert. Dat noem ik geen "investeren in de zaak". Ik noem dat "meer uitgeven dan we verdienen".'

Ik voelde me kwaad worden. Mijn professionele trots werd erdoor gekwetst. Ik was de accountant, wat bezielde hem mij zo de les te lezen? 'Dit is een beginnende zaak,' snauwde ik. 'Wat verwacht je anders?'

Tony trok zijn wenkbrauwen op. Hij richtte zijn blik langzaam op Guy en daarna weer op mij.

'Heel goed dan,' zei hij. 'Tot volgende maand. Ik ben blij dat de site goed loopt. Gefeliciteerd.' Dit was meer tot Guy gericht dan tot mij. 'Misschien kunnen we op onze volgende vergadering ons financiële beleid wat nader bekijken.'

Dat klonk dreigend, maar ik maakte me niet zo bezorgd als ik had moeten zijn. Het was een vervelende vergadering geweest, en ik had me heel even door Tony op laten jutten, maar ik had het overleefd. Hij had me eerder afgekoeld dan opgewarmd. Ik kon leren daarmee om te gaan, dacht ik. Het was gewoon een verschil in zienswijze.

We waren onze bestuursvoorzitter spoedig vergeten. Goal gonsde en het luidste gegons kwam van Guy. Hij was overal. Als hij zelf niet met ideeën kwam, moedigde hij de anderen in het team aan ze aan te dragen. Hij was een echte inspirator. Beslissingen werden binnen enkele tellen genomen, allemaal door Guy. Zijn maatstaf was: brengt een bepaald idee ons dichter bij de eerste plaats van de sites in Europa? Als dat zo was, gingen we ermee door. Als dat niet zo was vergaten we het en gingen over tot de volgende zaak.

Ondanks het eerste succes van de site was Guy er niet gelukkig mee. De ideeën van Gaz waren goed, zijn verslagen briljant en het ontwerp van Mandrill was beter dan wat er ook op dat gebied werd vertoond. Maar volgens Guy miste de site iets, al kon hij moeilijk precies onder woorden brengen wat. Na lange discussies, tot diep in de nacht, besloten we dat we iemand nodig hadden die al die elementen samenbracht en organiseerde. Maar wat voor iemand? En waar konden we die vinden?

Tijd om te adverteren hadden we niet en geld om een headhunter in te schakelen evenmin. Toen dacht ik aan Ingrid. Niemand van ons had haar in zeven jaar gezien, maar toen had ze in de tijdschriftenuitgeverij gezeten. Als ze zelf niemand kende zou ze ons op zijn minst kunnen helpen de soort persoon te vinden naar wie we zochten en een idee geven waar we die konden vinden. Als ze met ons wilde praten.

Ik zocht haar nummer op in een oude agenda en belde haar. Ze was verrast van me te horen, maar ze wilde best de volgende dag met ons lunchen.

We ontmoetten elkaar in een klein pizzarestaurant bij haar kantoor op South Bank. Ze was kalm, beheerst en zelfverzekerd. Ze zag er wat ouder uit, er begonnen rimpeltjes te komen om haar mond en lichtblauwe ogen, lachrimpeltjes. Haar kastanjebruine haar was korter gekapt en ze droeg een elegant maar informeel broekpak. Aan haar oren bungelden oorbellen van jade. Ze zag er evenwichtig en rustig uit. En geamuseerd.

'Ik kan het niet geloven,' zei ze. 'Jullie twee samen in de computerbusiness. Een losbol van een acteur en een stijve accountant.'

'Een dodelijke combinatie,' zei Guy glimlachend. 'Uniek.'

Ik wist niet zeker of ik de beschrijving van mijzelf als een 'stijve accountant' wel zo leuk vond, maar ik kibbelde er niet over. Slimme handelsbankier, misschien? Maar een van de redenen waarom ik dit deed was natuurlijk om het etiket van accountant kwijt te raken.

'Ik herkende jullie bijna niet. Bij Guy wijst niets op een kater en jij lijkt je nette pak verloren te hebben, David. En je haren.'

'Nou ja, wij herkenden jou wel,' zei Guy.

'We hadden geluk dat je nog hetzelfde telefoonnummer hebt,' zei ik. 'Al zeven jaar.'

'Hetzelfde nummer. Dezelfde flat. Dezelfde baan, vrees ik.'

'Saai, hè?' zei Guy. En daarna, als reactie op Ingrids kwade blik: 'Gewoon even revanche halen.'

Ze lachte.

We bestelden onze pizza's en praatten bij over wat we allemaal hadden gedaan. Toen stelde Guy de vraag: 'Wat vind je ervan?'

'Van jullie site?'

'Ja.'

Ingrid legde haar mes en vork neer en dacht even na over de vraag. 'Hij is goed. Ik ben onder de indruk. Het ontwerp is uitstekend. Ik weet niets van voetbal, maar jullie hebben een paar heel goede tekstschrijvers. Gemakkelijk te laden. Voorzover ik heb gemerkt geen bugs. Helemaal niet slecht.'

Guy keek teleurgesteld. 'Er is dus niets fout aan?'

'Nee. Voor een amateur-site is het echt eersteklas werk.'

'Maar het is geen amateur-site!' zei Guy, net iets te fel.

'Jeetje,' zei Ingrid. 'Ik bedoelde niet amateuristisch. Maar je kunt zien dat het niet is gedaan door een professioneel mediabedrijf.'

'Waarom? Het ontwerp is toch oké?'

'Ja. Zoals ik al zei, het is heel goed. Maar de hele zaak past niet echt in elkaar. Het mist samenhang. Het is hier en daar onlogisch, sommige dingen zijn moeilijk te vinden, alles krijgt evenveel nadruk.'

'Wat bedoel je, evenveel nadruk?'

'Kijk, in een tijdschrift is het de taak van de redacteur om de lezer te vertellen welke de echt interessante artikelen zijn, en die gemakkelijk zichtbaar te maken. Dat kun je op internet ook doen, al laten de meeste mensen dat na. Kijk maar eens naar sommige krantensites, die zijn zorgvuldig geredigeerd. Als je weet wat je wilt kun je het vinden. Als je alleen wat wilt doorbladeren, dan ligt de interessante stof voor je klaar.'

'Dat is het!' zei Guy en hij keek me triomfantelijk aan. 'Dat is nu precies wat ik wilde zeggen! Wat kunnen we daar dus aan doen?'

'Jullie hebben iemand nodig die alles coördineert. Redacteur, uitgever, noem het maar zoals je wilt.'

'En? Ken jij iemand die ons zou kunnen helpen? Of die ons zou wíllen helpen?'

Ingrid zweeg even, alsof ze in gedachten door een adresmolen bladerde. 'Misschien.'

'O ja?'

Maar Ingrid gaf ons geen naam. Nog niet in elk geval. 'Ik kan er nog steeds niet over uit dat jullie twee een team vormen. Ondanks mijn geintje over accountants, ben ik niet echt verbaasd over David. Maar jij, Guy? Hoe zit het met de late avonden? De vrouwen? De drank?'

Guy dronk van zijn mineraalwater dat voor hem stond. 'Allemaal verleden tijd,' zei hij grijnzend. 'Vraag Davo maar.'

Ingrid keek me aan. Ik knikte.

'Serieus,' zei Guy. 'Ik ben echt veranderd sinds de laatste keer dat je me hebt gezien. Ik heb het punt in mijn leven bereikt waarop ik wil bewijzen dat ik geen verliezer ben, dat ik iets kan creëren wat de moeite waard is. Hier heb ik hard aan gewerkt. Dagen van veertien uur, weekends, sinds ik hieraan ben begonnen heb ik nog geen vakantie gehad. En dit is nog maar het begin. Maar ik ben bereid alles te doen wat nodig is. Ik wil echt dat dit een succes wordt, Ingrid. En als ik iets wil, krijg ik het meestal ook.'

Ingrid trok haar wenkbrauwen op.

'Aan wie denk je dus?' vroeg ik. 'En denk je dat zo iemand het zal doen?'

'Ik geloof dat ik inderdaad de juiste persoon weet,' zei Ingrid. 'Maar ik weet niet echt zeker of hij het zal doen of niet.'

'Zeg maar dat hij een dag met ons komt doorbrengen,' zei Guy. 'Als hij niet weg kan van kantoor, is er altijd nog de zaterdag. We zullen de hele dag op kantoor zijn. Chelsea heeft een uitwedstrijd.'

'Oké.'

'Wie is het dus?' vroeg Guy.

Ingrid glimlachte. 'Ik.'

Guy keek haar lachend aan. 'In dat geval zien we je zaterdag.'

Ingrid kwam dat weekend. Het klikte. Gaz mocht haar, Neil mocht haar. Zelfs Owen mocht haar. Tegen de middag bespraken Guy en ik het. Na onze lunch met haar hadden we beiden eens gekeken naar dat online tijdschrift dat zij had opgezet. Het was gericht op werkende vrouwen van in de dertig, niet precies onze doelgroep. Maar het zat goed in elkaar, het was geacheveerd, interessant, het paste naadloos in elkaar. Het werkte.

Die zaterdag rond lunchtijd boden we haar een baan aan. Op zondag accepteerde ze die. Maandag moest ze naar haar werk om ontslag te nemen en dinsdagmorgen was ze op ons kantoor.

Zij bleek het beslissende element te zijn dat Goal.com echt tot leven bracht. Ze luisterde naar Gaz, moedigde hem aan en bracht hem zover dat hij prioriteit gaf aan zijn ideeën. Ze sprak met Owen over 'het stroomlijnen van links' en 'oplaadtijden', en was het eens met al zijn interesse voor beklimbaarheid. En ze vertelde Mandrill wat ze moesten doen. Naar bleek kun je mysterieuze mannen met geitensikjes vertellen wat ze moeten doen, als je het op de juiste manier aanpakt.

Onder Ingrids leiding begon onze site er steeds beter uit te zien. Het was in elk geval een verbetering ten opzichte van de andere blitse maar stuntelige sites die op internet over voetbal gingen. Hij zag er professioneel uit. Hij zag eruit als een kassucces.

22

'We moeten harder opschieten.'

Ik verslikte me in mijn bier. Guys ogen flonkerden op die Messiaanse manier die ik begon te herkennen, steeds wanneer hij sprak over de toekomst van Goal.com. 'Harder opschieten? Je bent gek. We kunnen de zaken zoals ze nu zijn nauwelijks bijhouden.'

We zaten in de Jerusalem Tavern, de pub recht tegenover het kantoor. Het was over half tien, het einde van weer een lange dag. Maar Guy had nog volop energie over.

'Dat doet er niet toe. De vaart zit erin. Goal zal zover gaan als wij het stuwen.'

'Wat bedoel je?'

'Weet je nog wel, al die dingen die we in ons tweede jaar zouden gaan doen? Europese kantoren openen, online verkoop, merchandising van ons eigen merk?'

'Ja.'

'We zouden daar nu aan moeten beginnen.'

'Maar we hebben de site nog maar net op gang!'

'Ik weet het. Maar het zit zo. Er wordt op dit ogenblik landveroveren gespeeld. Het is net de goudkoorts in Californië. Amazon zit met boeken in Amerika en Europa. Tesco gaat kruidenierswaren verkopen. Egg gaat aan telebankieren doen. Wij moeten voetbal zien te krijgen. We gaan de anderen in Engeland inhalen, en in Europa ook.'

'Maar hoe krijgen we dat allemaal voor elkaar?'

'Dat lukt ons wel. We hoeven alleen maar groot te denken en snel te handelen.'

Hij was gek, maar had waarschijnlijk gelijk. Het was de moeite van het proberen waard. 'We zullen meer geld moeten hebben. Nu.'

Guy knikte.

'Volgens mij is het nog te vroeg om naar de risicokapitaalgevers te gaan.'

'We moeten het doen.'

'Je vader zal ertegen zijn.'

'Dat weet ik,' zei Guy. 'Maar daar ga ik me nu geen zorgen over maken.

Luister. Denk eens na hoeveel we nodig hebben en laten we dan een plan opstellen om het te krijgen.'

Het was dwaas. De hele zaak was dwaas. Ik glimlachte. 'Oké,' zei ik. 'Ik ga eraan werken.'

Ik was nog maar net met mijn rekenwerk begonnen toen de telefoon overging. Het was Henry Broughton-Jones.

'Ik heb laatst eens naar jullie site gekeken,' zei hij. 'Heel indrukwekkend.'

'Ik ben blij dat hij je bevalt. Al had ik nooit een echte voetbalfan in jou gezien, Henry.'

'Ik geef de voorkeur aan paarden. Alleen om te kijken, snap je. Luister, zou je met me willen lunchen?'

Als je de financiële directeur bent van een beginnende onderneming, en een kapitaalgever vraagt je mee uit lunchen, dan zeg je ja. Vooral als hij blij lijkt te zijn dat je de volgende dag al tijd voor hem hebt.

Hij koos een deftig restaurant vlak bij Berkeley Square, het soort waarin ik niet meer had geluncht sinds mijn tijd bij Gurney Kroheim. Ik merkte dat hij geen pak meer droeg, maar een groene corduroybroek, een geruit hemd met een blazer, en wijnrode gaatjesschoenen. Zoiets als iemand in dure vrijetijdskleding die een afspraak heeft met iemand van de Cirencester Landbouwschool. Het klopte niet helemaal.

'Wat stelt dit nu voor, Henry?' zei ik. 'De vrijdagse vrijetijdskleding op woensdag?'

'Het is subtiel uitgekozen om indruk te maken op assertieve ondernemers, David. Ben je onder de indruk?'

'Heel zeker.'

'In feite is het verschrikkelijk,' zei hij en hij haalde zijn hand door zijn dunnende haren. 'Ik geef helemaal de voorkeur aan een streepjespak, blauw overhemd en blauwe das. Nu lacht mijn vrouw me elke morgen uit. Ze zegt dat blauw en groen niet bij elkaar passen. Is dat waar?'

'Ik vrees dat ik je dat niet kan zeggen. Het is niet iets waarover wij ons zorgen hoeven te maken aan onze kant van het hek.'

'Nee, ik denk ook van niet.' Hij bekeek de menukaart. 'Zullen we een fles wijn laten komen? Ik zal het tegen niemand zeggen, als jij het ook niet doet.'

'Natuurlijk niet.'

Henry bestelde een dure Montrachet om bij onze vis te drinken.

'Oké, Henry, wat is er aan de hand?' vroeg ik.

Henry lachte. 'Ik ben pro-actief. Ik wil dat je mij ter wille bent.'

'Pro-actief?'

'Ja. Een paar weken geleden hadden we een belangrijke beleidsconferentie in Gleneagles. We spraken over internet. Zoals je vast en zeker wel hebt gemerkt beginnen de zaken op te warmen. In Amerika gaan websites naar de beurs tegen astronomische waarderingen. De internetbedrijven daar verdienen hele sloten geld. Dat gaat hier ook gebeuren en we willen niet achteraankomen.'

'Natuurlijk niet.'

'Naar onze mening hebben we twee keuzemogelijkheden. Ofwel we kunnen de eerste de beste management consultant van vijfentwintig jaar, die komt aandragen met een plan om online bagels te verkopen een paar miljoen pond geven, of we kunnen de sectoren bekijken die er interessant uitzien, veelbelovende bedrijven zoeken die al op dit gebied werken, en kijken of ze ons geld willen hebben. We moeten wel zorgen dat we ze krijgen voordat iemand anders dat doet. Ik dacht zo dat jullie een goed bedrijf waren om te beginnen.'

'Dat meen je niet.'

'Dat meen ik zeker.'

'Je gaat ons dus zomaar geld geven?'

'Zeker niet,' zei Henry. 'We zullen jullie vragen of we jullie zaak eens mogen bekijken, we houden jullie aan het lijntje en weigeren jullie vervolgens. We zijn tenslotte risicokapitaalgevers.'

'Henry?' zei ik.

'Ja.'

'Je bent niet best bezig mij voor je te winnen.'

'O nee?' Hij glimlachte slim. Henry was niet gek. Hij wist dat hij me ving met oprechtheid waar geouwehoer zou mislukken.

'Hoe zit het met de zaak van de leiding?'

'De regels zijn aan het veranderen. Jullie zijn begonnen. De site ziet er geweldig uit. En jullie hebben Tony Jordan aan boord. Hij heeft in elk geval al eerder geld verdiend. En verder ken ik jou: jij hebt de zaak veilig in handen.'

Ik kromp ineen. Het mocht wel waar zijn, maar ik wilde niet langer meer bekendstaan als iemand die 'de zaak veilig in handen heeft'. Ik wilde een succesvolle, fantasierijke geldverdiener zijn. Geef me wat tijd en ik zou het Henry bewijzen.

'Tussen haakjes,' zei hij, 'ik heb me nooit gerealiseerd dat Guy Jordans zoon was.'

'Sorry. We hebben het erover gehad het je eerder te vertellen, maar Guy was faliekant tegen het idee. Hij wilde geld zien te krijgen op eigen verdienste.'

'Zeker bewonderenswaardig.' Henry nipte goedkeurend aan zijn wijn. 'En, hoe gaat het met Goal?'

Ik vertelde het hem. Ik verwerkte er al Guys ideeën in voor een versnelde start naar Europa en een vroege start met merchandising. Ik vertelde hem het aantal bezoekers en extrapoleerde die enorm.

'Verhip, David,' zei hij ten slotte, 'ik heb jou nog nooit zo enthousiast over iets gezien.'

Ik glimlachte. 'Echt waar?' Ik dacht erover na. 'Ik geloof dat je gelijk hebt.'

'Hoeveel hebben jullie nodig?'

'Om dat allemaal te doen hebben we nu tien miljoen pond nodig, en over een half jaar misschien nog eens twintig.'

'Deze ronde is dus voor Orchestra en dan brengen we de zaak in de lente naar de beurs?'

'Dat moet lukken. Tegen die tijd horen we een geweldig verhaal te hebben.'

'Dat klinkt goed. Wil jij ons exclusief overwegen voor die deal?'

Ik moest wel lachen. Hier vroeg een risicokapitaalgever mij om zaken te doen.

'Hé, dat is niet eerlijk!' protesteerde Henry.

'Nee, je hebt gelijk,' zei ik. 'Ik zal het met Guy moeten overleggen.'

'Je laat het me weten?'

'Ik zal het je laten weten, Henry.'

Guy hapte. De maandag daarop kwam Henry op ons kantoor met zijn collega, Clare Douglas, een kleine, slanke, zakelijke Schotse vrouw met piekerig blond haar en onderzoekende grijze ogen. Ze kropen in alle hoeken en gaten. Ik was geïmponeerd door Henry's degelijkheid, maar Clare was bijzonder goed voorbereid. Ze moest een heel weekend hebben doorgebracht met internet af te zoeken naar alles wat ze over voetbal kon vinden. Ze was een vasthoudende ondervrager, merkte elk spoortje twijfel of gewauwel van ieder van ons en pinde ons vast totdat ze de bijzonderheden op een rijtje had.

Henry vroeg Guy, mijzelf, Ingrid, Gaz en Owen om referenties, van ieder een paar. We wilden hem allemaal graag ter wille zijn, behalve Guy. Ik luisterde naar zijn gesprek daarover met Henry. Hij weigerde en zei dat er niemand was die over hem iets relevants kon zeggen, omdat zijn vorige loopbaan acteren was geweest. Henry gaf niet toe: hij werd zelfs nog vasthoudender. Uiteindelijk ontsnapte Guy door hem de telefoonnummers te geven van zijn agenten in Londen en Hollywood. Henry liet hem met rust, maar hij leek niet tevreden.

Dat was ik ook niet.

Nadat Henry was vertrokken en Clare had achtergelaten om Sanjay te ondervragen, sprak ik mijn vrees uit tegenover Guy. 'Henry denkt dat je iets verbergt.'

Guy knikte.

'En doe je dat?'

Guy keek me recht aan. 'Zullen we even gaan lopen?'

We wandelden de smalle straat in, die baadde in het milde zonlicht van een mooie herfstdag, en gingen richting Clerkenwell Green.

'En?' zei ik.

'Ik heb het moeilijk gehad in L.A.,' zei Guy.

'Dat kan ik me voorstellen.'

'Nee, het was erger dan Londen. Ik lag helemaal in de vernieling. Niet alleen drank. Drugs. Een heleboel. Heel weinig werk. Ik zakte diep, heel diep. Klinische depressie, noemden ze het. Ik ben naar een psychiater geweest.'

'Wat zei hij?'

'Ze had een heleboel te vertellen. Ik heb problemen, Davo. Problemen met mijn vader. Problemen met mijn moeder. Problemen met Dominique. Ze pieste bijna in haar broek toen ik haar vertelde wat er in Frankrijk was gebeurd. Als je haar erover hoort praten mag ik blij zijn dat ik geen psychopaat ben.'

'Ik kan me jou niet depressief voorstellen,' zei ik.

'Kun je dat niet?' antwoordde Guy snel en hij keek me onderzoekend aan.

Hij vroeg me erover na te denken, dus deed ik dat. Guy de charmeur, Guy met de vaardigheid iedereen om zich heen te laten lachen, Guy het middelpunt van de belangstelling, de natuurlijke leider. Maar ik herinnerde me die momenten van onverklaarbare melancholie op school, als hij piekerde over het feit dat een bepaald meisje hem afstootte, of gewoon over niets bijzonders tobde. In die tijd had ik dat van me afgezet als onzin. Guy had een volmaakt leven, dat wist iedereen.

Maar misschien had hij dat niet.

'Op een dag werd ik met een rotgevoel volledig gekleed wakker op de vloer van het appartement van de een of andere kerel in Westwood. Erger dan een rotgevoel. Ik had er twintig minuten voor nodig om te beseffen dat het maandagmorgen was en nog eens tien minuten om te bedenken dat ik op een auditie moest zijn voor een rol in een tv-pilotfilm. Het had mijn grote doorbraak kunnen zijn. Ik kon het onmogelijk halen.

De man van wie het appartement was kwam binnen. Hij was maar een paar jaar ouder dan ik, maar hij zag eruit als bijna veertig. "Wat is er aan de hand, John?" vroeg hij. Hij kende mijn naam niet eens! Ik was daar zaterdagavond heen gegaan. De hele zondag was gewoon verdwenen.

Ik had een afspraak om die middag naar mijn therapeut te gaan. Ze wilde me laten praten over mijn moeder en mijn gevoelens over haar. En dat deed ik. Mijn hersenen leken wel pap.

Toen begon zij te praten. Over hoe kwaad ik was op mijn vader, hoe mijn moeder niet aan mijn verwachtingen had voldaan, ik weet het niet, van dat psychologische gebabbel. Daar zat ik dan en ineens werd mijn hoofd helder. Ze zat te ouwehoeren. Het was allemaal gelul. Ik was degene die mezelf op die vloer had gewerkt. Ik was degene die mijn leven verprutste. En ik was degene die daarmee op kon houden.'

'Wat heb je dus gedaan?'

'Ik liep op hetzelfde moment haar spreekkamer uit. Reed de heuvels in. Dacht erover na. Kwam terug naar Engeland. Begon met Goal.'

Zwijgend liepen we verder totdat we op Clerkenwell Green kwamen en op een bank gingen zitten. Het was er natuurlijk niet groen meer, maar het was een betrekkelijk rustige oase tussen het verkeer op Farrington en Clerkenwell Roads. 'Dat heb je me nooit verteld,' zei ik.

'Nee.'

'Dat had je wel moeten doen.'

'Ik vond het niet relevant.'

'Guy!'

'Dat vind ik nog steeds niet. Het gaat erom dat ik aan mezelf niet kon toegeven dat het relevant was, laat staan aan jou. Dat is allemaal verleden tijd. Echt. Jij hebt me de laatste vijf maanden elke dag gezien. Jij kunt zien dat ik veranderd ben.' Hij keerde zich naar mij, bedelend om mijn instemming.

'Ja, dat ben je,' zei ik. 'Denk je dat Henry erachter komt?'

'Ik denk van niet,' zei Guy. 'Het enige nummer in L.A. dat ik hem heb gegeven is dat van mijn agent, Lew. Die kent het verhaal, of het meeste ervan, maar ik ken Lew. Hij liegt gewoon uit intuïtie. Hij zal me dekken, zonder te weten waarom.'

'Dat hoop je.'

'Dat hoop ik.'

Hij zou dat waarschijnlijk doen. Zoiets deed men voor Guy, dat wist ik heel goed.

We zaten naar de sombere gevel te kijken van het Old Sessions House, het vrijmetselaarscentrum voor Londen, dat fronsend leek neer te zien op de modieuze bars en restaurants die in zijn omgeving ontsproten. Een in latex geklede fietser legde zijn fiets met een ketting vast aan het lichtgroene hek van de openbare toiletten in het centrum van het grasveld, en slenterde het enige overgebleven café in de buurt in.

'Moet ik het Henry vertellen?'

Ik dacht erover na. In mijn omgang met Orchestra vertelde ik hun alles. We zouden in moeilijke tijden moeten samenwerken en moesten elkaar kunnen vertrouwen. Maar Henry dacht al dat Guy wispelturig was: dit zou het alleen maar erger maken. Bovendien was ik geneigd Guys gezichtspunt te accepteren. Ik wist dat hij was veranderd. Het verleden deed er echt niets meer toe.

'Nee,' zei ik. 'Hij moet het zelf maar uitzoeken, als hij dat kan.'

Henry koesterde nog steeds twijfels over Guy, maar onze zaak beviel hem heel erg. Later die week verzorgden Guy, Ingrid, Gaz en ik een presentatie voor Henry's partners en die leek goed aan te slaan. Guy en ik gingen de volgende dag terug naar het kantoor van Orchestra om eens grondig over een overeenkomst te praten.

Het duurde een hele tijd. In principe discussieerden we over het aandeel van Goal dat Orchestra door de tien miljoen pond in handen zou krijgen. Toen we het na een paar uur nog steeds niet eens waren, vroeg Henry naar Tony's aandeel.

'Het bevalt me niet dat de leiding van de zaak zo'n klein aandeel zal hebben,' zei hij. 'Over welke prijs we het ook eens worden, het wordt altijd minder dan tien procent. Dat is te weinig inspirerend.'

'Daar ben ik het mee eens,' zei ik. 'Misschien zouden jullie meer moeten betalen?'

'Dat bedoel ik niet en dat weet je best,' zei Henry. 'Het gaat om Guys vader. Zijn aandeel moet kleiner zijn.'

'Dat zal moeilijk worden,' zei Guy.

'Waarom heeft hij eigenlijk zo'n groot aandeel in de zaak gekregen?' vroeg Henry.

'We konden niet anders,' antwoordde ik.

'Nou ja, ik vind het niet erg om de waarde van zijn aandelen wat op te waarderen, maar we moeten een manier vinden om jullie een grotere portie te geven.'

'Ik denk niet dat hij het daarmee eens zal zijn,' zei Guy.

'Ik zal het hem gemakkelijker maken,' zei Henry. 'Hij kan er maar beter mee instemmen, anders gaat de deal niet door.'

'Maandag hebben we directievergadering. Dan zullen we het bespreken,' zei Guy.

Dus vertrokken Guy en ik om een plan te maken hoe we Tony moesten benaderen. Guy had tegen Henry gezegd dat het een moeilijk gesprek zou worden. Hij noch ik had ook maar enig idee hoe moeilijk.

23

Juli 1992, Mull

Het vliegveld was niet veel meer dan een strook gemaaid gras, met ernaast een onbemande caravan waarin een geldkistje stond voor het landingsgeld. Maar een paar meter verderop lag een hotel met een serre in Scandinavische stijl, vanwaaruit je mijn landing uitstekend had kunnen zien. Niemand van ons had nog zin om die dag verder te vliegen, daarom boekten we kamers. Een halfuur later zaten we in de bar. Een paar uur later waren we alle vier goed op weg om lazarus te worden.

Je kon het ons niet kwalijk nemen. Guys zenuwen hadden een serieuze opdonder gehad en hij vluchtte uit gewoonte in de alcohol. Ik had me kunnen beheersen, maar ik had een vlaag van opluchting gevoeld toen we eindelijk geland waren. Mel was doodsbang geweest. Zelfs Ingrid, die zo rustig had geleken, zat borrels achterover te slaan. Drank was de natuurlijke reactie voor ons allen, op die leeftijd en onder die omstandigheden.

Niemand van ons sprak over wat er gebeurd was. In plaats van zijn fout toe te geven leefde Guy zich uit in een alcoholische bravoure. Ik liet hem zijn gang gaan. Diep in mijn binnenste wist ik dat ik te lang op Guy had vertrouwd en dat het gevolg van dat vertrouwen ons bijna het leven had gekost. Het was een waarheid die ik maar moeilijk onder ogen kon zien, of in elk geval nog niet. Ik wist niet zeker of de meisjes beseft hadden wat er gebeurd was. Ik zou het hun niet gaan vertellen. Ik was er heel tevreden mee de opwinding van in leven te zijn te delen.

Het dichtst bij het onderwerp kwamen we toen Mel haar rum-cola neerzette en zei: 'Morgen.'

'Wat is er met morgen?' vroeg Ingrid.

'Morgen kan barsten,' zei Guy.

'Morgen neem ik de trein naar huis.'

'Zal niet gaan,' zei Guy. 'We zitten op een eiland.'

'Heel intelligent. Ik neem een veerboot en daarna de trein.'

Guy keek haar even aan alsof hij overwoog ruzie te gaan maken. Het had geen zin. 'Oké,' zei hij.

'Ik ga met je mee,' zei Ingrid.

'Davo?' Na al zijn bravoure zag Guy er ineens klein en ontmoedigd uit. Hij had mijn steun nodig.

'We zorgen dat de meisjes goed wegkomen en dan ga ik met jou mee,' zei ik. 'Maar ik vind dat we rechtstreeks naar Elstree moeten terugvliegen. Als het weer tenminste oké is.'

'Dat is verstandig,' zei Guy opgelucht. Hij stond op en pakte onze glazen. 'Mijn rondje.'

We dronken tot het avond werd en voedden ons met chips en pinda's. Ingrids ogen begonnen dicht te vallen. 'Ik heb slaap,' zei ze met een flauwe glimlach, en liet zich tegen Guys schouder zakken. Hij duwde haar recht. Ze liet zich weer vallen. Hij beurde haar op. Ze wachtte een paar tellen en zakte weer terug. Dit keer liet hij haar hoofd daar rusten.

Het was onschuldige dronkemanslol, maar er zat iets aan dat me irriteerde. Het doel van de trip was geweest mij dichter bij Ingrid te brengen. Hoe moest ik dat doen als ze tegen Guy lag aangeleund? Hoe moest ik dat trouwens doen als ze zo dronken was? Een beetje aangeschoten was fijn, maar ik wilde het begin van een relatie niet laten uitlopen in een dronken potje wippen dat zij zich later niet meer kon herinneren en op het moment zelf niet kon voorkomen.

Ik voelde Mel naast me gespannen worden. 'Guy?' zei ze.

'Ja?'

'Waar was je dinsdag?'

'Dinsdag? Dat weet ik niet. Waarom?'

'Omdat je zei dat je dinsdag naar mijn flat zou komen.'

'Heb ik dat gezegd? Dat kan ik me niet meer herinneren.' Guy zag eruit als de onschuld zelf. Theatrale, niet overtuigende onschuld. Je zou nooit gedacht hebben dat hij een acteur was.

'Waar was je dus?'

'Ik was samen met Davo. Nietwaar, Davo?'

Ik herinnerde me dinsdag. We waren naar een bar in Chelsea gegaan. Guy had een roodharige Amerikaanse opgepikt. Ik was vroeg weggegaan. Guy wist dat hij op mij kon rekenen om hem in dit soort situaties te dekken.

Maar dit keer niet.

'Alleen aan het begin van de avond. Ik ben om half negen weggegaan.'

Guy keek me van opzij aan. 'Dat klopt niet. Dat kan niet kloppen.'

'Ik was op tijd thuis voor het nieuws van negen uur. Dat kan ik me herinneren.'

Mel volgde alles. Ze was niet dom. Ze kon zien dat er iets niet klopte tussen mij en Guy. Ze nam de gelegenheid waar. 'Wat heb je dus gedaan toen David wegging?'

Guy schokschouderde. 'Ik denk dat ik naar huis ben gegaan. Ik heb zelf naar het nieuws van negen uur gekeken.'

Tranen sprongen in Mels ogen. 'Je was bij een meisje, nietwaar?'

'Natuurlijk niet,' zei Guy. 'Ik was niet bij een meisje, Mel.' Hij sprak langzaam en resoluut en keek haar recht in het de ogen. Ik keek naar hem. Hij was overtuigend. Totaal overtuigend. Ik merkte dat ik me afvroeg of ik hem die avond inderdaad met die roodharige had gezien. Misschien was hij toch een acteur.

Mel aarzelde, heel even niet zo zeker meer. Toen hernieuwde ze haar aanval. 'Ik heb je gebeld. Je was niet thuis. Je was bij een meisje. Ze keerde zich naar mij. 'Waar of niet, David?'

Ik trok mijn schouders op.

Guy keek me aan, zo van 'de pot op, makker'. Maar hij maakte zich niet te veel zorgen. Hij wist dat Mel het wist. Ze moest het al een tijdje hebben geweten. Maar toch bleef ze nog bij hem. Hij speelde met haar.

'En hoe zit het met de vrijdag daarvoor?'

'Eens kijken...' zei Guy.

Het was een ander meisje geweest. Het was altijd een ander meisje. Maar dat kon ik Mel niet vertellen.

'Ik weet niet waarover je het hebt?'

'Denk je soms dat ik stom ben? Denk je dat? Denk je dat?'

Mel staarde Guy aan. Ingrid zat nu rechtop naar haar te kijken.

Guy was net een beetje te dronken. De hoek van zijn mond trok iets naar boven. Een heel klein beetje maar. Net genoeg om Mel te doen ontploffen.

Ze klapte haar glas op de tafel. 'Je zit me daar uit te lachen! Je behandelt me als een stomme trut die een bed voor je warm houdt als je niets beters kunt vinden. Vraag jij je nooit af hoe ik me voel? Weet je hoe het is thuis op jou te zitten wachten, terwijl je nooit weet of jij komt of dat jij ergens in een Burger King een schoolmeisje hebt opgepikt?'

'Schoolmeisje?' zei Guy, alsof hij beschuldigd werd van seks met een minderjarige.

'Jij bent al net zo erg als je vader!' zei Mel. 'Erger nog!'

'Ik denk dat jij daarover kunt meepraten,' zei Guy zacht. Gevaarlijk.

'Wat moet dat betekenen?'

'Jij hoort te weten hoe je mij met mijn vader kunt vergelijken.'

'Hoe kun je zoiets zeggen?'

'Hoe ik dat kan zeggen?' zei Guy die eindelijk kwaad begon te worden.

'Jij zegt dat de manier waarop ík jou behandel je niet bevalt. Ik heb jouw moeder niet verleid. Jij wilt gerespecteerd worden, maar hoe verwacht je dat ik dat doe na wat je met mijn vader hebt gedaan?'

'Dat is oneerlijk,' zei Mel. 'Ik heb je gezegd hoeveel spijt ik daarvan had.'

Guy haalde zijn schouders op en pakte zijn glas.

'En hoe dan ook, hoe zit het met wat jíj in Frankrijk deed? Je geheime afspraken? Je stiekeme zaakjes?'

Guy keek haar onderzoekend aan, zijn glas een paar centimeter van zijn lippen.

'Doe niet zo onschuldig, Guy. Ik weet het.'

Guy keek helemaal niet onschuldig. Hij keek verschrikt. En ongerust. Hij zette zijn glas neer zonder gedronken te hebben.

'Zoals ik al zei, jij bent erger dan je vader.' Er klonk iets van wrede triomf in Mels stem. Ze wist dat ze raak had geschoten.

'Mel,' zei Ingrid en ze stak onvast haar hand naar haar uit.

'Hou jij je erbuiten. Ik heb wel gezien hoe je op hem viel.'

'We waren alleen maar wat aan het stoeien,' zei Ingrid.

'Je hebt aan één stuk naar hem zitten kijken, slet die je bent!' snauwde Mel.

Ingrid trok haar hand terug. Ze keek echt gekwetst.

'Dat was niet eerlijk,' zei ik tegen Mel.

'Dat kan me geen barst verrotten.' Ze stond op. 'Ik ga mijn spullen pakken en ik ga vannacht ergens anders slapen. En morgen ga ik wel alleen terug naar Londen.'

Ze stormde de bar uit en de trap op naar haar kamer.

We keken elkaar verbijsterd aan. Ingrid zwaaide wat onvast op haar benen en leek te gaan huilen. Guy grijnsde slap. Ik stond op om Mel achterna te gaan.

Guy en Mel hadden samen een kamer. De deur stond open en Mel ritste net haar tas dicht.

'Waar ga je naartoe?' vroeg ik.

'Ik weet het niet. Ergens.'

'Maar we zitten midden in de rimboe.'

'Kan me niet schelen. Ik ga de hele nacht lopen als het moet. Ik wil die twee gewoon niet meer zien.'

'Je haalt je dingen in je hoofd,' zei ik. 'Er is niets tussen Guy en Ingrid.'

'Laat jij me maar eens een vrouw zien die niet achter Guy aanzit, dan laat ik jou een lesbienne zien,' mompelde Mel.

'Dat is niet waar.'

Ze ging recht staan en een traan biggelde spontaan over haar wang. 'Maar ik had gelijk over hem, nietwaar? Over afgelopen vrijdag?'

Haar ogen fonkelden en keken mij recht aan.

Ik kon niet tegen haar liegen. Ik knikte.

'En andere keren?'

Ik trok mijn schouders op. Knikken was niet nodig.

Ze graaide haar tas op en duwde zich langs me heen de trap af. Ze beende voorbij de receptiebalie toen ik haar nariep: 'Wacht even, Mel.'

Ze bleef staan.

'Ze moeten je sleutel hebben.'

Ze gaf hem aan mij. Ik vroeg de manager achter de balie of er in de buurt een Bed & Breakfast was waar Mel naartoe kon gaan. Ik vertelde hem dat ze ruzie had gehad met haar vriend en dat haar kamer in het hotel toch betaald zou worden. Hij begreep het, pakte zijn telefoon en voerde een kort gesprek met een mevrouw Campbell. Hij verwees me naar een huis een kleine kilometer verderop langs de weg.

'Ik loop met je mee,' zei ik tegen Mel.

Ik gaf de sleutel aan de manager, pakte haar tas en liep met haar de schemering in. Ofschoon het al laat was, was het op die breedte nog niet helemaal donker. De vogels bereidden zich luidruchtig voor op hun korte slaap. Er was geen verkeer op de weg. Aan één kant lag de zee, met het Schotse vasteland duidelijk zichtbaar aan de overkant van de baai, aan de andere kant een berg. We liepen zwijgend voort, zwijgend, op nu en dan een snik van Mel na.

Ze mompelde iets.

'Wat?'

'Ik zei, dat ik dit waarschijnlijk verdien.'

'Nee, dat is niet waar,' zei ik.

'Na Frankrijk. En die klootzak van een vader van hem. Ik verdien het waarschijnlijk.'

Ik legde mijn arm om haar heen en kneep even. Ze moest worden getroost. Ze verdiende troost. 'Daarom niet,' zei ik. 'Daarom nooit. Dat kun je maar beter vergeten.'

'Ik probeer het van me af te zetten. En een tijdje lukt dat. Maar slechts kort.'

'Ik weet het,' zei ik. Ik dacht terug aan Dominique. Haar lichaam. Met haar vrijen. Later die belachelijke euforie. En dan horen dat ze dood was. En het schuldgevoel. Het schuldgevoel.

Die week had zijn littekens op ons alledrie achtergelaten: Mel, mij, Guy.

'Zonet zei je iets over Guy,' zei ik. 'Over zijn geheime afspraken. Zijn stiekeme zaakjes.'

'Dat betekende niets.'

'Het moet iets zijn geweest,' zei ik. 'Het leek Guy zo ongerust te maken als de pest.'

'Je hebt gelijk, er was wel iets.' We liepen verder terwijl Mel nadacht. Toen sprak ze: 'Weet je waarom de tuinman is weggelopen?'

'Ja, hij had Dominique vermoord. Hij wilde niet blijven en gepakt worden.'

'Nee.'

'Nee?'

'Nee. Hij werd betaald om weg te lopen. Door Hoyle en Guy.'

'Wat bedoel je?'

'Ik hoorde hen praten. Ze waren in de eetkamer en ik stond er net buiten.'

'Ik weet het nog,' zei ik. 'Daar trof ik je.'

'Is dat zo? Dat herinner ik me niet. Maar ik herinner me wel wat ze zeiden.'

'Wat dan?'

'Ze spraken erover dat ze de tuinman vijfhonderdduizend franc zouden betalen om te verdwijnen. Kennelijk had Owen hem bespioneerd toen hij seks had met Dominique, en het plan, Guys plan, was dit aan de politie te vertellen. Als hij dan eenmaal verdwenen was zouden ze hem zeker van de moord op haar verdenken. Vooral omdat er sieraden vermist werden.'

'Verrek.'

'En ja hoor, die middag verdween de tuinman. En de politie heeft hem nooit gevonden.'

'Tot dit jaar.'

'Wat?'

'Ja. Wist je dat niet? Het verbaast me eigenlijk dat Guy je dat niet heeft verteld. Ze hebben hem een paar weken geleden gevonden, in een vuilnisbak in Marseille.'

'Wat netjes.'

'De tuinman was dus de zondebok om de verdenking van de echte moordenaar af te wenden?'

'In elk geval om de verdenking van iemand af te wenden.'

'Hoe zit het met het sieradenkistje dat ze in zijn kamer vonden?'

'Dat moet daar neergezet zijn.'

'Door Hoyle?'

'Waarschijnlijk. Of misschien heeft hij geregeld dat iemand anders het er neerzette.'

'Verrek.'

De weg was verlaten. Het begon nu donker te worden, de schemering daalde neer op het water, een paar meter van ons af. Ik dacht na over wat Mel me zojuist had verteld. Alles paste in elkaar. Ik had Hoyle de naam van de tuinman horen herhalen; het was heel goed mogelijk dat Mel de rest had afgeluisterd. Ik herinnerde me Ingrids opmerking toen we Les Sarrasins verlieten: de verdwijning kwam te goed uit. Volgens Mel was het het idee van Guy en Hoyle voerde het uit. Heel goed mogelijk.

'Ze probeerden dus Tony te dekken? De aandacht van de politie van hem af te wenden en op de tuinman te richten?'

'Dat nam ik aan,' zei Mel. 'De meeste keren.'

'De meeste keren?'

'Soms. Zo nu en dan, op een moment als dit, twijfel ik.'

'Wat bedoel je?'

'Soms vraag ik me af of Tony zijn vrouw niet heeft vermoord. Of Guy een dekmantel zocht voor iemand anders.'

'Hemzelf?'

'Zoals ik al zei. Soms twijfel ik.'

'Dat kan niet kloppen,' zei ik. Ik kon geloven dat Tony Dominique had vermoord. Maar niet Guy. Zeker niet Guy. 'Je bent gewoon kwaad op hem.'

'Dat ben ik zeker,' zei Mel.

'Je hebt niets hiervan aan de politie verteld?'

'Nee. Als Guy zijn vader dekte wilde ik daar niet tussenkomen.'

'Hoe zit het met Guy? Heb je het hem ooit verteld?'

'Hij weet niet dat ik het weet. De rotzak.'

We naderden een rij bungalows, waarvan er eentje een discreet B&B-bordje droeg. Mevrouw Campbell was zeker op de hoogte gebracht door de manager, want ze verwelkomde Mel heel hartelijk, ook al was het al laat. Ik liet haar bij de deur achter en liep terug in de toenemende duisternis naar het hotel, nadenkend over wat Mel had verteld.

Kon Guy Dominique werkelijk hebben vermoord?

Ik was er zeker van dat Mel de waarheid sprak over wat ze had afgeluisterd. Maar ik was niet zeker over haar conclusies. Ze was natuurlijk gewoon op revanche uit. Het was belachelijk te denken dat Guy zijn stiefmoeder had vermoord. Toch zeker?

Ik dacht na over Guy. Ik kende hem al heel wat jaren. Ik beschouwde hem als een vriend. Hij was geen kille moordenaar.

Of was ik toch in zijn ban geraakt, zoals Mel, en zoals zoveel vrouwen vóór haar? Zoals Torsten, wat dat betreft. Zoals al zijn andere vrienden.

Ik dacht aan de vliegtocht van die middag, over het soort blinde vastberadenheid waarmee hij het vliegtuig door de vallei had gevlogen, mij had genegeerd, ons een zekere dood tegemoet had gevoerd.

Kende ik Guy echt?

Toen herinnerde ik me iets. De voetafdruk voor het raam van Dominique. Guys voetafdruk. Anders dan Mel, anders dan de Franse politie, waarschijnlijk anders dan Patrick Hoyle, wist ik dat die niet door Guy was gezet op weg naar zijn bed. Hoe was die in 's hemelsnaam daar gekomen?

De politie had een theorie gehad. Daarom hadden ze Guy gearresteerd. En als hun theorie nu eens juist was geweest?

Ik bleef staan en keek uit over de baai. Het was nu donker. Een paar meter vóór me kon ik de golfjes tegen de kust horen klotsen. Een eenzame auto reed voorbij en zijn koplampen verlichtten heel even het woelige zee-oppervlak, voordat het in een nog diepere duisternis werd gehuld. Ik kon de motor nog horen, een minuut nadat hij me voorbijgereden was.

Ik was in de ban van Guy geraakt. Ik had geweten dat het gebeurde: meer dan dat, ik had het met plezier laten gebeuren. Ik had de laatste paar maanden meer plezier gehad dan ooit sinds ik aan mijn werk begon. Het drinken, de late avonden, het najagen van vrouwen. We waren maar één keer jong, dus konden we er maar beter van genieten; dat was Guys motto en ik had het overgenomen. Zijn leven leek zoveel kleurrijker dan het mijne. Ik hunkerde ernaar.

Was dat zo? Ik herinnerde me de busreis terug uit Frankrijk, toen ik me had gerealiseerd dat het leven van mensen als Guy lang niet altijd rozengeur en maneschijn was. Die les was ik vergeten. Guys vader was een klootzak, dat wist ik. Was Guy ook een klootzak aan het worden? Hij mocht dan de manier waarop hij Mel behandelde negeren, of beweren dat zij het verdiende, maar dat betekende niet dat ik het ook moest doen. Zijn toneelcarrière ging de mist in. Zijn leven leidde nergens toe. Wilde ik hem echt vergezellen op die reis?

Toen ik terug was in het hotel keek ik in de bar, maar die was leeg, afgezien van de manager. Ik bedankte hem dat hij het Bed & Breakfast voor Mel had gevonden en ging naar bed.

Ik bekeek mijn sleutel. Kamer 210. Diep in gedachten liep ik de gang door, stak de sleutel in het slot en opende de deur.

Drie dingen deden me schrikken.

Het eerste: kamer 210 was mijn kamer niet.

Het tweede: Guy lag op het bed in kamer 210, innig verstrengeld met een meisje.

Het derde: het meisje was Ingrid.

Ik bleef daar stom staan kijken. Om de een of andere reden was de vraag die me het meest verbaasde waarom ik niet in mijn eigen kamer was. Ik bekeek de sleutel in mijn hand. Op de een of andere manier moest ik de sleutels hebben verwisseld: mijn eigen sleutel aan de manager hebben gegeven toen ik met Mel het hotel verliet, en de hare hebben gehouden.

Toen keek ik naar de twee gedaanten op het bed. Ze waren beiden nog voor het grootste gedeelte gekleed. Ingrid ging zitten, onverzorgd, wazige ogen. Guy keek verschrikt.

'Davo. Gewoon een lolletje. We deden niks.'

Ik keek naar Ingrid.

'Waarom?' vroeg ik.

Zonder op antwoord te wachten draaide ik me om, verliet de kamer en deed de deur achter me dicht. Ik rende naar beneden en graaide mijn sleutel vanachter de balie in de hal. Ik herinnerde me nu het nummer duidelijk: kamer 214. Ik beklom de trap met twee treden tegelijk en opende de deur, ofschoon mijn handen zo trilden van woede dat ik de sleutel nauwelijks voldoende stil kon houden om hem in het slot te steken.

'Davo! Davo, wacht!'

Ik draaide me om en zag Guy door de gang op me af lopen.

'Davo. Het spijt me, oké?' zei hij en hij liep achter me aan de kamer in.

'Sodemieter op, Guy.'

'Het was niets. Het stelde niets voor.'

'Ik weet heel zeker dat het voor jou niets voorstelde.'

'Voor Ingrid ook niet,' zei Guy.

'Ja. Voor mij stelt het wel iets voor.'

'Och, toe nou. Je gaat toch immers niet met haar, of zoiets. Je zei me dat je niet eens zeker wist of je het wel wilde proberen.'

'Dan is het dus oké, nietwaar?'

'Nee, nee, dat is het niet. Het spijt me. Ik zei dat het me speet.'

Hij glimlachte dat typische lachje van hem. Heel even wilde ik zeggen dat alles in orde was. Hij kon het vergeten. Maar slechts heel even. Toen kwam de woede weer op. Ik wilde niet dat hij zich met zijn charme opnieuw uit de problemen werkte. Ineens wilde ik hem vastpinnen.

'Wat gebeurde er in Frankrijk, Guy?'

Guy keek vuil. 'Niet nog eens. Het zou echt het beste zijn als we alles over Frankrijk vergeten, Davo.'

'Dat kan ik niet. Mel vertelde me over de dekmantel. Ze zegt dat ze jou en Patrick Hoyle heeft afgeluisterd toen jullie erover spraken de tuinman Abdulatif te betalen als hij verdween.'

'Die vrouw heeft een ernstig probleem met haar geheugen,' zei Guy minachtend.

'Ik weet dat ze jullie tweeën heeft afgeluisterd toen jullie over hem praatten, want ik betrapte haar erop. Tot vanavond wist ik niet wat jullie gezegd hadden. Nu wel.'

Guy sloot zijn ogen en zuchtte. 'Je wilt dit niet loslaten, nietwaar?'

'Nee,' zei ik resoluut.

'Oké. Je hebt gelijk. We hebben erover gepraat. Owen vertelde me dat hij Dominique met de tuinman had gezien en we overwogen het aan de politie te vertellen. Het leek een goed idee, omdat het de tuinman verdacht zou maken. Toen bedacht ik dat het nog beter zou zijn als hij ervandoor ging. Daarom kocht Hoyle hem om. En hij verdween als sneeuw voor de zon.'

'Tot afgelopen maand.'

'Tot afgelopen maand.'

'Weet je hoe hij vermoord is?'

'Je hebt Owen gehoord. Hij werd gevonden in de een of andere achterbuurt van Marseille, in een vuilnisbak. Meer weet ik er niet van. Ik wil niets meer weten.'

'Waarom heb je het gedaan?'

'Om mijn vader te helpen,' zei Guy. 'Hij werd door de politie zwaar onder druk gezet. Het was duidelijk dat ze van plan waren hem de moord in de schoenen te schuiven. Hoyle en ik dachten dat dit idee de druk zou doen afnemen. Het lukte.'

'Denk jij dat hij Dominique heeft vermoord?'

'Nee.' Guy schudde nadrukkelijk zijn hoofd. 'Natuurlijk niet.'

'Waarom niet?'

'Hij is mijn vader. Hij is geen moordenaar. Denk jij dat jouw vader een moordenaar is?'

'Nee. Maar mijn stiefmoeder is dan ook niet vermoord.'

Guy keek me kwaad aan. 'Ik weet dat mijn vader het niet heeft gedaan,' zei hij minachtend. 'Hij was op dat tijdstip bij een hoer. Dat heeft de politie vastgesteld.'

'Goed dan. Maar als je vader Dominique niet heeft vermoord, en Abdulatif ook niet, wie heeft het dan wel gedaan?'

'Ik heb absoluut geen idee. Misschien was het een dief die vanaf de straat naar binnen kwam. Of misschien was het achteraf Abdulatif toch wel.'

'Hm.' Ik dacht na over Guys antwoord. Hij klonk oprecht, maar kon ik hem vertrouwen? 'Hoe zit het met het sieradenkistje dat in Abdulatifs kamer werd gevonden?'

'We pakten het kistje uit Dominiques slaapkamer en gaven het aan Abdulatif. Hij liet het achter in zijn kamer.'

'Wat gebeurde er met de sieraden?'

'Die hield hij.'

Het klopte allemaal. Maar ik had nog één vraag. Een belangrijke vraag. 'En de voetafdruk die ze voor Dominiques raam vonden?'

'Mijn voetafdruk? Dat heb ik je al gezegd. Ik had geplast in de bosjes.'

'Dat is gelogen, Guy. Ik weet dat het gelogen is. Ik was erbij, weet je wel?'

Guy probeerde zijn glimlach weer op me uit. Dit keer wat schaapachtiger. 'Toe nou, Davo. We zijn beiden veel te gespannen voor al die vragen. Laten we de manager gaan zoeken en hem een paar whisky's in laten schenken.'

'Jij laat gewoon alles over je heen spoelen, nietwaar?'

'Wat bedoel je?'

'Ik bedoel Frankrijk. Ik bedoel zo wreed zijn tegen Mel. Ik bedoel proberen te slapen met Ingrid, terwijl je weet dat ik haar graag mag.'

'Luister, ik heb gezegd dat me dat spijt.'

'Je snapt het niet, is 't wel? Je hebt ons vandaag bijna allemaal de dood ingejaagd. Je zou het gedaan hebben als ik de stuurknuppel niet van je weg had getrokken.'

'Ja, nog bedankt. Je reageerde snel. Maar we hadden pech dat we zo'n storm op ons dak kregen. Zoiets heb ik nog nooit gezien.'

'We hadden geen pech! Jij bent in die storm gaan vliegen, Guy. Je vloog met ons opzettelijk de dood tegemoet en dan verwacht je dat iedereen dat later maar gewoon vergeet. Zoals meestal gebeurt.'

Toen ik nadacht over die vlucht kookte mijn woede over. De spanning en de angst van die minuten waren in me opgepot en nu kwam het er allemaal uit.

'Geef maar toe, Guy. Je bent een verliezer. Een rijke verliezer. Je zegt dat je acteur bent, maar met je luie kont ga je nooit achter een baan aan. Dat hoef je niet te doen. Pappie zal je wel weer helpen. Hij zal een vliegtuig voor je kopen. Een auto. Een flat. En je wordt weer bezopen en jammert dat je net als iedereen zou moeten gaan werken.'

'Je wilt dus dat ik ben zoals ieder ander,' snauwde Guy, en er was nu geen spoortje charme meer te bekennen. 'Waar het op neerkomt is dat ik niet ben zoals ieder ander. Jij mag dan een triest leventje leiden, maar je hoeft dat van mij niet te verwachten.'

'Er is niets triests aan om een baan te hebben.'

'Laat me niet lachen! Jij wordt beëdigd accountant en dan krijg je een vrouw en twee komma twee kindjes en een hypotheek en een mooie gezinswagen, net als je ouders.' De minachting droop van Guys woorden af. 'Het is jouw eindbestemming, Davo. Natuurlijk kom je nu en dan nog een paar biertjes met me drinken, maar je kunt er niet aan ontsnappen. Zo ga ik niet leven. Zoiets kan me gestolen worden.'

Er knapte iets in me. Ik was kwaad, ik was dronken en ik was een paar uur eerder bijna dood geweest. En Guy drukte op een heel gevoelige plek. Hard.

Ik haalde uit. Snel. Mijn vuist kwam op Guys neus terecht met een licht krakend geluid. Guy vloekte. Ineens zat alles onder het bloed.

Guy bukte zich en hield zijn neus vast. Het bloed droop op het vloerkleed. Hij ging recht staan. Ik maakte me klaar voor de volgende uithaal.

'Wat is hier, verdomme, aan de hand!' bulderde een diepe Schotse stem. Het was de manager, op de hielen gevolgd door Ingrid.

Ik duwde Guy mijn kamer uit, deed de deur dicht en op slot en negeerde het gebons en de woedende kreten ervoor.

De volgende morgen stond ik vroeg op, betaalde mijn kamer en liep de halve kilometer naar het huis van mevrouw Campbell. Ik maakte Mel wakker, organiseerde een taxi en begon met haar aan de lange terugreis naar Londen. We onderbraken de reis een uur in Glasgow zodat ik wat accountancyboeken kon kopen voor de rest van de reis. De laatste twee maanden hadden hun tol geëist van mijn werk. Ik wilde slagen voor mijn accountancyexamen. Ik wilde echt een fatsoenlijke baan bij een bank.

Boven alles wilde ik mijn jaren twintig niet verknoeien in een pub met Guy.

DEEL III

24

September 1999, Notting Hill, Londen

Die avond kwam ik heel laat thuis. Ik was veel te gespannen om naar bed te gaan. Ik zocht naar whisky, kon niets vinden en trok maar een fles wijn open. Ik liet me op de sofa vallen en dacht na over Tony.

Hij had er afschuwelijk uitgezien. Hij moest onmiddellijk dood zijn geweest en hoewel het snel was gegaan, was het ook erg bloederig. Ik had nog nooit eerder een lijk gezien, en ik wilde het ook nooit meer zien. In elk geval niet zo een als deze dode.

De schrik had me verlamd, maar naargelang dat gevoel wegtrok kwam er een stemming van grote onrust voor in de plaats; het duurde even voordat ik besefte dat het schuldgevoel was. Ik mocht Tony niet. Slechts enkele minuten voordat hij stierf was ik woedend op hem. Woedend om wat hij Guy had aangedaan, woedend over wat hij met Goal ging doen, woedend om wat hij mij aandeed. En toen, een seconde later, was hij dood. Ik wist dat ik hem niet had gedood. Ik had zijn dood niet eens gewenst. Maar de bron van mijn huidige problemen was weggenomen, als door een duivels mirakel.

Ik dronk mijn fles wijn voor driekwart leeg en ging naar bed. Ten slotte, heel vroeg in de morgen, viel ik in slaap.

Ik speelde het klaar de volgende morgen vroeg op kantoor te zijn. Ik vertelde het iedereen. Men schrok ervan, maar opluchting overheerste. Ofschoon Goals toekomst onzeker was, zag het er nu beter uit dan vierentwintig uur eerder.

Ingrid kwam niet naar kantoor. Owen en Guy ook niet. Ik probeerde zonder succes hun telefoonnummers thuis. Maar midden op de ochtend kwam de politie in de vorm van brigadier-rechercheur Spedding.

'Kunnen we ergens praten?' vroeg hij.

Ik bracht hem naar de directiekamer, het vertrek dat drie dagen geleden het toneel was geweest van die verbitterde vergadering. Hij ging tegenover me zitten en haalde een notitieboek tevoorschijn. Hij was ongeveer van mijn leeftijd, met rood haar, een open, vriendelijk gezicht met sproeten.

'Dit is dus een van die internetbedrijven waarover ik heb gelezen?' zei hij en hij keek door de glaswand van de directiekamer naar de wirwar van computers en jonge mannen en vrouwen.

'Zo te zien niet veel bijzonders, nietwaar?'

'Een kameraad van me op het bureau zei dat hij naar jullie website had gekeken. Hij zegt dat hij heel goed is.'

'Dank u. Volgt u het voetballen?'

'Bristol Rovers.' Ik dacht al dat ik iets van een rollende r uit de West Country had gehoord. 'Ik heb erover gedacht thuis internet te nemen, nu je je gratis kunt abonneren. Bespreken jullie de Rovers ook?'

'Nog niet. Momenteel doen we alleen de Premier League. Maar tegen het eind van het seizoen hopen we ook toe te komen aan de andere divisies.'

'Nou, als ik me abonneer zal ik zelf eens kijken.' Hij keek weer naar het kantoor. Het was er vrij druk, maar het ging allemaal wat lustelozer dan gewoonlijk. 'Het moet voor jullie een moeilijke dag zijn.'

Nu de bestuursvoorzitter dood was en de topman niet kwam opdagen kon hij dat inderdaad zeggen. 'Denkt u dat Tony Jordan opzettelijk werd aangereden?' vroeg ik.

'Het is een mogelijkheid die we in het oog moeten houden. Ik weet dat u tegenover mijn collega's gisteravond een verklaring hebt afgelegd, maar ik zou u graag nog wat meer vragen stellen.'

'Ga uw gang maar.'

'Ik begrijp dat er iets van een conflict was over dit bedrijf, tussen Tony Jordan en zijn zoon?'

'Ja. Ofschoon Guy Goal heeft opgericht, was Tony de grootste aandeelhouder. Maandag was er een directievergadering en ze hadden een felle woordenwisseling over het beleid. Tony wilde dat we pornografie gingen verkopen en Guy weigerde. Daarom nam hij ontslag.'

De politieman stelde me een boel meer vragen over Guy, zijn vader en Goal, die ik allemaal zo oprecht mogelijk beantwoordde. Toen vroeg hij me over mijn gesprek met Tony van de avond tevoren in de flat. Hij maakte zorgvuldig aantekeningen.

'In uw verklaring van gisteravond zei u dat u een auto zag wachten voor de flat van meneer Jordan,' zei hij. 'Kunt u me daar wat meer over vertellen?'

'Ik weet het niet. Ik zal het proberen.'

'Weet u nog welk merk het was?'

'Nee,' antwoordde ik direct.

'Weet u het heel zeker? Denk eens na.'

Spedding leunde rustig achterover in zijn stoel, zeker dat ik me iets zou herinneren. Dus sloot ik mijn ogen en probeerde het straatnaambordje en de auto ervoor in beeld te halen.

'Wacht even. Ja. Het was er zo een met een vijfde deur. Vrij oud. Een Golf, zoiets.'

'Kleur?'

'Weet ik niet. Vrij donker. Zwart? Misschien blauw. Nee, hij was zwart.'

'Ik weet dat u zei dat u zich de nummerplaat niet meer kon herinneren. Maar herinnert u zich het kenteken nog? Misschien de kenletter van het jaar?'

'Ja. Ja, dat weet ik. N. Het was een N.'

'Goed zo. Hoe zit het met de bestuurder? Kunt u zelfs maar een vage beschrijving geven?'

'Ik weet het niet. Ik kon hem niet duidelijk zien en ik concentreerde me niet op hem.'

'Maar was het een man? Blank? Zwart? Jong? Oud?'

'Ik snap het. Ja, het was een man. Blank. Met een soort jack aan. Maar geen das. Een beetje dun, zwart haar. Boven de dertig. Onder de vijftig. Dat is zowat alles wat ik me herinner.'

'Zou u hem herkennen als u hem weer zag?'

'Misschien. Misschien ook niet.'

'Kan het iemand zijn geweest die u kent?'

'Nee. Beslist niet. In elk geval niet iemand die ik goed ken.'

'Weet u heel zeker dat u zich verder niets meer over hem herinnert?'

Het vriendelijke gezicht van de politieman moedigde me aan behulpzaam te zijn. Maar ik kon verder niets meer zeggen. 'Het spijt me. Ik weet dat dit belangrijk is en ik wilde dat ik beter had opgelet, maar ik dacht aan andere dingen. Eerlijk gezegd, als de auto me het zicht op het straatnaambordje niet had ontnomen zou ik de man niet eens gezien hebben.'

Spedding knikte. Hij haalde een stuk papier tevoorschijn met een plattegrond van de straat erop. 'Kunt u me aanwijzen waar het voertuig geparkeerd stond?'

Ik zette een X op de plek.

'U zegt dat u de auto hoorde starten. Wanneer was dat?'

'Het was toen Ingrid en ik *hier* de hoek omsloegen,' wees ik aan op de plattegrond. 'En Tony kwam *hier* uit het huis.'

'Hebt u de auto zien wegrijden?'

'Nee. Maar toen we om de hoek waren hoorde ik de motor brullen en daarna de bons en de kreet. Tegen de tijd dat ik de straat weer was in ge-rend, was de wagen verdwenen.'

'Zo, we zijn er nu naar op zoek. Onze beste hoop is dat we nog een ge-tuige kunnen vinden.'

'Denk u dat het opzet was?'

'Ik neem aan dat er een kans bestaat dat het een ongeluk was en dat de bestuurder is doorgereden – doorgereden na een aanrijding. Maar in zo'n smalle straat lijkt dat onwaarschijnlijk. Ik moet u nog één ding vragen. Vindt u het erg als we uw eigen auto eens bekijken?'

'Waarom? Die stond op dat moment voor mijn flat in Notting Hill. Ingrid en ik zijn er met de ondergrondse recht vanuit kantoor naartoe gegaan.'

'Natuurlijk. Maar het zal zin hebben de wagen te elimineren van verder onderzoek. Ik weet zeker dat u dat begrijpt.' Ik gaf hem de sleuteltjes, zei hem waar de auto geparkeerd stond en hij verdween.

Die dag werd er door niemand veel werk verricht. Ingrid arriveerde rond lunchtijd; ze zag bleek. En 's middags belde Mel.

'Heb je gehoord wat er gebeurd is?' vroeg ik haar.

'Guy belde me een uur geleden. Hij is op het politiebureau van Saville Row. Hij vroeg me voor een goede advocaat te zorgen.'

'Verrek! Denkt de politie dat hij Tony heeft vermoord?'

'Dat is nog niet duidelijk. Maar hij wordt kennelijk verdacht. Hij be-sloot verstandig te zijn en niet zonder advocaat met hen te praten. Ik heb een goede gevonden en die moet nu bij hem zijn.'

'Vanmorgen was er een rechercheur hier. Hij vroeg over Guys relatie met Tony. Ik vrees dat ik het hem heb verteld.'

'Maak je geen zorgen,' zei Mel. 'Ze zouden er gauw genoeg achter zijn gekomen. Zoiets kun je niet geheimhouden. Als je dat had geprobeerd zou het hen juist achterdochtig hebben gemaakt.'

'Zal het goed aflopen met hem?'

'Dat weet ik zeker. Als ze geen overtuigend bewijs tegen hem hebben, moeten ze hem laten gaan.'

'Is het niet verschrikkelijk?' zei ik. 'Wat Tony betreft.'

'Ja,' zei Mel. 'Ofschoon ik heel eerlijk gezegd die man niet mocht, zoals je wel weet.'

Even was het gênant stil terwijl ik zocht naar een antwoord op Mels op-rechtheid. Ik kon niet hardop toegeven dat ik het met haar eens was. 'Nou ja, laat me maar weten of ik ergens mee kan helpen,' zei ik ten slotte. 'En zeg tegen Guy dat hij me belt als hij vrij is.'

'Doe ik.'

Hij kwam vrij. Hij kwam recht naar kantoor. Het was acht uur en de meeste mensen waren naar huis. Hij zag er beroerd uit. Bleek gezicht, donkere kringen om zijn wazige ogen.

'Ze hebben je dus laten gaan?' zei ik.

'Ja. Mel heeft me een goede advocaat bezorgd. De politie begon heel agressief te doen over mijn relatie met vader. Ik dacht dat het verstandig zou zijn er een te vragen. Ze hebben geen enkel bewijs tegen me, maar ze zijn verrekte achterdochtig.'

'Heb je hen af kunnen schepen?'

'Ja. Ze vroegen me waar ik gisteravond was. Gelukkig was ik wat aan het drinken met Owen, in een pub in Cambden. Ik denk dat ze dat na kunnen trekken, dus zit het wel goed met me.'

'Hebben ze je niet verteld dat ik een man in een auto heb gezien voor Tony's flat? Vlak voordat hij werd aangereden?'

'Nee. Nee, dat hebben ze niet. Hebben ze hem gevonden?'

'Ik kon hun geen goede beschrijving geven. Maar er was daar heel zeker iemand.'

'Ik vraag me af wie dat is.' Guy zweeg even maar kon niets bedenken. 'Dan zouden ze mij met rust moeten laten. Maar het tijdstip is afschuwelijk. Net na mijn ruzie met vader. Ik kan begrijpen dat het er echt slecht uit moet zien.'

'Hoe voel je je eronder?'

Het duurde even voordat Guy antwoordde. 'Verdoofd. Ik voel me verdoofd. Ik bedoel maar, de laatste paar dagen heb ik er alleen maar aan gedacht hoe ik hem haat. En dan is hij ineens dood. Het maakt me... Het maakt me verrekte kwaad.'

'Ik vind het erg.'

'Kwaad op hem. Kwaad op mezelf. Kwaad op de politie, omdat ze zo verdomde stom zijn. Maar ik weet dat het nog niet echt tot me is doorgedrongen. Ik kan nog steeds niet echt geloven dat ik hem niet meer zal zien.' Hij beet op zijn lip.

Nu ik Guy zo zag bracht dat mijn eigen gevoelens in het juiste perspectief. Mijn eigen schuldgevoel was niets vergeleken met dat van hem. Ik was veel beter in staat ermee om te gaan.

'Davo?' Guy keek me van opzij aan.

'Ja?'

'Kun jij de volgende paar dagen de zaken bij Goal runnen? Iemand moet uitvlooien hoe we verder moeten en ik ben niet in staat dat te doen.'

'Geen probleem. Neem maar een paar dagen vrij. Regel de zaken van je vader. Denk aan hem. Breng wat tijd door met Owen als dat helpt. Ik pas wel op de winkel.'

Guy glimlachte. De dankbaarheid in die glimlach ontroerde me.

25

Ik deed wat Guy me had gevraagd; ik hield de zaken bij Goal draaiend. Met het personeel ging dat gemakkelijk. Dit was een crisis en ze presteerden goed in een crisis. Na de eerste schrik zetten ze zich schrap en gingen door met het werk. Ze wisten dat Guy tijd nodig had, maar ze vertrouwden op mij om de zaken te regelen.

Ik belde Henry en vertelde hem het hele verhaal. Hoe Tony tegen de investering van Orchestra was geweest en hoe Guy met ontslag had gedreigd, en hoe Tony was verongelukt. Henry wilde nog steeds graag. Orchestra had in drie maanden geen investering gedaan en ze maakten zich ongerust dat ze de internetbus zouden missen.

Het bleek dat alles om Hoyle draaide. Tony's aandelen in Goal behoorden niet tot zijn privé-bezit, maar lagen bij een buitenlands trustfonds. Tony's zaken waren in feite een wirwar van trusts, gevestigd op piepkleine eilandjes over de hele wereld. De begunstigden waren Guy, Owen, Sabina en haar zoon Andreas, in uiteenlopende proporties. Het zou een nachtmerrie zijn de knoop van deze nalatenschap te ontwarren. De enige man die wist waar alles was en hoe het in verband stond met al het andere, was Hoyle. Hij was ook de enige overgebleven man met beslissende zeggenschap over de trusts.

Ik had eerder met Hoyle te maken gehad in zijn hoedanigheid als jaknikker voor Tony. Maar als Orchestra in Goal wilde investeren, zou dat moeten gebeuren met Hoyles toestemming. En met een Hoyle die handelde als onafhankelijk denkend mens.

Ik zag kans een paar dagen na Tony's dood een bespreking met hem te regelen. Naar bleek was Hoyle heel goed in staat tot onafhankelijk denken. Het bleek ook dat hij Tony's enthousiasme voor internet helemaal niet deelde. Ik rook een kans. Hij kon ofwel het beleid van zijn overleden cliënt volgen en meerderheidsaandeelhouder zijn van een kleine, maar winstgevende site voor voetbal en pornografie, zonder enig leiderschap, of hij kon geld aannemen. Een heleboel geld.

Hoyle koos voor het geld.

Maar ik had nog steeds geen deal. Ik moest Orchestra overhalen niet alleen geld voor de uitbreiding te steken in Goal, maar ook genoeg om Tony's trust uit te kopen. Als regel hebben risicokapitaalgevers er een hekel aan bestaande beleggers uit te kopen, maar de deal die ik voorstelde had verscheidene voordelen: het zou de leiding een aandeel bezorgen dat voldoende zinvolle aanmoediging was, het zou een potentieel lastige aandeelhouder kwijtraken en het zou Orchestra de kans geven meer geld te beleggen in de internetboom voordat het te laat was. Henry zei ja en nee en misschien, maar daarna pakte hij het aan.

Brigadier-rechercheur Spedding bezocht me opnieuw. Hij had een paar foto's bij zich. Een ervan was van een man van middelbare leeftijd, met naar achteren gekamd, dunnend haar.

'Herkent u hem?' vroeg Spedding.

'Dat is hem,' zei ik. 'De man in de auto.'

'Weet u het zeker?'

'Heel zeker.'

'Hij rijdt in een Golf GL met het kenteken N. Dit is een foto van eenzelfde wagen.' Hij gaf me de andere foto.

'Ik geloof dat dat hem is. Ik kan natuurlijk niet zo zeker zijn over de auto als over het gezicht, maar het was absoluut zoiets als dit.'

'Uitstekend.'

'Wie is hij?' vroeg ik.

'Hij is een privé-detective.'

'Echt waar? Hij schaduwde Tony dus?'

'Dat denken we. We hebben nog niet met hem gesproken. We wilden eerst de bevestiging van u dat het dezelfde man was.'

'Ik snap het. Weet u voor wie hij werkte?'

Spedding knikte. 'Sabina Jordan.'

Ik baande me een weg door de postmoderne, merkwaardige lobby van Sanderson's Hotel. Overal stonden vreemde voorwerpen, waarvan het meest opvallende was een enorm paar rode lippen. Ik wist niet zeker of je werd verondersteld erin of erop te gaan zitten; ik liep er in een wijde boog omheen. Ik zag Guy tussen de andere *beau monde*, hij zat met een flesje bier in de bar van hypermoderne minimal art. Ik vroeg om een glas Tetley's, alleen om de minachtende blik van de barkeeper te zien, en nam genoegen met een Asahi.

'Hoe was de begrafenis?' vroeg ik Guy.

'Afschuwelijk.'

'Wie waren er?'

'Godzijdank bijna niemand. Het was een familieaangelegenheid – de volledige herdenkingsdienst krijgen we later nog. Owen was er, moeder, Sabina, Patrick Hoyle, een paar oudtantes en de dominee. Vader werd begraven op het kerkhof in het dorp waar hij werd geboren, en de dominee deed het onder de omstandigheden niet slecht. Maar niemand leek er echt iets om te geven. Afgezien van Sabina. De tantes hadden vader in geen eeuwen gezien. Ik weet niet wat mijn moeder daar deed, ze stond alleen maar verveeld te kijken. En Owen... nou ja, je weet hoe Owen is.'

'En jij?'

'Ik weet het niet. Tijdens de dienst voelde ik niets. Ik was alleen kil en kwaad om alles wat vader had gedaan. Of liever, niet had gedaan. Al die keren dat hij me negeerde, de keren dat hij wegliep, wat hij Mel heeft aangedaan, wat hij Goal wilde aandoen, dat tolde allemaal door mijn hoofd als een eindeloos scorebriefje met alle punten tegen hem. Toen de kist in dat gat verdween, had ik het niet meer. Ik besefte dat ik hem nooit meer zou zien, dat ik nooit de kans zou krijgen hem te tonen dat ik niet de verliezer was waarvoor hij me hield, dat we nooit meer vertrouwd met elkaar zouden zijn. Dat we nooit zo vertrouwd met elkaar zouden zijn als we naar mijn idee hadden moeten zijn.'

Hij dronk van zijn bier.

'Je weet dat ik altijd dacht dat hij zo'n gave kerel was, Davo. En dat was hij ook. We lijken veel op elkaar, hij en ik. Maar op een bepaalde manier hebben we nooit echt kans gezien met elkaar op te schieten, elkaar te respecteren, zoals een vader en zoon dat horen te doen. En nu zullen we dat nooit kunnen.'

'Je hebt je best gedaan,' zei ik. 'Jouw schuld is het niet.'

'Zo nu en dan alleen een paar woorden zou genoeg zijn geweest. Een beetje aanmoediging dat ik het goed deed, dat hij trots op mij was om wat ik had bereikt. Maar steeds als hij betrokken raakte bij iets wat ik aan het doen was, probeerde hij het over te nemen, te bewijzen dat hij het beter kon doen dan ik. Net als Goal. Of Mel.'

'Hoe is het met je moeder?'

'Hou op, ik wilde dat ze niet was gekomen. Ze is kwaad omdat haar alimentatie ophoudt nu vader dood is. Ze heeft haar advocaat meegebracht om met Patrick Hoyle te praten, maar volgens Hoyle maakt ze geen schijn van kans. Het doet er niet toe, ze zal wel weer gaan trouwen.'

'Met iemand in het bijzonder?'

'Weet ik niet. Ze vindt wel iemand. En ze was afschuwelijk tegen Sabina. Alsof Sabina niet het recht had daar te zijn. En dat was bijzonder akelig, omdat Sabina de enige was die echt verdriet had over wat er was gebeurd.'

'Heb je nog met haar gepraat?'

'Heel kort. Ze is een aardige vrouw. En volgens mij hield ze echt van hem, niet van zijn geld. Ze is waarschijnlijk de beste van de drie met wie hij getrouwd is geweest.'

'Wat gaat ze nu doen?'

'Ze gaat terug naar Duitsland. Ze zegt dat ze graag zou willen dat ik contact hield met haar en Andreas. Ik denk dat ik dat zal doen.' Hij keek op zijn horloge. 'Moeder zal hier over een paar minuten zijn. We gaan eten bij Nobu. Iedereen zou denken dat ze hier was voor een paar dagen vakantie. Goddank gaat ze morgen terug naar L.A.'

'Is de politie nog bezig met de zaak?'

'Ik denk dat ze mij met rust laten. Ik heb hen er vrijwel van overtuigd dat ik bij Owen was toen vader overreden werd. Maar ze hebben de theorie dat hij werd vermoord nog niet losgelaten. Kennelijk hebben ze het Sabina erg moeilijk gemaakt.'

'Heb je gehoord dat ze een privé-detective had ingehuurd?' zei ik.

'Nee.'

'Ja. De politie vroeg me of hij de kerel was in de auto voor de flat van je vader. Ik zei dat ik daar vrij zeker van was.'

'Ze liet vader dus schaduwen?'

'Zo klinkt het.'

'Hm. Geen wonder dat de politie haar lastigvalt. En zij krijgt het meeste uit het testament. Maar ik kan me niet voorstellen dat ze hem laat vermoorden.'

'De politie zal die zaak wel uitzoeken.'

'Daar zou ik niet zo zeker van zijn. Idioten.' Hij nam nog een slok bier. 'Hoe dan ook. Vertel me eens wat er bij Goal gebeurt.'

Ik vertelde hem de bijzonderheden van de onderhandelingen met Orchestra en Hoyle. Guys belangstelling was gewekt. Nu zijn vader was begraven kon ik merken dat hij klaar was zich weer op Goal te concentreren. Ik was opgelucht.

'Lieverd!' We werden onderbroken door een luide vrouwenstem met een Amerikaans accent. Ik draaide me om en zag een goedverzorgde, blonde vrouw van iets boven de veertig, op Guy af lopen. Ze had hoge jukbeenderen, een goed onderhouden lichaam met een gladde, gebruinde huid en helderwitte tanden. Ze zou een knappe vrouw moeten zijn, maar ze had iets hards en onaantrekkelijks dat me direct afschrikte. Ze zag er niet uit als iemands moeder.

Guy stelde me voor. 'Moeder, dit is mijn partner, David Lane. Hij heeft met me op school gezeten.'

'Leuk u te ontmoeten,' zei ze zonder veel overtuiging. 'Ik zou dolgraag hier wat drinken, maar onze reservering is voor half negen en dan zijn we laat.'

Ik liet hen gaan.

Toen ze met haar zoon het hotel uit liep, fluisterde Guy tegen me: 'Heb je haar facelift gezien?'

Dat had ik niet.

Hij glimlachte. 'Tot morgen,' zei hij, en weg was hij.

Zoals beloofd kwam Guy de volgende dag weer op kantoor. Iedereen was blij hem te zien, vooral ik. Er was een boel te doen. Ik moest nog een paar laatste bijzonderheden regelen met Patrick Hoyle, daarom ging ik naar Mels kantoor opzij van Chancery Lane om met hem te praten. Lang duurde dat niet, en na minder dan een uur verlieten we samen het gebouw.

'Je klinkt alsof je blij bent dat je Goal kwijtraakt,' zei ik terwijl we op het trottoir op taxi's stonden te wachten

'Ik ben niet zo weg van internet,' mompelde Hoyle. 'En voor Tony was het een heel slecht idee betrokken te raken bij zijn zoon.'

'Voor Guy was het ook niet zo'n goed idee.'

Hoyle snoof minachtend. 'Hij leeft in elk geval nog.'

Iets in de manier waarop Hoyle die woorden sprak viel me op. Ik keek hem scherp aan. Hij was een intelligente man. Hij vermoedde iets. 'Heb jij enig idee wie Tony heeft gedood? Of waarom hij stierf?'

'Nee,' zei hij. 'Maar voor sommige mensen kwam het heel gelegen.'

'Zoals Guy?'

'Zoals Guy.'

'Je denkt toch zeker niet dat hij zijn vader heeft vermoord? Er is geen bewijs.'

Hoyle schokschouderde, alsof hij er niet verder over wilde praten. Maar zijn gebruik van de woorden 'heel gelegen' deed me aan iets denken. Iets wat Ingrid meer dan tien jaar geleden had gezegd.

'Ik weet wat er met de tuinman in Frankrijk is gebeurd,' zei ik. 'Abdulatif.'

'O ja?' zei Hoyle op neutrale toon.

'Ja. Ik weet dat jij hem hebt betaald om te verdwijnen na de dood van Dominique. Om Tony te beschermen.'

'En wie heeft jou dat verteld?'

'Guy.'

Hoyle keek naar de voorbijrijdende taxi's, die allemal bezet waren. 'Je kunt tegenwoordig nergens zo'n rottaxi krijgen,' mopperde hij. 'We hebben weer eens een recessie nodig.'

'Ik weet dat Abdulatif een paar jaar geleden is vermoord.'

'Dat begrijp ik.' Nog steeds op neutrale toon.

'Dat kwam ook heel gelegen, nietwaar?'

Hoyle keerde eindelijk zijn aandacht af van het verkeer en richtte die op mij. 'Ja, inderdaad.'

'Heb jij dat georganiseerd?' vroeg ik.

Hoyle keek me aan. 'Laten we een kop koffie gaan drinken,' zei hij en hij wees naar een café wat verderop in de straat.

We zeiden geen van beiden wat totdat we met twee koppen koffie aan een tafeltje alleen zaten.

'Ik mag jou wel, David,' zei Hoyle.

Ik gaf geen antwoord. Ik was er niet zo zeker van of ik wel gesteld was op Hoyles sympathie.

'Je bent een goede onderhandelaar en je bent loyaal tegenover je vriend. Loyaliteit is een eigenschap die ik bewonder. Maar je moet voorzichtig zijn.'

'Voor Guy?'

'Ik zal jou eens wat vertellen over Abdulatif. Ik vermoed dat je maar de helft van het verhaal kent.'

'Ik weet zeker dat ik maar de helft van het verhaal ken,' zei ik. 'Ga door.'

'Je hebt gelijk dat Guy mij vertelde dat Owen Abdulatif samen met Dominique had gezien. En hij stelde voor hem te betalen om te verdwijnen. Het klonk als een goed idee. Het zou het onderzoek van Tony afleiden. Destijds was ik niet helemaal overtuigd van zijn onschuld. Tony had gezegd dat hij bij een prostituee was toen Dominique werd vermoord, maar prostituees kunnen, per definitie, worden omgekocht. Ik regelde dus de zaken. Ik gaf Abdulatif een half miljoen franc en zei hem dat hij op moest hoepelen. Guy had de hand gelegd op wat sieraden van Dominique en die gaven we hem ook.'

'Waarom nam hij het geld aan?' vroeg ik. 'Hij liep toch het risico gepakt en vervolgd te worden wegens moord?'

'Dat vroeg ik me destijds ook af. In het zuiden van Frankrijk bestaat een vrij uitgebreide Noord-Afrikaanse gemeenschap; voor de politie is het moeilijk een jongeman te vinden als die onderduikt. Maar ik merkte al spoedig dat er een andere reden was.'

'En dat was...'

'Chantage. Ik nam aan dat Abdulatif het land zou verlaten. Maar dat deed hij niet. Hij ging naar Marseille en na een jaar nam hij weer contact met mij op. Hij wilde tweehonderdduizend franc om zijn mond te houden. Dus betaalde ik hem. Weer een jaar, weer een eis. Dit keer wat hoger. En zo ging het door.

Ik wilde het geld van Tony, maar Guy was bang dat zijn vader zou ontdekken wat we hadden gedaan. Dus stond ik erop dat Guy betaalde. De eisen werden hoger met het voorbijgaan van de jaren. Het begon voor Guy moeilijk te worden het geld bijeen te krijgen. Tony ging hem minder gul behandelen. Ik kwam zover dat ik dacht Abdulatif te kunnen uitdagen zijn woorden waar te maken. Tegen die tijd was ik overtuigd van Tony's onschuld. En als Abdulatif naar de autoriteiten ging zou hij zich natuurlijk net zo diep in de problemen werken als wij. Maar het was een pijnlijke situatie voor Guy en mij. Een ooggetuige afkopen bij een moordonderzoek is een ernstige misdaad.'

'En toen werd Abdulatif in de vuilnisbak gevonden?'

'Precies. Zoals we al zeiden. Het kwam heel gelegen.'

'Je hebt geen idee hoe hij daar kwam?'

'Bedoel je of ik het heb geregeld?' Hoyle dronk van zijn koffie. 'Ik kan het je niet kwalijk nemen dat je dat vraagt. Maar nee. Ik heb het niet geregeld. Zoiets doe ik niet, zelfs niet voor mijn beste cliënt.'

'Denk je dat Guy het heeft geregeld?'

Hoyle trok de schouders op. 'Wat denk je zelf?'

Ik zweeg even. Was mijn vriend een moordenaar? Natuurlijk niet. 'In het begin zei je dat je dacht dat Tony misschien Dominique had vermoord, maar daarna kwam je op andere gedachten?'

'Ja. Het boterde niet erg tussen hen. Geen van beiden waren ze bijzonder trouw, zoals jij natuurlijk weet.'

Ik zuchtte, eerder kwaad dan gegeneerd. Hoyle merkte het.

'Sorry. Je was jong, zij was knap en ze gebruikte jou. Tony wist dat. Maar ik weet zeker dat hij haar niet heeft vermoord. Ik heb in de loop der jaren vaak met hem over haar dood gesproken, en ofschoon ik niet zou verwachten dat hij het tegenover mij zou toegeven, weet ik zeker dat ik het gemerkt had als hij haar had gedood.'

Hoyle dronk bedachtzaam van zijn koffie. 'Tony Jordan was veel meer dan een cliënt. Hij was mijn vriend. We leerden elkaar kennen op dezelfde universiteit. Hij was een van de redenen waarom ik naar Monte Carlo verhuisde. In de loop der jaren hebben we samen veel meegemaakt, voor- en tegenspoed. Ik vond het heel erg toen hij stierf. Heel erg.'

Hij zette zijn kop neer. 'Nu moet ik echt een taxi gaan zoeken.' Moeizaam hees hij zich overeind. 'Ik zei dat ik jouw loyaliteit bewonderde, David. Maar je moet heel voorzichtig zijn aan wie je trouw bent.'

Hij liet me achter, gebogen over mijn afkoelende kop koffie.

De overeenkomst met Orchestra werd in recordtijd gesloten. Orchestra kocht de trust van Tony Jordan uit voor vier miljoen pond, het dubbele van zijn begininvestering, en stopte er nog eens tien miljoen in. Uiteindelijk hadden ze zeventig procent van het bedrijf en lieten voldoende achter voor de leiding en de employés. De directie veranderde natuurlijk. Orchestra vond een nieuwe bestuursvoorzitter voor ons, Derek Silverman. Hij was een keurige, grijsharige zakenman rond de vijftig. Hij had al een paar miljoen pond verdiend aan een overname door de directie van een marketingbedrijf dat door een van de partners van Orchestra was opgericht. Wat belangrijker was: hij was bestuursvoorzitter van Coventry United, een voetbalclub die in de afgelopen vijf jaar van de Second Division was gepromoveerd naar de Premier League. Henry was ook lid van de directie geworden als vertegenwoordiger van Orchestra en Patrick Hoyle werd eruitgezet.

Guy stelde Ingrid voor als derde verantwoordelijk directeur. Ze had zichzelf tot een onmisbaar lid van het team gemaakt, en Guy en ik waardeerden haar oordeel elke dag meer. Henry mocht haar wel en dus kwam ze erin. Haar enige probleem was Mel. Ze waren koel tegen elkaar, maar zakelijk, en ze deden hun best elkaar niet in de weg te lopen.

Toen de deal voor elkaar was en de tien miljoen op de bank schoten we met een vliegende vaart uit de startblokken. Er was genoeg om het geld aan te besteden. Meer kantoorruimte: we namen de verdieping onder ons over. Meer personeel, vooral meer journalisten. Reclame. We schakelden over naar online verkoop. Henry trok zich niets aan van die spilzucht. In de onderstebovenwereld van internetwaarderingen werd een website meer waard naarmate je er meer geld instopte om hem te vestigen. Uitgeven dus maar, uitgeven, uitgeven.

Het werkte. Bezoekersaantallen van de website stegen flink naarmate het seizoen vorderde. In de maand september registreerden we meer dan vierhonderddduizend bezoekers en bijna drie miljoen pagina-afdrukken. Er waren wel andere voetbalwebsites, maar we knabbelden aan hun marktaandeel. Het materiaal van Gaz was gewoon beter. De site zag er aantrekkelijker uit. Hij was snel, gemakkelijk en leuk om te gebruiken. Guy begon te werken aan een netwerk van partnerships met iedereen, vanaf de vooraanstaande zoekprogramma's, tot Internet Service Providers, tot online kranten, tot sites voor gespecialiseerde interesses, zoals de onze. We sloten een deal af met Westbourne, een van de grootste bookmakers in het land, voor online wedden op voetbal. Dat begon direct populair te worden en het leverde nog geld op ook.

We moesten per dag tientallen artikelen leveren voor de site: nieuws over transfers en blessures, geruchten, opinies en natuurlijk wedstrijdverslagen. Daarvoor was een steeds grotere groep journalisten nodig, ieder met zijn eigen netwerk van freelancers en contacten binnen de clubwereld. We brachten televisieschermen aan op de muren en, wat belangrijker was, installeerden software waardoor journalisten video konden kijken of live op hun computers naar radioverslagen konden luisteren.

Gaz kwam met een opvallende primeur: het contracteren van een Braziliaanse topspits door Manchester United voor vijfentwintig miljoen pond. De club ontkende het en twee dagen zag het ernaar uit dat we de plank helemaal hadden misgeslagen. De boulevardbladen bespotten ons, maar Gaz had het volste vertrouwen. En ja hoor, het verhaal werd bevestigd. Later vertelde Gaz me dat zijn bron de veertien jaar oude zoon was van een van de clubdirecteuren, een enthousiaste fan van onze site.

Bij al die activiteiten was er nauwelijks tijd om te denken. En als er al tijd was dacht ik na over Goal. Ik hoorde niets meer van de politie en ik sprak evenmin met Guy over Tony's dood. Maar de woorden van Patrick Hoyle bleven knagen. Ik probeerde ze van me af te zetten, maar ze bleven terugkeren.

Het kwam inderdaad zeer gelegen.

Op een morgen belde ik kantoor dat ik pas 's middags zou komen. Guy klonk verrast, speciaal toen ik hem zei dat ik ging vliegen. Hij wist dat ik dat niet meer had gedaan sinds ik bijna zes maanden geleden voor Goal was gaan werken.

Het was een zonnige dag, begin oktober, en een frisse bries had alle herfstmist of Londense smog weggeblazen. Het was een goed gevoel weer eens een vliegtuig te besturen, maar een paar honderd meter boven de grond, met Engeland onder me uitgestrekt als een tapijt van groen, goud en bruin. Over de Hampshire Downs vloog ik naar een van mijn favoriete vliegvelden, Bembridge op het Isle of Wight, en liep zo'n twee kilometer tegen de steile heuvel op naar de kliptoppen boven Whitecliff Bay.

Er woei daar een frisse wind, maar het was er rustig en ver weg van Goal. Ik hoopte dat de afstand me enig perspectief zou verschaffen.

Dat deed het.

Voor het eerst zag ik de vraag onder ogen die ik had vermeden. Had Guy zijn vader vermoord?

Zo te zien was het mogelijk. Goal had alles betekend voor Guy en zijn vader had gedreigd het hem af te nemen. Tony had Guy in zijn greep, op een manier die ik moeilijk kon begrijpen, maar het was een krachtige greep en ik wist dat Guy zich daaruit wilde losworstelen. De politie had Guy zeker als een verdachte gezien. Owen had het voor hem opgenomen, hem een alibi verschaft, maar Owen nam het altijd op voor Guy.

Maar op de dag van de begrafenis had ik met Guy gesproken. Hij leek echt van streek door de dood van zijn vader. Daar ging het om bij Guy. We waren goede vrienden. Hij kon zijn emoties voor mij blootleggen. De laatste paar maanden had ik hem in goede en in slechte tijden gezien. Hij vertrouwde mij zijn gevoelens toe.

Maar hij was ook ooit beroepsacteur geweest. Kon ik hem echt vertrouwen?

Ik dacht terug aan Mull, toen diezelfde gedachten bij me waren opgekomen, toen Mel me had verteld dat Abdulatif werd omgekocht, op initiatief van Guy. Patrick en Mel leken beiden te suggereren dat Guy dat had gedaan om zichzelf te beschermen. Dat hij Dominique had vermoord.

Er bungelde nog een los eindje. De voetafdruk die Guy had achtergelaten voor het raam van Dominique op de nacht dat ze stierf. Ik had van hem nooit een bevredigende verklaring gehad daarvoor. Ik wist dat die afdruk daar niet was geplaatst toen wij met zijn tweeën naar bed waren gegaan. Hoe was hij er dan gekomen?

En verder was Abdulatif zelf vermoord. Door Guy?

Had Guy in de loop van de laatste dertien jaar drie mensen vermoord? Dat ging tegen alles in wat ik van hem wist, tegen het vertrouwen en de vriendschap die we in het afgelopen half jaar hadden opgebouwd, en tegen alles wat ik in Goal had geïnvesteerd. Als ik niet in staat was mijn twijfels over Guy van me af te zetten, zouden ze alles ondermijnen.

Ik staarde uit over de zee. Een logge veerboot uit Frankrijk voer snel op een rank oorlogsschip af. Vanaf waar ik stond leken ze met elkaar in botsing te komen, maar ze passeerden elkaar zonder geluid of moeite: pas toen ze elkaar overlapten besefte ik dat het oorlogsschip een paar kilometer verderop voer.

Het probleem was, de twijfels wilden niet verdwijnen.

Totdat ik zeker wist of Guy betrokken was geweest bij die sterfgevallen zou ik hem niet kunnen vertrouwen. Als ik hem niet vertrouwde konden

we niet samenwerken. Als we niet konden samen werken zou Goal uiteen-
vallen.

En dit ging niet alleen over Goal. Guys vriendschap was essentieel voor
me. Als ik ooit iets interessants of onconventioneels ging doen met mijn
leven, meer zou worden dan een centen tellende accountant, dan had ik dat
aan Guy te danken.

Ik moest mezelf ervan overtuigen dat hij onschuldig was.

26

Rond drie uur 's middags kwam ik op kantoor en trof er de gebruikelijke chaos, zo'n mengeling van het heel belangrijke en het volkomen onbeduidende, maar naar alles moest worden gekeken. Guy sprak niet over mijn vrije morgen, al kon ik merken dat hij nieuwsgierig was. Om vier uur ging hij naar een bespreking en kwam niet meer terug op kantoor.

Ik ging vroeg weg, evengoed pas om half acht, en nam de ondergrondse naar Tower Hill. Ik volgde mijn vertrouwde pad langs de Tower of London, die dreigend oprees uit het donker, en de heldere lichten van St. Katherine's Dock naar Guys huis in Wapping Street.

Hij zat aan een presentatie te werken.

'Wat is er, Davo?' zei hij toen hij zag hoe ik keek.

'Ik wil met je praten. Ik moet met je praten.'

'Oké. Kom binnen. Biertje?'

Ik knikte. Hij haalde er twee uit de koelkast, gaf er mij een en trok zijn eigen blikje open. 'Wat is er?'

Ik aarzelde en zocht naar woorden. Ik wilde de waarheid weten. Maar ik wilde niet de indruk wekken dat ik Guy niet vertrouwde. Het ging er juist om dat ik hem wilde vertrouwen, daarom was ik hier.

Ten slotte keek ik hem recht aan. 'Heb jij je vader vermoord?'

Guy stond op het punt te protesteren. Toen bedacht hij zich. Hij beantwoordde mijn blik.

'Nee.'

Zo bleven we een tijdje staan, hij met zijn heldere ogen recht op de mijne gericht. Hij was vroeger acteur. Hij kon zijn ware aard deskundig camoufleren. Toch was hij mijn vriend. We hadden samen zoveel meegemaakt.

'Goed dan,' zei ik ten slotte. 'Maar vind je het erg als ik een paar vragen stel? Lastige vragen.'

'Vind je dat je dat moet doen?'

'Ja,' zei ik resoluut.

Guy zuchtte. 'Oké. Vraag maar op.'

'Waar was je de avond dat hij stierf?' vroeg ik, en ik probeerde de vraag zo objectief mogelijk te laten klinken.

'Ik ben wat gaan drinken met Owen.'

'Waar ben je geweest?'

'De Elephant's Head in Camden,' mompelde hij en zijn ongeduld was merkbaar. 'Bij hem in de buurt.'

'Hoe laat ging je weg?'

'Wat stelt dit voor?' protesteerde Guy. 'Dat heb ik allemaal al aan de politie verteld. Ze hebben mijn verhaal nagetrokken. Vertrouw je me niet?'

'Ik wil je juist vertrouwen. Maar ik kan Tony's dood niet uit mijn hoofd zetten. Ik moet weten wie ervoor verantwoordelijk was.'

'Denk je niet dat ík dat ook wil weten? Hij was mijn vader.'

'Als ik kan beginnen met jou te elimineren zal me dat een veel beter gevoel geven.'

Guy keek kwaad. 'Goed dan. Ik zal je zeggen wat ik de politie heb verteld. En wat zij hebben nagetrokken. Owen en ik gingen rond zeven uur naar de pub. Om ongeveer negen uur gingen we er weg. Ik was al halflazarus, maar Owen had niet veel gedronken. Hij ging terug naar zijn flat. Ik ging door naar Hydra, je weet wel, die bar in Hatton Garden. Ik kwam om ongeveer elf uur thuis.'

'En je vader werd om vijf voor half tien gedood, nietwaar?' zei ik, denkend aan mijn gesprekken met brigadier Spedding.

'Zoiets.'

Owen en Guy waren rond negen uur weggegaan uit de pub. Net tijd om naar Knightsbridge te gaan als een van hen zich haastte. Het was zo'n voor de hand liggend punt dat ik het niet hoefde noemen.

'Voordat je iets zegt,' zei Guy, 'de politie heeft de Elephant's Head en Hydra nagetrokken.'

'Hoe zit het met Owen?'

'Hij ging onderweg naar huis even langs bij een Europa om wat eten te kopen. De beveiligingscamera had hem in beeld. Precies negen uur eenentwintig. Beter kun je je niet wensen.'

Inderdaad.

'Hoe dan ook,' vervolgde Guy, 'hoe zit het met die man die je in de auto hebt gezien? De privé-detective. Hij moet een betere verdachte zijn dan ik, nietwaar?'

Ik knikte. 'Dat is waar.'

'Nog meer vragen?' vroeg Guy.

Zover was ik gekomen. Ik kon even goed de weg tot het eind afleggen. 'Ja. Ik dacht aan wat er met Dominique en de tuinman is gebeurd.'

Guy keek weer kwaad. 'Waarom? Wat heeft dat ermee te maken? In 's hemelsnaam, dat was jaren geleden.'

'Ik sprak er met Patrick Hoyle over. Hij is ervan overtuigd dat je vader Dominique niet heeft vermoord. En hij vertelde me dat Abdulatif jou probeerde te chanteren omdat je hem had omgekocht.'

'Ik weet niet wie Dominique heeft vermoord! En het kan me ook niets schelen. Het was twaalf jaar geleden. En wat die verrekte tuinman betreft, het is waar dat hij probeerde ons te chanteren. Maar ik heb je al gezegd dat we hem betaalden.'

'Je hebt me niets verteld over de chantage.'

'Nee. Omdat dat niet belangrijk was. Hoe dan ook, hij chanteerde Hoyle, niet mij. Wat sta je nu dus te beweren, Davo?' Guys stem klonk vol minachting. 'Dat ik hen alledrie heb vermoord? Want als je dat denkt kun je hier opdonderen.'

'Nee, nee,' zei ik. 'Ik vroeg me alleen af of er enig verband bestond tussen wat er in Frankrijk is gebeurd en wat Tony overkwam. Misschien zou ik het tegen de politie moeten zeggen.'

'Doe dat in godsnaam niet. Dan trek je een heel blik wormen open. Dit is zo al erg genoeg.' Guy bedwong zijn woede. 'Luister, het spijt me, Davo. Het is moeilijk niet kwaad te worden als een vriend aan je twijfelt. Jij bent een kameraad. Een goede kameraad. Je was bij me in Frankrijk. Je bent de afgelopen zes maanden bij me geweest. Jij hoort te weten dat ik geen mensen loop te vermoorden.'

'Ik weet dat ik dat zou moeten weten,' zei ik. 'Maar...'

'Maar wat?'

De waarheid was dat ik niet wist wat. Er waren indirecte bewijzen tegen hem, dus enig wantrouwen was begrijpelijk. Maar hij was mijn vriend. Hij had een duidelijk alibi dat de politie terdege had nagetrokken. Het was het woord van Patrick Hoyle tegen dat van Guy.

Ik overwoog hem te vragen over de voetafdruk, maar ik wist dat hij zou herhalen wat hij altijd zei: dat hij in de bosjes was gaan plassen. Meer dan tien jaar verder zou hij voor mij dat verhaal niet veranderen, ook al wist ik dat het niet klopte.

Ik schudde mijn hoofd. 'Het spijt me. Je hebt groot gelijk. Maar ik moest die vragen stellen, gewoon om duidelijkheid te krijgen in mijn hoofd. En je hebt ze beantwoord. Ik moest nu maar gaan.'

'Nee. Neem nog een biertje,' zei Guy. Hij viste er twee uit de koelkast en gaf er mij een met een vriendschappelijke glimlach. Mijn achterdocht was me vergeven. 'Hoe krijgen we nu in drie maanden een kantoor van de grond in München?'

We praatten een uurtje als vrienden over Goal. Maar toen ik in de taxi zat, op weg naar mijn flat, was ik nog steeds niet honderd procent overtuigd van zijn onschuld. Het ging erom of ik met negentig procent kon leven.

De volgende middag had ik een bespreking met de mensen die de creditcardbetalingen zouden gaan administreren, zodra klanten begonnen online van ons te kopen. We hadden dit specifieke bedrijf gekozen omdat ze ons hadden verzekerd dat het proces eenvoudig zou zijn. Dat was het niet. Het was een van die besprekingen waarbij meer problemen opdoken dan werden opgelost. Ik keerde gefrustreerd terug op kantoor. Ik zette mijn computer aan en bekeek mijn e-mails. Er was er een van Owen. Ik opende hem en bereidde me voor op een obscure technische tirade.

'Je hebt vragen gesteld over Guy, nietwaar? Over Dominique en onze vader.'

Ik keek abrupt op naar waar hij over zijn apparaat zat gebogen, slechts een meter of zo van me af. Zak. Ik toetste 'Antwoord' in.

'Wat dan nog, als je daar problemen mee hebt kom dan met me praten. Nog beter: vertel me wat er in werkelijkheid is gebeurd.'

Ik keek op. Owens vingers dansten over het toetsenbord. Of hij mijn antwoord wel of niet had gelezen kon ik niet merken.

'Vergeet het maar. Vergeet Dominique. Vergeet onze vader. Zie bijlage.'

Ik opende de bijlage van de e-mail. Mijn computer zoemde en pruttelde en er verscheen een bewegend beeld van een man die op het punt stond tegen een golfbal te slaan. Alleen was de golfbal een hoofd. Het beeld zoomde in op het gezicht. Het mijn gezicht, uit een foto in het directiedeel van de website.

De club was een driver, een houten golfstok. Hij zwaaide naar achteren, zoefde vervolgens omlaag en raakte mijn hoofd, dat uiteenspatte in een massa bloed en hersenen, met het versterkte geluid van brekende eieren. Ondanks mezelf kromp ik ineen. Het was slechts een animatie, maar ik werd er misselijk van. Ik keek woedend naar Owen, die weigerde me aan te kijken.

Ik keek weer naar het scherm, waarop nu de boodschap stond: *'Er heeft zich een Fatale Fout voorgedaan. Druk op* CTRL+ALT+DEL *om uw computer opnieuw op te starten. U verliest alle niet-bewaarde bestanden.'*

Ik vloekte, deed wat me werd voorgeschreven en trommelde een volle minuut met mijn vingers terwijl mijn apparaat zich opnieuw tot leven maalde en pruttelde. Ik opende mijn e-mailprogramma en typte woedend:

'Dat was niet leuk.'

Het antwoord kwam onmiddellijk:

'Zo was het ook niet bedoeld.'

Ik sloot vol afkeer mijn e-mail af. Wat een griezel. Wat een mesjokke halfgare.

Toen ik die avond het kantoor verliet zat Owen nog te werken. Ik bleef staan bij zijn bureau. Hij negeerde me. Sanjay, die naast hem zat, glimlachte nerveus tegen me.

Ik bukte me. 'Ik zal zoveel vragen stellen als ik zelf wil,' fluisterde ik.

Owen hield even op. Zijn scherm stond vol codes. Toen begon hij aan zijn muis te frunniken.

'Geen dreigementen meer,' zei ik. 'Geen grappige e-mails meer. Laten we gewoon bij elkaar uit de buurt blijven.'

Owen keek naar me op. Zijn zwarte ogen leken recht in de mijne te priemen. Toen draaide hij zich weer naar zijn scherm

Ik stak mijn voet onder zijn bureau en wipte een schakelaar om met mijn teen. Zijn scherm was leeg. Hij was al zijn werk kwijt.

'Verdomme,' mompelde hij.

'O jee,' zei ik en ik liep weg.

Owens dreigementen maakten me nog vastberadener om vragen te stellen. De volgende dag zaten Mel en ik aan mijn bureau te overleggen hoe we de domeinnaam van Goal in Frankrijk en Italië konden beschermen. Guy was in München, hij sprak met iemand die hij misschien zou aannemen om een kantoor in Duitsland te starten. Er was niemand binnen gehoorsafstand. Mel pakte haar papieren bijeen om weg te gaan toen ik haar tegenhield.

'Heb je even?'

Ze merkte de ernst van mijn toon. 'Wat is er?'

'Ik wil je iets vragen over Frankrijk.

Mel fronste haar wenkbrauwen. 'Het is toch zeker het beste dat allemaal te vergeten, niet soms?'

'Ik weet het. Dat zou ik ook graag. Ik kan het alleen niet. Ik heb maar één vraag. Die avond in Mull, toen we naar dat Bed & Breakfast liepen, zei je me dat Guy misschien Dominique had vermoord. Was dat serieus?'

'Dat meen je niet,' zei Mel.

'Jawel,' zei ik. 'Ik heb die vraag niet uit mijn hoofd kunnen zetten. Deels door wat je me die avond vertelde. Wat trouwens door Patrick Hoyle werd bevestigd.'

'Nou ja, je ziet het maar kwijt te raken. Ik was kwaad op Guy en die hele situatie in Frankrijk liet me achter met een schuldgevoel. Hem aansprakelijk stellen was een manier om het schuldgevoel met hem te delen. Ik meende het beslist niet. Ik kan me niet eens meer precies herinneren wat ik je heb gezegd.'

Ik wel. 'Je denkt dus niet dat Guy zich indekte toen hij Hoyle liet betalen om Abdulatif te laten verdwijnen?'

'Nee.'

'Ik snap het.' Dat was duidelijk genoeg.

Mel aarzelde. 'Ik heb een vraag voor jou. Even gênant.'

'Wat voor vraag?'

Mel slikte moeizaam. 'Denk jij dat er iets is tussen Guy en Ingrid?'

Ik keek haar aan. 'Nou ben jij niet serieus.'

'Ze lijken veel tijd met elkaar door te brengen.'

'We brengen allemaal veel tijd met elkaar door. Als je vijftien uur per dag op hetzelfde kantoor werkt, dan gebeurt dat nu eenmaal.'

'Je weet dus zeker dat er niets is?'

'Heel zeker.'

Mel keek me weifelend aan. 'Ik vertrouw die vrouw niet,' zei ze en ze vertrok.

Ik staarde haar na. Ofschoon ik meende wat ik had gezegd, bleef Mels wantrouwen nog lang in mijn hoofd rondspoken.

Ik wilde meer te weten komen over de privé-detective. Guy had gelijk, hij leek de meest aannemelijke persoon om Tony aan te rijden. Maar als hij het had gedaan, dan had iemand hem betaald. Sabina, volgens de politie. Maar misschien was het iemand anders? Ik belde brigadier Spedding. Hij leek blij mijn stem te horen.

'Ik vroeg me af wat voor vooruitgang u maakt bij uw onderzoek,' zei ik.

'We hebben nog wat aanwijzingen,' zei Spedding, 'maar niets wat vast is. Waarom? Hebt u iets voor mij?'

Ik voelde me onbehaaglijk. Het laatste wat ik hem wilde vertellen was mijn achterdocht over Guy. En ik wilde ook Frankrijk niet noemen.

'Nee, niet echt. We zijn hier gewoon nieuwsgierig.'

Speddings toon veranderde, werd formeler. 'Als we iets concreets kunnen rapporteren, zullen we het de familie laten weten.'

'Ja. Ik snap het. Ik vroeg me alleen af of u de privé-detective hebt gearresteerd. Omdat ik hem voor het gerecht misschien moet identificeren, kunt u waarschijnlijk mijn nieuwsgierigheid begrijpen.'

'We beschouwen hem niet meer als verdachte, ofschoon hij misschien een waardevolle getuige is.' Even was het stil. 'Is er nog iets anders?' Ik kon aan de stem van Spedding horen dat hij nog iets anders dan nieuwsgierigheid vermoedde achter mijn vragen.

'Nee, nee, niets,' zei ik. 'Dank u.'

Ik legde de hoorn op. Ik had niet eens de naam van de privé-detective gekregen.

Ik moest met Sabina Jordan praten. Ik wist dat ze was teruggekeerd naar Duitsland, maar ik kon Guy echt niet om haar adres vragen, daarom belde ik Patrick Hoyle op zijn kantoor in Monte Carlo. Even moest ik hem bepraten, maar hij gaf me een adres in Stuttgart.

Onze plannen om in München een kantoor te openen begonnen vorm te krijgen, wat betekende dat Guy en ik daar vaak heen vlogen. Bij mijn volgende reis regelde ik een pauze in mijn werkschema. Ik beëindigde een bespreking om drie uur 's middags en reed in mijn huurauto de stad uit en de Autobahn op naar het westen.

Van München naar Stuttgart was maar anderhalf uur rijden. Het was een grauwe oktoberdag met een motregen die het Duitse landschap aan het gezicht onttrok. Ik worstelde me door de industriële buitenwijken van Stuttgart en vroeg me af waarom iemand de helderblauwe zee en lucht van Les Sarrasins zou willen opgeven voor dit. Maar toen maakten de sombere fabrieken plaats voor straten in de voorstad, met bomen die hun herfstkleuren goud en bruin vertoonden en keurige, grote huizen met typisch Duitse hoge daken en gevels. Voorspoed, orde, rust, veiligheid. Misschien was dit toch een goede plek voor Sabina.

Ik vond het adres dat Hoyle me had gegeven en belde aan. De deur werd geopend door een rijzige vrouw van middelbare leeftijd met grijs haar en fijnbesneden gelaatstrekken. Even raakte ik in paniek dat ik het verkeerde huis had. Toen wist ik wie ze was: Sabina's moeder.

'*Ist Frau Jordan hier?*' vroeg ik langzaam in wat ik hoopte dat Duits was.

'Ja,' antwoordde de vrouw in het Engels. 'Wie bent u?'

'David Lane. Ik ben een vriend van Guy Jordan. De zoon van Tony.'

'*Ein Moment.*'

De vrouw was achterdochtig, wat me niet verbaasde, daarom liet ze me op de drempel staan terwijl ze naar binnen verdween. Even later verscheen Sabina, gekleed in een trui, met donker haar dat los over haar schouders hing, lange benen in een verbleekte spijkerbroek en blote voeten. Ze was heel knap.

Even fronste ze haar voorhoofd, toen herkende ze me. 'Ik herinner me u. U bent Guys partner bij Goal. U was bij hem toen hij ons in Les Sarrasins kwam opzoeken?'

'Dat klopt. Ik vraag me af of ik heel even met u mag praten?'

'Natuurlijk. Kom binnen.'

Ze bracht me naar een grote, blinkend schone keuken. Op de vloer zat een baby met een plastic speelgoedje te spelen. 'Kent u Andreas nog?' vroeg ze.

'Hallo, Andreas,' zei ik.

'Hij spreekt geen Engels,' zei Sabina resoluut.

'Nee, natuurlijk niet.' Zo te zien kon hij nog geen enkele taal spreken, maar daar wilde ik niet over discussiëren met Sabina.

'Wilt u wat thee? We hebben earl grey. Tony hield van earl grey.'

'Ja. Ja, dat zou lekker zijn.'

Ze zette water op en haar moeder zei iets tegen haar in snel Duits, pakte de baby op en liet ons alleen.

'U bent toch niet helemaal uit Engeland komen vliegen om met mij te praten, hoop ik?'

'Nee. We gaan een kantoor openen in München en omdat dat niet zo ver weg is, dacht ik even langs te komen.'

'Als u wilt praten over de beleggingen van de nalatenschap, vrees ik dat ik u niet kan helpen. Dat regelt Patrick Hoyle allemaal.'

'Nee. Dat is het niet. Ik wil met u praten over de dood van uw man.'

'O.' Sabina ging aan de keukentafel zitten. Ze was duidelijk niet erg gebrand op dat onderwerp, maar voorlopig leek ze bereid te praten.

'Ik was degene die bij Tony was vlak voordat hij stierf. En ik heb ook de privé-detective gezien die voor de flat wachtte. Ik begrijp van de politie dat hij niet beschuldigd wordt. Ik vroeg me af wat hij daar deed.'

'Ik heb hem ingehuurd,' zei ze.

'Waarom?'

'Ik maakte me zorgen over Tony's veiligheid.'

'Echt?' Mijn wenkbrauwen gingen omhoog. 'Hij was dus een soort lijfwacht?'

'Dat klopt.' Sabina speelde met een lepel op tafel. 'Een lijfwacht.'

Ik geloofde haar niet. Als Tony een lijfwacht nodig had zou hij daar zelf wel voor hebben gezorgd. Het was duidelijk dat Sabina een privé-detective in de arm had genomen om haar man te bespioneren, om dezelfde reden als echtgenotes altijd een privé-detective inhuren om hun mannen te bespioneren. Ze wilde het gewoon niet toegeven. En dat was begrijpelijk.

Het water kookte. Sabina hield zich met de thee bezig.

'Hoe lang was u getrouwd met Tony?' vroeg ik toen ze me een beker overhandigde.

'Afgelopen april drie jaar. We ontmoetten elkaar vijf jaar geleden op een receptie in Cannes. Ik werkte voor een filmmaatschappij. Het klikte meteen tussen ons. Zoiets had ik nooit eerder meegemaakt. Na het festival vloog hij naar Duitsland om me op te zoeken: ik werkte toen in München. We werden verliefd.'

'Ik vind het overigens heel erg wat er met hem is gebeurd. Heel erg voor u.'

'Dank u,' zei ze en beet op haar lip.

'Ik heb u deze zomer maar heel even gezien. Maar u leek heel dol op elkaar.'

'Dat waren we,' zei ze. 'Toen.' Ze keek me weifelend aan. Ze was niet veel ouder dan ik en op dit moment leek ze jong en kwetsbaar. Ze wilde praten.

'Toen?' zei ik zacht.

'Ja,' ze zuchtte diep. 'Totdat ik ontdekte dat hij een affaire had. Daarom nam ik Leonard Donnelly aan. Ik hoorde Tony op zijn mobiel met een vrouw praten. Ik controleerde op zijn telefoon het laatst gebelde nummer toen hij er niet was en kreeg het nummer. Het was Engels. Londen. Daarom nam ik contact op met een detectivebureau en vroeg meneer Donnelly Tony in de gaten te houden toen hij daar de eerstvolgende keer heen ging. Het was vreselijk zoiets te doen, maar ik kon de gedachte dat hij met een andere vrouw ging niet verdragen. Ik bedoel maar, wat was er fout aan mij?'

Een heel goede vraag, dacht ik.

'Nadat Andreas was geboren, was ik ervan overtuigd dat hij me niet aantrekkelijk genoeg meer vond. Ik wilde weten wie die andere vrouw was.'

'Hebt u het ontdekt?'

'Ja.' Sabina leek terneergeslagen. 'Het was de vrouw van een vriend van hem. Meneer Donnelly denkt dat ze achtenveertig is. Ik voelde me vernederd. En heel kwaad.

En toen... toen werd hij gedood. Kunt u zich voorstellen hoe rot ik me voelde? Ik hield nog steeds van hem. Juist omdat ik van hem hield was ik

214

zo kwaad op hem. Ik ging er bijna aan onderdoor. En nu, steeds als ik aan hem denk, denk ik aan hem en haar. Ik wilde dat ik dat telefoongesprek nooit had afgeluisterd. Ik wilde dat ik meneer Donnelly nooit had aangenomen.'

'Hebt u enig idee wie hem heeft gedood?'

'Nee. Geen enkel.'

'Hoe zit het met zijn zakelijke vijanden? Ik herinner me vele jaren geleden te hebben gelezen dat hij zijn partner de deur uit had gewerkt.'

'Dat was vele jaren geleden. De man is trouwens vorig jaar gestorven. Kanker, geloof ik. Nee, de onroerendgoedtijd van Tony is al lang voorbij. Hij sprak er bijna nooit over en ik heb nooit iemand uit die tijd ontmoet.'

'Hoe zit het met Frankrijk? Heeft hij daar vijanden gemaakt?'

'O, nee. Niet dat ik weet. Nee, ik geloof van niet.'

'Wat was die Donnelly dus van plan?'

'Nou ja, zoals u zich kunt voorstellen had de politie heel wat over hem te vragen. Ze dachten dat ik hem misschien had betaald om het te doen. Hoe dan ook, ik was degene die hun het eerst over hem vertelde.'

'Hij moet hebben gezien wie Tony aanreed.'

'Kennelijk niet.'

'Maar ik begrijp niet hoe hij het gemist kan hebben.'

'Ik ken de bijzonderheden niet. En ik wil ze ook niet weten.' Sabina huiverde met een vertrokken gelaat. 'Waarom stelt u al die vragen?

'We waren allemaal nauw betrokken bij Tony's dood. Ik weet niet of het iets met Goal te maken had. De politie is nog niets opgeschoten. Daarom dacht ik dat ik er zelf achteraan moest gaan.'

'Ik weet zeker dat de politie uiteindelijk zal ontdekken wie hem heeft vermoord.'

'Dat hoop ik. Wat gaat u nu doen?'

'Ik weet het nog niet goed. Ik ga niet in Les Sarrasins wonen, dat is zeker. Ik blijf hier bij mijn ouders totdat ik besloten heb wat ik wil doen. Volgens Patrick heeft Tony mij heel goed achtergelaten. En hij heeft me natuurlijk Andreas nagelaten.'

Haar ogen vulden zich met tranen. Ik besloot dat het tijd werd om op te stappen.

27

De volgende morgen nam ik de eerste vlucht naar Londen en was om tien uur op kantoor. Guy wist niet dat ik de nacht in een hotel bij het vliegveld van München had doorgebracht, en hij was er ook niet in geïnteresseerd. Ik zocht op internet en vond al spoedig Leonard Donnelly. Ik belde zijn nummer en sprak met een man die me zei dat hij Donnelly's partner was. Ik maakte een afspraak om die middag met Donnelly te praten.

Zijn kantoor was niet ver van het ondergrondsestation Hammersmith. Er was een portiek vlak naast een bookmaker, met een metalen bord waarop stond: AA ABACUS DETECTIVE AGENCY. Weinig fantasierijk, maar Sabina was erdoor aangetrokken. AA ABACUS was op de tweede etage en ik werd begroet door de heer Donnelly zelf. Ik herkende hem zowel van de foto die Spedding me had getoond, als van toen ik hem in de auto had gezien. Hij was mager, met heldere oogjes die me kwiek opnamen. Hij vroeg zich af of hij mij ook eerder had gezien.

Hij bracht me naar een kantoortje met twee bureaus, twee computers en veel archiefkasten. Beide bureaus waren leeg. Zijn partner was de straat op. Er hing een rare geur in het vertrek. Vocht, riolering of beide.

'Ga zitten, meneer Lane,' zei hij. 'Wat kan ik voor u doen?' Hij sprak rap met een afgebeten Iers accent.

'We hebben elkaar eerder ontmoet,' zei ik terwijl ik ging zitten. 'Eigenlijk niet zozeer ontmoet, maar we zagen elkaar wel.'

Donnelly knikte en glimlachte vaag. Daarbij werden uitspringende voortanden zichtbaar met een duidelijk gat in de rij. Ik wilde dat ik die had gezien toen ik hem beschreef voor brigadier Spedding.

'Ik zag u wachten in de auto, de avond dat Tony Jordan stierf,' begon ik. 'Ik weet het.'

'Ik vroeg me af of u me kunt vertellen wat er precies gebeurde. Wat u hebt gezien.'

'Dat heb ik de politie verteld.'

'Ik weet het. Misschien zou u het nu aan mij willen vertellen?'

Weer zo'n glimlach. Weer die tanden. 'U bent detective aan het spelen, nietwaar, meneer Lane?'

'Misschien.'

'Waarom zou het dan in mijn belang zijn u te helpen?'

Die vraag had ik verwacht. Ik haalde vijf briefjes van twintig uit mijn zak. 'Volgens mij verdient u uw geld door tegen betaling informatie te verschaffen. Hier is de betaling.'

Donnelly keek me aan. Ik had geen idee hoeveel ik hem eigenlijk moest geven. Dat merkte hij. Hij merkte ook dat ik erop was gebrand informatie te krijgen.

'Dat is volkomen waar,' zei hij. 'Maar mijn vraagprijs ligt hoger.'

'Hoeveel?'

'Twee vijftig. Inclusief BTW.'

Ik telde nog vijf biljetten uit. 'Tweehonderd. Meer niet.'

Donnelly stak de briefjes in zijn zak.

'Wat wilt u weten? Ik moet u waarschuwen dat ik niets van privé-aard betreffende mijn cliënt bekend kan maken. Dat zou onethisch zijn.'

'Natuurlijk niet,' zei ik. 'Vertelt u me alleen maar wat u die avond hebt gezien.'

Donnelly haalde een beduimeld notitieboek uit een bureaula en bladerde het door, totdat hij de juiste datum had gevonden. De stank leek erger te worden. Ik keek naar het raam. Dicht.

Donnelly zag dat. 'Dat moet ik dichthouden, vrees ik. Het straatlawaai is hier vrij erg. Je kunt jezelf niet eens horen denken.' Hij streek de pagina's open. 'Hier is het. Ik had Jordan twee dagen lang constant gevolgd, sinds hij op zondagmorgen op Heathrow was gearriveerd.'

'Hebt u hem met een vrouw gezien?'

'Dat is vertrouwelijk voor mijn cliënt.'

'Oké,' zei ik. Ik dacht niet dat het belangrijk was.

'Om twee minuten voor zes zag ik u en juffrouw da Cunha de flat van Jordan binnengaan. U ging weg om negen minuten voor half tien. Een paar minuten later verliet Jordan ook zijn flat. Hij sloeg linksaf richting Old Brompton Road. Dat was een beetje een probleem voor mij, omdat er eenrichtingsverkeer is in die straat.'

'Hoe bedoelt u?'

'Ik bedoel dat ik hem niet per auto kon volgen als hij linksaf sloeg. Het eenrichtingsverkeer gaat de andere kant op. Daarom moest ik die kant op rijden en hem oppikken als hij op Old Brompton Road kwam, op zoek naar een taxi. Dat had ik al een paar keer eerder gedaan, daarom dacht ik dat het dit keer ook zou lukken.'

'Maar dat deed het niet.'

'Nee. Ik reed om het blok en wachtte op de hoofdweg. Hij was nergens te zien. Toen hoorde ik de sirenes. Ik reed terug naar zijn straat en zodra ik zag dat die vol stond met politieauto's ben ik verder gereden.'

'Waarom stopte u niet om met hen te praten?'

Donnelly lachte. 'Gewoonlijk bevalt het mijn cliënten niet als ik zoiets doe. Ik vind dat de zaken beter verlopen als ik de politie uit de weg ga. Alleen in dit geval was het een vergissing. Mijn cliënt vertelde hun alles over mij. Ze waren niet onder de indruk van mijn discretie.'

'Dat kan ik me voorstellen. U hebt hun dus verteld wat u gezien hebt.'

'Ik heb niets gezien. Alleen u.'

'Dat moet toch zeker!'

'Ik zag niets. Het is waar dat er in die straat nog iemand geparkeerd moet hebben gestaan, maar die heb ik niet gezien. Het was donker, ik kon niet zeggen of in een van de geparkeerde auto's iemand zat of niet. Het ziet ernaar uit dat de andere wagen startte en Jordan aanreed, precies op het moment dat ik om de hoek was verdwenen.'

'Denkt de politie dat?' vroeg ik.

'Nu wel. Een tijdje dachten ze dat ik hem had platgewalst. Ze haalden mijn auto uit elkaar en vroegen mij het hemd van het lijf. Maar ze vonden niets.'

'Dus lieten ze u gaan?'

'Ja. Ze weten dat ik het niet heb gedaan. Mevrouw Jordan had me lukraak uit de Gouden Gids gehaald. Ze weten dat ik geen professionele huurmoordenaar ben. Ik bedoel maar, kijk eens naar dit kot. Ik zal u zeggen, als ik een prof was zou ik me een beter kantoor kunnen veroorloven dan dit. Bovendien is iemand omverrijden zo link als je maar kunt denken. Een schot is veel zuiverder en sneller. Ze weten dat ik het niet heb gedaan.'

En dat zou u ook moeten weten, hoefde hij er niet aan toe te voegen.

Terwijl ik het miezerige mannetje voor me bekeek, moest ik het onwillekeurig met hem eens zijn. Hij zag er niet uit zoals ik mij een schurk uit het milieu voorstelde.

'Hebt u ooit Guy Jordan ontmoet, Tony's zoon?'

'Nee. Ik heb hem wel gezien toen ik Jordan naar uw kantoor in Clerkenwell volgde. Maar ik heb nooit met hem gesproken.'

'Hebt u enig idee wie Tony Jordan wel kan hebben vermoord?'

'Ik weet zeker dat ik iemand kan vinden als u mij opdracht geeft.'

'Vergeet het maar.'

'Nee? Dan zal ik u mijn mening gratis geven. Dit was geen professionele aanslag. Het was persoonlijk. Persoonlijk betekent meestal familie. En niet mijn cliënt. Ik heb eerder jaloerse echtgenotes gezien en eerlijk gezegd zijn die een stuk jaloerser dan mevrouw Jordan.'

'De zonen dan?'

Donnelly trok de schouders op. 'Mijn tarief is vijfendertig pond per uur plus onkosten. Ik zou het voor u kunnen uitvinden.'

'Nee, dank u, meneer Donnelly. En bedankt voor de informatie.'

'Dertig? En de onkosten zullen best meevallen.'

'Tot ziens, meneer Donnelly.' Ik voelde me opgelucht toen ik op straat stond en de frisse lucht van Hammersmith inademde.

Guy schoot op me af zodra ik terug was op kantoor.

'Daar ben je dan, Davo. Ik heb overal naar je gezocht. Je had je mobiel niet aanstaan.'

'Niet? Sorry.'

'Waar was je?'

'Howles Marriott. Bij Mel,' zei ik te vlug.

Guy keek me doordringend aan. 'Nee, dat was je niet. Een halfuur geleden heb ik nog met haar gesproken.'

Ik zei hem niet waar ik was geweest. En behalve dat hij me vreemd aankeek vroeg hij verder niets. We zouden ons niet drukken van het werk, daarin vertrouwden we elkaar. Daarom voelde ik me schuldig: ik had misbruik gemaakt van dat vertrouwen.

'Het doet er niet toe,' zei hij. 'Ik wil die dingen bespreken waarover ik met Westbourne wilde gaan praten. Morgen kan ik dat niet, jij zult het moeten doen.'

Ik zette mijn gesprek met Donnelly van me af en concentreerde me op Goal.

De zaken begonnen aardig te lopen. Goal had nu een profiel als een van de veelbelovende internetbedrijven waarover iedereen had gehoord. Deels had dat te maken met het werk van ons pr-bureau en deels met Tony's dood, die een ongezocht en ongewenst lokkertje had gevormd voor de pers. Maar het was voornamelijk aan Guy te danken. Hij kon uitstekend opschieten met journalisten. Hij kon een goed verhaal vertellen en deed dat met verve. Zijn visie over wat internet allemaal betekende klonk origineel en klopte. Hij had een interessante achtergrond en was erg fotogeniek. Het novemberexemplaar van een van de vooraanstaande zakentijdschriften had zijn foto op de omslag en binnenin een artikel over Goal als een van de top-10 internetzaken waar je in Europa op moest letten. Als gevolg van dat alles waren we nu beter bekend dan vele van onze reeds lang bestaande rivalen. Dat was niet alleen goed voor het ego: het was essentieel als Goal de andere voetbalsites wilde inhalen.

Derek Silverman was een echte aanwinst. Hij kende veel voorzitters van de topclubs en, wat belangrijker was, hij leek echt door hen gerespecteerd te worden. Guy en hij zetten overeenkomsten op met een aantal clubs waarbij zij bezoekers naar ons zouden doorverwijzen die geïnteresseerd waren in de voetbalwereld buiten hun officiële clubsite, en wij zouden dan ons clubgebied met het hunne integreren. Het was lastig dat te doen: de overlapterreinen moesten zorgvuldig worden behandeld, maar voor ons werkte het uitstekend. Een fanatieke clubsupporter zou altijd eerst naar zijn eigen clubsite kijken. Dit was een manier om tenminste een deel van zijn aandacht te trekken.

Meer werk.

Owen was een probleem. Het knelpunt was niet zijn begrip van de technologie. Dat had briljant gewerkt: de architectuur van de site was volkomen beklimbaar gebleken, zoals hij nadrukkelijk zei dat het moest zijn. Het was zijn onvermogen om te communiceren. Hij stond erop e-mail te gebruiken. Zijn berichten waren bondig, vaak beledigend en herhaaldelijk zonder betekenis. Naarmate het bedrijf groeide werd dat meer en meer een zwakke plek. Hij joeg de consulenten die we hadden ingehuurd om het e-commerce-systeem op te zetten zozeer in het harnas dat ze er de brui aan gaven. Dat bezorgde ons drie weken achterstand. Guy was ziedend, Amy kreeg zowat een beroerte. Maar Owen was onaantastbaar. Hij was de broer van Guy.

We waren van plan de online verkoopsite begin december te lanceren. Het was een krappe datum. Te krap. Na de ruzie met de consulenten stemde Guy in het een week later te doen, maar meer uitstel kregen we niet. We waren allemaal nerveus dat we het niet zouden halen en Owen inspireerde ons nu niet precies met vertrouwen.

Alleen Ingrid deed briljant werk. Voor iemand die heel weinig wist over voetbal leerde ze het snel. Niet dat ze zich ooit bemoeide met de meningen van Gaz over de materie waarover werd geschreven. Maar ze vroeg zichzelf, en iedereen die wilde luisteren, constant af waarom een bezoeker tijd zou doorbrengen op verschillende delen van de site en wat iedere bezoeker verlangde. Ze geloofde niet dat we een 'typische' bezoeker hadden. Iedere bezoeker was anders, ieder was op zoek naar verschillende zaken. We wilden niet in een bepaald hoekje zitten, we wilden dé voetbalsite zijn voor iedereen. Niet gemakkelijk.

Ik bracht veel tijd met haar door en had er lol in. Het was prettig met haar te werken. Ze werd nooit gespannen en in de wervelwind van het dagelijkse leven bij Goal was zij een baken van rust. Ofschoon ik wist dat ze Goal heel erg serieus nam liet ze dat nooit merken. Ze stond altijd klaar met een grap om gespannen situaties te ontmantelen. We vertrouwden steeds op haar voor het juiste antwoord op lastige problemen en dat had ze bijna altijd.

Ik merkte dat mijn relatie met haar langzaam veranderde. Ik begon haar te missen als ze niet op kantoor was. Ik ging met haar praten over kwesties waarvan ik wist dat ik ze zelf kon oplossen. Bij besprekingen hield ik mijn ogen op haar gericht. En wanneer ik aan het eind van de dag alleen was, of op reis was, dacht ik aan haar.

Dit alles maakte zich langzaam van me meester. Toen ik eindelijk besefte wat er aan de hand was, maakte me dat onzeker. Ik wist niet precies wat ik eraan moest doen, als ik al iets moest doen.

Ik had gehoopt dat mijn gesprek met Mel over Guy de lucht zou doen opklaren, maar het had juist voor meer onduidelijkheid gezorgd. Ik wist niet zeker wat Mels echte mening was over Guy en Dominique. En ofschoon ik vast van oordeel was dat er niets speelde tussen Guy en Ingrid, waren Mels vermoedens me bijgebleven. Ze vraten aan me en riepen een andere vraag op waarop ik allang antwoord had willen hebben.

Ingrid en ik zaten samen in een taxi naar ons reclamebureau in Soho. Alleen schoten we niet op. Ze waren High Holborn aan het opbreken en het enige wat bewoog was de meter. Ingrid staarde uit het raampje naar de voetgangers die de taxi al lopend inhaalden. Ze keek op haar horloge. 'We hadden de ondergrondse moeten nemen.'

'Te laat nu. Jij zei dat we daar geen tijd voor hadden.'

'Zie je die man daar? Die in die Barbour-regenjas? Ik wed om vijf pond met je dat hij bij de volgende verkeerslichten is voordat wij er zijn.'

'Afgesproken.'

Drie minuten later gaf ik haar vijf pond. De taxi schoof drie meter vooruit.

We zaten opgesloten achter in de auto. Het raampje van de chauffeur was dicht. Een muur van lawaai van pneumatische boren leek ons van de buitenwereld af te scheiden.

'Ingrid?'

'Ja?'

'Wat Mull betreft?'

'Mull?' zei ze verbaasd.

'Ja, Mull.'

Ze verstrakte. 'Wat is er met Mull?'

Ik slikte moeizaam. Bang om de vraag te stellen – maar wetend dat ik die ooit moest stellen en waarom nu niet?

'Waarom?'

Ingrid keek me aan. 'Dat vroeg je me toen ook al. Ik heb je nooit geantwoord, is het wel?'

'Nee.'

'Ik ben je een antwoord schuldig.' Ze zuchtte. 'Ik zou kunnen zeggen dat ik dronken was en dat Guy me verleidde. En dat zou waar zijn. Ik weet zeker dat ik nooit zijn kamer in gegaan zou zijn als ik nuchter was geweest. Maar ik wilde me door hem laten verleiden. En ik wilde geen nee zeggen.'

'Waarom niet? Had je gezien wat hij Mel had aangedaan?'

'Ik geloof dat ik gewoon wilde zien hoe het was. Ik geef toe, ik vond hem aantrekkelijk. En het feit dat er niets van zou komen maakte het spannender. Ik kon één nachtje zondigen en het verder vergeten. Ik ben er niet trots op, helemaal niet trots. Ik was stom. In raakte Mel kwijt als vriendin. En jou.'

Nu wist ik het dus. Maar door die wetenschap was ik teleurgesteld in Ingrid. Ik had aangenomen dat zij anders was, maar ze was net als de rest van hen, in de rij voor de gunsten van Guy.

'Misschien maakt het een verschil,' zei Ingrid, 'het is niet verdergegaan. De volgende dag vloog hij alleen terug en ik nam een veerboot naar het vasteland en een latere trein om zeker te zijn dat ik jou en Mel niet zou treffen. Ik voelde me heel klein.'

Ik wendde mijn blik van haar af. Maar het maakte inderdaad verschil.

Het was tien uur en ik was moe. Tijd om naar huis te gaan. Ik rangschikte de papieren op mijn bureau, klaar voor de volgende dag, toen ik een juridisch document zag. Verdomme! Guy ging vroeg in de morgen naar Parijs om een eindgesprek te voeren met de man die we hadden gevonden om daar een kantoor te openen. En ik had vergeten hem het contract te geven.

Ik belde Guys nummer thuis. Geen antwoord. Probeerde zijn mobiel. Uitgeschakeld. Verdomme, verdomme, verdomme. Ik stopte het contract in een envelop, pakte mijn aktetas en liep Clerkenwell Road op waar ik een taxi aanhield voor Wapping.

De chauffeur zette me af voor het flatgebouw van Guy en liet zijn meter lopen. Ik zei hem dat ik zo terug zou zijn. Ik liep achter een vrouw het gebouw in en nam de lift naar de tweede verdieping. Ik belde aan.

Niets te horen. Shit. Wat nu? Moest ik hier wachten of proberen hem de volgende morgen op Heathrow te onderscheppen? Of vloog hij vanaf City Airport? Ik belde opnieuw.

Dit keer hoorde ik gemompel. 'Oké, oké.' Een paar tellen later deed Guy in zijn kamerjas de deur open. Hij leek verbaasd mij te zien.

'Sorry om je uit bed te halen,' zei ik. 'Ik ben vergeten je het contract te geven toen je vanavond wegging. Je zou echt niet naar Parijs kunnen gaan zonder dat, daarom nam ik een taxi. Die wacht buiten.'

'Oké, oké,' zei Guy ongeduldig. 'Geef maar hier.'

Dat irriteerde me een beetje. Ik was tenslotte met mijn taxi een stuk omgereden om hem dat verrekte document te bezorgen. Goed, ik had er eerder aan moeten denken hem het contract te geven, maar hij had er ook aan moeten denken erom te vragen...

'Hallo, David.'

Ik keek op. Daar stond Mel. Met een van Guys T-shirts aan, nauwelijks lang genoeg om haar te bedekken. Haar blonde haren waren verward. Ze lachte.

Ik keek naar Guy. Iets van irritatie flitste in zijn ogen Ik zag dat hij gezweet had.

'Hallo, Mel,' zei ik met een glimlach, alsof het de normaalste zaak van de wereld was.

'Je zei dat er een taxi op je wachtte,' zei Guy.

'Ja.' Ik liep achteruit de gang uit.

'Dank je hiervoor,' zei hij.

'Doei, David!' riep Mel over zijn schouder.

'Tot ziens.'

'Davo,' fluisterde Guy toen hij me uitliet. 'Je zult het toch tegen niemand zeggen? We zijn toch vrienden?'

Ik gaf geen antwoord. Ik draaide me om en liep de trap af naar mijn wachtende taxi.

Het was laat in de ochtend, nog geen twaalf uur, en de Elephant's Head was juist geopend. Terwijl Guy in Parijs was had ik besloten de kans aan te grijpen om zijn verhaal na te trekken. Op een bepaalde manier had het zien van hem met Mel de vorige avond, me aangespoord. De Elephant's Head was een bruine kroeg vlak bij Camden Lock. Op deze tijd van de dag was het er heel rustig. Ik bestelde een cola van de vrouw achter de bar.

'Werkte u hier in september?' vroeg ik haar terwijl ze inschonk. Ze was een grote, blonde vrouw, die eruitzag alsof ze zich door niemand liet koeioneren, en wilde dat men dat wist.

'Ik ben hier al bijna een jaar,' antwoordde ze met een Australisch accent. 'Waarom?'

'Herinnert u zich dat de politie kwam vragen naar twee mannen die hier op een avond wat dronken? Dat moet dinsdag de eenentwintigste zijn geweest.'

'Misschien.'

Dit zou niet gemakkelijk worden.

'Wat vroegen ze u? Wat hebt u gezegd?'

De Australische vrouw was wantrouwig. 'Waarom zou ik u dat vertellen?'

Inderdaad, waarom? Er kon maar één reden zijn. Ik geneerde me een beetje toen ik twee briefjes van twintig pond uit mijn broekzak haalde en die op de bar voor haar neerlegde. Een paar vroege drinkers zaten aan een tafeltje, verdiept in een gesprek. Er was niemand anders die ons zag.

'Het kan geen kwaad,' zei ik. 'U hebt het de politie al verteld. Ik zoek alleen bevestiging.'

De vrouw overwoog om nog meer vragen te stellen, maar bedacht zich toen en pakte het geld.

'Oké,' zei ze. 'Er kwamen twee rechercheurs. Ze zeiden dat ze onderzoek pleegden naar een moord. Ze lieten me de foto's van twee kerels zien. De ene was een grote, lelijke vent met wit haar. De andere was veel kleiner. We hadden hen die avond gezien. De kleine was zich aan het bezatten. De grote zat Red Bull te drinken en hem aan te kijken. Ze vertrokken rond negen uur.'

'Dat weet u zeker?'

'Het was ongeveer negen uur. Op zijn weg naar buiten botste de grote tegen iemand van ons personeel aan die hier kwam werken. Hij was laat. Hij herinnerde zich hoe laat.'

'Dank u,' zei ik. 'Proost.' Ik dronk de cola op en verliet de bar.

Ik liep naar buiten, Camden High Street op. De Europa, waar Owen was geweest, lag zowat een halve kilometer verderop. Ik vond de zaak en liep de overvolle gangpaden op en neer. Er waren daar drie camera's op de kassa gericht en op verscheidene plaatsen in de winkel die de winkelier niet kon overzien.

Gelukkig was het er rustig. Ik greep een pak koekjes en nam dat mee naar de kassa.

'Hé, ik ben op de tv,' zei ik en ik wees.

De man achter de kassa was een norse Aziaat van middelbare leeftijd die gewend was aan halvegaren. Dit was tenslotte Camden. 'Een filmster,' zei hij om me ter wille te zijn.

'Werken die dingen?' vroeg ik.

'Natuurlijk.'

'Hebben jullie er al misdadigers mee gevangen?'

224

'Een jaar geleden overviel iemand de zaak met een pistool. Pakte driehonderd pond. We hadden zijn gezicht op de camera. Maar de politie deed er niets mee. Ze vonden hem nooit. Niet zo best, vindt u wel?'

'Heeft de politie u ooit gevraagd naar mensen die hier binnenkomen? Weet u wel, mensen die ze schaduwen?'

'O, ja. Een paar weken terug is er een moord gepleegd. Een van de verdachten zei dat hij hier was toen het gebeurde. De smerissen wilden de banden afkijken om zijn verhaal te controleren.'

'En, loog hij?' zei ik, met wat ik hoopte onschuldige nieuwsgierigheid.

'Nee. De tijd staat op de band, dus ze wisten precies wanneer hij binnenkwam.'

Ik trok een gezicht naar de camera en nam daarmee mijn onschuldige rol van halvegare weer aan.

De winkelier had genoeg gehad. 'Ja?' zei hij tegen de oude vrouw die geduldig achter me wachtte.

Ik verliet de winkel en keek op mijn horloge. Het was half een. Tot dusver had alles geklopt wat Guy de politie had verteld. Had het nog zin bij Hydra te informeren? Op kantoor lagen er bergen werk op me te wachten. Ik aarzelde, maar de bar was vrij dicht bij Britton Street, daarom besloot ik me aan mijn plan te houden.

In Hydra was het vrij druk rond lunchtijd, maar lang niet zo druk als het om tien uur zou zijn. De bar baadde in blauw neonlicht en was de koelste in de hele buurt. Ik was er een paar keer geweest met Guy, maar niet vaak genoeg om herinnerd te worden. Bestond er een kans dat de barkeepers één eenzame drinker zouden herkennen, een maand nadat het was gebeurd? Ik zou het pas weten als ik ernaar vroeg.

Ik wist de aandacht van een van hen te trekken. 'Ik vraag me af of u me kunt helpen? Ik probeer uit te vinden wanneer een vriend van mij hier in deze bar was, vorige maand op een avond. De eenentwintigste september?'

'Wacht even. Ik zal de manager halen,' zei de barkeeper en hij verdween door de deur. Even later verscheen er een resolute man in een zwart T-shirt en een jasje.

'Kan ik u helpen?' vroeg hij, met de uitgesproken suggestie dat het juiste antwoord op die vraag nee was.

'Ja, ik vraag me af of de politie hier is geweest om vragen te stellen over iemand die in uw bar zat te drinken.'

'Als dat al zo was, waarom zou ik er dan met u over praten?'

'Het is een vriend van me. Hij wordt vermist. We denken dat hij hier het laatst is gezien.' Ik haalde een foto van Guy voor de dag. Ik had hem, net als Owen, uit het directiedeel van onze website gehaald.

De manager keek er nauwelijks naar. 'Hebt u enig idee hoe druk het hier is 's avonds?'

'Ik weet dat het moeilijk is. Maar ik zou u heel dankbaar zijn als u probeert het u te herinneren. Dit moet ongeveer een maand geleden zijn. De eenentwintigste september.'

Sorry, meneer. Ik kan u niet helpen.' De manager gaf de foto terug.

'Kunt u me zelfs niet zeggen of de politie naar hem heeft gevraagd?'

'Nee, dat zou ik niet kunnen.'

Hij wilde het me niet zeggen en zijn blik daagde me uit te proberen hem om te praten. Hij was gewend met lastige klanten om te gaan. Ik wist vrij zeker dat ik mijn briefjes van twintig pond aan hem zou verspillen.

'Bedankt voor uw tijd,' zei ik en draaide me om.

Juist toen ik bij de uitgang was werd ik tegengehouden door een kreet. 'Oi! Wacht 's even!'

Ik liep weer naar de bar.

'Zei u de eenentwintigste september?'

'Dat klopt.'

'Die week waren we dicht. Renovatie. Tenzij dus uw vriend een schilder of behanger was, betwijfel ik of hij hier werd gezien.'

Hebbes.

Ik ging terug naar kantoor. Guy had dus tegen me gelogen. Ik wist nu dat hij die avond niet om negen uur naar Hydra was gegaan, zoals hij mij en waarschijnlijk ook de politie had verteld.

Waar was hij dan geweest?

Was hij naar Knightsbridge gereden en voor de flat van zijn vader op de loer gaan liggen, wachtend op het moment dat hij hem kon aanrijden? Of misschien was het niet tevoren beraamd. Misschien had hij besloten met zijn vader te gaan praten over de situatie bij Goal, had hem in de straat gezien en zijn voet op het gaspedaal gedrukt in een vlaag van halfdronken woede? Dat was waarschijnlijker. Onbehaaglijk waarschijnlijk.

Het idee ontstelde me. Mijn korte euforie dat ik eindelijk opschoot met mijn onderzoek verdween snel. Mijn vriend had tegen me gelogen over iets van essentieel belang.

Hij kon zelfs iemand hebben vermoord.

28

Zodra ik terugkwam op kantoor belde ik Donnelly en vroeg hem of hij voor Tony's flat in de straat een staalblauwe Porsche had gezien. Guys auto was zo opvallend dat hij hem gezien kon hebben.

Hij draaide er even omheen en viste naar een aanvullend honorarium, maar ik weigerde. Toen beantwoordde hij mijn vraag.

Nee.

Dat wilde natuurlijk nog niet zeggen dat Guy daar niet was in een andere auto. Het kon ook zijn dat Donnelly een Porsche had gemist, zelfs een staalblauwe, in een deel van Londen dat ervan was vergeven.

Het probleem was, ik wist het gewoon niet.

Ik zat aan mijn bureau te overdenken wat ik moest doen. Het was moeilijk. Ik kon Guy weer aanschieten, maar dat leek niet veel zin te hebben. Als hij schuldig was zou hij het overtuigend ontkennen. Was hij onschuldig, dan zou hij zwaar de pest in hebben omdat ik had rondgeneusd om hem te controleren. Hij zou ontploffen. En een explosie op dat moment was het laatste wat Goal kon gebruiken.

Het begon spannend te worden. Het aantal bezoekers nam nog steeds sterk toe, maar de geplande lancering van de online verkoop kwam onbehaaglijk dichtbij. Ik wist niet zeker of we het zouden halen.

Op een bepaald moment zou ik het probleem van Guys schuld of onschuld onder ogen moeten zien, dat wist ik, maar ik besloot dat moment uit te stellen. Er waren gewoon te veel andere dingen te doen.

Amy had uitzonderlijk werk verricht door een gamma van producten voor ons samen te stellen, die we konden verkopen. Het waren de typische club- en nationale kleuren en verder onze eigen kledingcollectie, met het Goal.com-logo dat Mandrill vijf maanden geleden had ontworpen. Ze had ontwerpers, fabrikanten, opslagruime en distributie geregeld. Alles was klaar voor de start.

Natuurlijk was de technologie de grootste zorg. Een website runnen die ook dingen verkoopt vergt veel meer technologie dan een site die alleen maar wordt bekeken. Aparte computers, of servers, zijn nodig om productinformatie en prijzen, informatie over klanten en transacties, financiële en boekhoudregistraties en creditcardverificaties op te slaan. Tussen deze en de klant is er een webserver, die via internet met de computer van de klant communiceert en ervoor zorgt dat elke vraag onvertraagd wordt geïntegreerd met alle andere systemen. *Firewalls*, *proxy servers* en *routers* zijn nodig om het hele systeem te beschermen en het webverkeer doeltreffend te controleren.

In het begin had een bedrijf dat via internet wilde verkopen dit allemaal van meet af aan moeten opzetten. Het probleem was toen de verschillende systemen met elkaar te laten praten. Gelukkig was het mogelijk dat allemaal uit voorraad te kopen, tegen de tijd dat wij Goals e-commercesysteem wilden installeren. Dat spaarde tijd en was de uitgave waard, maar het begrensde wel sommige aspecten van de site.

Dat zat Owen dwars. In Californië had hij voor een grote detailhandelaar aan online catalogi gewerkt en hij had enkele interessante doorbraken in de technologie bereikt. Hij liet ze ons zien en we waren onder de indruk. Natuurlijk wilde hij die verwerken in Goals site. Natuurlijk pasten ze niet.

Aanvankelijk stelde Owen voor dat we het lanceren van de site een maand zouden uitstellen, zodat hij ze passend kon maken. Een maand was na Kerstmis. Guy zei nee. Zonder het dus tegen iemand te zeggen begon Owen een Toepassings Programmeer Interface te schrijven om zijn ideeën aan ons kant-en-klare systeem te bevestigen.

Ecomsult, het nieuwe bedrijf van consulenten dat we binnen hadden gehaald om het systeem te implementeren, wist hiervan en het beviel hun niet. Maar Owen stond erop. Guy en ik merkten wel dat er wat problemen waren tussen Owen en Ecomsult, maar we namen aan dat dit weer zo'n gevolg was van Owens beruchte vaardigheid iedereen met wie hij werkte in het harnas te jagen. Guy gaf hem het voordeel van de twijfel en ik wilde zo weinig mogelijk met hem te maken hebben.

Twee dagen voor het lanceren van de site draaiden we proef en bombardeerden de site met gefingeerde verzoeken om kleding. Het werkte perfect. En de online catalogus zag er echt goed uit.

De dag van de lancering brak aan. We hadden heel veel geld uitgegeven om het aan te kondigen, in een tijd van het jaar dat reclame het duurst is. De pers was opgewarmd en de moderedactrice van een van de grootste provinciale kranten was van plan wat te kopen. Haar artikel zou een geweldige manier zijn om de vrouwen te bereiken die dachten aan kerstgeschenken voor hun voetbalgekke vrienden of echtgenoten.

Om tien uur 's morgens gingen we de lucht in. We kregen direct bezoekers. Het verkeer groeide enorm. Mensen begonnen te bestellen. Het systeem crashte niet. Om vijf uur had het zeven uur zonder storing gedraaid, dus gingen we allemaal in optocht naar Smiths, een spelonkachtig pakhuis met bar tegenover de Smithfield vleesmarkt, dat bezig was met een nuttige franchise als stamkroeg voor de internetzaken in de buurt. Guy bestelde champagne. Na een uur of zo gingen we naar huis, terwijl sommige anderen terugkeerden naar kantoor om het systeem te controleren.

De volgende morgen kwam ik een beetje later op kantoor en belandde midden in een chaos. Amy, Owen, Sanjay, Guy en de mensen van Ecomsult waren er de hele nacht geweest. Het groepsbestand dat naar onze distributeur was gestuurd, met alle informatie over de aankopen van de dag, was verminkt. Dat betekende dat de distributeur niet zeker kon zijn welke goederen hij naar wie moest sturen. Amy leek de grootste moeite te hebben precies uit te vlooien hoe het nu eigenlijk verminkt was geraakt. Owen leek het te weten, maar zei dat hij het te druk had om het uit te leggen en hij verbood Sanjay om iets te doen, hij mocht alleen proberen het probleem op te lossen.

Er kwamen meer bestellingen binnen. We konden ze niet aan. Om tien uur haalde Guy een groepje van ons bij elkaar. Hij vroeg Owen of hij kon garanderen dat het probleem in het komende uur zou zijn opgelost. Owen zei dat hij dat niet kon. Daarom beval Guy de e-commerce-sectie van de site te sluiten.

Amy belde de moderedactrice om haar te vragen wat ze had besteld en haar te beloven dat het direct zou worden afgeleverd. De moderedactrice was er niet van onder de indruk, al zag ze haar kans. De volgende dag kwam Goal.com voor het eerst op de voorpagina. 'Vertrouw niet op internet voor je kerstaankopen' luidde de boodschap. Precies het soort publiciteit dat we nodig hadden. Erger nog, we maakten er de hele branche mee zwart.

Door de hele dag te werken en tot laat in de volgende avond door te gaan, zagen we kans handmatig vast te stellen wie wat had besteld en die informatie per motorkoerier naar het pakhuis van onze distributeur te sturen. De goederen werden verzonden. Maar onze geloofwaardigheid had een enorme dreun gekregen, mogelijk onherstelbare schade.

Het was niet alleen onze geloofwaardigheid. Amy had geprobeerd onze productencollectie zo eenvoudig mogelijk te houden, maar we hadden grote hoeveelheden kleding moeten bestellen bij onze fabrikanten. Kleding die betaald zou moeten worden. Als we het meeste daarvan niet vóór Kerstmis konden verkopen zouden we een zware financiële klap krijgen.

Guy was ten slotte de man die ontdekte wat er was gebeurd. De fout zat in de TPI die Owen had geschreven. Bij Ecomsult was het ik-heb-het-jewel-gezegd niet van de lucht. Owen gaf hun de schuld omdat ze zich niet hadden gerealiseerd wat hij ging doen. Guy probeerde de wederzijdse beschuldigingen te dempen en iedereen zich te laten concentreren op het weer online krijgen van de site. Het was een moeilijke taak. Owen was niet bereid toe te geven dat hij fout zat.

Ten slotte eiste Ecomsult een bespreking. We zaten rond een tafel, twee van hen, Guy, ik, Amy, Ingrid en Owen. De leider van het Ecomsult-team was een man uit Yorkshire die Trevor heette. Hij was gedrongen en had een permanent intense gelaatsuitdrukking. Je kon zien dat hij een techneut was, want hij sprak snel, maar drukte zich duidelijk uit en wat hij zei was helder en verstaanbaar.

'We hebben het probleem met het systeem gevonden,' begon hij. 'Het ligt aan de TPI die onze productcatalogus verandert.'

'Het probleem ligt bij jullie e-commerce-pakket, niet bij de TPI,' viel Owen hem in de rede.

Trevor trok een gefrustreerd gezicht.

Guy stak zijn hand op. 'Heel even, Owen. Ik wil horen wat Trevor te zeggen heeft, dan kom jij aan de beurt.'

Owen gromde en zijn oogjes glinsterden.

'Begrijp me niet verkeerd,' zei Trevor. 'De TPI is ingenieus. En als we die zouden kunnen integreren met de rest van de oplossing zou hij heel sterk kunnen zijn. Maar dat gaat tijd kosten. En daarin ligt in feite onze keus.'

'Ga door,' zei Guy.

'We hebben twee opties,' vervolgde Trevor. 'Eén: we kunnen aan de TPI werken totdat we hem betrouwbaar in het systeem hebben geïntegreerd.'

'Hoe lang zal dat duren?'

'Dat is onmogelijk te zeggen,' zei Trevor. 'Het zou een week kunnen zijn, of een maand. Misschien nog langer.'

'Het is een kleinigheid,' mompelde Owen.

'En de tweede optie?'

'Laat de TPI vallen. Gebruik de standaard catalogusarchitectuur die bij het pakket hoort. Het is wel niet even mooi en ook niet even functioneel. Maar we kunnen het aan het eind van de week aan de gang krijgen.'

'En als we de tweede optie volgen, dan ben je honderd procent zeker dat het systeem dit keer zal werken?'

'In deze zaken is niets honderd procent. Maar we zullen een systeem gebruiken dat al tientallen keren eerder heeft gewerkt.'

'Zo.' Guy keerde zich naar zijn broer. 'Owen?'

'Het is een tweederangs oplossing, man,' mompelde hij.

'Wat bedoel je?'

'Ik bedoel dat je het erover hebt dat je de beste voetbalsite op internet hebt. Met mijn TPI heb je die. En we krijgen het in een week gedaan, als deze hufters tenminste hun vingers uit hun kont halen.'

Trevor tuitte zijn lippen. Ik was onder de indruk van zijn zelfbeheersing.

Guy sprak hem aan. 'Owen zegt dat we het in een week kunnen doen.'

'En ik zeg dat dat niet kan.'

Het werd tijd dat ik ertussen sprong. Owen was Guys zwakke plek en hij kon helemaal van de kook raken als ik dat toeliet.

'Volgens mij is het antwoord duidelijk,' zei ik.

'O ja?' zei Guy.

'Ja. Als we die site volgende week niet aan de praat krijgen, raakt ons hele kerstseizoen in de vernieling. Het zal moeilijk zijn daarna onze reputatie terug te winnen. En financieel komen we in de problemen. We moeten voortgang blijven maken. Als daar wat compromissen voor nodig zijn, nou ja, in het verleden hebben we die ook gesloten.'

'Amy?' vroeg Guy.

'Owens toepassing bevalt me wel. Maar we kunnen hem ook missen. En David heeft gelijk, we moeten verkopen. We hebben geen keus.'

'Ingrid?'

'We hebben geen keus.'

Guy knikte naar ons drieën. We zwegen. Hij zat te dubben. Voor iemand die normaal zo doortastend was, zat hij duidelijk te weifelen. Owens logge lijf zat ineengedoken in een stoel zijn broer aan te staren.

'Trevor, we nemen de tweede optie,' zei ik. 'Owen, jij geeft de lui van Ecomsult alle hulp die ze nodig hebben.'

Owen keek naar zijn broer. Guy knikte nauwelijks merkbaar.

'Laten we eraan beginnen,' zei ik.

We gingen weer aan onze bureaus zitten, Guy berustend. Ingrid liep dicht langs het mijne. 'Koffie?' fluisterde ze, zodat Guy het niet kon horen.

Ik liep achter haar aan naar een café om de hoek. We namen onze cappuccino's en gingen zitten.

'Hij moet opdonderen,' zei Ingrid.

Ik gaf geen antwoord. Ik zou Owen dolgraag kwijtraken. Maar zo gemakkelijk was dat niet.

'Hij moet weg,' herhaalde ze.

'Dat weet ik, maar hoe?'

'We zullen het tegen Guy moeten zeggen.'

'Maar hij is de broer van Guy!'

'Ja. En Guy hoort te beseffen dat hij het bedrijf naar de barrebiesjes zal helpen.'

'Hij hoort te verdwijnen, maar hij zal het niet doen.'

'Ik begrijp die twee niet,' zei Ingrid. 'Ik bedoel, ik weet dat ze broers zijn, maar ik kan me geen twee mensen voorstellen die meer van elkaar verschillen. Hun relatie lijkt veel hechter dan bij de meeste broers. Het is eng. Het is bijna onnatuurlijk.'

'Het is absoluut onnatuurlijk,' zei ik. 'Ze zijn ieder op hun eigen manier verknipt en ze kunnen alleen op elkaar vertrouwen. Zo is het altijd geweest. Ik herinner me op school hoe het ging als iemand Owen begon te pesten. Hij was een voor de hand liggend mikpunt. Ik geloof dat ze hem "De ongelooflijke joekel" noemden of zoiets. Er was een rotjongen die Wheeler heette, weet je wel, zo'n pestkop die een groep in zijn macht houdt door zich tegen individuele leden te keren.'

'Guy ranselde hem dus af?'

'Erger. Wheeler was er op een weekend niet. Guy ging die avond naar het slaapgebouw en legde Wheelers vriendjes uit hoe Wheeler hen allemaal manipuleerde, hen verdeelde door ieder van hen om de beurt te pesten. Guy bleef rustig. Er werd naar hem geluisterd. Toen Wheeler weer op school kwam waren al zijn spullen vernield en niemand wilde met hem praten. Het volgende trimester kwam hij niet meer terug op Broadhill.'

'Je zegt dus dat Guy zijn broertje beschermt?'

'Altijd.'

Ingrid dronk peinzend van haar koffie. 'Dat mag dan wel zo zijn, maar Owen moet opstappen. We kunnen hem Goal niet laten ruïneren. Als Guy het probleem niet objectief onder ogen kan zien, gaan we naar Derek Silverman. We kunnen niet anders.'

'Je hebt gelijk.' Dit had niets te maken met mijn persoonlijke problemen met Owen. Hij bedreigde het bestaan van het bedrijf zelf. 'Doen we het samen?'

Ingrid knikte. 'Samen.'

We wilden Guy aanpakken op het kantoor van Goal. Dit was niet persoonlijk, dit was zakelijk en dat wilden we benadrukken. Zodra we terugkwamen op de zaak vroeg ik hem of we achter de gesloten deuren van de directiekamer konden praten.

Owen zag ons naar binnen gaan.

Ik vertelde het hem. Zoals we hadden verwacht protesteerde Guy. 'We kunnen Owen niet missen! Hij is een van de oprichters. Hij was degene die in het begin voor al het geld zorgde. Hij bracht de technologie voor de site binnen. Hij heeft even hard gewerkt als wij allemaal. Zonder hem zou er nu geen Goal zijn.'

'Dat weet ik,' zei ik. 'Maar met hem zal er in de toekomst geen Goal meer zijn.'

'Och, toe nou!'

'David heeft gelijk,' zei Ingrid. 'Deze puinhoop hebben we helemaal aan Owen te danken. We moeten maar afwachten of we ervan zullen herstellen. En het is geen alleenstaand incident. Er zullen er meer komen. Een daarvan zal ons einde betekenen.'

'Maar hij is de meest briljante techneut die ik ken! Hij heeft die lui van Ecomsult volledig in zijn zak.'

'Dat klopt precies,' zei Ingrid. 'Hij heeft hen in zijn zak. Maar het komt erop neer dat we, naarmate we groter worden, voor de technologie in dit bedrijf moeten kunnen rekenen op een team van mensen, niet op één man. Owen past niet in zo'n team.'

'Ik kan hem zeggen dat hij beter moet opschieten met de anderen,' zei Guy.

'Dat zal niets uithalen,' zei ik. 'Jij kent Owen.'

'En als ik nee zeg?'

'Dan gaan we naar Derek Silverman,' zei Ingrid.

'Achter mijn rug om?'

'Nee. We praten nu eerst met jou,' zei Ingrid. 'Dit is niet langer jouw zaak, Guy. Als dat zo was zou je Owen aan kunnen houden en je zou in je recht staan. Maar nu zijn er een boel mensen die een aandeel hebben in dit bedrijf. Omwille van die mensen moet hij vertrekken.'

'Spannen jullie tegen mij samen?' zei Guy. 'Jullie en je ouwe vriendje Henry Bufton-Tufton?'

'Nee,' zei Ingrid. 'Juist omdat het jouw broer is, is het voor jou zo moeilijk iets te ondernemen. Daarom moeten we naar de bestuursvoorzitter gaan.'

Guy haalde diep adem. 'Ik ben de topman van deze zaak en ik neem de beslissingen. Owen blijft. Hij was hier aan het begin en hij zal hier aan het eind zijn. Wanneer dat dan ook is. Laten we nu weer aan het werk gaan.'

Ik liep naar Ingrids bureau en belde de secretaresse van Derek Silverman. Ik maakte een afspraak om over twee dagen met hem te praten.

Zoals gewoonlijk kwam ik laat terug in mijn flat in Notting Hill, met een afhaalmaaltijd. Ik at niet altijd afhaalmaaltijden, soms warmde ik iets op van M&S. Tegenwoordig zelden meer dan dat. Ik keek rond in de flat. Hier en daar was hij schoon; ik betaalde een vrouw om eens in de week langs te komen en daarvoor te zorgen. Maar over het algemeen was het een rotzooi. Er lag een stapel rekeningen en reclamepost die ik door moest lopen. De keuken moest worden geverfd. In de wasbak van de badkamer drupte een kraan. Het raam in de woonkamer moest gerepareerd worden. Ik was laat met mijn belasting. Ik had in drie weken mijn ouders niet gebeld.

Zo was het niet altijd geweest. Tot aan Goal had ik een vrij ordelijk leven geleid. Maar nu niet meer.

Ik liet me aan de keukentafel vallen en pakte mijn doner kebab uit. Ik besloot al mijn zorgen uit te stellen tot zondag. Als ik tenminste niet de hele dag doorbracht op kantoor.

Er werd gebeld. Ik woonde in een beveiligd gebouw, daarom moesten bezoekers zich melden via de intercom voor in de hal. Waarschijnlijk dus een buurman. Waarschijnlijk met een klacht over iets wat ik niet had gedaan.

Ik deed de deur open.

Het was geen buurman. Het was Owen.

Hij beende langs me heen de woonkamer in en duwde me met zijn logge lijf opzij.

'Wat doe jij hier?' wilde ik weten.

'Ik wil met je praten,' zei hij. Hij was kwaad. De donkere oogjes glinsterden gevaarlijk onder zijn wenkbrauwen.

Ik was te moe om hem aan te pakken. 'Kan het niet tot morgen wachten?'

'Nee.' Hij liep op me af. Ik bleef staan waar ik stond. Ik zou in mijn eigen flat niet met me laten sollen.

Vlak voor me bleef hij staan. 'Je hebt vandaag geprobeerd mij te laten ontslaan.' Hij stond zo dicht bij me dat ik zijn adem kon ruiken. Een pepermuntgeur overdekte iets mufs.

'Ja.' Ik was vastberaden me niet te laten intimideren.

'Waarom?'

'Jij bent een slimme jongen, Owen, maar je praat niet met mensen. Dat is belangrijk. Het veroorzaakt blunders die we ons niet kunnen veroorloven.'

Owen priemde een vinger tegen mijn borst. 'Het probleem was dat stomme gelazer met dat systeem, niet ik.'

'Het was jouw taak dat stomme gelazer met dat systeem te laten werken. Dat deed het niet. Je hebt een blunder gemaakt.'

'Ik blijf,' zei Owen.

'We zullen zien.'

'Ben je van plan ermee naar Silverman te gaan?'

Ik gaf geen krimp. 'Jazeker.'

'Je hebt net je plannen veranderd.'

'Ik zal doen wat ik juist vind.'

Owen zette een paar passen achteruit. 'Heeft dit iets te maken met de dood van vader?'

'Wat bedoel je?'

'Ik bedoel dat jij maar vragen blijft stellen, nietwaar? Over Guy en over vader.'

'Ik houd er niet van bedreigd te worden.'

'O, ja?' Hij greep me bij mijn kraag en duwde me tegen de muur. Hij was zo sterk dat mijn voeten nauwelijks de vloer raakten. Zijn grote knuisten, die mijn kraag vasthielden, drukten in mijn hals zodat ik moeilijk kon ademhalen.

'Ik zal je eens wat zeggen. Geen stomme vragen meer over hoe vader aan zijn eind kwam. Als Guy echt jouw vriend was zou je ermee ophouden. En je moet Dominique ook vergeten. Dat was allemaal lang geleden. Begrijp je me?'

Ik had hem tot rust kunnen brengen, ja, Owen, nee, Owen kunnen zeggen en weg kunnen laten gaan. Maar ik was moe, ik had een beroerde dag achter de rug en het beviel me helemaal niet dat iemand mijn eigen flat binnenstormde en me koeioneerde, ook al was hij veel groter dan ik.

Dus bracht ik hard mijn knie omhoog in Owens lies. Zijn greep aan mijn kraag verslapte en hij bukte zich, met een van pijn vertrokken gezicht. Nu ik eenmaal was begonnen moest ik het afmaken, daarom sloeg ik hem op zijn kin. Hij wankelde verdoofd achteruit en ik stompte hem in zijn maag. Terwijl hij stond te waggelen pakte ik hem bij zijn kraag en sleurde hem naar de deur.

'Donder op, Owen,' zei ik. 'En kom hier niet mee terug.'

Eerst liet hij zich voorttrekken. Toen ik de deur bereikte en die opende richtte hij zich op. Hij was kwaad. Ik had een probleem.

Ik probeerde hem opnieuw te slaan, maar mijn klap stuiterde van zijn schouder en raakte zijn kaak onvoldoende. En toen had hij mij te pakken. Hij was groot en hij was sterk en hij was verrassend snel. Ik verzette me, maar binnen de kortste keren had hij me tegen de muur geduwd. Hij stompte me drie keer hard in mijn maag. Alle lucht werd uit mijn middenrif geslagen en op de een of andere manier kon ik geen nieuwe meer krijgen. Ineengekrompen viel ik op de vloer, snakkend naar adem. Daarna begon hij te schoppen. Ribben, hoofd, rug. Eén trap op mijn schedel moet te hard zijn geweest, want alles werd donker.

Ik ontwaakte terwijl er twee ziekenbroeders over me heen stonden gebogen. Alles deed pijn. Ik was niet lang bewusteloos geweest, zeiden ze. Een buurman had gerucht gehoord en een ambulance gebeld. Er waren ook een paar agenten in uniform. Ze vroegen wie me had aangevallen. Ik was te verward om te besluiten hoe ik daar antwoord op moest geven en daarom sloot ik mijn ogen totdat ze me met rust lieten.

Ik bracht een paar dagen in het ziekenhuis door voor observatie en röntgenfoto's. Wonderlijk genoeg was er niets gebroken, maar ik zat onder de blauwe plekken. Ik had een flinke hersenschudding, die me niet alleen hoofdpijn bezorgde, maar me ook twee keer op de meest spectaculaire manier deed overgeven – 'projectielbraken' noemden ze dat.

Er kwamen een paar bezoekers. Guy het eerst.

'Verrek, wat zie jij eruit,' zei hij toen hij me zag.

'Bedankt.'

Hij ging op een stoel naast het bed zitten. 'Het spijt me van Owen.'

'Mij ook.'

'Dat had hij nooit met jou mogen doen.'

'Het was deels mijn eigen schuld. Hij kwam binnenstormen en ging met me sollen, daarom sloeg ik hem. Toen sloeg hij mij.'

'Ga je een aanklacht indienen?'

Ik schudde mijn hoofd. 'De politie wilde dat, maar ik heb nee gezegd. Hij is jouw broer. En uiteindelijk heb ik hem het eerst geslagen. Maar ik zeg je, Guy, een van ons moet verdwijnen. Het is hij of ik.'

Guys blik rustte op mijn ogen. Hij zag dat ik het meende en sloeg zijn ogen neer. 'We zullen zien.'

'Dat zullen we zeker.'

'Stomme zak,' zei hij. 'Luister, het spijt me echt.'

'Dat weet ik. Maak je geen zorgen. Ik word wel weer beter. Over een paar dagen ben ik weer op kantoor.'

De andere bezoeker was Ingrid. Ik had gehoopt dat ze zou komen, maar het verraste me dat ik zo blij was haar te zien. Zodra ze binnenkwam voelde ik me al beter. Ze was hevig geschrokken van Owens optreden. Ik vertelde haar over mijn ultimatum aan Guy en ze steunde me. Het uur dat ze naast mijn bed doorbracht ging heel snel voorbij.

De volgende dag ging ik naar huis met het bevel van de dokter daar te blijven. Maar het was saai en er was bij Goal zoveel te doen. Die middag, ondanks mijn zeurende koppijn, ging ik dus toch maar naar kantoor.

Iedereen was blij me te zien. Iedereen leefde mee. Guy glimlachte en leek echt blij te zien dat ik terug was.

Owen was zijn spullen aan het inpakken.

'Hij vertrekt dus?' vroeg ik Guy.

'Ja,' zei Guy. 'Het was zijn eigen besluit. Volgens mij beseft hij dat zijn positie hier vanaf nu moeilijk zal worden.'

'Nou, ik ben er blij om,' zei ik. 'Als hij was gebleven zou ik vertrokken zijn.'

'Ik weet het.'

Ik deed langzaamaan. Met mijn hoofd kon ik me moeilijk concentreren en ik kon maar een paar minuten achter elkaar lezen. Na een paar uur gaf ik het op en ging naar huis.

In de gang kwam ik Owen tegen.

'David!'

Ik bleef staan. 'Ja?'

Hij bekeek mijn gezicht en moest de nog zichtbare tekenen van onze vorige ontmoeting hebben gezien. 'Ik ga vanwege Guy. Dat weet je, niet-waar?'

'Ja.'

'Het heeft niets met jou te maken. Goal betekent alles voor Guy en ik wil de zaak niet verpesten voor hem.'

'Oké,' zei ik op neutrale toon.

'Je weet dat ik alles voor mijn broer overheb. Alles.' Hij kwam dichter-bij. Ik werd gespannen. Dit keer zou ik weglopen als hij probeerde me aan te raken. 'Als jij hem op wat voor manier ook kwaad doet, of Goal kwaad doet, dan kom ik achter je aan. Begrepen?'

Ik knikte. Ik had er genoeg van me tegen Owen te verzetten.

'Goed.' Hij liep langs me heen en ging terug naar zijn bureau.

Terwijl ik naar de ondergrondse liep verwonderde ik me over Owens loyaliteit jegens Guy. Ik voelde ook angst. Owen meende wat hij zei, dat was in elk geval duidelijk. En ik had geen idee hoe ver hij zou gaan in het beschermen van zijn broer.

29

Spoedig was ik weer terug in de maalstroom van Goal. Guy en ik gingen naar München om een paar sleutelfiguren te interviewen voor onze operatie daar, die nu bestond uit twee mannen, een vrouw, een kantoor en een boel computers. De dag was een succes. Rolf, de man die we hadden aangenomen om de zaak op te zetten, was goed. Hij was efficiënt, bekwaam en vooral snel. In maart zou Duitsland online zijn.

Ik zei weinig in het vliegtuig terug en keek neer op de lichten van naamloze Duitse plaatsen die door het donker en de wolkenflarden glinsterden. Guy zat naast me, verdiept in een paar documenten over de nieuwe Franse operatie.

Het moment naderde. Het moment dat ik mezelf definitief moest overtuigen van Guys onschuld.

'Guy.'

'Ja?' Hij legde zijn papieren opzij.

'Wat is het verband tussen Frankrijk en de dood van je vader?'

'Verrek nogantoe, Davo! Kun je dan nergens anders aan denken? Je moet je concentreren. Er gebeurt te veel bij Goal. Als je je over dat alles zorgen blijft maken mis je straks iets. We kunnen ons niet weer een puinhoop veroorloven.'

Dit keer liet ik me niet van de wijs brengen. 'Voordat Owen me in elkaar sloeg waarschuwde hij me dat ik geen vragen meer moest stellen over de dood van je vader. En over Dominique.'

'Wat dan nog?'

'Waarom maakt hij zich zorgen, als er niets te verbergen valt?'

'Wie weet? Owen is geschift.'

'Ik ben bij Hydra geweest. Daar was je niet op de avond dat je vader stierf.'

'Dat was ik wel. Het is een grote tent. Degene met wie je hebt gesproken heeft me gewoon niet gezien.'

'De zaak was die week gesloten. Voor renovatie.'

Guy gaf geen antwoord.

Ik ging door. 'Hoe kwam die voetafdruk voor het raam van Dominique?' Guy wilde protesteren, maar ik hield hem tegen. 'Voordat je iets zegt, ik weet dat het twaalf jaar geleden is en ik weet wat je tegen de politie hebt gezegd. Maar die nacht staat in mijn hersenen gegrift, net als bij jou. Ik kan me elk detail ervan herinneren. En we zijn samen naar de gastenbungalow gegaan. In de tuin was laat die middag gesproeid, wat wil zeggen dat jouw voetafdruk daar gezet is tussen de tijd dat wij naar bed gingen en de tijd dat de politie de volgende morgen begon rond te snuffelen.'

'Kan ik iets te drinken voor u verzorgen, meneer?'

Het was de stewardess met het dienwagentje. Guy toonde zich dankbaar voor de onderbreking. 'Gin en tonic, graag. Een dubbele.'

Ik wachtte terwijl zij het drankje klaarmaakte. Hij nam een grote slok.

'Nog iets. Wanneer heb jij het sieradenkistje uit Dominiques kamer gehaald? Dat je aan Abdulatif hebt gegeven? De politie heeft de kamer afgezet zodra je vader hen had gewaarschuwd. Je moet het dus daarvóór hebben weggehaald. Wanneer?'

Guy dronk weer van zijn gin.

'Ik wacht,' zei ik.

Hij draaide zich opzij en keek me aan. 'Ik heb vader niet vermoord. En Dominique heb ik evenmin vermoord.'

'Wie heeft het dan wel gedaan?'

Guy slikte moeizaam. 'Ik weet het niet.' Nu verborg hij iets. Hij deed het goed, maar hij verborg het.

'Ik geloof je niet.'

Hij trok de schouders op.

'Guy, ik heb lang en diep over dit nagedacht. Ik wil niet geloven dat jij Dominique hebt vermoord. Of je vader. Dat wil ik echt niet. Maar er is iets aan de hand, iets waarvan ik denk dat jij het weet. En zolang ik niet weet wat het is, kan ik jou niet vertrouwen en niet met jou samenwerken. Als we in Londen zijn stap ik uit dit vliegtuig en ik ga nooit meer naar Goal.'

Guy keek me lang en doordringend aan. Ik wist dat hij het me niet wilde vertellen. Ofschoon mijn vertrek bij Goal een klap zou zijn, was het niet onoverkomelijk. Maar hij had mij nodig, net zoals ik hem nodig had. Op dat moment realiseerde ik me dat. En hij ook, dacht ik.

'Goed dan,' zei hij. 'Ik zal het je zeggen. Maar alleen als je me je woord geeft dat je het aan niemand zult doorvertellen. Mel niet, Ingrid niet. En de politie niet.'

Ik dacht na voordat ik antwoord gaf. Ik had geen idee wat hij ging toegeven of bekennen. Als hij nu zijn vader eens had vermoord? Dan zou ik zeker niet meer met hem samenwerken. En ik zou het de politie moeten vertellen.

Guy zag mijn aarzeling. 'Als je het toch tegen iemand zegt, zal ik het ontkennen. En er is hoe dan ook geen bewijs van wat ik ga zeggen. Krijg ik nu je woord?'

Hij wist dat ik mijn woord serieus zou nemen. Hij had mij gekend als een goed opgevoede kostschooljongen en ik was niet zoveel veranderd als hij wel gewild zou hebben.

'Oké,' zei ik.

Guy ademde diep. 'Goed dan. Laat me om te beginnen zeggen dat ik mijn vader niet heb vermoord en geen idee heb wie het wel heeft gedaan. Geen enkel idee.'

'Hoe zit het met Hydra? Je bent daar nooit geweest.'

'Nee, inderdaad. Toen ik wegging uit Elephant's Head heb ik een taxi genomen naar Mels flat in St John's Wood.'

'Mels flat?'

'Ja. Je hebt haar vorige maand bij mij gezien, nietwaar? Nou dan, daarvóór ging ik al een tijdje met haar om. Nu en dan.'

'Zo.'

'De politie heeft het gecontroleerd. Ze had een vriendin bij zich die mij ook heeft gezien. Ik wilde je dit niet vertellen toen je er mij naar vroeg, omdat... nou ja, je begrijpt wel waarom.'

'Ik geloof van wel.'

'Ik heb dus geen idee wie mijn vader heeft vermoord, of waarom.'

'Kan het iets met Dominique te maken hebben?'

'Aha, Dominique,' zei Guy.

Ik wachtte.

'Ik heb Dominique niet vermoord.' Dit keer sprak hij beslist de waarheid. 'Dat deed Owen.'

'Owen deed dat? Maar hij was pas vijftien!'

'Hij was toen al een grote kerel,' zei Guy.

'Maar waarom?'

'Hij haatte haar. Hij zat behoorlijk in de knoei toen mijn vader ons in de steek liet; dat weet je. Hij hield Dominique verantwoordelijk. Die hele reis raakte hij geobsedeerd door haar, hoe meer hij haar zag des te meer haatte hij haar. Weet je nog dat hij zei dat hij altijd aan zijn laptop zat te werken?'

'Ja.'

'Nou, dat was niet zo. Hij bracht in werkelijkheid veel tijd door met haar te bespioneren.'

'En toen zag hij haar met de tuinman.'

240

'En met jou.'

Ik zuchtte diep. Zelfs na al die jaren verscheurden de gevolgen van dat halve uur me.

'Het duwde hem over de rand,' zei Guy. 'Niet alleen had ze ons vader ontstolen, maar nu bedroog ze hem ook nog. Hij was woedend. Hij bleef haar in de gaten houden. Hij zag haar ruziemaken met vader. Zag vader het huis uitlopen. Zag hoe ze zich inspoot met heroïne. Zag haar drinken. Zag haar ten slotte in slaap vallen.'

'En toen?'

'Hij ging haar kamer in. Hij probeerde met haar te praten. Haar te zeggen wat hij van haar vond. Ik weet niet wat hij verwachtte, of hij dacht dat ze gewoon rustig zou luisteren naar wat hij te zeggen had en hem dan zou laten gaan. Maar toen ze wakker werd en hem zag, stond ze op het punt te gaan gillen, daarom duwde hij een kussen op haar mond. Ze probeerde zich eronderuit te worstelen. Hij hield het daar. Hij hield het lange tijd daar.'

'Jézus!'

'Toen ging hij bij haar weg.'

'Afschuwelijk. Maar het was jouw voetafdruk die ze vonden, niet die van Owen.'

'Owen wist dat hij iets heel verkeerds had gedaan. Toen het gebeurde geloof ik niet dat hij de bedoeling had haar te doden. Volgens mij besefte hij nauwelijks dat hij dat had gedaan. Maar hij wilde met me praten. Hij maakte me wakker. We liepen de tuin in en hij vertelde me alles over wat Dominique en jij hadden gedaan, wat een slet ze was, wat een inslechte vrouw ze was. Ik was geschokt, over jou en haar, maar ik dacht dat Owen gewoon doorsloeg. Wat vreemd voor hem was, je weet met hoeveel tegenzin hij praat.

Toen realiseerde ik me dat hij haar met het kussen had verstikt. Ik rende naar haar kamer en klom via het balkon naar binnen. Vader was er niet, maar zij wel. Ze lag daar, bewoog zich niet, haar gezicht nog onder het kussen.'

Guy ademde moeizaam. Op zijn bovenlip parelde zweet.

'Ik voelde naar een polsslag maar die was er niet. Toen moest ik meteen een besluit nemen. Ik kon Owen ofwel aangeven, of ik kon hem helpen. Ik was geschokt door wat Dominique en jij hadden gedaan. Ik haatte haar ook. En als Owen zo erg in de war was dat hij haar doodde, kwam dat door wat zij had gedaan. Nu weet ik dat het allemaal de schuld van mijn vader was, maar op dat moment gaf ik haar de schuld. Ik wist dat Owen verkeerd had gehandeld, maar hij was mijn broer en als ik niet voor hem in de bres sprong, zou niemand dat doen.

Dus sloop ik weer naar buiten en vroeg Owen wat hij precies had aangeraakt. Daarna kwam ik terug en veegde alles zorgvuldig schoon met een doek. Ik moest snel zijn; ik had geen idee wanneer mijn vader terug zou komen. Ik haalde de sloop van het kussen. Ik pakte het sieradenkistje om de indruk te wekken dat er een dief binnen was geweest. Ik verliet de kamer via het balkon en veegde onze voetstappen uit, maar ik moet er een van mij over het hoofd hebben gezien. En toen ging ik weer naar bed.'

'Ik heb niks gemerkt,' zei ik.

'Je was van de wereld. Snurkte. Hard.'

'Verrek.'

Guy haalde de schouders op.

'Het verbaast me dat de politie niets heeft gevonden.'

'Ik was zorgvuldig,' zei Guy. 'Zolang zij zich op vader concentreerden, was ik veilig. Ik wist dat ze gauw genoeg zouden ontdekken dat hij onschuldig was en ik moest hun iemand anders geven om te verdenken. Daarom was het betalen van de tuinman om te verdwijnen zo'n goed idee. Maar ik schrok me wezenloos toen ze mijn voetafdruk vonden. Ik ben je eeuwig dankbaar dat je me daaruit hebt gered. Ik heb nooit echt geweten waarom je dat deed.'

'Ik geloofde niet dat jij Dominique had vermoord,' zei ik. 'Ik was net van school. Ik hielp mijn onschuldige vriend tegen de autoriteiten. Tenminste, dat dacht ik.'

'Nou ja, in elk geval bedankt. Zonder die verklaring zouden ze het moeilijker hebben gevonden Abdulatif de schuld te geven.'

'Oef!' Ik overdacht wat Guy me zojuist had verteld. Owen had Dominique vermoord. Toen hij vijftien was! Ik huiverde. 'Wat is er met Abdulatif gebeurd?'

'Hij stierf in de straten van Marseille. Het is een gevaarlijke stad.'

'Je denkt niet dat Owen hem heeft vermoord?'

'Nee. Ik weet zeker dat hij dat niet heeft gedaan.'

'Och, toe nou! Zijn dood kwam zo gelegen. Zo precies op tijd. Net toen de chantage echt lastig begon te worden.'

Guy schokschouderde.

'Wacht 's even,' zei ik. 'Ik weet nog wanneer Owen ons vertelde dat Abdulatif was vermoord. Het was vlak voordat wij naar Mull gingen. Hij was op bezoek geweest bij je vader in Frankrijk.'

'Wacht even, Davo,' zei Guy en zijn stem begon kwaad te klinken. 'Ik heb je zojuist de hele waarheid verteld, en ik vertel je de waarheid als ik zeg dat Owen Abdulatif niet heeft vermoord. Volgens mij had hij niet de intentie Dominique te doden. Toen was hij nog jong. En verknipt. Hij is nu volwassen, minder impulsief. Hij heeft zich beter onder controle.'

'Huh.' Ik ging niet bekvechten met Guy over Owens psychische welzijn.

'Ik meen het. Hij is nu oké. En ik wil dat je hem met rust laat.'

'Met rust laat?'

'Ja. Met rust laat.' Guys stem klonk resoluut. Het was een bevel, geen verzoek.

Een tijdje zwegen we, terwijl ik tot me liet doordringen wat Guy me zojuist had verteld.

'Nu weet je het dus,' zei hij.

'Nu weet ik het.'

'Maar je zult het niet tegen Ingrid zeggen, nietwaar? Of Mel?'

Ik had mijn woord gegeven. Ik schudde mijn hoofd.

'Of de politie.'

Ik aarzelde.

'Het zou niet zoveel uitmaken als je het deed. Ik zou ontkennen dat we dit gesprek hebben gevoerd. Het is lang geleden, in een ander land en de zaak is tot ieders tevredenheid afgesloten. Het zou geen zin hebben. Toch?'

Ik schudde mijn hoofd. 'Het zou geen zin hebben.'

'Zie ik je dus morgenvroeg op kantoor?'

'Ik weet het niet.'

Die nacht lag ik in bed te staren naar de strepen licht en schaduw die de straatlantaarns buiten op het plafond tekenden. Ik was geschokt. Owen was een moordenaar. Hij had Dominique gedood en ik was er vrij zeker van dat hij ook Abdulatif om het leven had gebracht. En Guy had hem geholpen het te verbergen.

Guy had voor zichzelf op allerlei manieren gerechtvaardigd waarom Owen had gedaan wat hij had gedaan. Voor mij telde niets daarvan. Ik vond Owen verknipt, maar ik geloofde ook dat hij wel degelijk verant-woordelijk was voor zijn daden. Misschien was het juist voor een grote broer om zijn jongere broer te dekken, dat wist ik niet. Ik kon me met geen mogelijkheid voorstellen Owen als broer te hebben. Ik was nu heel erg blij dat hij niet langer voor Goal werkte. Maar hoe zat het met mij? Moest ik gewoon negeren wat ik wist?

Als een goede burger hoorde ik het iemand te vertellen. Maar ik had ook mijn woord gegeven. Alleen op die basis had Guy me alles verteld.

Ik dacht aan de praktische kant van de zaak. Naar wie moest ik gaan? Zou iemand bij de Engelse politie me helpen met een zaak die dertien jaar

oud was? Misschien moest ik de politie in Beaulieu bellen. Dan zou ik erheen moeten gaan. Ik zou met Franse autoriteiten moeten praten die misschien wel of niet belangstelling zouden tonen in wat ik zei. Ik zou mijn
eigen, persoonlijke kruistocht voor gerechtigheid moeten beginnen.

En wat zou er gebeuren? Het zou onmogelijk voor me zijn bij Goal te
blijven werken. Het zou het voor Guy moeilijk maken het bedrijf goed te
runnen, als de Franse politie besloot een verder onderzoek in te stellen. Ik
kon de hele zaak naar de vernieling helpen. Ik zou zeker een andere baan
moeten zoeken, misschien weer bij een bank, of nog erger, in de accountancy. En ik zou Guy verliezen als vriend. Dat was belangrijk, ondanks wat
Owen had gedaan.

Ik besloot mijn woord te houden.

Ten slotte viel ik in slaap. Om half negen de volgende morgen zat ik aan
mijn bureau, klaar voor alles wat Goal me in de schoot zou werpen.

DEEL IV

30

Maart 2000, drie maanden later, Clerkenwell, Londen

'Honderdtachtig miljoen! Denkt u dat Goal honderdtachtig miljoen waard zal zijn?'

Guy keek de Amerikaanse vrouw ongelovig aan.

'Absoluut,' zei ze.

'Ponden of dollars?'

'Ponden.'

'Wauw!'

Ik voelde met Guy mee. We zaten in de directiekamer van Goal met Henry Broughton-Jones en twee vertegenwoordigers van Bloomfield Weiss, een grote Amerikaanse investeringsbank die zich in Amerika helemaal op de technologie had gestort en nu probeerde die ervaring over te brengen naar Europa. De afgelopen twee maanden waren we belegerd door banken. Ze wilden allemaal Goal naar de beurs brengen via een IPO, een bericht van plaatsing. Dat hield in dat onze aandelen genoteerd zouden worden op de Londense beurs en op die van Frankfurt en geld zouden opleveren van privé- en institutionele beleggers. We hadden besloten Bloomfield Weiss aan te stellen om ons bij dit proces te begeleiden.

De twee mensen van de investeringsbank waren ongeveer van onze leeftijd. Een, de bankier, was een gladde Engelsman met achterovergekamd, geolied haar en een permanent gefronst voorhoofd. De andere, een goedverzorgde Amerikaanse vrouw die ook aan één stuk fronste, was analiste. Ze had de reputatie neokeynesiaanse aandelen in de Verenigde Staten te promoten en begon hetzelfde te doen aan deze kant van de Atlantische Oceaan.

'Hoe komt u aan dat bedrag?' vroeg ik. 'Vorige week hadden jullie het over honderdertig miljoen.'

'Deze markt swingt,' zei de analiste. 'De slimme Amerikaanse beleggers, die enorme successen hebben geboekt met internet in Amerika, beginnen hier hun kansen te ruiken. Privé-beleggers in Groot-Brittannië hebben de kriebel van internet gekregen, volumes rijzen de pan uit, ze handelen allemaal op aandelentips op elektronische bulletinboards. Lastminute.com komt over een paar weken naar de beurs met een waardering van driehonderdvijftig miljoen. Iedereen schreeuwt om aandelen. Honderdtachtig miljoen voor jullie is te doen. Heel goed te doen. Misschien krijgen we wel meer.'

'En hoeveel nieuw geld kunnen we krijgen?'

'Volgens mij kunnen we op veertig miljoen mikken. We willen iets van de beleggersvraag onaangeboord laten, zodat de aandelen de eerste dag omhooggaan. Het is belangrijk die vaart omhoog te krijgen. Tegenwoordig kopen beleggers aandelen omdat ze stijgen, alleen daarom al. Het wordt een vicieuze cirkel. En een die wij willen beginnen.'

'Maar geen van mijn verwachtingen laat zien dat we voldoende winst kunnen maken om dat soort cijfers te rechtvaardigen,' zei ik.

'Dat doet er niet toe,' zei de bankier. 'We mogen trouwens uw verwachtingen niet aan de beleggers laten zien. Maak je geen zorgen. Die lui zijn slim. Ze weten wat ze doen.'

'Is dat zo? Voor mij klinken ze niet slim.'

De frons van de bankier werd dieper. 'Jullie kunnen een geweldig verhaal vertellen, David. En je zult het vaak moeten herhalen. Je zult er zelf in moeten geloven. Je zult moeten meelopen met het programma, of uit de bus stappen.'

'Kom op, Davo, loop mee met het programma!' zei Guy en hij maakte een grapje met de gemengde Amerikaanse beeldspraken die zo pompeus klonken uit de mond van de Engelse bankier.

'David, wij zijn hier de verkopers,' zei Henry. 'Hoe hoger de prijs waartegen we verkopen, hoe meer geld we zullen verdienen. Zo eenvoudig is dat.'

'Dat zegt hij goed,' zei de analiste en haar frons werd even diep als die van haar collega. 'We hebben betrokkenheid van de directie nodig om deze zaak te laten werken. Over drie weken gaan we jullie meenemen om beleggers in heel Europa te ontmoeten. Beleggers ruiken een ongeëngageerde directie van mijlenver.'

'O, maar ik ben wel degelijk geëngageerd om Goal te laten slagen,' zei ik beledigd. 'Ik ben alleen niet geëngageerd bij een waardering van honderdtachtig miljoen pond.'

'Dat is prima, Davo,' zei Guy. 'Laat Bloomfield Weiss zich maar zorgen maken over de waardering. Jij en ik zullen ons zorgen maken over het bedrijf.'

'Goed dan,' zei de bankier. 'We denken er momenteel aan op twintig maart in Amsterdam te beginnen, daarna Parijs op de eenentwintigste en Frankfurt op de tweeëntwintigste. De volgende dag gaan we naar Edinburgh en daarna terug naar Londen...'

Goal was hersteld van zijn schommeling van vóór Kerstmis. Sanjay had de plaats van Owen ingenomen en had binnen een paar dagen, samen met Ecomsult, de verkoop weer volop op gang. We verzonden een respectabele hoeveelheid kleding vóór Kerstmis. Het millennium kwam en ging voorbij zonder onze computersystemen op te blazen, en met nieuwjaar vlogen we weg uit de startblokken. Begin maart was de Duitse site online en de Franse site zou er eind april bij komen. We kochten een klein bedrijf in Helsinki dat zich specialiseerde in Wireless Application Protocol – WAP-technologie. En het aantal bezoekers bleef maar stijgen. Adverteerders waren daar gek op en we haalden hen zonder moeite binnen.

Voor Guy was dat niet genoeg: hoe meer we bereikten, hoe meer hij wilde hebben. Hij had plannen voor een nog snellere uitbreiding. Meer reclame, meer marketing, nog een paar Europese kantoren openen, een fikse duw omhoog van de verkoopoperaties. Voor dat alles hadden we geld nodig. Maar nu leek dat geen probleem te zijn.

Iedereen raakte opgewonden over de IPO. Orchestra was enthousiast over het idee: ofschoon zij niet in staat zouden zijn iets van hun eigen aandelen direct te verkopen, zouden ze die kunnen opwaarderen en zo een enorme boekwinst tonen. Bloomfield Weiss zag het graag vanwege de honoraria die ze iedereen konden berekenen. Guy was er dol op omdat het voldoende geld zou opleveren om uit te geven.

En ik was er dol op omdat het een multimiljonair van me zou maken.

Dat was een heel vreemd gevoel. Natuurlijk had ik aan dit hele plan meegedaan met het vage idee veel geld te verdienen. En in theorie was mijn aandelenbezit aanzienlijk in waarde gestegen toen Orchestra de eerste investering had gedaan. Maar in dat stadium had ik me alleen zorgen gemaakt om de zaak draaiend te houden. Natuurlijk zou het allemaal papieren winst zijn, maar op een bepaald moment in de toekomst zou ik er echt geld van kunnen maken. Wat zou ik ermee doen? Mijn eigen Cessna 182 kopen? Een huis kopen aan de Corniche? Mijn kinderen naar Broadhill sturen? Het zou mijn leven veranderen. Ik zou een rijk man zijn, net als Tony Jordan. Ondanks mijn ambitie kon ik me dat op de een of andere manier niet voorstellen.

Ik besefte dat de mogelijkheden om het geld uit te geven weinig voor me betekenden. Maar het was wél belangrijk voor me dat ik het had verdiend.

Niet alleen voor mij. Iedereen op kantoor werkte glimlachend. Iedereen had een aandeel in het bedrijf, iedereen ging geld verdienen. Er was nog enorm veel werk te verrichten en er was geen tijd om de succesvolle afronding te vieren, maar het kantoor zoemde van onderdrukte opwinding. Men maakte dagen van zestien uur en leek nooit moe te worden.

Tot mijn opluchting liet Owen zich niet zien.

De IPO vergde een heleboel voorbereiding, vooral in de boekhoudsystemen en de juridische documentatie. Er moest een prospectus worden geschreven, gecontroleerd en nog eens gecontroleerd. Veel van dat werk kwam op mij neer. Mel was een grote hulp en we brachten lange avonden door met onduidelijke zaken bespreken.

Mijn vader belde en stelde voor bij Sweetings te lunchen. De laatste twee keer dat hij dat opperde had ik het moeten laten afweten; daarom stemde ik dit keer in. Bovendien had ik goed nieuws voor hem.

Ook diep in Northamptonshire hadden ze gehoord over de internetkoorts. Zelfs de *Daily Telegraph* rapporteerde er opgewonden over. Dus kon mijn vader nauwelijks wachten om te vragen hoe het met Goal ging.

'Het lijkt erop dat we aan het eind van de maand naar de beurs gaan,' zei ik.

'Nee toch! Jullie bestaan nog geen jaar.'

'Ik weet het. Absurd, nietwaar?'

'Ik heb me niet eens gerealiseerd dat jullie winst maakten.'

'Dat doen we ook niet.'

Mijn vader schudde het hoofd. 'De markten zijn gek geworden,' zei hij terwijl hij van zijn keurig opgemaakte krab begon te smullen. Maar hij kon een glimlach niet onderdrukken.

'Dat is zo. Maar je hoort mij niet klagen.'

'Dus, uh, hoeveel...?'

'Hoeveel zal je aandeel waard zijn?'

'Uh, och, ja. Dat vroeg ik me eigenlijk af.'

'Als de aandelen ook maar een beetje op het peil dat de bankmensen voorstellen op de markt komen, zowat negenhonderdduizend pond.'

Mijn vader verslikte zich in zijn krab. Hij begon te hoesten en nam vertwijfeld een slok van zijn kwartliter kroes Guinness. Geleidelijk ging het beter. 'Heb ik je goed verstaan?'

'Volgens mij wel.'

Hij begon breed te grijnzen. 'Goed gedaan, David. Goed gedaan.'

Onwillekeurig begon ik ook te glimlachen. Ik was trots dat ik zijn vertrouwen in mij zo ruim had terugbetaald. Ik wist dat hij echt in de wolken was, niet alleen om het geld, maar om het feit dat zijn zoon dat voor hem had verdiend. Wat ik hem niet had verteld was dat mijn eigen aandeel iets minder dan tien miljoen waard zou zijn.

'Ga het geld niet tellen voordat je je aandelen hebt verkocht,' waarschuwde ik. 'En geef er zeker niets van uit.'

'Natuurlijk niet,' zei mijn vader. En vervolgens: 'Zo, zo, zo. Ik geloof dat het tijd wordt dat ik het je moeder eens opbiecht.'

'Je hebt het haar nog niet verteld?'

'Nee,' zei mijn vader en hij keek wat gegeneerd. 'Misschien had ze het niet goedgekeurd. Maar nu zal ze dat wel moeten, nietwaar?'

'Ik neem aan van wel.'

Toen ik terugkwam was het hele kantoor in paniek. Ik kon zien dat de paniek met de technologie had te maken, want iedereen stond angstig kijkend om Sanjays bureau, terwijl hij koortsachtig zijn toetsenbord bewerkte en door de mensen die hem omringden heen met zijn personeel probeerde te praten.

'Wat is er aan de hand?' vroeg ik Ingrid.

'Sportsseason is door een virus aangevallen.'

Sportsseason.com was een van onze grootste concurrenten. Het was een sportwebsite die een jaar vóór ons was begonnen met heel veel voetbal. Ze waren beter ingevoerd dan wij en kregen meer bezoekers, maar we waren hen snel aan het inhalen.

'Wat voor virus?'

'Het spuugt kennelijk e-mails uit naar alle geregistreerde bezoekers van Sportsseason. Kijk maar.'

Ze gaf me een e-mail. Hij was gericht aan Gaz, die een oog had gehouden op de tegenstanders.

Viruswaarschuwing

Denk er alstublieft aan dat er in het Sportsseason.com-systeem een virus is ontdekt. Dit virus kan in staat zijn door te dringen in de computers van de bij Sportsseason geregistreerde bezoekers en kan misschien privé-informatie downloaden, of zelfs harde schijven van klanten verminken. Klanten wordt aangeraden niet in te loggen in de website van Sportsseason of e-mails van Sportsseason te openen.

Wij verontschuldigen ons tegenover die klanten die belangrijke persoonlijke gegevens hebben verloren als gevolg van dit virus.

Het Sportsseason-team

'Dit klinkt vreemd,' zei ik.

'Jazeker. Het moet verlakkerij zijn.'

'Je bedoelt dat er geen virus is?'

'Dat is er wel. Maar een eenvoudig. Het stuurt alleen deze e-mail aan alle klanten van Sportsseason om hen af te schrikken. Het zal Sportsseason weken kosten om de schade aan hun reputatie te herstellen, als dat al lukt.'

'Wat jammer,' zei ik ironisch. Het kwam erop neer dat slecht nieuws voor Sportsseason goed nieuws was voor Goal.

Ingrid keek me streng aan. 'Als iemand dit Sportsseason heeft aangedaan kunnen wij het volgende slachtoffer zijn. Guy wil zich ervan verzekeren dat we niet net zo kwetsbaar zijn.'

'We hebben *firewalls*, antivirussoftware en zo meer, nietwaar?'

'Ja, maar je mag aannemen dat zij dat ook hebben.'

Sanjay was er vrij zeker van dat wij beschermd waren tegen een dergelijke aanval, maar in de loop van de volgende paar dagen controleerde hij ons systeem regelmatig om helemaal zeker te zijn. Sportsseason probeerde weliswaar aan zijn klanten de boodschap door te geven dat de hele zaak verlakkerij was, maar er bestond geen twijfel dat die episode schade bij hen aanrichtte. Niemand vond de dader.

Guy, Ingrid en ik besloten een avond vrij te nemen om de Eerste Dinsdag van maart bij te wonen. Ze hadden ons maar al te graag. In de internetwereld stonden wij al bekend als een succesverhaal, nog voordat we onze eerste winst hadden behaald. Het gebeurde allemaal in de gehoorzaal van een theater, die speciaal voor deze gelegenheid was vrijgemaakt. Ze stonden in de rij om binnen te komen en het was een chaos toen we eenmaal binnen waren. Het gaf een heel ander gevoel dan toen ik er de laatste keer was: we waren er veel zekerder van wie we waren en wat we deden. Net als de laatste keer waren er honderden ondernemers met ideeën. Maar meer dan de helft van die ideeën was halfgaar. Bij sommige hadden ze niet eens de oven aangezet. Er liep ook een nieuw soort risicokapitaalgever door de zaal, de 'incubators'. Dat waren jonge mannen of vrouwen die geld hadden losgekregen om in het vroegste stadium in internetbedrijven te investeren: de equivalent van het Wapping-stadium in de geschiedenis van Goal. Ze waren bijna even kwetsbaar als de bedrijven waarin ze belegden, maar op een bepaalde manier hadden ze geld aangetrokken en dat strooiden ze in het rond. Vergeleken met hen leek de dertig jaar oude Henry Broughton-Jones op een dinosaurus.

Iemand had wel een succesverhaal, maar het grote verhaal waar iedereen over sprak was Lastminute.com, gerund door de vrouw die ik op mijn eerste Eerste Dinsdag had ontmoet. Dit was een website die op het laatste moment tickets verzorgde voor allerlei zaken, vanaf vliegreizen tot theaters of sportwedstrijden. Ze zaten midden in een bericht van plaatsing en het beleggerspubliek vocht om aandelen. De uitgiftekoers was net verhoogd, zodat het bedrijf werd gewaardeerd op vijfhonderd miljoen pond. Iedereen in die zaal wilde evenveel succes behalen als Lastminute en de meesten van hen dachten dat ze daarin konden slagen. Zelfs ik, moet ik tot mijn schaamte bekennen.

Na een paar uur koortsachtig kletsen kwamen wij met zijn drieën bij elkaar.

'Wat een dierentuin!' proestte Ingrid.

'Kun jij deze mensen geloven?' vroeg Guy.

'Op dat punt waren wij negen maanden geleden,' zei ik. 'Toen geloofde ik niet dat het iets zou worden. Maar dat is het wel. Het is gegroeid. Lastminute is vijfhonderd miljoen waard. Wij zullen honderdtachtig waard zijn. Het is uiteindelijk toch een nieuwe economie.'

'Ik heb het je wel gezegd, Davo, of niet soms?' zei Guy. 'Je had vertrouwen in me moeten hebben.'

'Ik hád vertrouwen in je!'

'Ja, dat geloof ik nu ook.' Guy glimlachte tegen me. Toen keek hij uit over de mensenmassa. 'Ik wilde dat vader dit had gezien.'

'Hij zou trots op je zijn geweest,' zei ik. In feite achtte ik het waarschijnlijker dat hij jaloers was geweest, maar dat wilde ik niet hardop zeggen. En ik wilde ook geen vragen meer stellen over zijn dood. Dat had ik genoeg gedaan en ik was al het mogelijke over dat onderwerp te weten gekomen. Ofschoon ik nog steeds niet wist wat er met Tony was gebeurd, was ik overtuigd van Guys onschuld; Owen was weg en ik had mezelf voorgehouden daar tevreden mee te zijn. Bovendien was het een goede zaak als Guy een beter gevoel kon hebben over zijn vader.

We verlieten de menigte en gingen ieder onze weg. Ik liep een zijstraat in, op zoek naar een taxi. Guy en Ingrid gingen de andere kant op. Op de hoek bleef ik staan. Er kwam niets, dus liep ik terug en zocht een andere plek voor een taxi.

Ik zag hen samen op het trottoir. Zij stonden ook op een taxi te wachten. Heel dicht bij elkaar. Het leek alsof Guy zijn arm om Ingrids middel had geslagen. Ik hoorde Ingrids vrolijke lach door de zijstraat klinken.

Ik bleef staan en keek naar hen. Ze zagen me niet. Ineens kreeg ik het koud. De behaaglijke warmte van internetsucces trok uit me weg.

Ik draaide me resoluut om en liep het hele stuk naar huis.

Die nacht sliep ik slecht. De volgende morgen vroeg ik Ingrid of ze koffie met me ging drinken. Ze wilde wel en we liepen naar het café om de hoek.

'Ik vraag me af hoeveel van die mensen van gisteravond ook echt geld zullen vinden,' zei ze toen we de straat op liepen.

'Niet veel, hoop ik,' antwoordde ik liefdeloos.

'Ik sprak een man van QXL, weet je wel, de veilingsite?'

Ik gromde wat.

Ingrid ging door: 'Het is een wonderlijk verhaal. Ze gingen in oktober naar de beurs met een marktprijs van tweehonderdvijftig miljoen, en nu zijn ze bijna twee *miljard* waard. Toch niet te geloven? Ik wist dat ze het goed deden, maar ik besefte niet hoe goed. En dat allemaal door snuisterijen die ze via internet verkopen.'

Ik gromde opnieuw. We liepen de koffieshop in en bestelden.

'Oké, kom ermee voor de dag,' zei ze toen we gingen zitten met onze cappuccino's. 'Er zit je wat dwars en je wilt er met mij over praten. Zo te zien zit het je zelfs behoorlijk dwars.'

'Och, het is niets eigenlijk.'

'Kom op. Wat is het?'

Ik keek haar recht aan. 'Slaap jij met Guy?'

Ingrid leek echt geschrokken. Ze zette haar kopje neer. 'Doe ik wát?'

'Je hebt me gehoord.'

'Nee. Nee, dat doe ik niet.'

'Maar ik zag je gisteravond.'

'En ik heb jou gezien,' zei ze uitdagend.

'Ik bedoel ik heb jullie beiden gezien. Samen. Jullie stapten in een taxi. Samen.'

'Wat dan nog? Ik stapte in de ene en hij in de andere.'

'O, zo,' zei ik.

'Geloof je me niet?' Het klonk strijdlustig. Ingrid beviel het niet dat er aan haar eer werd getwijfeld.

'Jawel. Ja, natuurlijk doe ik dat. Alleen had hij zijn arm om je heen. Jullie waren samen. Ik heb Guy met vrouwen gezien. Ik weet wat er gebeurt.'

'Ik zei dat we in verschillende taxi's naar huis gingen.' Nu werd ze kwaad.

'Oké, oké.' Ik stak mijn handen op om haar te kalmeren. 'Ik heb er trouwens niets mee te maken.'

'Precies,' mompelde Ingrid. Ze dronk de rest van haar koffie op en keek op haar horloge. 'Nou ja, als het dat was kunnen we nu maar beter teruggaan naar kantoor.'

Onze beursgang naderde. Lastminute.com-aandelen begonnen op driehonderdtachtig pence. Op de eerste handelsdag brachten vertwijfelde beleggers de koers naar vijfhonderdvijftig. Dat betekende dat Lastminute meer dan achthonderd miljoen pond waard was.

Ik sprak met Bloomfield Weiss. Ze zeiden dat een waardering van tweehonderd miljoen voor Goal nu zeker haalbaar was, misschien zelfs tweehonderdvijftig, als het enthousiasme van de markt aanhield. We zouden een beter idee krijgen als we volgende week begonnen aan onze ronde langs de beurssteden.

Toen belde Derek Silverman Guy. Hij had zojuist een telefoontje gekregen van Jay Madden, het hoofd van Starsat Sports. Madden wilde de volgende dag met Guy praten. Hij had een voorstel waarnaar hij moest luisteren.

Dat kon maar één ding betekenen.

We ontmoetten elkaar in de Savoy voor het ontbijt. Guy stond erop mij mee te nemen, waar ik dankbaar voor was. Jay Madden was een veertig jaar oude Zuid-Afrikaan met een Amerikaans accent en een zakelijke manier van optreden. Hij begon met over Chelseas prestaties in de Premier League te praten. Een goede zet. Hij wilde ons laten zien dat hij, als Zuid-Afrikaan ook, op de hoogte was van het Engelse voetbal. Daarna ging hij over tot een bondige beschrijving van het beleid van Starsat Sports. In principe wilden ze er eigenaar van zijn, vooral het voetbalgedeelte. Wat de televisie betreft waren ze daar goed naar op weg, maar ze waren nergens als het om internet ging. Jay vond dat niet erg: hij wist zeker dat hij volop tijd had. Hij kon ofwel zijn eigen site beginnen, of er een kopen. Hij mocht die van ons wel.

Ik voelde mijn hart sneller kloppen. Dit was werkelijkheid. Dit zou het grote geld betekenen.

'Hoeveel?' vroeg Guy eenvoudig terwijl hij in een croissant hapte.

'Honderdvijftig miljoen pond,' zei Jay.

'Baar geld of aandelen?'

'Aandelen. Met een vastlegging. We willen jullie erbij houden.'

'Niet genoeg,' zei Guy direct. 'We kunnen tweehonderdvijftig krijgen als we volgende maand naar de beurs gaan.'

'Ik ga vanmorgen geen centen zitten tellen,' zei Jay. 'Dat kunnen we volgende week doen. Maar wat denk je in principe van het idee?'

Guy kauwde op zijn croissant. Toen nam hij nog een hap. Dit was een belangrijke beslissing. Hij zou wel een hele croissant nodig hebben om hierdoorheen te komen.

'Nee,' zei hij.

Nee?

'Nee? Gewoon nee?' Madden was er niet blij mee.

'Goal doet het goed zoals het is. Er is plaats voor een onafhankelijke voetbalsite om in Europa te domineren. Die plaats zullen wij innemen. En de beurs zal daar een waarde aan hechten. Een waarde die veel hoger ligt dan honderdvijftig miljoen pond.'

'Maar wij kunnen jullie alles geven wat je nodig hebt,' zei Madden. 'Geld voor uitbreiding, een grote markt voor promotie, contacten met de clubs en de voetbalbonden.'

'O, ik weet dat jullie het goed zullen doen,' zei Guy. 'En ik kijk er niet naar uit jullie als concurrent te hebben. Maar ik ben niet met Goal begonnen om voor Starsat te gaan werken. En niemand van ons werkt daar om die reden. En het is niet de reden waarom het publiek naar onze site komt.'

'Weet je zeker dat het niet gewoon om geld gaat?' vroeg Madden.

'Heel zeker,' zei Guy.

Madden begon aan zijn worstje. 'Je zult het niet leuk vinden als wij met jullie concurreren.'

'Dat weet ik,' zei Guy en hij keek Madden recht aan. Dat moest duidelijk maken dat hij niet bang voor hem was.

'We zouden jullie heel rijk kunnen maken.'

'Ik ben van plan sowieso heel rijk te worden,' zei Guy. Hij schonk zich nog wat koffie in. 'Denk je dat Arsenal United in de League zal inhalen?'

De directie zat op ons te wachten toen we bij Goal terugkeerden: Derek Silverman, Henry Broughton-Jones en Ingrid. Guy vertelde de anderen over het voorstel van Jay Madden.

'Wauw,' zei Henry.

'Je probeerde alleen maar de prijs op te drijven, nietwaar?' zei ik.

'Nee,' zei Guy. 'Ik meende wat ik zei. Volgens mij moeten we onafhankelijk blijven.'

'Maar honderdvijftig miljoen!' zei ik. 'Dat moet de moeite waard zijn om nu aan te nemen.'

'Het is in Starsat-aandelen, denk erom,' zei Guy.

'Dat is beter dan Goal-aandelen, eerlijk gezegd.'

'De hele motivatie van alles wat we doen is gebaseerd op onafhankelijkheid,' zei Guy. 'Onze relaties met de clubs, onze internetpartners, ons redactionele beleid. Zo gaan we slagen. Natuurlijk zal Starsat een goede site krijgen met veel bezoekers. En de BBC ook. Maar de onze zal beter zijn.'

'Maar met hun geld kunnen we onze site nog beter maken,' zei ik.

'Davo, ga nu niet de beëdigde accountant uithangen tegen mij.'

'Dat is niet eerlijk.'

'Ik wil van Goal de belangrijkste site in Europa maken. Daar zijn we bijna. En Henry,' hij keek de kapitaalgever doordringend aan. 'Als we dat zijn, zullen we heel wat meer waard zijn dan honderdvijftig miljoen.'

'Dat was gewoon hun eerste aanbod,' zei ik. 'Ze gaan nog wel hoger.'

'Dat zal de aandelenmarkt ook. Vertel hem eens welke waarde we volgens Bloomfield Weiss kunnen krijgen, Davo.'

'Tweehonderd miljoen,' zei ik met tegenzin. 'Misschien tweevijftig.'

'En daarna zal het nog omhooggaan,' zei Guy met het volste vertrouwen. 'Hou vol, Henry, en ik zal wat echt geld voor je verdienen.'

'Honderdvijftig miljoen *is* echt geld,' zei ik. Ze waren me te slim af en dat beviel me niet. Ik kon nog steeds niet geloven dat Goal zoiets als twintig miljoen waard zou worden, laat staan tweehonderd, ondanks al dat opgeschroefde gepraat. Guy had gelijk en dat vond ik vervelend. Ik was beëdigd accountant; de cijfers klopten niet. Dit was een prachtgelegenheid om er op een goed moment uit te springen.

'Laten we de tafel eens rondgaan en zien wat men ervan denkt,' zei Silverman in zijn rol als bestuursvoorzitter. 'Wie is er voor praten met Starsat? Guy, ik neem aan dat het nee is.'

'Heel zeker nee.'

'En David?'

'Ja.'

'Henry?'

Henry Broughton-Jones zweeg even. Hij glimlachte. Je kon bijna de pondstekentjes in zijn ogen zien glinsteren. Hij wilde meer, ik kon merken dat hij meer wilde en Guy bood dat aan.

'Volgens mij moeten we hun zeggen dat we serieus nee bedoelen,' zei hij. 'Ik heb een heel goed gevoel over Goal. Volgens mij zouden we het verkopen voordat het goed en wel gestart is.'

'Ingrid?'

Ik keek Ingrid hoopvol aan. Ik wist dat ze gezond verstand had. Ik kon merken dat ik dit ging verliezen, maar het zou aardig zijn haar aan mijn kant te weten.

'Ik ben het eens met Guy,' zei ze. 'Als we onafhankelijk blijven, zouden we best een hogere waardering kunnen bereiken. Bovendien bevalt me dit bedrijf zoals het is. Ik wil niet voor Starsat werken.'

Ik was teleurgesteld. Waarom steunde Ingrid Guy en mij niet? Was het omdat... Nee, ik zou mezelf gek maken als ik zo dacht. Maar als Ingrid met Guy sliep, zou ik dan alle toekomstige meningsverschillen ook zo zien aflopen?

'Zo,' zei Silverman. 'Wat mij betreft vind ik dat er voor alles een juiste prijs is, zelfs voor Goal. Maar als de topman en de belangrijkste financier niet willen verkopen, dan is dat voor mij vrij beslissend. Ik zal het Jay vertellen.'

'Als ze een site beginnen, zullen we de vloer met hen aanvegen,' zei Guy en hij wreef in zijn handen.

Ik verliet de kamer in een rothumeur.

31

De zeepbel begon te barsten.

Het drong nog niet direct tot ons door. Eerst leek het op een tijdelijke correctie, een pauze om op adem te komen, terwijl de markt kracht verzamelde om nog hoger te klimmen. Binnen enkele dagen na de lancering glipten Lastminute-aandelen tot beneden de drie pond, flink onder de uitgiftekoers. Duizenden privé-beleggers zaten met verlies. En NASDAQ, de Amerikaanse beurs voor geavanceerde technologie, zakte in de loop van de maand constant.

Guy en ik merkten het niet, en ofschoon de mensen bij Bloomfield Weiss het wel gezien moesten hebben, gaven ze het ons niet door. In elk geval niet in het begin. We begonnen onze ronde langs de beurssteden. Amsterdam verliep goed, Parijs ook en de fondsmanagers in Frankfurt beten ons bijna de handen af. We hadden onze presentaties eindeloos geoefend bij ons pr-bureau. Guy deed fantastisch werk door Goals vooruitzichten op te hemelen en ik slikte mijn trots in en deed mijn best over te komen als een veilig stel handen. Sanjay was erbij om eventuele technische vragen te beantwoorden. Uit de vragen bleek duidelijk dat niet alle potentiële beleggers de gecompliceerdheid van internet begrepen, maar de meesten wisten wel iets over voetbal. En ze begrepen – of dachten dat ze begrepen – dat je wel geld moest verdienen als je aandelen kocht in markten die bleven stijgen en stijgen.

We arriveerden moe maar euforisch in een kil, grauw Edinburgh. We begonnen niet alleen ons eigen verhaal te geloven, maar dat van Bloomfield Weiss ook.

In Schotland begonnen de zaken verkeerd te lopen. We ontbeten in het Caledonian Hotel met enkele grote investeerders die moeilijke maar vrij cynische vragen stelden over wanneer we winst dachten te maken. In de loop van de dag werden de vragen lastiger. Ik vond ze bijzonder verraderlijk, omdat ik het meestal eens was met de vragensteller. Hoe kon een bedrijf dat minder dan een jaar liep, en geen geld verdiende, tweehonderd miljoen pond waard zijn?

Hoe, inderdaad.

Onze gladde bankier van Bloomfield Weiss begon zorgelijk te kijken. Dat bleek niet alleen uit zijn frons, maar ook uit de gekromde schouders en een tendens om gedurende elke pauze weg te glippen om te bellen op zijn mobiel. Ik stond verbaasd hoe hij die houding kon laten varen gedurende de paar minuten dat hij ons introduceerde, als hij in vervoering raakte over Goal en zijn toekomst.

Zelfs Guy merkte na de laatste middagsessie dat de zaken slecht liepen. Hij nam de bankier apart. 'Wat is er aan de hand?'

'In Edinburgh zijn fondsmanagers altijd lastig. Ze zijn er berucht om. Ze proberen gewoon hun reputatie als uitgekookte Schotten op te houden.'

'Och, toe nou. Er zit meer achter. Er moet meer achter zitten.'

De bankier zuchtte. 'Misschien. De markt is wat onstabiel. Lastminute is gisteren weer twintig pence gezakt en de NASDAQ was verder gedaald. Heb je de *Financial Times* van vandaag gelezen?'

'Nee.'

De bankier gaf hem de krant. Artikelen over beleggers die in de steek waren gelaten door de koersval van Lastminute. Over fondsmanagers die kwaad waren om de hebzucht van hun sponsors van de investeringsbanken. Over bedrijven die in april naar de beurs zouden gaan en nu overwogen af te wachten wat er zou gaan gebeuren. En het ergst van alles, een artikel over ons. Volgens *Lex*, het commentaarartikel op de achterpagina van de *Financial Times*, waren wij een veelbelovend bedrijf, maar met tweehonderd miljoen pond waren we schromelijk overgewaardeerd.

De Schotten hadden de kranten gelezen. Ze hadden geen zin meer in ons.

'Waarom heb je ons dat niet eerder laten zien?' vroeg ik, kwaad omdat ik die morgen de *FT* zelf niet had opgepikt.

'Ik wilde wachten totdat jullie je presentaties hadden gedaan,' zei de bankier. 'Ik wilde jullie vertrouwen geen knauw geven. Deze bezoeken zijn allemaal gebaseerd op vertrouwen.'

'Wat doen we nu dus?'

De frons van de bankier werd dieper. 'We gaan door. We halen hen wel over, je zult het zien.'

Toen we terugkwamen in het hotel gingen Guy en ik naar de bar om wat te drinken. De bankier liep weg om op te bellen. De euforie van de voorgaande paar dagen was verflauwd; we waren moe en ongerust.

De bankier keerde terug. 'Slecht nieuws, vrees ik.'

'Wat?' zei Guy, nors kijkend.

'Ik heb net gesproken met de syndicaatafdeling in Londen. Ze denken niet dat ze de deal kunnen plaatsen.'

'Wat wil dat zeggen?'

'Het wil zeggen dat we hem moeten intrekken.'

'Dat meen je niet.'

'Als we de aandelen niet kunnen verkopen, kunnen wij de deal niet maken.'

'Maar we hebben het geld nodig! Jullie hebben ons het geld beloofd. Je zei dat we beslist veertig miljoen pond bijeen konden halen.'

'En dat was een volkomen juiste schatting op het moment dat we dat zeiden. Maar de marktcondities zijn veranderd. Als we doorgaan met deze deal zal het een zeer publieke flop worden.'

'Maar de Duitsers waren dol op ons!'

'Ik heb met Frankfurt gesproken. Ze beginnen zich te bedenken. En het probleem met de Duitsers is dat ze zich allemaal samen bedenken.'

'Wat doen we nu?' vroeg ik.

'We wachten af. Dit is een tijdelijke zaak. Bull-markten stoppen altijd om even op adem te komen. Achteraf gezien zal dit een zeer goede kans zijn om te kopen. De zaken veranderen wel in april, dat zul je zien.'

'Dit bevalt me niet,' zei Guy. 'Dit zint me helemaal niet.'

'Geloof mij maar, mij ook niet,' zei de bankier.

'Hebben we nog enige keus?' vroeg ik.

'Ik vrees van niet.'

Guy keek me aan. Toen keerde hij zich naar de barkeeper. 'Twee bier,' zei hij.

De bankier liet ons verder met rust.

We moesten alles op een laag pitje zetten totdat we het bericht van plaatsing konden uitbrengen. De onzekerheid was enorm ontwrichtend voor de zaak en voor Guys gemoedsgesteldheid. Allemaal volgden we nauwkeurig de aandelenmarkt. De zaken werden niet beter in april. Het afglijden van NASDAQ werd een valpartij. Op dertien april daalde de beurs op één dag tien procent en bereikte een niveau dat vierendertig procent lag onder wat nu werd gezien als een onverbeterd record in maart. De aandelen van Lastminute lagen nu onder de twee pond. Wat belangrijker was, de oprichters waren in minder dan een maand van helden veranderd in figuren om te haten. Je mocht er niet op rekenen dat al die speculanten, die over hun eigen benen waren gestruikeld om hun laarzen te vullen met aandelen van Lastminute, met onze aandelen hetzelfde zouden doen.

Ineens waren B2C websites uit de mode; iedereen wilde in B2B zitten. B2C was 'business-to-consumer'; B2B was 'business-to-business'. Goal was B2C.

De volgende maandag adviseerde Bloomfield Weiss ons het plaatsings-bericht een paar maanden uit te stellen, totdat de markten hersteld waren. Het was het soort advies dat we wel moesten aannemen.

Daardoor bleven we zitten met een probleem: we hadden grootse plan-nen, maar weinig geld om die te financieren. Guy en Owen konden een beetje helpen. Het afhandelen van de nalatenschap van hun vader had hun ieder een miljoen pond opgeleverd die ze in handen konden krijgen. Maar dat zou ons niet lang op gang houden: we hadden op veertig gerekend. Dus gingen Guy en ik Henry opzoeken.

Hij verwelkomde ons heel vriendelijk toen we met hem gingen praten in zijn kantoor in Mayfair. Maar ondanks de glimlach vertoonde zijn hoge voorhoofd een frons en hij was onrustig. Geen goed teken.

Henry was betrokken geweest bij de besprekingen met Bloomfield Weiss om de beursgang verder uit te stellen, en hij wist dat we ergens vandaan meer geld nodig hadden. Toch vertelde ik hem tot in de bijzonderheden onze geldsituatie en het advies dat we van Bloomfield Weiss hadden gekre-gen. Ik liet hem de verwachtingen voor de volgende zes maanden zien, waarin de verminderde uitgavenniveaus verwerkt waren die ik met heel veel moeite van Guy gedaan had gekregen. We hadden tien miljoen nodig om ons door oktober heen te helpen en tegen die tijd moest de beursgang een feit zijn.

Henry luisterde aandachtig. Toen we klaar waren haalde hij zijn vingers door zijn dunnende haren. 'Ik vrees dat ik slecht nieuws heb,' zei hij. 'Het antwoord is nee.'

'Wat?' riep Guy uit.

'Ik moet het uitleggen.'

'Dat moet je zeker.'

'We hebben hier gisteren een belangrijke bijeenkomst gehad om te pra-ten over de recente marktontwikkelingen. We denken dat er een funda-mentele verandering heeft plaatsgevonden. Op zulke momenten komen risicokapitaalbedrijven in de verleiding om goed geld naar kwaad geld te gooien. Dat willen we vermijden. De boodschap aan al onze investerende bedrijven is dus zuinig te zijn met het geld. Jullie zullen niets meer van ons krijgen.'

'Maar dat is absurd! Als je ons niet meer geld geeft gaan we eraan. Doe je het wel, dan verdien je minstens honderd miljoen.'

'En als de aandelenmarkt zich in de loop van de zomer niet verbetert? Wat dan? Stoppen we er dan nog eens tien miljoen in?'

Guy vermande zich. 'De zaken gaan precies zoals we zeiden. Beter. Onze sites in Duitsland en Frankrijk zijn briljant van start gegaan; het zou me niet verbazen als Duitsland volgend jaar Engeland voorbijgaat. Bezoekers-aantallen stijgen nog steeds, afgelopen maand waren het er meer dan vier miljoen. Op de verkopen verliezen we, maar onze eigen merkspullen doen het goed. Loop maar door Oxford Street en je ziet overal Goal.com op T-shirts en truien. We zijn bezig hier een echt merk op te bouwen, Henry. En het kost geld om goede merken, het soort merken dat honderden miljoenen waard zijn, op te bouwen.'

'Dat weet ik. Maar ik kan je geen geld geven. Het is ons ondernemings-beleid.' Henry keek me aan. 'Het spijt me, David. Ik begrijp het allemaal. Ik heb jullie zaak bepleit, geloof me maar. Maar we vormen een partner-schap en ik moet me neerleggen bij de beslissing van het partnerschap. Geen geld meer.'

'Laat mij eens met je partners praten,' zei Guy. 'Ik overtuig hen wel.'

'Heeft geen zin,' zei Henry, en zijn stem klonk koel.

'Laat me hen rechtstreeks bellen.'

Ik stak mijn hand op om Guy in te tomen. Henry was onze bondgenoot bij Orchestra. Als we achter zijn rug om gingen bestond er geen kans dat we zouden krijgen wat we hebben wilden.

'Wat raad je ons aan nu te doen?' vroeg ik hem.

Henry stak zijn handen op. 'Wat kan ik zeggen? De wereld is veranderd. Het is niet gemakkelijk meer om aan geld te komen. Neem veiligheids-maatregelen. Wees zuinig met geld. Maak winst.'

'Maar dat zal allemaal betekenen dat we piepend tot stilstand komen, juist nu we aan de leiding komen,' zei Guy. 'Dit is een race. Als we op de remmen gaan staan verliezen we.'

Henry trok zijn schouders op.

We hadden een echt probleem en Guy en ik gingen ervoor zitten om te be-denken wat we moesten doen. Er was echt geen andere keus dan inkrim-pen. De reclamecampagne stilleggen. Een personeelsstop. De ontwikkeling van het WAP-bedrijf in Helsinki tegenhouden. Plannen voor kantoren in Barcelona, Milaan en Stockholm op ijs zetten. En proberen de exprestrein van de verkoop tot staan te brengen, die hele wagons geld met zich mee-nam.

We vertelden het aan het team. Ze hadden zoveel beproevingen doorge-maakt dat ze over een volgende heen stapten. Om zeven uur vertrokken ze allemaal om een 'soberheidsfeestje' te bouwen bij Smiths.

Guy had minder weerstand. In maart was hij *himmelhochjauchzend* geweest. Hij had gezien wat Lastminute had gedaan en er echt in geloofd dat hij het beter kon. Wat hem betrof was Goal al de beste voetbalsite op internet. Erkenning van dat feit zou over enkele weken komen en hele bergen geld meebrengen. Voor Guy was dat al de realiteit geweest. Hij zat er al over te denken hoe hij het uit zou geven. Nu moest hij niet alleen lager mikken, maar zijn hele denkrichting honderdtachtig graden omzetten van uitbreiding naar efficiency, van in groei investeren naar kosten sparen, van schieten op de maan naar overleven. Het was een schok.

Lang nadat de anderen allemaal naar Smiths waren gegaan, gingen hij en ik in Jerusalem aan de overkant van de straat een biertje drinken.

'We komen er wel overheen,' zei ik. 'Dat doen we altijd.'

'Ik vermoed het. Als we zover gaan inkrimpen als jij zegt dat nodig is, zullen we voortstrompelen,' zei Guy. 'Maar dat is bijna het ergste van alles.'

'Wat bedoel je?'

Guy schokschouderde. 'Ik heb altijd een enorm succes willen behalen of een spectaculair fiasco lijden. Voorstrompelen om rendabel te blijven, totdat we uiteindelijk wegkwijnen, is het ergste wat me kan overkomen. Het zal zoiets zijn als een Chinese waterfoltering.'

'We moeten het hoofd boven water zien te houden.'

'Och, toe nou, Davo. Jij weet evengoed als ik dat het voorbij is als we eenmaal stoppen met groeien. De concurrentie zal demarreren. Starsat zal zijn eigen site beginnen en ze zullen ons inhalen. We zullen gewoon een stelletje verliezers zijn.'

Guys optimisme was al moeilijk om mee om te gaan; zijn pessimisme was onmogelijk.

'Je weet maar nooit,' zei ik. 'Misschien moeten de anderen ook bezuinigen. Misschien schiet de aandelenmarkt morgen weer omhoog en klopt Bloomfield Weiss weer bij ons aan. Je moet blijven doorgaan, Guy.'

'Eigenlijk weet ik niet zo zeker of dat wel zo is. Jij en Ingrid kunnen de zaken op gang houden. Misschien moet ik eruit stappen.'

'Dat is onzin.'

'Dit gaat dezelfde kant op als alles wat ik probeer. Alles is prima bij de start, maar dan glijdt het gewoon door mijn vingers. Op de toneelschool dachten ze dat ik een verdomd goede acteur was. Ik zag er goed uit. Na een paar jaar had ik een paar fatsoenlijke rollen moeten krijgen. Dat gebeurde niet. In plaats daarvan werkte ik mezelf bijna de grond in.'

'Dit is anders.'

'Is dat zo?' Guy keek me vernietigend aan. 'Goal was een geweldig idee. Ik dacht dat ik het goed had gedaan om zover te komen. Ik dacht dat ik goed was hierin. Maar wat gebeurt er? De zaak loopt tegen een stenen muur, net als al het andere.'

'Alle succesvolle zaken krijgen het in het begin moeilijk,' zei ik.

'Niet zo moeilijk.'

'Ja, wel zo moeilijk. Denk jij dat jouw vader geen zware tijden heeft meegemaakt zoals deze? Denk je dat hij het opgaf?'

'Vergelijk me niet met mijn vader.'

'Waarom niet? Jij doet het ook.'

Guy gaf geen antwoord.

'Hij was geen superman, weet je,' vervolgde ik. Hij was niet meer dan een betrekkelijk succesvolle onroerendgoedspeculant. Natuurlijk had hij flair. Maar hij was ook vastberaden. Hij gaf het niet op, telkens wanneer de onroerendgoedprijzen kelderden, of wel soms? Dat kan hij niet hebben gedaan, anders had hij het niet overleefd.'

'Misschien had hij geluk.'

'Geluk?' snoof ik. 'Je geluk maak je zelf.'

'Nou ja, zo te zien maak ik het mijne niet.' Guy staarde in zijn bier. Ik staarde naar Guy.

Ten slotte richtte hij zijn hoofd op en keek mij in de ogen. Zijn blik, die anders zo helder en krachtig was, was nu onzeker, aarzelend. 'Ik weet niet wat ik zal doen als Goal het niet haalt.'

Toen zag ik het; ik zag de breekbare kern in het hart van Guy. Ik had er iets van opgevangen tijdens de vele jaren dat we elkaar kenden. Ondanks het succes, de vrienden, de populariteit, de vrouwen, het atletische vermogen en het geld, geloofde Guy niet in zichzelf. Goal was zijn laatste poging om een stevig schild om die kern te bouwen. De poging had een jaar of zo gewerkt, maar nu viel alles uit elkaar en liet Guy zacht, kwetsbaar en onbeschermd achter.

Goal moest slagen, wilde Guy overleven.

Guy keek me aan. Hij wist dat ik het wist.

Ik trok nog een biertje open zodra ik thuiskwam en liet me in een leunstoel zakken. Het was heel moeilijk niet te worden aangestoken door Guys wanhoop.

Mijn ogen bleven op de telefoon rusten. Er wachtte die avond nog een onplezierige taak op me. Het was een van die taken die er niet gemakkelijker op worden hoe langer je ze uitstelt, daarom besloot ik de koe direct bij de horens te vatten. Ik belde mijn ouders.

Gelukkig nam mijn vader op. Hij klonk vol verwachting.

'Heb je het moeder verteld?' vroeg ik.

'Ja, dat heb ik,' antwoordde hij. 'Om je de waarheid te zeggen was ze een beetje op haar teentjes getrapt. Ik kan me niet voorstellen waarom. Ze leek te denken dat ik een groot risico had genomen. Ze zei zelfs dat ik het niet had moeten doen, ook al kwam alles uiteindelijk goed. Maar we zullen haar eens wat laten zien, hè?'

'Misschien niet, vader.'

'Wat bedoel je?'

'Je hebt zeker wel gelezen dat onze beursgang is uitgesteld?'

'Ja. Maar dat was slechts voor een paar weken, nietwaar? De kranten zeggen dat dit gewoon een correctie is. De markt kan elk moment weer omhoogschieten.'

'Nou ja, dat kan maar beter vlug gebeuren,' zei ik. 'Want zolang hij dat niet doet gaan we niet naar de beurs.'

'O,' zei mijn vader en hij overdacht de gevolgen. 'Wat gebeurt er dan nu met Goal?'

'We hebben heel weinig geld,' zei ik. 'Ik geloof niet dat we echt failliet zullen gaan, in elk geval de komende maanden nog niet, maar het betekent dat we geen geld hebben om in de zaak te investeren. We zullen alle moeite moeten doen om de boel op gang te houden.'

'Dat zal je moeder niet leuk vinden.'

'Nee, zeker niet. Maar je kunt het haar maar beter vertellen, vader.'

'Misschien wacht ik nog een paar weken. Je weet nooit wat er nog kan gebeuren.'

'Zeg het haar, vader.'

Mijn vader klonk ontmoedigd. 'Oké,' zei hij. 'En veel geluk.'

32

Ik was nog laat aan het werk en Guy was niet op kantoor. Ik wist niet of hij in een bespreking was of naar huis was geglipt. Ik verdiepte me in een spreadsheet om te berekenen hoeveel geld Amy nodig had voor de zomerverkopen, toen ik meer voelde dan zag dat er iemand naar me keek. Ik keek op. Het was Ingrid, die in Guys stoel met een lok van haar kastanjebruine haar zat te spelen.

'Stoor ik je?' vroeg ze.

'Nee.' Ik keek naar de papieren die voor me lagen en die uren van onafgemaakt werk vertegenwoordigden, werk dat ik niet kon doen in het kabaal van de normale kantoordag. 'Eigenlijk wel, maar ik ben dankbaar.'

'Gestresst?'

Ik glimlachte. 'Ja. Ik ben gestresst. En moe. Gek eigenlijk, ik kon al het zware werk aan toen ik dacht dat we op het punt stonden naar de beurs te gaan, maar het is moeilijker als we maar met moeite overleven.'

'Hoe denk jij over de beursgang?'

'Dat doen we in de zomer wel,' zei ik. 'Het is gewoon een kwestie van de volgende paar maanden doorkomen. Bloomfield Weiss vertrouwt erop dat we een goed verhaal hebben, en de site doet het goed.'

Ingrids lichtblauwe ogen keken me strak aan. 'Denk je dat werkelijk?'

Ik zuchtte. 'Ik weet niet wat ik werkelijk denk. Dat zou allemaal kunnen gebeuren. Of misschien heeft Bloomfield Weiss het helemaal bij het verkeerde eind en gaan we nooit naar de beurs. Misschien krijgen we nergens een rooie cent meer los. Misschien komt Starsat morgen terug om ons te kopen. Misschien crasht de site. Online verkopen kunnen de pan uitrijzen. Men kan ophouden internet te gebruiken. De wereld kan ophouden met draaien. Nu ik dit werk doe heb ik het opgegeven te proberen zelfs maar een dag vooruit voorspellingen te doen. We moeten gewoon door blijven ploeteren en hopen.'

'Ik weet wat je bedoelt,' zei Ingrid. 'Maar Guy lijkt zich zorgen te maken.'

'Dat doet hij,' bevestigde ik.

'Volgens mij verliest hij de moed.'

'Denk je dat?'

'Jij soms niet?' Ze keek me doordringend aan.

'Ja,' gaf ik toe.

'Als hij zich niet in de hand houdt zal alles uit elkaar vallen nog voordat we een kans krijgen naar de beurs te gaan.'

'Kun jij het hem uit zijn hoofd praten?' vroeg ik.

'Ik denk van niet. Zo'n relatie hebben wij niet.'

Ik trok onwillekeurig een wenkbrauw op. Ingrid deed alsof ze het niet zag.

'Hoe zit het met jou?' vroeg ik haar. 'Maak jij je zorgen? Je ziet er altijd zo onverstoorbaar uit over alles.'

'Is dat zo? Ik voel me niet altijd onverstoorbaar over alles. Ja, ik maak me zorgen. Natuurlijk is alles bij Goal altijd al onzeker geweest. En dat voorzag ik eigenlijk toen ik hier kwam werken. Het was iets heel anders nadat ik had gewerkt voor een grote onderneming met plannen en budgetten. Maar de laatste negen maanden heb ik mezelf echt betrokken gevoeld. Als we naar de beurs waren gegaan zou mijn aandeel drie miljoen pond waard zijn geweest. Dat is serieus geld. Eigenlijk ben ik daarom bij Goal gekomen. Het is zo frustrerend dat geldbedrag zo dichtbij te hebben, en het daarna de mist in te zien gaan. Misschien krijg ik nooit weer zo'n kans.'

'Dat krijgen we misschien geen van allen niet.'

'Ik wil het niet laten schieten, David. We waren zo dichtbij.' Ze moest de verbazing op mijn gezicht hebben gezien. 'Wat is er? Je kijkt of je schrikt.'

'O, sorry. Ik verwachtte niet dat jij zo gebeten zou zijn op geld.'

'Ben jij dat dan niet? Is Guy dat niet?'

'O, ja,' zei ik. 'Maar Guy ken ik. En mezelf. Ik denk dat ik altijd heb aangenomen dat dit voor jou gewoon een opwindende baan was. Ik dacht dat jij je geen zorgen over geld hoefde maken.'

'O, je bedoelt omdat ik rijke ouders heb?'

'Ik neem aan van wel,' zei ik.

'Rijke ouders lossen niet al je problemen op. Vraag het Guy maar.'

'Ik geloof dat ik dat begin te begrijpen.'

'Deze baan is leuk, dat geef ik toe. En het is waar dat ik niet zal verhongeren. Maar mijn vader gaat me nooit veel meer geven dan zakgeld. En zo hoort het ook. Ik verwacht het niet. Ik ga mijn eigen weg zoeken in de wereld, en daarin ben ik vastbesloten. Tot nu toe heb ik het niet slecht gedaan. Ik heb een goede reputatie in de branche. Ik had gemakkelijk bij elke topuitgeverij van tijdschriften in Engeland kunnen komen, of waar dan ook, als het daarop aankomt. Goed salaris, goede vooruitzichten. Een vrouw kan het een eind schoppen in een tijdschriftenuitgeverij. Alleen is het wel zo dat een rijke vrouw zoiets nog beter kan.'

'Wat ga je dus doen als je drie miljoen verdient aan Goal? Stil leven in Zuid-Frankrijk?'

'Mooi niet. Ik zou zolang als nodig was bij Goal blijven. Maar daarna zou ik waarschijnlijk mijn eigen tijdschrift beginnen. Of misschien een website. Met mijn eigen geld, in plaats van dat van iemand anders.'

Dat klonk natuurlijk verstandig. Ik had nooit gedacht dat Ingrid het leven erg serieus nam, maar er was geen reden waarom ze haar miljoenen niet zelf zou willen verdienen, net als Guy en ik. En haar motieven waren realistischer dan de onze. Voor Ingrid was werken bij Goal een rationele, zij het riskante carrièrekeuze geweest, een weg naar een plek waarheen ze wilde gaan. Ze wist wie ze was. Guy en ik probeerden dat nog te ontdekken.

'Laten we hopen dat je je kans krijgt,' zei ik. 'Intussen kunnen we alleen maar kalm blijven en bidden.'

'En proberen Guy zover te krijgen dat hij dat ook doet.'

Een week van soberheid. Budgetten drastisch beknot, afdelingshoofden op de hoogte gesteld, Amy gesust. Het meeste deed ik. Guys enthousiasme leek volledig verdwenen. Zijn energie was op een nieuw dieptepunt beland. Hij kwam elke dag op kantoor, maar je had weinig aan hem. En die lethargie maakte een groot verschil. We waren allemaal gaan rekenen op zijn vertrouwen en aanmoediging, die ons voortdreven om dat schijnbaar onmogelijke werk te doen. Nu dat weg was leek de heuvel voor ons allemaal moeilijker te beklimmen.

Eerlijk gezegd irriteerde me dat. Het was nu niet het moment om op te geven. Ik was niet van plan mokkend op mijn rug te gaan liggen doodgaan. Ik had een jaar van mijn leven, vijftigduizend pond en het spaargeld voor het pensioen van mijn vader in de onderneming gestoken en ik was niet van plan dat allemaal op te geven. Ik probeerde Guys energie te vervangen door de mijne. Het was niet helemaal hetzelfde, maar het team waardeerde het.

Toen werd ik de dinsdag daarna gebeld door Henry.

'Henry, hoe is het met jou?' zei ik. In tegenstelling tot Guy rekende ik Orchestra's gebrek aan steun hem niet persoonlijk aan. Ik geloofde hem toen hij zei dat hij voor ons had gevochten bij zijn partners. Bovendien mocht ik de man nog steeds graag.

'Ik moet je iets vertellen,' zei hij op kille toon, killer dan ik ooit eerder had gehoord.

'Ja?'

'Ten eerste: Orchestra is bereid nog tien miljoen pond in Goal te investeren. Over de voorwaarden moet nog worden gesproken.'

'Dat is geweldig nieuws,' zei ik, desondanks weifelend. Zijn stem klonk niet als van iemand die geweldig nieuws brengt.

Hij ging er niet op in. 'Ten tweede: met ingang van vandaag is de verantwoordelijkheid voor de investering in Goal.com binnen Orchestra overgedragen aan Clare Douglas. Zij zal binnenkort contact met je opnemen. Ik neem ontslag uit de directie en zij komt in mijn plaats.'

'Hebben wij daar niets over te vertellen?' vroeg ik. 'We zullen je missen.'

'Nee,' zei Henry. 'En ten derde: vanaf morgen ben ik met mijn gezin twee weken op vakantie.'

'O.' Hij leek er niet op te zitten wachten dat ik hem goede reis wenste. Waarom hij het me eigenlijk wilde vertellen was me een raadsel. 'Waarom die verandering?'

'Weet jij dat niet?' zei Henry op bittere toon.

'Nee,' zei ik, en ik kreeg zo mijn vermoedens. 'Nee, dat weet ik niet.'

Henry zuchtte. 'Dat hoopte ik al. Vraag het je partner maar. Hij zal het je wel vertellen. Als je nu nog wat meer wilt weten moet je dat Clare vragen.'

Ik legde de hoorn op. Was dit goed nieuws? Het hoorde heel goed nieuws te zijn. Zo voelde het alleen niet aan.

Ik keek over mijn bureau naar Guy, die de laatste nieuwsberichten op de site zat te bekijken. 'Dat was Henry.'

'O, ja?'

'Orchestra wil er nog tien miljoen pond in steken.'

Guy ging rechtzitten in zijn stoel, ineens met een stralend gezicht. 'Je maakt een grapje?'

'Nee. Maar hij neemt ontslag uit de directie, Clare Douglas neemt het over.'

'Het kan me niet schelen wie we in die verdomde directie hebben, zolang we maar tien miljoen op de bank hebben.' Hij stootte een vreugdekreet uit. 'Hé, jongens, de zaak draait weer.'

Ze kwamen allemaal om ons heen staan. Guy vertelde hun het nieuws. Toen ze langzaam terugliepen naar hun bureaus zag hij mijn gezichtsuitdrukking. 'Wat is er? Boos omdat je niet meer kosten kunt snoeien?'

'Ik weet het niet. Het ruikt niet fris. Henry deed heel kil. Wist niet hoe gauw hij de telefoon neer kon leggen. En waarom heeft hij ons overgedragen aan Clare Douglas?'

'Dat weet ik niet,' zei Guy. 'Hij is jouw vriend.'

'Hij wilde me niet zeggen waarom hij van gedachten is veranderd. Hij zei dat jij het wel zou weten.'

'Hij veranderde van gedachten omdat hij eindelijk besefte wat een geweldige zaak dit is,' zei Guy. 'Het werd nog tijd ook.'

'Het lijkt alsof iemand hem onder druk heeft gezet. Of Orchestra. Weet jij daar iets van?'

'Nee, Davo. Ik heb geen idee waarover je het hebt. Hoe zou ik druk op Orchestra kunnen uitoefenen? Lach eens. We hebben het geld. We zijn weer onderweg.'

Maar toen Guy zijn bureau verliet om de troepen weer op te peppen, belde ik Henry terug. 'Henry, ik begrijp het niet. Er is hier iets aan de hand.'

Henry zuchtte over de lijn. 'Heb je met Guy gepraat?'

'Ja. Hij zei dat hij niets wist. Hij zei me me geen zorgen te maken.'

'Hij heeft waarschijnlijk gelijk.'

'Wil je niet snel ergens wat met me gaan drinken? Alleen wij tweeën, zodat je me kunt vertellen wat er aan de hand is.'

'Luister naar Guy. Er is niets aan de hand. En ik wil niet drinken met jou of met iemand anders van Goal. Ik ga morgen op vakantie en ik hoop dat ik met niemand van jullie nog iets te maken heb als ik terugkom.'

We haalden onze voet van de rem en gaven plankgas. Dit zat me niet lekker: als we deze zomer niet naar de beurs konden, dan zouden we weer zonder geld zitten. Ik sprak er met Guy over. Zijn antwoord was voorspelbaar. Als we niet snel opschoten zouden we niet komen waar we heen wilden gaan. Als dat betekende dat we risico's moesten nemen, dan moest dat maar. Ik wist dat hij gelijk had.

Als je op internet begint kijk je altijd vooruit. De zaken gaan zo snel dat er geen tijd is om achter je te kijken, gemaakte fouten te overwegen, gemiste kansen te betreuren. Als je een fout maakt corrigeer je die zo goed je kunt en je pakt de volgende zaak aan. Dit gold vooral voor Goal.

Maar gedachten hierover drongen zich aan me op. Ik dacht hoe gelegen het voor ons kwam dat Tony Jordan juist op het goede moment was gestorven. Wat een geluk we hadden dat Henry ineens van gedachten was veranderd over in ons investeren. En als het daarop aankwam, wat een geluk we hadden dat onze grootste rivaal getroffen was door een computervirus.

Nogmaals, het kwam allemaal té gelegen.

Iemand deed alles wat hij kon om zeker te zijn dat Goal bleef leven. Er was één voor de hand liggende kandidaat: Owen.

Het was waar, het was moeilijk te begrijpen hoe hij Tony had kunnen vermoorden. Maar zelfs nadat hij bij Goal was vertrokken kon ik me voorstellen dat hij alles deed om onze ondergang te voorkomen, zoniet voor zijn eigen aanzienlijk aandeel in het bedrijf, als voor zijn broer.

Henry wilde dan niet met mij praten, maar ik zou met hem gaan praten.

Ik wist dat hij op vakantie was, daarom belde ik zijn secretaresse om zijn adres; ik zei dat ik hem dringende documenten moest sturen per koerier. Ze trapte er niet in en stond erop dat ik de documenten naar haar stuurde, dan zou zij ze wel naar hem doorzenden. Het was duidelijk dat hij haar had gezegd niets los te laten.

Toen ik Henry op de Eerste Dinsdag had ontmoet had hij me verteld dat hij pas een huis had gekocht in Gloucestershire. De kans bestond dat hij daarheen was gegaan. Maar hoe moest ik het adres te weten komen?

Ik belde Fiona Hartington, een vrouw die met ons dezelfde opleiding had gevolgd en die nog steeds voor onze oude zaak van accountants werkte. Zij en Henry hadden zich in dezelfde sociale kringen bewogen. Zoals ik al vermoed had deden ze dat nog steeds. Ik legde uit dat ik zelf dat weekend door Gloucestershire zou komen en eraan dacht even langs te gaan. Had zij misschien het adres?

Dat had ze.

Henry's huis stond aan de overzijde van de Severn, niet ver van Ledbury. Het was een vervallen huis aan de rand van een rustig dorp. Ik reed er langzaam voorbij en zag buiten een Land Rover Discovery staan. Juist het soort auto die Henry nodig zou hebben om zijn kinderen door de wildernis van Zuid-Londen te transporteren. Een paar meter verderop op de smalle weg draaide ik om en reed terug de korte oprit op; ik voelde me een ongewenste indringer. Ik zag dat er een deuk zat in de achterkant van de Land Rover.

Een blond jongetje van twee jaar dook op uit het niets, draaide zich om, liep om de zijkant van het huis en schreeuwde: 'Pappie!' Even later zag ik Henry in een versleten geruit hemd en spijkerbroek. Hij zag er bezweet en vuil uit: hij had kennelijk in de tuin gewerkt. Het leek niet erg blij te zijn dat hij mij zag.

'Hallo, Henry,' zei ik met een zonnige lach.

'Wat denk je in godsnaam dat je hier doet?'

'Ik wil met je praten.'

'Nou, ik wil niet met jou praten; donder dus maar op.' Hij keek nerveus over zijn schouder naar waar het kind was verdwenen. Ik nam aan dat hij mijn aanwezigheid niet wilde uitleggen aan zijn vrouw.

'Even wat lopen, Henry?'

'Nee. Ik zei dat je op moest donderen.'

'Henry, ik heb bijna tweehonderdvijftig kilometer gereden om met jou te praten. Ik ga niet gewoon omdraaien en terugrijden. Praat maar met me, en dan ga ik.'

'Ik heb gedaan wat je hebt gevraagd.'

'Ik heb je niet gevraagd om wat ook te doen,' zei ik. 'Dat weet je. Iemand heeft dat gedaan. Ik wil weten wie het is en wat ze je hebben gevraagd te doen.'

Henry keek me aan, wierp snel een blik over zijn schouder en zei: 'Oké. Maar laten we opschieten.'

Hij ging me voor de landweg op. Na enkele meters klommen we via een overstap een wei in.

'Iemand heeft jou doodsbang gemaakt,' zei ik. 'Wie?'

Henry liep zwijgend even verder en overdacht zijn antwoord. We liepen diagonaal over een wei waarin schapen graasden, naar de top van een lage heuvel. Het was een beetje inspannend en onder de lentezon kreeg ik het algauw warm. Het was er stil, op het afwisselende gezang van vogels na en Henry's zware ademhaling bij het beklimmen van de heuvel.

'Het begon een paar dagen nadat ik jou en Guy had verteld dat Orchestra geen geld meer zou investeren in Goal. Mijn vrouw kwam terug van de supermarkt, met de kinderen in de auto. Ze liet hen het eerst uitstappen en ze renden naar de voordeur. Daar vonden ze de rode kater van mijn dochter op de drempel. Hij was... in stukken gescheurd. De twee kinderen begonnen te gillen. Mijn vrouw moest de resten van ons huisdier opruimen en hen tot bedaren brengen. Ze belde me op kantoor en ik zei haar dat ze het moest melden bij de politie, wat ze deed. Ze kwamen aan huis om een verklaring op te nemen. Ze leken er niets over te weten; er waren in de buurt geen gelijksoortige aanslagen geweest.

Je kunt je voorstellen dat het hele gezin behoorlijk overstuur was. De volgende dag ging mijn vrouw met de kinderen ergens heen, toen haar auto van achteren werd geramd door een grote bestelwagen. Ze was gestopt aan een T-kruising en de schok duwde haar de weg op vóór het naderende verkeer. Gelukkig raakte niemand haar, maar het had anders kunnen aflopen. Het had hun dood kunnen zijn. Van hen allen.'

Henry's lippen persten zich opeen in een grimmige lijn. Hij liep sneller, het was moeilijk hem bij te houden.

'Wat gebeurde er met de bestelwagen?'

'Die reed snel achteruit en verdween om een bocht.'

'Heeft je vrouw de bestuurder gezien?'

'Ze zag hem alleen in de achteruitkijkspiegel. Ze zei dat de chauffeur een man was. Een vrij grote man. Zijn gezicht zag ze eigenlijk niet.'

'Jong? Oud? Donker haar? Wit haar?'

'Ze heeft het niet gezien. Ze was helemaal kapot. Ik kwam vroeg uit kantoor en probeerde haar te troosten. Toen lag er de volgende morgen een blanco envelop op de mat met mijn naam erop. Ik maakte hem open en er zat een briefje in. Er stond alleen op: *Geef hun het geld. Geen politie.*'

'Was het ondertekend?'

'Nee. Het was niet met de hand geschreven. Het was een standaardcomputerletter. Ik nam het mee naar kantoor en dacht erover na. Er leek maar één mogelijkheid te zijn. Ik wist zeker dat het op Goal sloeg. Ik wist dat wie het ook had geschreven het serieus meende, want de dag tevoren was mijn gezin bijna gedood. En ik dacht aan wat Tony Jordan was overkomen. Ik wist ook dat ik het mijn partners bij Orchestra moest melden en de politie, maar dat zou het gevaar voor mijn gezin vergroten en ik was niet bereid zoiets te doen. Het is tenslotte het geld van Orchestra en niet van mij. Het is niet meer dan een baan – een goede baan, maar ik kan altijd een andere krijgen. Maar geen ander gezin.'

'Verrek,' zei ik. 'Henry, ik zweer je dat ik hier niets van wist.'

Hij keek me aan. 'Ik geloof je. Maar ik besloot dat ik niets meer met Goal te maken wilde hebben. Of met jou. Dat leek me het veiligst.'

'Hoe kreeg je het voor elkaar bij Orchestra?'

'Dat was moeilijk. Ik liep iedereen af die bij me in het krijt stond om in te stemmen met het geld. En toen ze dat hadden gedaan zei ik dat ik uit de directie wilde. Dat begrepen ze niet. Maar gelukkig waren we op zoek naar een goed bedrijf waar Clare Douglas voor kon zorgen. Ze is heel ambitieus en ze had meer verantwoordelijkheid geëist. Ze had aan de eerste investering in Goal gewerkt en ik wist dat de deal haar beviel, dus ze hield zich rustig. Maar ik had er de pest in dat te doen.'

'Dat kan ik geloven.'

'Als we het geld verliezen, en ik weet vrij zeker dat dat zal gebeuren, zal ik het moeilijk vinden me erbij neer te leggen. Ik ben de mensen bij Orchestra veel verschuldigd. Een gat van tien miljoen zal hun resultaten behoorlijk beïnvloeden. Maar ik had geen keus, nietwaar?'

Hij nam mij scherp op terwijl we puffend de heuvel beklommen. Dit was geen retorische vraag. Hij had de moeilijke beslissing alleen genomen en hij had de verzekering nodig dat het de juiste was geweest.

Als ik een vrouw en kinderen had gehad, wat zou ik dan hebben gedaan? Ik wist het niet. Maar dat kon ik hem niet zeggen.

'Nee, Henry. Je had geen andere keus.'

Op de top van de heuvel bleven we staan en keken over het dorp heen naar de Malvern Hills. Het was een aantrekkelijke plek. Het leek mijlen verwijderd van Goal en zijn troebels.

'Nu weet je het dus,' zei Henry. Wat ga je eraan doen?'

'Het stoppen,' zei ik zonder aarzeling.

Henry keek me weifelend aan. 'Succes ermee. Maar zeg alsjeblieft tegen niemand dat ik je dit heb verteld. En wat je ook doet, houd de politie erbuiten. Ik heb tien miljoen pond van het geld van een ander uitgegeven om te zorgen dat mijn gezin veilig is. Je kunt hen nu beter niet in gevaar brengen.'

'Dat zal ik niet,' zei ik en ik meende het.

Ik was kwaad toen ik terugreed naar Londen. Ik twijfelde er geen moment aan of dit was het werk van Owen. Maar ik voelde me medeverantwoordelijk. De reden waarom Goal in leven was gebleven was omdat Owen het gezin van een keurige man de stuipen op het lijf had gejaagd. Als Goal ging bloeien kwam dat door Owens wreedheid, niet door het harde werk van de rest van ons. Ik had Henry gezegd dat ik er een eind aan zou maken en dat zou ik ook doen.

Wat ik natuurlijk niet wist was of Guy op de hoogte was van wat Owen had gedaan.

Ik reed recht naar Owens huis in Camden. Ik drukte op de bel van de flat op de eerste verdieping, waar zijn naam op stond. Geen antwoord. Ik keek omhoog; de gordijnen waren dicht. Misschien was hij weg. Ik herkende zijn zwarte, Japanse wagen met vierwielaandrijving. Misschien in het buitenland?

Ik piekerde de rest van het weekend.

Maandagmorgen nam ik de kans van een relatief rustige periode op kantoor waar om het Guy te vragen.

'Heb jij de laatste tijd Owen nog gezien?'

'De laatste tijd niet,' zei Guy. 'Hij is naar Frankrijk gegaan.'

'Frankrijk?'

'Ja. Hij woont in Les Sarrasins. Nu Sabina is teruggegaan naar Duitsland zei Owen dat hij een tijdje op het huis zou passen. Misschien verkopen we het wel, het is niet duidelijk.'

'Hij is nu dus daar?'

'Ja,' zei Guy. Toen keek hij heel even wantrouwend. 'Waarom?'

'Owen zal ik nooit begrijpen,' zei ik hoofdschuddend, alsof ik het alleen maar had gevraagd uit nieuwsgierigheid over hoe Owen in elkaar zat.

Maar Guy staarde me aan toen ik mijn aandacht weer richtte op de stapel papieren op mijn bureau. 'Laat hem met rust, Davo,' zei hij. 'Laat hem met rust.'

33

De volgende dag zou ik eigenlijk naar München gaan. In plaats daarvan reed ik naar Luton Airport en nam daar een goedkope vlucht naar Nice. Ik huurde een auto op het vliegveld en reed door de stad en over de kustweg naar Monte Carlo, onderlangs Les Sarrasins. Ik moest iets uitzoeken voordat ik met Owen sprak.

Ik parkeerde in een soort tunnel in de heuvel en klom via Monte Carlo's nauwe straatjes naar de weg waar Patrick Hoyle zijn kantoor had. Het was een gebouw vol juristen, accountants en investeringszaken. Hoyle zat op de vijfde verdieping. Van uit de lift stapte ik op dikke tapijten, langs met licht hout gelambriseerde muren, naar een hooghartige jonge secretaresse met zijig haar tot op haar middel en een scherpe neus. Ik had geen afspraak, wat ze met afkeurend getuite lippen aanhoorde, maar toen ze mijn aanwezigheid had aangekondigd mocht ik doorgaan naar Hoyles kantoor.

Helder, mediterraan licht, dat door de ramen met uitzicht op de haven viel, doorstroomde het ruime vertrek. Hoyle zelf zat in een grote leren draaistoel achter een kolossaal bureau. Terwijl ik het kantoor bekeek besefte ik dat alles groot was, als het ware als maatkleding gemaakt om de eigenaar te passen.

Hoyle vroeg me bij zijn bureau te komen zitten.

'Het verbaast me je hier te zien,' zei hij. 'Ik kan me niet voorstellen wat Goal in Monaco wil doen. Ben je misschien gekomen om je kasreserve op het rood van het roulettewiel te zetten?'

'Niet echt,' zei ik.

'Het is eerder gedaan,' zei Hoyle. 'Soms leek het de enige oplossing. Maar de logica klopt niet. Het is waar dat quitte of dubbel bijna vijftig procent kans van slagen heeft. Maar de psychologie leert dat vertwijfelde mensen doorspelen totdat ze verliezen.'

'Nou ja, daarom ben ik niet hier. Ik wilde Owen opzoeken.'

'O, ja?' Hoyle trok zijn wenkbrauwen op.

'Ik begrijp dat hij momenteel in Les Sarrasins logeert?'

Hoyle bevestigde het niet. 'En je dacht onderweg even bij mij langs te komen?'

'Ja.'

'Waarom?'

'Goal heeft weer eens geluk gehad. Zoals de dood van Tony Jordan.'

'Wat bedoel je?'

'Onze belangrijkste concurrent kreeg last van een virus. En toen onze financiële sponsor weigerde ons meer geld te geven, werd zijn gezin bedreigd, waardoor hij van gedachten veranderde.'

'Zo,' zei Hoyle. 'En daarom ga je Owen opzoeken? Denk je dat het zijn werk is?'

'Ja. Ik heb geen bewijs, maar ik weet vrij zeker dat hij het is. Wat ik echter nog steeds niet weet is wie Tony heeft vermoord.'

'De politie al evenmin.'

'Dat heb ik gehoord. Ze hebben zelfs nog geen gerechtelijk onderzoek ingesteld. Ik heb zowel Guy als Owen gecontroleerd. Beiden hebben ze ijzersterke alibi's. Maar ik kan het idee niet van me afzetten dat Owen op de een of andere manier zijn vader heeft gedood.'

Ik wachtte op een reactie van Hoyle. Die kwam niet.

'Wat denk jij ervan?'

'Ik denk dat je praat over de zoon van mijn cliënt.'

'Die de moordenaar van je cliënt zou kunnen zijn.'

Hoyle trok zijn massale schouders op. Ik had op meer steun gehoopt, na ons vorige gesprek toen we in Chancery Lane op een taxi wachtten. Maar hij had me in elk geval niet weggestuurd. Ik kreeg de indruk dat hij nieuwsgierig was naar wat ik had ontdekt.

'Ik verwachtte niet dat je zou kunnen helpen bij de dood van Tony,' zei ik. 'Maar ik wilde je iets vragen over de tuinman.'

'Dat heb ik je gezegd; daar had ik niets mee te maken,' zei Hoyle.

'Weet ik.' Ik zweeg even. Buiten scheerde een helikopter laag over een cruiseschip dat in de nauwe haven aan het manoeuvreren was. 'Wist jij dat Owen Dominique heeft vermoord?'

Hoyles wenkbrauwen schoten omhoog en zijn dikke lippen vielen open. 'Owen?' Toen tuitte hij zijn lippen en dacht even na. 'Ik dacht dat Guy het misschien was.' Eindelijk kwam hij met een eigen mening.

'Nee, het was Owen.' Ik vertelde Hoyle Guys verhaal over die nacht. Hoyle luisterde aandachtig. 'En volgens mij kan het ook Owen zijn geweest die de tuinman, Abdulatif, heeft vermoord. Rond de tijd dat het lijk werd ontdekt was hij in Frankrijk. Weet je nog dat je met hem over Abdulatif hebt gesproken?'

De dikke advocaat aarzelde.

277

'Och, toe nou. We staan aan dezelfde kant; we willen beiden weten wie Tony Jordan heeft vermoord. Volgens mij is er verband tussen dat en wat er met Dominique en de tuinman is gebeurd.'

Hoyle dacht erover na. Ten slotte zei hij: 'Ja, ik herinner me dat ik met Owen heb gesproken. Hij kwam me opzoeken op kantoor. Hij bracht een geldbijdrage mee om Abdulatif te betalen.'

'Heb je hem Abdulatifs adres gegeven?'

'Dat heb ik niet.'

'Heb je hem iets verteld over Abdulatif?'

'Ik geloof van niet. Maar ik was van plan Abdulatif te betalen terwijl Owen in Frankrijk was. Dat wist hij. Daarom had hij me het geld gegeven.'

'Waar zou de betaling plaatsvinden?'

'Voor een bar in een berucht deel van Marseille.'

'Wist Owen welke bar?'

'Nee. Maar ik geloof dat hij waarschijnlijk wist wanneer ik erheen ging. Hij kan me gevolgd zijn.'

'Heb je het geld rechtstreeks aan Abdulatif gegeven?'

'Ja.'

'Is het mogelijk dat Owen jou is gevolgd en daarna hem? Hem gevolgd en vermoord heeft?'

'Ik neem aan van wel. Ik heb hem niet gezien. Maar ik lette er ook niet op. Het is mogelijk. Abdulatifs lijk werd al een paar dagen later gevonden. Hij was neergestoken.'

'En verdacht jij Owen?'

'Er ging wel een rood lampje branden. Maar ik dacht niet aan Owen. Ik beschouwde hem nog steeds als een kleine jongen, ook al moet hij rond die tijd – wat – zo'n twintig jaar zijn geweest. Maar ik vond hem te jong, te zeer een computerfanaat. Ik verdacht Guy.'

'En de Franse politie?'

'Die ging Tony opzoeken, maar ik denk dat het meer beleefdheid was om hem te vertellen wat er was gebeurd met de man die verdacht werd van de moord op zijn vrouw. De dood werd niet eens vermeld in de krant; ik heb er *Le Provençal* op nagekeken.'

'En Tony?'

'Hij was ook niet achterdochtig.' Hoyle zweeg en keek me aan. 'Op dat moment.'

'Wat bedoel je, "op dat moment"?'

Lange tijd gaf Hoyle geen antwoord. Wikkend en wegend staarde hij me aan door zijn rozegekleurde brillenglazen, zijn enorme hoofd rustend op de vele kinnen. Het was onbehaaglijk, maar ik hield mijn mond en liet hem nadenken.

Ten slotte sprak hij. 'Ik zei je al, geloof ik, dat Guy per se niet wilde dat we Tony over Abdulatif vertelden.'

'Ja.'

'Wel, daar hield ik me aan. Ik was er niet erg gelukkig mee en ik raakte er steeds meer van overtuigd dat het onnodig was, gezien Tony's onschuld. Maar omdat ik het vanaf het begin voor hem verborgen had gehouden, werd het moeilijker erover te praten.

Ofschoon Guy in zekere zin mijn medesamenzweerder was, was ik hem door die hele zaak gaan wantrouwen. Ik was niet enthousiast toen Tony besloot hem te steunen met Goal – je weet hoe ik over internet denk. Het verbaasde me niet toen die twee ruzie kregen. Hoe dan ook, Tony was ervan overtuigd dat Guy alles verkeerd deed. Hij heeft altijd heilig geloofd in cashflow en het zat hem dwars dat Goal die nooit ging opbrengen. En ik denk dat er rivaliteit bij kwam kijken. Hij wilde Guy tonen dat hij een superzakenman was.'

'Daar ben ik zeker van.'

'Na die nogal dramatische directievergadering, toen Guy ontslag nam, gingen Tony en ik samen eten. Hij praatte over Guy en hoe hij nooit een echte zakenman zou worden. Hij vroeg me hoe ik over hem dacht. Dat was meestal een onderwerp dat we vermeden. Soms had Tony het erover dat hij trots was op Guy, of dat hij geïrriteerd was over hem, maar hij had me nooit eerder om mijn mening gevraagd.'

'Wat heb je gezegd?'

'Ik zei dat ik hem niet vertrouwde, en Tony wist dat ik zoiets niet zomaar zei. Hij drong bij me aan. Het was laat, we hadden beiden nogal wat gedronken, hij was een oude vriend en ik voelde me rot omdat ik hem niet had verteld wat ik wist. Dus bracht ik hem op de hoogte over Guys idee om Abdulatif om te kopen.

Hij ging er gretig op in. Hij was er direct van overtuigd dat Guy probeerde de aandacht af te leiden van de echte moordenaar, Guy zelf. Binnen enkele tellen verdacht hij Owen ervan Abdulatif vermoord te hebben. Daar was ik lang niet zo zeker van, maar als Tony een idee had was hij daar niet vanaf te brengen.'

'Hoe reageerde hij op het idee dat zijn beide zoons moordenaars waren?'

'Het was vreemd,' zei Hoyle. 'Hij schrok er niet van. Hij was meer geagiteerd. Uiteindelijk hield hij niet echt van Dominique en Abdulatif kon hem geen barst schelen. Het leek bijna alsof hij Guy al die tijd al half had verdacht, en dat ik hem eindelijk het bewijs had gegeven dat hij zocht.'

'Zei hij dat hij er met Guy over zou gaan praten?'

'Nee. Maar hij was diep in gedachten toen we het restaurant verlieten. Zijn hersenen draaiden op volle toeren. Zo had ik hem vaak eerder gezien. Hij was plannen aan het smeden. Het zou me niets verbazen als hij wel met Guy gesproken heeft. Maar na die avond heb ik hem nooit meer gezien, dus ik weet het niet.'

'Ik weet het ook niet. Guy heeft er niets over gezegd.'

'Weet je zeker dat Owen Dominique vermoordde en niet Guy?' vroeg Hoyle.

'Volgens mij wel,' zei ik. 'Guy klonk heel overtuigend, al weet ik niet zeker hoe serieus ik dat zou moeten nemen. Beide broers voelden zich in elk geval verlaten door hun vader, maar ik geloof niet dat Guy voldoende verknipt was om zijn stiefmoeder te willen vermoorden omdat hij zag dat ze met iemand anders in bed lag. Maar Owen? Wie kent Owen nu? Hij is intens gewelddadig en heeft een scheef beeld van de wereld. Misschien heeft hij de woede jegens zijn vader overgedragen op Dominique, en is die woede nog groter geworden toen hij zag dat ze hem bedroog. Misschien heeft Guy gelijk en had Owen niet de bedoeling haar te doden. Maar toen Guy eenmaal besefte wat zijn broer had gedaan, lag het helemaal in zijn lijn te proberen hem te beschermen.'

'Hou Guy in de gaten, David. Hij is de acteur, de intrigant, de manipulator.'

'Niet erg aardig om dat van je cliënt te zeggen.'

'Technisch gesproken is hij mijn cliënt niet. Dat is de nalatenschap. En zoals ik al zei, Tony was mijn vriend.'

'Nog een laatste vraag. Hoe lang is Owen in Les Sarrasins geweest?'

'Maar een paar dagen. Guy belde me midden vorige week om te zeggen dat hij kwam.'

Dat was vlak nadat Henry van gedachten was veranderd over de investering in Goal. Het hield in dat Owen in Engeland was toen Henry's gezin werd bedreigd. Het hield ook in dat Guy misschien op de hoogte was geweest van wat Owen deed, en gewacht had om hem weg te sturen totdat Henry had toegegeven. Geen prettige gedachte.

Ik stond op om weg te gaan. 'Dank je.'

'Geen dank.' Hoyle kwam steunend overeind. 'Zei je dat je nu naar Les Sarrasins ging?'

'Dat ben ik van plan.'

'Wees voorzichtig.'

Toen ik in een lage versnelling de bochtige weg opreed, met het briljante blauw van de Middellandse Zee onder me uitgestrekt en het dichte struikgewas klevend tegen de heuvelhelling boven me, begon ik last van zenuwen te krijgen. Tot dusver was ik gedreven door de overtuiging dat ik iets moest doen om Owen te stoppen. Ik had met succes alle gedachten aan de gevaren die daaraan kleefden van me afgezet, maar nu ik Les Sarrasins naderde, leken ze maar al te voor de hand liggend. Owen zou het me niet in dank afnemen wat ik tegen hem ging zeggen. Owen was groter en sterker dan ik, dat hadden we al vastgesteld. Zolang Owen zich redelijk gedroeg was ik veilig. Maar hoe kon ik ervan overtuigd zijn dat Owen redelijk zou zijn?

Bijna keerde ik om. Maar de gedachte dat Owen, in de naam van Goal, nog meer chaos zou brengen in het leven van andere mensen, deed me doorrijden. Ik moest hem tegenhouden.

Ik parkeerde de auto voor de grote poort en drukte op de zoemer van de intercom. De poort zwaaide open, ik liet de auto aan de kant van de weg staan en liep de tuin voor het huis in. Die zag er even onberispelijk uit als ik me herinnerde; er werd duidelijk uit de nalatenschap van Jordan iemand betaald om het huis bij te houden. Ik drukte op een andere bel aan de voordeur.

Ik wachtte en belde nogmaals aan. Eindelijk hoorde ik binnen beweging en de deur ging open.

Het was Owen, gekleed in een grijs T-shirt en korte broek, met wit haar dat onder een baseballpet van Goal uitpiekte.

'Verdomme, wat doe jij hier?'

'Ik kom met je praten.' Ik wrong me langs hem heen. Ik liep de woonkamer door. Ofschoon Hoyle had gezegd dat Owen daar pas een paar dagen geweest was, leek het er wel een vuilnisbelt. Alles lag vol met papier van afhaalmaaltijden, frisdrankblikjes en pizzadozen. Over een van de abstracte beelden hing een trui. En op een bureau, midden in de grootste concentratie van rommel, zoemde een laptop. Ik zag duidelijk het logo op het scherm: Goal.com. Owen bekeek onze website.

Hij grinnikte toen ik naar het apparaat liep. 'Je ziet wel dat je een goede kracht niet weg kunt houden van kantoor.'

'Probeer je in onze site te hacken?'

'Hacken? Ik ga er zowat elke dag in. Misschien heeft Sanjay je dat niet verteld, maar ik houd graag nauwkeurig in de gaten wat er gebeurt bij Goal.'

Ik draaide me verbijsterd naar hem om. Wat een dwaas was ik geweest!

Nadat Owen weg was gegaan hadden we geen maatregelen genomen om het systeem tegen hem te beschermen. Nadat hij vertrokken was had hij allerlei schade kunnen aanrichten, misschien had hij dat wel gedaan.

'Kijk niet zo geschrokken,' zei Owen met een spottende grijns. Hij had hier echt plezier in. 'Ik heb Goal geen kwaad gedaan. Integendeel, ik heb Sanjay de laatste paar maanden flink geholpen.'

'Weet Guy dat?'

'Waarschijnlijk. We hebben er niet specifiek over gesproken, maar hij kent mij. Jij dacht dat je me kwijt was geraakt. Maar vanhieruit kan ik de zaken evengoed in de gaten houden.'

Jézus! Maar ik geloofde Owen toen hij zei dat hij geen echt kwaad had gedaan. Hij had waarschijnlijk zelfs wat goeds gedaan. Ik voelde me kwaad worden op Guy. Hij wist wat Owen deed. Ik was er verrekte zeker van dat hij het wist.

Owen liep naar de keukenruimte en struikelde onderweg over een pizzadoos. Een half opgegeten stuk pizza schoof over de vloer.

'Waar is Miguel?' vroeg ik.

'Hij kon het huis in deze toestand niet aan, dus heb ik hem gezegd dat hij maar weg moest blijven. Maar ik vind het gezellig zo.'

Hij trok een blikje 7Up open en wandelde de tuin in. Ik liep achter hem aan. Het was een schitterende, zonnige dag, maar er woei een koele bries vanaf zee. Hij nam plaats aan een tafel bij de marmeren reling vanwaar je uitkeek op Kaap Ferrat en ik kwam erbij zitten. Een meter of zo verderop lag de rand van het lavendelperk vol papier en blikjes. Owen behandelde het huis van zijn vader met de minachting die hij altijd had gevoeld voor de eigenaar. Zijn zelfvoldaanheid begon me te irriteren en ik was zeker dat dat zijn bedoeling was.

'Ik weet wat je hebt gedaan,' zei ik.

Owen dronk uit zijn blikje, keek met half dichtgeknepen ogen uit over de zee en negeerde me.

'Jij hebt Henry Broughton-Jones bedreigd. Je hebt zijn gezin doodsbang gemaakt, zodat hij Goal de tien miljoen pond gaf.'

'O ja? Hoe weet je dat?'

'Maak je geen zorgen, hij wilde me niets vertellen. Maar hij is duidelijk bang. En het ligt voor de hand wie hem bang heeft gemaakt.' Ik wilde voorkomen dat Owen meer aandacht zou schenken aan Henry.

'Orchestra heeft dus geïnvesteerd?' vroeg Owen.

'En jij zat achter dat virus bij Sportsseason.'

'Technisch gesproken was het geen virus. Het was een worm.'

'Het kan me niet schelen wat het technisch gesproken was,' zei ik en ik hield met moeite mijn irritatie in. 'Het was sabotage.'

'Afschuwelijk,' zei Owen. 'Ik hoop dat ze degene die het gedaan heeft te pakken krijgen.'

'Ik weet dat jij Dominique hebt vermoord. En ik acht het heel waarschijnlijk dat je ook Abdulatif hebt gedood.'

'Abdulatif?'

'De tuinman die jou en Guy chanteerde.'

'O, je bedoelt die hufter van wie de politie denkt dat hij mijn stiefmoeder vermoordde.'

'Ja. Hem. Je wist dat Patrick Hoyle hem ging betalen. Je volgde Hoyle naar de plek waar dat zou gebeuren. Je zag hem het geld aan Abdulatif geven. Je volgde hem en stak hem neer.'

'Man, wat hou jij er vreemde ideeën op na.'

'En ik denk dat jij jouw vader hebt laten vermoorden. Ik weet niet hoe, maar ik weet zeker dat jij het hebt geregeld.'

'Heb je soms iets gerookt?'

Dit keer keek ik uit over zee, naar de witte bootjes die rond Kaap Ferrat zwierven.

'Je hebt geen enkel bewijs,' zei Owen ten slotte.

'Nee. Maar ik heb genoeg om de politie een paar lastige vragen te laten stellen.'

'Dat geloof ik niet. Je hebt niets om verband te leggen tussen mij en die zaken. De helft ervan gebeurde – wat – jaren geleden.'

'Ik wil dat je ermee ophoudt,' zei ik.

'Waarmee ophoudt?'

'Ophoudt met mensen te bedreigen. Ophoudt mensen kwaad te doen. Ophoudt mensen te vermoorden.'

'Huh!' snoof Owen minachtend.

'Ik weet dat je dat allemaal doet voor Goal. Ik weet dat je denkt dat je je broer ermee helpt. Maar Goal kan best zonder dat soort hulp.'

'Is dat zo? Ik geloof van niet. Je weet hoe dicht Goal bij de rand is gekomen. Ze hebben echt geluk gehad het zover te schoppen. Ik denk dat het soms wel wat hulp kan gebruiken.'

'Ik zou Goal liever failliet zien gaan dan overleven met jouw soort hulp.'

'Weet je wat? Het kan me geen barst schelen wat jij denkt.' Owen was niet langer luchthartig, hij keek serieus. 'Goal betekent alles voor mijn broer. Het is zoiets als zijn laatste kans. Het is ook zijn beste kans. Als het werkt gaat hij net zo rijk worden als vader, waarschijnlijk rijker. Als het mislukt zal het voor hem erger zijn dan alleen een teleurstelling. Het zal het einde voor hem betekenen. Ik mag jou niet zo erg, maar ik weet dat jij hem mag. Je weet dat ik gelijk heb.'

Owen probeerde me te winnen voor zijn gezichtspunt. Dat was dan voor het eerst. Maar hij had gelijk. Ik dacht terug aan de Jerusalem Tavern, de avond nadat Henry ons had geweigerd. Als Goal ten onder ging, zou Guy volgen.

Maar.

'Guy is mijn vriend. Ik weet dat je probeert hem te helpen. Maar luister naar me. Luister heel goed.' Ik boog me voorover. 'Ik zou liever zien dat Goal morgen failliet ging, dan dat het overleefde door terreur of moord, wat voor uitwerking dat ook zou hebben op Guy of de rest van ons. Als je dus weer eens een poging tot afpersing doet, als iemand anders er de dupe van wordt, dan luid ik de klok. Ik zal het de politie vertellen, ik zal het tegen de pers zeggen, ik zal het tegen iedereen zeggen die wil luisteren. Het zal het einde betekenen van Guy. Het kan het einde zijn van Goal. Maar ik ben bereid het te doen.'

Owen keek me even aan. Toen barstte hij in lachen uit. 'Jij bent al even erg als Guy, weet je dat? Je wilt Goal hoe dan ook laten slagen. Je hebt zo lang de andere kant uit gekeken, waarom zou ik dan geloven dat je ineens een brave burger bent geworden?

Jij en ik lijken een beetje op elkaar. Alleen heb ik het lef er iets aan te doen en jij bent te schijterig. Natuurlijk zul je de miljoenen ponden van een beursgang aannemen, maar je wilt je handen niet vuilmaken. Dat zul je andere mensen laten doen. Mensen als ik.'

Er zat iets onbehaaglijk waars in wat Owen zei, in elk geval voorzover het op het verleden sloeg. Maar niet voor de toekomst; daar was ik vastbesloten over.

'Weet je,' zei Owen. 'Ik heb je nooit echt gemogen sinds ik je blote kont op en neer zag wippen op mijn stiefmoeder.'

Ik kon geen antwoord geven. Ik stond op en draaide me om om weg te lopen.

Ik voelde, meer dan ik zag, een plotselinge beweging achter me. Ik draaide me met een ruk om toen Owen me bij de schouder greep en me achteruit sleurde naar de reling. Ik liet me op mijn hurken zakken om te voorkomen dat ik eroverheen gegooid zou worden, en klemde mijn ene been ertegenaan om houvast te krijgen. Hij boog zich naar voren en duwde. Hij was sterker en zwaarder dan ik. Ik voelde mijn voet wegglippen. Ik keek snel even achter me. Er was niets, alleen lucht en ver weg de zee.

Owen duwde opnieuw. Mijn houvast gleed weg, maar ik zag kans me zo te draaien dat Owens vaart naar voren hem tegen de reling deed belanden. Een fractie van een seconde had ik de kans hem dat extra duwtje te geven die hem eroverheen zou helpen. Maar ik deed het niet. Ik kon het niet.

Owen zag me aarzelen. Zijn ogen flonkerden. Met zijn benen nu ver uit elkaar, zodat hij extra stevig stond, stak hij zijn handen uit naar mijn schouders en trok. Ik kwam met mijn borst op de reling terecht, mijn gezicht staarde omlaag naar de golven die langzaam op en neer gleden over het zand zo'n driehonderd meter lager. Het was heel, heel diep. Ik werd duizelig; een paniekvlaag stuwde gal omhoog uit mijn maag en ik rukte me achteruit om te proberen los te komen, maar het was hopeloos. Ik kon me niet bewegen.

'Je weet wat er gebeurde met de laatste persoon die probeerde ons te bedreigen?' mompelde hij.

Ik wist het niet. Ik zweeg.

'Hoe dan ook, laten we even precies vaststellen wie hier wie bedreigt,' zei hij. 'Als Goal hulp nodig heeft, en ik geloof dat dat zo is, dan wil ik dat je belooft niet in de weg te lopen. Begrijp je dat?'

Ik gaf geen antwoord.

Owen trok me omhoog. Een fractie van een seconde dacht ik dat ik over de rand zou gaan, toen greep hij me weer vast. Mijn gezicht smakte tegen de reling. 'Ik zei, begrijp je me?'

'Ja,' zei ik, met moeite paniek onderdrukkend.

Ik hoorde gegrom en hij trok me terug van de reling. Ik zakte ineen op de grond. Ik voelde aan mijn wang; er zat bloed op.

'Oké. Sodemieter nu maar op hier.'

34

'Verrek, waar zat je toch?'

Ik keek op van mijn bureau. 'Goeiemorgen, Guy.'

'Jézus. Wat is er met jou gebeurd?' Zijn uitdrukking veranderde van kwaadheid in verbazing toen hij mijn gezicht zag.

'Iemand heeft geprobeerd me van een klip te duwen.'

'Dat zie ik. Er zijn in München geen klippen.'

'Ik ben niet in München geweest.'

'Dat weet ik. Ik heb gisteren de hele dag geprobeerd je te pakken te krijgen. Je had je mobiel afgezet. Ze hadden je helemaal niet gezien daar op kantoor. Waar zat je?'

'Frankrijk.'

'Als je zegt dat iemand geprobeerd heeft je van een klip te duwen, bedoel je toch niet die bij Les Sarrasins?'

Ik knikte.

'Je hebt met Owen gepraat. Je hebt ruzie met hem gemaakt, nietwaar?' Hij werd weer kwaad.

'Nee. Ik heb hem gezegd dat hij niet langer met Goal moest klooien. Ik heb hem gezegd dat hij moest stoppen mensen als Henry en mij te bedreigen. Ik heb hem gezegd geen computervirussen te sturen.'

'Dat heeft hij absoluut niet gedaan,' zei Guy minachtend.

'Dat heeft hij wel. Ik weet het.'

'Jij weet het!'

'Guy! Hij vermoordde me zowat!' Guys weigering het voor de hand liggende te zien begon me te irriteren.

'Mijn broer is opvliegend. Dat weet je. Als je daarheen ging om hem te pesten, verbaast het me niets dat je slachtoffer bent geworden. Jij bent degene die rotzooi trapt, Davo!' Hij zat nu te schreeuwen. Iedereen keek.

'Op een dag vermoordt hij nog iemand,' zei ik en ik weerhield me net ervan 'weer' te zeggen, nu zoveel oren gespitst waren.

'Je blijft van hem af!' Guy keek me woedend aan.

Ik stond op en liep ziedend weg van mijn bureau. Iedereen staarde. Guy en ik waren het vaak oneens, maar we schreeuwden nooit tegen elkaar, zeker niet op kantoor. Dit was de eerste keer en iedereen besefte dat.

Ik liep de straat op. Achter me hoorde ik voetstappen. Het was Ingrid.

'David, wacht!'

Ik wachtte. Ze keek naar mijn gezicht en raakte de schram op mijn wang aan. 'Dat ziet er lelijk uit.'

'Het deed pijn.'

'Heeft Owen dit gedaan?'

'Ja. Hij probeerde me de stuipen op het lijf te jagen. Even slaagde hij daarin.'

'O nee toch?' Ze kwam naast me lopen. 'Wat heb je gedaan?'

Ik vertelde haar over Henry en over mijn theorie dat Owen het virus van Sportsseasons had ingebracht. Ik sprak er niet over dat Owen Dominique en Abdulatif had vermoord. Ofschoon ik het wel tegen Henry had gezegd, had Guy me met nadruk gevraagd het niet tegen haar te vertellen, en ik meende dat ik dat moest respecteren, in elk geval voorlopig. Ze luisterde met een mengeling van schrik en sympathie.

'Ik wist dat Owen een engerd was, maar zo eng wist ik niet,' zei ze toen ik zweeg.

'Het blijkt van wel.'

'Het was nogal dapper van jou om hem op te zoeken.'

'Of stom. Maar ik moest het doen. Ik moest hem tegenhouden.'

'Denk je dat je erin zult slagen?'

'Waarschijnlijk niet. Maar ik moest het proberen. Ik kon hem niet gewoon door laten gaan mensen te terroriseren, zonder er iets aan te doen.'

'Wat heb je tegen hem gezegd?'

'Ik zei hem dat ik Goal zou opblazen als hij nog meer moeilijkheden zou veroorzaken. Met de politie zou praten, tegen de pers.'

'En zul je dat doen?'

Ik bleef staan en keek haar aan. 'Ja.'

Ze ontweek mijn blik. 'Aha.'

'Wat bedoel je, "aha"? Denk je dat ik ongelijk heb?'

'Nou ja. Owen moet worden tegengehouden, daar heb je gelijk in. En ik keur niets goed van wat hij heeft gedaan, in feite juist het tegengestelde. Maar als hij iets stoms doet waar wij niets aan kunnen veranderen, is dat nog geen reden Goal te ruïneren.'

'Wat?'

'Je hebt het zelf tegen Guy gezegd. Goal betekent iets voor ons allemaal. Het is niet gewoon een middel voor Guy om iets aan zijn vader te bewijzen. En het is niet alleen jouw geweten.'

Ik schudde mijn hoofd. 'Wat Goal ook is, het is niet iemands leven waard.'

'Natuurlijk is het dat niet,' zei Ingrid. 'Maar daar gaat het hier niet om. Het is niet onze schuld dat Owen een psychopaat is. Goal mag er niet onder te lijden hebben.'

'Maar zie je dat dan niet? Als je hem daarmee dreigt is dat de enige manier om hem tegen te houden.'

'Het zal geen verschil maken.'

'Misschien toch. En voor mij is dat genoeg.' Maar ik kon merken dat het dat niet was voor Ingrid. Ze had een jaar van haar leven aan Goal gegeven. Ik had geweten dat ze vurig hoopte dat het zou slagen; nu pas besefte ik hoe vurig. Het deprimeerde me. Zonder nog iets te zeggen draaide ik me om en liep door. Dit keer kwam ze me niet achterna.

Mijn reis naar Frankrijk had niets opgelost. De twijfels die ik vóór Kerstmis had gevoeld kwamen sterker terug dan voorheen.

Ik had gedacht dat de situatie duidelijk was. Ik wist dat Owen gevaarlijk was, maar ik had gedacht dat we niets meer van hem te vrezen hadden. Volgens mij had Guy alleen schuld omdat hij zijn broer beschermde. En ik had gedacht dat ik Frankrijk en Tony's dood kon vergeten, en me op Goal kon concentreren.

Het was nu duidelijk dat ik dat niet kon. Owen was niet uit het zicht en Tony's dood evenmin. Mijn gesprek met Hoyle had meer vragen opgeroepen dan beantwoord. Wat had Tony gedaan met de wetenschap dat zijn zoons gechanteerd werden door Abdulatif, en dat een van hen de chanteur waarschijnlijk had vermoord? Voorzover ik de familie Jordan kende, leek het me onwaarschijnlijk dat hij alleen raad en steun had geboden. En ik herinnerde me iets dat Owen had gezegd toen hij me tegen de reling klemde in Les Sarrasins. Iets over wat er gebeurd was met de laatste persoon die hen had bedreigd.

Had hij het over zijn vader?

Ik hoorde Owens dreigementen serieus te nemen. Ik voelde de ijskoude vingers van de angst over mijn borst kriebelen. Ik was bang voor hem.

Ik wist dat Owen in het verleden een moord had gepleegd. Ik wist dat hij dat weer kon doen. Hij mocht me niet, dat had hij waarschijnlijk nooit gedaan, maar zolang ik aan Guys kant stond zou hij me verdragen. Zodra ik vragen ging stellen, in het verleden van zijn broer dook, zou die houding veranderen. Hij was sterk, hij was slim, hij was meedogenloos. Maar wat me over hem de meeste angst inboezemde was dat hij gewoon niet hetzelfde gevoel voor verhoudingen had als andere mensen. Spijt leek hij ook niet te kennen. In een rugbywedstrijd had hij het oor van een schooljongen afgebeten. Hij had zijn stiefmoeder vermoord omdat ze ontrouw was geweest. Hij zou mij doden als hij dacht dat ik een ernstige bedreiging voor zijn broer betekende.

Moest ik dus maar gewoon de andere kant opkijken, zoals ik tot nu toe had gedaan volgens Owens spottende woorden?

Het was verleidelijk. Het zou Goal geen kwaad doen. Ik zou in leven blijven. Ik zou zelfs wat geld kunnen verdienen.

Maar het was de herinnering aan Owens hoon die me deed beseffen dat ik dat niet kon. Ik was niet iemand die rijk werd over de rug van de misdaden van een ander, en zo iemand wilde ik niet worden ook. Ik zou gaan uitzoeken wat er met Tony was gebeurd, en ik zou mijn best doen te zorgen dat er niemand anders werd gedood.

Het probleem was dat ik er geen tijd voor had.

Guys optimisme was teruggekeerd, en hoe! Goal kon tien miljoen pond uitgeven en hij zat vol ideeën hoe hij dat kon doen. Kantoren in Milaan en Barcelona, als aanvulling op die in Parijs en München. Een site die gewijd was aan Euro 2000, in juni aanstaande. Meer personeel; we hadden nu veertig werknemers en het aantal steeg met de week. De organisatie hiervan vroeg de uiterste inspanning van ons allen.

En we hadden het geld nog niet echt. Na zijn telefoongesprek had Henry een brief gestuurd waarin hij ons tien miljoen pond beloofde, afhankelijk van voorwaarden die nog overeengekomen moesten worden. Wat mij betreft moest dat zo spoedig mogelijk gebeuren. En dat betekende: praten met Clare Douglas.

Clare was toegewijd, heel erg toegewijd. Over van alles wilde ze cijfers zien: website-bezoekers, online-verkopen, kosten, budgetten, cashflows, reclameopbrengsten, personeelsbezetting. Ze wilde die cijfers terug zien gaan in het verleden en vooruit in de toekomst. En ze stelde een heleboel vragen. Ofschoon ik haar respecteerde, bezorgde dit alles me een hoop extra werk terwijl ik me op andere dingen moest concentreren. Ik wilde die verdomde aandeelhoudersovereenkomst tekenen en ermee verdergaan.

Guy, Mel en ik spraken op een morgen om acht uur met Clare in de directiekamer van Goals kantoor over de overeenkomst. Het zou heel vlot moeten verlopen omdat het concept dat voor ons lag voornamelijk gebaseerd was op Orchestra's oorspronkelijke investeringsdocument. Het enige lastige punt zou zijn, zoals steeds, de prijs. Welk deel van het bedrijf zou Orchestra in handen krijgen voor die tien miljoen pond?

Clare was een kleine vrouw, die in haar eentje aan één kant van de tafel zat tegenover ons drieën. Ze was een paar jaar jonger dan wij, maar in haar grijze ogen blonk zoiets van probeer-niet-met-me-te-sollen. Ik merkte hoe ze met een potlood zat te spelen en ze leek nerveuzer dan anders. Erg verrassend was dat niet; we maakten ons op voor een harde onderhandelingssessie.

Waarop we niet waren voorbereid, was wat Clare zei.

'Ik maak me zorgen over deze investering, Guy.'

'Wat bedoel je?'

'Ik bedoel dat ik niet zeker ben of Goal het wel zal halen.'

Alledrie keken we haar aan.

'Ik begrijp het niet,' zei ik, ofschoon ik het heel goed begreep. 'Dit geld moet ons veilig op gang houden totdat we in de zomer naar de beurs gaan.'

'Maar als de effectenmarkt nu eens slechter wordt in plaats van beter?'

'In dat geval krijgen we misschien het geld niet tegen de koers die we oorspronkelijk wilden.'

'Je zou wel eens helemaal geen geld kunnen krijgen.'

'Dat hebben we allemaal al met Henry besproken,' viel Guy in de rede. 'Het besluit is genomen. Hij heeft ons een brief gestuurd waarin hij ons het geld beloofde. Daar kan Orchestra toch niet op terugkomen, nietwaar, Mel?'

'Heel zeker niet,' zei Mel.

'Heb je dit zojuist besloten?' zei Guy en hij keek Clare kwaad en minachtend aan.

'Ja,' zei Clare en ze keek kwaad terug.

'En wat zegt Henry ervan?'

'Henry is nog met vakantie.'

'Je wilt zeggen dat je niet eens met hem hebt gepraat?'

'Nee. Maar ik ben bij Orchestra verantwoordelijk voor deze investering. En ik heb mijn besluit genomen.'

'En wat zullen je seniorpartners zeggen als je je niet aan een afspraak houdt?'

'Ze zullen me steunen.'

'Als dit bekend wordt, en dat zal het, zal het de reputatie van Orchestra naar de vernieling helpen.'

'Dat zal het ook doen als we tien miljoen pond investeren en het drie maanden later verliezen.'

Clares antwoorden klonken duidelijk en krachtig. Ik bewonderde haar: ze deed goed werk onder moeilijke omstandigheden.

Mel kuchte. 'Clare, ik zou graag je aandacht vestigen op de brief die Henry ons heeft gestuurd. Daar staat duidelijk in dat Orchestra het geld zal verschaffen.'

'Onder voorwaarden die overeengekomen moeten worden,' bracht Clare in herinnering.

'En die zouden we nu moeten bespreken.'

'Heel goed. We zullen de investering van tien miljoen pond die in de brief wordt vermeld doen, in ruil voor vijfennegentig procent van het bedrijf en stemmeerderheid in de directie.'

'Maar dat is absurd,' zei Guy. 'Dat brengt de waarde van het bedrijf terug tot zo goed als niets.'

'Tot zo goed als een faillissement,' bevestigde Clare.

'Met stemmeerderheid zouden jullie het bedrijf gewoon failliet kunnen laten gaan en je geld eruit halen,' zei ik.

Clare glimlachte heel even tegen me. Daar had ze aan gedacht. 'De waarheid is, zoals ik aan het begin al zei, dat we niet hoeven te investeren als we dat niet willen. Nu geloof ik dat ik maar eens moest opstappen. Ik zou bespreken hoe we vanaf dit punt het bedrijf vooruit kunnen helpen. Jullie hebben nog tweehonderdduizend pond op jullie rekening. Maar daar moeten we het een andere keer maar eens over hebben, nietwaar?'

Ze pakte haar papieren bijeen en verliet de kamer.

'Jezus Christus!' snauwde Guy toen ze de deur achter zich dichttrok. 'Dat kan ze toch zeker niet doen, Mel?'

'Ik weet het niet. We kunnen proberen haar tegen te houden, maar het zal moeilijk zijn. Henry's brief is afhankelijk van een contract.'

'Eerst Bloomfield Weiss en daarna Orchestra! Die lui uit de City bieden je geld, maar komen er nooit mee op de proppen. Ik zal dit de pers vertellen. Davo, ik wil dat je direct contact opneemt met Henry en hem vraagt dit op te lossen.'

Ik schudde mijn hoofd. 'Sorry, Guy.'

'Wat bedoel je? Bel hem!'

Ik keek even naar Mel, maar besloot toch te praten. 'Jij weet evengoed als ik waarom Henry van gedachten is veranderd. Owen heeft zijn gezin bedreigd.'

'Wat bedoel je?'

'Owen verminkte de kat van Henry's dochtertje en duwde daarna zijn vrouw en kinderen bij een botsing het midden van een drukke weg op.'

'Wat is dit voor gelul?' stoof Guy op.

Mel keek me aan alsof ik gek was geworden.

'Ik ga hem niet nog meer onder druk zetten,' zei ik.

'Oké, geef me zijn nummer maar. Dan bel ik hem wel.'

'Nee,' antwoordde ik. 'En ik zal je nog eens wat anders vertellen. Als er nog meer dreigementen komen tegen Henry of Clare, zal ik de pers en de politie alles vertellen wat ik weet. En denk eraan dat je die boodschap doorgeeft aan je broer.'

Daarmee verliet ik de kamer en ging terug naar mijn bureau. Ik pakte pen en papier en begon uit te rekenen hoe Goal in 's hemelsnaam kon overleven zonder het geld van Orchestra.

Tien minuten later kwam Guy terug aan zijn bureau. Een paar minuten bleven we zwijgend tegenover elkaar zitten, maar we vermeden elkaar aan te kijken. Toen sprak Guy.

'Davo?'

'Ja.'

'Ik verzeker je dat ik er niets van weet dat Henry's gezin wordt bedreigd.'

Ik gaf geen antwoord maar ging door met mijn werk.

'En ik zweer je dat ik noch Owen enige druk zal uitoefenen op Clare of Henry of wie dan ook bij Orchestra.'

Ik keek op. Guy keek me doordringend aan. Zo te zien meende hij wat hij zei. Natuurlijk.

'Maar ik ga alles wat juridisch verantwoord is doen om Goal in leven te houden, en dat hoor jij ook te doen. Akkoord?'

'Ik ga Orchestra niet overhalen om wat ook te doen, Guy.'

Guy haalde diep adem. 'Oké, dat doe ik wel. Maar steun je me?'

Steunde ik hem? Zijn broer had afschuwelijke dingen gedaan om Goal in leven te houden. Maar daar had Guy zojuist afstand van genomen. En verder was er de kleinigheid van mijn spaargeld en dat van mijn vader. Ik wilde Goal ook niet laten schieten.

'Ik steun je.'

'Goed. Laat me nu die rotzakken bij Orchestra eens onder handen nemen.'

Ik hoorde Guy een uur lang de rotzakken bij Orchestra onder handen nemen. Maar door het beluisteren van Guys kant van het gesprek werd me duidelijk dat ze niet gingen toegeven. Ze stonden volledig achter Clare. Ofschoon haar actie Goal waarschijnlijk in de moeilijkste situatie had gebracht die het bedrijf ooit hadden ervaren, moest ik haar onwillekeurig toch bewonderen. Ze was een dappere vrouw.

Ik vermoedde dat ze zich niet realiseerde hoe dapper.

Die middag ging ik naar het kantoor van Bloomfield Weiss in Broadgate om over de mogelijkheid te praten naar de beurs te gaan voor een lager geldbedrag en tegen een lagere koers. De bankier was niet optimistisch, NASDAQ was nog aan het afglijden. Alle fantastische internetaandelen stonden ver beneden hun beurskoers en zakten elke dag lager. Wacht tot het zomer wordt, zei hij. We waren in mei. Ik vroeg me af wanneer zijn zomer zou beginnen. Niet erg gauw, dacht ik.

Terug op kantoor vertelde ik Guy over mijn gesprek. Hij luisterde ongeduldig.

'Wat ga je er nu aan doen?' vroeg hij toen ik klaar was.

Ik haalde diep adem. 'Volgens mij moeten we twee dingen doen. Op de eerste plaats moeten we weer met Starsat praten. Hun vragen of ze ons nog steeds willen kopen.' Guy keek somber. Ik ploeterde door. 'Op de tweede plaats moeten we bezuinigen op kosten om langer toe te kunnen met het geld dat we hebben. Als we genoeg bezuinigen kunnen we het misschien uithouden tot oktober. Misschien blijven we zelfs wel rendabel.'

'Geweldig idee, Davo. En hoeveel denk je dat Starsat zal betalen? Ik zal je eens wat vertellen, het zal geen honderdvijftig miljoen pond zijn. Als we niet wilden verkopen toen de markt op z'n top was, waarom zouden we dan nu verkopen? En wat bezuinigen betreft, ik blijf je maar voorhouden dat we meer investeringen nodig hebben, niet minder. Zie je dat dan niet in?'

'We hebben geen keus. Als we doorgaan zoals we nu doen zullen we over drie weken onze deur moeten sluiten.'

'Luister, ik wil oplossingen, geen problemen. De financiering is jouw verantwoordelijkheid, Davo, wees er dus verantwoordelijk voor. We zijn de snelstgroeiende voetbalsite in Europa. Goal.com is een merk dat bekendheid heeft. We komen er. We winnen. En jij probeert me te vertellen dat we verloren hebben. Ik snap jou niet, Davo. Vroeger werkten we samen als een team. Maar nu denk ik dat jij alleen maar problemen zoekt.'

'Ik hoef ze niet te zoeken,' zei ik. Nu was ik kwaad. 'Ze zijn er al, ze blijken elke dag overduidelijk uit ons rekeningafschrift. Ik kan ze niet laten verdwijnen.'

'Je zou het verdomd goed kunnen proberen,' zei Guy.

'O, ja? Hoe dan?'

'Stuur Bloomfield Weiss de deur uit. Zie een consulent met lef te krijgen. Je hebt vast nog wel vrienden bij Leipziger Gurney Kroheim. En hoe zit het met al die lui die in maart over hun eigen benen struikelden om onze business te krijgen?'

'Het zal er slecht uitzien op de markt als we Bloomfield Weiss ontslaan.'

'Het kan me niet schelen hoe het eruitziet. Ik wil alleen een makelaar die ons het geld bezorgt.'

'Het zal lastig zijn er een te vinden.'

'Hoe weet je dat, verdomme, als je het niet hebt geprobeerd?'

Ik gaf geen antwoord. Zo te horen had hij gelijk. Maar ik wist dat hij ongelijk had.

'En ik ben nog niet klaar met Orchestra. Ze houden zich niet aan hun woord en dat weten ze. Als ik hen niet op andere gedachten kan brengen, kan Mel dat wel.'

Ik schudde mijn hoofd. 'Reken daar maar niet op.'

Het was vol bij Smiths. Het was vrijdag, nog steeds een drukke avond, zelfs in het huidige klimaat. Ontslagfeestjes begonnen de plaats in te nemen van website-lanceringen, maar de interenetters hadden nog steeds geld in hun zak. Het was Guys verjaardag, zijn tweeëndertigste, en de drank vloeide.

De geldzorgen hadden de spanning in het hele bedrijf doen toenemen en het leek alsof iedereen deze gelegenheid wilde aangrijpen om bestaande zorgen te vergeten en te denken aan de kameraadschap uit het verleden. Ik zat snel te drinken, Guy nog sneller. Het gekwetter was hectisch, er werd hard gelachen. De tijd vloog om.

Om ongeveer tien uur lag ik ineengezakt op een sofa met een lege plek naast me. Mel liet zich daarop zakken.

'Hallo,' zei ik.

'Hoi.'

'Hoe is het met je?'

'Ja, prima,' zei ze.

'Hoe gaat het met Guy?' vroeg ik zonder na te denken. Ofschoon ik de vorige drie maanden veel tijd had doorgebracht met Mel, had ik niet meer over haar en hem gesproken sinds ik hen samen had gezien.

Ze trok haar wenkbrauwen op, verrast dat ik het onderwerp had aangesneden. Toen antwoordde ze me: 'Het is zo irriterend. Soms is hij er. Soms niet. Ik weet het gewoon nooit.'

'Sommige dingen veranderen niet.'

Mel zuchtte. 'Nee. Ik zou alleen willen dat ze dat wel deden.'

Ineens kwamen er een boel vragen bij me op die ik al heel lang beantwoord had willen hebben. Dit leek de juiste tijd om ze te stellen.

'Toen ik die avond langskwam bij de flat van Guy, waarom liet je je toen zien? Ik bedoel maar, je had in bed kunnen blijven. Ik zou het nooit hebben geweten.'

294

'Dat had ik ook,' zei Mel. 'Dat is zelfs wat Guy wilde dat ik deed. Maar ik word er ziek van zijn stille liefje te zijn. Als ik voor hem goed genoeg ben om te neuken, dan zou ik ook goed genoeg moeten zijn om met zijn vrienden te praten.'

Ik schrok van de bitterheid in haar stem. 'Natuurlijk ben je goed genoeg,' zei ik.

'Zo, kun jij hem dat niet vertellen?'

'Hij zou niet naar me luisteren,' zei ik. 'Hij luistert tegenwoordig minder vaak naar me.'

'Hij voelt de druk.'

'Wanneer zijn jullie twee weer bij elkaar gekomen?' vroeg ik.

'Och, het gaat al een tijdje op en af. Het begon vorig jaar vlak nadat hij die enorme ruzie had gehad met zijn vader, die van Goal een pornosite wilde maken. Meestal komt hij bij me als hij zich down voelt. Het is allemaal natuurlijk geheim,' zei ze bitter. 'Niemand mag het ooit weten.'

'Waarom verdraag je dat?'

Mel keerde zich naar mij. Er stonden tranen in haar ogen. 'Ik kan het niet helpen. Ik kan het gewoon niet helpen. Ik weet dat ik hem op mijn voorwaarden zou moeten hebben of helemaal niet. Maar het is gewoon een feit dat ik hem nodig heb. Als hij niet bij me is voel ik me zo ellendig dat ik alles wil verdragen om hem terug te krijgen. Alles. En dat weet hij. Soms denk ik dat hij een vuile rotzak is, maar dan glimlacht hij, of hij raakt me aan en, nou ja, dan sta ik machteloos.'

Ik haalde nog een drankje voor Mel. En een voor mezelf.

'Bedankt,' zei ze en ze nam het aan. 'Het ziet er niet best uit, nietwaar?'

'Wat bedoel je?'

'Goal?'

'Het ziet er nooit goed uit.'

'Ik kan gewoon niet geloven dat die stomme Schotse trut jullie het geld niet wil geven.'

Ik zuchtte. 'Ze heeft waarschijnlijk gelijk.'

'Denk je dat Goal het zal halen?'

'Ik weet het niet. Ik zie niet helemaal hoe. We zullen zwaar moeten bezuinigen en daar zal Guy de pest over hebben.'

Mel keek me van opzij aan. 'Wat je toen zei over Owen, dat hij Henry Broughton-Jones bedreigde. Was dat waar?'

'Ja,' zei ik. 'Helemaal waar.'

'Wist Guy het?'

'Ik heb geen idee. Maar ik meende het dat ik naar de politie zou gaan als hij of Owen Clare gaat bedreigen.'

'Kreng,' mompelde Mel.

In dronken ellende zaten we samen op de sofa, met het kabaal van het feestje om ons heen. Guy stond een meter of zo van ons vandaan met Ingrid te praten. Hij legde een arm om haar middel.

Ik voelde Mel naast me verstijven. 'Daar heb je nog zo'n kreng,' mompelde ze zacht. 'Wat ziet hij in haar, vergeleken met mij?'

Het was waar dat Mel er, traditioneel gezien, beter uitzag dan Ingrid; ze was groter en ze had een betere figuur. Maar Ingrid had gewoon iets, iets wat Guy kon zien, en ik dus ook. Ik besloot dat niet aan Mel uit te leggen.

Ze keek me aan met een frons omdat ik haar niet de reactie had gegeven die ze zocht, en kwam toen wat wankel overeind. Ik had haar tegen moeten houden, maar in feite was ik er ook niet erg gelukkig mee toen ik Guy zijn arm om Ingrid zag leggen.

Ik keek toe vanaf de sofa, vanwaar ik alles kon zien. Ik kon niets horen, maar zien des te beter. Het was voorspelbaar. Mel liep waggelend naar Guy. Ging aan zijn arm hangen. Ze spraken met elkaar, eerst zachtjes, toen scherper. Ingrid trok zich terug. Toen zei Guy zachtjes iets wrangs wat alleen Mel kon horen. Het leek of ze een klap in haar gezicht had gekregen. Ze draaide zich om en beende recht naar de deur, haar tranen verdringend.

Even was er minder lawaai toen men zweeg om toe te kijken, maar het nam snel weer toe. Guy stak zijn hand uit naar Ingrids middel. Ze duwde hem weg en verdween naar het toilet.

Ik liep terug naar de bar om nog wat te drinken. Ik voelde iemand zachtjes mijn elleboog aanraken. Het was Ingrid. 'Kunnen we even naar buiten gaan?'

'Natuurlijk.'

De meiavond was koel en ik dook weg in mijn jasje. Maar de frisse lucht deed me een beetje bekomen van mijn bier. 'Waar zullen we heen gaan?'

'Maakt me niets uit,' zei Ingrid. Dus sloegen we rechtsaf, met de hoge kolos van Smithfield Market naast ons, richting Charterhouse Square.

'Ik zag dat Mel je aanpakte,' zei ik.

Ingrid huiverde. 'Ze heeft me nooit vergeven voor wat er in Mull is gebeurd. Dat was zoiets stoms om te doen, ik weet het, maar het was lang geleden en ze heeft nu echt niets te vrezen.'

'Is dat zo?'

Ingrid lachte en kneep me in de arm. 'Nee. Het is waar dat Guy me vroeger fascineerde, maar hij is mijn type niet.'

'O nee?'

'Nee, echt niet. Ik heb mijn hele leven geschifte en verknipte figuren zoals hij en Mel om me heen gehad. Op de een of andere manier heb ik kunnen voorkomen dat ik ook zo zou worden. Ik zou graag proberen mijn gezond verstand te bewaren.'

'Volgens mij is er niets mis met jouw gezond verstand,' zei ik.

'Aha, dat is het liefste wat iemand ooit tegen me heeft gezegd.' Ze kneep weer in mijn arm.

'Dat is pas triest.'

We liepen en praatten. Langs het silhouet van St. Paul's, dat afstak tegen de driekwart maan, langs de Georgian zuilen van het Mansion House en de Bank of England, door de nauwe straten van de City, afwisselend door stukken waar het doodstil was en plekken vol lawaai en licht waar mensen vanuit volle bars het trottoir opliepen. Ten slotte kwamen we aan de rivier en naderden Tower Bridge, niet ver van Guys flat in Wapping.

Ingrid bleef staan. 'Ik geloof dat we hier beter kunnen stoppen,' zei ze.

'Ja,' stemde ik in.

'Bedankt dat je met me hebt gepraat. Dat had ik nodig.'

'Ik ook, geloof ik.'

We waren op een van de stille stukken. Overal brandden lampen, geel en oranje, die de Tower naast ons verlichtten en de Bridge die voor ons lag, en die dansten op de snelstromende rivier. Ik voelde de aandrang om haar te kussen, maar ik aarzelde, verward. Was Ingrid mijn vriendin? Of iets anders? Wilde ik dat ze iets anders was? Wilde zij dat?

Ingrid zag mijn verwarring en haar ogen kregen lachrimpeltjes. 'Ik zie je morgen wel,' zei ze en ze ging op haar tenen staan om mijn wang te kussen. Toen haastte ze zich de heuvel op naar de drukke straat, op zoek naar een taxi.

Ik keek haar na met een prettig verward gevoel. Ik vroeg me af wat er die avond was gebeurd, als het al iets was. Ik vond een taxi voor mezelf, maar toen ik instapte besefte ik dat ik mijn aktetas bij Smiths had laten staan. Het was laat, maar ik dacht dat ik beter maar kon kijken of de tent nog open was. Dat was hij, maar net. Ik vond mijn aktetas en liep naar het herentoilet voordat ik naar huis ging. Ik liep langs een donkere gang en zag twee figuren in een innige omhelzing. De ene was Guy. Ik tuurde in het donker om te zien wie de andere was. Michelle.

Arme Michelle.

35

De volgende dag was zaterdag, voor ons een werkdag. Er waren duizenden dringende zaken te regelen, maar ik maakte gebruik van het feit dat ik geen besprekingen had om alles een paar uur opzij te zetten en me te concentreren op Tony's dood. Terwijl Guy met de pr-mensen zijn publieke wraak op Orchestra zat uit te broeden, belde ik brigadier Spedding. Hij wist direct wie ik was en nodigde me uit die middag met hem te komen praten.

Ik sprak met hem in een kale verhoorkamer op het politiebureau in Saville Row. Een vriendelijk gezicht met sproeten, bekroond met rood haar. Hij haalde een kop koffie voor me en we gingen zitten.

'Ik ben een grote fan van jullie website geworden,' zei hij.

'Uitstekend.'

'Maar volgens mij hebben jullie het mis dat de Rovers volgend seizoen een nieuwe manager krijgen.'

'Dat zal ik doorgeven.'

'Wat we echt nodig hebben is een kopspecialist in de voorhoede.'

'Dat zal ik ook doorgeven.'

'Dank je.' Hij roerde in zijn koffie en dronk wat. 'Zeg maar eens wat je op je lever hebt, nu we de belangrijke zaken hebben behandeld.' Hij glimlachte bemoedigend.

'Heb je enig idee wie Tony Jordan heeft vermoord?'

'Hoe komt het nu dat jij, elke keer als we met elkaar praten, de vragen stelt en ik de antwoorden moet geven? Is dat niet de omgekeerde wereld?'

'Sorry,' zei ik.

Spedding glimlachte. 'We weten niet wie hem heeft vermoord. Een huurmoordenaar kunnen we uitsluiten: iemand overrijden in zo'n straat is erg slordig. Er kan van alles misgaan. De waarschijnlijkheid dat het iemand was die Jordan kende, is dus het grootst.'

'Ik snap het.'

'Van de directe familie was Sabina Jordan op dat moment in Frankrijk en ik betwijfel zeer dat zij de man die jij hebt gezien, Donnelly, heeft betaald; waarom, heb ik je zojuist verteld. Bovendien doet hij zulke dingen niet. We hebben de alibi's van de twee zoons gedegen nagetrokken en ze klopten. Jordan had een paar oude zakelijke vijanden die wrok tegen hem hadden, daarom kan het zijn dat een van hen erbij was betrokken, maar we hebben daar geen bruikbare aanwijzingen voor kunnen vinden. Onze officiële hypothese op dit moment is dus dat het een dronken chauffeur was die is doorgereden. Maar in zo'n smalle straat komt me dat heel onwaarschijnlijk voor.'

'Owens alibi klopte dus? Hij kan niet geknoeid hebben met de beveiligings-tv of zoiets?'

'Nee. Hij was zonder meer in de Europa, een paar minuten voordat zijn vader werd overreden.'

'En Guy?'

Spedding keek me indringend aan. 'Wat is er met Guy?'

'Klopte Guys alibi?'

'Het leek van wel. Hij ging met zijn broer wat drinken in Camden en daarna op bezoek bij een vriendin in St. John's Wood. Daar kwam hij om half tien, slechts vijf minuten na de moord.'

'En zij bevestigde dat?'

'Niet alleen zij. Er logeerde die nacht een vriendin bij haar die Guy ook heeft gezien. Tussen het moment dat Guy de pub in Camden verliet en in St. John's Wood kwam, was er voor hem geen tijd om naar Knightsbridge te rijden. Hij beweert trouwens dat hij die avond geen auto bij zich had. Dat hebben we gecontroleerd. Het klopte.'

'Weet je of hij die dag met zijn vader heeft gesproken?'

'Hij is de dag tevoren bij hem geweest, in Jordans flat in Knightsbridge. Volgens Guy was het een erg vervelend gesprek.'

'Zei hij waarover ze spraken?'

'Ja. De toekomst van Goal. Hij probeerde zijn vader op andere gedachten te brengen.'

Ik aarzelde voordat ik mijn volgende vraag stelde: 'Hebben ze nog over iets anders gepraat?'

'Volgens Guy niet,' zei Spedding. 'Hij en zijn vader waren daar alleen, en Tony Jordan kan ons natuurlijk niets mee vertellen.'

'Zo.'

'Waarom?'

'Och, ik weet het niet. Ik probeer gewoon een idee te krijgen van wat er is gebeurd.'

'Heb je nog verdere informatie voor me?'

'O, nee,' zei ik.

'Ik ben jou vrij behulpzaam geweest. Kun jij dat ook niet voor mij zijn?'

'Ik kan je niets meer vertellen.'

Spedding keek me een paar lange tellen aan. 'Deze zaak klopt niet. Dat weet jij en dat weet ik. Volgens mij klopt er iets niet met wat Guy Jordan me vertelde. Volgens mij heb jij een idee van wat dat is. Ik weet niet of het alleen een vermoeden is, of dat je er een concreet bewijs voor hebt, maar als dat zo is, dan moet je het mij vertellen. Ik weet dat Guy je vriend is en je zakenpartner. Maar moord is een serieuze zaak, David. En dat is het achterhouden van bewijzen ook.'

Ik keek Spedding in de ogen. 'Dat weet ik,' zei ik. 'Daarom ben ik hierheen gekomen.'

Spedding knikte. 'Oké. Als je weer met me wilt praten, bel me dan. Op wat voor moment ook.' Hij gaf me zijn kaartje.

Ik verliet het politiebureau met het kaartje stevig in mijn hand geklemd.

Die middag ging ik om vijf uur weg uit kantoor. Guy was er nog en ik wist vrijwel zeker dat hij er nog minstens een uur zou blijven. Ik nam de ondergrondse naar St. John's Wood en liep door de beschaduwde straten naar Mels flat.

Vele jaren geleden was ik een paar keer in haar oude flat in Earl's Court geweest, maar nooit in deze. Hij lag op de eerste verdieping aan het eind van een nauwe, donkere trap. Ze nodigde me uit in de woonkamer. Het was er keurig netjes en erg saai: nietszeggende, ingelijste posters en prenten, kille, grijze muren, heel weinig snuisterijen, een rij boeken op een keurige boekenplank, een heel beperkte cd-collectie, een enkele ingelijste foto. Het zag er meer uit als een tijdelijke zakenflat dan als iemands huis.

'Leuk je te zien, David,' zei ze beleefd.

'Ik hoop dat je het niet erg vindt dat ik zo kom binnenvallen, maar ik maakte me zorgen over jou. Na gisteravond.'

'Ja. Gisteravond. Het spijt me, ik had te veel gedronken.'

'Hadden we dat allemaal niet?'

We stonden midden in de woonkamer. Mel sloot haar ogen en leunde voorover tegen mijn borst. Ik omarmde haar. Ze begon te snikken. Ik streelde zacht haar haren.

Ten slotte maakte ze zich los. 'Het spijt me,' zei ze. 'Het komt gewoon omdat ik denk dat ik hem voorgoed heb verloren.'

Wat kon ik zeggen? Dat ze zonder hem veel beter af was? Dat ze zich geen zorgen moest maken; dat hij waarschijnlijk op een avond weer zou opduiken in haar flat, wanneer hij bij een andere vrouw een blauwtje had gelopen en zin had in een wippertje? Ik raakte haar mouw aan.

Ze glimlachte heel even. 'Ik weet wat je denkt,' zei ze. 'En ik ben er zeker van dat je gelijk hebt. Ik... ik weet het niet. Ik voel me zo ellendig.'

'Wat is er gebeurd?'

'Hij zei me op te sodemieteren en hem met rust te laten.'

'Jij was dronken. Hij was dronken. Dat wil niets zeggen.'

'Maar hij was met Ingrid.'

'Zij is een paar minuten na jou weggegaan. Guy is gebleven.' Ik zei Mel niets over Michelle.

Er blonk een sprankje hoop in haar ogen. Toen streek ze met haar hand door haar haren en probeerde zich zichtbaar weer te beheersen. 'Het spijt me. Ik voel me zo'n dwaas. Wil je wat drinken? Ik geloof niet dat ik er na gisteravond nog een lust.'

'Nee, dank je,' zei ik en ik ging op een sofa zitten. Naast me op de schoorsteenmantel stond een foto, van Mel en Guy. Ik herkende Guys flat aan Gloucester Road van een paar jaar geleden. Hij moest zijn genomen vóór de noodlottige trip naar Mull.

'Aardige foto,' zei ik.

'Ja,' antwoordde ze. 'Dat waren de goede dagen.'

Ik keek snel de kamer door. Er waren geen andere foto's, geen ouders, geen huisdieren.

Mel begon te praten. Ze wilde praten. 'Weet je, ik viel op hem vanaf het moment dat ik hem zag. We waren pas veertien. Veertien! Mijn god, wat lijkt dat lang geleden.' Ze lachte. 'Toen was ik groter dan hij. Ik deed er toen nog niets aan. Ik begon te beseffen dat ik niet langer gewoon een knap meisje was. De jongens begonnen me op te merken. Oudere jongens. Ik ging uit met een boel kerels van zestien of zeventien.'

'Ik weet het nog.' Het waren niet alleen de oudere jongens die Mel hadden opgemerkt.

'Het gaf me een kick. Ik scheen macht over hen te hebben. Die gebruikte ik. En ik liet hen nooit erg ver gaan. Weet je dat ik de hele schooltijd maagd ben gebleven? Ik genoot van de macht om nee te zeggen.'

'Maar ben je nooit uitgegaan met Guy?'

'Pas op het allerlaatst. Ik was eraan gewend nagezeten te worden, in plaats van zelf op jacht te gaan; ik dacht dat hij ten slotte wel zou zwichten. En dat deed hij. Ik wist hoe ik hem moest bespelen; in dat stadium was ik een echte expert. Maar hij was de echte, zoals ik je, geloof ik, in Frankrijk heb verteld. Toen maakte ik er een zootje van door met die rotzak van een Tony Jordan te slapen.'

'Ben je daar ooit overheen gekomen?'

'Nee, niet echt. Hij heeft me niet verkracht of zoiets. Maar ik maakte thuis net een rottijd door. Mijn vader was weggelopen, en hij en mijn moeder probeerden mij tegen elkaar uit te spelen. Ik was altijd pappies mooie meisje. Ik aanbad hem. En toen bleek dat hij een of andere del van een secretaresse naaide, maar een paar jaar ouder dan ik. Zes maanden later had ik seks met iemand van zijn leeftijd en verloor ik de jongen van wie ik hield. Ik voelde me ordinair, waardeloos, stom.

Ik veranderde. Op de universiteit maakte ik iemand anders van mezelf, deed die nauwsluitende spijkerbroeken van de hand, negeerde mannen, werkte hard. Ik had niet veel vriendinnen. Ik zat vaak te piekeren, werd depri. Het was een ellendige tijd, totdat ik Guy weer ontmoette op dat feest van Broadhill. De rest weet je.'

'Denk je dat je hem achter je kunt laten?'

Mel glimlachte. 'Dat hoor ik te doen, maar ik betwijfel het. Ik weet dat hij me niet respecteert na wat er in Frankrijk is gebeurd, en hij heeft gelijk. Het was iets afschuwelijks wat ik deed. Daarom behandelt hij me zoals hij nu doet. Maar ik blijf hopen dat hij me zal vergeven, als ik hem maar laat zien hoeveel ik van hem houd. Dat zal hij wel moeten.' Er klonk wanhoop in haar stem.

Ik glimlachte vaag tegen haar. Het zou niet gebeuren. Hoe harder ze het probeerde, hoe meer gebruik Guy van haar zou maken. Maar ik had de moed niet om haar dat te zeggen.

'Ik maak me zorgen over Goal,' vervolgde Mel. 'Als dat een fiasco wordt zal het hem ruïneren. Ook al laat hij me vallen, dan weet ik tenminste dat ik hem daarmee kan helpen.'

'Zei je gisteravond niet dat je weer met hem begon om te gaan vlak voordat Tony stierf?'

'Dat klopt,' glimlachte ze. 'Het was een dag tevoren. Guy kwam heel laat langs. Hij had gedronken. Ik heb geen illusies waarom hij kwam; hij wilde gewoon een nummertje maken. Maar later. Later lag hij in mijn armen en we praatten. Hij vertelde me alles. Alles over zijn zorgen over wat zijn vader Goal zou gaan aandoen, alles. Ik troostte hem.'

'Heeft hij je verteld over de tuinman in Frankrijk? Dat Tony dat te weten was gekomen?'

'Ja, ja, dat zei hij.' Mel keek me verbaasd en wat verontrust aan. 'Hij zei dat hij het aan niemand anders had verteld.'

'Dat had hij ook niet,' zei ik. 'Toen tenminste niet. Ik hoorde het later van Patrick Hoyle. Een paar maanden geleden heb ik er met Guy over gesproken. Zoals gewoonlijk maakte hij zich zorgen over Owen.'

'Tony probeerde Guy over te halen bij Goal te blijven. Dat wilde Guy natuurlijk niet – hij wilde niet Tony's boodschappenjongen worden. Maar Tony dreigde naar de Franse politie te gaan over de tuinman en Owens rol bij diens dood.'

'Zou hij zijn eigen zoon gaan aangeven?'

'Dat kon Guy ook niet geloven. Hij dacht dat zijn vader blufte, maar zeker kon hij er niet van zijn. Ik denk dat hij bang was dat zijn vader Owen zoiets zou aandoen, omdat hij gedwongen werd Goal te verlaten.'

'Het kwam dus goed uit dat Tony op dat moment stierf?'

'Heel goed,' zei Mel resoluut. 'Guy zou zelfmoord hebben gepleegd.'

'Je zegt dat Guy jou dat alles vertelde de avond vóórdat Tony werd gedood?'

'Klopt. Maar de volgende avond kwam hij hier weer. Je weet waarschijnlijk dat hij hier was toen het gebeurde.'

'Ja. Was er ook niet een vriendin van jou bij?'

'Anne Glazier. We hebben samen gestudeerd. Zij werkt voor een van de grote Engelse advocatenbureaus in Parijs. Ze logeerde hier die nacht.'

Ineens klikte er iets in Mels hoofd. 'Waarom vraag je dat allemaal?'

'Och, ik weet het niet,' zei ik nonchalant. 'Ik denk dat ik nieuwsgierig ben naar wat er met Tony Jordan gebeurd is.'

'Je denkt toch niet dat Guy er iets mee te maken heeft?' Mels ogen flonkerden van kwaadheid.

'O, nee, nee, natuurlijk niet,' zei ik haastig. 'Ik weet dat hij het niet heeft gedaan. Ik weet alleen niet wie dan wel, meer niet.'

'Nou ja, wat mij betreft kun je het maar beter vergeten. Ik wilde zelfs dat ik alles over die verdomde Tony Jordan kon vergeten. Ik haatte die man. Dat doe ik nog, ook al is hij dood.' De telefoon ging over. 'Pardon,' zei ze en ging opnemen.

Ze keerde zich naar me toe met glinsterende ogen. Ze hield een kort gesprek met wat ja's en nee's die ze koel uitsprak. Toen zei ze: 'Nou ja, als je echt hierheen wilt komen is mij dat best... Over zowat een half uur?... Ik geloof dat ik wel wat eten in de koelkast heb. Wil je dat ik voor je kook?... Oké, ik zie je straks wel.'

Triomfantelijk legde ze de hoorn op.

'Guy?' vroeg ik.

Ze knikte.

'Dan kan ik maar beter gaan.'

Ze lachte stralend, al haar ellende leek verdwenen. 'Ik moet naar de winkel, wat eten halen voor het diner. Bedankt voor je komst, David. Het spijt me dat ik je met dat alles heb lastiggevallen, maar het is fijn om met iemand te praten. Jij bent zowat de enige die dicht genoeg bij Guy staat om hem te begrijpen. Op Owen na, natuurlijk, en ik probeer zo weinig mogelijk met hem te maken te hebben.'

'Mag ik even je wc gebruiken voordat ik ga?'

'Ja zeker. Hij is in de gang.'

Toen ik terugliep kwam ik voorbij de open deur van Mels slaapkamer. Aan de muur hing een grote lijst met een collage van foto's. Het waren er misschien wel twintig. Twintig cynische beelden van Guy die zich slinks in het bed van een kwetsbare vrouw werkte.

'Fijne avond verder,' zei ik toen ik vertrok. Maar ondanks Mel plotselinge verandering van stemming hoopte ik, in haar belang, dat ze die niet zou hebben.

Ik ging terug naar mijn flat, liet me op de sofa vallen en zette de tv aan. Ik was moe. Gedachten aan Mel, Guy, Goal, Tony en Owen tolden door mijn hoofd. Ik wist dat ik moest proberen ze allemaal op een rijtje te zetten, maar mijn hersenen wilden gewoon niet meewerken.

Ten slotte ging ik naar bed.

Ik had mijn computer in mijn slaapkamer. Ik had hem liever niet ergens in de flat waar anderen kwamen, zoals de woonkamer of de logeerkamer. Sinds ik voor Goal was gaan werken had ik hem nauwelijks gebruikt. Het meeste werk voor Goal deed ik op mijn laptop, en voor iets anders had ik geen tijd. Ik had hem misschien in twee weken tijd niet aangezet. Maar toen ik mijn slaapkamerdeur opende hoorde ik een zacht gezoem en ik zag een flakkerende gloed.

Vreemd. Ik liep naar het kleine bureau van pijnhout waarop hij stond. Alles leek zoals het moest zijn, zoals ik het had achtergelaten. Ik greep de muis en klikte om het apparaat af te zetten.

De harde schijf snorde. Op het scherm verscheen een bekende animatie. Een golfclub. Mijn hoofd met zijn idiote zakenbrochuregrijns. De klap. Bloed, hersenen, dat afschuwelijke, zompige geluid. Het mag dan primitief zijn geweest, het was zo totaal onverwacht dat het me toch deed schrikken. Ik sprong achteruit van het toetsenbord en keek toe. De rode smurrie droop omlaag van het scherm en werd vervangen door flikkerende oranje letters.

Even zorgen dat je me niet bent vergeten.

Ik trok de stekker van de computer uit de contactdoos. Het beeld stierf weg, in mijn slaapkamer werd het weer donker.

Owen! In mijn flat! Hoe was hij in 's hemelsnaam binnengekomen?

Ik draaide het licht aan en doorzocht de hele kamer. Alles stond op zijn plaats. Ik controleerde de andere kamers, alle ramen, de voordeur. Niets kapot, niets open, niets bewoog zich, geen enkel teken van braak.

Ik vroeg me af of hij op de een of andere manier zijn misselijke programmaatje van afstand had kunnen aanbrengen. Maar dat was onmogelijk. De computer was aangezet. Dat had alleen iemand kunnen doen die in de flat was. Owen wilde me laten weten dat hij er was geweest. Fysiek. In mijn kamer.

Ik keek naar de deur van de flat. Dat was de enige weg naar binnen. De beveiliging in de hal van mijn flatgebouw was een lachertje: het zou gemakkelijk zijn binnen te komen. Maar mijn deur? Hij moest een sleutel gehad hebben. Intuïtief trok ik de sleutelring uit mijn zak en keek of de mijne er nog aan zat. Hij zat er. Hij moest hem hebben laten kopiëren. Ik kon gemakkelijk mijn sleutels een paar minuten onbeheerd op mijn bureau hebben laten liggen, of in mijn jasje, in de maanden dat we samen op kantoor waren. Ik huiverde. Maandagmorgen zou ik direct mijn slot laten veranderen. En ik zou de nieuwe sleutel nooit meer uit mijn broekzak laten.

36

De volgende morgen sleepte ik me naar kantoor. Ik vond het niet erg 's zaterdags te werken, maar ik had er de pest aan de zondag op kantoor door te brengen. Helaas bood de huidige crisis van Goal geen andere keus.

'Wat doen we nu dus?' vroeg ik Guy.

'Wat geld zien te krijgen van iemand anders.'

'Starsat?'

'Starsat kan verrekken.'

'Ik weet dat we geen honderdvijftig miljoen zullen krijgen, of iets wat daarop lijkt. Maar als we eruit zouden springen met winst op onze investering, zou dat een stuk schelen.'

'Nee, dat zou het niet. We zouden onze onafhankelijkheid verliezen, zij zouden de zaak in handen nemen, het zou onze site niet meer zijn.'

'Wat stel je dan voor?'

'Heb je andere makelaars geprobeerd?'

'Vrijdag heb ik er een paar gesproken. Mijn contact bij Gurney Kroheim denkt dat we geen kans maken dat iemand daarop ingaat, gezien de huidige markt, vooral als Bloomfield Weiss ons heeft laten vallen.'

'Bel er morgen nog een paar.'

Ik zuchtte. 'Oké. Ik neem aan dat Orchestra niet van gedachten zal veranderen?'

'Nee. Derek Silverman heeft met hen gesproken, maar ze blijven erbij.'

'Dan zullen we moeten bezuinigen.'

'Nee.'

'Dat moeten we, Guy! Als we doorgaan met geld uitgeven zoals we nu doen hebben we over drie weken geen cent meer op zak. Als we het stevig aanpakken kunnen we de zomer doorkomen met ons geld.'

'Nee.'

'Heb jij dan een ander idee?'

'Ik ga vanmiddag naar Hamburg.'

'Met Torsten praten?'

Guy knikte.

'Dat heeft geen zin.'

'Jawel,' zei Guy. 'Hij klonk geïnteresseerd.'

Ik snoof minachtend. 'Ga jij maar naar Hamburg, dan kom ik wel met een bezuinigingsplan.'

Ik bracht de dag door met cijferen. Ik moest met ons half miljoen pond de zomer doorkomen en nog iets verder. Het was een deprimerende taak. Kappen, kappen en nog eens kappen.

De detailverkoop moest worden opgedoekt: die was nog lang niet rendabel en hoe meer kleding we verkochten, hoe meer geld die zaak opslokte. We zouden de Europese kantoren die we hadden geopend moeten sluiten, zelfs München. Geen personeel meer aannemen, we zouden zelfs de helft van onze journalisten moeten ontslaan. Het WAP-bedrijf in Helsinki was van de baan: het uitgebreide gebruik van telefoons die WAP konden verwerken lag nog te ver in de toekomst. Alleen de oorspronkelijke site in Engeland bleef nog over. Het zou de vaart die erin zat afremmen, de kwaliteit van de site zou waarschijnlijk te lijden hebben, maar we zouden het met ons geld kunnen uitzingen tot in het volgende jaar.

Goal zou overleven.

De volgende morgen, terwijl Guy nog in Hamburg was, besloot ik een uur of zo uit te trekken om Anne Glazier op te sporen, Mels vriendin die in haar flat logeerde de nacht dat Tony Jordan stierf. Goals situatie werd met de dag slechter, net als mijn relatie met Guy. Ik moest weten op welke voet ik met hem stond. En dat kon ik pas doen als ik mijn twijfels had opgehelderd over wat er met zijn vader was gebeurd.

Met een paar minuten werk op internet kreeg ik de namen en telefoonnummers van de belangrijke Britse advocatenkantoren in Parijs. Ik pakte de telefoon en werkte de lijst af. Ik was pas bij de derde, Coward Turner, toen de telefoniste Anne Glaziers naam herkende. Ik voelde de spanning toen ik werd doorverbonden, maar er werd opgenomen door haar Engels sprekende secretaresse. Mevrouw Glazier was een paar dagen niet op kantoor en zou pas volgende week terug zijn.

Ik ging dus weer aan het cijferen.

Guy kwam die middag laat terug op kantoor. Hij rook naar drank.

'Hoe ging het?' vroeg ik.

'Goed,' zei Guy. 'Torsten zal het doen.'

'Echt waar? Hoeveel?'

'Vijf miljoen, denk ik.'

'Dat denk je?'

'Ja. Ik moet de details nog met hem bespreken. Maar hij zei dat hij het zou doen.'

'Ponden of marken?'

'Ponden, natuurlijk.'

Ik keek Guy achterdochtig aan. 'Wanneer zei hij dat hij het zou doen?'

'Gisteravond. We zijn gaan stappen. Best een leuke avond.'

'Was hij dronken toen hij het zei?'

'Nou ja, misschien.'

'Had hij het zijn vader gevraagd?'

'Nog niet. Maar dat zal hij doen. Hij zei dat hij zich dit keer de kaas niet van zijn brood zou laten eten door zijn vader.'

'En hoe laat zei hij dat precies?'

'Wat wil je toch?'

'Hoe laat 's avonds zei Torsten dat hij zijn vader zou trotseren?'

'Zowat rond middernacht.'

'Dat stelt geen moer voor,' zei ik. 'De laatste keer dat hij het zei groeiden de bomen van internet tot in de hemel. Als hij het toen niet kon doen, waarom denk je dan dat zijn vader hem nu zal laten investeren?'

'Vertrouw maar op mij,' zei Guy met dubbele tong. 'Hij is een vriend.'

'Heb je gedronken?'

'Verrek! Ik had wat champagne in het vliegtuig. Om het te vieren. En misschien ga ik nu nog wel wat drinken. Ga je mee?'

Ik negeerde het sarcasme. 'Nee. Ik moet echt wat cijfers met jou bespreken. Volgens mij kunnen we het volhouden tot in het volgende jaar. Als we tenminste direct gaan bezuinigen.'

Guy bekeek mijn cijfers met tegenzin. Hij had er een paar minuten voor nodig om tot zich te laten doordringen wat ik voorstelde; het was duidelijk dat zijn hersenen lang niet op volle kracht werkten. Toen schoof hij de papieren opzij.

'Dit is gelul,' zei hij.

'We kunnen niet anders.'

'Dat kunnen we wel. Torsten.'

'Och, toe nou. We kunnen het bedrijf niet opnieuw in Torstens handen laten. Dat hebben we al een keer gedaan en moet je zien wat er gebeurde.'

Guy stond op het punt me te antwoorden en hield toen in. Hij bekeek mijn cijfers nog eens. Toen hij sprak was het met zachte stem: 'Goal betekent alles voor mij.'

'Dat weet ik. Het betekent een boel voor ons allemaal.'

Guy staarde me aan met zijn doordringende blauwe ogen. 'Ik heb het niet over een boel. Ik heb het over alles. Jij kent mij beter dan wie ook, Davo. Op mijn broer na misschien. Je hebt me gezien toen ik doorzeikte over mijn pretentie acteur te zijn. Ik heb je verteld over L.A., hoe ik daar doordraaide. Jij kende mijn vader. Jij weet hoe ik me over hem voelde – en nog steeds. Het grootste deel van mijn leven heb ik zó dicht bij een instorting doorgebracht.' Hij stak zijn duim en wijsvinger omhoog om te laten zien hoe dicht.

'Maar dit laatste jaar heb ik het gevoel dat ik weer op de goede weg ben. Ik heb iets opgebouwd dat goed is. Beter dan goed, buitengewoon. Iets dat tientallen miljoenen ponden waard zal zijn. Een team dat samenwerkt. Iets unieks.' Hij spuugde de woorden uit. 'En nu wil je dat allemaal tenietdoen.' Hij schudde zijn hoofd. 'Als Goal eraan gaat, ga ik ook.'

Ik wist dat Guy de laatste paar maanden de spanning had gevoeld, maar nu merkte ik voor het eerst dat hij de situatie onder ogen zag, sinds die avond in de Jerusalem Tavern, nadat Henry ons had geweigerd. Sindsdien had hij alles ontkend, slecht nieuws de rug toegekeerd, was kwaad geworden, was gaan drinken, had troost gezocht bij Mel, of Michelle, of god mag weten wie. Maar nu zag hij het opnieuw onder ogen, en wat hij zag beviel hem niet.

'Daar gaat het juist om,' zei ik. 'We moeten Goal redden. bezuinigen is de enige manier om dat te doen.'

Guy klapte zijn handpalm op het bureau. 'Jij snapt er geen donder van, is 't wel? Ik heb het niet over het overleven van Goal als een juridische eenheid. Ik heb het over het idee. Het grote idee. Jouw plan maakt dat morsdood. We zouden nooit op de eerste plaats komen. We zouden van geluk mogen spreken als we de beleggers wat winst op hun geld kunnen laten zien. We zouden een langzame dood sterven. Zodra we dit gaan doen,' hij zwaaide met mijn cijfers door de lucht, 'is Goal verleden tijd. En ik denk dat ik dan ook verleden tijd ben.'

Ik wist waar Guy heen wilde. Maar hij moest een dosis realiteit slikken en ik was de enige die hem die kon geven.

'Er is geen andere keus.'

'Die is er wel. Toe nou, Davo. We hebben samen zoveel bereikt. Maar nu heb ik echt jouw steun nodig. Dit is het hoogtepunt van al dat harde werk, alle goede tijden en slechte tijden. Jij kunt Goal vernietigen. Of je kunt me helpen het te redden. Maar als je probeert het te vernietigen, dan hoor je te weten dat ik alles wat in mijn macht is zal doen om je tegen te houden.'

We staarden elkaar aan. Hij deed op alles een beroep. Op dertien jaar vriendschap. Het grootste deel van die tijd was ik nooit zeker geweest of ik wel een echte vriend van hem was. Nu zei hij dat ik het maar moest beslissen.

Hij bracht me in verleiding. Maar een van de redenen waarom ik met Goal mee was gegaan, was dat ik meer was dan een koffer dragende ja-knikker, dat ik in staat was mijn eigen beslissingen te nemen. Ik kon toegeven aan Guys tirannie, of hem zeggen wat er moest gebeuren.

Ik haalde diep adem. 'Ik sta erop dat we deze bezuinigingen direct van kracht laten worden.'

Guy keek me doordringend aan, de teleurstelling en woede duidelijk zichtbaar op zijn gezicht. 'Je staat erop?'

'Ja. Ik sta erop.'

Hij haalde adem. 'Oké. Goed dan, ik ben hier de baas. En ik zeg nee.'

'Als je weigert ga ik met Silverman praten,' zei ik. 'En met Clare Douglas.'

'Is dat een dreigement?'

'Ik zeg je alleen maar wat er gaat gebeuren.'

'Nou, ik dineer vanavond met Silverman en Clare. Ik zal jouw gezichtspunt naar voren brengen.'

Ik schrok. 'Dineren? Daar heb je me niets over gezegd.'

'Ik dacht dat je niet betrokken wilde zijn bij het onder druk zetten van Orchestra?'

'Ja. Maar jullie gaan over veel meer dan dat praten, nietwaar?'

'Misschien.'

'Ik wil erbij zijn.'

'Je bent niet uitgenodigd.'

Ik keek Guy woedend aan. Hij keek woedend terug.

'Ik zal je er morgen alles over vertellen,' zei hij. 'Ik ga nu. Ik geloof dat er iets te vieren valt en ik ga het vieren. Blijf jij maar liever hier de paperclips tellen. Ik weet zeker dat Amy er veel te veel gebruikt.' Daarop verliet hij het kantoor. En hij kwam niet terug.

De volgende morgen wachtte ik vol spanning op hem. Hij kwam pas tegen tien uur binnenrollen. Hij zag er verschrikkelijk uit – hij had zich niet geschoren en zijn ogen waren opgezet en stonden wazig. Guy kon een zware nacht vrij goed aan. Dit moest dus een heel zware nacht zijn geweest. Ik wist zeker dat hij niet zoveel schade had aangericht met Clare en Derek Silverman: hij moest hebben doorgezet, lang nadat zij naar huis waren gegaan.

'Hoe was het diner?'

'In Clare is geen beweging te krijgen,' zei Guy terwijl hij zijn computer aanzette. 'Maar ze waren blij toen ze dat over Torsten hoorden.'

'Heeft hij al contact met je gehad?'

'Nog niet. Geef hem de tijd.'

'Huh.' Ik pakte de papieren waaraan ik had zitten werken. 'Ik wil nog wat meer met je praten over de bezuinigingen.'

Guy richtte met moeite zijn ogen op mij. 'O, ja. Daar wil ik ook met jou over praten.'

'Ik nog wat verder gerekend, en...'

'Vergeet de cijfers. Laten we het over principes hebben. Ben je nog steeds vastbesloten de buitenlandse kantoren en de detailhandel te sluiten en op de journalisten te bezuinigen?'

'Ja.'

'Ook al hebben we Goal met dat doel opgericht?'

'Ja,' zei ik. 'Er is geen andere manier.'

'En niets kan je op andere gedachten brengen?'

'Nee.'

'Weet je het heel zeker?'

'Ja.'

Guy zweeg. Even keek hij onzeker, bijna triest. Toen leek hij tot een besluit te komen.

'Je bent ontslagen,' zei hij zacht.

'Ik ben wát?'

'Je bent ontslagen,' zei hij duidelijker.

'Wát!' Ik keek om me heen. Niemand anders had het gehoord. De bedrijvigheid van Goal ging door alsof er niets aan de hand was. Ik kon het niet geloven. 'Dat kun je niet maken.'

'Natuurlijk kan ik dat. Ik ben de topman. Ik stippel het beleid uit. Je hebt me net verteld dat je erop staat iets te doen wat dat beleid voorgoed zal fnuiken. Je kunt niet tot andere gedachten worden gebracht. Je bent ontslagen.'

'Dat zal Silverman niet toelaten.'

'Dat zal hij wel. We hebben het gisteravond besproken.'

'En hij stemde daarmee in? En Clare vond dat ook goed?'

Hij knikte. Ik was genaaid. Buitenspel gezet. Ik kon niet geloven dat Guy zo overtuigend kon zijn. 'Daar horen we over te praten.'

'Dat hebben we gedaan.' Even stonden zijn ogen wat zachter. 'Wil je terugkomen op je voorstel?'

Wilde ik dat? Als ik dat deed zou hij me misschien aanhouden. Als ik het deed zou onze vriendschap misschien blijven bestaan.

Maar ik was te ver gegaan. Guy had ongelijk. Ik had het hem vele malen verteld en ik geloofde het in het diepst van mijn hart. Ik kon daar niet op terugkomen.

Ik schudde mijn hoofd.

'We betalen je een maand opzegtermijn,' zei Guy. 'En ik zal Mel vragen een noodresolutie van de directie op te stellen om jou als directeur te ontslaan. Maar ik stel voor dat je vandaag weggaat. Het heeft weinig zin te blijven rondhangen.'

Hij had gelijk, dat had het niet. Ik wilde zo snel mogelijk vertrekken. Ik wilde niemand goedendag zeggen. Ik trok mijn aktetas open en stopte er mijn weinige privé-spullen in. Ik knipte hem dicht en liep naar de deur.

Ik kwam voorbij Ingrids bureau.

'David!' riep ze. Ik hield mijn pas in. Ze sprong op en ging naast me lopen. 'David? Wat mankeert eraan?'

'Ik ben ontslagen.'

'Je bent wát?'

'Hij heeft me zojuist ontslagen.'

'Dat kan hij niet doen.'

'Hij heeft het net gedaan.' Ik keek haar aan. Ik had Goal verloren aan Guy. Op dat moment wilde ik weten of ik Ingrid ook had verloren. 'Ga je mee?'

'Wat bedoel je?'

'Ik bedoel, ga je mee? Met mij?'

'Ik zal met Guy praten,' zei Ingrid. 'Ik zal hem wel op andere gedachten brengen. Ik weet zeker dat jullie twee iets kunnen regelen...'

Ik draaide me om en liep de deur uit.

Ik ging naar huis. Thuis was in de middag, op een doordeweekse dag, een vreemde plek om te zijn. Ik was kwaad. Woedend.

Ik weerstond de verleiding me te gaan bezatten en ging weer naar buiten. Ik liep richting Kensington Gardens en wandelde, wandelde en dacht na.

Ik dacht terug aan het moment waarop ik Guys plan voor Goal had gelezen en besloten had alles te laten vallen en mee te doen. Het heerlijke gevoel ontslag te nemen bij Gurney Kroheim. Guys enthousiasme toen hij Gaz overhaalde om met ons mee te gaan. De eerste dag op ons nieuwe kantoor in Britton Street. De opwinding bij het lanceren van de site. De sensatie van het succesvol te zien worden. Het gevoel iets bereikt te hebben door zoveel te creëren uit niets.

Het was een warme middag, de warmste van het jaar tot dusver. Ik vond een bank in de schaduw en ging zitten. Een groot gezin van Italiaanse toeristen wandelde, druk pratend, voorbij. Ze joegen een eekhoorn weg die een oude dame op de bank naast de mijne geprobeerd had te lokken met een stukje brood. Ze fronste heel even van ergernis en stak toen met klokkende geluidjes het brood weer uit. Ze had de hele dag de tijd.

Waar was alles fout gelopen? Een deel ervan, waarschijnlijk een groot deel, had natuurlijk niets te maken met Guy of mij. Het lag boven onze macht. We hadden pech dat de markt ineen was gezakt net voordat we de veertig miljoen bijeen hadden, in plaats van vlak daarna. We hadden pech gehad dat internet zo zwaar ineen was geklapt. Maar als Guy en ik als een team hadden gewerkt, hadden we dat kunnen oplossen. En zelfs als we gefaald hadden, zou het nog niet zo erg hebben geleken, zolang we samen hadden gefaald.

Ik moest terugdenken aan die vlucht naar Skye. Ik had Guy vertrouwd in de storm, had hem bijna te lang vertrouwd toen hij door die vallei vloog. Precies op het juiste moment had ik de besturing naar me toe gerukt. Dit keer had hij die vastgehouden.

Goal had zoveel voor me betekend. Het was mijn kans geweest om mezelf te bewijzen dat ik meer was dan een accountant die geen risico durfde nemen. Maar was ik dat ten slotte? Ik had gefaald als ondernemer. Op het laatste moment had de accountant in me geprobeerd de zaken te redden, maar dat was te laat geweest. Het ging me boven mijn pet. Ik moest de feiten onder ogen zien. Ik was uiteindelijk helemaal niet zo speciaal.

Ik wist zeker dat Goal failliet zou gaan. Ik zou mijn investering verliezen. Dat maakte me niet zoveel uit. Ik zou moeten proberen een andere baan te vinden, waarschijnlijk bij een grote bank. Dat zou pas een echte nederlaag zijn. En natuurlijk zou ik mijn vader moeten vertellen dat ik hem in de steek had gelaten. Dat hij dwaas was geweest mij te steunen met alles wat hij had. Dat hij nu niets meer bezat.

Ik verliet de bank en de oude dame, die inmiddels goede maatjes was geworden met de eekhoorn, en zwierf nog ongeveer een uur rond. Toen ik terugkeerde naar mijn flat zette ik de tv aan en keek naar rommel. Ik trok een bierblikje open, maar niet meer dan dat ene.

Toen werd er gebeld.

Het was Ingrid.

Ze stond in mijn deuropening. 'Hoi,' zei ze.

'Hoi.'

'Ik ga weg bij Goal.'

Er smolt iets in me. Ik lachte.

Ze stak haar armen uit en we omhelsden elkaar stevig.

'Waarom?' zei ik.

Ze liet zich op de sofa vallen. 'Heb je een glas wijn voor me, of zoiets?'

Ik opende een fles witte wijn en schonk ons beiden een glas in.

Ze nam het hare gretig aan en dronk ervan. 'Mmm, da's lekker.' Ze beantwoordde mijn vraag. 'Het was toen je me vroeg met je mee te gaan en ik je geen antwoord gaf. Ik kletste maar wat over een soort compromis met Guy. Nou, toen jij eenmaal weg was, wist ik dat ik ongelijk had. Ik wist dat ik me verstopte voor de waarheid.

Je weet hoe vastberaden ik was om van Goal een succes te maken. Ik ben trots op wat ik daar heb bereikt. Ik geloof dat ik dacht dat Goal een soort test was. Ik stond onder druk en het belangrijkste was harder mijn best te doen en niet op te geven. En Guy te steunen. En toen zag ik jou bij hem weglopen omdat je geloofde dat hij ongelijk had, en ineens zag ik de zaken anders. Ik weet dat Goal diep in de problemen zit. Ik weet dat Guy ons er niet uit zal halen. En, nou ja...'

'Wat?'

Ze keek een beetje gegeneerd. 'Ik dacht dat ik voor de verandering liever met jou meeging dan met Guy.' Ze glimlachte verlegen tegen me. Ze streek met haar handen door haar kastanjebruine haren. 'Ik weet het niet. Misschien doe ik iets verkeerds.' Toen glimlachte ze weer. 'Maar het voelt niet verkeerd aan.'

'Volgens mij is het ook niet verkeerd.'

'Ik zal het hem morgen vertellen.'

'Heb je het hem nog niet gezegd?'

'Nee. Hij ging vroeg weg. Ik nam mijn besluit eigenlijk pas op weg naar huis. Daarom kwam ik in plaats daarvan hierheen.'

'Ik ben blij dat je dat hebt gedaan.'

Zwijgend zaten we onze wijn te drinken.

'Nog wat?' vroeg ik.

'Jazeker.' Ze stak het glas uit en ik schonk weer in. 'Weet je, ik ben niet zo zeker of Goal eigenlijk wel een succes had kunnen worden.'

'Wat bedoel je?'

'Ik bedoel dat Guy bijna zijn doel had bereikt, nietwaar? Nog een paar maanden groei en Goal zou de beste voetbalsite in Europa zijn geworden. De meeste mensen kennen nu de merknaam. Een boel mensen willen onze kleding en onze handelswaar kopen.'

'Dat klopt.'

'Wat is dus het probleem?'

'Het probleem is dat we geen geld hebben en dat we dat waarschijnlijk niet spoedig zullen krijgen.'

'Precies,' zei Ingrid. 'En dat is belangrijk. Nu. Een jaar geleden leek het er niet toe te doen. Een jaar geleden was internet een goudkoorts, het beloofde land. Als je eenmaal al die ogen op je site had gericht, zou de kassa gaan rinkelen. Reclame, e-commerce, niemand wist precies hoe het zou gebeuren, ze wisten gewoon dat het zou gebeuren. Als Goal een jaar geleden het stadium had bereikt waarin we nu zitten, zouden we allemaal tientallen miljoenen waard zijn.'

'Dat is waar.'

'Maar de wereld is veranderd. Nu blijkt dat internet een rotmanier is om geld te verdienen. Men verwacht dat het gratis is. Men verwacht via internet goederen goedkoper te kunnen kopen dan in de winkels. Adverteerders willen tastbare resultaten en hebben geen bodemloze budgetten voor een medium dat zich niet heeft bewezen. Dus is Goal vrijwel niets waard. Dat is wat Guy niet begrijpt.'

'Wat wil je dus zeggen?'

'Ik wil zeggen dat we geslaagd zijn in wat we begonnen zijn. We hebben er alleen niet de miljoenen mee verdiend die we dachten te verdienen. Volgens mij hadden we dat toen moeten beseffen, als we echt slim waren geweest. Wat jij hebt gedaan is het nu beseffen. Maar volgens mij moeten we trots zijn op alles wat we hebben bereikt. Wij allemaal: jij, ik, Guy, Amy, Gaz, iedereen. Het is niet onze schuld dat de cijfers niet kloppen.'

Ik zag wat ze bedoelde. Als je het van haar kant bekeek was het geen tijdverspilling geweest. Het was helemaal niet uitgelopen op een ramp.

Ingrid pakte haar glas. 'Op Goal.'

'Op Goal.'

Beiden dronken we.

'Wat ga je nu doen?' vroeg Ingrid.

'Ik weet het niet. Ik heb mijn spaargeld in Goal gestoken. Dat heeft mijn vader ook. Ik wil het eigenlijk niet allemaal verloren zien gaan.'

'Het is niet alleen het geld waarover je je zorgen maakt, nietwaar?'

'Wat bedoel je?'

'Ik bedoel Guy.'

'Je hebt gelijk. Het is Guy.' Ik probeerde het uit te leggen. 'Toen Guy me zijn visie voor Goal toonde, hield hij me niet alleen een goede baan of een goede investering voor ogen, maar een nieuw leven. Een leven dat ik altijd al had gewild, maar waarvoor ik te bang was om het aan te pakken. Hij sprak over het creëren van iets nieuws en opwindends, over risico's nemen, de regels overtreden, de nieuwe economie opbouwen. Hij inspireerde me. Hij deed me geloven dat ik een nieuw mens kon worden. En toen... en toen liet hij me vallen.'

'Maar we zeiden zojuist dat het niet zijn schuld was dat Goal mislukt.'

'Dat is het niet. Zelfs als Guy en ik samen Goal tot een glorieus einde hadden gebracht, zou het nog niet zo erg zijn geweest. Natuurlijk zou ik wat geld verloren hebben, en voor mijn vader zou het een ramp zijn geweest, maar ik zou het gevoel hebben dat ik iets had bereikt, een beter mens was geworden, een ander mens. Maar nu...'

'Maar nu, wat? Ik begrijp het niet.'

Ik keek Ingrid aan. Mijn beloftes aan Guy stelden nu niets meer voor. 'Er is iets over Guy wat jij niet weet.'

Ik vertelde haar alles over Owen en Dominique en Abdulatif en Guys pogingen de hele zaak in de doofpot te stoppen. En ik zei haar dat ik nog steeds niet wist of Guy Tony had vermoord.

Ze luisterde aandachtig, aanvankelijk ongelovig, toen verbaasd, daarna bezorgd.

'Je ziet dus dat ik geen idee heb wie Guy is,' zei ik ten slotte. 'Ik weet dat hij een leugenaar is. Ik weet dat zijn broer mensen vermoordt. Maar ik weet niet of Guy ook mensen vermoordt. Ik weet niet of Goal zo lang heeft geduurd doordat Guy zijn vader heeft vermoord.'

Ingrid nipte peinzend aan haar wijn. 'Misschien heb je gelijk over Owen, maar Guy?'

'Ik weet het. Dat dacht ik ook. Maar hij is een acteur. Een goede. En wanneer hij in de knel zit over zijn broer of over Goal, wie weet wat hij dan zou doen?'

'Ach nee.' Ingrid schudde haar hoofd. 'Ik kan het gewoon niet geloven.'

'Ik moet het weten. Over Guy. Wat voor iemand hij is. Of het iets betekent wat ik het laatste jaar heb gedaan.'

'Wat doen we dus? We kunnen niet zomaar weglopen.'

'Jij wel,' zei ik. 'Ik raad het je zelfs aan.'

'Dat ga ik niet doen,' zei Ingrid. 'We lossen dit samen op.'

Mijn emoties hadden wekenlang overhoop gelegen: hoop, wanhoop, woede, frustratie. Wekenlang had ik geworsteld met die gevoelens, in een poging ze de baas te worden, een poging Goal de baas te worden. Het was een eenzame worsteling geweest. Ik had gedacht dat ik verloren had, maar nu Ingrid bij me was, wist ik niet zeker of het een nederlaag was. We gaven elkaar troost, kracht en, op een nog niet geheel duidelijke manier, hoop.

We gingen naar een klein Italiaans restaurant in de buurt om wat te eten.

We dronken meer wijn. We bespraken wat we konden doen om Goal te redden en voorgoed zekerheid te krijgen over Guy. Maar met het vorderen van de avond spraken we over andere dingen, over elkaar en over het leven buiten Goal.

Toen we het restaurant verlieten stak Ingrid haar arm in de mijne. 'Vind je het erg als ik met je mee terugga?' vroeg ze.

'Nee,' zei ik. 'Dat zou ik fijn vinden. Dat zou ik heel fijn vinden.'

37

Ik werd wakker en voelde een hand mijn dij strelen. Het was half zeven. Ingrid lag naast me in mijn bed en ik hoefde niet naar kantoor.

Ik rolde me om. Het zonlicht stroomde door de miezerige gordijntjes van mijn slaapkamer en tekende zachtgouden strepen op Ingrids huid. Zij was beslist een van die vrouwen die er de volgende morgen beter uitzagen.

'Goeiemorgen,' zei ze met een lome glimlach.

'Goeiemorgen.'

Haar hand bewoog zich naar boven.

Een half uur later liep ik naar de keuken om koffie te zetten. Tegen die tijd stond ik anders meestal onder de douche. Maar vandaag niet.

'Ga je meteen naar Goal?' vroeg ik terwijl ik met twee mokken de slaapkamer in kwam lopen.

'Ik hoef me niet te haasten. Tegenwoordig is Guy altijd laat. Bovendien bevalt het me hier wel.' Ze pakte haar mok aan en ging rechtop in bed zitten. Ze proefde de koffie en trok een vies gezicht. 'Jakkes! Dat is afschuwelijk. Als ik hier vaker kom moet je wel voor behoorlijke koffie zorgen.'

'Wat bedoel je? Dit is behoorlijke koffie.'

'Het is rotzooi. Ik kom uit Brazilië. Ik weet zoiets.'

'Ik had kunnen begrijpen dat ik thee had moeten zetten,' mompelde ik.

Ondanks haar gemopper nam Ingrid nog een slok. 'Wat ga je vandaag doen?'

Wat ging ik doen? Ik was in de verleiding mijn eerste vrije dag van Goal met Ingrid in bed door te brengen. Maar dat kon ik niet.

'Ik ga om te beginnen eens met Derek Silverman praten. En daarna met Clare. Ik moet hen aan het verstand brengen dat Guy het helemaal bij het verkeerde eind heeft. Daarna zal ik zien of ik Anne Glazier weer te pakken kan krijgen. Die moet vandaag terug zijn op kantoor.'

'Ik ga met je mee naar Silverman,' zei Ingrid. 'Zodra ik Guy heb gezegd dat ik ontslag neem.'

'Bedankt. Ik kan wel wat steun gebruiken.'

'Maar het zal wel frustrerend zijn, nietwaar?' zei Ingrid.

'Wat bedoel je?'

'Op ons gat zitten toekijken hoe Goal naar de kelder gaat.'

'Nou ja, ik hoop dat we iets kunnen doen om het tegen te houden. Maar ze zullen het moeilijk vinden zonder jou.'

'Gaz speelt het wel klaar.'

'Dat weet ik nog niet zo zeker.' Gaz zou de inhoud op gang kunnen houden, maar zonder Ingrid zou het hele redactie- en publicatieproces spoedig de mist ingaan. Vooral als het nodig was te bezuinigen en te reorganiseren. 'Misschien zou je geen ontslag moeten nemen.'

'Wat bedoel je? Ik zei je toch waarom ik weg wil gaan.'

'Ja. En dat is ook verstandig. Geloof mij maar, ik stel de steun op prijs. Maar volgens mij kun je je nuttig maken als je bij Goal blijft werken. Het zal zo al erg genoeg zijn, ook als je niet weggaat. En het zal nuttig zijn te weten wat er omgaat in het bedrijf. Als we Goal willen redden zouden we het samen moeten doen. Ik vanbuiten en jij vanbinnen.'

'Je verwacht toch niet dat ik met Guy meega?'

'Jazeker. Voorlopig. Totdat we Silverman en Orchestra hebben overtuigd van ons gezichtspunt.'

Ingrid dronk van haar koffie. 'Misschien moet ik toch blijven,' zei ze. Toen fronste ze haar voorhoofd.

'Wat mankeert eraan?'

'Dat betekent dat ik nu naar kantoor moet gaan.'

'Ik vrees van wel.'

Ze zette haar koffie neer, boog zich naar me toe en kuste me.

'Nou ja, misschien ook nog niet direct,' zei ik.

Nadat Ingrid was vertrokken nam ik een douche, trok een net pak aan en ging Derek Silverman opzoeken in zijn herenhuis in Chelsea. Hij liet me binnen in zijn studeervertrek aan de achterkant, met uitzicht op een perfecte border met bloemen die onder het zonlicht in volle bloei stonden. Hij was heel hoffelijk en bood me een kop koffie aan. Ik zei hem dat er voor Goal, naar mijn mening, geen andere keus was dan bezuinigen en dat Guy een vergissing had begaan door mij te ontslaan. Silverman was beleefd, hij luisterde en leek mijn gezichtspunt te begrijpen. Maar hij was resoluut.

'Guy is er zeker van dat hij meer geld kan krijgen. Hij is de hoogste baas. Ik ben niet zo iemand die erin gelooft de topman te ontslaan zodra de zaken moeilijk worden. Je plaatst me in een situatie waarin ik tussen jou en hem moet kiezen. Ik heb geen andere keus dan hem de voorkeur te geven.'

'Maar we zijn al eerder in de problemen gekomen door op Torsten Schollenberg te vertrouwen,' protesteerde ik.

'Guy en ik hebben dat maandagavond tijdens het diner allemaal al besproken. Hij zegt dat de deal voor negentig procent zeker is.'

'Hij ziet het verkeerd.'

'Het kan zijn dat het verkeerd uitpakt. Maar naar mijn oordeel hebben we geen betere kans.'

'Maar...' Ik aarzelde en zette toch maar door. 'Goal is al eens in zo'n situatie geweest. Verleden jaar, toen Guy die ruzie had met zijn vader en ontslag nam.'

'En?'

'En, nou ja, een paar dagen later werd Tony Jordan gedood.'

'Dat was toch een dronkeman die doorreed, nietwaar?' zei Silverman.

'Misschien. De politie weet niet wie het was.'

'Wat wil je eigenlijk precies zeggen, David?'

Wat wilde ik zeggen? Ging ik Guy beschuldigen van moord op zijn vader? Als ik dat eenmaal tegen Silverman had geopperd kon ik niet meer terug. En ik had geen spaan bewijs. Zelfs al sprak ik het uit, wat zou ik dan verwachten dat Silverman zou doen? In mijn voordeel van gedachten veranderen? Guy ontslaan omdat hij misschien een moordenaar was? Nee. Dat zou niet eerlijk zijn. Niet alleen niet eerlijk. Verkeerd.

'Niets, Derek. Niets. Bedankt voor je tijd.'

Silverman liet me uit. 'Het spijt me dat je meende te moeten vertrekken. Wat je het laatste jaar aan Goal hebt bijgedragen heeft me erg geïmponeerd. Ik vind het een heel trieste zaak als ik een goed team onder druk uiteen zie vallen.'

Ik wilde protesteren, volhouden dat ik helemaal niet had willen vertrekken, dat het Guy was en niet ik die de druk voelde, maar ik realiseerde me dat het geen zin had. Guy had hem ingepakt. Dus ging ik maar.

Eenmaal op straat nam ik mijn mobiel en belde het nummer van Orchestra. Clare Douglas stemde met tegenzin in over een uur met me te praten. Maar ze zei dat ze maar tien minuten had, tussen twee besprekingen in.

Ik werd in de vergaderkamer gelaten, waar ik een halfuur wachtte voordat Clare kwam. Ze zag er gespannen uit.

'Het spijt me,' zei ze. 'Dit lijkt geen beste tijd om risicokapitaalgever te zijn. Ik heb het ene brandje nog niet geblust of het andere breekt uit. Ik heb maar vijf minuten.'

'Oké,' zei ik. 'Je hebt gehoord dat ik weg ben bij Goal?'

'Ja. Guy heeft het me allemaal uitgelegd.'

'Heeft hij je verteld waarom?'

'Hij zei dat je drastisch wilde bezuinigen om geld te sparen. Hij zei dat hij een andere belegger had gevonden, zodat hij kon doorgaan met de zaak te laten groeien.'

'Dat heeft hij niet,' zei ik.

'Nou ja, hij zegt van wel. Ik moet hem geloven.'

'Het is een oude schoolvriend. Hij heeft ons al eerder in de steek gelaten. Hij zal ons weer in de steek laten.'

Clare keek weifelend. Ze was die morgen niet haar koele Schotse zelf. Ze fronste haar voorhoofd. 'Guy zei iets heel anders.'

'Dat weet ik.'

Clare aarzelde. 'Luister, ik heb met de bestuursvoorzitter gesproken. Ik zal het jammer vinden jou kwijt te raken, maar ik vertrouw op Derek Silverman. Men kent hem hier al een hele tijd en als hij hierin aan Guy de voorkeur geeft ga ik met hem mee.'

'Kan ik je niet op andere gedachten brengen?'

Clares gelaatsuitdrukking verstrakte. 'We hebben ons besluit genomen. Nu moet ik echt gaan. Je vindt zelf de uitgang wel?'

Weer stond ik op de stoep.

Toen ik thuiskwam belde ik Anne Glazier in Parijs. Ze was terug van haar reis. Ik had besloten dat ik persoonlijk met haar moest praten. Als er een essentieel detail uit haar te halen was over Guy en de avond dat Tony stierf, zou ik dat van haar nooit via de telefoon krijgen. Ik was bereid naar Parijs te gaan om met haar te praten, maar zij had de volgende week een bespreking in Londen en wilde een halfuur daarvoor wel met mij om de tafel gaan zitten.

Het volgende gesprek was veel moeilijker. Mijn vader was op zijn werk, zijn hypotheekbank op Market Place. We praatten wat over koetjes en kalfjes, totdat hij de vraag stelde die ik vreesde: 'Hoe is het met Goal?'

'Ik heb slecht nieuws,' zei ik.

'Niet weer! Dit ding lijkt wel een roetsjbaan, nietwaar? Ik weet zeker dat je het zult oplossen, wat het dan ook is.'

'Dit keer niet, vader.'

'O.'

'Guy en ik hebben ruzie gekregen. Hij heeft me ontslagen.'

'Lieve God. Kan hij dat doen?'

'Ik vrees van wel.'

'O hemel. Het spijt me. Wat verschrikkelijk voor jou.'

'Dat is het ook.' Ik waardeerde mijn vaders zorg. Maar dat baarde me niet de meeste zorgen. 'Ik denk dat het voor ons allemaal verschrikkelijk is.

Goals geld raakt op en ik wil daar iets aan doen. Guy gaat niet met me mee. Ik vrees dat het bedrijf dit keer niet lang meer in leven kan blijven.'

'O.'

Stilte. Ik wist wat mijn vader probeerde onder woorden te brengen. Ik hielp hem uit zijn lijden. 'Volgens mij is het heel waarschijnlijk dat je je hele investering kwijtraakt. Dat zullen we allemaal.'

'O,' fluisterde hij.

'Het spijt me, vader. Het spijt me echt.'

Ik hoorde diep ademhalen over de telefoon. 'Geeft niets, David. Het was helemaal mijn beslissing. Geef jezelf niet de schuld.'

'Dat zal ik niet,' zei ik. Maar natuurlijk zou ik dat wel doen. Hij had mij vertrouwd en ik had hem in de steek gelaten. Hij zou het me nooit voor de voeten werpen, maar ik zou het altijd weten. Het was mijn fout.

'Maar ik zou me beter voelen als jij daar nog was.'

'Geloof me maar, dat zou ik ook.'

'Ja, oké. Ik moet nu gaan.' Ik kon zijn stem horen breken, bijna alsof hij op het punt stond te gaan huilen. Ik had mijn vader nog nooit zien huilen.

'Tot ziens, vader.'

'Tot ziens.' En weg was hij, mij achterlatend met een woedend, verdrietig en heel, heel erg schuldig gevoel.

Ik had met Ingrid afgesproken in een pub om de hoek van mijn flat. Ze lachte breeduit toen ze me zag en kuste me snel op de lippen.

Ik keek op mijn horloge. Kwart voor zes. 'Laat beginnen, vroeg weggaan. Wat zullen de mensen wel denken?'

'Ze zullen niet weten wat ze moeten denken. Het kan me trouwens niks schelen. Ik wilde dolgraag jou zien.'

'Idem dito bij mij,' zei ik.

'En...' Ze trok een bruin zakje uit haar tas. 'Ik heb wat koffie meegebracht.'

Ik lachte. Als een belediging van mijn koffie de prijs was om Ingrid nog een nacht te laten blijven, dan was ik helemaal bereid die te betalen.

'Heb je het klaargespeeld geen ontslag te nemen?' vroeg ik.

'Jawel. Ik heb zelfs de hele dag nauwelijks met Guy gesproken. Hij leek nogal afwezig.'

'Dat verbaast me niets. Geen nieuws van Torsten?'

'Niet voorzover ik kon zien. Maar Owen kwam op kantoor.'

'Je meent het!'

'Ja. Hij bracht het grootste deel van de dag door aan zijn computer. Maar hij heeft ook even met Guy gepraat.'

'Kijk uit voor hem, Ingrid. Je weet hoe gevaarlijk hij kan zijn.'

'Maak je geen zorgen. Ik zal hem uit de weg gaan.'

'Wees alsjeblieft voorzichtig.' Ik was verrast dat ik me ineens zo ongerust voelde. Het laatste halfjaar had ik geleefd met de voortdurende dreiging van Owens geweld. Het idee dat Ingrid ook dat risico zou lopen beviel me helemaal niet.

'Dat zal ik zijn,' glimlachte ze, dankbaar voor mijn bezorgdheid. 'Mel was er ook.'

'Mel?'

'Ja. Ik dacht dat Guy zijn buik vol had van haar. Maar kennelijk niet. Ze leek niet erg blij toen ze mij zag.'

'Ik weet zeker dat ze dat niet was. Wat deed ze daar?'

'Ik weet het niet. Maar ze zat het wel aan jouw bureau te doen. Het was een beetje eng.'

'Zo klinkt het.' Het idee dat Mel aan mijn bureau zat stond me niet aan. Maar er zat wel wat in. Zij zou beter dan wie ook in staat zijn mijn werk voort te zetten. Misschien had ze nog andere cliënten bij Howles Marriott, maar als Guy zei: 'springen', dan wist ik zeker dat ze zou springen.

'Geen succes bij Silverman en Orchestra dus?' vroeg Ingrid.

'Nee. Guy heeft Silverman in zijn zak. Clare had het druk en was blij te kunnen doen wat hij zei.'

'O.'

'Maar volgende week praat ik met Anne Glazier.'

'Denk je dat zij je iets kan vertellen?'

'Waarschijnlijk niet. Maar ik moet het proberen.' Ik dronk van mijn bier en voelde me door en door teleurgesteld. 'Wat nu?'

'Ik wil het niet zomaar opgeven,' zei Ingrid. 'Zitten toekijken hoe Guy alles verstiert.'

'Ik ook niet. Maar als Silverman noch Clare naar ons wil luisteren, zie ik niet in hoe we Guy kunnen laten bezuinigen.'

'En je weet heel zeker dat Torsten niet met het geld voor de dag zal komen?'

'Heel zeker. Ik weet zeker dat Guy overtuigend klinkt, maar dat stelt niets voor. Als Guy iets wil geloven, kan hij het andere mensen ook laten geloven. Dat weet je. Torsten laat het erbij zitten en Goal zal kelderen.'

'Hoe zit het met Starsat?' vroeg Ingrid.

'Ik dacht dat jij tegen het idee stemde om aan hen te verkopen?'

'Dat deed ik toen. Maar dit is nu. Ik weet niet zeker of we een andere keus hebben.'

'Guy zou er de pest aan hebben als ik achter zijn rug om naar hen toe ging.'

'Guy heeft je gisteren ontslagen.'

Ik haalde diep adem. 'Je hebt gelijk. Ik zal hen morgen bellen.'

Dit keer sprak ik niet met Madden in het Savoy. Dit keer sprak ik met hem in zijn grote hoekkantoor op de South Bank met uitzicht op de rivier. Madden zat achter een imposant bureau, ik tegenover hem.

'Zo, David,' zei Madden met een vriendelijke glimlach. 'Wat kan ik voor je doen?'

'Op de eerste plaats moet ik je zeggen dat ik niet meer bij Goal.com werk. Guy Jordan en ik waren het oneens over het beleid.'

Madden trok zijn wenkbrauwen op. 'En heeft die onenigheid over het beleid iets met Starsat te maken?'

'Inderdaad.'

'Je weet dat de markt is veranderd sinds we elkaar het laatst gesproken hebben. Dat zijn onze plannen ook. We zijn met onze eigen site begonnen. We hebben Goal niet meer nodig.'

'Goal heeft de beste site op internet.' Ik was verrast door de trots die ik voelde toen ik dat zei. Wat de problemen van Goal ook waren, dat was de waarheid en Madden kon het niet ontkennen.

Dat probeerde hij ook niet. 'Jullie hebben zeker geen geld meer?'

'Als Goal zijn potentieel helemaal wil uitbuiten heeft het investering nodig. Serieuze investering. Dat kun jij verschaffen. De markt kan dat niet.'

Madden dacht even na. 'Het is waar dat jullie een uitstekende site hebben. Misschien beter dan de onze. Maar, zoals je zelf zegt, wij hebben het geld en jullie niet. En dat betekent dat wij het terrein zullen domineren. Jullie zullen snel failliet gaan. Sportsseasons heeft wat meer geld dan jullie, daarom zullen zij het wat langer uithouden. Maar wij zullen winnen. Dat weet je.' Zijn toon was zakelijk, niet agressief, en dat maakte wat hij zei juist geloofwaardiger.

'Misschien heb je gelijk. Maar tegen de juiste prijs zou het voor jullie de moeite waard zijn onze site in die van jullie te incorporeren.'

Madden lachte. 'Ik neem aan dat Guy Jordan niet weet dat jij hier bent?'

'Nee, en ik zag liever dat dat onder ons blijft.'

'Is dit een manier om je oude baan terug te krijgen?'

'Nee. Absoluut niet. Maar ik denk dat het goed zou zijn voor Goal. Ik ben nog steeds aandeelhouder.'

Madden pakte een potlood van zijn bureau en tikte ermee tegen zijn kin. 'Als wij een bod zouden doen, waarom denk je dan dat Jordan het zou accepteren?'

'Hij heeft misschien geen andere keus.'

'Raad je me aan hem te bellen?'

'Nee. Bel Derek Silverman. En noem alsjeblieft mijn naam niet.'

'Oké,' zei Madden. 'Ik zal erover nadenken.'

'Dank je,' zei ik en ik vertrok met een huizenhoog schuldgevoel.

38

Zonder Ingrid zou ik het weekend nooit zijn doorgekomen. Met Ingrid vond ik het heel draaglijk. Ze werkte zaterdag, maar die avond gingen we samen naar de bioscoop. De zondagmorgen brachten we in bed door, we leerden elkaar kennen, slenterden de hoek om naar een plaatselijk café om te lunchen, en zwierven 's middags door Hyde Park. Het was zomer geworden, de lucht was zwoel en warm, het gras uitnodigend. Daarna ging Ingrid terug naar haar eigen flat om het huishoudelijk werk dat die week was blijven liggen af te maken.

Ik zag haar pas weer de volgende avond. Ze kwam recht van kantoor naar mijn flat. Ik was heel benieuwd te horen hoe het bij Goal was gegaan; we hadden afgesproken geen contact te zoeken terwijl zij op kantoor was. Met Owen daar wist je maar nooit.

Ik verlangde er ook naar haar te zien. In dit stadium van onze relatie leek een dag een lange tijd, vooral wanneer ik alleen maar kon zitten piekeren.

Ze kuste me en kroop lekker onder mijn arm op de sofa.

'En?' zei ik.

'Ja. Een interessante dag vandaag.'

'Vertel eens op.'

'Guy was vanmorgen in een slechtere bui dan gewoonlijk. Ik weet vrij zeker dat hij me negeert, maar misschien negeert hij gewoon iedereen. Hoe dan ook, ik vroeg hem over Torsten. Hij keek kwaad en zei dat dat zijn zaak was. Ik zei dat ik moest weten of Torsten over de brug was gekomen met het geld: ik ben tenslotte nog steeds directeur. Guy gaf toe dat hij dat niet had gedaan.'

'Wat heb ik je gezegd? Torstens vader heeft dus nee gezegd?'

'Torsten wilde dat niet toegeven, maar Guy denkt van wel. Hij was pisnijdig. Ik dacht dat hij in een vliegtuig naar Hamburg zou springen en hem afmaken.'

'Zoiets moet je niet zeggen,' zei ik.

'Hoezo niet?'

'Dat weet je wel. Tony Jordan is gestorven. Ik werd het ziekenhuis in geslagen. Henry's gezin werd bedreigd. Het is tegenwoordig gevaarlijk om Goal dwars te zitten.'

Ingrid huiverde. 'Je hebt gelijk. Het spijt me. Guy sprong niet in een vliegtuig, en voordat je nog iets zegt, Owen was ook de hele dag op kantoor.'

'Heeft Madden Silverman gebeld?'

'Volgens mij moet hij dat gedaan hebben. Silverman kwam rond de lunchpauze op kantoor en hij en Guy hebben zich een paar uur in de directiekamer opgesloten.'

'Heeft Guy je verteld waar het over ging?'

'Nee. Ik vroeg hem of er iets was wat ik hoorde te weten. Hij zei dat er morgenochtend een directievergadering zou zijn. Kennelijk is Clare vandaag in Leeds of in die buurt. Hij zei dat het was om jouw ontslag uit de directie te bevestigen. Maar ik weet zeker dat er nog iets anders is.'

'Madden heeft een bod gedaan.'

'Daar ziet het naar uit.'

'Ik vraag me af wat de directie zal zeggen.'

De dinsdagmorgen viel me zwaar. Het afwachten werd met de dag moeilijker. Ik had veel uren besteed aan een poging erachter te komen wie Tony Jordan had overreden, met weinig succes. Wat mij betreft had het Guy kunnen zijn. Mijn beste kans op een doorbraak was mijn aanstaande bespreking met Anne Glazier, maar daar moest ik nog vierentwintig uur op wachten. Ingrid en ik hadden afgesproken elkaar voor de lunch te treffen, zodat ze me over de directievergadering kon vertellen, maar tegen negen uur was ik zo gaar als boter. Ik wilde net weggaan uit mijn flat om wat te gaan wandelen, toen de telefoon overging. Het was Michelle.

'Hallo, Michelle. Hoe is het met je?'

'Met mij best,' zei ze. Maar ze klonk gespannen. Er was heel wat voor nodig om Michelle gespannen te maken. 'Ik heb een boodschap van Guy.'

'O ja?'

'Ja. Hij wil je vanmorgen graag even spreken. Om tien uur, als je dat kunt halen.'

'Oké,' zei ik. Ik was nieuwsgierig. En bovendien was het goed iets te doen te hebben. 'Ik kom meteen.'

'Hij zou je graag spreken bij Howles Marriott.'

Dat verraste me. Maar ik nam aan dat Guy me in zijn huidige stemming liever niet in Britton Street zag.

'Goed dan. Ik zal er zijn.'

Het kantoor van Howles Marriott lag in een doolhof van nauwe straatjes en pleintjes, achter Chancery Lane en Fleet Street. Dit was eens het labyrint van straten dat in de romans van Dickens wordt beschreven, maar het was platgegooid door bommen en bulldozers, om plaats te maken voor rode baksteen, spiegelglas en flagstones. Ik vond zo'n saai rustpunt midden in Londen nogal spookachtig.

Ik wachtte bij de receptie. Ik was tientallen keren eerder in dit kantoor geweest, maar meestal kwam Mel naar beneden om me mee te nemen. Dit keer niet. Ik werd in haar kantoor gelaten door haar secretaresse.

Ze was daar met Guy. Ik glimlachte tegen haar. Een vergissing.

'Ga zitten, alsjeblieft,' zei ze op ongewoon kille toon.

Ik nam plaats aan haar kleine vergadertafel, die zij en ik in het verleden vaak hadden volgestrooid met documenten. Ze zat tegenover me, naast Guy.

Guy keek me koel aan. Hij leek de laatste paar dagen ouder geworden, de plooien in zijn gezicht waren dieper. Hij had wallen onder zijn ogen.

Het kreeg hem eindelijk te pakken.

'Hallo, Guy,' zei ik.

Hij gaf geen antwoord. Ik ging zitten.

'We willen met je praten over jouw rol in het ongevraagde bod dat Goal pas heeft gekregen van Starsat,' zei Mel.

'Zo.'

'Ontken je dat je met hen hebt gesproken?' Mels stem klonk emotieloos, een afgemeten advocatenstem.

'Nee, dat ontken ik niet,' zei ik vlakweg.

Guy snoof minachtend. 'Hoe kwam je op het idee? Je weet dat ik Goal het laatst zou willen verkopen aan Starsat. We hebben dit een paar maanden geleden besproken. De directie stemde toen tegen, ze konden ophoepelen.'

'Ik ben naar hen toegegaan als onafhankelijke aandeelhouder.'

'Je bent nog steeds directeur bij het bedrijf,' zei Mel. 'Je had je moeten houden aan de beslissing van de directie.'

'Maar Guy heeft me vorige week ontslagen.'

'Technisch gesproken blijf je directeur totdat je wordt ontslagen door een motie in een directievergadering. Die directievergadering hebben we nog niet gehouden. Die staat voor later vanmorgen op de agenda.'

'Wat dan ook. Het is nog steeds een ontsnappingsweg voor Goal. Hoeveel heeft Starsat geboden?'

'Achttien miljoen pond,' zei Guy.

Achttien miljoen. Ik rekende snel even in mijn hoofd. Op dat niveau zouden we er allemaal ongeschonden uitspringen: Orchestra, ik, Guy, Owen, Ingrid, mijn vader. We zouden zelfs een kleine winst maken.

'Dat is niet gek.'

'Niet gek? Het is een ramp! Twee maanden geleden was deze zaak tweehonderd miljoen waard. Sindsdien is hij gegroeid en nu geven ze een miezerige achttien. Ik weet niet waarom ik jou ooit als financieel directeur heb aangenomen, Davo. Je kunt echt niet rekenen.'

'Ik kan wel rekenen,' zei ik. 'Over een paar weken zal Goal precies nul komma nul waard zijn. Achttien miljoen pond is achttien miljoen pond meer dan dat.'

Guy zuchtte geërgerd. 'Ik word misselijk van jou. Ik heb je als partner gekozen omdat ik dacht dat jij de enige was op wie ik kon rekenen. Iemand die ik kon vertrouwen. Ik dacht dat jij de visie begreep. Ik dacht dat je het in je had. In plaats daarvan ben je al net zo erg als de rest. Erger. Je hebt me verraden, Davo. Dat zal ik nooit vergeten.'

Hij had een gevoelige plek geraakt en hij drukte er zwaar op. Ik was vastbesloten het geen pijn te laten doen, of in elk geval de pijn te negeren.

'Je hebt meer nodig dan fantasie en visie om een succesvolle zakenman te zijn, Guy,' zei ik. 'Je moet kunnen zien wat er om je heen gebeurt. De wereld is de laatste paar maanden veranderd. Met internet kun je geen geld meer verdienen. Ik kan dat zien. Slimme mensen met geld kunnen dat zien. Als jij dat niet kunt, is dat jouw probleem.'

'Verrek, Mel, praat jij maar met hem. Ik kan het niet,' mompelde Guy.

Mel nam het woord. 'David, ik zeg je hierbij dat je verplicht bent je aandelen in Goal tegen hun nominale waarde terug te verkopen aan het bedrijf.'

'Wat? Ze verkopen? Waarom?'

'Omdat je "met gegronde reden" bent ontslagen.'

'Wat wil dat zeggen?'

'Het wil zeggen dat Guy een reden had je te ontslaan, omdat je vertrouwelijke informatie hebt verschaft aan een ander bedrijf om tegen Goal te worden gebruikt. Volgens de voorwaarden van je contract kan Guy onder deze omstandigheden van je eisen dat je je aandelen tegen de nominale waarde verkoopt. Wat, tussenhaakjes, één p betekent.'

'Eén p?'

'Dat betekent dat je vijftigduizend penny's krijgt,' zei Guy met een gemene glimlach.

'Dat is belachelijk. Ik heb pas met Starsat gepraat nadat Guy me had ontslagen.'

'Je verzamelde vertrouwelijke informatie terwijl je bij Goal werkte, met de bedoeling die tegen het bedrijf te gebruiken.'

'Onzin. Dat kun je helemaal niet bewijzen.'

'O nee?' zei Mel.

'Nee. Ik haal er een advocaat bij.'

'Je kunt maar beter een goede nemen.'

'Dat zal ik.' Ik ging staan. 'Je werkt Goal naar de kelder, Guy, en je redt het niet door mij te naaien.'

Ik verliet ziedend het gebouw. Guy kon mijn investering van vijftigduizend niet voor vijfhonderd pond in handen krijgen. Dat zou totaal onredelijk zijn.

Toen ik erover nadacht besefte ik dat Mel en Guy bijna zeker geen poot hadden om op te staan. Ze probeerden me te intimideren, of kwaad te maken, of beide. Maar ik zou met een advocaat gaan praten.

Mel had duidelijk plezier in de hele zaak. Ze zat waar ze wilde zitten, naast Guy. Ingrid had gelijk, ze vervulde de rol van vertrouwde raadgever die ik eerst had, en ze genoot ervan. Mel en ik hadden in het verleden aan dezelfde kant gestaan. Het was triest haar als tegenstander te zien. Maar als ik de vijand was van Guy, dan was ik ook die van haar, dat zag ik wel in.

Ik ontmoette Ingrid voor de lunch in een café bij Baker Street, een paar ondergrondsehaltes van Farringdon af. Ik wilde niet het risico nemen iemand van Goal tegen het lijf te lopen. Ik vertelde haar over Mel en Guy, en vroeg hoe de directievergadering was verlopen.

'De sfeer was gespannen,' zei Ingrid. 'Guy had een rotbui na met jou gesproken te hebben. We begonnen met de resolutie jou te ontslaan als directeur. Het had een formaliteit moeten zijn, maar Guy bleef maar tieren wat jij voor een verrader was. Silverman moest hem kalmeren, zodat we ons konden concentreren op het bod van Starsat.'

'Was Clare erbij?'

'O, ja. We waren met zijn vieren: Guy, Silverman, Clare en ik. En Mel was erbij als juridisch adviseur van het bedrijf.'

'Wat gebeurde er dus?'

'Silverman vertelde ons over het bod. Starsat biedt achttien miljoen in baar geld voor het hele bedrijf, afhankelijk van een onderzoek van de boeken van hun kant. Guy kan blijven als hij wil, maar ze zijn van plan Goal te integreren in hun bestaande internetzaken. Het bod loopt donderdag om middernacht af.'

'Donderdag om middernacht? Maar dat is al over twee dagen!'

'Ja. Madden zet ons flink onder druk.'

'Heeft de directie ingestemd?'

'Guy hield een gepassioneerde speech voor onafhankelijkheid. Je hebt het allemaal al eerder gehoord, maar hij was nogal welsprekend. Toen begon Mel te proberen gaten te prikken in het bod van Starsat. Clare wilde er niet van horen; ze zei dat het heel rechttoe, rechtaan was en dat er geen reden was om eraan te twijfelen. Clare won. Mel moest haar mond houden.'

'Orchestra wil dus verkopen?'

'Ja.'

'Ja! En Silverman?'

'Je weet hoe de aandeelhoudersovereenkomst met Orchestra werkt. In zulke tijden hebben zij het voor het zeggen. Silverman weet dat en hij steunde Clare.'

'Toen bleef jij over?'

'Ik onthield me van stemmen,' zei Ingrid glimlachend. 'Onder de omstandigheden leek dat me het beste.'

'Ze hebben het bod dus aanvaard?'

'Niet helemaal. Ze zijn overeengekomen Guy te laten proberen of hij vóór vrijdag een belegger kan vinden. Als hij vóór die tijd een vast, onvoorwaardelijk bod op papier heeft, zullen ze de zaak heroverwegen. Anders nemen ze het bod aan.'

'Dat zal hij nooit klaarspelen, toch?'

Ingrid trok haar schouders op. 'Je moet Guy nooit onderschatten,' zei ze. 'Hij gaat vanmiddag met Mercia Metro-tv praten in Birmingham. Hij denkt dat zij ideaal zullen passen.'

Ingrid had gelijk, je moest Guy nooit onderschatten. Maar ik voelde me enorm opgelucht. Zo te zien was mijn investering veilig. En wat veel belangrijker was: mijn vader zou geen geld verliezen. En ik zou gelijk krijgen. Guy zou natuurlijk kapot zijn, maar na het gesprek van die morgen kon me dat niet veel schelen. Ik vond het zelfs vrij prettig. Ik vond het ook prettig voor het personeel, vooral Gaz, wiens website in stand zou blijven.

We verlieten het café en liepen terug naar station Baker Street. Toen we even bleven staan om over te steken, keek Ingrid opzij om op het verkeer te letten en greep me bij mijn arm.

'Ooo! Daar!'

'Wat?'

'Moet je zien!'

Ik keek. Zowat twintig meter achter ons slenterde een bonkige gestalte in een T-shirt van Goal en een baseballpet op langs het trottoir in onze richting. Owen.

Hij bleef staan en staarde naar ons, met een uitdrukkingsloos gezicht. Langs Marylebone Street kwam een taxi aanrijden met brandend lampje. Ik stak mijn arm uit en de taxi kwam piepend tot stilstand. Ik duwde Ingrid erin.

Ik draaide me om en zocht naar Owen.

Hij was verdwenen.

39

Anne Glazier was een kleine, ongedurige vrouw van ongeveer dertig jaar; ze droeg een Engels mantelpakje met een sjaal van Hermès. Het snelle geklikklak van haar hakken op de harde stenen vloer, galmde door de holklinkende foyer van Coward Turners nieuwe gebouw toen ze op me af liep, met een uitpuilende aktetas die haar scheef trok. We gingen ongemakkelijk op de met leer beklede poefen zitten die verondersteld werden als zitplaatsen te dienen voor de bezoekers van het grote advocatenkantoor.

'Bedankt dat je even met me wilt praten,' zei ik.

'Helemaal niet,' antwoordde ze kwiek. 'Een moord is niet niks.'

'Zeker niet.'

'Ik neem aan dat de politie nog niet heeft ontdekt wie Tony Jordan heeft vermoord?'

'Nog niet.'

'Je weet dat ze uitgebreid met mij hebben gepraat?'

'Ja, ja, dat weet ik. Maar zoals ik je over de telefoon vertelde ben ik Guy Jordans partner. De onzekerheid over de hele zaak is schadelijk voor ons bedrijf, daarom probeer ik zelf uit te zoeken wat er gebeurd is. Ik wilde met jou persoonlijk praten: ik ben er zeker van dat je weet hoe belangrijk het is de details op een rijtje te krijgen.'

Even fronste ze haar wenkbrauwen, maar knikte toen. Ze zag eruit als een vrouw die veel tijd zou besteden aan het op een rijtje zetten van details.

'Kun je me vertellen wat er die avond gebeurde?'

'Goed dan. Mel is een oude vriendin uit Manchester. We hebben samen rechten gestudeerd. Nu en dan, als ik in Londen ben, logeer ik een extra nacht bij haar. We zien elkaar misschien een paar keer per jaar. Hoe dan ook, die middag ging ik naar haar kantoor om haar sleutel af te halen. Ze zei me dat ze me later op haar flat zou treffen. Ze zei ook dat haar vriend er misschien zou zijn.'

Ik hoorde iets van afkeer in Annes stem.

'Daar was je niet blij mee?'

'Niet direct. Zeker niet toen ik hoorde wie het was. Ik herinnerde me

Guy van een paar jaar terug. Hij was geen goed nieuws. Ik weet dat hij bevriend is met jou, maar je begrijpt zeker wel wat ik bedoel.'

Ik knikte. Dat begreep ik.

'Ook wilde ik zelf de avond met Mel doorbrengen. Ik bedoel maar, daarom logeerde ik bij haar. Maar Mel was zo opgewonden, het was gewoon gênant. Je kent haar, meestal lijkt ze zo koel. Guy was kennelijk de nacht tevoren bij haar gebleven en ze was er vast van overtuigd dat dit het begin van "iets serieus" zou worden.'

Aan haar stem te horen was Anne daar minder zeker van.

'Je was dus de hele avond in Mels flat?'

'Ja. Vanaf ongeveer zeven uur. Ik liet die middag mijn spullen daar en ging wat wandelen. Ik kwam terug om ongeveer zeven uur.'

'En toen verscheen Guy?'

'Ja.'

'Hoe laat?'

'Precies weet ik het niet meer. Ik heb het wel tegen de politie gezegd. Het was vrij laat.'

Ik spitste de oren. 'Je weet dus niet zeker wanneer het was?'

'Nu niet. Het is zes maanden geleden, nietwaar? Maar toen was ik er zeker van. Ik heb hun gezegd hoe laat precies.'

'Half tien?' zei ik, terugdenkend aan mijn gesprek met Spedding.

'Zoiets, ja.'

'Hoe kon je er zo zeker van zijn?'

Annes wenkbrauwen trokken samen alsof de suggestie dat ze niet altijd zeker was haar niet beviel.

'Ik hield de klok in de gaten. Mel was nog niet terug van kantoor. Ik vond het vervelend. Zoals ik eerder zei ging het er juist om met haar te praten. Ik dacht dat we uit eten zouden gaan of zoiets.'

'Ze was er dus niet toen Guy verscheen?'

'Nee. Ik heb hem binnengelaten.'

'Hoe was hij?'

'Zat. Niet gewoon zat, hij was in alle staten. Hij zag eruit als een dolleman. Hij zei niets tegen me, alleen "hallo" en "waar is Mel?". Hij doorzocht de flat naar drank, vond een fles wijn, trok die open en liet zich languit op de sofa zakken om op haar te wachten.'

'Wat gebeurde er toen Mel terugkwam?'

'Zij was niet veel beter. Ik bedoel, ze zei even wat tegen me, maar verder was het Guy voor en Guy na. Ze troostte hem, schonk meer wijn voor hem in. Ze negeerde mij! Ik liet hen hun gang gaan en sloot me op op mijn kamer. Ik was op weg naar het vliegveld toen Mel me belde om te vertellen dat Guys vader verongelukt was. Ze zei dat de politie wel met me zou willen praten.'

'Weet je waarover Mel en Guy het hadden?'

'Nee. Ze wilden niet dat ik dat hoorde.'

'Kan het over Tony's dood geweest zijn?'

'Nee. Dat wisten ze toen nog niet.' Anne keek me recht in de ogen. 'Zoals je wel merkt is Guy Jordan niet precies iemand op wie ik val, en om eerlijk te zijn ben ik ook niet zo gek op Mel als ze bij hem is, maar hij zei of deed niets wat erop zou kunnen wijzen dat hij van plan was zijn vader te doden. En volgens de politie zou dat trouwens onmogelijk zijn geweest, gezien het tijdstip waarop hij in Mels flat kwam.'

'Dat is waar,' zei ik.

'Ik hoop dat ik wat heb kunnen helpen,' zei Anne en ze keek op haar horloge. 'Nu moet ik echt naar boven gaan om klaar te zijn voor mijn bespreking.'

Ik keek haar na toen ze naar de liften beende, terwijl haar hakken stap voor stap op de harde vloer tikten, en dacht na over wat ze me had verteld.

Het zag er steeds onwaarschijnlijker uit dat Guy zijn vader gedood had. Hij had niet de tijd om het zelf te doen, en brigadier Speddings overtuiging dat Tony's dood niet het werk was van een huurmoordenaar, sloot de mogelijkheid uit dat Guy iemand anders had ingehuurd om het te doen.

Het was in elk geval goed dat te weten. Of dat zou het moeten zijn. Maar mijn gevoelens over Guy werden meer verward, niet minder, vooral na de manier waarop hij mij ervan had beschuldigd hem te verraden en geprobeerd had me mijn aandeel in Goal af te nemen. Was hij de vriend die ik altijd had gedacht dat hij was? Of was hij heel iemand anders? Had ik echt het laatste jaar van mijn leven verspild en mijn carrière verprutst door hem te volgen?

Als Guy noch Owen Tony Jordan had vermoord, wie in 's hemelsnaam dan wel?

Ik was er niet gelukkig mee Ingrid terug te zien gaan naar Goal nu Owen ons samen had gezien, maar ze was vastbesloten het toch te doen. Ze wilde zien wat er gebeurde.

Wat er gebeurde was dat Guy wanhopig probeerde de belangstelling van Mercia Metro-tv te wekken voor Goal. Woensdag nam hij Ingrid, Gaz, Amy en Mel met zich mee naar Birmingham. Volgens Ingrid gaf hij een prima presentatie weg en Mercia Metro-tv's interesse was ongetwijfeld gewekt. Hij haalde twee van de topmensen over de volgende dag naar Britton Street te komen, ofschoon ze niet zeker waren of ze vóór middernacht wel een onvoorwaardelijk bod konden doen.

We hoorden niets van Owen. Ingrid zei dat hij op kantoor was, maar hij liet niet blijken dat hij ons tweeën de dag tevoren samen had gezien. Niet dat dat iets betekende. Ik maakte me zorgen over haar. Guy stond met zijn rug tegen de muur. Steeds wanneer dat in het verleden het geval was geweest, was iemand daar de dupe van geworden. Dit keer hoopte ik vurig dat het niet Ingrid zou zijn.

De volgende dag, donderdag, de dag van de deadline, bracht ik nagelbijtend thuis door. Ingrid belde die avond om acht uur. 'Ik ga nu weg.'

'Je gaat nu weg? Ik dacht dat je tot middernacht zou blijven. Heeft Guy het opgegeven?'

'Nee. Maar hij heeft ons allemaal naar huis gestuurd.'

'Wat is er gebeurd?'

'Ik zal het uitleggen.'

Dat deed ze toen ik haar een halfuur later zag.

'Het team van Mercia Metro-tv kwam 's morgens bij ons: de directeur en de financiële man. Guy liet hun het hele kantoor zien en ze waren ongetwijfeld erg geïnteresseerd. Allerlei gepraat over synergie en internetruimte en meer van dat abracadabra. Maar toen gingen we om de tafel zitten om over de deal te praten. Zij schenen niet te denken dat er veel kans was met een onvoorwaardelijk bod te komen. Ze zouden hun eigen onderzoek naar de boeken moeten doen, een accountantsonderzoek moeten organiseren, een directievergadering bijeenroepen en god weet wat nog meer.

Guy ging daar een tijdje tegenin en toen kwam Mel met het idee dat een voorwaardelijk bod misschien goed genoeg was. Tenslotte is Starsats bod afhankelijk van een onderzoek van de boeken, als dus Mercia Metro-tv met een betere deal kon komen, onder dezelfde voorwaarden, dan zou de directie van Goal het moeten overwegen.'

'Over welke prijs hebben ze het?'

'Een waardering van tweeëntwintig miljoen pond. Maar Mercia Metro-tv zou niet het hele bedrijf kopen. Het idee is dat zij acht miljoen nieuw geld investeren en minderheidsaandeelhouder worden. Guy zal de zaak nog steeds runnen. Het beleid zal nog steeds volledige groei zijn.'

'Zal Mercia Metro-tv toehappen?'

'Volgens mij is er geen enkele kans, nee. Het is waar dat de directeur het bedrijf wel zag zitten, maar de financiële man was sceptisch over de praktische aspecten, en ze discussieerden er fel over. Ik vermoed bovendien dat ze zelf een directievergadering nodig zouden hebben om het bod te autoriseren, en het is niet erg waarschijnlijk dat ze er op tijd een kunnen houden.'

'Het is dus allemaal voorbij?'

'Volgens Guy niet. Hij denkt nog steeds dat ze het misschien accepteren. Hij regelde een telefonische bespreking met Clare Douglas en Derek Silverman om te praten over het aannemen van een voorwaardelijk bod.'

'Voelden ze daarvoor?'

'In één woord, nee. Silverman zei dat het een vergissing zou zijn in dit stadium een vast bod aan de kant te schuiven voor een grillige deal. En Clare stond op haar strepen dat het onvoorwaardelijk was of niets.'

'Goed van haar.'

'Ja. Maar ze klonk helemaal niet gelukkig.'

'Wat bedoel je?'

'Je kent Clare. Ze lijkt altijd zo koel en beheerst. Vandaag klonk ze gespannen. Heel gespannen. Bijna bang.'

'Echt waar? Misschien loopt er bij Orchestra iets anders verkeerd. Ik weet het nog, de laatste keer toen ik met haar ging praten zag ze er gestrest uit. Ze zei iets over brandjes blussen.'

'Misschien. Wat het dan ook was, ze zal beslist niet van gedachten veranderen.'

'En jij? Wat heb jij gezegd?'

'Ik heb met Guy gestemd.'

'Voor de schijn?'

'Gedeeltelijk. Maar ik moet toegeven dat het fijn zou zijn als we Mercia Metro-tv binnen konden halen als minderheidsaandeelhouder en Goal kon doorgaan met groeien.'

'Het zou heel fijn zijn,' zei ik. 'Maar dat gaat niet gebeuren. Je zei het zelf al: met internet verdien je geen geld. Dit is onze kans er helemaal uit te springen. Een andere kans krijgen we niet.'

Ingrid zuchtte. 'Je hebt natuurlijk gelijk. Maar ik heb toch onwillekeurig medelijden met Guy. Hij is een dappere kerel, weet je. Hij vecht tot het bittere eind.'

'Wat gaat er nu dus gebeuren?'

'We wachten af. Guy heeft iedereen naar huis gestuurd, hij zei dat het geen zin had nog door te werken. Men wilde blijven, maar hij stond erop. Het klonk alsof hij om middernacht alleen bij Goal wilde zijn.'

'Vreemd.'

'Ja.'

'Hoe is hij? Blijft hij zichzelf de baas?'

'Op een bezeten manier. Zolang er nog hoop is.'

'En als die in rook opgaat?'

Ingrid huiverde. 'Wie weet.'

De deurzoemer ging over. Ik deed open. Het was Clare. Een radeloze Clare. Haar haren zaten slordig, haar grijze ogen, meestal zo koel, stonden wild, haar gezicht was rood.

Ik liet haar in de woonkamer. Haar ogen gingen wijdopen toen ze Ingrid zag.

'Maak je geen zorgen. Ingrid en ik zijn samen.' Ik zei dat zonder na te denken over de implicaties. Het was gewoon de waarheid.

Clares ogen gingen tussen ons heen en weer. Ingrid glimlachte bemoedigend.

'Oké,' zei Clare en ze accepteerde het feit. 'Ik moet met jullie praten.' Ze beefde.

'Kom, ga zitten. Wil je wat drinken? Een kop thee? Een whisky?'

Clare liet zich op de sofa zakken. 'Nee, het is wel goed,' zei ze. Toen glimlachte ze even. 'Eigenlijk zou een kleine whisky geen slecht idee zijn.'

Ik haalde er een voor haar. Veel whisky, weinig water.

Ze nam een slok. 'Bedankt.' Ze vertrok haar gezicht omdat hij zo sterk was. 'Ik heb je hulp nodig. Henry stelde voor dat ik met jou moest praten.'

'Henry?' Ik vroeg me af wat ze in hemelsnaam met mij wilde bespreken. Toen wist ik het. 'Je bent bedreigd, nietwaar?'

Clare knikte. 'Twee keer.'

'Wat is er gebeurd?'

'Gisteren kreeg ik dit.' Ze gaf me een enkel A-4'tje dat twee keer was opgevouwen om in een standaardenvelop te passen. Ik las het:

Zoals je weet heeft Goal een ongevraagd bod van Starsat gekregen om het bedrijf te kopen. Je moet dit bod verwerpen en in plaats daarvan verdere gesprekken voeren met andere potentiële beleggers. Bovendien moet je een overbruggingskrediet van een miljoen pond verstrekken aan Goal totdat er een andere belegger is gevonden.

Als je dit bod donderdag middernacht niet verwerpt ga je eraan.

Je collega, Henry Broughton-Jones is in april op dezelfde manier bedreigd. Hij nam het juiste besluit. Dat moet jij ook doen.

*Tussen haakjes, als je met de politie, of met iemand anders hierover praat ga je
er ook aan.*

Het briefje was niet ondertekend. Het was natuurlijk op een computer geschreven, maar het lettertype was enigszins anders dan dat van de brief die
Henry had ontvangen.

Ingrid las mee over mijn schouder. 'Het is niet waar,' fluisterde ze.

'Heb je dit aan Henry laten zien?'

'Ja,' zei Clare. 'De rotzak vertelde me alles wat er met hem en zijn gezin
was gebeurd. Ik kan niet geloven dat hij mij Goal liet overnemen zonder
me te waarschuwen. De lafbek.'

'Hij maakte zich zorgen over zijn gezin,' zei ik.

'En ik dan? En hij zei dat hij jou alles had verteld. Waarom liet jij me
niet weten wat er aan de hand was?'

'Het spijt me. Ik had Henry beloofd dat ik dat niet zou doen. Ik heb geprobeerd het tegen te houden. Ik ben naar Frankrijk gegaan om Owen af
te remmen.' Ik raakte mijn wang aan, waarop nog een krasje zat. 'Kennelijk heeft dat niet geholpen.'

'Kennelijk,' zei Clare.

'Klonk je daarom vanmiddag zo geschrokken?' wilde Ingrid weten.

'Precies. Ik besloot het briefje te negeren. Maar ik was bang. En toen
kreeg ik dit.'

Ze gaf me de uitdraai van een e-mail. De boodschap was veel korter.

Je hebt nog acht uur. Zeg nee tegen Starsat of je gaat eraan. Ik meen het.

Ik probeerde het abracadabra van de internetrouting te ontcijferen. De
boodschap was naar Clare bij Orchestra gestuurd. Het was onmogelijk
vast te stellen waar hij vandaan kwam: ik herkende geen van de verzend-
adressen.

'Zal het mogelijk zijn dit na te gaan?' vroeg ik.

'Dat betwijfel ik,' zei Clare. 'Het is gemakkelijk anonieme e-mails te ver-
sturen.'

'Anonieme?' snoof ik minachtend. 'Ik weet niet waarom Owen de moeite deed.'

'Denk je dat het Owen is?' vroeg Ingrid.

Ik knikte. 'Ik weet wel zeker dat het Owen is. Het is een allerlaatste poging om Guy te beschermen.'

Clare huiverde. 'Ik krijg kippenvel van die vent.'

'Dat hoor je ook te krijgen.'

'Wat ga je nu doen?' vroeg Ingrid aan Clare.

'Ik weet dat ik niet ga toegeven aan de dreigementen,' zei Clare, en haar hand beefde.

'Henry deed dat wel,' zei Ingrid.

'Ik weet dat Henry dat gedaan heeft. Maar ik niet. Als ik het doe zal Orchestra een miljoenenverlies lijden. Ik ben gewoon niet bereid daar de verantwoording voor te nemen.'

'Het zou heel begrijpelijk zijn als je de deal tegenhield,' zei ik. 'Je moet weten dat Owen heel goed in staat is zijn dreigementen uit te voeren. Voorzover ik weet heeft hij al twee mensen vermoord.'

Clare keek me met wijdopen ogen aan. 'Nou, ik heb in het verleden al met de nodige louche types te maken gehad, maar nog nooit met een moordenaar.' Toen trok ze haar ogen tot spleetjes. 'Hij gaat niet met mij rotzooien. Ik laat niet zo gemakkelijk met me sollen.'

Ingrid en ik keken elkaar aan. Clare was een moedige vrouw, daarover was geen twijfel mogelijk.

'Oké,' zei ik. 'Dan blijven er drie mogelijkheden voor je open. Je zou niets kunnen zeggen en hopen, je zou naar de politie kunnen gaan, of ik zou Owen kunnen gaan opzoeken.'

'De laatste keer dat je dat deed was het bijna je dood!' zei Ingrid.

'Dat weet ik. Maar als Clare gelijk heeft moet iemand hem tegenhouden.'

'Wat vind je ervan om naar de politie te gaan?' vroeg Ingrid aan Clare.

'Ik weet het niet. Dat maakt me nerveus. Het dreigement was vrij duidelijk. Wat vind jij, David?'

Ik dacht erover na. 'Owen kennende bestaat er een goede kans dat hij zijn dreigement zal uitvoeren, als je met de politie praat.'

'En als jij met Owen praat,' zei Ingrid tegen mij, 'zal hij eerst jou vermoorden en dan Clare.' Ze had duidelijk niet veel op met die keuzemogelijkheid.

'En als ik eens wat tegen Guy zei? Guy zou Owen kunnen bepraten om Clare geen kwaad te doen.'

'Misschien,' zei Ingrid. 'Maar jij en hij zijn op dit moment nauwelijks goede maatjes, nietwaar? Hij geeft jou van dit alles de schuld. En hij is nu niet direct erg stabiel.'

'Ik denk toch dat hij naar mij zal luisteren.'

'Weet je dat zeker?'

'Ik ben bereid het risico te nemen. Als Clare Silverman niet belt om te zeggen dat ze het bod van Starsat wil verwerpen, zie ik niet in wat we anders nog kunnen doen.' Ingrid keerde zich naar Clare. 'En?'

Ze dacht even na. 'Als jij bereid bent met Guy en Owen te praten, doe dat dan maar,' zei ze ten slotte.

'Goed dan,' zei ik. 'We gaan het proberen. Jij zegt dat Guy bij Goal is?'

'Hij zei dat hij daar de hele avond zou zijn,' zei Ingrid. 'En ik ga met je mee.'

'O nee, dat doe je niet,' zei ik. 'Het kan gevaarlijk zijn.'

'Natuurlijk is het gevaarlijk,' zei Ingrid. 'Maar als jullie twee je leven op het spel gaan zetten, dan zie ik niet in waarom ik dat ook niet zou doen.'

Ik zag in dat het geen zin had tegen te stribbelen. 'Oké. Waar ga jij heen?' vroeg ik Clare.

'Mel wilde me spreken bij Howles Marriott. Als we vóór middernacht niets horen van Mercia Metro-tv, zal Derek van uit zijn huis een fax sturen naar Starsat waarin hij het bod aanvaardt. We hebben de tekst al opgesteld. Als juridisch raadgever van het bedrijf wil Mel erbij betrokken zijn. Omdat Guy haar in zijn zak heeft, is Derek noch ik daar erg gelukkig mee. Volgens mij hoopt zij dat we, als er een deal van Midland- tv doorkomt, ter plekke de nodige papieren kunnen opstellen. Ik weet het niet. Maar ze drong erg aan.'

'Het is geen slecht idee,' zei ik. 'Advocatenkantoren zijn zwaar beveiligd, zelfs 's nachts, dus Owen kan je daar niets maken. We komen je ophalen als we een kans hebben gehad om met Guy te praten. Afhankelijk van wat hij zegt, kunnen we een veilige plek voor je bedenken.'

'Oké,' zei Clare en ze dronk haar whisky op. 'Waar wachten we nog op?'

De eerste taxi die voorbijkwam bracht Clare naar het kantoor van Howles Marriott in Chancery Lane. Ingrid en ik namen de tweede.

'Weet je zeker dat Guy er zal zijn?' vroeg ik haar.

'Ik geloof van wel. Wacht even. Even controleren.'

Ze pakte haar mobiel en toetste een nummer in. 'Hallo, Guy, met mij... Nog nieuws?... Niets?... Oké, dat wou ik even weten. Tot kijk.'

'Hij is er?'

'Ja.'

'Hoe klonk hij?'

'Gespannen.'

'Denk je dat Owen bij hem is?'

'Ik weet het niet. Hij is met de rest van ons weggegaan. Misschien is hij teruggekomen. Dat kon ik Guy toch zeker nauwelijks vragen?'

'Nee.'

Zwijgend overdachten we de kans dat Owen misschien bij Guy op kantoor was. Het was een risico dat we gewoon moesten nemen.

We namen grote risico's. Het had mensen het leven gekost. Het kon voor nog meer mensen de dood betekenen, ook van Ingrid en mij.

Ik overwoog de logica van wat we op het punt stonden te gaan doen. Die klopte. Maar ook maar net.

Ik dacht dat ik Guy kende. Hij zou behoorlijk gestresst zijn. Ik wist dat Goal alles voor hem betekende. Maar ik wist ook dat onze vriendschap iets betekende. Hij zou mij niet kil om zeep brengen. Ingrid ook niet. En hij zou ook niet toelaten dat Owen ons kwaad deed. Daar was ik vrij zeker van. Toch?

Ik zou hem gewoon moeten vertrouwen.

De taxi draaide rechtsaf vanuit Clerkenwell Road de veel rustiger Britton Street in. Voor het vertrouwde gebouw stopten we en ik betaalde de chauffeur. Hij verdween en liet Ingrid en mij achter op het lege trottoir; we keken omhoog naar waar Guy zat, naar we hoopten alleen.

Ik keek haar even van opzij aan. Haar gezicht stond strak. Zij was even nerveus als ik.

'Je hoeft dit echt niet te doen,' zei ik. 'Ik kan best alleen gaan.'

'Dat weet ik.'

'Het kan gevaarlijk zijn. Misschien kom je er niet zonder kleerscheuren af.'

Ze keerde zich naar mij en glimlachte, een vaag, nerveus lachje.

'Oké,' zei ik. 'Laten we dan maar gaan.'

We namen de trap naar de tweede verdieping. We duwden de deur met het Goal.com-logo open en liepen de grote, open kantoorruimte in.

Daar zat Guy naar zijn computerscherm te staren, waarop een half afgemaakt spel van Minesweeper te zien was.

Alleen.

We liepen naar hem toe. Hij draaide zich om. Hij zag er erger uit dan ik hem ooit had gezien, en ik had Guy een paar keer vrij beroerd gezien. Zijn ogen lagen diep verzonken in donkere schaduwen, hun gewoonlijk heldere blauw nu dof. Zijn blonde haren waren vettig en ongekamd.

'Hallo,' zei hij op vlakke, verslagen toon.

'Hallo, Guy.' Ik liep naar hem toe.

'Ga zitten.' Hij wuifde afwezig naar mijn bureau. Ik ging in mijn oude stoel zitten. Ingrid zocht een plekje op de rand van het bureau naast me.

'Al iets gehoord?' vroeg ik hem.

'Nee.' Hij keek op zijn horloge. 'Tien over tien. En ik zal ook niets horen. Als Mercia Metro-tv het ging doen had ik het al geweten.'

'Die deal zouden ze nooit sluiten, Guy,' zei ik.

Hij keek me vaag aan, met doffe ogen. 'Nee,' zei hij zacht. Toen keek hij naar Ingrid. 'Zijn jullie twee...?'

Ik knikte.

'Hoe lang al?'

'Niet lang. Sinds jij me hebt ontslagen,' zei ik.

Hij glimlachte. Meer bij zichzelf dan tegen ons. 'Dat is fijn.' Toen leek hij ons weer op te merken. 'Blijven jullie met mij wachten?'

'Misschien.'

'Want ik wilde alleen zijn. Hier. Om middernacht.'

De manier waarop hij dat zei joeg me schrik aan. 'Waarom?' vroeg ik. 'Waarom wil je alleen zijn?'

Guy gaf geen antwoord. Hij staarde naar zijn scherm. Hij klikte met zijn muis. We lieten hem spelen. Hij vloekte binnensmonds toen hij op een mijn klikte.

Hij duwde de muis van zich af. 'Goal is voorbij, hè, Davo?'

Ik knikte.

'Al dat werk. Al die uren. Alle zorgen, de ruzies, de triomfen, ze verkruimelen allemaal tot niets.'

'De site zal in stand blijven.'

'Ja, maar daar ging het niet om bij Goal,' zei Guy. 'Het ging erom dat jij en ik nieuwe mensen werden. Betere mensen. En een tijdje dacht ik dat we het hadden gehaald. Lange tijd. Ik was de ondernemer die alles aankon. Jij was mijn rechterhand die ervoor zorgde dat het niet uiteenviel als het eenmaal zover was. We waren goed, Davo. We waren echt goed. Het had niet verkeerd mogen lopen.'

'Nee, dat had het niet.'

'Maar het gebeurde wel. Vannacht verkopen we de boel. En morgen? Morgen is er niets meer.'

'Wat ga je doen?' vroeg Ingrid.

Eerst leek Guy haar niet te horen. Toen glimlachte hij heel even en bukte zich om de onderste la van zijn bureau open te trekken. Hij ging recht zitten. In zijn hand lag een pistool.

Het was zilvergrijs, vrij groot voor een handvuurwapen, dacht ik, al wist ik niets over handvuurwapens. Het was er zo een met een magazijn in de handgreep. Hij wikte het in zijn hand. Het leek vrij zwaar.

'Waar heb je dat vandaan?' vroeg ik.

'Van Owen gekregen,' zei Guy. Hij grinnikte. 'Het is wonderlijk wat je tegenwoordig via internet kunt kopen. eguns.com. Waarom hebben we die niet geprobeerd? Of www.blowyourbrainsout.co.uk. Je hebt alleen niet veel klanten. En het gaat immers allemaal om de nabestellingen?'

'Wat ga je ermee doen?'

'Ik ga het gebruiken,' zei Guy. 'Op mezelf. Maak je geen zorgen. Ik neem jou niet met me mee of zoiets. Ik zou gaan wachten tot twaalf uur. Maar als jij me dwingt zou ik het nu kunnen doen.'

Ingrid hield even haar adem in.

'Laten we wachten tot twaalf uur,' zei ik. 'Nog een paar uur.'

Guy bekeek het pistool in zijn hand. 'Ik weet het niet. Twee uur is lang om te wachten terwijl jullie twee me aan zitten staren.'

Hij hief het wapen op.

'Je was een zakenman van niks, weet je,' zei ik. Ik moest iets zeggen. Heel even flitste er woede in Guys ogen. Maar toen stierf die weg.

'Dat weet ik.'

'Niet half zo goed als je vader.'

Hij liet het pistool zakken. Ik had zijn aandacht getrokken. 'Je hebt gelijk.'

'Jij kunt goed de grote lijnen zien. Jij hebt visie. Maar je hebt nooit echt begrepen dat het allemaal om geld draait, hè? Ik heb dat wel gedaan, maar jij hield mij ook voor de gek.'

Woede smeulde in Guys ogen.

'Je vader wist dat je winst moest maken, nietwaar? Laten we wel wezen, als we hadden gedaan wat hij voorstelde, en porno in de site hadden gebracht, zou het geld nu binnenstromen. Seks en voetbal. De boulevardbladen zouden in de rij staan om ons te kopen. En de NASDAQ kon naar de hel lopen.'

'Ik zou zo'n site nooit hebben kunnen runnen,' zei Guy.

'Ik ook niet. Jij dan, Ingrid?' Ze schudde haar hoofd. 'Maar dat is ons probleem. Jij zou het in de onroerendgoedhandel ook nooit hebben gemaakt.'

'Hoezo niet?'

'Ik herinner me in *Private Eye* een artikel over je vader gelezen te hebben. Dat hij een lokale gemeenteraad had omgekocht om toestemming te krijgen voor de ontwikkeling van een winkelcentrum in het noorden. En dat hij in de jaren zeventig zijn partner naaide.'

'Dat was allemaal vuilspuiterij!' protesteerde Guy. '*Private Eye* is buiten de rechtbank tot een vergelijk gekomen. Ze betaalden vader een hele macht geld en drukten een verontschuldiging af.'

'Natuurlijk deden ze dat. Net als ze met Robert Maxwell hebben gedaan. Ik zou niet graag in de rechtbank met je vader op de vuist gaan.'

Guy zuchtte. 'Wat wil je dus beweren?'

'Jij hebt iets opgebouwd dat veel groter is dan je vader ooit had kunnen doen. Goal was een fantastische prestatie. Financieel niet, misschien. Maar ik ken niemand anders die uit het niets de beste voetbalsite in Europa had kunnen creëren.'

'En wat dan nog?'

'Het is heel wat. Het imponeerde mij enorm. En Ingrid. En Gaz. En Michelle. En iedereen van de mensen die hier werken.' Ik boog me voorover. 'Guy, jij hebt mij altijd enorm geïmponeerd. Een tijdje dacht ik dat je een grote ondernemer zou worden. Dat ben je dus niet geworden. Wat geeft dat? Ik ben nog steeds onder de indruk.'

'Dat zeg je alleen maar omdat ik een pistool in mijn hand heb.'

'Dat doe ik niet en dat weet je. Ik kende je vader. Ik ken jou. Geloof me, Guy. Jij bent een betere kerel dan hij. Voor mij hoef je dat niet te bewijzen, en je zou het ook niet meer voor jezelf hoeven te bewijzen.'

Guy keek opnieuw naar het pistool. Heel langzaam legde hij het naast zich op het bureau. Ik kwam nog langzamer overeind en stak mijn hand ernaar uit.

Guy graaide het weg en richtte het ergens tussen mij en hem. 'Ik weet niet zeker wat ik met dit ding ga doen, probeer dus niet het af te pakken.'

Ik liet me voorzichtig weer in mijn stoel zakken. 'Oké,' zei ik.

Zwijgend zaten we daar met drieën. Maar ik dacht aan een vierde persoon. Clare.

Langzaam trok ik het briefje dat ze had ontvangen uit mijn jaszak en gaf het aan Guy.

'Wat is dit?'

'Dat heeft Clare gisteren gekregen. Het komt van Owen. Lees het maar.'

Guy las het met gefronste wenkbrauwen. 'Denk je dat Owen dit heeft geschreven?' zei hij toen hij klaar was.

'Ik wéét dat Owen het heeft geschreven. En vandaag heeft hij Clare een e-mail gestuurd waarin hij haar zei dat hij het meende.'

Guy zat zwijgend naar de brief te staren. Ten slotte zei hij: 'Volgens mij is dit niet van Owen.'

'Natuurlijk is het van Owen,' zei ik. 'Owen was degene die Henry bedreigde. Owen heeft het computervirus ingebracht in het systeem van Sportsseasons. Owen heeft mij bedreigd. Je weet zelf dat Owen Dominique heeft vermoord. Volgens mij heeft hij ook Abdulatif vermoord. En nu gaat hij Clare doden. Tenzij jij hem tegenhoudt.'

Guy keek verward. Onzeker van zichzelf. Onzeker van zijn broer.

'Jij bent de enige die hem kan tegenhouden,' zei ik.

Op dat moment klapte de deur van het kantoor open. We draaiden ons om.

Owen.

Hij kwam binnenlopen met een platte, bruine, kartonnen doos in zijn handen. 'Hé, Guy,' riep hij. 'Guy? Ik heb een pizza. Een pepperonifeest.'

Toen zag hij ons.

'Wat doen die lui hier?' wilde hij weten, terwijl hij de pizzadoos op een bureau in de buurt zette en naar zijn broer liep. 'Ik dacht dat je zei dat je alleen wilde zijn?'

'Ze kwamen hierover met me praten.' Guy gaf hem Clares brief. 'Ze zeggen dat jij dit hebt geschreven. Is dat zo?'

Owen las de brief. Hij grinnikte zacht bij zichzelf.

'Is dat zo?' vroeg Guy opnieuw.

Owen trok zijn schouders op. 'Misschien.'

Guys ogen vernauwden zich. Hij keek naar Ingrid en mij. 'Owen, als jij dit hebt geschreven is dat vrij stom. Als Goal wordt verkocht, krijgen we het niet terug als jij Clare vermoordt.'

'Heeft ze toegegeven?' vroeg Owen.

'Nee,' zei Guy. 'We hebben niets van haar gehoord. Van Mercia Metro-tv ook niet.'

'Dan denk ik dat het vrij stom was,' zei Owen.

'Het heeft geen zin Clare nu iets aan te doen,' zei ik. 'Goal wordt aan Starsat verkocht, wat jij ook met haar of met wie ook uithaalt.'

Owen keek me woedend aan. Zijn zwarte oogjes glinsterden van kwaadheid. Hij stond op het punt iets te zeggen toen hij het pistool op Guys bureau zag. Hij stak zijn hand uit en pakte het op.

Ik verstijfde. Owen was al gevaarlijk genoeg. Owen met een pistool was dodelijk.

'Je wilde het dus toch gebruiken,' zei hij tegen Guy. 'Ik was al bang dat je zoiets zou willen doen als jezelf ermee van kant maken.'

Guy leek niet op zijn gemak.

'Je wílde jezelf van kant maken.' Owen trok een stoel tot naast Guys bureau en ging erop zitten. 'Daarom wilde je vanavond alleen zijn. Toen werd je gestoord door deze hufters. Ik wist wel dat ik je niet alleen had moeten laten.'

'Hoe zit het met Clare?' vroeg ik.

Grote vergissing. Owen ontplofte. 'Clare kan doodvallen! Het kan me geen barst schelen wat er met haar gebeurt. Zij heeft Goal weggegeven.' Hij wees met het pistool in mijn richting, gebruikte het meer als een vinger dan als een wapen. 'En jij kunt ook kapotvallen. Zie je dan niet wat je mijn broer hebt aangedaan? Jij bent degene die Goal helemaal in de vernieling hebt geholpen. Als jij er niet was geweest zou alles goed met hem zijn, hij zou hier niet zitten met het plan zich voor zijn kop te schieten.'

'Geef mij het pistool, Owen,' zei Guy zacht.

'Om het op jezelf te gebruiken? Vergeet het maar. Ik ga het gebruiken. Op deze klootzak.'

Hij hief het pistool op en richtte het op mij. Dit keer was het mikken, niet zomaar in mijn richting wijzen.

'Wacht, Owen!' protesteerde Guy.

'Nee. Deze klootzak verdient de dood. Hij gaat eraan.'

Ingrid gilde even.

'Jij ook, baby. Jullie allebei.'

'Niet doen, Owen. Het is stom.'

'Natuurlijk is het niet stom. Als ik zojuist niet was binnengekomen zou je jezelf van kant hebben gemaakt. En allemaal vanwege hem.' Owen staarde me fel aan langs de loop van het wapen. Hij was kwaad, maar hij had zichzelf nog in de hand. Hij was zichzelf heel goed de baas. Hij wist wat hij deed en hij was vastbesloten het te doen.

'Ik zeg je, geef mij dat pistool.'

Guys stem klonk resoluut. Maar Owen negeerde hem. Hij bleef naar mij kijken. Ik hoorde de klik van de veiligheidspal. Hij zou de trekker gaan overhalen.

'Oké, oké.' Guy haalde zijn vingers door zijn haren. Zijn gezichtsuitdrukking veranderde. Hij keek niet langer verward, zijn blik was ineens geconcentreerd. Kwaad. 'Je hebt gelijk, Owen,' zei hij. 'Het is allemaal de schuld van die rotzak. Maar laat me even nadenken. Het heeft geen zin hem neer te knallen en te wachten tot de politie komt.'

Ik staarde Guy aan. Was hij gek geworden? Hij zag er heel normaal uit. Woedend, maar normaal.

Owen keek ook zijn broer aan.

'Guy?' zei ik.

'Hou je kop.'

'Guy. Je kunt Owen dit niet laten doen.'

'Ik zei dat je je kop moest houden!' schreeuwde Guy. 'Owen heeft groot gelijk. Ik had jou nooit moeten aannemen. Ik had niet moeten luisteren naar jouw geweeklaag over Owen en Henry en mijn vader. Ik had jou Goal niet uit mijn handen moeten laten nemen. Ik had je maanden geleden al moeten ontslaan.' Hij sprong op uit zijn stoel en hield zijn gezicht vlak voor het mijne. Het was vertrokken van haat. Zo had ik hem nog nooit gezien, zelfs op zijn ergste momenten niet.

Guy was door het lint gegaan.

'Jij stuk stront. Je gaat eraan, Davo, en ik ga ervan genieten als dat gebeurt.' Hij stapte achteruit en sprak tegen zijn broer. 'Maar we moeten hierover nadenken, Owen. Onszelf tijd gunnen. Deze twee vermoorden en dan het land uitgaan voordat iemand beseft dat zij er niet meer zijn.'

Owen knikte. Hij glimlachte niet, maar je kon hem zien opzwellen van plezier. Zijn grote broer stond aan zijn kant. Ze zouden samen vluchten, alleen zij tweeën, voor elkaar zorgen zoals ze altijd al hadden moeten doen.

'Ik ga die klootzak neerknallen,' zei hij. Om even duidelijk te zijn.

'Ja, ik weet het. Maar niet hier. Niet nu. We moeten hen ergens mee naartoe nemen.'

'We kunnen hen neerschieten en de lijken weghalen.'

'Hé, laat het denken aan mij over, wil je?' snauwde Guy. 'Ik heb de zaken geregeld na Dominique, ik kan nu de zaken ook regelen. Men zal ons zien als we met lijken gaan sjouwen. Ik zal de auto gaan halen. We zetten hen levend erin en nemen hen mee naar een afgelegen plek. Misschien ergens op weg naar Dover. Geef mij de sleuteltjes.'

Owen dacht even na en stak zijn hand in zijn zak. Hij gooide de bos naar Guy. 'Ik zal je paspoort halen als ik toch bezig ben. Het mijne heb ik hier.' Hij stak zijn hand in de tas naast zijn bureau, haalde er zijn eigen paspoort uit en liet het Owen zien. 'Ik blijf niet lang weg. Houd hen onder schot. Als ze iets proberen schiet je hen neer. Het zal meer rotzooi geven, maar we bedenken wel iets.'

Weg was hij.

40

Ingrid en ik bleven zitten, tegenover Owen met een pistool.

Hoe lang zou Guy wegblijven? Owens flat was in Camden, niet ver weg. Als hij een taxi nam zou hij er snel kunnen zijn. Misschien twintig minuten? Het zou een lange twintig minuten worden.

Ingrid zat nog op de rand van het bureau naast me. Ze schoof haar hand naar me toe. Ik pakte hem vast.

'Wat lief,' zei Owen. Hij verlegde zijn mikpunt enigszins van mijn hoofd naar onze handen. 'Maar laat los, anders schiet ik jullie vingers eraf.'

We lieten los.

Ik vervloekte mezelf dat ik haar mee had laten gaan, ook al was ze onmogelijk tegen te houden. Owen wilde me doden. Ingrid kon hem niets schelen, maar zij zou mijn lot delen.

Ik kon de transformatie die ik in Guy had gezien nog steeds niet geloven. Van verward en geneigd tot zelfmoord was hij geconcentreerd en moordlustig geworden. Er was iets geknapt. Dit was een Guy die ik niet herkende, een Guy die ik niet kende.

Ik vroeg me af waar ze ons naartoe zouden brengen. Waarschijnlijk naar een bos ergens in Kent. Ze zouden ons neerschieten, ons laten liggen en naar de veerboot en het vasteland rijden. Zouden ze ontsnappen? Met z'n tweeën waren ze nogal vindingrijk. Het zou hen kunnen lukken.

Ik dacht na over doodgaan. Over mijn ouders, het verdriet dat ze zouden hebben. Over wat ik in mijn leven had bereikt. Ik was verbaasd toen ik merkte dat ik aan Goal dacht. Dat was iets. Iets goeds. Toen besefte ik dat het allemaal voorbij zou zijn. Op een bepaald moment in het volgende uur of zo zou alles voorbij zijn.

Ik keek naar Owen. Hij zag de angst in mijn ogen. Hij glimlachte.

Ik probeerde me te vermannen. Ik was niet van plan de rotzak plezier te gunnen.

Toen sprak Ingrid. 'Owen?' zei ze zacht. 'Je zou ons gewoon hier kunnen laten, weet je. Jullie zouden gemakkelijk weg kunnen komen, alleen jullie tweeën. Wij zouden morgenvroeg pas de politie bellen.'

'Stil,' zei Owen. 'Probeer niet je hier uit te lullen.'

'Maar Owen...'

'Ik zei, stil!' Hij dreigde met zijn pistool.

Ingrid hield haar mond.

We zaten daar een hele tijd. Het leek langer dan twintig minuten, maar ik wilde niet op mijn horloge kijken om Owen niet te provoceren. Hij bleef roerloos zitten. Als hij ongeduldig of zenuwachtig was, liet hij dat niet merken. Hij bleef maar naar mij kijken. Er speelde een vage glimlach om zijn mond, een zelfgenoegzame, zelfvoldane glimlach. Hij zag me het graag in mijn broek doen. Hij genoot ervan.

Eindelijk hoorden we het geluid van Guy die de trap op kwam rennen, met twee treden tegelijk. Hij klapte de deur open.

'Je hebt er wel lang over gedaan,' zei Owen.

'Schiet op,' zei Guy. 'Laten we gaan. Geef mij het pistool. Ik houd hen wel onder schot.'

'Nee, ik zal het vast blijven houden.'

Guy stak zijn hand uit naar het pistool. Owen trok het weg. 'Ik zei dat ik het vast zou blijven houden. Als er iemand deze kolerelijers neer gaat schieten, ben ik het.'

Guy staarde zijn broer aan, die zijn ogen niet afwendde. Hij zou niet toegeven. Guy trok de schouders op. 'Oké. De auto staat buiten. Laten we gaan.'

Owen zwaaide naar Ingrid en mij. Aarzelend kwamen we overeind en volgden Guy de gang in en de trap af, met Owen een meter of zo achter ons.

Guy was als eerste de deur door en de straat op. Alles was rustig. Ik keek uit naar de zwarte Japanner met vierwielaandrijving van Owen, maar zag hem niet.

'Waar is de auto?' vroeg Owen.

'Net om de hoek,' antwoordde Guy en hij wees naar een steegje aan de overkant van de straat.

We staken de straat over.

Toen gebeurden er verscheidene dingen tegelijk. Alles explodeerde in een helder wit licht. Guy schreeuwde 'Liggen!' Hij dook naar de grond en trok Ingrid mee. Toen ik me ook liet vallen en mijn gezicht tegen het harde wegdek duwde, hoorde ik de scherpe knal van twee schoten vanaf de overkant van de straat, daarna een felle kreet van Owen achter me, en het gekletter van zijn pistool, dat op het asfalt viel.

Ik rolde me om. Ik zag Owen languit op de weg liggen, met een hand uitgestrekt naar het pistool, slechts centimeters verwijderd van zijn vingertoppen. Ik krabbelde erheen en graaide het van hem vandaan. Overal om me heen hoorde ik rennende voetstappen.

Ik werkte mezelf overeind met het wapen nog in mijn hand. Ik keek neer op Owen, die in het licht van de schelle lampen lag. Er scheen bloed te stromen uit twee gaten, een in zijn schouder en nog in zijn zij. Politiemannen met geweren en handvuurwapens en gekleed in kogelvrije vesten bogen zich over hem heen. Een sirene loeide steeds luider terwijl een ambulance door de smalle straat op ons af kwam stuiven.

Ik draaide me om en keek uit naar Ingrid. Ze leek ongedeerd, maar ze trilde hevig. Met wijdopen ogen strompelde ze naar me toe en ik nam haar in mijn armen. Ze klemde zich stevig aan me vast.

Guy wachtte achter de groep politiemannen die om zijn broer heen stonden en keek toe terwijl ze probeerden het bloed te stelpen. Ik herkende een van hen: brigadier Spedding. Enkele ogenblikken later kwamen er ambulancebroeders in groene overalls bij. Binnen een minuut lag Owen op een brancard en werd hij in de ambulance getild.

'Zal hij het halen?' vroeg Guy aan Spedding, wiens handen onder Owens bloed zaten.

'Hij leeft nog. Hij bloedt hevig, maar hij is een grote, stevige kerel. Hij heeft een kans.'

Guy probeerde bij Owen in de ambulance te stappen, maar Spedding hield hem tegen. Er moesten vragen worden beantwoord.

Ik liep naar hem toe. De tranen stroomden over zijn wangen. Spedding stapte achteruit.

'Bedankt, Guy,' zei ik.

Hij probeerde te glimlachen. 'Heb ik je beduveld?'

'Je hebt me beduveld. Ik wist wel dat je een goede acteur was.'

'Dat moest ik zijn om Owen te verrassen.' Hij draaide zich om en keek naar de ambulance die met loeiende sirene de straat uitreed. 'Ik hoop dat hij het overleeft.'

Dat hoopte ik ook voor Guy.

'Ik moest het doen, Davo. Toen ik merkte dat hij je echt wilde vermoorden, dat ik het hem zelfs niet uit zijn hoofd kon praten, toen zag ik ineens alles voor me. Hij mag dan mijn broer zijn, maar hij is inslecht. Ik heb mijn leven lang geprobeerd mijn ogen voor dat feit te sluiten. Ik gaf mijn ouders de schuld, ik gaf iedereen de schuld, behalve Owen. Ik was dus degene die hem tegen moest houden.'

'Ik vond al dat je lang wegbleef.'

'Ik belde Spedding. Onder de omstandigheden was hij vrij snel. Ik wist dat ik Owen niet langer meer kon laten wachten.' Hij schudde zijn hoofd en keek de straat af; de ambulance was allang verdwenen. 'Ik wou dat hij mij het pistool had gegeven.'

Spedding kwam naar ons toe. 'Het spijt me, Guy, maar ik moet je wat vragen stellen.' Hij trok Guy een paar meter van me vandaan en begon met de vragen. Andere politieagenten spraken met Ingrid en mij. Na zowat een half uur mochten we gaan.

'Ik ga nu naar het ziekenhuis,' zei Guy. 'Kijken hoe het met Owen gaat.'

Ik keek Ingrid aan. 'Wij gaan met je mee,' zei ik. Het kon me geen barst schelen wat er met Owen gebeurde, maar Guy kon me wel iets schelen. Hij had alle steun nodig die hij kon krijgen.

'Dank je,' zei hij en draaide zich om naar de politiemensen die nog druk door de straat liepen. Spedding was al weg, daarom sprak hij een brigadier in uniform aan.

Even later kwam hij weer bij ons. 'Owen is naar St. Thomas gebracht. De agent zei dat ze ons een lift zouden kunnen geven, maar dan moeten we even wachten. Laten we maar een taxi nemen.'

Hij liep snel richting Farringdon Road en wij liepen hem achterna, uit-kijkend naar zwarte taxi's met brandende oranje lampjes. Die waren er niet.

'Verdomme,' zei Guy. Hij begon ongeduldig te worden en ging in de richting van Smithfield lopen. Hij zwaaide naar een lege taxi met zijn lamp-je uit, maar die negeerde hem en reed door. Ik moest denken aan Hoyles gebeden voor een recessie.

Op een kruising bleven we staan. Guy schoot ineens iets te binnen. Hij keerde zich met gefronst voorhoofd naar mij. 'Je weet dat je ongelijk had, Davo.'

'Waarover?'

'Over Owen. En het briefje aan Clare.'

'Wat bedoel je? Hij gaf toe dat hij het had geschreven.'

'Nee, dat deed hij niet. Toen ik het hem vroeg zei hij "misschien". Hij probeerde mysterieus te doen. Gewoon een binnenpretje.'

Guy zag dat ik sceptisch was. 'Denk er eens over na. Denk aan de woor-den in het briefje: *"ongevraagd bod", "het bedrijf kopen", "verdere gesprekken voeren met andere potentiële beleggers".* Dat is Owen niet.'

Het was waar. Ze klonken niet als iets wat Owen zou zeggen.

'Heb jij het briefje gezien dat Owen aan Henry schreef?' vroeg Guy.

'Ja.'

'Leek dat er een beetje op?'

'Nee. Het was niet meer dan een paar regels. Precies weet ik het niet meer, maar het was zoiets als: *"Geef Goal het geld, of anders..."'*

'En nog iets. Ik weet dat Owen mijn vader niet heeft vermoord.' Ik opende mijn mond om tegen te sputteren, maar Guy hield me tegen. 'Het is niet alleen dat hij al die tijd bij mij was, ik weet dat hij ook niemand anders heeft ingehuurd om hem te vermoorden. Hij was echt verrast toen hij hoorde wat er gebeurd was. Maar iemand heeft vader gedood. Iemand heeft hem met opzet overreden. En iemand schreef dat briefje.'

Uit mijn ooghoek zag ik een taxi met brandend lampje ons voorbijstuiven. Maar ik was te verbijsterd door wat Guy zei om te kunnen reageren.

Guys frons werd dieper. 'Waar is Mel?'

'Zij heeft afgesproken met Clare,' antwoordde Ingrid. 'Bij Howles Marriott.'

'O, nee...' kreunde ik. Ineens zag ik het. Guy had gelijk. Natuurlijk zou Owen zo'n brief niet hebben geschreven: die was geschreven door een jurist. Een jurist die alles zou doen om Guy te helpen. Wat dan ook.

'Hoe laat is het?' vroeg Guy.

Ik keek op mijn horloge. 'Tien voor twaalf.'

'Jézus.' Guy keek de straat links en rechts af. Geen lege taxi's meer te zien. We waren nu een heel eind van Britton Street en de politie die daar nog was. 'Kom op! Laten we rennen! Het is een kleine kilometer naar Mels kantoor.'

Guy startte en Ingrid en ik volgden hem op de hielen. We renden door Charterhouse Street, over Holborn Circus, Shoe Lane door en de doolhof van straten en pleinen in tussen Fleet Street en Chancery Lane. Guy rende hard en ik kon hem bijna niet bijhouden. Ik was niet zo fit als vroeger; mijn hart bonkte en ik snakte naar adem. Ik hield echter vol, zij het maar net. Ingrid was niet ver achter ons.

We bereikten de ingang naar Howless Marriott. Een beveiligingsman keek verbaasd op van zijn bureau.

'Hebt u Melanie Dean gezien?' vroeg Guy, zwaar hijgend.

'Ze is net pas weggegaan.'

'Alleen?'

'Nee. Met een andere dame.'

'Shit!' zei Guy. 'Luister. Bel de politie. Zeg hun dat er een vrouw rondloopt met een pistool.'

De mond van de beveiligingsman viel open. Hij bleef roerloos zitten. 'Ik meen het. Doe het nu!'

Guy en ik renden de voordeur uit. Ingrid kwam hijgend aanlopen.

'Welke kant op?' vroeg ik.

'God mag het weten,' zei Guy. 'Ze had overal heen kunnen gaan.'

Ingrid wees naar het steegje waaruit we waren gekomen.

'Ik dacht dat ik die kant uit twee mensen zag. Het is niet ver.'

'Oké. Laten we maar eens zien.'

Ingrid ging weer rennen en wij volgden haar. Ze dook door een gang onder een kantoorflat en een pleintje op, bestraat met flagstones. In de advocatenkantoren van rode baksteen eromheen was het stil. Geen verkeer, geen mensen. Alleen Mel en Clare, onder het licht van een gele straatlantaarn.

'Mel!' schreeuwde Guy.

Op het geluid van zijn stem bleef ze staan en draaide zich om. Clare stond vlak naast haar en keek heel angstig. Mel had een pistool in haar hand.

Ingrid en ik bleven staan. Guy ging langzamer lopen. Hij naderde de twee vrouwen.

'Toe, Mel, laat haar gaan,' zei hij rustig.

'Nee,' zei Mel. 'Ik heb haar gewaarschuwd dat ze zou sterven als ze het bod van Starsat niet weigerde. Derek Silverman heeft de acceptatie tien minuten geleden per fax bevestigd.'

'Ik vraag je haar te laten gaan,' zei Guy en hij zette nog een stap in haar richting.

'Blijf staan waar je staat!' schreeuwde Mel. Haar ogen flonkerden. Ze was over haar toeren.

Guy bleef staan.

'Ik doe dit voor jou, dat weet je, hè?' zei Mel.

Guy knikte. 'Ik weet het.'

'Ik heb zoveel voor jou gedaan.'

'Ik weet het.'

'Echt waar? Ik denk van niet. Ik heb je vader voor je opgeruimd. Wist je dat? Herinner je je die avond nog, toen je mij kwam opzoeken nadat je ruzie met hem had gemaakt? Nadat hij erop had gestaan dat Goal een pornosite moest worden. Weet je dat nog, Guy?'

'Ik weet het nog.'

'Ik was zo woedend voor jou. Ik wilde je helpen. Dus besloot ik hem te dwingen jou aan te houden, de zaken bij Goal op jouw manier te regelen. Ik wachtte hem op in mijn auto voor zijn flat. Als hij niet deed wat ik wilde, zou ik hem zeggen dat ik hem zou aanklagen omdat hij me in Frankrijk had verkracht.

354

Toen zag ik hem. Hij kwam uit zijn flat de smalle straat in. Ik dacht hoe gemakkelijk het zou zijn mijn voet op het gaspedaal te zetten en hem af te maken. Ik dacht aan wat hij me in Frankrijk had aangedaan, hoe hij mijn leven had verpest. Ik kon niet toelaten dat hij jouw leven ook nog eens verpestte. Dus drukte ik het pedaal in.'

Ik herinnerde me wat Anne Glazier had gezegd: Mel was in haar flat teruggekomen ná Guy. Ze was recht naar huis gereden, nadat ze Tony had overreden. Geen wonder dat ze zo opgewonden leek.

Ik kon Guys gezicht niet zien, maar Mel wel. 'Kijk niet zo geshockeerd. Owen heeft Dominique gedood, nietwaar? En jij steunde hem. Nou, ik heb Tony gedood. Voor jou.'

'Het is niet nodig nog iemand anders te vermoorden,' zei Guy. 'Laat Clare gaan. Voor mij.'

Mel greep Clare vast en richtte het pistool op haar hoofd. 'Nee. Zij heeft Goal kapotgemaakt.'

Clare jammerde. Ze was doodsbang.

'Wist Owen het?' vroeg Guy.

'Hij beredeneerde het. Hij is slim, die broer van jou. En ik wist dat hij ook probeerde jou te helpen. We hebben beiden ons best gedaan.'

'Heb je daar het pistool vandaan?'

'Ja. Hij kwam een paar dagen geleden naar me toe en zei dat hij er een voor jou had en of ik er ook een wilde. Ik denk dat hij wist waarvoor ik het zou gebruiken.'

Er klonk een sirene. Mel keek in paniek het plein rond. De politie. Als ze de trekker wilde overhalen, moest ze het nu doen.

Guy zette nog een stap naar voren.

'Ik ga haar neerschieten! Ik meen het.'

Nog meer sirenes, luider. Guy zette nog een stap. 'Laat haar gaan.'

'Ik zei dat ik haar zou neerschieten.'

Nog een stap.

Van het hoofd van Clare werd het pistool op Guy gericht. Clare rukte zich plotseling los uit Mels greep en Guy vloog naar voren. Er klonk een schot en daarop een kreet van Guy. Hij gleed op de grond. Mel sprong achteruit. Clare rende ergens opzij weg. Ik stormde op Mel en Guy af. Mel draaide zich om en rende een steegje in.

Ik liep hard achter haar aan. Ik wist dat ze gewapend was, maar ik was kwaad en vastbesloten haar tegen te houden. Ik liep een hoek om. Ze draaide zich om en schoot. Ze was maar een paar meter voor me, maar ze hield het pistool niet stil en de kogel floot over mijn hoofd. Ik dook weg.

Mel rende door; ik ging achter haar aan. Ze kon niet goed schieten en op dat moment was mijn eigen veiligheid mijn minste zorg. Maar ik moest bedenken hoe ik dichtbij genoeg kon komen om haar het pistool af te nemen. Hoeveel kogels had ze in haar magazijn? Ik had geen idee.

Weer een hoek, weer een steegje. Dit keer lag Fleet Street aan het uiteinde, met zijn drukke verkeer, zelfs op deze tijd van de nacht. Mel bleef staan en draaide zich naar me om. Ik was nu dichter bij haar. Ze richtte haar wapen op mij. Ze was zo dichtbij dat ze moeilijk kon missen.

Ik dacht eraan terug te rennen naar de hoek. Maar dan zou ze zeker schieten. En ze zou me kunnen raken.

Dus liep ik door.

'Ik ga schieten!' zei ze en haar stem brak hysterisch.

'Niet doen, Mel. Leg het pistool neer.'

'Nee!' Ze hield het wapen zo stevig voor zich uit dat het trilde. Maar minstens een deel van de tijd was het recht op mij gericht.

'Het heeft geen zin, Mel. Je hebt Guy neergeschoten. Hij ligt daarginds op het trottoir in zijn eigen bloed. Hij gaat niet met je mee.'

Mel beet op haar lip. Haar schouders kromden zich toen ze zich in bedwang probeerde te houden, het pistool op mij gericht probeerde te houden. 'Is hij dood?' vroeg ze bijna fluisterend.

'Misschien,' zei ik. 'Ik weet het niet. Geef mij het pistool.'

Ik zette nog een stap naar voren.

Mel zette zich schrap en tuurde langs de loop van het pistool recht naar mij. Toen liet ze zich naar achter zakken, tegen de muur. Ze liet haar arm met het pistool naast zich vallen.

Ik liep snel naar haar toe en wrong het uit haar vingers. De loop was warm. Ze liet zich op de grond zakken en legde snikkend haar hoofd in haar handen.

Ik liet haar liggen en rende terug naar het pleintje.

Guy lag waar hij was neergevallen. Ingrid was bij hem met nog drie of vier gewapende politieagenten.

Ik baande me een weg naar hem.

Hij had een enkele wond in zijn borst. Het bloed stroomde eruit. Hij had moeite met ademen, maar zijn ogen stonden open. Zijn huid zag bleek onder zijn baardstoppels, heel bleek.

Hij zag me.

'Davo.'

Ik knielde naast hem neer.

'Is Clare oké?' vroeg hij.

Ik keek op. Ze stond een paar meter van ons vandaan, met een bleek gezicht en haar hand voor haar mond.

'Ja. Jij hebt haar gered.'

'En Owen? Hoe is het met Owen?'

'Ik weet het niet.'

Hij probeerde te praten, maar kon alleen hoesten. Het bloed stroomde opzij uit zijn mond.

'Doe rustig aan,' zei ik. 'De ambulance zal zo hier zijn.'

'Kun je navraag doen? Naar Owen?' Het was niet meer dan gefluister.

Ik keek op. Spedding torende boven ons uit, zwaar hijgend, met de spatten van Owens bloed nog op zijn kleren. Ik trok mijn wenkbrauwen op. Hij stapte achteruit en sprak in zijn radio. Na enkele tellen keek hij me aan en schudde zijn hoofd.

Ik keek neer op Guy. Hij had Spedding niet gezien.

'Hij maakt het goed,' zei ik. 'Hij gaat het halen.'

Guy glimlachte. Of probeerde te glimlachen. Hij hoestte. Meer bloed. Hij hoestte nog een keer en bleef toen stil liggen.

Ingrid huilde zachtjes. Ik legde mijn arm om haar heen en hield haar stevig vast. Terwijl ik naar de ambulancemensen keek die zijn lijk afdekten en het op een brancard legden, besefte ik dat ik uiteindelijk op Guy had vertrouwd.

En hij had me niet in de steek gelaten.

41

November 2000, 6 maanden later, Mayfair, Londen

De zesentwintig jaar oude, vroegere beleggingsadviseur eindigde zijn Power-Point-presentatie met een zwierig gebaar en ging vol verwachting zitten. Ik keek naar Clare. Dit was de derde Wireless Application Protocol-deal die we in een maand meemaakten, en veruit de slechtste. Door even haar wenkbrauw op te trekken liet Clare weten dat ze het eens was met mijn be-oordeling. Uit beleefdheid stelden we het team van twee man nog enkele vragen en werkten hen daarna de deur uit.

'Wij waren nooit zo slecht, hè, Clare?' vroeg ik haar toen we op weg gin-gen naar het kantoortje dat we deelden.

Clare lachte. 'Niet zo erg. Maar deze kerels waren genieën, vergeleken met de idioten die we een jaar geleden hier in huis kregen.'

De internetbel mocht dan gebarsten zijn, maar de risicokapitaalgevers leefden voort. Ik was nu een van hen. De baan beviel me: eindelijk had ik iets gevonden dat een beroep deed op mijn analytische kracht en me nu en dan een risico liet nemen. Orchestra deed het goed, deels door een van de transacties van Henry, een keten van koffieshops die voor tientallen mil-joenen was gekocht door een multinational. Henry was nog steeds partner; het is verbazingwekkend wat risicokapitaalgevers iemand die geld voor hen verdient willen vergeven.

Ik zat aan mijn bureau naar mijn computer te staren, en dacht terug aan onze eigen presentatie bij Orchestra. Ik toetste het zoekprogramma in en typte: *www.goal.com*. Het vertrouwde belletjesmerk verscheen, al stonden er nu in een van de bellen de woorden: *beste voetbalsite in Europa*. Ik glim-lachte. Met het geld van Starsat, de teksten van Gaz en de redactionele vaardigheden van Ingrid had Goal de vloer aangeveegd met de oppositie. Zeker, de detailverkoop was opgeheven en er waren belangrijke verbindin-gen naar de diensten van Starsat over de hele site, maar Guy zou in zijn sas zijn geweest. Ik was blij dat Madden erin was geslaagd Ingrid over te halen te blijven. Ik zag haar nog vaak. Daar was ik ook blij om.

Mels rechtszaak zou over twee weken beginnen. Ik was niet van plan te kijken, maar ik nam aan dat ik opgeroepen zou worden als getuige, iets waar ik niet bepaald op zat te wachten. Mel had haar hele leven doorge-

bracht met zich schuldig te voelen. Ik hoopte dat ze nu schuld zou bekennen.

Guy lag naast zijn vader en zijn broer op het dorpskerkhof, maar het
kwam me voor dat hij zich eindelijk van hen beiden had losgemaakt. Twee-
endertig jaar lang was hij in oorlog geweest met zichzelf om te bewijzen dat
hij iets van zijn leven kon maken. En dat had hij: ik zat ernaar te staren.
Voor de honderdste keer sinds zijn dood overspoelde me een vlaag van
droefheid.

Toen hoorde ik zijn stem in mijn oor fluisteren. 'Ga door met je leven,
Davo!'

Ik glimlachte bij mezelf. Met een paar klikken van mijn muis sloot ik de
website van Goal af. En ging door met mijn leven.

Noot van de auteur

Geen van de personages in dit boek stellen echte mensen voor. Sinds de explosie van nieuwe internetbedrijven in de laatste paar jaar is het praktisch onmogelijk geworden een bedrijfsnaam te vinden die én aannemelijk is én niet op enig moment al ergens is gebruikt. Ofschoon een paar echte bedrijven een ondergeschikte rol hebben gespeeld in het boek, zijn namen als Goal.com, Sports Season, Babylove, Lastrest, Sick as a Parrot, Orchestra, Bloomfield Weiss, Howles Marriott, Coward Turner, Leipziger Gurney Kroheim, Starsat en Mercia Metro-tv allemaal verzonnen.

Heel veel mensen hebben geholpen met het schrijven van dit boek. Ik wil in het bijzonder Wil Muirhead van Sportev bedanken, Sheona Southern en haar collega's bij Teamtalk, Eldar Tuvey van Mailround, Anne Glover en haar collega's bij Amadeus, Toby Wyles, Peter Morris, Tim Botterill, Troels Henriksen, Saul Cambridge, Douglas Marston, Jonathan Cape, Richard Horwood, Simon Petherick, mijn agent Carole Blake en mijn redacteuren Beverley Cousins en Tom Weldon.

Dit boek wordt opgedragen aan Hugh Paton, een vaardige en veilige piloot. Ik mis hem.

Michael Ridpath
Londen
September 2002